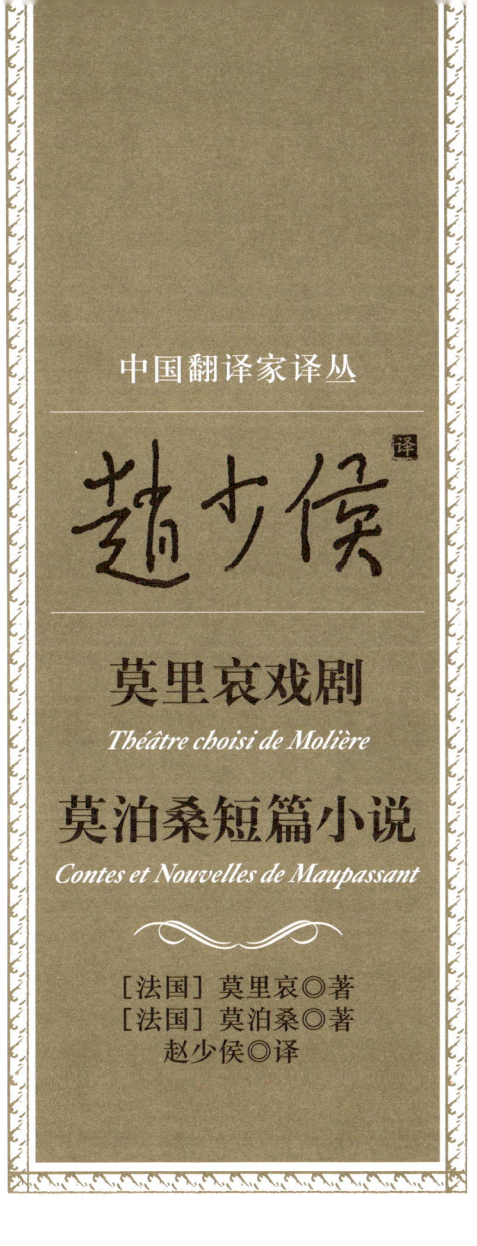

中国翻译家译丛

赵少侯 译

莫里哀戏剧
Théâtre choisi de Molière

莫泊桑短篇小说
Contes et Nouvelles de Maupassant

［法国］莫里哀○著
［法国］莫泊桑○著
赵少侯○译

人民文学出版社

Molière
THÉÂTRE CHOISI
根据 Librairie Hachette，Paris 版本译出

Guy de Maupassant
CONTES ET NOUVELLES
根据 Librairie Ollendorff，Paris 版本译出

图书在版编目(CIP)数据

赵少侯译莫里哀戏剧　莫泊桑短篇小说/(法)莫里哀,(法)莫泊桑著;赵少侯译. —北京:人民文学出版社,2016
(中国翻译家译丛)
ISBN 978-7-02-011386-6

Ⅰ．①赵… Ⅱ．①莫… ②莫… ③赵… Ⅲ．①剧本—作品集—法国—近代 ②短篇小说—小说集—法国—近代 Ⅳ．①I565.34 ②I565.44

中国版本图书馆 CIP 数据核字(2016)第 022180 号

选题策划	欧阳韬
责任编辑	黄凌霞
责任印制	任　祎

出版发行	人民文学出版社
社　　址	北京市朝内大街 166 号
邮政编码	100705
网　　址	http://www.rw-cn.com
印　　刷	北京盛通印刷股份有限公司
经　　销	全国新华书店等
字　　数	419 千字
开　　本	710 毫米×1000 毫米　1/16
印　　张	27　插页 1
印　　数	1—5000
版　　次	2019 年 7 月北京第 1 版
印　　次	2019 年 7 月第 1 次印刷
书　　号	978-7-02-011386-6
定　　价	65.00 元

如有印装质量问题,请与本社图书销售中心调换。电话:010-65233595

出 版 说 明

人民文学出版社自一九五一年建社以来，出版了很多著名翻译家的优秀译作。这些翻译家学贯中西，才气纵横。他们苦心孤诣，以不倦的译笔为几代读者提供了丰厚的精神食粮，堪当后学楷模。然时下，译界译者、译作之多虽前所未有，却难觅精品、大家。为缅怀名家们对中华文化所做出的巨大贡献，展示他们的严谨学风和卓越成就，更为激浊扬清，在文学翻译领域树一面正色之旗，人民文学出版社决定携手中国翻译协会出版"中国翻译家译丛"，精选杰出文学翻译家的代表译作，每人一种，分辑出版。

人民文学出版社编辑部
二〇一六年十月

"中国翻译家译丛"顾问委员会

主　任

李肇星

顾　问

（按姓氏笔画排序）

于友先　卢永福　孙绳武　任吉生　刘习良
李肇星　陈众议　肖丽媛　桂晓风　黄友义

目　录

莫里哀戏剧 …………………………………………… 1
　前言 …………………………………………… 艾珉 3
　恨世者 …………………………………………………… 9
　伪君子 …………………………………………………… 69
　悭吝人 …………………………………………………… 131

莫泊桑短篇小说选 …………………………………… 203
　莫泊桑——杰出的现实主义作家 ………… 吴岳添 205
　羊脂球 …………………………………………………… 209
　瞎子 ……………………………………………………… 243
　真实的故事 ……………………………………………… 247
　皮埃罗 …………………………………………………… 253
　月光 ……………………………………………………… 259
　巴蒂斯特太太 …………………………………………… 265
　一次政变 ………………………………………………… 271
　骑马 ……………………………………………………… 280
　瓦尔特·施那夫斯的奇遇 ……………………………… 287
　我的叔叔于勒 …………………………………………… 295
　等待 ……………………………………………………… 303
　绳子 ……………………………………………………… 308
　老人 ……………………………………………………… 316
　伞 ………………………………………………………… 324
　项链 ……………………………………………………… 333

1

穷鬼	342
小酒桶	347
散步	352
衣橱	359
俘虏	367
图瓦	379
流浪汉	389
橄榄园	400

莫里哀戏剧

〔法〕莫里哀 著

前　言

莫里哀是法国人引以为豪的名字。他是法兰西喜剧之父，也是西方文化史上喜剧艺术的世界级大师。他将法国民间闹剧改造成具有深刻社会内容的风俗喜剧和性格喜剧；他对社会矛盾和人性弱点的深入挖掘，使喜剧艺术大大超越娱乐功能，而上升到哲理批判的高度；他塑造的许多典型都具有不朽的生命力，诸如答尔丢夫、阿巴公等，甚至已经进入法国和欧洲一些国家的辞典，分别成为"伪君子"、"悭吝人"的同义语。莫里哀的艺术影响深远，不仅后世欧洲许多第一流喜剧家（如谢里丹、哥尔多尼等）都师法莫里哀，许多并非喜剧家的文学大师（如歌德、巴尔扎克等）也都从莫里哀的喜剧中吸取营养。

莫里哀原名让-巴蒂斯特·波克兰（1622—1673），莫里哀是他的艺名。波克兰家世代经商，莫里哀的父亲于一六三一年成为王室内廷陈设商，领王室内廷供奉衔，可想而知家境富裕。让-巴蒂斯特是家中的长子，是父亲希望之所寄，十五岁时父亲就为他办理了内廷供奉职务的世袭权，前程有了可靠的保障。让-巴蒂斯特从小受到良好教育，很早就被送进著名的贵族子弟学校读书。他对人文科学具有广泛的兴趣，尤其热衷于哲学。传说他深受伽桑狄[①]的感觉论影响，还翻译过卢克莱修[②]的《物性论》。这可能是使他养成观察习惯和批判精神的重要原因。一六四〇年，他父亲为他在奥尔良购得法学士学位及律师职务，同时让他在巴黎大学攻读法律，希望他不仅继承父业，还能成为最高法院行走。但父亲这一切苦心全部落空，因为二十岁的让-巴蒂斯特迷上了戏剧。一六四三年，他宣布放弃世袭权利，加入艺人的行列，和贝亚尔

[①] 伽桑狄（1592—1655），法国数学家和哲学家，他否定了笛卡儿的天赋观念论，强调感觉是认识的主要来源。

[②] 卢克莱修（约前93—约前50），拉丁诗人和哲学家，曾以长诗《物性论》表述古希腊哲学家伊壁鸠鲁的原子论，试图证明灵魂由物质派生，与肉体同生共死，以消除人们对宗教的恐惧感。

兄妹一起创办了"光耀剧团"。莫里哀是他从一六四四年开始使用的艺名。由于缺乏经验,剧团惨淡经营,负债累累。勉强维持到一六四五年,债主的一纸诉状把莫里哀送进了监狱。父亲花钱把他赎出来,而"浪子"仍然不肯回头,他和剧团的友人一起离开巴黎,去外省闯天下。

整整十三年,莫里哀和他的剧团在外省辗转巡回,历尽艰辛,几乎走遍法国所有的大小城镇。正是在为剧团的生存而苦苦挣扎的过程中,莫里哀丰富了阅历,研究了世态人情,积累了大量生活素材。随着思想的成熟,莫里哀的编剧水平日益提高,演技也日渐精湛。《冒失鬼》(1655)和《情怨》(1656)的演出,在外省引起轰动,光耀剧团声名大振。一六五八年,莫里哀率团返回巴黎,在卢浮宫路易十四御前演出了喜剧《多情的医生》,大获成功。路易十四下令将光耀剧团留在巴黎,并将小波旁宫剧场拨给它和意大利喜剧团轮流使用,莫里哀终于在巴黎站稳了脚跟。

此后十余年间,莫里哀的佳作源源不断,平均每年都有两部新剧上演。莫里哀的喜剧刻画社会风俗、针砭时弊,分析人性的弱点和误区,鞭笞一切保守落后的封建意识和社会上的种种丑恶现象。他的喜剧受到观众的热烈欢迎,却也触怒了许多当朝贵人和旧观念的维护者,因而与他的成功相伴随的是无止无休的烦恼和斗争。一六五九年上演《可笑的女才子》,由于刺痛了矫揉造作、附庸风雅的贵族老爷和贵妇人,被宣布禁演,后争取到路易十四的支持,才解除禁令。一六六二年的《太太学堂》,由于批判了封建社会对女性的压迫、束缚及愚昧化教育,呼吁了爱情、婚姻的自由,竟引起一场轩然大波。顽固保守的贵族和教会人士攻击《太太学堂》轻佻、下流、淫秽、亵渎宗教;而池座观众和布瓦洛等有识之士则给予此剧极高的评价。布瓦洛热情赞扬莫里哀的艺术才能,称赞《太太学堂》在欢笑中说出真理,在滑稽的对话中包含深刻的教诲。为回答敌人的恶意攻讦,莫里哀于一六六三年接连写了两部反批评的喜剧:《关于〈太太学堂〉的批评》及《凡尔赛宫即兴》,从这两部喜剧开始,"侯爵"成为被取笑的丑角。与《太太学堂》的题材相类似的作品还有许多,如《斯卡纳赖尔》(1660)、《丈夫学堂》(1661)、《逼婚》(1664)等,惟《太太学堂》因将主题升华到社会问题的高度,反响格外强烈。《太太学堂》的风波刚刚平息,一场更大的风暴又接踵而至。这就是《伪君子》一剧所引发的一场长达六年之久的斗争。

《伪君子》(1664—1669)是莫里哀喜剧艺术的最高成果,是世界戏剧史上的经典之作。莫里哀将批判矛头直接指向天主教的精神统治,他揭露假虔徒的伪善和欺骗手段,嘲讽上当受骗者的糊涂昏庸。当时法国天主教会的核心组织"圣会"(又名"信士帮"),实际上是个披着宗教外衣的特务组织,其任务是刺探、监视人们的思想言论,迫害所谓的"异端分子"和"自由思想者"。这些伪信士以虚假的虔敬苦修和道德说教蛊惑人心,实则男盗女娼、无恶不作。答尔丢夫就是这类假圣人的集中概括。因而《伪君子》前三幕于一六六四年在凡尔赛宫试演时,大大触怒了圣会组织和支持圣会的贵人们。他们在王太后支持下,到路易十四面前告御状,攻击莫里哀反宗教。《伪君子》被宣布禁演。莫里哀提出抗议,向路易十四递交了第一份"陈情表",未能奏效。莫里哀不肯善罢甘休,不允许他公演,他便到私人府第演出。一六六六年,王太后去世,"信士帮"失去一个大靠山。次年,莫里哀对剧本作了精心的修改,将披黑袈裟的答尔丢夫改为穿世俗服装的答尔丢夫,剧名改为《骗子》,一切可能授人以柄的地方都做了删节或改动。但演出第二天,又接到巴黎最高法院的通知:继续禁演。莫里哀为此向路易十四呈交了第二份"陈情表"。然而所有的反动势力这时都联合起来反对莫里哀,巴黎大主教亲自出面,命人张贴榜文,宣布无论在公开或私人场合,都严禁阅读或听人朗读此剧,否则取消其教籍。迫于情势,国王不便表态。莫里哀气得大病一场,剧院停演了七星期。直到一六六九年,教皇颁布"教会和平"诏书,放宽宗教政策,《伪君子》才得以正式开禁。莫里哀于是取消以往所做的改动,仅保留了答尔丢夫的世俗身份。全剧以答尔丢夫的叫耻失败收场,同时歌颂了国王的英明伟大。不言而喻,演出非常成功,剧场盛况空前。从此《伪君子》成为莫里哀喜剧中最受欢迎的剧目,三百多年来,在世界各地常演常新,长盛不衰。答尔丢夫也早已跨越国界,成为全人类的伪君子典型。

在为《伪君子》的公演而奋力拼搏的过程中,莫里哀对封建贵族阶级的认识进一步深化,一六六五年,他借用传说中西班牙大贵人唐璜的形象,创作了以揭露贵族阶级的荒淫无耻、道德败坏为主旨的五幕喜剧《唐璜》,指出在贵人们高贵优雅、风流倜傥的外表下,掩藏着何等自私、邪恶和堕落的本性。这部戏只演出了十五场又被勒令停演。紧接着他又创作了鞭挞贵族社会世态人情的《恨世者》(1666),剧中塑造了一个高尚正直,因而在贵族社会显得滑稽可笑的愤世嫉俗者的典型,通过这个人物,莫里哀得以尽情抨击贵族社会的庸俗无聊、自私自利、吹牛拍马、口是心非、欺世盗名、争名逐利等恶劣风习。

富有的市民阶层是莫里哀最熟悉的社会层面,对资产者的研究剖析是莫里哀喜剧中最有深度,也最富喜剧效果的部分。如《悭吝人》(1668)中对贪婪吝刻成性的高利贷者的讽刺批判,《乔治·唐丹》(1668)、《贵人迷》(1670)中对浅薄虚荣、攀附权贵的资产者的揶揄嘲笑,都达到了深刻的思想性和喜剧艺术的完美结合。《悭吝人》是古典主义喜剧的经典作品之一,莫里哀高人一等之处在于,他不仅以典型化的手法,入木三分地刻画了利欲熏心的吝啬鬼的心理特征,还率先指出了拜金主义对人性的异化作用,指出对金钱的狂热追求如何破坏了亲情,毒化了人与人的关系:儿子借高利贷,拿父亲的寿命做抵押;父亲放高利贷,拿到的抵押品竟是自己的寿命。就这样,他的喜剧在表现人类可笑、可恶之处的同时,又让人感到可悲亦可叹。莫里哀艺术的伟大震慑力,正来自以喜剧的形式,表现了社会生活中的悲剧内容。歌德曾精辟地指出:莫里哀的喜剧"已跨至悲剧边缘",他的《悭吝人》"带有高度悲剧性"。[①]

事实上莫里哀的喜剧几乎全都含有悲剧因素:《乔治·唐丹》中的唐丹先生,出于虚荣与贵族联姻,结果成了破落贵族索丹维尔男爵家的"肥田粪",他替贵族还债,供他们挥霍,还得受他们奚落、欺骗和侮辱;《贵人迷》中的茹尔丹先生鬼迷心窍,梦想跻身贵族行列,为模仿贵人的生活方式,不惜挥金如土,结果成为欺诈、捉弄的对象;《恨世者》中的阿尔赛斯特更是一个不折不扣的悲剧人物,他在与社会环境的搏斗中孤立无援,最后只好逃避现实,远走他乡;同样,纨绔子弟唐璜的爱情历险也不知造成了多少人间悲剧,《唐璜》的最后一幕"石像赴宴",将亦悲亦喜的效果同时推向高潮,既惊心动魄,又大快人心。

值得注意的是,莫里哀喜剧中最光彩夺目的人物常常是下等人、仆人,他们代表着聪明才智和人类的良知,常直言不讳地道出事物的本质和真相。如《伪君子》中的桃丽娜、《屈打成医》(1666)中的樵夫斯卡纳赖尔、《司卡潘的诡计》(1671)中的司卡潘等。尤其是足智多谋的司卡潘,正是法国民众最喜爱的一类民间英雄。这种人物是喜剧中最活跃的因素,往往成为那些束手无策的主人们的高参和救星。

作为喜剧家,莫里哀的性格和人们的想象完全相反,他的艺术逗乐了所有

[①] 见爱克曼:《歌德谈话录》(1825年5月12日)。歌德的这一评论打破了悲剧、喜剧的传统界限,纠正了把喜剧混同于闹剧的浅见,对正确理解莫里哀式的深刻喜剧有很大帮助。

的观众,而他本人却沉郁而内向。或许是由于他对人情世态看得太透,或许是由于他对社会的悲剧感受太深,他在日常生活中几乎是不苟言笑的。他最初的愿望是成为悲剧演员,最后却选择了喜剧,因为喜剧的战斗性更强,对现实的批判更犀利、更明快。莫里哀喜剧的批判精神,使它的作者成为教会和一切保守势力的眼中钉。为了与敌人周旋,莫里哀不得不寻求路易十四的庇护,这是他在作品中常给国王唱颂歌,以致大大削弱喜剧尾场的艺术性的根本原因。

莫里哀劳碌一生,给人类留下了三十余部剧作。他是剧团的编剧、导演和主要演员,又是调度一切的行政首脑,加之不得不随时应付来自四面八方的明枪暗箭,其紧张和劳累可想而知。一六七三年二月,他带病演出新剧《无病呻吟》(又译《没病找病》),勉强演完终场便晕倒在地,送回家中,病情急剧恶化,咳破血管,不治而亡,终年五十一岁。

莫里哀去世的噩耗震动了全巴黎,人们一致为天才的陨落感到悲痛和惋惜。而一直仇恨他的巴黎大主教却借口他死前未能忏悔,不准他葬入教堂公墓,后经路易十四干预,才允许将他葬在公墓围墙外埋葬自杀者的地方。教会的排斥打击丝毫无损于莫里哀的伟大,传说莫里哀去世后,路易十四曾问布瓦洛:在他统治期间,谁在文学上为他带来最大的光荣?布瓦洛回答:"陛下,是莫里哀。"虽然莫里哀直到去世尚未成为法兰西学院①的院士,但法兰西学院的大厅里却立有他的一尊石像,底座上的题词是:"他的光荣什么也不少,我们的光荣却少了他。"

应该说,这句题词丝毫没有夸张之处。

艾 珉
一九九九年十一月三十日

---

① 法兰西学院于一六三五年成立,其院士被称为"不朽者"。院士名额限四十,死去一人再补选一人。

恨 世 者

(1666 年首演)

人　物

阿尔赛斯特——赛丽曼纳的追求者。
菲兰特——阿尔赛斯特的朋友。
奥龙特——赛丽曼纳的另一追求者。
赛丽曼纳——阿尔赛斯特所追求的女人。
爱丽昂特——赛丽曼纳的表妹。
阿尔西诺艾——赛丽曼纳的女友。
阿加斯特——侯爵。
克里唐特——侯爵。
巴斯克——赛丽曼纳的男仆。
一个贵族审判委员会的警官。
杜布瓦——阿尔赛斯特的男仆。

地　点

巴黎。

第 一 幕

第 一 场

〔菲兰特,阿尔赛斯特。

菲兰特　什么事？怎么啦？

阿尔赛斯特　(坐下)请不要管我的事。

菲兰特　不过你必须告诉我到底是什么事使得你……

阿尔赛斯特　对你说过了,不要管我,躲一边去吧。

菲兰特　可至少你先不要动气,听一听我说的话呀。

阿尔赛斯特　我偏要动气,什么话也不听。

菲兰特　你忽然这样大发脾气,我不明白是为什么,虽然我们是朋友,我可是头一个……

阿尔赛斯特　(突然站起)我,我是你的朋友？趁早在你的账上勾销这一笔吧。我一向认为做你的朋友是一件光荣的事;然而自从看见你刚才那种表现,干脆说吧,我不再是你的朋友了,我决不愿意在自甘堕落者的心里占一个位置。

菲兰特　那么,阿尔赛斯特,在你看来,我真是罪大恶极了？

阿尔赛斯特　你真应该活活羞死;这样一种行为是不能得到原谅的,凡是正派人看了都要愤怒。我看见你在那里对一个人万般殷勤,向他表示最亲切的温情;一面狂热地拥抱他,一面还向他赌咒发誓表示友谊,可是等我随后问你他是什么人,你却几乎连他的姓名都说不出来;你对他的那阵热情原来一分手就完,转眼就把他看作一个漠不相关的人。喂！你竟堕落到出卖自己的灵魂,这是一件丧失人格、无耻之极的事。如果我不幸也做

　　　　了像你那样的事,我会懊恼得立刻去上吊。
菲兰特　我可看不出这件事是应该上吊的,我恳求你发发慈悲,允许我擅自将你对我的判决减轻一点,而不因此去上吊,对不起得很。
阿尔赛斯特　这种玩笑开得多么无聊!
菲兰特　那么说正经的,你要我怎么样呢?
阿尔赛斯特　我愿你做个诚实人,不是真从心眼里发出来的话一句也不说。这才不失为正人君子。
菲兰特　如果有一个人高高兴兴地跑过来拥抱你,你总该照样还他一个礼,总该尽你所能回答他的殷勤吧!他怎样来,你就怎样去;他要宣誓,你就赌咒。
阿尔赛斯特　不,我看不惯你们那些时髦人所做的下流样子。我最恨那些动不动就赌咒发誓的人的丑态;我最恨那些满面春风,动不动就跟人拥抱的人;我最恨那些废话连篇,一心要讨好别人的人;他们对所有的人都玩那套虚伪的礼节,不管对一个正直人或对一个坏蛋,都同样看待。倘使有人对你献殷勤,信誓旦旦地向你表白他的友谊、忠心、至诚、崇敬、温情,天花乱坠地把你恭维了一大套,可是等他遇见另外任何一个草包,他也去如法炮制一番;请问,这到底于你有什么益处? 不,不,世间没有一个良心摆在当中的人愿意接受这种娼妓式的尊敬;如果有人把我们跟全世界的人都混为一谈,最光荣的尊敬也就分文不值了。无论这个人的尊敬心是出于什么偏爱,如果他对任何人都敬重,那就等于对任何人都不敬重。既然你也染上了现时流行的这些毛病,哼哼,你就不能再做我的朋友了。我不能接受那种对个人才德不加任何区别的广泛的情谊。我要你把我跟别人区别开来;干脆说吧,把所有的人都当作朋友看待的人,我是不喜欢的。
菲兰特　但是既然在社会上,就不免要有礼尚往来,那就不得不顺着习惯的要求拿些社交场中的俗礼应付别人呀。
阿尔赛斯特　不,我告诉你,我们应该不留情面地谴责那种可耻的、虚假的朋友交往。我们要做真正的人;无论在什么地方,都必须使我们的内心袒露在我们的言词里,应该是我们的内心在那里讲话,不能让我们的真实情感蒙上虚伪客套的假面具。
菲兰特　有许多地方一味地爽直反倒叫人看着可笑,再说也行不通;尽管你对名誉的看法那么严格,说句你不爱听的话,有时候能将心里话隐藏起来倒

13

还是件好事呢。我们对成百成千的人究竟都有些什么想法，难道可以完完全全对他们讲出来吗？那算有礼貌吗？比方我们恨某一个人，我们莫非就应该将真实想法全都告诉他本人吗？

阿尔赛斯特　是的。

菲兰特　什么？那么你当真对老埃米尔说，像她那把年纪还要假装美人未免不大相宜，说她满脸擦的粉谁看了都恶心吗？

阿尔赛斯特　当然。

菲兰特　你也对陶里拉说他太不知趣，不该在宫里大谈他本人如何英勇，出身如何显贵，谈得没有一只耳朵不腻烦？

阿尔赛斯特　对了。

菲兰特　你这是开玩笑吧。

阿尔赛斯特　我一点也不开玩笑，在这点上我是一个人也不能放过的。我的眼睛实在看不惯；无论在宫里或在城里，所见所闻全都是叫我气恼的事；我看见那些人的处世方式，就感觉非常悲观，万分痛苦；我到处只看见卑鄙的谄媚、不公、自私、卖友与奸诈；我真忍受不住了，我要发狂了，我想要和全人类正面地痛痛快快地斗一场。

菲兰特　这种哲学家的忧伤未免太过分了，我见了你这种隐忧深愁实在觉得好笑，我想我们这两个受同样教育长大起来的人颇像《丈夫学堂》里所描写的那一对弟兄，一个是……

阿尔赛斯特　哎哟！不必提这种乏味的比喻了。

菲兰特　好，不提就不提吧，那么，说正经的，你快别这样疯疯癫癫了。世界不会因你这番操心而改变模样；既然你是这样热爱真诚，那么让我来直爽地告诉你：你这个毛病，无论在哪儿都要闹出笑话来；你对于现时的风尚习俗怀着这样大的愤怒，很多人要把你当成怪物。

阿尔赛斯特　那才好呢，活该！那才好呢，我正是要他们这样。那才是一个好的标志，我反倒觉得十分高兴：所有的人在我看来是如此的丑恶，我要是成了他们眼中的好人，我才不痛快呢。

菲兰特　你果真这样憎恶人类吗？

阿尔赛斯特　是的，我对人类憎恨到了极点。

菲兰特　世上所有的人，一无例外都包括在这种憎恨里吗？可是在我们所处的时代里总还有不少……

阿尔赛斯特　没有,我的恨是普遍的,我恨所有的人:有些人,我恨他们,是因为他们凶恶伤人;有些人,我恨他们,是因为他们对待恶人也一团和气,凡是纯洁心灵对人间罪恶应有的憎恨,他们丝毫都没有。你看,现在正跟我打官司的那个恶棍,别人却不辨是非地待他特别和气!在他那副假面具的后面,你完全可以看出他是个出卖朋友的奸徒;无论到什么地方,谁都可以认出他是何等样的人;他的两只眼贼溜溜地乱转,他说话故意低声下气,只有外来的人才会受他蒙蔽;可是这个原应让他销声匿迹的蠢汉,却靠着龌龊的钻营混进了上流社会;并且由于这种钻营,他居然鸿运高照,惹得真正有才学的人愤愤不平,有道德的人抱愧含羞;虽然人们到处都送他一些可耻的头衔,他的声名狼藉也没唤起任何人的同情;虽然称他作骗子手、无耻之徒、该死的强盗,人人都会同意,没有一个人会出来反对;可是他的虚伪丑态却到处受到欢迎:大家都对他热情款待,笑脸相迎,无论什么地方他都混得进去;要是有一个位置必须要手腕方能到手,恐怕第一流的贵族绅士也难与他竞争。唉!眼看大家对恶人是这样宽容放纵,我好比受了致命的创伤。有时候我会突然不由自主地想逃到大沙漠去,避开所有的人。

菲兰特　对时下的风俗我们不必过于忧伤,对人类的本性我们应该多加宽恕,不可用太挑剔的眼光去观察;对人类的缺点我们的眼光要宽容一点。人与人之间需要一种通融的道德;道德讲过了头也是要受谴责的;完美的理性是不趋极端,讲道德也必须懂得适可而止。那种旧时过于生硬死板的道德,跟我们这个时代以及普通习俗实在有点格格不入;那种道德对于人类的要求实在过高:我们应该适应时代的趋向,不可过于偏执;如欲挺身作改革世界的工作,那才是无与伦比的疯狂行为。我和你一样,每天看到许多事情必须改弦易辙方能顺理成章;但是不管我每迈一步会遇见什么事情,人们不会看见我像你那样大发雷霆;他们是何等样的人,我就平心静气地把他们当作何等样的人,我早已把我的心灵锻炼得惯于忍受他们的行为。我相信无论在宫里或在城里,我这种冷静态度与你的愤世嫉俗是同样有哲理的。

阿尔赛斯特　但是先生,这种理由十足的冷静态度,果真能够使你对任何事情都不发火吗?倘使偶尔有一个朋友出卖了你,有人为了图谋你的财产设下奸计来陷害你,或者散布种种谣言不利于你,你也坦然看着一点也不生气吗？

菲兰特　是的，你心里觉得气愤不平的那些别人的缺点，在我看来都是与人的本性分不开的毛病；我看见一个人阴险狡诈、蛮不讲理、惟利是图，就像看见群鹰嗜杀、猴子恶作剧、群狼暴怒一般，我的神经并不觉得格外难受。

阿尔赛斯特　那么我就看着人家出卖我、偷我、将我撕成碎片，而不……噢，我不愿开口了，你这番议论真太岂有此理了。

菲兰特　说真的，你还是不开口的好。不必对跟你辩论的人发这么大的火，还是分一点精力去料理一下你的诉讼吧。

阿尔赛斯特　我决不去料理我的诉讼，我早已拿定主意了。

菲兰特　可是你指望谁去替你托人情呢？

阿尔赛斯特　指望谁？指望正义，指望我的正当权利和那个公道。

菲兰特　那么，一位审判官你也不去拜访啰？

阿尔赛斯特　不去。莫非我的理由还不够正当，还不够明显？

菲兰特　这个，我完全同意，不过对方的阴谋是可虑的，并且……

阿尔赛斯特　不，这条路上我是决定一步不往前走的。要不就是我错，要不就是我对。

菲兰特　你还是不要过于迷信这个吧。

阿尔赛斯特　我主意已定，决不更改。

菲兰特　你的对方是有势力的，仗着他的党徒可以引起……

阿尔赛斯特　那也没关系。

菲兰特　那你可就错了。

阿尔赛斯特　好，就算我错了，我也要看个水落石出。

菲兰特　然而……

阿尔赛斯特　即使败诉我也有败诉的乐趣。

菲兰特　可是毕竟……

阿尔赛斯特　在这场官司里，我倒要看看人们是否真那样厚颜无耻，那样凶狠，那样横行霸道，那样腐化堕落，竟敢在众目睽睽之下冤屈我。

菲兰特　你这个人啊！

阿尔赛斯特　尽管需要付出重大代价，为了事情本身的庄严伟大，我倒情愿官司打输。

菲兰特　你这番议论若是被人听见，阿尔赛斯特，他们可真要好好地笑话你一场了。

阿尔赛斯特 那就让他们笑话吧！

菲兰特 但是你在各方面所苛求的那种耿直，你把自己整个儿都拘束在里面的那种方正，你在此地你所爱的人身上都找到了吗？我诧异的是你自己和整个人类好像已经决裂得毫无回旋余地，尽管一切都已使你觉得人类是那么丑恶可憎，你却仍旧在人类当中选中了使你倾心的对象；尤其使我惊奇的是你这颗心却做了这样一个奇怪的选择。那位诚实的爱丽昂特很仰慕你，那位道貌岸然的阿尔西诺艾用很温柔的眼光在看着你；但是你的心却拒绝了她们俩的情意，而甘心忍受赛丽曼纳的束缚。赛丽曼纳那种搔首弄姿和好诽谤人的恶习，正是时下的通病。你是痛恨时下风尚的人，怎么会容忍这位美人所沾染上的一切呢？莫非毛病生在我们喜爱的东西上面就不算毛病了？你是不曾看见这些毛病呢，还是看见了却加以原谅呢？

阿尔赛斯特 不，我对这个年轻寡妇产生的爱情并没有遮住我的眼，我也看得见别人在她身上发现的那些毛病，并且无论她对我的爱情多么热烈，我总是第一个先看出她的毛病，也是第一个加以斥责。不过尽管这样，也别管我怎样努力，我还必须承认我的弱点：她确有一套讨我喜欢的妙法。尽管我在她身上看出许多毛病，尽管我责备这些毛病，我还是爱她；她的美丽真是具有魔力；不过毫无疑义，我的爱情会把她心灵中的这些恶习驱逐干净的。

菲兰特 你真要做这件事，可得费不少气力，那么你相信她是爱你的了。

阿尔赛斯特 是的，那还用说！我若不相信她爱我，我就不会爱她了。

菲兰特 既然你已看出她对你有好感，那么你那些情敌怎么还使你感觉不安呢？

阿尔赛斯特 这是因为一颗坠入情网的心希望对方整个属于自己；我到这儿来，就是为了把我的爱情关于这点要对她说的话通通告诉她。

菲兰特 我呢，假使只要我表明心迹而没有别的顾虑的话，那么我情愿把我的爱情整个儿献给这里主人的表妹爱丽昂特；她的心——敬爱你的那颗心是坚定诚恳的，你若选中了她，那才更符合你的性格，更对你的路子。

阿尔赛斯特 这倒是真的：我的理智每天都这样对我说；不过理智是一种不能约束爱情的东西。

菲兰特　我很替你的爱情担忧；你现在所有的希望很可能……

第 二 场

〔奥龙特，阿尔赛斯特，菲兰特。

奥龙特　我在楼下已经听说爱丽昂特出门买东西去了，赛丽曼纳也出去了。但是他们告诉我说你们二位在这里，因此我特意跑上来真心实意地告诉你们，我对你们二位早有一种别人难以相信的尊敬，并且很久以前被这种尊敬心所驱使，我就十分想来和你们做朋友。不错，见了有才德的人我的心就佩服得五体投地，因此我急于要和二位结为好友：我想一个热情的朋友，并且像我这样有身份的人是决不会被你们拒绝的吧。喂！对不住，我这番话是对您说的。

〔此时阿尔赛斯特若有所思，没有听见奥龙特对他说的话。

阿尔赛斯特　是对我说的吗，先生？

奥龙特　正是对您说的，您觉得这番话冒犯您了？

阿尔赛斯特　不，只是我十分诧异罢了。我此刻得到的殊荣，实在出乎意料。

奥龙特　我对您的尊敬绝对不应该使您诧异，您原是可以希望全世界都尊敬您的。

阿尔赛斯特　先生……

奥龙特　我们在您身上所看见的这种光彩四溢的才德，全国可说没有一个人能及得上。

阿尔赛斯特　先生……

奥龙特　是的，在我看来，我认为您比我看见的所有最伟大的人更为可爱。

阿尔赛斯特　先生……

奥龙特　我若撒谎，让上天把我压死！并且就在此地我要向您证明我的真情：请允许我，先生，真心实意地和您拥抱，并且我恳求您把我算在您的朋友之列。让咱们来握一握手，一言为定。您答应把我当作朋友看待了？

阿尔赛斯特　先生……

奥龙特　怎么？您拒绝？

阿尔赛斯特　先生，您肯这样待我，实在使我太荣幸了，不过友谊需要更多一点神秘,如果不问时机,动不动就把它抬出来,实在是亵渎了友谊这个名词。友谊的结合是要经过考虑与选择,才能产生的。在我们结交以前,应该彼此认识得更清楚一些;倘使冒昧从事,将来就难免要发生复杂的情形,反而使我俩懊悔今天这一场交好。

奥龙特　哎哟！这正是正人君子说的话,我因此对您更敬佩了;那么就让时间去替我们造成这个甜蜜的结合吧;不过我现在就已经愿意完完全全供您差遣。倘使在宫里那方面需要我为您引见,您知道在国王身边我多少还有点面子;真是言听计从,并且天地良心,老爷子对我处处都是那么优待。总之,无论什么样的事,我都愿替您效劳;您的才华真可说是光芒万丈,因此我把我最近做的一首十四行诗拿来请您看看,好知道是不是可以发表;今天请您看诗也可以算是我俩中间这个美丽结合的开端吧。

阿尔赛斯特　先生,我实在不能替您决定这件事情;请您免了我这个差使吧。

奥龙特　这是什么缘故？

阿尔赛斯特　我有个毛病,就是关于这类事有点过分地爱说老实话。

奥龙特　这正是我所要求的。我把我的作品给您看,原是为听听您毫不掩饰的老实话。倘使您竟欺骗我,或者隐瞒起什么话不说,我还要埋怨您呢。

阿尔赛斯特　既然您愿意这样,那么,先生,我也没有什么不同意的。

奥龙特　十四行诗……这是一首十四行诗……题目叫作"希望"……是一位闺秀,她给了我爱情上一点希望。"希望"……我所写的并不是那些富丽堂皇、洋洋洒洒的诗篇,只不过是温柔悱恻、情意缠绵的短句。

〔文中虚点表示小停顿,每次停顿奥龙特必用眼望一望阿尔赛斯特。

阿尔赛斯特　等我们看过就知道了。

奥龙特　"希望"……我不知道这首诗的格调在您看来是否够简洁、够流畅,您是不是满意我所选用的字眼。

阿尔赛斯特　看了就知道啦,先生。

奥龙特　好在您知道我只用一刻钟的工夫写了这首诗。

阿尔赛斯特　看了再说,先生,时间的长短是没有多大关系的。

奥龙特　(读诗)

诚然,希望能减少痛苦,
暂时摇睡我的深忧,
不过,菲莉丝,究有何用,

　　　　　如果希望后面任什么也没有。

菲兰特　我已被这一小段迷住了。
阿尔赛斯特　（低声向菲兰特）什么,你竟好意思夸奖!
奥龙特　（读诗）

　　　　　您那时诚然和蔼可亲;
　　　　　但是您又何苦那样殷勤!
　　　　　如果只肯把希望赐给我,
　　　　　那还不如根本不施恩情。

菲兰特　多么漂亮的词句!
阿尔赛斯特　（低声向菲兰特）你这是卑鄙地随声附和,你竟夸奖起这些混账话来!
奥龙特　（读诗）

　　　　　倘使要我永无尽期地等待,
　　　　　将我火热挚情逼到尽头,
　　　　　那只有死是我的救星。

　　　　　您怎样关怀,也难使我忘情,
　　　　　美丽的菲莉丝,我已悲观绝望,
　　　　　可是还不能不继续希望。

菲兰特　结尾妙极了,情意缠绵,令人钦佩之至。
阿尔赛斯特　（低声向菲兰特）多么无聊的结尾!你这散布毒素的家伙,只欠魔鬼把你抓去!你莫非也想照样写一段来找打!
菲兰特　我从没有听过这样美妙的诗句。
阿尔赛斯特　（低声旁白）胡说八道!
奥龙特　（向菲兰特）您太恭维我了,您也许以为……
菲兰特　我并不是恭维您。
阿尔赛斯特　（低声向菲兰特）喂!你这是干什么呢?你这个奸贼!
奥龙特　（向阿尔赛斯特）可是您,您知道我们俩刚才是怎么约定的:请您老老实实地谈一谈吧。

阿尔赛斯特　这个问题永远是很微妙的,关于文章的事,我们总是喜欢别人恭维我们。但是有一天,有这样一个人——这人的名姓不便宣布,我看见了他做的诗句就告诉他说,一个漂亮人物必须能控制住自己的手不叫它老痒痒着张罗写作;必须勒紧缰绳不要迫不及待地在人面前卖弄这些玩意儿;我还告诉他过于热衷地拿自己的作品给别人看,是难免要叫人笑话的。

奥龙特　您这是要对我说,我不应该……?

阿尔赛斯特　我没这样说;不过我曾对那人说,一部毫无生气的作品是要闷死人的,仅仅这一个毛病就可以毁坏一个人的名声;他尽管还有一百种别的美德,但我们评论人总是着重在他坏的一方面。

奥龙特　莫非您对我的诗有什么要指摘的地方吗?

阿尔赛斯特　我没说这话;不过为劝那人不要写作,我曾向他指出,在我们这个时代,这种写作欲已经毁了不知多少好人。

奥龙特　我写得不好?我跟这些人一样?

阿尔赛斯特　我没说这话;不过我曾对那人说:"您为什么要这样忙着诌诗?谁逼着您刊印您的作品?如果我们可以原谅一册坏书风行一时,那也仅仅是对那些以著书糊口的可怜虫来说。听我的话吧,抵抗住您这种欲念,不要叫读者浪费光阴;无论旁人怎样逼迫您,也不要放弃您在宫里享有的士族名望,反倒从一个贪婪的出版商手里争取那可笑而又可怜的著作家的头衔。"您看这就是我尽力叫他了解的事。

奥龙特　这都很不错,并且我相信我很了解您的意思。但是我能不能知道您对我的诗……?

阿尔赛斯特　说实话,您的诗只好去在抽屉里。您模仿的是些恶劣的模型,您用的是些很不自然的语句。什么叫"暂时摇睡我的深忧"?又是什么"如果希望后面任什么也没有","如果只肯把希望赐给我,那还不如根本不施恩情"?还有什么"美丽的菲莉丝,我已悲观绝望,可是还不能不继续希望"?这种人人自鸣得意的辞藻离开了优良风格与真理:不过是文字游戏,纯粹是矫揉造作,人们说话根本不是这样说的。现代的恶劣趣味真使我害怕。我们的祖先虽然粗鲁,趣味可比现代高得多,现在大家赞扬的东西,在我看来实在抵不上一首老歌的歌词,让我来读给您听听吧:

　　如果国王赐给我,

  他的大城——巴黎，

  叫我离开

  我女友的爱情，

  那么我就启奏国王亨利：

  "收回您的巴黎，

  我还是喜爱我的女友，

  我还是喜爱我的女友。"

  韵脚押的不怎么紧凑，章法也显得陈旧：但是您看不出这比那些不近情理的比喻有价值得多吗？您看不出这是纯洁的热情在那儿说话吗？

  如果国王赐给我

  他的大城——巴黎，

  叫我离开

  我女友的爱情，

  那么我就启奏国王亨利：

  "收回您的巴黎，

  我还是喜爱我的女友，

  我还是喜爱我的女友。"

  这才是一颗真正产生了热爱的心说出来的话。（向笑着的菲兰特）是的，你这位张开嘴发笑的先生，不管你那些才子们怎样看法，我是喜爱这个，而看不起那些人人称赞的浮华辞藻的虚伪光彩的。

奥龙特 我，我坚持认为我的诗是极好的诗。

阿尔赛斯特 您以为如此，当然有您的理由；不过您应该承认我可以有别的理由，而这些别的理由是无需服从您的理由的。

奥龙特 旁人都器重我的诗，这就够了。

阿尔赛斯特 那是因为他们善于装假，我却没有这种本事。

奥龙特 您真以为您是那样聪明吗？

阿尔赛斯特 我若肯夸奖您的诗，那我就更聪明了。

奥龙特 我才不需要您称赞我的诗呢。

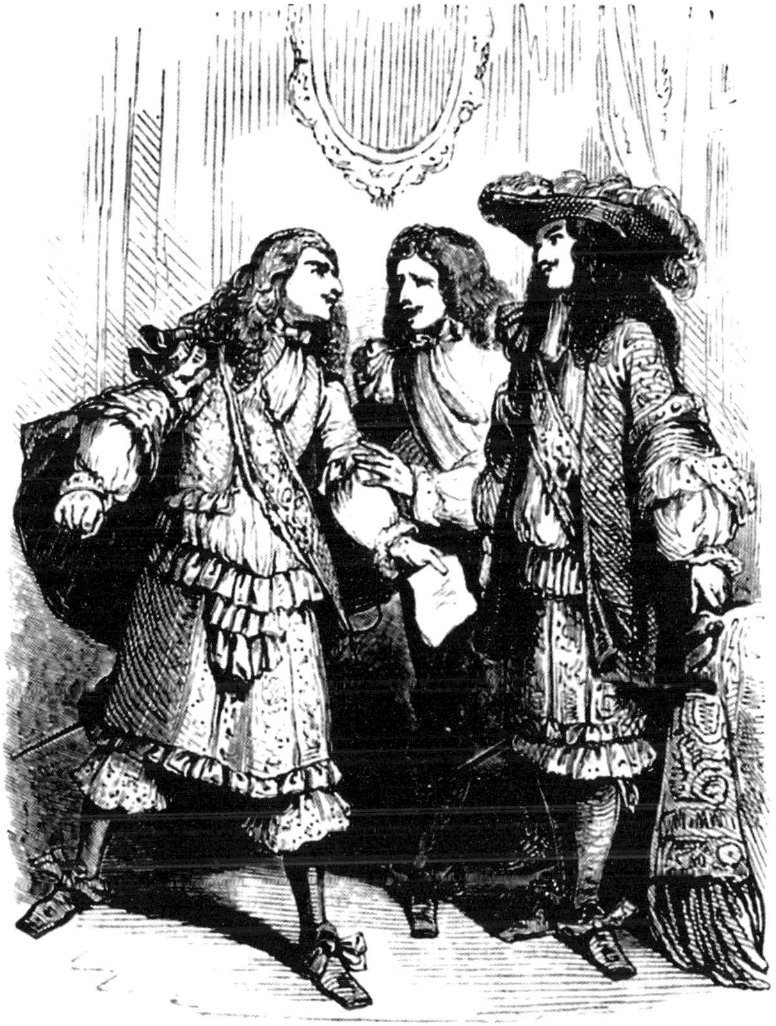

阿尔赛斯特　您也只好不需要我来称赞,对不起。

奥龙特　我很愿意您也照原题按您的格局做一首我看。

阿尔赛斯特　不幸得很,我也只能做出一样坏的诗,不过我是决不肯拿出来给人看的。

奥龙特　您说话倒干脆,您这种自满的劲头儿……

阿尔赛斯特　到别处去找奉承您的人吧!

奥龙特　喂!我的小先生,别这样盛气凌人。

阿尔赛斯特　我的大先生,我应该怎样就怎样。

菲兰特　(夹在二人之间)喂!先生们,这就够瞧的了,快不要这样了,饶了我吧。

奥龙特　啊!是我错了,我认错,我立刻离开此地,先生,我一切谨遵台命。

阿尔赛斯特　我呢,先生,我惟命是从。①

第 三 场

〔菲兰特,阿尔赛斯特。

菲兰特　好了,你看见了吧,只因诚实过分你又惹了一桩麻烦;我早看出奥龙特本是为叫人恭维他才……

阿尔赛斯特　你不必和我谈了。

菲兰特　不过……

阿尔赛斯特　我从今以后不愿再在人群里鬼混了。

菲兰特　这未免太……

阿尔赛斯特　你走开吧。

菲兰特　假使我……

阿尔赛斯特　不必多解释。

菲兰特　你这是怎么啦?

阿尔赛斯特　我任什么也不再听了。

---

① 法国古代贵族间有了纠纷预备决斗的时候,就彼此说:"我是您的最卑贱的仆人"。这里仅译其大意。

菲兰特　可是……

阿尔赛斯特　你还要说？

菲兰特　旁人侮辱了……

阿尔赛斯特　够了,够了,不要这样在后面跟着我!

菲兰特　你这是跟我开玩笑吧,我可不能离开你。

第 二 幕

第 一 场

〔阿尔赛斯特,赛丽曼纳。

阿尔赛斯特　夫人,您愿意我对您痛痛快快说个明白吗?我对您的种种举动,实在太不满意了;看见您的所作所为,我心里的怒火就不打一处来,我觉得我们俩非决裂不可了。是的,我若是换个样子说便是欺骗您,我们无疑早晚要决裂。我就是答应您一千次说不决裂,恐怕也是办不到的。

赛丽曼纳　看样子,您是为和我吵嘴才送我回家的。

阿尔赛斯特　我并不想吵嘴;不过您的脾气,夫人,见人就爱,未免有点过分,追逐您的情人实在太多,我打心眼里就看不惯。

赛丽曼纳　人家追逐我,那能怪我么?我能阻挡旁人觉得我可爱吗?他们想方设法来献殷勤,我应该拿根棍子撵他们出去吗?

阿尔赛斯特　不,夫人,用不着拿棍子,只要您的心对他们的希望不那样轻易许诺,不那样温柔就够了。我知道您的吸引力是无处不在的;不过被您的美貌吸引来的人又被您的一番殷勤留住了;拜倒在您裙下的人,您对他们是那样温柔,您可算是在他们心上完成了您的姿色所未完成的工作。您奉献给他们的、使他们大可乐观的希望,使您周围老有一群紧追不舍的人;只要您不那么滥施和蔼,自然就把那一大群求爱的人给驱散了。但是至少请您告诉我,夫人,您的克里唐特究竟靠了哪步好运,会有福气让您那样喜欢他?您如此尊敬他究竟是根据他的哪种才能、哪种美德?他所以能得到您的尊敬,是不是因为他小拇指上留的那个长指甲?您也跟在一般时髦人的后面拜倒在他金黄色假发的光辉之下了吗?是他膝上的大花边使您爱他?是他满身的缎带迷住了您?还是因为他穿着宽大花边短裤,在您身边扮演奴隶的角色,得到您的心许?还是他那种笑的姿态与他那尖细的嗓音找着了打动您的心的秘诀?

赛丽曼纳　您这样妒忌他实在没有道理!您不知道我为什么敷衍他吗?您不知道他已答应我,为我的诉讼替我把他所有的朋友都拜托到吗?

阿尔赛斯特　夫人,您还是决心打输官司吧,千万不要敷衍那个侮辱我的情敌。

赛丽曼纳　不过,您这不是吃起全世界人的醋来了吗?

阿尔赛斯特　这是因为全世界人都得到了您的殷勤招待。

赛丽曼纳　既然我对任何人都这么和蔼;那么正应该使您放下心来,高枕无忧了,倘使您看见我把和气都集中在某一个人的身上,您不更有愤怒的理由了吗?

阿尔赛斯特　但是我,您责备我醋劲太大,我究竟比他们多占了些什么便宜?夫人,请您告诉我。

赛丽曼纳　知道我爱您,有了这个幸福不就是一宗便宜吗?

阿尔赛斯特　我燃烧着的心根据什么理由能相信这个呢?

赛丽曼纳　既然我肯亲口对您说出这样的话,我想我这样表明心迹,您就应该知足了。

阿尔赛斯特　但是谁能向我担保您同时不对别人也说一样的话呢?

赛丽曼纳　当然啰,这样的情话从一个求爱者口里说出来真是十分甜美。不过,您把我看作什么样的女人了?现在为了不叫您再担这份忧起见,我方才说的话一齐都不算数了;以后除了您自己欺骗自己,再也不会有人欺骗您了;您该满意了吧?

阿尔赛斯特　哎哟,那我得多么爱您呀!真要使我能从您手中把我的心重新夺回来,那我该如何感谢上帝赐我那样稀罕的幸福!我毫不隐瞒,我正竭力设法替我的心摆脱这可怕的束缚呢;但是一直到现在,我最大的努力都没有丝毫结果。我这样爱您就是为吃点苦头好在上帝面前折我的罪孽。

赛丽曼纳　不错,您对我的热爱是没有第二份的。

阿尔赛斯特　是的,论这一点我同任何人都敢较量。我的爱情是难以想象的;从来也没有人,夫人,像我这样爱过您。

赛丽曼纳　这不错,您爱的方式是十分新鲜的,您爱人原来就是为跟人争吵。

您的热情只用难听的话来表达,我从来没见过这样一种爱吵爱闹的爱情。

阿尔赛斯特　然而我的忧虑能否消除却全在于您,饶了我吧,我们别再吵下去了,让我们来开诚布公地谈几句话,来决定……

第 二 场

〔赛丽曼纳,阿尔赛斯特,巴斯克。

赛丽曼纳　什么事?

巴斯克　阿加斯特来了。

赛丽曼纳　请他上来就是了。

第 三 场

〔赛丽曼纳,阿尔赛斯特。

阿尔赛斯特　怎么!总也不能和您单独谈几句话么?总是看见您忙着接待宾客;连一会儿的工夫您都不肯推托说您不在家。

赛丽曼纳　您愿意我得罪他吗?

阿尔赛斯特　您对谁都这样周到,实在叫我看了不舒服。

赛丽曼纳　倘使他知道我不耐烦见他,他是要记恨一辈子的。

阿尔赛斯特　那有什么关系,何至于使您这样为难?

赛丽曼纳　天啊,像他这一类人是万万不能得罪的,不知怎么回事,宫里偏是这等人能高谈阔论,样样占上风。无论旁人谈什么总看见他们往里插嘴;他们成事不足,败事有余,无论有什么得力靠山,跟这种乱说乱吹的人是决裂不得的。

阿尔赛斯特　不管什么事,也不管是什么理由,您总是有许多大道理,无论什么人您都要勉强接见,您对每一件事的看法是那么小心谨慎……

第 四 场

〔阿尔赛斯特,赛丽曼纳,巴斯克。

巴斯克　克里唐特也来了。

阿尔赛斯特　（表示要走）来得正好。

赛丽曼纳　您上哪儿去?

阿尔赛斯特　我出去。

赛丽曼纳　不要走!

阿尔赛斯特　干什么?

赛丽曼纳　留在这儿!

阿尔赛斯特　办不到。

赛丽曼纳　我一定要您留在这儿。

阿尔赛斯特　不成,不成。这些谈话只让我腻烦,一定要我忍受这个,那实在太难了。

赛丽曼纳　我偏要您这样,我偏要您这样。

阿尔赛斯特　不成,做不到。

赛丽曼纳　那么,走吧,出去吧,随您的便!

第 五 场

〔爱丽昂特,菲兰特,阿加斯特,克里唐特,阿尔赛斯特,赛丽曼纳,巴斯克。

爱丽昂特　（向赛丽曼纳）您看两位侯爵也跟着我们上来了,有人通报过了吗?

赛丽曼纳　是的。(向巴斯克)给每位搬一个座儿。(巴斯克搬座后下。向阿尔赛斯特)您还没有走?

阿尔赛斯特　没有,不过,夫人,我要您表明心迹,您是向着他们呢,还是向着我。

赛丽曼纳　住口!

阿尔赛斯特　今天您须讲个分明。

赛丽曼纳　您发昏了。

阿尔赛斯特　没有发昏,您得明白宣布。

赛丽曼纳　唉!

阿尔赛斯特　您得有个决定。

赛丽曼纳　我想您是成心开玩笑吧。

阿尔赛斯特　没有。不过您须选择一下,我的耐心已到了极限。

克里唐特　喂!我刚从卢浮宫来,克莱翁特今天参加国王起床典礼的时候真是丑态百出。真的,他就没有个朋友做做好事,指点指点他的举止吗?

赛丽曼纳　说真的,他在交际场中的确太失态了,他的神气到处惹人注目,并且过一些日子不见他,再见的时候,他越发千奇百怪了。

阿加斯特　那算什么!提起怪人,我方才就倒霉碰上了一个最讨厌的怪人:就是那个爱发议论的达孟,他把我拉出车座,在大太阳底下足足谈了一个钟头。

赛丽曼纳　那是一个专爱说废话的怪人,他专有那宗本事:就是跟你说了一大堆话,却没有告诉你一丁点儿事,他说的那些话,你永远摸不着头脑,我们耳朵听见的只是一些空洞的声音。

爱丽昂特　(对菲兰特)这个开场白很不错,攻击旁人的谈话开始活跃了。

克里唐特　夫人,迪芒特也够个典型人物了。

赛丽曼纳　这是一个从头到脚充满神秘的人物。此人整天无事忙。走过你身旁的时候,他总慌慌张张地看你一眼;和人说话的时候脸上总扮着各式各样的鬼脸;他那样装腔作势实在叫人看着头痛:他老有一桩秘密必须低声告诉你,而这桩秘密却是一文不值的事,目的只是为打断你们的谈话;芝麻大的事,他捧了当作稀世珍宝,甚至祝你早晨健康也要附着你的耳朵才肯说出来,他是无事不附着耳朵说的。

阿加斯特　夫人,还有芮拉特呢?

赛丽曼纳　哎哟,这个好吹牛的讨厌鬼!他嘴上总也离不开贵族。他老混在达官贵人的圈子里,开口不是某公爵就是某亲王,要不就是某王妃,他心目中只有品级;他所谈的只是车、马和猎狗,他跟最显贵的人谈话也是称你而不称您,"先生"这个称呼他是绝口不用的。

克里唐特　听说他和蓓丽丝最要好。

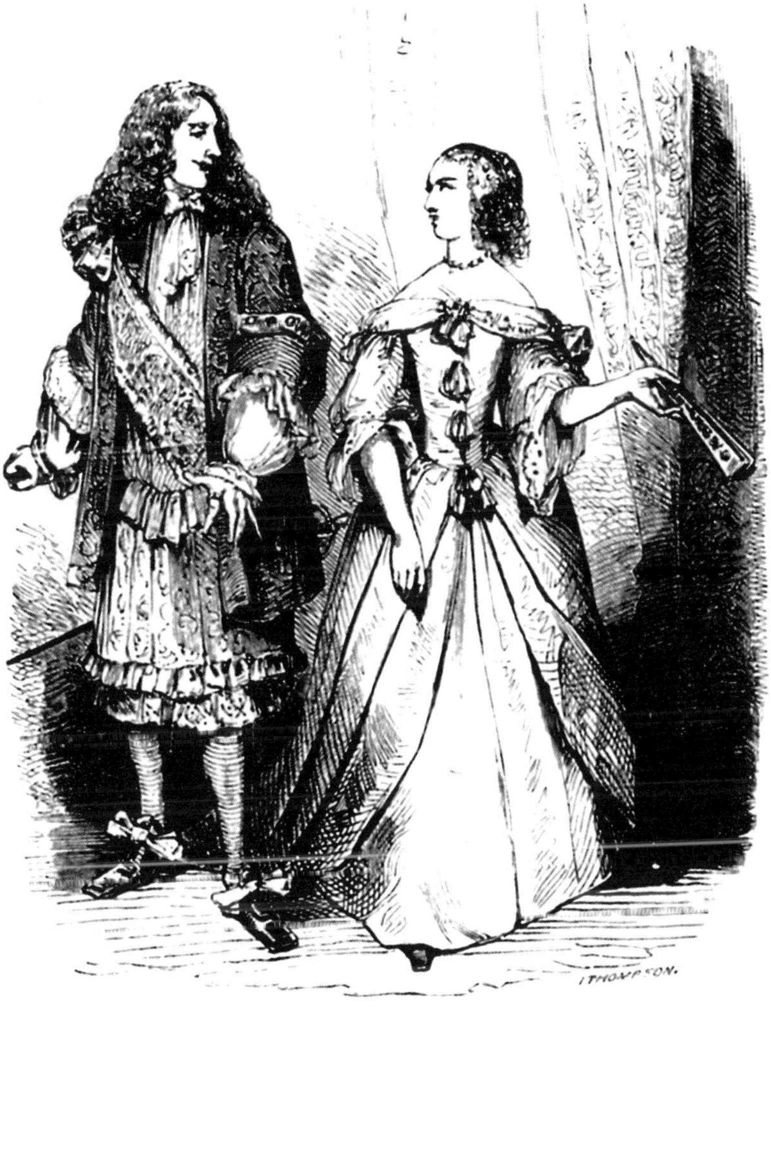
THOMPSON.

赛丽曼纳　提起蓓丽丝,那个女人的头脑才可怜呢,她的谈吐枯燥无味到极点！她来看我的时候,我可受大罪了。跟她说话必须不停地找话题,她的词句是那样贫乏,我们的谈话老是好不容易活泼一点儿又马上僵下去。你就是把种种老生常谈都搬出来,也打不破她那蠢笨的缄默:跟她谈话,晴天下雨,天冷天热,这些话题都无从谈下去。然而她的拜访,别看那么叫人难以忍受,拖的时间却长得可怕:你打听时辰;你打哈欠打到二十次,她还是一动不动,简直是一块木头。

阿加斯特　您看阿德拉斯特如何?

赛丽曼纳　噢！那是个极端骄傲的人！一个自我膨胀到快把肚子撑破的人,他的才学使他对朝廷永远怀着不满情绪,每天都在咒骂朝廷,仿佛这是他的职司。每逢宫里有派差、放缺、赏赐寺院田产等事,他总觉得是朝廷不知赏识他的才能而委屈了他。

克里唐特　但是那位少年克莱翁,如今最上层的人物都到他家去的那个克莱翁,您觉得他怎么样?

赛丽曼纳　我以为他的声望是因为他有个好厨师,拜访他的人是拜访他的酒席去的。

爱丽昂特　他总是准备下最精致的菜肴来款待客人。

赛丽曼纳　是的,但是我希望他自己不要入席;像他那样的糊涂虫,自己就是一碟顶坏的菜,叫我看来是他本人把所有请客吃的菜都带累坏了。

菲兰特　大家对他的表叔达米斯倒还有点尊敬,夫人,您看那个人怎么样?

赛丽曼纳　他和我是朋友。

菲兰特　我觉得他很文雅,并且外表也还聪明。

赛丽曼纳　不错,不过他太喜欢卖弄聪明,这正是我所痛恨的。他时时刻刻端着架子,从他的谈吐中我们看得出他是在费尽心机说俏皮话。自从他以才子自居,他就到处挑剔,简直没一样能合他的口味。在所有别人写的文章里他都要挑出毛病来,他以为夸奖别人便不是才智之士,以为挑剔别人便是有学问,笑嘻嘻地赞扬别人只是蠢汉们的勾当,他以为对现代作品一概否定,就高出所有人之上了。就是人家随便谈话,他也有许多地方要加以责难:他认为别人所谈的都是些微不足道的事情,他是不能降尊纡贵参与的,于是双手在胸前一叉,从他智慧的峰顶上高高地悯然望着每个人说话。

阿加斯特　天啊！这真是他的小照。

克里唐特　(对赛丽曼纳)您描写别人的本事真叫人佩服。

阿尔赛斯特　好,不要退缩,你们这些宫廷贵人,接着往下说吧;你们竟一个人也不肯放过,挨着次序人人都有份儿;然而这些人当中没有一个走到你们面前你们不是赶紧迎上前去,伸手问好,谄媚地吻颊,向他们发誓愿供他们差遣的。

克里唐特　您为什么跟我们发脾气？如果刚才说的话冒犯了您,应该受责备的是这位夫人。

阿尔赛斯特　不,应该责备你们;是你们附和的笑声把这些毁谤的词锋从她的头脑里勾引出来。你们那套万恶的奉承谄媚是不断地滋养着她那爱讥笑人的脾气;倘使她发觉你们并没有那样热烈地鼓掌赞成她,她便不会有那么大的兴致去讥笑人了。因此一个人如果犯许多毛病,都应归咎于那群在旁捧场喝彩的人。

菲兰特　不过您为什么对那般人忽然这样爱护起来？方才责备他们的那些事也正是您要加以责备的呀。

赛丽曼纳　这位先生不是老应该主持异议吗？您要他附和众人的意见吗？要他不到处显示他受之于天的那种标新立异的精神吗？别人的想法是总也不能符合他的意见的:他手中总是握着反面的主张,倘使被人看见他与某人意见相同,他便自以为是庸俗的人了。唱反调这种荣誉在他看来是那样有趣,他甚至常常掌这个武器反过来打击自己;并且他自己原来的主张也往往由他自己去攻倒,只要看见别人口里也说出与他同样的主张。

阿尔赛斯特　爱讪笑人的人都站在您那边,夫人,这一句话就说明一切了。您现在很可以掉转头来讥讽我。

菲兰特　不过您的头脑对于旁人所说的话总是一味地反对,这倒是千真万确的;并且正因您自己也承认的这种脾气在那里作怪,您既不准别人责备人,也不准别人夸奖人。

阿尔赛斯特　真气死人了！因为他们总也没有对的时候呀,所以跟他们闹脾气无论什么时候都是合适的,我看他们无论对什么事,不是作不适当的夸奖便是作冒昧的批评。

赛丽曼纳　可是……

阿尔赛斯特　不,夫人,不,就是要我的命,您需要的这些乐趣也是我所不能容忍的,在这儿大家都鼓励您去留恋那人人责备的毛病,这是不应该的。

克里唐特　至于我,别的虽不知道,可是我要高声承认我一直到现在都相信这位夫人没有任何一点毛病。

阿加斯特　我只看见她天生的丰采和姿色;至于她的毛病,我一点也没有注意。

阿尔赛斯特　不过我,我可全注意到了;并且我绝不隐瞒,她也知道我已责备过她这些毛病。对一个人爱之愈深,就愈不应该一味加以恭维;丝毫都不原恕,才显露出纯洁的爱情。倘使我真看见那些卑鄙的求爱者,老是顺从着我的心思,并且随时随地一味附和、怂恿我的种种乖僻行动,我是一定要赶走他们的。

赛丽曼纳　归根结底一句话,如果人人都必须按照您的心思办事,那么谈恋爱就必须摒除温情;所谓纯洁完美的爱情就必须凶狠地辱骂所爱的人,才不失掉它的崇高。

爱丽昂特　这些条规通常是不适合于爱情的,我们所看见的求爱的男子永远夸耀他们的恋人。他们的爱情使他们在恋人身上看不出一点点可责备的地方,被他们所爱的人们身上,样样都是可爱的。他们把毛病当作美德,而且还会替这些毛病另编一套好听的名称:面色苍白的女人,就说她是肤色白皙堪与茉莉花媲美;黑得令人害怕的女人,则称她为可爱的"栗色美人";瘦的说她是身段苗条举止灵巧;胖的说她是凝重庄严;醒醒不堪实在不能叫人动心的,则称她是天然去雕饰;高的说她看起来像女神;矮的说她是娇小玲珑;骄傲的说她高傲的心胸配戴皇后的冠冕;奸诈的说她聪明伶俐;糊涂的说她为人忠厚;爱扯闲话的说她脾气随和;死不开口的说她娴淑贞静。一个求爱者当爱情高涨到极端的时候,就是这样:连恋人身上的毛病也觉得是可爱的。

阿尔赛斯特　我,我坚持……

赛丽曼纳　停住这番议论吧,让我们到廊下去散散步!怎么,你们要走了,诸位先生?

克里唐特与阿加斯特　我们不走,夫人。

阿尔赛斯特　您所担心的就是他们走。两位先生,你们想几时走就几时走好了;不过我通知你们,我是一定要等你们走了之后才走的。

阿加斯特　除非是看出夫人嫌恶我们,否则,这一整天都没有事情可以叫我们离开这里。

克里唐特　我,只要赶得上国王就寝的典礼,此外没有绊住身子的事。

赛丽曼纳　(向阿尔赛斯特)你们这是说着玩吧,我想!

阿尔赛斯特　不,一点不是说着玩。咱们倒要看看您究竟是不是愿意我先走。

第 六 场

〔阿尔赛斯特,赛丽曼纳,爱丽昂特,阿加斯特,菲兰特,克里唐特,巴斯克。

巴斯克　(对阿尔赛斯特)先生,外边有个人要跟您说话,他说是为了一桩不能再耽搁的事情。

阿尔赛斯特　告诉他说我没有这样紧急的事。

巴斯克　他穿着襟上打折,上面绽着金线的上衣。

赛丽曼纳　(对阿尔赛斯特)您去看看什么事。或者让他进来也可以。

第 七 场

〔阿尔赛斯特,赛丽曼纳,爱丽昂特,阿加斯特,菲兰特,克里唐特,一个贵族审判委员会警官。

阿尔赛斯特　(上前迎接警官)有什么事?请到这边来,先生。

警官　先生,我只有两句话要跟您说。

阿尔赛斯特　先生,您可以大声把事情讲给我听。

警官　先生,各位裁判官派我来请您赶快去见他们。

阿尔赛斯特　请谁?请我,先生?

警官　是请您。

阿尔赛斯特　为什么呢?

菲兰特　(对阿尔赛斯特)就是你同奥龙特的那桩笑话啰。

赛丽曼纳　(对菲兰特)怎么回事?

菲兰特　刚才奥龙特跟他为了几句诗——他不赞许那诗——彼此争吵起来;

35

现在人家想趁着这事刚刚发生的时候就把它平息下去。

阿尔赛斯特　我,我不会做出卑怯的让步的。

菲兰特　不过命令是必须遵从的;算了,你先预备一下吧。

阿尔赛斯特　他们打算怎样调解我俩的事呢?那几位先生的意见难道能命令我赞许那些引起我们争吵的诗句吗?我决不能撤销我刚才评论那几句诗所说的话。我现在还认为那是坏诗。

菲兰特　不过,心情还是平和一点的好……

阿尔赛斯特　我决不撤销前言,那些诗是应该诅咒的。

菲兰特　你的态度应该和缓一些。算了,你就去吧。

阿尔赛斯特　好,我去就是,不过没有任何东西可以使我撤销前言。

菲兰特　我陪你去见他们吧。

阿尔赛斯特　除非国王有特旨下来,命令我赞许那些惹起麻烦的诗句,我要永远坚持那是坏诗,并且做这诗的人应该受绞刑。(对克里唐特与阿加斯特,他们笑着)喂,先生们,我没想到我会这样可笑。

赛丽曼纳　赶快到您该去的地方去听审吧。

阿尔赛斯特　我这就去,夫人,并且马上就回来解决我们这场争辩。

第 三 幕

第 一 场

〔克里唐特,阿加斯特。

克里唐特　亲爱的侯爵,我看您倒是知足常乐,没什么事会让您担忧。说真的,您真以为有很多的理由可以表示快活,而没有看晃了眼吗?
阿加斯特　可不是!我自己审视了一下,实在看不出从什么地方可以找出忧伤的理由;我有财产,我年轻,称得上是大家子弟;就我出身的门第而论,我想我弄不到手的职位是不很多的。提到心胸志气,这是我们最应注意的一点,大家知道,不是我自夸,我不是没有抱负的人;大家都看见过我在社会上干过一桩大事,态度相当坚决而勇敢。讲到聪明,毫无疑问我是有的,并且判断力很强,用不着读多少书就能判断是非,就能推论一切,就能坐在戏园的长凳上以学者的姿态欣赏上演的新剧——我最喜爱新剧,能以领导者的地位决定一切,能在所有值得叫好的精彩处掀起一阵狂热的喝彩声。我相当机灵,我有好风度、好气色,特别是有一嘴好牙,一副挺拔纤细的腰身。至于穿着打扮,不是我自吹自擂,谁要来和我比高低,那才真是不自量力。我这份儿受人尊敬可说是登峰造极。女士们喜欢我,主子待我也不错。有了这一切,我亲爱的侯爵,我想,一个人无论走到哪儿都可以心满意足了吧。
克里唐特　是的,不过,在别的地方,女人们既是那样容易到手,您为什么偏到这儿来做无用的叹息呢?
阿加斯特　我,哼!拿我这种身份和脾气,岂能容美人的白眼。只有那些其貌不扬、才能平庸的人,才会长期为那些冷若冰霜的美人心里焚着爱情之

37

火,在她们脚下奄奄待毙,受她们冷酷的待遇,抬出呻吟和眼泪当救兵,想用长期的殷勤,去从美人身上博取只因自己人品有限而被拒绝的东西。但是像我这种气派的人,侯爵,在爱情方面是从来不放靠不住的账,不做赔本买卖。那些美人的秀质无论怎样罕见,我想,谢谢上帝,我的价值也不比她们低;要想光荣地获得像我这样一颗心的爱,她们要不付出一点代价,那是不合情理的,放到准确的天平上去称一称,至少也应该由双方一齐卖力气,先彼此给点甜头尝尝。

克里唐特　那么,侯爵,您以为自己在这儿是很受优待的了。

阿加斯特　侯爵,我有相当的理由可以这样想。

克里唐特　相信我的话,赶快去掉这个大错觉,亲爱的,您太高抬自己了。您蒙住了自己的双眼。

阿加斯特　是呀,我太高抬自己,我是蒙住了自己的眼睛。

克里唐特　但是什么因素使您觉得您的幸福这样完美呢?

阿加斯特　我是太高抬自己啦。

克里唐特　您这些揣测究竟有什么根据呢?

阿加斯特　我是蒙住了自己的眼睛。

克里唐特　您当真有靠得住的证据吗?

阿加斯特　我对您说吧,我看错了。

克里唐特　莫非赛丽曼纳已经偷偷向您表示过爱情?

阿加斯特　没有,我是受她慢待的。

克里唐特　您倒是回答我的话呀。

阿加斯特　她是一贯给我钉子碰的。

克里唐特　别尽开玩笑了。请告诉我,她究竟给了您什么样的希望?

阿加斯特　我是倒霉蛋,您是幸运儿。人家对我这个人嫌恶到万分,就在这几天里说不定哪一天我非上吊不可。

克里唐特　唉,您是怎么啦?侯爵,为了把我们俩的恋爱问题好好安排一下,您愿意不愿意我们两人定出一个双方同意的协定?我俩谁能够提出一种确实的凭据,证明他已更多地得到了赛丽曼纳的欢心,那一个就立刻给那个所谓战胜者腾出位子,替他除掉一个坚决有恒的情敌。

阿加斯特　您这样的话才合我的心意,我诚心诚意愿意接受。不过,快别声响。

第 二 场

〔赛丽曼纳,阿加斯特,克里唐特。

赛丽曼纳　你们还没有走?
克里唐特　爱情绊住了我们的脚。
赛丽曼纳　我刚听见有一辆马车进院子来了。你们知道是谁吗?
克里唐特　不知道。

第 三 场

〔赛丽曼纳,阿加斯特,克里唐特,巴斯克。

巴斯克　夫人,阿尔西诺艾来拜望您。
赛丽曼纳　这个女人找我有什么事?
巴斯克　爱丽昂特在那儿陪她说话。
赛丽曼纳　她又打什么主意了,是谁叫她来的?
阿加斯特　无论到哪儿,人们都拿她当一个不折不扣一心向主的虔徒,她那股子虔诚劲儿……
赛丽曼纳　是的,是的,真是出尽洋相了。她心眼儿里并没有放弃繁华世界,一直千方百计地勾引男人,可是总也没有达到目的。看见别的女人身后跟了一群求爱者,她就嫉妒万分。她生就的那种品貌是没人理睬的,所以她总在抱怨时代不生眼睛。她想用一副假虔徒的面目来遮盖她凄惨可怕的孤单生活。她的诱惑力是那么薄弱,为了保全面子,只好故意把她那副尊容所不能有的效果当作罪恶了。可是如果真有求爱的找上门来,小姐还是非常高兴的;就是对阿尔赛斯特,她也是满腹柔情。凡是阿尔赛斯特对我所献的殷勤,她都认为是对她的姿色的一种侮辱;好像都是我从她那里窃取过来的;她这种由妒而生的愤怒简直没法掩盖,无论在哪儿都暗暗发泄在我身上。总而言之,在我看来,她是我从没见过的一个糊涂人;并且她那种不客气的态度也是登峰造极的,还有……

第 四 场

〔阿尔西诺艾,赛丽曼纳,克里唐特,阿加斯特。

赛丽曼纳　哎哟,夫人,是哪阵好风把您吹来了?不说谎,我正惦记着您呢。
阿尔西诺艾　我今天来,是因为有点意见必须要告诉您。
赛丽曼纳　天啊!我多么高兴看见您。

〔克里唐特与阿加斯特笑着下场。

第 五 场

〔阿尔西诺艾,赛丽曼纳。

阿尔西诺艾　他们走了,这再好不过了。
赛丽曼纳　咱们坐下吧。
阿尔西诺艾　不用客气。夫人,我们的交情应该表现在与我们关系最大的那些事情上;关系最大的事莫过于荣誉与名声,所以我来告诉您一桩与您的荣誉有关的事,以证明我心中对您的友谊。昨天我在一些德高望重的人士家里,人们谈话中议论到您。您在那里的表现尽管出色,夫人,不幸得很,竟没有人加以赞许。在这些常与您来往的人中间,似乎不应该有那么多的人出来指摘您的韵事,也不应该有那么多为韵事激起的流言蜚语,并且我以为也不应该作那样严厉的批评。您可以想到我当时是什么态度:我尽我所能地替您辩护;我很原谅您的居心,我向他们担保您的心是好的。但是您知道世上有些事,我们虽想加以原谅也办不到。我于是只好跟着他们一起承认,您的生活方式实在有点不利于您,您在社会上名声也不太好,惹得人家什么难听的话都编得出来;假使您愿意的话,您未尝不可检点一下您的行为,好叫那些爱嚼舌头的人少嚼几句。这并不是说我从心里就相信您的名誉因此受了损害……上天保佑我不会有这种念头,但是关于罪恶的那些捕风捉影的话大家是很容易相信的,仅仅您自顾自地好好过日子是不够的。夫人,我想您是明白的人,不会不理解我这番良

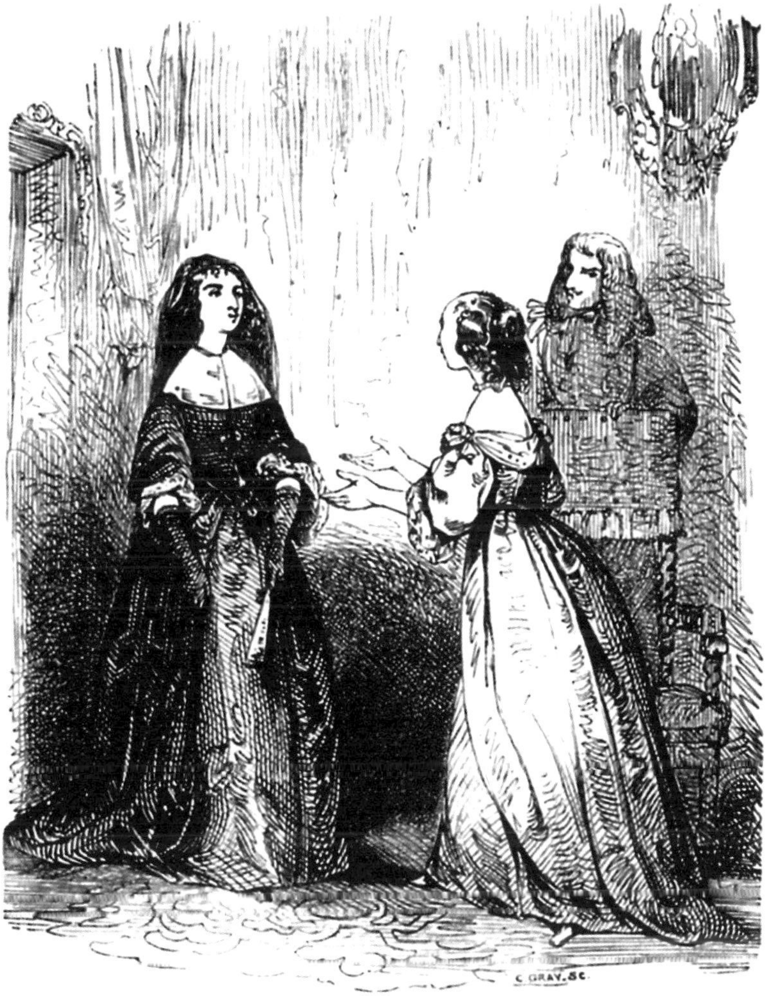
C. GRAY, Sc.

言相劝出于至诚,而且完全是由于热诚关切您的利益。

赛丽曼纳　夫人,我应该好好谢谢您。这样一番劝告实在使我感激不尽,我不但要好好接受,而且我马上要报答您的厚意,也告诉您一桩与您的荣誉有关的事;刚才我看见您为了表示是我的朋友,把人家所传播的关于我的种种流言都告诉了我,此刻轮到我了,我也要效仿这样一个良好的例子,把大家谈论您的话也对您说一说。那天我到一个地方去拜客,遇见几位极难得的有道德的人。他们谈到一个生活端正的人究竟应该操心些什么事的时候,便将谈锋引到了您身上。在那里,您的一心向道和您在虔诚方面的表现都没有被看作良好的典范;您那种做作出来的严肃外表,您那滔滔不绝关于道德与荣誉的议论,您对于一个好像秽亵而实际无所谓的字眼那种神气和狂叫,您那份自尊自大,您端详别人时那种悲天悯人的眼光,您动不动就要给人的那些教训,您对那些本来清白纯洁的东西所做的那种尖酸刻薄的批评,所有这一切,夫人,假如您允许我实说的话,那天受到了大家一致的谴责。他们说:"她这副谦逊的神气和这种表面上的贤惠是没有丝毫用处的,因为她其他各方面都在否定这一切;她对于祷告上帝的功课倒是严守时刻一分不差,但是对她的仆人,她动辄责打并且不给他们工钱。在所有敬天信主的场所,她都表示出一种极大的虔诚;但是她也脸上涂脂抹粉妄想充当美人。她叫人把画上人物的赤裸部分用东西遮盖起来,可是她却喜爱赤身裸体的真人。"我呢,我在大家面前也曾替您辩护,切切实实对他们说那是诬蔑诽谤,可是大家一致的意见击败了我的意见,他们的结论是:您最好少管一点旁人的事,而对自己的事多操一点心;谴责旁人以前必须先长时期地审视自己;要矫正别人的错误,必须自己先有一种堪称模范的生活,那么说起话来才有力量,足以服人。不过尽管如此,这些勾当也还是在必要的时候留给上帝所委托的专门办理此事的人们来办更为妥当。我也相信,夫人,您是明白人,不会不理解我这番良言相劝出于至诚,而且完全是由于热诚关切您的利益。

阿尔西诺艾　批评别人原是可以惹出种种麻烦来的,但我没料到您竟回敬了我这么一下,夫人,您回敬的话是这么尖酸刻薄,我很明白我的忠告是伤了您的心了。

赛丽曼纳　正相反,夫人,我们彼此果真都是明白人,正应该这样来互相规劝。双方这样开诚布公地互相告诫,自然可以消除各人盲目的自满。只要您愿意,我们很可以照现在这样热心地继续这个互相效忠的任务:私下里彼此告知在外边听来的话,您告诉我议论我的话,我告诉您议论您的话。

阿尔西诺艾　哎哟,夫人,议论您的话我是一点儿也听不到的。只是在我身上他们才找得出许多可责难的短处。

赛丽曼纳　夫人,我以为任何事都可以夸奖,同时也可以责备;按照各人的年龄和兴趣,各有各的理由。有一个季节宜于卖弄风流,也有一个季节宜于虔诚向主。等到我们青春的丰采已经消磨净尽的时候,就手腕来说,足可以采取虔诚向主的一面,借此可以掩饰那种被人轻视忽略的凄凉。我并不是说将来我没有步您后尘的一天;什么都会随着年龄来到的;但是,夫人,您也知道,二十岁还不是讲虔诚的时候吧。

阿尔西诺艾　无疑您是在炫耀一种微不足道的优势,您对您的青春妙龄未免太自鸣得意了。比您更年轻的人可有的是呢,这原不是那么值得骄傲的了不起的事。并且我不明白,夫人,为什么您老是那样急于排挤我。

赛丽曼纳　我,我也不知道,夫人,您为什么到处把愤怒发泄在我身上。您的烦恼应该归罪于我吗?旁人不向您献殷勤,那能怪我吗?倘使我的人品能激起旁人的爱,倘使他们不顾您的意思仍旧每天把爱情贡献给我,我有什么办法呢?再说那也不是我的过错呀:您有完全的自由,我并不阻挡您长得花容月貌去吸引他们。

阿尔西诺艾　哎哟,您引以为荣的那一群求爱者,您以为我看着心里难受吗?一看这儿的一切是怎样地进行着,您能叫人相信仅仅是您的才德吸引了这群人吗？他们只是怀着满腔纯正的爱情对待您吗？只是为了您的美德才这样追求您吗？一些空泛的理由是蒙不住人的眼睛的;世界上的人并不那么容易受骗;我认识一些女人天生能引起男子的柔情,但是千种柔情并不能把那些求爱者稳稳地拴在他们家里;由此我们可以得出结论:若不预先给他们极大的甜头,这些求爱者的心便到不了手,他们之中没有一个人会专为我们美丽的眼睛而来向我们求爱,他们对于我们所献的种种殷勤都是要用代价去买的。为了这点微不足道的胜利的荧光,您大可不必得意洋洋。稍微压压您倚仗姿色所生的那股骄气,也不要因为这个就居高临下地看人。倘使我们看了您的眼睛勾引来的许多人真觉得眼馋,我想我们也可以跟您一样不惜工本地去做,也可以让您看看我们也是何时要找求爱者何时都可以有几个的。

43

赛丽曼纳　那么您就去找几个吧,夫人,也让我们看一看是怎么回事,您就用这个稀世的秘诀努力去讨人喜欢吧,并且不要……

阿尔西诺艾　夫人,我们不必这样谈下去了。双方都越说越离谱了。若不是我的车还没来,不得不让我再等片刻,我早就该向您告辞了。

赛丽曼纳　您爱多坐坐也不妨,这件事,夫人,您一点不用着忙。不过,我不再用我的繁文缛节惹您厌倦了,我去请一位比我好的伴侣来陪您。这位先生凑巧到这儿来了,来得正好,他可以替我更好地招待您。

第 六 场

〔阿尔赛斯特,赛丽曼纳,阿尔西诺艾。

赛丽曼纳　(向阿尔赛斯特)阿尔赛斯特,我得去写一封信,再耽搁不写就不合适了。请您陪陪这位夫人;她一定会原谅我的失礼。

第 七 场

〔阿尔赛斯特,阿尔西诺艾。

阿尔西诺艾　您看,她要我在等车的这会儿工夫陪您谈谈话;陪您谈话在我是最有趣的事,她无论贡献我什么东西都抵不上这个。说实话,有大才大德的人是人人尊敬、人人爱慕的。您的才德无疑有许许多多藏而不露的风趣,使我十分关切您的利益。我愿朝廷对您另眼看待,按照您的才德多主持一点公道。也难怪您抱怨,我每天看着他们一点好处都不给您,我也是愤愤不平的。

阿尔赛斯特　给我好处吗,夫人?凭什么我可以这样希望?你们看见我替国家出过什么力了?请问我干过什么了不起的事而至于怨恨朝廷没有给我好处?

阿尔西诺艾　所有朝廷另眼看待的那些人,不见得都立过什么特殊功勋。那无非是碰上了机会,同时又有人情势力;您在我们眼前表现出来的才德实在应该……

阿尔赛斯特　我的天！不必谈我的才德,饶了我吧:您这是叫朝廷白添多少麻烦呀！如果必须这样去挖掘才德,朝廷的事可就太多了,太操心了。

阿尔西诺艾　灿烂的才德不用挖掘自己会出土的。在好些地方都有人特别重视您的才德;让我告诉您吧,昨天在两处很有名气的地方,几位很有势力的人都在赞扬您。

阿尔赛斯特　喂！夫人,如今他们什么人不赞扬啊！就这一点来看,现在世界上的事是没有一样不被人弄得混淆不清的。人人都成了天生的奇才;受人赞扬简直说不上是一种光荣了;人们嗓子里永远堵着恭维赞扬的话,见了面就迎头投送过来,连我的仆人的名字都登在政府公报上了。

阿尔西诺艾　我呢,为了叫人更清楚地知道您的才德,我很希望朝廷里某一个职位会引起您的注意。那时只要您对我们稍稍示意想要这个职位,我们就可以为您效劳去竭力运动,我手下有一些人,我可以为您去使用他们,无论对什么事情总可以叫他们替您铺出一条康庄大道。

阿尔赛斯特　夫人,这对我有什么用处呢？我的脾气,我自己知道,是叫我摆脱这一切的。上帝生我的时候并没有赐给我一个可以与宫廷气氛水乳相融的灵魂。能在宫里求到功名、百事顺利所必须有的那些美德,我觉得自己一点都没有。诚实爽直是我最大的长处;我不懂得怎样用话耍弄人;在这王国里没有本事掩藏心里的念头的人是不大站得住脚的。离开了朝廷当然得不到靠山,也得不到朝廷赐予的那些显赫头衔,可是失去了这些利益,也就不会有扮演荒唐糊涂角色的苦闷:用不着去碰千百次的硬钉子,用不着去赞扬某些先生的诗词,用不着去恭维某夫人,更用不着去忍受那些达官贵人的古怪脾气。

阿尔西诺艾　既是这样,我们就不提朝廷这个问题吧:可是关于您的爱情问题我也不能不替您叫苦连天。在这一点上也让我把我的想法对您明说了吧,我很希望您能把您的热情安置在另一个更适宜的人身上。无疑您应该享受一个更甜美的命运,现在您所迷恋的那个女人实在不配您这样爱她。

阿尔赛斯特　不过,对不住,当您说这话的时候,夫人,您是否想到这位女子正是您的朋友？

阿尔西诺艾　想到的,不过我心里实在太难受,再不能容忍别人继续做对不起您的事情。您的处境让我太伤心,所以要告诉您,对方实在辜负了您的爱情。

阿尔赛斯特　夫人,您对我表示的真是一种盛情美意;这样的忠告,在一个正在求爱的人听来真应感激不尽。

阿尔西诺艾　是的,尽管她是我的朋友,我就直说了吧,她实在不配承受一个多情男子的爱恋,再说她的心对您也只不过是些虚假温情。

阿尔赛斯特　这也许是可能的,夫人,人的心,我们是看不见的;不过您既是菩萨心肠,又何必将这样一个想法硬塞进我的心里呢。

阿尔西诺艾　您一定要执迷不悟,那么什么话也不用和您说了,这是很容易的事。

阿尔赛斯特　不是的。不过对于这种问题,不管您对我说些什么,怀疑不安却比其他任何东西都更叫人不好受;所以我很希望您能够清清楚楚地只把能使我亲眼看到的事告诉我。

阿尔西诺艾　好,说也说够了;关于这个问题,您不久就可以一目了然。是的,我要您自己的双眼去看个心服口服,您只须陪我到我家去,就在那儿,我可以让您看到一个证明您那美人的心有多么不可靠的确凿证据;那时为了另一女子的美丽眼睛,如果您的心还能燃起爱情的火焰,我们这儿可预备着能安慰您的东西,要贡献给您呢。

第 四 幕

第 一 场

〔爱丽昂特,菲兰特。

菲兰特　真没见过这样难对付的人,也没见过这样难调停的事:种种道理都讲给他听了,都没有用,总也不能让他放弃原来的主张;那几位审判官老爷大概也从没有处理过这样稀奇古怪的纠纷。阿尔赛斯特是这样说的:"不成,诸位先生,我决不撤回我的话,什么都可以同意,惟有这点是不可能的。他因为什么这样发怒?他还有什么话可对我说?写作不佳能牵涉到他的荣誉问题吗?他是误会了我的意见,其实我有什么得罪他的地方呢?一个人尽管诗做得不好,仍然可以做他的贵族绅士的,这些事与他的名誉原本无关。无论从哪一方面来看,我都拿他当个体面人物;我承认他有品德,有才能,有心胸,什么都可以,然而提到作家,他却是一个十分要不得的作家。你们若愿意,我可以赞扬他的排场,他的挥霍,赞扬他善于骑马、击剑、跳舞;可是让我赞扬他的诗句吗,那么实在对不起。一个人若没有福气,不能把诗作得更好,那就不该硬要作诗,不会作诗是不会判处死刑的。"最后,拗不过大家的面子和调解,他的主张总算勉勉强强屈服了,才肯说这样几句话,并且自以为语调已非常客气。他说:"先生,我很抱歉我是这样地爱挑剔;为表示对您的敬爱,我很愿意当时能够看出您那首十四行诗并不是那么太坏。"双方抱吻之后,大家就让他们赶紧把诉讼抛开,结束了这段公案。

爱丽昂特　就他的举动说,他是很古怪的;但是,老实说我却特别器重他;他心里那份诚实直爽本身颇有点高贵和英雄的意味;现在这年头儿,这确是一种难能可贵的美德,我很愿意到处都看见像他这样的品德。

菲兰特　我呢,我越看他,就越奇怪他的心怎么会沉溺在那样的爱情里。有了上天愿意赐给他的那种气质,我真不知道他怎么也会想起谈恋爱;我尤其不明白的是您的表姊怎么竟会是他所倾心爱慕的人。

爱丽昂特　从这儿很可以看出在人心里,爱情并不一定是由趣味相投而产生的;"爱情必须从甜蜜的情投意合中产生出来",这种说法遇到这个例子就说不通了。

菲兰特　不过从我们所见到的一切情形去看,您以为她真爱他吗?

爱丽昂特　这一点是不很容易知道的。怎能断定她果真爱他呢?自己究竟有什么感觉,自己的心也是不大清楚的;有时候自己的心已经爱上了人,而自己却不知道,有时候自己以为爱上了而实际上完全不是那么回事。

菲兰特　我认为咱们的朋友在您的表姊身旁,早晚要产生意外的烦恼:倘使他的心和我的心一样,决不撒谎,他必将把他的爱情移到另一个绝不相同的方向,而享受您的心对他所表示的那番美意;小姐,那就算他作了更合理的选择了。

爱丽昂特　既说到我,我也不必客气,我以为一个人在这种问题上应该老老实实。我并不反对他现有的恋爱,相反,我对此还十分关怀,因此假使这事可以由我做主的话,您必能看见由我来把他与他心爱的人撮合在一起,可是什么事都是可能的,倘使在这样一个选择里,他的爱情遭遇到某种厄运,让另一个男人的爱情得到了最后胜利,那时我可以答应接受他的爱情;在那种情形之下,我决不因为他的爱曾遭受过别人的拒绝而感觉到任何嫌恶。

菲兰特　至于我呢,在我这方面,小姐,我也不反对您对他所有的各种美意;他自己,倘使他愿意,也很可以把我在这方面跟他说过的一些话对您讲一讲。然而假使婚姻竟把他们两人结合在一起,使您无从再接受他的爱情;到了那个时候,您现在这样慈悲地要赐给他的那种灿烂的恩泽,便成了我一心希望得到的恩泽了。假使他的心不再需要的这个恩惠竟能落到我的身上,小姐,那我可真快活极了。

爱丽昂特　您是说着玩吧,菲兰特。

菲兰特　不,小姐,我对您说的话完全出于至诚。我在这儿等候可以把我自己正式奉献给您的机会,并且一心盼望这个时候早早降临。

第 二 场

〔阿尔赛斯特,爱丽昂特,菲兰特。

阿尔赛斯特　小姐,我遭遇了一种侮辱,我尽管耐心,也无法忍受了,请您帮助我来雪这个耻。
爱丽昂特　什么事?您遇见什么事了,竟会使您如此激动?
阿尔赛斯特　这事是我死也想象不到的;整个世界瓦解崩溃也不会比这宗意外事给我的打击更沉重。全毁了……我的爱情……我简直说不上话来了。
爱丽昂特　让您的神志稍微镇静一些吧。
阿尔赛斯特　公正的天呀!这样美貌多姿的人竟跟最卑鄙人的那些丑陋的恶习联系在一起了!
爱丽昂特　可是谁能……
阿尔赛斯特　哎哟,全完了;我是,我是受骗了,我被人暗算了。赛丽曼纳……谁能相信这种事?赛丽曼纳竟欺骗了我,她原来是个不可靠的女人。
爱丽昂特　您竟相信这事,您有确实的根据吗?
菲兰特　这也许是轻率臆测出来的一种怀疑;你的醋心有时候会造出种种幻想来的……
阿尔赛斯特　呸!你管你自己的事吧,先生。(向爱丽昂特)她的欺骗行为是千真万确的了,在我口袋里放着她亲笔写的东西……是的,小姐,她给奥龙特的一封信把我的厄运和她的耻辱都摊开在我眼前了,那个奥龙特,我原以为她一向是躲避他的殷勤的,他是许多情敌之中我最不在意的人。
菲兰特　一封信表面看去是很可以把人蒙混住的,有时候却并不如我们所想象的那样罪不可赦。
阿尔赛斯特　先生,我再说一次,请不要管我,你只照顾你自己的利益好了。
爱丽昂特　您应该稍微抑制一点您的愤怒;并且那种侮辱……
阿尔赛斯特　小姐,要想抑制我的愤怒只好仰仗您了。今天我的心是来向您求援的,求您帮助我的心摆脱那剧烈的烦恼。您要替我报仇,来惩罚您那位忘恩负义的、阴险的亲戚,她无耻地欺骗了一个如此经久不渝的热情;

49

请您替我报仇,替我惩罚这种您也应该痛恨的行为。

爱丽昂特　我,替您报仇?怎样报仇?

阿尔赛斯特　就是接受我这颗心。小姐,代替这个不贞女子接受这颗心吧。这样我就可以对她报仇;这颗心将奉献给您的是真诚的誓愿、深切的爱情、恭敬而有礼的殷勤、真挚的礼节、经常的照拂;我愿意这样来惩罚她。

爱丽昂特　我当然同情您的痛苦,并且丝毫不蔑视您献给我的那颗心;不过这事也许还没有坏到如您所想象的程度,您也许还可以丢开这种报复的念头。受到的侮辱如果是来自一个诱惑力很强的东西,那么计划尽管订得很多,也都是不能实行的:虽然已经看到一种可以决裂的有力的理由,也是徒然的;有罪的如果是心上所爱的人,那么用不了多久她就变成清白无辜的了;要想加在她身上的一切坏处很容易就会消逝,一个情人的愤怒是怎么回儿事,我是知道的。

阿尔赛斯特　不,不,小姐,不,这次侮辱实在太严重:没有回心转意的可能,我决定跟她决裂;任什么也不能再改变我已定的计划,以后我若再敬爱她,我自己也要惩罚我自己了。您看她来了。她走近我的身边,我的愤怒就增加一倍,我这就要狠狠地责备她那种阴险行为,大大地羞辱她一番,然后拿一颗完全摆脱了她的欺人的诱惑力的心来献给您。

第　三　场

〔赛丽曼纳,阿尔赛斯特。

阿尔赛斯特　天啊!我能压制住我热烈的爱情吗?

赛丽曼纳　哎唷!您这样张皇为的是什么?这样唉声叹气,还用这种阴沉的目光看我,是什么意思?

阿尔赛斯特　我的意思是,一个人所能干出来的一切丑行都抵不上你那些不忠实的行为;造化、魔鬼以及愤怒的上帝从来也没产生过像你这样凶狠的东西。

赛丽曼纳　当然这都是我最爱听的绵绵情话。

阿尔赛斯特　喂,不要开玩笑,这不是笑的时候:你还是害羞脸红吧,这倒是有理由的;对于你的欺骗行为我已有了确凿的证据。我所以显得心绪烦乱

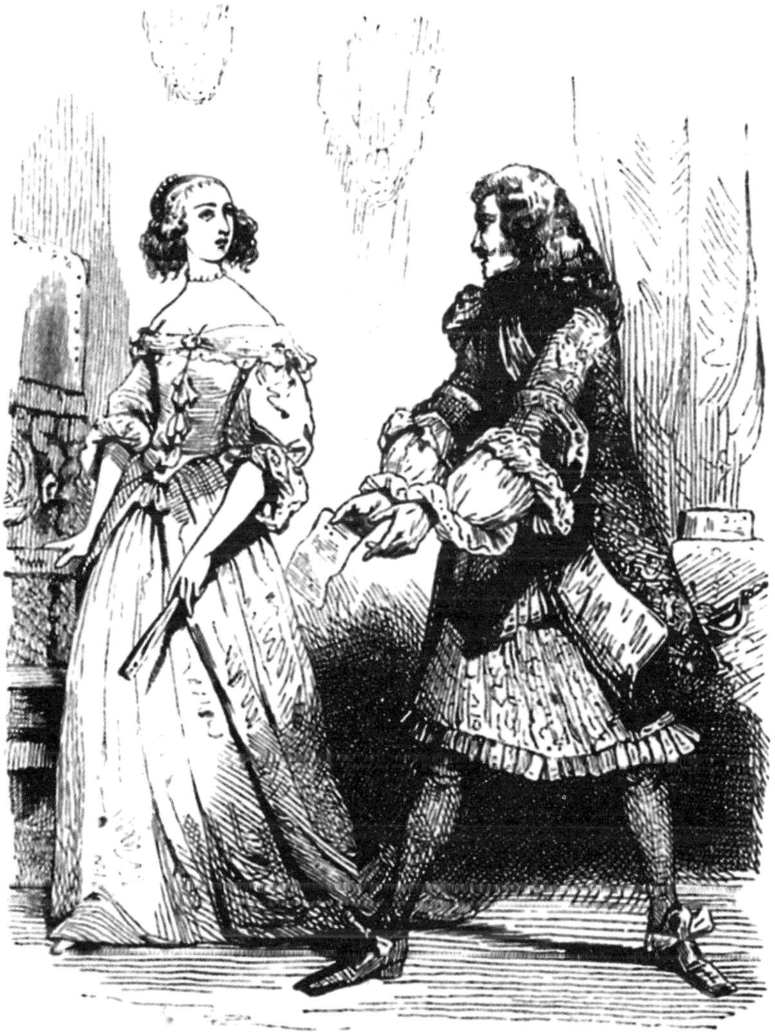

也就是为此;我的爱情之所以一向惶恐不安原来并不是无的放矢;我一再地犯疑心,惹得人们嫌恶,原来是为察访这桩不幸的事件,现在我的双眼真的看见了;无论你遮掩得怎样小心,怎样巧妙,可是冥冥中我的星宿已告诉了我应该提防的那件事。但是你不要认为我能忍下被人侮辱的愤怒而不求报复。我原知道有关情感的事是不能强逼的,爱情是要在无拘无束之下产生的,谁也不能用武力攻入一个人的内心,任何人都可以自由指明他所爱的人。所以假使你的嘴当初说话不弄丝毫玄虚,一开始就拒绝我的爱情,那么我今天就找不着丝毫抱怨的理由,我这颗心惟有埋怨自己命运不佳就是了。但是我的爱情曾由你亲口承认予以赞许的,那么今天的事就是一种背叛行为,是一种阴险的行为,无论多重的惩罚都不算过分,我可以让我的愤怒尽情发泄出来。是的,是的,在你这样侮辱了我之后,你应该提防一切报复;我已经不能控制我自己了,我的狂怒已达极点。由于你给我的致命一击,我的情感已不再受理性的支配;我从此听凭一种正当愤怒的驱使,简直不能担保将会做出什么事来。

赛丽曼纳　对不住,为什么发这么大的火,告诉我,您神经错乱了吗?

阿尔赛斯特　是,是,当我活该倒霉从你的眼里汲取了要我性命的毒剂,当我相信在使我心醉的阴险害人的姿色里,多少总该有一点真诚的时候,我早就神经错乱了。

赛丽曼纳　您抱怨的欺骗行为究竟是什么啊?

阿尔赛斯特　哎哟,你这颗心可真不简单,可真会装假呀!但是我这儿已经准备下方法让它无从逃遁。往这儿看,你认识自己的笔迹吧。这个字条一发现便足以使你惊惶失措,在这样的证据面前,你不能再有什么可说的了。

赛丽曼纳　这就是让您情绪激动的原因吗?

阿尔赛斯特　你看了这字条居然不脸红?

赛丽曼纳　我凭什么要脸红?

阿尔赛斯特　你不但虚伪,还胆大包天!因为上面没盖章你就想不承认吗?

赛丽曼纳　我亲手写的字条,为什么不承认?

阿尔赛斯特　字条上的字句证实你曾犯了侮辱我的罪行,你看了不觉得羞愧吗?

赛丽曼纳　说真的,您真是个古怪透顶的人。

阿尔赛斯特　什么！你竟如此蔑视这样确凿的证据！我在上面所看见的你对奥龙特那种柔情蜜意难道都不算对我的侮辱,都不足以使你羞愧?

赛丽曼纳　奥龙特！谁告诉您这封信是写给他的?

阿尔赛斯特　就是今天把这封信交到我手里的人说的。然而我倒可以同意它是写给另一个人的;不过我的心因此就可以减少对你的怨恨了吗? 你对我所犯的罪过就减轻了吗?

赛丽曼纳　不过倘使这封信是写给一个女人的呢,那又怎么会冒犯了您,又会有什么罪过?

阿尔赛斯特　哎哟！这个弯儿可转得好,这个理由可真叫人钦佩。老实说,我真没想到这一手。你以为我就死心塌地相信你的话了！你竟敢玩这种粗野的狡猾手段！你以为人们真这么糊涂吗? 让我们来看看,让我们来稍微看看你想用什么样的言词,装出什么神气来圆一个这样明显的弥天大谎;看你怎么能把一封表示这么多热情的信的种种词句转到一个女人身上。你若还要掩饰这种不顾信义的行动,我就把它念出来,让你来解释解释……

赛丽曼纳　我才不高兴解释呢,我。我看你这人倒真可笑,竟这样专横起来,竟敢当面对我说出你方才所说的那些话！

阿尔赛斯特　不,不,不用生气,请你先费心把这些词句解释一下。

赛丽曼纳　不,我什么也不愿意做;在这桩意外的事情里,你爱怎样想就怎样想,跟我没有多大关系。

阿尔赛斯特　请你开恩,给我指出怎样可以说明这封信是给一个女人的。

赛丽曼纳　不,它是给奥龙特的;并且我愿意大家也这样相信。我十分愉快地接受他的一切殷勤,我佩服他说的话,我尊敬他的为人,你爱怎么想就怎么想,我都同意。你愿怎样便怎样,悉听尊便;别让什么拦着你,可是别再闹得我头痛了。

阿尔赛斯特　(自白)天啊！还能想出比这更残酷的主意吗? 一个人的心可曾受过这样的对待吗? 什么！我对她原是抱着一腔正当的气愤来发泄怨气的,现在她倒跟我吵起嘴来了！她把我的苦痛、我的猜疑都逼到尽头了,她任凭我爱信什么就信什么,她对于一切还是那么洋洋得意;可是我这颗心还是这样的卑怯,还不能击碎系住它的锁链,对于我过分钟爱的这个忘恩负义的人还不能抱一种正常的鄙视态度！(向赛丽曼纳)喂！万恶的女人,对付我的时候,你真会利用我的最大弱点;替你自己打算的时候,你真会利用你那双阴险的眼睛喷射出来的那种不祥的爱情,它具有那么神奇的力量!至少你先把你那个让我难以忍受的罪恶自己辩解一下,不要故意在我面前装作有罪的人。这个字条,若是可能的话,你尽管把它洗刷清白;我的柔情还愿意助你一臂之力。现在你应该尽你的一切力量做出贞洁女人的样子,我呢,我也尽我所能来相信你是一个贞洁女人。

赛丽曼纳　算了吧,你的醋劲这样大,你简直是疯了,你实在不配我爱你。我很愿意知道究竟有什么事能强迫我为了你自贬身份,做出遮遮掩掩的下贱举动;倘使我的心果然别有所属,为什么我不可以老老实实地说出来!怎么!我已对你切切实实地表示过我的情意了,却仍不能解除你的猜疑?经过我这样一种保证之后,你的猜疑还值得重视吗?你还听信自己的狐疑,这不简直是侮辱我吗?当我们女子的心肯于把她的爱表示出来,这实在已经尽了最大的努力;因为女人的名誉与女人的情爱是互不相容的,名誉是反对作这种性质的表白的;一个男子一经看见人家为他克服了这样一层困难,而他对于这种决心还要有所怀疑,你说他的罪过还可以原谅吗?别人要经过多少苦痛与烦恼才听得到的这种话,他听到了还不肯放心相信,你说这不是罪过吗?算了吧,你这样多疑,我原应该生气;你真不配我尊敬你:我实在糊涂,我自恨太老实,到现在对你还保留着好意;我原应该去爱另一个人,让你的悲愤有点理由。

阿尔赛斯特　嗳,阴险女人!我对你的迷恋真有点出奇了;无疑你是在用一些十分甜蜜的话哄骗我;然而没有关系,我只好听天由命;我的心灵全都寄托在你以前的誓言上;我愿意看个水落石出,看看你的心究竟是怎么回事,是否真的卑鄙龌龊到欺骗我的地步。

赛丽曼纳　不,你并没有像一个人真正爱一个人那样爱我。

阿尔赛斯特　唉!任什么也不能与我的崇高爱情相比;由于迫切想要大家都看明白我的爱情,我甚至想让你有些不好的事。是的,我愿意没有一个人觉得你可爱,愿意你陷在很坏的命运里;愿上天生你的时候,任什么都没赐给你;愿你既没有地位,也没有门第,也没有财产;以便我的心能做出光辉灿烂的牺牲来弥补你这种命运方面的缺陷;以便在今日,你的一切东西都必须仗着我的爱情来供给,这个时候我该多么快乐,多么荣耀!

赛丽曼纳　用这样的方式来爱护我,可真透着奇怪!幸亏上帝保佑,没给你这种机会……你看杜布瓦来了,你看他这神气多好笑!

第 四 场

〔阿尔赛斯特,赛丽曼纳,杜布瓦。

阿尔赛斯特　这副打扮跟这慌张的神色是什么意思?你怎么了?

杜布瓦　先生……

阿尔赛斯特　怎么啦?

杜布瓦　怪事可真多。

阿尔赛斯特　什么事?

杜布瓦　先生,咱们的事可不大妙呀。

阿尔赛斯特　什么事?

杜布瓦　我可以高声说吗?

阿尔赛斯特　可以,说吧,快说。

杜布瓦　那边没有外人吗?

阿尔赛斯特　哎哟,你怎么这样噜苏!你倒是说不说呀?

杜布瓦　先生,得赶紧拔营退却。

阿尔赛斯特　怎么?

杜布瓦　应该偃旗息鼓离开这里。

阿尔赛斯特　为什么?

杜布瓦　我告诉您应该离开这个地方。

阿尔赛斯特　什么理由?

杜布瓦　先生,应该马上走,并且不用向任何人告别了。

阿尔赛斯特　可究竟因为什么你对我说这一套话?

杜布瓦　理由就是,先生,得卷铺盖。

阿尔赛斯特　哎哟,糊涂虫,你再不换个样子说清楚,我一定要打碎你的脑袋。

杜布瓦　先生,一个人,衣服跟脸色全是黑的,一直溜到厨房,给我们留下一张纸条,上面写得那么乱七八糟,要想认出来,非得比魔鬼还坏不可。没错儿,一定是关于您的官司的;但是我相信就是地狱里的魔鬼也认不出一个字来。

55

阿尔赛斯特　怎么,到底什么事？这张纸条,混账东西,与你刚才说的马上离开有什么关系？

杜布瓦　那是为了告诉您,先生,一点钟之前,一个常来拜访您的人急急忙忙跑来找您,因为没找着您,就很和气地委托我,知道我是很忠心侍候您的人,委托我告诉您说……等等,他叫什么呀？

阿尔赛斯特　不用管他的名字,混账东西,你就说他是怎么对你说的就行了。

杜布瓦　他是您的一个朋友,光对您说这个,也就够了。他说您大难临头,非离开这儿不可,不然就要有被捕的危险。

阿尔赛斯特　可是,怎么？他没更仔细地讲一讲吗？

杜布瓦　没有,他跟我要了纸和墨水,给您写了一个字帖儿,看了这张字帖儿,我想,您就可以知道这件怪事的底细啦。

阿尔赛斯特　那么拿给我看呀！

赛丽曼纳　葫芦里不知装着什么药呢？

阿尔赛斯特　我不知道,但我真希望能弄个明白。你倒是拿得出拿不出呀？你真把人气死了。

杜布瓦　（寻找了半天那个字条）说真的,先生,我把字条忘在您的桌子上了。

阿尔赛斯特　我不知道有什么拦住我不叫我打……

赛丽曼纳　不用生气,赶快去把这桩麻烦事弄清楚吧。

阿尔赛斯特　无论我怎么留神,命运仿佛已经发下誓愿不准我和你谈话；但是我偏要战胜命运,夫人,请准许我在天黑以前再来向你表示我的爱情。

第 五 幕

第 一 场

〔阿尔赛斯特,菲兰特。

阿尔赛斯特　我告诉你,我的主意已定。

菲兰特　可是,不管是什么样的打击,莫非就逼得你……

阿尔赛斯特　不,不管你做什么,不管你讲什么道理,全都没有用,任什么也不能使我改变我所说过的话;在我们所处的这个时代里,阴谋诡计太盛行了,所以我要洁身隐退不与世人来往。怎么!谁都看得清清楚楚,无论在荣誉、操守、廉耻和法律方面,我的对手都是站不住脚的,大家到处都宣称我的主张合情合理;我也相信了我的合法权利而高枕无忧,可是结果却使我大失所望。正义在我这方面,我却败了诉!一个恶棍,一个谁都知道他的丑恶历史的人,却仗着卑污的手段夺得胜利!堂堂正气竟在这个人的背信弃义举动面前低了头!他掐死了我,还找出掐死我的理由!他那种诡计多端的假仁假义竟有推翻正当权利和歪曲法理的威力!他竟弄到一纸批文完成了他的盗贼行为!他这样害了我之后,还不满足,现在社会上流行着一本极其丑恶的书——就是翻阅一下都是有罪的,那简直是一本应受最严厉处罚的书——这个奸贼竟敢硬说我是这本书的作者!于是奥龙特振振有词了,他怀着恶意千方百计地要证实这含沙射影的谣言!奥龙特在宫廷里原是一个有相当地位的人,对于他,我并没有什么得罪他的地方,只不过是过于诚恳爽直而已。我并没有请他,是他自己跑来满腔热忱地要我对他的诗提意见;正因为我当时是用一种正直的态度对待他,不愿意欺骗他,也不愿意欺骗真理,他便帮助别人把假想的罪名强加在我头上！他竟变成了我的死敌。只因我不觉得他那首十四行诗写得好,他就怀恨在心,永远不能饶过我!天呀!所有的人天生都是这样!狂傲虚荣竟逼得他们干出这样的事来!这就是我们在他们身上所能看见的所谓正气、美德、公正和荣誉!算了吧!他们叫我忍受的这些忧愤,我实在忍受不下去了:让我们离开这座森林,这个崎岖的险境吧。既然你们都和真正的豺狼一样在人群里生活着,你们这群混账东西啊,这一辈子也休想让我跟你们在一起了。

菲兰特　你现在就做出决定,我觉得未免太轻率,整个说来,事情并没糟得像你所想象的那样。你的对手强加于你的罪名并没有被人重视到要把你逮捕起来。我们谁都看出他那捏造的报告已经有点不攻自破,并且这种行为足以害他自己。

阿尔赛斯特　他?使用这样的手段他是一点不怕舆论指摘的:他打算好了要做一个彻头彻尾的匪徒;这次意外的变故不但丝毫不能损害他的声望,而且明天还会高升到更好的职位上去呢。

菲兰特　总而言之,大家并没有十分听信他运用狡计对你虚构出来的谣言,这是没有疑义的:在这方面,你不必有所忧虑;至于你的官司,你如不服气,可以按诉讼手续上诉,对于这个判决……

阿尔赛斯特　不,我宁愿维持原判。不管这样的判决给了我如何显著的损害,我决不愿他们把它撤销,因为在这里面我们可以看出正当权利如何受到了蹂躏,我愿它世世代代永远保存下去,作为我们这个时代人心险诈的一个显著标记,一个突出的凭证。它无非使我破费两万法郎:但是破费这两万法郎,我便有权声讨人类的不公平,并有权对人类永远怀着一种无穷尽的愤恨。

菲兰特　然而归根结底……

阿尔赛斯特　然而归根结底,你这番用心实在是多余:在这个问题上,先生,你还有什么可对我说的?你还有脸当着我的面对这一切丑恶加以宽恕吗?

菲兰特　不,随你怎样想,我都同意:无论办什么事现在都得结党营私,都是惟利是图;当今世界上只有狡猾奸诈才能占上风,人类确实应该另换一个样子。然而尽管人类有欠公正,难道就能以此为由脱离社会不与人类来往了吗?正是这些人类的缺陷供给我们许许多多方法,让我们在生活方面去考验我们的哲理;这正是道德最妙的应用,倘使世界上一切都是公正无私,倘使人人的心都诚实、公正而温良,那么大部分的美德对我们便一点用处也没有了,既然道德的运用就是要求我们在我们原有的权利上能够毫不烦恼地容忍别人一些不公平的待遇;正如有高深道德的人……

阿尔赛斯特　我知道,先生,你是世界上最能言善辩的人,你总有层出不穷的精彩议论,不过你这是徒耗光阴,枉费唇舌。理智命令我,为了我的切身利益,赶紧隐退;因为我不善于控制我自己的嘴,保不住要乱说乱道,我会惹起一百桩麻烦缠到自己的身上。还是不要再争辩下去吧,让我在这儿等候赛丽曼纳。必须让她同意我的计划,我就是为此而来的;我要看看她心里对我到底还有没有情义,这正是可以考验这个的好机会。

菲兰特　我们上楼到爱丽昂特房间等她吧。

阿尔赛斯特　不,我实在觉得心烦意乱。你上去看她好了,让我留在这黑暗的角落跟我阴郁的烦恼做伴吧。

菲兰特　要这样一个伴侣陪着等人,可真透着新鲜! 我上去请爱丽昂特下来吧。

第 二 场

〔赛丽曼纳,奥龙特,阿尔赛斯特。

奥龙特　夫人,您究竟愿不愿意利用这甜蜜的关系将我这个人整个儿系在您的身旁,这是应该由您自己来决定的。您的心对我怎么样,我需要一个确切的回答。在这点上,一个求爱者是不喜欢对方老摇摆不定的。倘使我炽热的爱情已打动了您的心,那么您就不应该再遮遮掩掩地不让我看个明白;其实我向您要求的无非是不再允许阿尔赛斯特向您求爱;为我的爱情,夫人,牺牲了他,从今天起不准他再登您的门。

赛丽曼纳　您恼怒他到底是为了什么大事? 您不是一向滔滔不绝地谈论他的才德吗?

奥龙特　这事用不着细讲了,夫人,现在的问题是要弄清楚您的感情。请您挑选吧,是留他还是留我? 我等着您的决定来拿定我自己的主意。

阿尔赛斯特　(从隐藏的角落里走出)是的,这位先生的话说得不错;夫人,您应该选择一下;这一回他的要求跟我的意思正相符合。我着急的正是这件事,我到这儿来也正是为这事;我的爱情愿意得到您的爱情的明确表示:事情不能再长久拖延下去,现在是您表明心迹的时候了。

奥龙特　先生,我的爱情如果在这里是令人厌烦的,那么我就决不再来搅扰您的好运。

阿尔赛斯特　先生,不管我是不是吃醋,我决不肯和您分享她心里的任何东西。

奥龙特　倘使她觉得您的爱情比我的更可喜爱……

阿尔赛斯特　倘使她对您有最小的那么一点点偏爱……

奥龙特　我立誓以后对她不抱丝毫希望。

阿尔赛斯特　我高声发誓从此不再见她。

奥龙特　夫人,该您说了,不用拘束。

阿尔赛斯特　夫人,您可以解说明白,不用担心。

奥龙特　您只要告诉我们您的心究竟留恋哪一边。

阿尔赛斯特　您只须决断一下,在我们两人之间挑选一人。

奥龙特　怎么!对于这种选择,您仿佛很觉为难!

阿尔赛斯特　怎么!您的心摇摆不定,仿佛拿不定主意!

赛丽曼纳　天啊!这样咄咄逼人,未免太不合时宜了!这就看出你们两人是多么不讲道理!究竟爱谁,我当然自己会决定的,现在并非是我的心在这里摇摆不定:毫无疑义我的心并没有在你们两个人中间悬而不决,我心爱的人原是早就选定了的;但是说真的,真要叫我当面宣布,可有点难为情:我以为这些难免得罪人的话是绝不应该在本人面前说出来的;一颗心的倾向原是极容易看出,用不着当面揭穿;用一些比较委婉的表示让一个求爱者心里明白他的殷勤徒劳无益,我以为也就够了。

奥龙特　不,不,一个率直的声明没有一点叫我害怕的地方;我这方面,我同意这样做。

阿尔赛斯特　我,我不但同意,并且要求这样做;我尤其认为必要的是这个声明应该明白痛快,我希望您不要再留有任何余地。把人人都笼络在身边,这原是于您最有利的事;不过,不能再拖延、再游移不定了;您应该干干脆脆把这事解释明白,不然我就把您拒绝说话当作一种否定的表示;我自能理解这种缄默的意义,把我对这事所有的一切不好的想法都当做是您亲口所说。

奥龙特　先生,我感谢您这样发怒,并且我也正要对她说跟您一样的话。
赛丽曼纳　你们这样任性胡闹真让我腻烦死了!你们所要求的都合乎情理吗?我没告诉你们我之所以不肯明白表示的缘故吗?你们看爱丽昂特来了,我让她来评评理。

第 三 场

〔爱丽昂特,菲兰特,赛丽曼纳,奥龙特,阿尔赛斯特。

赛丽曼纳　表妹,这两位好像是商量好了在这儿折磨我。他们两人都一样急着要我宣布我的心在他们两人当中到底选中了哪一个,并且要我当面下道命令禁止两个当中的一个再来对我献任何殷勤。你倒说说,从来有这样行事的没有?
爱丽昂特　关于这个你可不要征询我的意见;恐怕你找错人了,我是赞成心口如一的。
奥龙特　夫人,您怎样辩护也没有用。
阿尔赛斯特　您怎么施展巧计也没人帮助您。
奥龙特　您应该,应该说个明白,别让这个天秤老这么平衡不动。
阿尔赛斯特　您只须继续保持缄默就行了。
奥龙特　我只要您说一句话,我就可以结束这场争论。
阿尔赛斯特　我呢,只要您老不开口,我就明白您的意思了。

第 四 场

〔阿尔西诺艾,赛丽曼纳,爱丽昂特,阿尔赛斯特,菲兰特,阿加斯特,克里唐特,奥龙特。

阿加斯特　(向赛丽曼纳)夫人,对不起,我们两个到这儿来是因为有一桩小公案要和您一起弄清楚。
克里唐特　(向奥龙特及阿尔赛斯特)正好,先生们,你们两位也在这里,这桩小公案里面也有你们的份儿。

61

阿尔西诺艾　（向赛丽曼纳）夫人,看见我来您一定觉得诧异;然而是这两位先生拉我来的;他们两位都跑来找我,都向我抱怨一桩我心里不敢相信的举动。我对您的心地有那么崇高的敬意,实在不能相信您会干出那样一桩罪恶;所以我的眼睛曾拒绝相信他们拿出来的最有力的证据。意见上一点小分歧原是不该影响我们的交情的,因此我很愿意陪他们到您这儿来,看着您自己洗刷这些流言蜚语。

阿加斯特　是的,夫人,让我们平心静气地来看一看您将怎样辩解这件事。这封信是您写给克里唐特的吗?

克里唐特　这封情书是您写给阿加斯特的吗?

阿加斯特　（向奥龙特及阿尔赛斯特）先生们,你们一看就知道这是谁的笔迹,我确信,只要想一想她平时为人是多么有礼貌,就会帮助你们认出这确是她的手笔。然而把信拿来读一读,还是值得的。

你真是一个古怪的人,竟责备我不该有愉快心情,怪我只是在不和你一起的时候才那么快乐。再没有比这更冤枉人的了;你这样欺负我,若不赶快来求我宽恕,我是一辈子也不能饶恕你的。我们这位细长条子的子爵……

他应该来啦,怎么没在此地呢?

我们这位细长条子的子爵,你首先抱怨的那个人,他是不会再来找我的了;自从我看见他足有三刻钟之久老是对着一口井里吐黏痰,让水面上生起一个一个的小圆圈儿,我就再也不能尊敬他了。至于那位小侯爵……

诸位先生,我不用自豪,这是指我。

至于那位小侯爵,他昨天握住我的手有好半天,我觉得他从头到脚都是那么庸俗,他是穷得只剩下风衣和宝剑的那些才子中的一个。说到那位身上系绿绸带的人……

（向阿尔赛斯特）轮到您了,先生。

说到那位身上系绿绸带的人,他的倔强和他那种莫名其妙的伤感有时候能替我解闷;可是总有一百次之多,我觉得他是世上最讨厌的人。至于那位做十四行诗的朋友……

（向奥龙特）该您了。

至于那位做十四行诗的朋友,他混进了文坛,无论谁劝他也不听,一心要当作家,我真不耐烦听他说话;他的散文和他的诗一样令我疲倦。你要好好记着,我并不如你所想象的那样永远能够寻欢作乐,不管他们把我拉到什么地方去玩,我总不免感觉缺少你这个人,心里就不痛快;心爱的人在身旁,对我们所享受的乐趣来说,是一种最美妙的调味作料。

克里唐特　现在该我了。(接过信来念)

　　你那天对我谈起的你那位克里唐特,他是那样假小心假殷勤,他是人类中我可以与他发生情爱的最末一个人。他会相信我爱他,真是荒谬绝伦。你如果还有理性,应该把你的感觉跟他调换一下;尽可能常来看我,好帮助我忍受时刻被他纠缠的烦恼。

　　这可是一个最优良的性格标本了,夫人,您知道这叫什么名堂吗? 够了,不用再多说了。我们两人要把您心术的这副光荣小照拿到各处去给人看。

阿加斯特　我原本有许多话要对您说,材料是很可观的;但我觉得犯不上再跟您怄气;我会让您看看小侯爵们原有许多最高尚的人心在爱着他们,也就足以自慰了。

第 五 场

〔阿尔西诺艾,赛丽曼纳,爱丽昂特,阿尔赛斯特,菲兰特,奥龙特。

奥龙特　怎么! 在您给我写了那么些好听话之后,最后竟把我糟践到这个样子! 而您的心,披着一件爱情的美丽外衣,竟挨着次序许了全人类! 算了吧,我当初受骗太厉害,现在我可不再上当了;您让我认识了您的为人,这就给了我一个很大的好处:您把我的心退还了我,这就是我的收获,看见您有所损失,我的仇就算报了。(向阿尔赛斯特)先生,我不再当您爱情的绊脚石,您可以和夫人完成你们的好事了。

第 六 场

〔阿尔西诺艾,赛丽曼纳,爱丽昂特,阿尔赛斯特,菲兰特。

阿尔西诺艾　(向赛丽曼纳)当然,这一手是世上最阴险的一手;我不能再缄默了,我很激动。像您这样的手段谁曾看见过呢? 别人的利害我不管;(指阿尔赛斯特）不过这位先生,您的福气够多大,他老是待在您家里,像他这样的人,又有才学,又有声望,并且爱您爱到了极点,他难道就应该……

阿尔赛斯特　夫人,请您让我自己来处理我的事吧,您用不着多余操这份心。我尽管看见您帮着我的心跟人争吵,可也无力酬报您这种高度的热心;倘使我想报仇而别寻所爱,我也决不会想到您身上。

阿尔西诺艾　哎唷！您以为,先生,我有这个念头吗？您以为我真这么迫不及待地想要您这个人吗？如果您竟这样设想,且在那里自鸣得意,我觉得您可实在太妄自尊大了。被这位夫人所唾弃的货物,别人还会那么爱恋！那可太不成事体了,醒醒吧,饶了我吧,不要这样趾高气扬。您所需要的不是我这一类人,您还是追求她好,我衷心盼望这桩美满的姻缘早日缔结。

第 七 场

〔赛丽曼纳,爱丽昂特,阿尔赛斯特,菲兰特。

阿尔赛斯特　（向赛丽曼纳）喂,虽然我已经看见了这一切,我可始终未发一言,并且还让大家都在我之先说了话。我克制自己的时间不算不长久了吧！我现在是不是可以……

赛丽曼纳　是的,您现在可以畅所欲言了;您如果要喊冤,您如果要责备我,无论责备什么,您都有权利那样做。本是我没理,我承认我错了;我万分羞愧的心灵不想再用什么无谓的话语来敷衍您了。别人的愤怒我都没放在心上;但是对您,我却要承认我的罪过。您的愤怒当然是合理的;我深深知道在您的眼里我是何等有罪的人,我也知道种种一切都说明我可能欺骗了您,总之您有恨我的理由。您恨就是了,我允许您恨我。

阿尔赛斯特　唉,我办得到吗,你这没良心的女人？我能这样克制住我的千缕柔情吗？纵然我竭力想恨你,但是我的心肯听从我吗？（向爱丽昂特及菲兰特）你们看看没骨头的柔情究竟能够做出什么事来,我让你们两位亲眼看一看我是多么软弱。但是,老实说,这还没有到头呢,你们这就要看见我把这软弱推到尽头,让你们明白人家称呼我们圣贤是不对的,在所有的人心里永远有人性的弱点。（向赛丽曼纳）是的,你这刁妇,我可以忘掉你

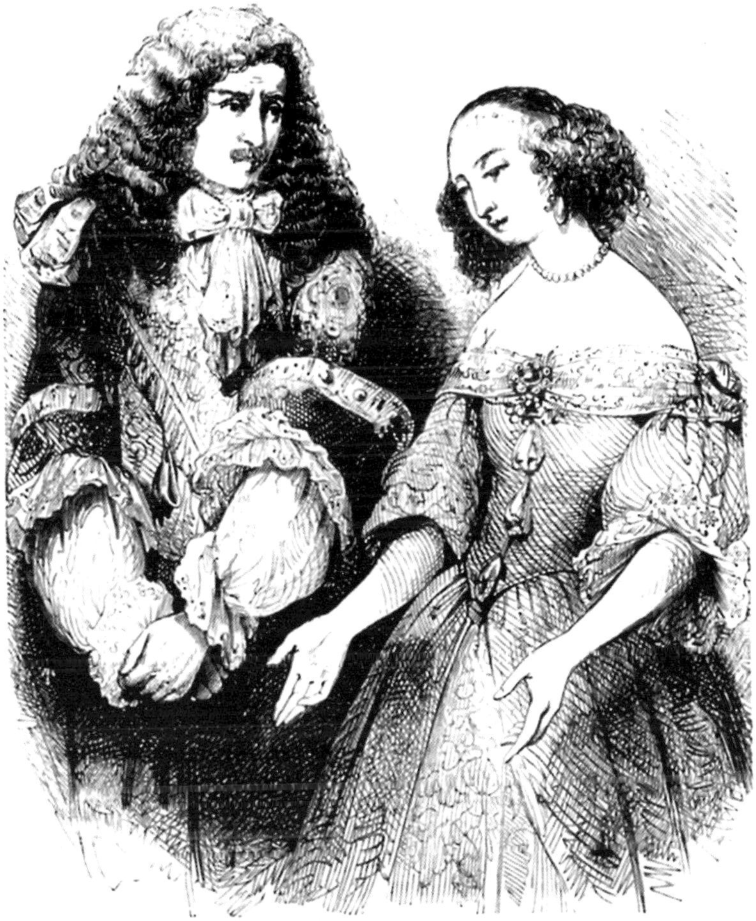

的种种天大的罪行;我可以从心里原谅你这些罪行的刻毒,只把它当作是意志薄弱的结果——年纪轻轻抵抗不住时下恶习的熏染;但是你的心必须把我已经决定好远避人类的计划答应下来,并且毫不迟疑地决定跟随我,到我许下心愿要在那里度日的隐居地去,只有如此你才能在大家心目中补救你在文字上给人的伤害。而且,虽然经过这次一个高尚心胸应该深恶痛绝的丑事之后,我还可以继续爱你。

赛丽曼纳　我,不等衰老就摒弃人间,跑去把自己埋葬在您那沙漠里!

阿尔赛斯特　唉!只要你的爱情跟我爱情的烈火彼此心心相印,世界上其他的一切在你还有什么要紧?能同我在一起你还不能心满意足吗?

赛丽曼纳　冷清凄凉的生活是二十岁的心灵所畏惧的。我并不觉得我的心灵那么伟大、那么坚强,能叫我决意实行这样一个计划。如果只要我答应把我的终身许给你就可以让你心满意足,那么我可以决意缔结这段姻缘;并且婚礼……

阿尔赛斯特　不,现在我的心恨透您了。这一次拒绝,超过了其他一切伤害。既然在如此甜蜜的结合里,您不能在我身上找到您需要的一切,正如我不能在您身上找到我需要的一切,那么,完了,我不要您了;您这种明显的侮辱帮助我从此挣脱您卑污的束缚。

第 八 场

〔爱丽昂特,阿尔赛斯特,菲兰特。

阿尔赛斯特　(向爱丽昂特)一百种美德点缀着您的美丽,我只是在您身上看见了真诚;好久以来我就对您敬慕万分;不过让我永远这样敬慕下去吧,请您原谅我这颗心,在各种烦恼之中不再有希望被您所爱的那个光荣了;我自觉实在不配享受您的爱情,并且开始觉悟,上天生我是根本不叫我来结人间姻缘的;把一个曾被价值远不如您的心灵所拒绝的感情来奉献给您,这种奉献未免太不高贵了;总之……

爱丽昂特　您这种想法很对;至于我嫁谁,我并不为难;您看这不是您的朋友吗!我若是要求他娶我,他是决不啰嗦,立刻可以应允的。

菲兰特　哎哟!这个光荣,小姐,正是我的平生夙愿,要我奉献出我的血,我的性命，我也是情愿的。

阿尔赛斯特　我祝你们两人彼此永远保持这种情感，以便享受真正的快乐。我是处处遭人欺弄，处处受着不公平的待遇，我马上就要跳出这个人欲横流的深渊，在大地上去寻觅一个穷乡僻壤！在那里可以自由自在地做个正人君子。

菲兰特　喂，小姐，咱们要用种种方法来打破他心里准备好的这个计划。

剧　终

伪 君 子

(1664—1669)

人　物

佩内尔夫人——奥尔贡之母。

奥尔贡——埃米尔之夫。

埃米尔——奥尔贡之妻。

达米斯——奥尔贡之子。

玛丽亚娜——奥尔贡之女,瓦莱尔的恋人。

瓦莱尔——玛丽亚娜的恋人。

克莱昂特——奥尔贡之妻舅。

答尔丢夫——伪君子。

劳朗——答尔丢夫的仆人。

桃丽娜——玛丽亚娜的侍女。

郑直先生。

宫廷侍卫官一人。

弗里波特——佩内尔夫人的侍女。

地　点

巴黎——奥尔贡家里。

第 一 幕

第 一 场

〔佩内尔夫人和她的女仆弗里波特,埃米尔,玛丽亚娜,桃丽娜,达米斯,克莱昂特。

佩内尔夫人　咱们走,弗里波特,咱们走吧!让我躲开他们!
埃米尔　您这么个走法,我们简直跟不上您了。
佩内尔夫人　留步,我的少奶奶,留步吧,别远送啦。这对我都是用不着的客套。
埃米尔　这是我们对您应有的礼节呀。不过,娘,您为什么这么快就出来了呢?
佩内尔夫人　因为我看不惯这里的派头,你们一点不想讨我的喜欢。是的,我是心里不痛快才走出你们的家门。我教训的话,你们一句也没听,这儿的人什么顾忌也没有,每个人都大声嚷嚷,不折不扣是个叫花子窝。
桃丽娜　如果……
佩内尔夫人　朋友,你是一个侍女,有点儿太爱说话,而且一点规矩也不懂;不管什么事你都要插进去表示你的意见。
达米斯　不过……
佩内尔夫人　你啊,我的孩子,对你可以有三个字的评语:糊涂虫;是我,你的祖母对你说的这句话;我早对我的儿子,你的父亲说过一百遍了,说你完全是一副坏小子的模样,照这样下去,他就等着受罪吧。
玛丽亚娜　我以为……
佩内尔夫人　天啊,你是他的妹妹,你假装不爱多说多道,好像多么温柔,多么老实,可是人们说得好,坏不过不流的死水,你背后做的那些事儿真叫我恨得牙根痒痒。

埃米尔　可是我的娘……

佩内尔夫人　我的少奶奶,不怕你见怪,你的一切行为也不见得高明;你本该在他们面前树一个好榜样,他们已故的母亲在这点上就比你强得多。你太好花钱,你的穿着打扮简直跟一位公主一样,这种生活方式真叫我看了难过。仅仅为讨丈夫的喜欢,我的少奶奶,是用不着这样装饰打扮的。

克莱昂特　不过,夫人,仔细想来……

佩内尔夫人　提起你,好舅爷,我很看重您,爱您,敬您;不过如果我是我儿子的话,一定请您别再登我们的家门。您不停地宣讲一些关于生活的格言,但那些格言是正人君子根本不应该遵循的。我对您,说话未免太直率了一点;不过我的脾气就是这样,我心里想的事,我就得说出来。

达米斯　您那位答尔丢夫先生当然很高明……

佩内尔夫人　这才是位君子,大家都应该听他的话;像你这样一个疯子也想来跟他捣乱,这是我不能容忍的,这不能不叫我气得发狂。

达米斯　什么!难道我就任凭这个一味说短道长的教会假虔徒在我们这里作威作福吗?不得到此公的允许,我们便任何消遣也不能有了?

桃丽娜　倘使定要听他的话,信从他的格言,那么我们无论做什么事,都成了罪恶了;因为这位热心的批评家,他是样样都要检查的。

佩内尔夫人　凡是经他检查过的事都做得很好。他希望引导你们走向天堂的大路;我儿子本该设法让你们喜爱他。

达米斯　不,祖母;父亲也罢,别人也罢,无论谁都不能强迫我跟他和好:我若说出两样的话来,便是心口不一,他的一举一动我都看着生气;我早预料到一个结局,就是我非和这个坏蛋大闹一场不可。

桃丽娜　当然这是一桩叫人看了气愤不平的事,一个素昧平生的人忽然当起主人来:一个穷光蛋,来的时候连双鞋子都没有,全身的衣裳顶多值到六十个铜子,现在居然忘了本来面目,居然对什么都要阻挠一下,居然以主人自居起来!

佩内尔夫人　喂,求求上帝吧!倘使凡事都按着他虔诚的意志来办理,那么一切就好得多了。

桃丽娜　那么在您看来,他简直是一位圣徒了:其实,请您相信我的话,他的行为只是一味地假仁假义。

佩内尔夫人 你看,又血口喷人了不是!

桃丽娜 没有一个妥当的保证人出来替他担保,他和他那个劳朗,我瞧着都一样地不能放心。

佩内尔夫人 他的仆人究竟是怎样的人,我不知道,不过我担保主人是个道德君子。你们所以恨他,讨厌他,无非因为他把你们的真情实况都照直说了出来。其实他心里愤恨的是你们所造的罪孽,他所关心的只是上天的利益。

桃丽娜 好吧,不过为什么,尤其是这些日子,他简直不许任何人和我们来往了呢?正正经经的朋友前来拜访,有什么得罪上天的地方,何至于大吵大闹,让我们大家都头痛呢?趁现在没有外人,要不要我仔细说说?……(指埃米尔)我想,真的,他是爱上太太了。

佩内尔夫人 住口!说话之前,你先要仔细想一想。讨厌这些拜访的不只是他一个人:与你们来往的那些人实在吵得太凶,一辆辆的马车接二连三地停在大门口,还有那么多的仆从乱糟糟地聚集在一起,实在吵得四邻不安。我很愿意相信骨子里任何事也没有;不过到底是有人说了闲话,这可是要不得的。

克莱昂特 喂!夫人,您想阻挡别人说闲话吗?倘使因为旁人议论我们的那些蠢话,我们就和我们最好的朋友们断绝来往,那可真是人生中一桩太不幸的事了。并且纵使我们这样做了,您以为就能让大家都不说话了吗?流言蜚语就是城墙也挡不住的。我们不必留意那些愚蠢的诽谤,我们只须努力过我们纯洁的生活,闲话让他们尽量去说好了。

桃丽娜 我们的邻居达芙奈和她年轻的丈夫:这两位莫非就是说我们坏话的人?自己的行为最惹人耻笑的人永远是头一个说别人坏话的人。别人的恋爱还不过刚刚露出一点苗头,他们立刻一把抓住再不放松,赶紧得意洋洋地把这新闻传布开去,还要按照他们的意思改头换面,硬叫人相信真是那么回事。他们把自己的颜色涂在别人的行为上,然后希望仗着这套把戏,使自己的行为在社会上不再遭到反对。他们妄想使自己的行为与别人的好行为有一点相似之处,便可使自己的阴险龌龊变成纯洁无瑕,或者把自己受了公众指摘所感到的精神痛苦分出一些让别人去领受。

佩内尔夫人 你这番议论与正题毫不相干。大家都知道奥朗特过的是一种模范生活:她的全副精神都贯注在上帝身上;可是有人告诉过我,她也很不赞成这里有这么多的客人来来往往。

桃丽娜　这个榜样可真值得赞扬,这位太太可真算是个大好人!不错,她过的是一种严肃的生活;但是她对上帝的那种虔诚是她那个岁数逼出来的,大家知道她所以这样安分守己并不是出于本心,当她还能够吸引男人来献殷勤的时候,她也曾尽量享受能享受的种种好处;但是眼看她那双眼睛的光彩日渐暗淡,她才想起摆脱繁华世界,繁华世界也正想摆脱她。她那时才想到蒙上一层灿烂的高尚道德的帷幕来掩饰她人老珠黄的弱点。这些都是过时的美人们的狡猾伎俩;眼看情人们渐渐散去,在她们原是很难受的事。在这人人见弃的情形下,她们凄凉惶惑的心,除了安分守己做上帝的信女以外,实在也想不出别的更好的法子。这种严峻冷酷的善良妇人是样样都要检查,仟何事都不肯饶人的。不管谁的生活,她们都要高声斥责,可并不是由于爱人以德,而是嫉妒心在那里作祟,她们限于年龄不能再享受的乐趣竟由另外一个妇人在享受,这是她们不能忍受的事情。

佩内尔夫人　(向埃米尔)像这样的胡言乱语正合你的心意。我的少奶奶,在你这儿,我只有封住口不说话,因为你是领着头指使他们叽叽喳喳。不过我想也该轮着我说几句了:告诉你,我的儿子把这位虔敬上帝的正人君子接在家里,真是办了一件最聪明不过的事;上帝把这个人派到这里来,是为纠正你们大家的不正思想;为了你们的永恒幸福,你们应该听他的话,凡是不应当斥责的事,他是绝不加以斥责的。这里的交际往来,这里的舞会,这里的谈话都是魔鬼发明出来的玩意儿。在一个地方,若是永远听不到敬慕天主的话,那么所听见的必是一些空谈滥调和轻佻言论;而且往往是旁人遭殃;因为在那种场合,人们擅长的就是议论了这个人又议论那个人。总之,头脑最清楚的人遇到这种聚会里的乌烟瘴气也要弄得头昏脑涨:各式各样嚼舌根的坏话一霎时都说了个齐全;那天有位博士说得好,这里真正是巴比伦的塔了①,因为在这里大家都叽叽喳喳地乱说,拼了命地乱叫。光为这一点,也必须把事情讲个清楚……(指克莱昂特)可是你看,这位先生不是已经在那里冷笑了吗!你快去寻找能够逗你大笑的那

---

① 据《圣经·旧约》传说,挪亚的子孙欲建通天之塔,上帝弄乱他们的语言,使之语言不通,塔未建成。此塔名巴别塔,佩内尔夫人将巴别误为巴比伦。

群小丑去吧！（对埃米尔）并且，若不是……再见吧！我的少奶奶，我什么也不愿再说了。你要知道我的心对你们已经冷了一半，不知哪一天我才会再登这儿的大门。（给弗里波特一个耳光）喂！你，你在这儿做梦哪！傻头傻脑地愣着！哼哼！你看我回去怎么收拾你。走吧！你这个臭丫头，走吧！

第 二 场

〔克莱昂特，桃丽娜。

克莱昂特　我真不愿意送她出去，怕她又跟我斗嘴，这位老太太……
桃丽娜　可惜她没听见您这样称呼她，不然，她必定管您叫老头儿，并且说她还没到被人称作老太太的岁数！
克莱昂特　你看她没来由地对我们发这么大的火！把她那位答尔丢夫却捧得高高地顶在头上。
桃丽娜　噢！所有这一切跟她儿子比起来，还真算不了一回事呢，您若看见，一定会说："还要糟！"我们国内的几次动乱把他锻炼得有才有识，给国王效力的时候，他确实表现得十分英勇。但是自从他迷上了答尔丢夫，他简直变成了一个傻子；他称他做兄弟，衷心地爱他，比爱自己的母亲、儿子、女儿和妻子还胜百倍，他是他惟一可以推心置腹的人，他是他的一切行动的可靠导师。他怜惜他，抱吻他；我想一个人对待自己的情妇，也不会用更多的柔情：吃饭的时候，他要他坐在首位，自己在旁边快快活活地看着他一个人吃下六个人吃的那么多的东西；无论什么菜，顶好的那一部分，他要大家留给他吃，他如果打个嗝儿，他就赶紧对他说，"上天保佑你！"总之，他爱他都爱得发狂了；他是他的一切，是他所崇拜的英雄；不管什么时候，他总是在赞扬他；不管说什么，总要提到他。他的芝麻大小的举动，他看了都像是奇迹；他所说的话，他听起来都像是神谕。答尔丢夫呢，早摸准了那个甘心上当的人的脾气，一心想着利用他，于是施展了种种手段，迷得他头昏眼花。他利用虚假的虔诚，时时刻刻可以从他手里骗到钱财；并且我们越老实，他越觉得有任意指责我们的权利，甚至于服侍他的那个混蛋小厮也夹在里面教训起我们来；他也瞪圆了两只眼跑来申斥我们,把我们的绸带、胭脂、假痣①都扔在地下。这个坏蛋那天还亲手撕碎一块夹在《圣徒传记》②里面的手绢,他说我们把魔鬼的装饰品和圣物混杂在一起,是犯了骇人听闻的重罪。

第 三 场

〔埃米尔,玛丽亚娜,达米斯,克莱昂特,桃丽娜。

埃米尔　(向克莱昂特)你真运气,没出来听她在门口对我们讲的那篇话。不过我看见我丈夫回来了;他还没看见我,我到楼上去等他吧!

克莱昂特　我就在这儿等着他,可也不能多等,仅仅是为对他道个"早安"。

达米斯　关于我妹妹的婚事,请您和他稍微谈一谈。我疑心答尔丢大在反对这门亲事,在那里指使我父亲从中作梗;并且您知道我对于这事是如何的关心……我妹妹和瓦莱尔是十分相爱的,且不必说,这位好友瓦莱尔的妹妹,您知道,又是我所热爱的人;倘使……

桃丽娜　他进来了。

第 四 场

〔奥尔贡,克莱昂特,桃丽娜。

奥尔贡　喂!老弟,您好?

克莱昂特　我正要走,您回来了,我很高兴。现在乡间的花还没有大开吧!

奥尔贡　桃丽娜!(向克莱昂特)老弟,请等一等。让我先稍稍打听一下家里的事,免得我心焦,您看可以吗?(向桃丽娜)这两天一切都顺当吗?现在大家都干什么呢?大家都平安?

桃丽娜　太太前天发了烧,一直烧到大黑,头也痛,想不到地那么痛。

奥尔贡　答尔丢夫呢?

---

① 假痣,当时妇女将黑色圆形的小块缎子,贴在脸上假充美人痣。
② 西班牙教士所著之书。

桃丽娜　答尔丢夫吗？他的身体别提多好啦。又肥又胖,红光满面,嘴唇红得都发紫啦。

奥尔贡　可怜的人！

桃丽娜　到了晚上,太太心里一阵恶心,吃饭的时候任什么也吃不下,头痛还是那么厉害！

奥尔贡　答尔丢夫呢？

桃丽娜　他是一个人吃的晚饭,坐在太太对面,很虔诚地吃了两只竹鸡,外带半只剁成肉泥的羊腿。

奥尔贡　可怜的人！

桃丽娜　整整一夜,太太连眼皮都没闭一会儿;热度太高,她简直睡不着,我们只好在旁边陪着她,一直熬到大天亮。

奥尔贡　答尔丢夫呢？

桃丽娜　一种甜蜜的睡意紧缠着他,一离饭桌,他就回了卧室;猛地一下子躺在暖暖和和的床里,安安稳稳地一直睡到第二天早晨。

奥尔贡　可怜的人！

桃丽娜　后来,太太被我们劝服了,答应放血;病情立刻缓解下来。

奥尔贡　答尔丢夫呢？

桃丽娜　他老是那么勇气十足,不住地磨炼他的灵魂来抵抗痛苦;为了补偿我们太太放血的损失,他在吃早饭的时候喝了四大口葡萄酒。

奥尔贡　可怜的人！

桃丽娜　总而言之,现在他们两位身体都安好,我这就上去,预先报告太太您对她病后这份关心。

第 五 场

〔奥尔贡,克莱昂特。

克莱昂特　姐夫,她这是当着您面在讥笑您;我可不是存心招您生气,不过老实说,她也讥笑得很对。我们何曾听说过有您这样古怪的脾气？难道一个人会有这样大的魔力,竟然使您为了他,把一切事情都丢开不管？把他接到家里,救了他的穷困之后,您还要……

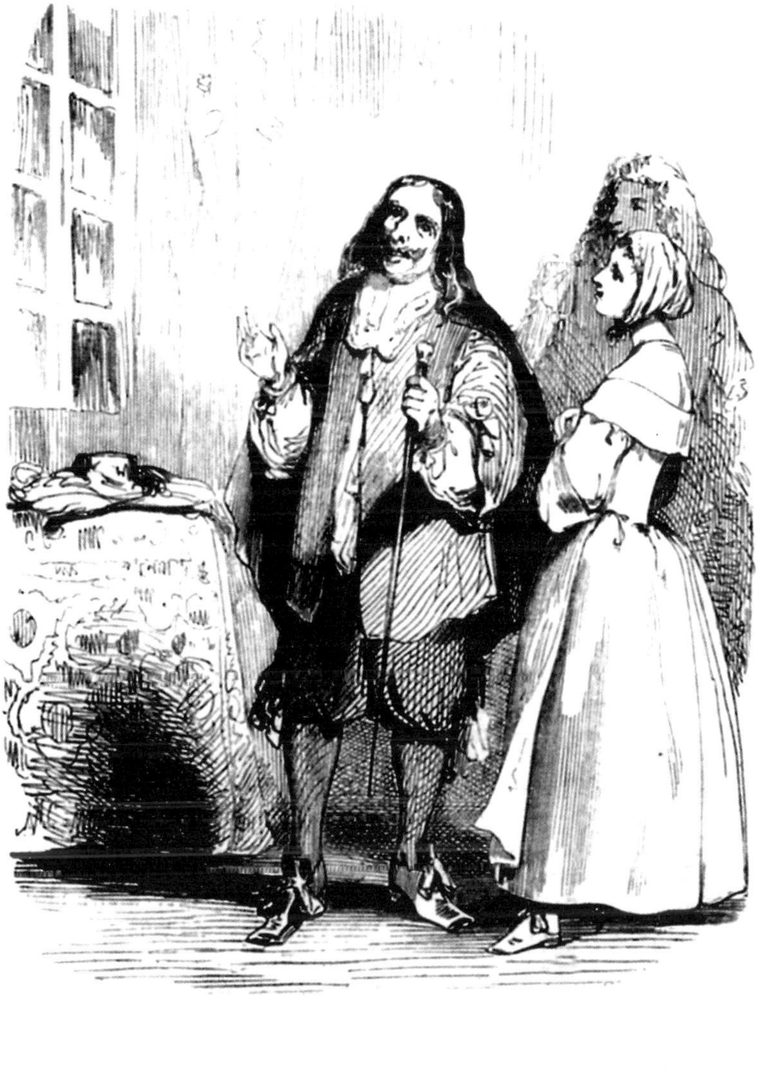

奥尔贡　快住口吧！我的老弟,您不知道您所说的人是怎样一个人哩。

克莱昂特　就算我不知道他,既是您要这么说;不过为了知道他究竟是怎样一个人……

奥尔贡　老弟,您知道了之后,您也一定高兴跟他交朋友;并且您的欣悦陶醉会永无止境。他是这样的一个人……他……唉,总之是这样的一个人……是一个严格遵守教义,崇尚精神享受,把全世界看成粪土一般的这样一个人。对了,自从和他谈话以后,我就完全换了一个人,他教导我对任何东西也不要爱恋;他使我的心灵从种种情爱里摆脱出来;我现在可以看着我的兄弟、子女、母亲、妻子一个个死去,我也不会有动于衷了。

克莱昂特　姐夫,这是人的感情吗！

奥尔贡　哎！倘若您知道我是怎样遇见他的,您也会像我这样爱他。每天他都到教堂来,和颜悦色地紧挨着我,双膝着地跪在我前面;他向天祷告时那种虔诚的样子引得整个教堂的人都把目光集中在他身上;他一会儿长叹,一会儿闭目沉思,时时刻刻毕恭毕敬地用嘴吻着地,每次当我走出教堂,他必抢着走在我的前面,为的是到门口把圣水递给我。他的仆人一切举动都模仿着主人,我就是从他那里打听到答尔丢夫的窘况和为人。有时我送点钱给他用,他每次都很客气地退还我一部分。"太多了,"他说,"一半已经太多,我实在不配您这样怜恤我。"有时我一定不肯收回,他便当着我的面把钱散布给穷人;后来,上天教我把他接到我家里,从那时起,我们这里一切都显得兴旺起来。我看得很清楚,他对我家一切都要加以督责,为了维护我的名誉,就是对于我的太太,他也异常关心;谁跟她做一个媚眼,他都要告诉我,他所表现的那股醋劲比我本人还大六倍。您绝不会相信他对上天的虔诚已升高到什么程度:一点点小事他都要自责,认为罪孽深重,甚至什么事没有他也会感到难受;他竟然到了这个地步,就是有一天他祷告的时候捉住了一个跳蚤,事后还一直埋怨自己不该生那么大的气竟把它捏死。

克莱昂特　唉！我看,姐夫,您是疯了,您说这番话是跟我开玩笑吧？您的意思究竟是什么？这一大套糊涂话……

奥尔贡　老弟,您这番话颇有自由思想家的味道;您的心灵多少已沾上了这种污点。我劝告过您不止十次,您早晚要惹出一桩不幸的事来。

克莱昂特　你们那类人全是这么个说法;你们愿意人人都和你们一样瞎了眼,

遇到眼睛稍微明亮一点的人就说他们是自由思想家;不崇拜那些无谓的虚伪做作,就算是不敬圣物不信上帝。算了吧,你们那些话一点也吓不倒我:我知道我说的是什么,并且上帝很能了解我的心,我是决不受你们那些伪君子愚弄的。世上有的是假虔徒,正如有的是假勇士一样。我们知道在光荣路上,真勇士不见得就是那些嚷叫得最凶的人,而我们应该步步效仿的那些真正的善良信徒也不是那些皱眉蹙额,鬼脸装得十足的人。真的,您就不辨别一下什么叫作伪善,什么叫作虔诚吗?您就不加区别地对待这两种不同的东西,对假面具与真面孔一样地尊敬?对矫揉造作与真诚一样地重视?把外表与实际混为一谈?对丁真人与幻影,真币与伪币一样地看待?大多数人生来缺少平常心,他们从来不能保持正常合理的良知,在他们的头脑里,理智的范围太狭隘了,一举一动他们总要超乎寻常;往往最高尚的东西到了他们手里也被糟蹋得不成样子,因为他们老想把它过分地夸大,他们老是过分地异想天开。这些话,我不过是随便说说,我的姐夫。

奥尔贡　是的,您,您无疑是人人尊敬的一位博学之士,世界上的全部学识都汇聚在您一人身上,您是惟一的贤者,惟一的饱学之士,您是神明降世,当代的加图①。跟您一比,人人都是糊涂虫。

克莱昂特　姐夫,我并不是人人尊敬的博学之士,学识也没有汇聚在我一人身上。不过,简单一句话,我的全部学问就是知道怎样辨别真假。我认为无论什么样的英雄也比不上全心全意敬奉上帝的人那样值得钦佩,世界上没有任何东西比真正虔诚的圣德更高尚更完美。因此我才觉得这些虚有其表的虔徒,这些江湖骗子式的虔徒,这些大街上自吹自擂的虔徒再可恶不过了。他们肆无忌惮地亵渎神明,扮着骗人的鬼脸,安然无事地在那里嘲弄我们所有最圣洁、最神圣的东西。这些利欲熏心的人们,把侍奉上帝当作一种职业、一种商品,想用骗人的神态、假扮的热诚当作资本去购买别人的信任,去购买爵位。这些人,我们看见他们是那样热心地从奔往天堂的道路转到了他们求富贵的大门,他们天天热衷名利,摇尾乞怜地恳求恩宠,在宫廷的热闹场合中大讲出世隐遁的道理。他们知道怎样用他们的假虔诚来配合他们的恶习,他们动辄暴怒,有仇必报,毫无信义,诡计多

---

① 加图,公元前三世纪罗马政治家,以正直无私、公正严明著称。

端;到了陷害人的时候,他们会恬不知耻地借上帝的名义来掩盖他们凶狠的私怨;尤其可怕的是他们盛怒之下对付我们所用的武器却正是人人所尊敬的东西,他们利用上帝的圣名作武器来杀害我们,事后大家还得感激他们的美意。这种虚伪性格,我们看得太清楚了。不过那些真正虔诚的教徒也很容易辨别出来。我们这个世纪里,姐夫,有许多我们可以当作光荣模范的。您看看亚里斯东,您看看贝里央德,还有奥隆特、亚尔西达玛、玻利道尔、克利唐德;说他们是虔徒,是谁也不会反对的;他们绝不大吹大擂地自夸他们的道德,在他们身上绝看不到那种令人不能忍受的骄傲自满;他们的虔诚是近情合理的。我们的举动,他们绝不会样样都加以斥责,他们认为这样斥责别人未免有点自高自大,所以他们把夸夸其谈、自命不凡的勾当让给别人去做,他们只是以身作则来改正我们的行为。他们轻易不肯相信捕风捉影的坏话,他们的心灵总是宁愿从好的一面来判断旁人。在他们那些人中间绝不结党营私,绝不进行任何阴谋诡计。他们一心一意好好过日子。对于犯错误的人,他们并不那样恨之入骨。他们所憎恨的只是过失本身。他们绝不用过分的热诚来替上帝维护利益,甚至比上帝自己维护得还要厉害。这才是我们所称许的人,一个人的行为原本应当如此。这是我们应该模仿的表率。您的那个人,老实说,是不属于这种表率之列的。您竭力赞扬他的热忱固然是出于至诚,但我以为您是被他那种虚伪的光彩迷住眼了。

奥尔贡　我亲爱的舅老爷,您说完了没有?

克莱昂特　说完了。

奥尔贡　(作势走开)那么,再见吧!

克莱昂特　请赏我个面子,先别走,姐夫,我还有一句话要说。刚才的话姑且撂在一边。您没有忘记瓦莱尔已得到您的许诺做您的女婿吧?

奥尔贡　是的。

克莱昂特　关于这个美满的姻缘,您已经选妥了日期。

奥尔贡　没错。

克莱昂特　那么您为什么又把结婚的日子往下推迟呢?

奥尔贡　说不上为什么。

克莱昂特　莫非您心里又有了别的念头?

奥尔贡　也许。

克莱昂特　您要反悔？

奥尔贡　我并没这样说。

克莱昂特　我想不出有任何事故可以阻拦您实践您的诺言。

奥尔贡　这也得看情形。

克莱昂特　为说一句话，用得着这样耍花腔吗？瓦莱尔就是为这事要我来见您的。

奥尔贡　谢谢上帝！

克莱昂特　不过怎样回复他呢？

奥尔贡　您爱怎样回复就怎样回复他。

克莱昂特　不过也得知道您到底有什么打算啊。您的意见究竟怎样？

奥尔贡　上帝叫我怎样，我就怎样做。

克莱昂特　说正经的，瓦莱尔已经得到您的许诺；到底算数不算数？

奥尔贡　再会吧！

克莱昂特　（自语）我很担心他的婚事要有变化，我应该把一切情形都去告诉他。

第 二 幕

第 一 场

〔奥尔贡,玛丽亚娜。

奥尔贡　玛丽亚娜!

玛丽亚娜　爸爸,什么事?

奥尔贡　走过来;我有话要私下跟你说。

玛丽亚娜　(向奥尔贡,奥尔贡注视旁边的一间书房)您找什么?

奥尔贡　我看看有没有人在里面听我们说话,因为躲藏在这个小屋子里偷听是再合适没有的了。好,现在我们可以放心说话了。玛丽亚娜,我一向深知你是个性情温和的人,所以我一向是喜爱你的。

玛丽亚娜　父亲这样爱我,我感激万分。

奥尔贡　这话说得很好,我的孩子,但是你应该一心一意设法随和我的心意,不要辜负了我的慈爱。

玛丽亚娜　这正是我视为无上光荣的事。

奥尔贡　好极了。你看答尔丢夫,我们的贵客,这个人怎么样?

玛丽亚娜　叫谁看?叫我看?

奥尔贡　是叫你看。我要看看你怎样回答我。

玛丽亚娜　哎哟!我,也无非是您要我怎么说我就怎么说吧。

第 二 场

〔奥尔贡,玛丽亚娜,桃丽娜。

〔桃丽娜慢慢走到奥尔贡身后,奥尔贡没看见。

奥尔贡　你这话说得很得体……那么,我的孩子,我要你对我说这样的话,说他全身上下都有一种高尚的才德在发着光芒,已大大感动了你的心,如果我做父亲的选中了他,让他做你的丈夫,你是乐于接受的。怎么啦?

〔玛丽亚娜吃惊地后退。

玛丽亚娜　什么?

奥尔贡　怎么回事?

玛丽亚娜　您说的是什么?

奥尔贡　怎么啦?

玛丽亚娜　我莫非听错了?

奥尔贡　怎么听错了?

玛丽亚娜　您要我说有一个人已经感动了我的心,如果您做父亲的选中了他,让他做我的丈夫我是乐于接受的。这个人到底是谁?

奥尔贡　就是答尔丢夫。

玛丽亚娜　我起誓,这是绝对办不到的,我的父亲。为什么让我说这样荒唐的话?

奥尔贡　但是我愿意这句话成为事实;我已经替你决定下来,这就够了。

玛丽亚娜　什么?爸爸,您竟要……

奥尔贡　是的,我的孩子,我指望靠了这门亲事让答尔丢夫成为我们家的人。一定要他做你的丈夫,我已决定下来。并且对于你的志愿……(看见桃丽娜)你在这里干什么?你未免太好管闲事了,丫头,你竟这样来偷听我们说话!

桃丽娜　真的,我不知道这谣言是从哪儿来的;是别人瞎猜胡想,想出来的呢,还是随便地流传出来的。关于这门亲事的新闻已有人对我讲过,我可根本没把它当回事。

奥尔贡　怎么!这件事就这样地不能令人相信吗?

桃丽娜　是那么不能令人相信,先生,甚至由您亲口说出来,我也不信。

奥尔贡　我有法子叫你相信。

桃丽娜　是的,是的,您这是给我们讲一个笑话呢。

奥尔贡　我讲的恰恰是不久人们就可以看见的事实。

桃丽娜　说着玩罢了！

奥尔贡　我的孩子，我所说的决不是儿戏。

桃丽娜　算了吧，您不要信您父亲的话；他开玩笑呢。

奥尔贡　我告诉你……

桃丽娜　不，您那叫白说，我们是不会相信的。

奥尔贡　我可要生气了……

桃丽娜　那么就相信吧，活该您倒霉就是了。怎么，先生，您这样似乎很精明的人，脸上还长着这么多的胡子，您会糊涂到……？

奥尔贡　听我说！你在我面前这样轻狂随便，我实在不大喜欢；我告诉你，丫头……

桃丽娜　咱们说尽管说，可别动肝火，先生。您玩出这样的把戏不是拿人取笑吗？那个假虔徒并没看中您的姑娘，他惦记的是别的事情。再说这门亲事对您又有什么好处？拿您这样的产业为什么单挑这么一个穷光蛋做女婿？……

奥尔贡　你住口。他诚然一个钱也没有，但是你要知道这正是应该敬重他的地方。他的穷困毫无疑义是一种正直人的穷困，这种穷困使他的人格格外伟大，皆因为他不大关心世俗的身外之物，整个精神都贯注在永恒不灭的事务上面，才让人把他的家财都侵吞了去。但是我对他的帮助可以让他摆脱经济上的困境，逐渐恢复他原有的家私，他的产业都是本地出名的好采邑，你别看他现在这种样子，他的确是个贵族呢。

桃丽娜　是的，他自己是这样说的；并且先生，他这种虚荣心是跟敬主的热忱捏不到一起的。一个真正有圣徒生活的纯洁修养的人，绝不会像他那样炫耀自己的家世和出身；真要是谦卑地敬奉上帝，就不会容忍他那种虚荣心任意猖狂；那样的骄傲自满究竟有什么用处？……我这番话您听了是不舒服的；那么咱们就撇开他的高贵门第不讲，谈谈他的本人吧。把这么好的一个女儿，许给像他那样一个男人，您心里真就一点不觉得难受吗？您也不想想他们是不是相般配，您也不预测一下这桩婚姻能有什么后果？您应该知道，如果您真要逆着她本人的意愿做这门亲，便是拿您女儿的名誉去冒险。一个女人结了婚能不能规规矩矩过日子，那全得看她所配的丈夫人品怎么样。所配丈夫若是到处受人指责，那么做妻子的往往也就变成我们常见的那种坏女人了。有些丈夫,按他们的为人,是很难对他们不生外心的。谁要把自己的女儿许配给一个她所厌恶的男子,那么她将来所犯的过失,在上帝面前是应该由父亲负责的。您想一想,您这个计划让您冒着多么大的危险!

奥尔贡　(旁白)这简直是要我跟她学习做人的大道理啦!

桃丽娜　您听我的劝告去办事只有好处没有坏处。

奥尔贡　我的孩子,咱们不要听她这些胡说八道;我知道你需要什么,我会把你的事情办好的,我是你父亲。虽然我曾经把你许配给瓦莱尔;可是我不但听说他喜欢赌钱,并且我还疑心他多半是自由思想者;我从没看见他上过教堂。

桃丽娜　您要他跟那些专为让您看见才去的人们一样,按着您去的钟点准时上教堂吗?

奥尔贡　我没问你的意见。总之答尔丢夫是世界上跟上帝最亲近的人,这就是他举世无双的财产。这桩婚姻一定可以满足你的种种希望,一定是无限温情与快乐的婚姻。你们必能像两个真正的小孩,像一对鸽子似的在你们互相表示忠诚的爱情里过日子。你们永远不会有不幸的争吵,你叫他怎么样,他就会怎么样的。

桃丽娜　她吗?她只会叫他当王八,那是靠得住的。

奥尔贡　喂!这叫什么话!

桃丽娜　我告诉您,他长的就是个王八脑袋。先生,您女儿无论怎样谨守妇德,也挡不住他天生的王八命。

奥尔贡　不要再打断我的话头,你得紧紧闭上你的嘴,与你无干的事情你少插嘴。

桃丽娜　先生,我是为您好才说的。

〔以后每逢他转身向他女儿说话,桃丽娜必插嘴打断他的话。

奥尔贡　你管得太宽了。你还是闭上嘴吧。

桃丽娜　假若人家是因为爱护您才……

奥尔贡　我不愿意人家爱护我。

桃丽娜　我偏要爱护您,先生,不管您愿意不愿意。

奥尔贡　啊!

桃丽娜　您的名誉,我一样地爱惜,我不能看着不管,让人家去笑话您。

奥尔贡　你一定不肯闭嘴?

桃丽娜　任您结这门亲而不拦您,那是坏良心。

奥尔贡　你这个毒蛇,不要脸的东西。你闭嘴不闭嘴?

桃丽娜　唉!您是个虔诚的教徒,却动起肝火来了!

奥尔贡　是的,我听了这些混账话,肝火不能不往上冲,而且我决意要你住口。

桃丽娜　好,我住口。不过我嘴里尽管不说,心里想得可更多。

奥尔贡　你要想你就想;但是你要留神(转身向他的女儿)别说出来,要不……够了,不用再说了。任何事情我都仔细斟酌过的。

桃丽娜　不准我开口,真把我气死了。

〔他回过头来,她立刻住口。

奥尔贡　答尔丢夫虽不是一个漂亮多情的少年,但是他天生就……

桃丽娜　是的,一副好嘴脸。

奥尔贡　纵使你对他别的一切长处没有什么好感,也……(转脸向桃丽娜,又着双手注视她)

桃丽娜　你看她配的丈夫多么好!倘若我是她,我可不能让一个男子太太平平地硬跟我结婚;办完了喜事,不用多久,我就要让他知道一个女人报仇的法子是永远带在身边的。

奥尔贡　那么,我说的话,你老是当作耳边风?

桃丽娜　您瞎抱怨什么?我没跟您说话呀。

奥尔贡　那么,你在这儿干什么?

桃丽娜　我跟我自己说话呢。

奥尔贡　很好。我得给她一个翻手巴掌,治一治她这种狂妄无礼。(做出要打嘴巴的样子,一眼接一眼地瞪桃丽娜,桃丽娜老是直立不语)我的孩子,你应该赞成我的计划……你应该相信这个丈夫是……我替你选中的这个丈夫是……你为什么不说话?

桃丽娜　我没什么可以对自己说的话。

奥尔贡　你就回答我一句吧。

桃丽娜　要是我,我就不喜欢这个男子。

奥尔贡　啊,我早就料到你要说这句话。

桃丽娜　谁也不会糊涂到答应您说的那件事。

奥尔贡　总而言之,我的孩子,你必须听我的话,要完全尊重我的选择。

桃丽娜　（逃开）我才不要这样一个丈夫呢。

〔他打她一个嘴巴，但是没着。

奥尔贡　孩子，她是粘在你身上的一块病，和这个女人在一起过日子，我简直不能不犯打骂人的过失。我此刻觉得不能再接着往下说了；她这些没规矩的话气得我七窍生烟，我要出去吸点新鲜空气，休息一下。

第 三 场

〔桃丽娜，玛丽亚娜。

桃丽娜　您倒说说，您成哑巴了吗？遇上这种事，您还样样都让我替您说话吗？您就这么任凭人家提出那样无理的计划，连一句拒绝的话都不会说！

玛丽亚娜　对这样一个专制的父亲，你叫我有什么法子呢？

桃丽娜　他那样威胁您，您也应该抵抗一下呀。

玛丽亚娜　什么？

桃丽娜　您应该对他说爱情这种事是不能由别人强行做主的，结婚是为您自己，不是为他，这桩事既是为您办的，那么那个丈夫必须合您的心意，而用不着合他的心意，倘使他那个答尔丢夫，他看着是那么可爱，他自己可以嫁给他，那是不会有任何阻碍的。

玛丽亚娜　做父亲的在我们子女身上有这么大的权威，老实说，我从来是什么话也不敢说的。

桃丽娜　可是咱们得讲一讲理。瓦莱尔已经向您求过爱了，那么您倒是爱他还是不爱他呢？

玛丽亚娜　哎哟！你真冤枉死我了，桃丽娜，你应该问我这个话吗？在这上头，我把我的心事告诉过你还没有一百次吗？你不知道我对他的爱情已经到了什么地步吗？

桃丽娜　您到底是不是心口如一，到底这个少年是不是真正地打动了您的心，我哪能知道呀？

玛丽亚娜　桃丽娜，你这样怀疑我的爱情，你冤枉死我了，我对他的真实情感已经表示得过于明显了。

桃丽娜　那么，您是爱他的了？

玛丽亚娜　是的,极其热烈地爱着他。

桃丽娜　看来,他也极其热烈地爱着您吧?

玛丽亚娜　我想是的。

桃丽娜　并且你们两人都急着要结婚,是不是?

玛丽亚娜　当然啦。

桃丽娜　那么,您对答尔丢夫那门亲事还指望什么呢?

玛丽亚娜　我就等着自杀了,倘若他们真要强逼我。

桃丽娜　好极了。这个法子,我倒没想到,您只须一死就摆脱了困难。这种药当然是很灵验的。您竟说出这样话来,真把我气死了。

玛丽亚娜　天呀!你怎么变得这么大脾气呀!人家心里正难受哩,你却一点也不可怜人家。

桃丽娜　像您这样尽说废话,遇上一点事就泄气的人,我是不可怜的。

玛丽亚娜　这有什么法子呢?我天生胆小嘛。

桃丽娜　然而爱情需要一颗坚决的心。

玛丽亚娜　我对瓦莱尔的爱情还不坚决吗?难道向我的父亲求亲不是他的事吗?

桃丽娜　不过您父亲是个极端霸道的人,老把答尔丢夫顶在头上,答应了的亲事忽然又反悔,这个错处能派在瓦莱尔身上吗?

玛丽亚娜　不过我怎么敢公开地表示拒绝,露骨地显出轻视答尔丢夫呢?那不是叫人看出我已经选中了心上人并且热爱着这个心上人吗?不管瓦莱尔是怎样人才出众,我能为了他就不顾女孩子的脸面和子女的孝道吗?你莫非要我把我的爱情和盘托出让全世界……?

桃丽娜　不,不,我什么也不要。我看您是愿意嫁给答尔丢夫先生了;我想,我实在不应该劝您拒绝这门亲事。我何必要打消您这种心愿呢?这门亲事本是挺合适的。答尔丢夫先生吗!哦!哦!提出这样一个人物还算小吗?当然啦,仔细想来,答尔丢夫先生原不是一个等闲人物,能做他的伴侣,福气真不小哇;大家都已经把光荣堆在他的头上;在他家乡他是个贵族,又长得一表人才;红红的耳朵,亮堂堂的脸:和这样一个丈夫过日子,您真是太称心了。

玛丽亚娜　天啊!

桃丽娜　您心里够多么快活,能够做这样一个美男子的夫人!

玛丽亚娜　喂！请你快别说这种话了,你快帮我想个法子反对这门亲事吧！全不用提了,我认输啦,现在我什么都敢干了。

桃丽娜　不,一个做女儿的原应该听父亲的话,哪怕他让她嫁给一只猴子;您的命运太好了,有什么可抱怨的呢！结了婚,您可以搭了车上他的小城去,那里有的是他的叔叔大爷表哥堂弟,您可以快快活活地跟他们说说道道。他们先得带您瞻仰一下当地的上流社会;然后您得拜拜客,拜完了法官太太,再拜陪审官太太,她们一定赏您一个面子,让您坐在一张小矮凳上。等到狂欢节,您在那儿可以指望的是舞会和王家的大乐队,所谓王家大乐队就是本地的两支短笛;偶尔还可以看到猴子戏和木偶戏,不过倘若您的丈夫……

玛丽亚娜　哎哟！你要了我的命了。你还是替我出个主意帮帮我的忙吧！

桃丽娜　我可没有那么大的本事。

玛丽亚娜　喂！桃丽娜,你饶了我吧……

桃丽娜　为了好好地惩罚您一下,非得让这门亲事做成不可。

玛丽亚娜　我的好姑娘呀！

桃丽娜　不成。

玛丽亚娜　如果我把我的心愿讲得明明白白……

桃丽娜　不成,一定得让答尔丢夫做您的丈夫,让您去尝尝他的滋味。

玛丽亚娜　你知道我一向是信任你的,让我……

桃丽娜　不,总得叫您去"答尔丢夫"一下。

玛丽亚娜　好吧！既然我的苦命一点也感动不了你,那么从此你就让我一个人去悲观绝望吧。我的心只有向悲观绝望去借救兵,我知道什么是医治我苦痛的特效良药。

〔她作势欲走。

桃丽娜　喂！来,来,回来。我不生气了,不管怎样,我还是得可怜您。

玛丽亚娜　你看见了没有,倘使他们一定要我去受这种凶狠的刑罚,我告诉你,桃丽娜,我只有一死了之。

桃丽娜　您别难受。我们可以想个巧妙计策来阻止……不过您看瓦莱尔,您的情人来了。

第 四 场

〔瓦莱尔,玛丽亚娜,桃丽娜。

瓦莱尔　小姐,刚才有人告诉了我一个消息,这个消息真是妙不可言,我还是头一回听见哩。

玛丽亚娜　什么消息?

瓦莱尔　说您要嫁给答尔丢夫了。

玛丽亚娜　我父亲心里的确有这个打算。

瓦莱尔　小姐,您的父亲……

玛丽亚娜　他改变主张了。刚才他已把这件事向我提出来了。

瓦莱尔　什么?那么不是说着玩的了?

玛丽亚娜　是的,并不是取笑。他已公开宣布这门亲事。

瓦莱尔　您心里是怎么个打算呢,小姐?

玛丽亚娜　我也不知道。

瓦莱尔　这话回答得倒爽快。您不知道?

玛丽亚娜　不知道。

瓦莱尔　不知道?

玛丽亚娜　您看我该怎样才好?

瓦莱尔　我,我看您就嫁给他吧!

玛丽亚娜　是您劝我嫁他?

瓦莱尔　是我。

玛丽亚娜　不是取笑?

瓦莱尔　当然不是取笑,因为这门亲事很体面,值得做。

玛丽亚娜　好,先生,您这劝告我接受了。

瓦莱尔　我想您听从这个劝告不会有多大苦痛的。

玛丽亚娜　您提出这个劝告,心里也不会有比我更多的苦痛。

瓦莱尔　我,我之所以这样劝您,是为让您喜欢,我的小姐。

玛丽亚娜　我呢,我所以听从您这个劝告,是为让您高兴。

桃丽娜　让咱们来看看吧,这样斗下去会有什么结果呢?

瓦莱尔　讲爱情是这样讲法的吗？那么，那全是骗人了，当您……？

玛丽亚娜　请别这么说。您一开始就直截了当要我接受他们给我找的丈夫，我才回答我也同意这门亲事，这全是因为您给我出了这个高明的主意。

瓦莱尔　不必抬出我的意思来推卸责任。您的主意是早拿定了的，您是抓住一个无足轻重的借口好冠冕堂皇地撤回您的诺言。

玛丽亚娜　您说的对，真是这么回事。

瓦莱尔　那是当然，并且您的心对我从来就没有真正的热情。

玛丽亚娜　哎哟！您真要那么想，也只好随您的便了。

瓦莱尔　是的，是的，我原可以这样想的，不过，我这颗受伤的心也许会赶在您前头做个背信弃义的样子给您看看；我也会爱上一个人，跟她去订婚。

玛丽亚娜　唉！这一点我十分相信；像您这样的人才所能得到的爱情……

瓦莱尔　天呀，别提什么人才啦，我当然没有多少才德，您对我的态度就可以证明这一点，但是我希望有一个别的女人会对我发生好心，我知道在我这次公开退让之后，自会有人肯来弥补我的损失而并不以为可羞。

玛丽亚娜　损失本来也不大，再说这样转移爱情以后，您也很容易就得到安慰了。

瓦莱尔　我必尽力去求安慰，这点您尽可以放心。既是被人抛弃，就得拿出点志气来，总得想尽方法把这个人忘掉。即使不能真正忘掉，至少也得假装忘掉；对于一个已经抛弃我们的人，还要恋恋不舍，这样没骨气是不可原谅的。

玛丽亚娜　您这种心情当然高尚可贵的。

瓦莱尔　对，人人都该赞成这种心情。怎么？您莫非还要我的心灵对您永远保持炽烈的爱情？眼看您就要投入别人的怀抱，还不许我把您不想要的这颗心放在别人身上吗？

玛丽亚娜　并不如此，正相反，这正是我衷心祝愿的，并且我愿意这个事马上就成功。

瓦莱尔　您果然愿意如此？

玛丽亚娜　是的。

瓦莱尔　您已经把我侮辱够了，小姐，我这就让您称心如意吧。

〔他迈步欲走，去而复返多次。

玛丽亚娜　很好。

瓦莱尔　至少您得记住,是您强逼我的心来干这桩十分为难的事。

玛丽亚娜　好吧。

瓦莱尔　您还应该记住,我心里盘算的这个计划不过是跟您学的。

玛丽亚娜　跟我学的?好,就算是这样吧。

瓦莱尔　够了,不用说了。因为您眼看就要称心如意了。

玛丽亚娜　那才好呢。

瓦莱尔　您看,这可是关系我一辈子的事。

玛丽亚娜　那才好呢。

瓦莱尔　是吗?(他走了;到了门边,又转过身来)

玛丽亚娜　干什么?

瓦莱尔　您没叫我吗?

玛丽亚娜　我叫您?您做梦呢!

瓦莱尔　好,我走了,永别了,小姐。

玛丽亚娜　永别了,先生。

桃丽娜　我看,你们这样瞎闹简直是昏了头啦;我刚才所以让你们闹下去,是想看看到底闹到什么地步才算一站。喂!瓦莱尔少爷。

〔她过去拉他的手臂,他做出抵抗的样子。

瓦莱尔　喂!桃丽娜,你要干什么?

桃丽娜　到这儿来!

瓦莱尔　不,不,我气愤极了。我别再在这里搅乱她的心愿吧。

桃丽娜　算了吧。

瓦莱尔　不,你还看不出来吗?这是已经决定的事了。

桃丽娜　唉!

玛丽亚娜　他看见我就不痛快,我留在这儿他就想走,还不如我先走开,把地方让给他吧。(桃丽娜放松瓦莱尔,追玛丽亚娜)

桃丽娜　这回该那个了。您跑到哪儿去?

玛丽亚娜　不要管我。

桃丽娜　您总得回来。

玛丽亚娜　不,不,桃丽娜,你拉住我也没用。

瓦莱尔　我知道,我在这儿,她看着是活受罪,当然我还是别让她受罪的好。

桃丽娜　(放松玛丽亚娜,追瓦莱尔)还没完?我要让你们走开才活见鬼呢。

快别闹这套玩意了,你们两人全上这儿来。(她把两人拉在一起)

瓦莱尔　你到底存了什么心?

玛丽亚娜　你打算干什么?

桃丽娜　我打算给你们讲和,并且替你们排除困难。(向瓦莱尔)您莫非疯了,这么个吵法儿?

瓦莱尔　你没听见她是怎么跟我说话来着?

桃丽娜　姑娘,您莫非疯了,生这么大气?

玛丽亚娜　你没看见吗?他是怎么对待我来着?

桃丽娜　双方全够糊涂的。她没别的念头,一心只想嫁给您,我可以作见证。他呢,所爱的只是您,没别的念头,一心只想娶您,我可以拿生命做担保。

玛丽亚娜　(对瓦莱尔)那么,您刚才为什么给我出那样的主意?

瓦莱尔　关于那样一个问题,您为什么还跟我讨主意呢?

桃丽娜　你们两个全疯了。全伸过手来,互相拉着。

瓦莱尔　(伸手交桃丽娜)我的手有什么用?

桃丽娜　喂!您的手呢,伸过来。

玛丽亚娜　(也伸出手来)这有什么用?

桃丽娜　天啊!快点都走过来吧。您也爱她,她也爱您,你们是那么互相爱着,你们自己也没想到呢。

瓦莱尔　不过这宗事你可不要太勉强,(向玛丽亚娜)别再这么横眉立目地看着我呀!(玛丽亚娜转眼看瓦莱尔,微笑了一下)

桃丽娜　说真的,恋爱的人实在跟疯子一样。

瓦莱尔　喂!我埋怨你,难道不应该吗?不准扯谎,你竟对我说出那种叫人伤心的话,不有点太狠心吗?

玛丽亚娜　可是你呢,你不是最没良心的男子吗?……

桃丽娜　这些争论留着将来有机会再说,咱们先得想法对付眼前那个讨厌的婚事。

玛丽亚娜　快告诉我们应该施展些什么巧妙的计谋。

桃丽娜　我们各式各样的法子都得使用。您父亲没有一句正经话,说的话全不足信;但是在您这方面,对他那种古怪脾气,最好是表面上来个百依百顺,那么到紧急的时候,就容易把他所提的亲事往后拖延。只要时间一长,什么事都好办。一会儿您可以假装突然生病,婚期于是就得延缓几时;一会儿您可以推说遇到了不祥之兆:什么遇见死人啦,打碎镜子啦,或者梦见泥浆啦等等。最紧要的一件事是只要不从您口里露出一个肯字来,他们就没法儿让您嫁给别人而不嫁给瓦莱尔。不过要想成功得快,最好是,我看,千万别让人看见你们两人在一块儿说话。(向瓦莱尔)您赶快走吧!快去求求您那些朋友,让他们帮助您把这门亲事挽回过来。我们现在要去鼓动她哥哥叫他也出点力,并且把她的继母也拉在我们这一边。再会吧。

瓦莱尔 (向玛丽亚娜)不管我们怎样去努力准备,我的最大希望,说真的还是在你身上。

玛丽亚娜 (向瓦莱尔)一个做父亲的,究竟他的意志是怎么样我可不敢担保。不过除了你瓦莱尔之外,我是任何人也不嫁的。

瓦莱尔 你真叫我快活死了!不管他们敢……

桃丽娜 哎哟!恋人在一起总是絮絮叨叨,说起来没完没了。您快出去吧!听见没有?

瓦莱尔 (走一步又退回)总之……

桃丽娜 您怎么这样啰嗦!您从这边出去,您,您从那边走。(推了推各人的肩,让他们走出)

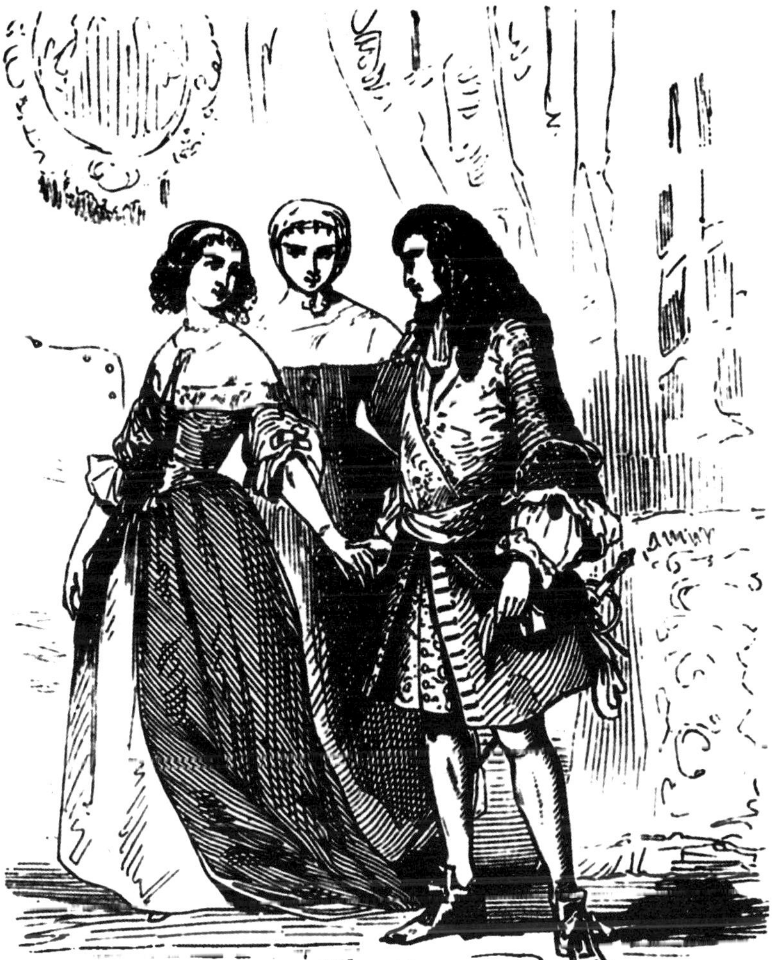

第 三 幕

第 一 场

〔达米斯,桃丽娜。

达米斯　让天雷立刻把我劈死吧,省得到处谁都拿我当最无用的蠢材。什么叫敬上,什么叫父威,看哪样能拦住我!看我是不是能够不顾一切地蛮干一下!

桃丽娜　饶了我吧,先别发这么大的火,您父亲不过是随便说说而已,他说的话不见得就实行,并且从计划到实行,路还远着呢。

达米斯　我得制止这个混账东西的阴谋,我得跟他私下谈一谈。

桃丽娜　慢来,慢来,对付他跟对付您父亲一样,还是让您的继母去想法子好啦。她在答尔丢夫面前说话还有点管用;她说什么他也都喜欢听,他对她心里也许产生了爱情,但愿真是如此!那么事情可就更热闹了。总之你们的继母对你们是十分关心的,因此她要把答尔丢夫叫来谈一谈。关于那桩连您也难受的亲事,她要探一探他的口气,看看他是什么意思;并且让他知道,倘使他真的希望这个计划成功,以后便会发生多么讨厌的纠缠。方才我没见着他,他的仆人说他正在祷告,不过这个仆人说他就要下来的。您出去吧,我求求您,让我在这儿等他好了。

达米斯　这种谈话我可以在旁听一听。

桃丽娜　不可以的。只能让他们两人密谈,不能有外人的。

达米斯　我什么话也不跟他们说。

桃丽娜　您又胡闹了。您平时的暴躁脾气,我们是知道的。那只会把事情弄糟。出去吧！

达米斯　不，我要看看，我不发火就是了。

桃丽娜　您真讨人嫌！他来了，快走吧。

第 二 场

〔答尔丢夫，劳朗，桃丽娜。

答尔丢夫　（看见桃丽娜）劳朗，把我的鬃毛紧身跟鞭子①都好好藏起来，求上帝永远赐您光明。倘使有人来找我，您就说我去给囚犯们分捐款去了。

桃丽娜　装这份儿蒜！嘴上说得多么好听！

答尔丢夫　您有什么事？

桃丽娜　我要对您说……

答尔丢夫　（从衣袋里掏出一块手帕）哎哟！天啊，我求求您，未说话之前先把这块手帕接过去。

桃丽娜　干什么？

答尔丢夫　把您的胸脯遮起来，我不便看见。因为这种东西，看了灵魂就要受伤，会引起不洁的念头。

桃丽娜　您就这么禁不住引诱？肉欲对您的五官还有这么大的影响？我当然不知道您心里存着什么念头，不过我，我可不这么容易动心，您从头到脚一丝不挂，您那张皮也动不了我的心。

答尔丢夫　您说话要客气点，否则我立刻躲开您。

桃丽娜　不用，不用，还是我躲开您吧，因为我只有两句话要对您说，就是太太这就下楼到这里来，请您允许她和您谈几句话。

答尔丢夫　可以，可以。

桃丽娜　（自语）你看他一下子变得多么温柔！说真的，我还是相信我一向批评他的话，实在一点也没评错。

答尔丢夫　她就来吗？

桃丽娜　我已经听见她了，好像是的。是的，真是她本人来了。让你们两人在

---

① 苦修的修士贴身穿着鬃毛紧身，经常拿鞭子抽打自己，表示苦修。

这儿,我走了。

第 三 场

〔埃米尔,答尔丢夫。

答尔丢夫　我愿上帝大发慈悲保佑您的灵魂和身体全都健康,并且保佑您的生命,正如侍奉上帝的人群中最卑微的我所祝愿的一般。

埃米尔　我很感谢您这番虔诚的祝颂。可是咱们还是坐下谈吧,可以舒服一点。

答尔丢夫　您的病体完全复原了?

埃米尔　大好了。也不发烧了。

答尔丢夫　从上帝那里能求下来这种大恩典,我的祷告当然不会有这么大的力量,可是我向上天所诵的一些真诚的祈祷,却没有一次不是为祈求您早日恢复健康。

埃米尔　您太为我操心了。

答尔丢夫　您宝贵的健康,我无论怎么爱惜也不过分;为使您的健康复原,我简直可以牺牲自己的健康。

埃米尔　您把圣教的善心推广得未免太远了点。您这种美意我真不敢当。

答尔丢夫　您值得我为您效劳,我做得还很不够呢。

埃米尔　我打算和您私下谈一件事情,我很高兴现在没有人窥伺我们。

答尔丢夫　我也很高兴,太太,能够单独和您会面;在我,这的确是件甜美的事。这种机会我已向上天请求过多次,可是在这以前上帝还没赏给我过。

埃米尔　我所希望的就是要您说一句出自肺腑,丝毫没有隐藏的话①。

答尔丢夫　这可是上天特殊的恩典,我也只想把我整个心灵呈献在您眼前,我想对您发誓,让您知道我对那些倾慕您的美貌而到这里来的客人,虽然散布了种种谣言,我对您可并没有丝毫恶意;却多半是由于一种热诚的冲动,完全是一种……

埃米尔　我也知道是如此,并且相信您操这份心原是为我好。

---

① 达米斯此时推开一点门,偷听他们的谈话。——原注

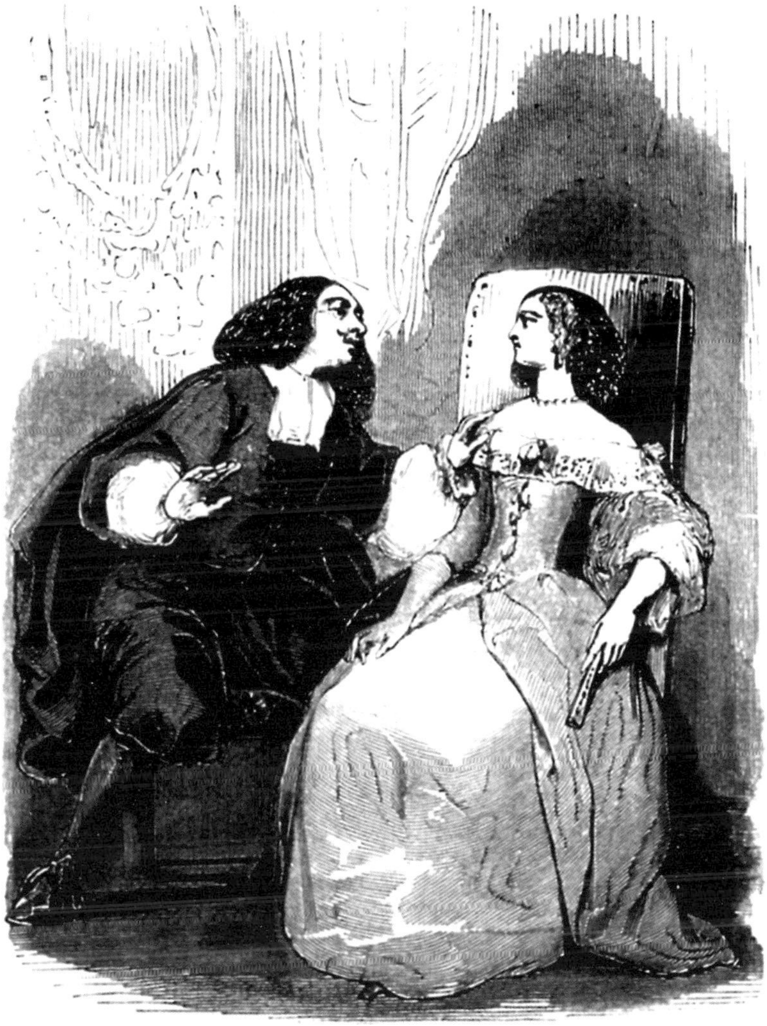

答尔丢夫 （握住她的手指尖）是的,太太,这是毫无疑义的,我的热诚已到了这样的地步……

埃米尔 哎哟！您握得太紧了。

答尔丢夫 这没有别的缘故,只是因为我热烈得太过分了,我决没有一点点握疼您手的意思。(把手放在埃米尔膝上)

埃米尔 您这只手要干什么？

答尔丢夫 我摸摸您的衣服,这料子多么绵软！

埃米尔 别动手,我是最怕痒的。(将座椅退后,答尔丢夫将椅移近)

答尔丢夫 （摸摸埃米尔的帽子）天啊！这花边可真细致,时下的手工活真可说是巧夺天工,从来没见过比这做得更好的。

埃米尔 没错。不过还是先谈谈咱们的事吧。有人说我的丈夫要悔婚,打算把他女儿许配给您。告诉我,这是不是真事？

答尔丢夫 他倒是对我提过几句,不过,太太,老实说,那不是我所追求的幸福,我所衷心希望的美妙的神奇幸福却在别处。

埃米尔 这是因为世俗的事物,您是什么也不爱的。

答尔丢夫 我胸膛里面关着的并不是一颗铁石的心。

埃米尔 在我看来,我总以为您是一心一意想着天上的事情,在这人世间,没有任何东西值得您留恋。

答尔丢夫 我们对永恒之美所产生的爱并没有窒息我们对世俗之美所产生的爱；上帝手创的完美作品,我们的官能是很容易被它迷惑住的。从上帝身上反映过来的美,本来就在你们女人身上发着异彩,可是上帝又把他老人家稀有的珍品都陈列在您一人身上：他把那迷人眼、动人心的美,都放在您的脸庞上面,所以我一看见您这绝色美人,就禁不住要赞美手创天地的万物之主,并且面对着一幅上帝拿自己做蓝本画出来的最美的像,我的心不觉就产生了一种炽烈的情爱。最初我很怕这种秘密的爱恋是魔鬼的一种巧计,我因此把您当作了我永生幸福的一种障碍,心里甚至还决意要躲避您美丽的眼睛。不过到后来,可爱的美人呀！我才明白这种爱情原可以不算做罪恶的,我很可以使它和圣洁配合在一起的,于是我就任凭我的心沉溺在爱河里了。我承认,胆敢把这颗心贡献给您,这是异常冒昧的行为；不过我的一切希望都全凭您的慈悲善心,至于我个人,原是那样一个废物,尽管努力也是枉然,我根本就没指望单凭自己会发生什么效力,我的希望、我的幸福、我的安慰全都寄托在您的身上；我能享福或是受罪，全都取决于您，只凭您一句话，您愿意我享福，我就能享福，您要我受罪，我就会受罪。

埃米尔　这一番话确是多情；不过，说真的，却有点令人惊奇，我以为您应该使您的心更坚强一些，对于这样一个计划似乎还欠一点思索。像您这样一个虔诚的教徒，到处大家都称为……

答尔丢夫　哎哟！尽管是虔徒，我总是个人呀，一看见您这天仙般的美人，这颗心可就再也把持不住，什么理智也没有了。我知道由我口里说出这样的话来，未免有点奇怪，然而，太太，我毕竟不是天神，倘若您以为我不应该对您表示爱情，那么您只能怪您自己那种撩人的丰姿。自从我看见您那光彩夺目、人间少有的美貌，您便成为我整个心灵的主宰；您那美丽眼光包含着的无法形容的温柔，击退了我内心顽强的抵抗；禁食、祷告、眼泪，任什么也抵挡不住这种温柔，我的全部心愿都转移在您的美貌多姿上面。我的眼色、我的叹息已经把这种情形向您暗示过一千次，现在为表示得更清楚一些，我再用嘴来对您明说，倘若您肯用一种稍微和善一点的心情来体贴体贴您这不肖奴才的忧伤烦恼，倘若您肯大发慈悲来安慰我一下，屈尊俯就我这卑微低贱的人，那么，甜美的宝贝呀！我对您的虔诚一定是举世无匹的虔诚。再说跟我相好，您的名誉是不会有任何危险的，也不必怕我这方面会有什么忘恩负义的举动。那些妇人们所热恋的显贵群里的风流男子，他们的行动是浮躁的，言语是轻狂的，我们看见他们总是喋喋不休地在那里互相夸耀他们情场里的得意勾当，他们到手的便宜没有一桩不是他们自己宣扬出去的，你们相信他们，可是他们那张不守秘密的嘴必定使接受他们爱情的人名誉扫地。可是像我们这种人，内心燃烧着的爱情火焰是从不乱说乱道的；和我们来往，秘密靠得住永远不会泄露。我们必须顾全我们自己的名誉，所以被爱的那方面就可以完全高枕无忧；这样，接受了我们这颗心，就可以说是得到了不会惹出任何笑话的爱情与丝毫没有后患的快乐。

埃米尔　您说的话我都听见了。您这番妙词妙语把对我的心灵要说的话已经相当有力地表白清楚了。可是您就一点不怕我会把您这份热烈的情意告诉我丈夫吗？您不怕真要把您这种爱情老老实实地告诉了他，会损坏他对您的友谊吗？

103

答尔丢夫　我知道您是最仁慈不过的人,您一定会宽恕我这样胆大妄为;我的爱情那种强烈的激动固然冒犯了您,但您会想到人是多么软弱而原谅我的,并且您只要自己看一看您的美貌,您就会想到谁也不是瞎子,一个人原是肉做的。

埃米尔　别人遇到这种事也许会换个样子对待,不过我愿意替您保守秘密,我决定不把这件事说给我丈夫听,不过有一件事我也要您替我办到,我要您老老实实,丝毫不许从中捣鬼,促成瓦莱尔和玛丽亚娜的婚事,我要您不再利用这种不公正的权力,不再拿别人的幸福来满足您自己的心愿,并且……

第 四 场

〔达米斯,埃米尔,答尔丢夫。

达米斯　(从他隐藏在里面的小房走出)不成,不成,母亲,这个事非宣扬出去不可。我早就在这里呢,我全听见了。仁慈的上帝仿佛是有意把我安排在这里,好让我来压一压这个害苦我的坏蛋的狂妄气焰;好让我父亲醒悟过来,让他看清楚方才同您谈情的这个恶棍究竟藏着什么坏心,这是替我对他那种假仁假义、狂妄蛮横开辟了一条报仇的道路。

埃米尔　不,达米斯,只要他以后肯老实一点儿,能不辜负我今天对他的大恩就够了。我既已答应他了,您就不要让我食言了。我的脾气是不愿声张的。遇到这种混账事,一个女人只能一笑置之,不能因为这个吵得丈夫耳根不得清静。

达米斯　您有您的理由这样办,可我也有我的理由不这样办,这回要把他放过,真是太笑话了。我这口怨气被他假虔诚的狂妄气焰压制得太厉害了;我们家已被他搅得乱七八糟。这奸徒辖制我父亲,破坏我的和瓦莱尔的亲事,日子也太长久了。我父亲这回该明白这个坏蛋的为人了。上帝竟赐给我这样一个简便的法子。我感激上帝赐给我这个机会。这么凑巧的机会可不能轻易放过,眼下已经抓在手里还不去利用它,那就只配上帝重新把它收回去了。

埃米尔　达米斯……

达米斯　不,对不起,我必须按照自己的主张办。现在我心里真痛快极了……不管您怎么说都没用,都不能让我放过这个报仇的快乐。并且用不着多说,我这就去结束这件事;您看,这回可该我称心如意了。

第 五 场

〔奥尔贡,达米斯,答尔丢夫,埃米尔。

达米斯　爸爸,您来得正好,这儿刚刚发生一件大事,让我说出来饱饱您的耳福,您会十分惊奇。您好心待人这回可得着好报了,这位先生正拿着一份厚礼报答您的美意。他对您的忠诚方才全盘显露出来了,他倒没做别的,只是要糟蹋糟蹋您的名誉。他正在这儿当面侮辱您的太太,向她表示那种罪恶滔天的爱情,当场被我捉住。她的脾气一向是温和的,又不爱多说话,所以一心要保守秘密,可是我不能纵容这样卑鄙无耻的行为。我以为要把这事隐瞒起来不告诉您,便是对您不够敬重。

埃米尔　我是这样想的,我认为我们绝不应当拿这种无谓的空话来搅得一个做丈夫的不得安宁;名誉的好坏原不在这上头,只要我们能够自爱也就够了。我的意思就是如此,达米斯,如果您眼里还有我的话,就什么都不会说出来了。

第 六 场

〔奥尔贡,达米斯,答尔丢夫。

奥尔贡　哦!老天爷呀;我刚才听见的这番话能叫人相信吗?

答尔丢夫　老兄,是的,我是一个坏人、一个罪人、一个不讲信义、对不起上帝的可怜的罪人、一个世上从未见过的穷凶极恶的人;我一生的每一时刻都载满了污秽,我的一生只不过是一堆罪恶与垃圾;我也看出来了,上帝原要处罚我,所以借着这个机会来磨炼我一下,因此无论人们怎样责备我,说我犯了多大的罪恶,我决不敢自傲到替自己辩护。您尽管相信他们对您说的话好了,您尽管发怒吧!您尽可以把我当作一名罪犯,把我撵出您的大门,因为我应该忍受的羞辱多着呢,受这么一点儿,原不算什么。

奥尔贡 （向他的儿子）嗳,你这坏蛋,你竟敢捏造出这种谣言来败坏他道德纯洁的声名。

达米斯 怎么?这个伪善心灵假装出来的温良竟使您否认这个事实?……

奥尔贡 住口,你这可恶的瘟神。

答尔丢夫 唉!别拦他,让他说下去吧!您错怪他了,您最好还是相信他所说的话吧。既然已有了这样的事实,您为什么还这样庇护我呢?其实,您又怎能知道我会干出些什么事来!单单恁信我的外表了吗?您真是只根据我的表面,就以为我比任何人都好吗?不,不,您是让表象给蒙蔽了;我,我恰恰不是您所想象的那样一个人;大家都拿我当作一个好人,其实,我是个一文不值的人。（向达米斯）我的好孩子,您尽管说吧!您尽管拿我当作阴险、无耻、灭绝理性的人,拿我当作强盗,当作杀人凶犯;再找出一些比这还丑恶的字眼来加在我身上吧!我决不反驳,这正是我理所应得的;我愿意跪在地下忍受这种耻辱,当作我这一生一世所犯罪恶应得的一场羞辱报应来领受。

奥尔贡 （向答尔丢夫）老弟,这太过分了。（向他的儿子）你还不服气吗?你这个坏种?

达米斯 什么?他这番话竟把您迷惑到这一步,竟至于……

奥尔贡 住口,你这无赖的恶棍。（向答尔丢夫）老弟,不要见怪,快起来吧!（向他的儿子）不要脸的东西!

达米斯 他能……

奥尔贡 闭嘴!

达米斯 真气死我了,怎么?我……

奥尔贡 你再多说一个字,我就打断你的胳膊。

答尔丢夫 老兄,看在上帝面上,千万别动气。我宁愿忍受最残酷的刑罚,也不愿您的儿子因为我而受到一点点皮肤上的损伤。

奥尔贡 你这忘恩负义的东西。

答尔丢夫 随他去吧!如果要我双膝跪在地下替他求饶的话……

奥尔贡 （向答尔丢夫）唉!您这叫什么话呀?（向他的儿子）混蛋!你看看他的大仁大义!

达米斯 那么……

奥尔贡　不许再闹！

达米斯　什么？我……

奥尔贡　不许再闹，听见了没有？我知道你为什么总要攻击他，就因为你们大家全恨他，我今天才知道我的太太、孩子、仆人全在反对他，全都厚着脸皮想尽一切方法要把这位伟大的虔徒从我家里撵出去。不过你们大家越用尽心思要把他撵走，我就越一心一意地要把他留住；并且我马上就把我的女儿嫁给他，煞一煞我全家人的狂妄气焰。

达米斯　您想强迫我妹妹嫁他？

奥尔贡　是的，坏蛋，并且就在今天晚上，就为让你气个半疯。唉！我得跟你们大家斗一斗，让你们知道我的话是必须服从的，我是这里的一家之主。喂！你们赶快回头吧，你、你这无赖，赶快跪在他的面前，向他告饶。

达米斯　叫谁跪？叫我？让我来央求这个混账东西，他仗了他的招摇撞骗……

奥尔贡　混蛋，你敢反抗我的命令，你敢骂他？（向答尔丢夫）给我一根棍子，一根棍子！谁也别拦我。（向他的儿子）马上给我滚出去，休想再回来。

达米斯　好！我走；不过……

奥尔贡　快滚开，你这混蛋！我不但要剥夺你继承我遗产的权利，还要狠狠地诅咒你。

第 七 场

〔奥尔贡，答尔丢夫。

奥尔贡　对于一位大圣徒，竟敢这样加以侮辱！

答尔丢夫　上帝啊！请您宽恕他给了我这种苦痛。（向奥尔贡）您不知道我心里有多难受，眼看他们在您面前想尽方法糟蹋我……

奥尔贡　哎哟！

答尔丢夫　这种忘恩负义的举动，我只要一想就觉得心里万分的难过……我是这样痛恨这种举动……我心里悲痛得连话都说不出来了，我想我一定会因此送掉性命的。

奥尔贡　（泪流满面，奔到他刚从那里把儿子逐出去的门边）混蛋，我真懊悔刚才我的手为什么忽然饶恕了你,为什么不把你当场打死。(向答尔丢夫)老弟,您休息休息吧!别生气了。

答尔丢夫　咱们别让这些无谓的吵闹再继续下去。我此刻看出我给您带来了多少麻烦,老兄,我觉得我真有离开此地的必要了。

奥尔贡　怎么?您这是什么话?

答尔丢夫　这儿大家都恨我,我看得很清楚,他们在变着方法让您怀疑我对您的忠诚。

奥尔贡　那有什么关系,莫非您看出我的心听信他们的话了吗?

答尔丢夫　无疑他们还要接着干下去;同样的话,今天说了,您不肯信,也许下一次您就会信以为真了。

奥尔贡　不能的,老兄,永不会相信的。

答尔丢夫　唉!老兄,一个做妻子的是很容易乘机动摇丈夫的心意的。

奥尔贡　不能,不能。

答尔丢夫　赶快放我走吧!让我远远离开这儿,他们再想这样攻击我,就没有题目了。

奥尔贡　不,您必须留在这儿;这是与我生命攸关的。

答尔丢夫　好吧,好吧,我就还留在这儿苦修下去吧,不过,倘使您愿意……

奥尔贡　唉!

答尔丢夫　好!就这么办。咱们什么话也别提了。可是我知道这件事该怎样应付,名誉是最娇嫩的一件东西,为了咱们的交情,我得尽量防止一切流言和可能惹人猜疑的事情,以后我老躲着您的太太就是了,您再也看不见我……

奥尔贡　不!别管他们怎么样,您还是得多亲近她。让大家全气得发疯,我才高兴呢。我要他们看见您时时刻刻和我太太在一起。这还不算,为了好好跟他们斗一斗,我谁也不要,只要您一个人做我的继承人,看他们有什么法子可想。我这就用正式手续把我的财产全部都赠送给您。一个忠厚诚实的朋友、一个能做我的女婿的朋友,在我看来比儿子、妻子、父母都更亲近,您不肯接受我这提议吗?

答尔丢夫　一切都是上帝的旨意,应该遵从。

奥尔贡　可怜的人;咱们赶快去写一个字据吧!叫那些看了眼馋的人气破肚子。

第 四 幕

第　　场

〔克莱昂特，答尔丢夫。

克莱昂特　是的，大家全在那儿谈论这件事，您尽可以相信我的话。他们所嚷嚷的那些话对您可真没什么光彩；正好，先生，我在这儿遇见了您，让我把我的意思三言两语干干脆脆对您说个明白吧。别人讲些什么，我不去仔细研究；那些话我先撇开不谈，姑且往最坏的一面去着想，我们假定达米斯的举动不太对头，他说您的话确是诬赖了您，但是一个天主教的信徒不是应该原谅别人的侮辱，打消自己心里一切报复的念头吗？只因你们一场吵嘴，您就忍心看着一个儿子被他父亲从家里撵出去吗？我还是那句话，并且是句老老实实的话，现在大大小小没有一个不是因这件事在那里气愤不平；您如果相信我，就赶紧把这一切都平息下去，不要把事情逼到绝路上去。看在上帝的份上，息了您的怒，让他们父子二人言归于好吧！

答尔丢夫　哎哟，说到我，倘若我可以办到，我是诚心诚意愿意这么办的；因为，先生，我对他一点也没记恨，我一切都宽恕了他，一点也不怪他，并且愿意尽十二分的力量去帮助他；可是这件事关系到上帝的利益，上帝绝不会答应的，他如果再回到此地，那就该是我离开这儿了；自从他做了那种荒谬绝伦的举动之后，我们两人若再和好，一定会引起旁人的议论。天知道大家对这件事会怎样想！人家必会硬说我纯粹在耍手腕；他们必定到处嚷嚷说我原是自己觉得有罪，故此对于诬赖我的人装出一种仁慈的热情，说我是心里怕他，不得不敷衍他，为的是可以暗中堵住他的嘴。

克莱昂特　您所举出的这些理由都很漂亮。可是，先生，您未免扯得太远了。上帝的利益何必要您来操心？上帝惩罚恶人莫非还要我们帮助吗？任凭上帝自己去报仇,您只须记着上帝命令我们应该饶恕一切侮辱的那句话就行了;您既是惟上帝之命是从,您就别再注意世人的批评了。怎么？因为顾虑到无足轻重的揣测之词,您竟放过了做一件好事的光荣？不必,不必,咱们还是照上帝的命令去做吧,不要让任何顾虑来扰乱咱们的脑筋。

答尔丢夫　我已经告诉过您,我心里是饶恕他的,这就是遵照上帝的意旨办事了;不过经过今天这场笑话和他对我的那番侮辱,上帝不会再命令我和他在一起过日子了。

克莱昂特　那么,先生,他父亲纯粹由于一时兴起才决定的主张,把财产赠了您,照道理您连希望都不应该希望的事,您却信以为实赶紧接受下来,那也是上帝命令您的吗？

答尔丢夫　了解我的人决不会有这种想法,硬说这是一种图利好财的勾当。世界上的一切金银财宝,我看了都无所谓,财宝的迷惑人的光辉是迷不住我的眼睛的。我所以决定接受他父亲愿意赠给我的这份产业,老实说,乃是恐怕这份产业落到坏人手中;怕的是有些人分得这笔钱财拿到社会上去为非作歹,而不能照我所计划的那样拿来替上帝增光,替别人造福。

克莱昂特　先生,您根本不必操这份心,这种顾虑是合法继承人所应有的顾虑。财产本是他的,让他得了去做好事也罢,做坏事也罢,您根本不必跟着为难。您再想想,与其叫人骂您霸占别人产业,倒不如随他自己去胡花滥用了。我所佩服的是您居然能够恬不知耻地把这个提议接受下来;因为说到底,哪儿有这么一条教规叫一个真正的虔徒去剥夺合法继承人的权利？再说,如果上帝在您心里真的设下了一个攻打不破的障碍,阻挡您和达米斯在一块儿生活,那么,与其伤天害理看着旁人为了您把儿子赶出家门,倒不如您自己做个知趣的人,老老实实地马上离开此地,那不更好吗？您听我的话吧！先生,您这是过分卖弄您的聪明……

答尔丢夫　先生,此刻已三点半了;我得到楼上去做我们教里的功课,请原谅我不能久陪了。

克莱昂特　啊！

第 二 场

〔埃米尔,玛丽亚娜,桃丽娜,克莱昂特。

桃丽娜　行行好吧,先生,快跟我们一起帮她想办法,她快要痛苦死了;她父亲决定今晚签婚约,害得她无时无刻不在绝望之中,她父亲这就要来了。我求您赶快把咱们的力量联合起来,也别管是用武力还是使智谋,总得想法子推翻这个可恶的计划,这个计划把我们大家都搅得心神不安。

第 三 场

〔奥尔贡,埃米尔,玛丽亚娜,克莱昂特,桃丽娜。

奥尔贡　啊,你们全在一起呢,我很高兴。(向玛丽亚娜)我在这份契约里给你带来的东西足以叫你欢喜不尽,你当然已经知道这是什么意思了。

玛丽亚娜　(跪下)爸爸,看在知道我痛苦的上帝面上,看在一切能够感动您的事物面上,请您稍微放松一下父亲对儿女的权力！在这门亲事上,您别再硬逼着我服从了;别用这种残酷的法律来逼我,逼得我竟然抱怨上帝为什么叫我对您欠下养育之恩。我这条生命,既然您已经赐给了我,我的父亲呀,您就别把它弄成薄命了。如果您不顾我心里已经建立起来的甜美希望,硬要禁止我嫁给我敢于爱恋的人,至少,请您发发慈悲,我双膝着地哀求您,您别再强迫我嫁给我所憎恶的人去受那种折磨了;请您别在我身上用尽您的权威,逼得我无路可走。

奥尔贡　(觉得有点心软)喂,我的心,要坚持呀！心肠软是绝对要不得的。

玛丽亚娜　您尽管宠爱他,我并不难受;您可以尽兴去宠爱他,您可以把您的财产送给他,如果还不够,可以把我的那一份也加上,我是衷心同意这样做的,我放弃我的财产了;可是至少别弄到把我这个人也送给他,我请您允许我进一个修道院,在苦修生活中去消磨上帝已经替我计算好了的有数的凄凉日子。

奥尔贡　啊,又是一个因为爱情火焰受到父亲打击而要去当修女的人！站起来！你心里越腻烦嫁他，嫁了他才越有意义。你可以利用这种婚姻来磨炼磨炼你的性情进行苦修。好，别再吵得我头痛了。

桃丽娜　不过……？

奥尔贡　你，你给我闭上嘴，要说话跟你们那一伙人说去。我，绝不准你再多说一个字。

克莱昂特　如果您允许别人再向您进一点忠告……

奥尔贡　老弟，您的意见都是全世界最好不过的意见，而且很有道理，我非常重视，不过请允许我绝不采纳。

埃米尔　（向她的丈夫）眼看着摆在我眼前的这一切，我真不知道该说什么才好，你的眼睛瞎到这种程度，可真叫我钦佩；明摆着今天这样的事，你会不信我们的话，你的成见实在太深，你真是叫答尔丢夫给迷住了。

奥尔贡　实在对不起，我是专恁信外表的。我知道你溺爱我那无赖儿子。你当时惟恐戳穿了他对那可怜人耍的手段，可是你当时的态度太安闲了，不能叫人相信；如果是真的话，你当然是另外一种激动的样子了。

埃米尔　那个人也无非是口头上表示了他的爱情，我们做女人的一听到耳里莫非总得大吵大闹才算不失面子吗？莫非只有眼里冒火，破口大骂才算应付得适当吗？至于我，听了那种话，只不过付之一笑，我决不愿意为这事闹个天翻地覆；我愿意用温和的态度叫人看出我们是规规矩矩的女人，我根本不赞成那些粗野的假正经女人，她们必须仗着尖爪利牙来保护名声，听见一句无所谓的话就恨不得把别人的脸马上抓破。求求上帝别让我染上这种假正经的作风！我不要这种母夜叉的道德，我相信一种不声不响的冷淡态度更能够打退一个人的痴心妄想。

奥尔贡　总之，我已知道是怎么回事了，决不上你们的圈套。

埃米尔　你这种古怪的脾气，我再一次表示钦佩，不过如果我能让你亲眼看见我们对你所说的话确有其事，你将如何回答我呢？

奥尔贡　亲眼看见？

埃米尔　是的。

奥尔贡　那叫瞎扯。

埃米尔　什么？如果我有法子让你看个清清楚楚？

奥尔贡　无稽之谈。

埃米尔　你这个人呀！至少你得回答我吧。我并没叫你相信我们的话；不过，假定我们挑一个地方,可以让你在那儿清清楚楚地把一切全都看见,也都听见,你对你那位正人君子还有什么话可说呢?

奥尔贡　如果是那样,那我就说……我什么话也没得可说了,但这事是不会有的。

埃米尔　让这种错误存在的时间也太久了,你冤枉我满嘴说瞎话也冤枉得太苦了;光为取乐,我也得让你亲眼看到我们所说的一切,并且不必到别处去,就在此地。

奥尔贡　好,就这么办。我接受你的办法。咱们倒看看你有多么机灵,看你怎样实现你所答应的事。

埃米尔　（向桃丽娜）去把他请来。

桃丽娜　他的头脑是狡猾的,也许不容易叫他上当吧。

埃米尔　可以的,一个心上所爱的人去骗他,是容易骗到的,并且他那种自负的劲头也可以叫他上当。去给我把他请下楼来。（向克莱昂特和玛丽亚娜）你们,你们走开吧。

第 四 场

〔埃米尔,奥尔贡。

埃米尔　咱们把这张桌子挪过来,你钻到下面去。

奥尔贡　怎么回事?

埃米尔　你得好好藏起来,这是必要的。

奥尔贡　为什么要藏在这张桌子底下?

埃米尔　唉,天呀,你就不用管了。我自有安排,你等一会看好了。你就进去吧;蹲在底下之后,你可留神别让人看见你,也别让人听见你。

奥尔贡　老实说,这种地方我真够随和的,不过要紧的是看看你究竟怎样办成这件事。

埃米尔　我想你会无话可说的,（向藏在桌下的丈夫）我这就要干出一桩稀奇古怪的事,无论如何你别动火。回头不管我说什么,都不许阻拦我;为了让你心服口服,我既然这样答应了你,我就要用柔情,因为不如此不行,用柔情使这个伪善心灵摘下他的假面具,我要迎合他的爱情种种无耻的欲

113

望,听凭他那种胆大妄为的心情任意张狂。这是为了你一个人,并且是为了使他格外狼狈不堪,我的心才装作迎合他的希望,所以只要你一认输,我马上可以停止前进,事情只进展到你所要达到的程度为止。等到你觉得这件事情已进展得够远的时候,你可得出来阻止他那疯狂的热情,来顾全你的妻子,让我冒险只能冒到够使你觉悟的程度为止;这关系到你的利益,你应该自己做主,并且……有人来了。好好蹲着,别让人看见。

第 五 场

〔答尔丢夫,埃米尔,奥尔贡。

答尔丢夫 有人告诉我说您愿意在这儿跟我谈几句话。

埃米尔 是的,有几句话要私下和您谈谈。不过在谈话之前您先关上这扇门,到处去看一看,不要被人捉住。像刚才发生的那种事,可不能再重演了。从来没见过像这样被人当场捉住的,达米斯那样做真让我替您捏了一把汗,您看明白了吧,我曾尽力劝他不要那样做,叫他压住他的暴躁脾气。可是说真的,当时我也吓糊涂了,一点没想起反驳他的话,不过上天保佑,一切反倒更好了,更安全了。我丈夫对您的敬仰把这场风暴全给吹散了。他对您不但没有起疑心,而且为了更好地斗一斗那些不怀好意的议论,他偏要咱们时时刻刻待在一起;因此关着门和您一起待在这儿,我不用害怕受到指责,也就是仗着这个,我可以对您敞开心扉,也许是过快地接受您的热爱。

答尔丢夫 这番话真有点令人不容易明白,夫人,您方才说话可不是这个语气啊。

埃米尔 唉!如果刚才那样的拒绝竟会使您恼怒,那么您真是不懂得一个女人的心了!您会看不出这颗心的言外之意吗?您没觉得当时抗拒您的时候是那样软弱无力吗?在那种时候,我们的贞操观念老是和人们给我们的温情做斗争。无论我们觉得那个控制我们的爱情有多大的理由,由嘴里坦白承认这个爱情,总还觉得有点害羞;所以最初总是先加以抵抗;不过从当时抵抗的神气来看,就已足够让人知道我们的心已是被征服的了;为了面子我们的嘴违背着我们的心愿说话,可是那样的拒绝早已等于把

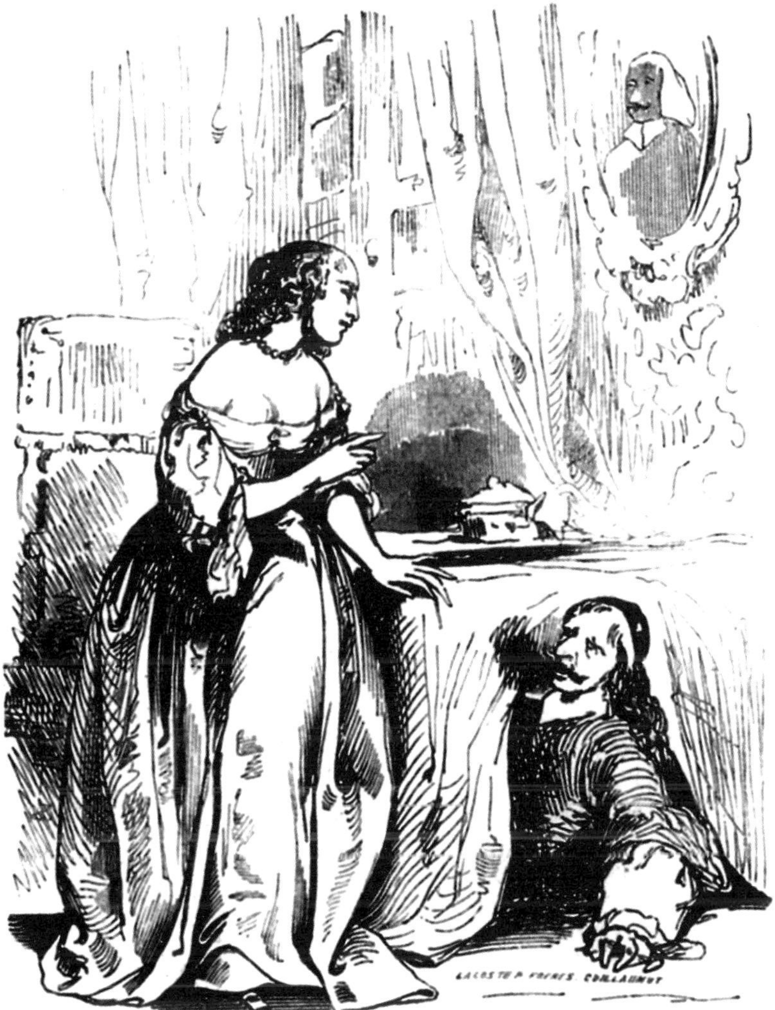

一切都答应了。我对您说的这番话无疑是一种过于放肆的自白,从我们女人的贞操方面来看,未免有点太不给自己留有余地。不过话已经说出口,索性说个明白吧。如果对您贡献给我的心,我没有一点意思,我又怎能那样关切地去劝阻达米斯呢?我又怎能那样和颜悦色地从头到尾听完您的情话?又怎能像大家所看见的那样对待这件事呢?并且当我亲自逼您拒绝他们所提的那门亲事的时候,您心里还不明白我那种要求究竟是什么意思吗?那不就是表明我对您的关切和因此可能感受到的苦恼吗?因为那门亲事如果成功,我原想整个儿得到的那颗心就得与别人分享了。

答尔丢夫　夫人,我能够听见从我所爱的嘴里说出这番话来,当然是一桩极甜美的事。您这几句甜蜜蜜的话把我从来没有尝过的一种芳香川流不息地输进了我全身的毛孔;能够得到您的欢心,原是我一向寻求的幸福;现在居然蒙您这般垂爱,我的心实在满足万分了,不过这颗心,请您准许它胆敢对于这种幸福还有点怀疑,因为我很可以把这些话当作是一种手段:无非是要我来打破正在进行中的那桩婚姻。跟您痛快说吧,如果不给我一点实惠、我一向所希望的实惠,来替这话作担保,使我的心能够永久相信您对我的好情好意,我是绝不能听信这么甜美的话的。

埃米尔　(咳嗽一声,为关照她的丈夫)怎么?您竟这样性急,一下手就要挤干一颗心的柔情?人家正在向您倾诉最甜蜜的情意,可是在您看来还觉得不够,竟要逼我把最后的甜头也给您,才能让您心满意足!

答尔丢夫　一种好处,我们越是自问不配得到手,就越不敢希望它。我们的希望光凭一套空话是很难放心的。这样无比荣耀的好运真有点令人难以置信,所以我们必须在实际享受之后,才能深信不疑;我相信,我是不配得到您的慈悲的,因此很怀疑我的胆大妄为竟会真的达到幸福的目的;夫人,您若不拿出点真实的东西让我的爱情火焰心服口服,我是什么也不能相信的。

埃米尔　天呀!您的爱情真像个暴君,它搅得我神魂颠倒,专横地辖制着我的心!它又多么狂暴地要求满足它的欲望!怎么?您已经把我逼得无法躲闪,连一点喘息的工夫都不给人留下,您这样毫不放松,要什么就得马上到手,一刻也不准迟缓;您知道人家爱上了您,您就利用这个弱点来逼迫人,您想想这样合适吗?

答尔丢夫　如果您真是用慈悲的眼光来看待我对您这份爱慕的心意,那您为什么还不肯给我那种确实的保证呢？

埃米尔　不过真的答应了您所要求的那件事,又怎能不同时得罪您总不离口的上帝呢？

答尔丢夫　如果您只抬出上帝来反对我的愿望,那么索性拔去这样一个障碍吧,这在我是算不了一回事的,不应该再让这个来管住您的心。

埃米尔　不过上帝的御旨让人说得那样可怕。

答尔丢夫　我可以替您除掉这些可笑的恐惧,夫人,并且我有消灭这些顾虑的巧妙方法。不错,对于某些欲望的满足,上帝是加以禁止的,不过我们还可以和上帝商量出一些妥协的办法。有一种学问,它能按照各种不同的需要来减少良心的束缚,它可以用动机的纯洁来补救行为上的恶劣。这里面的诀窍,夫人,我可以慢慢教给您;只要您肯随着我的指示去做就成了。您尽管满足我的希望吧！一点用不着害怕,一切都由我替您负责,有什么罪过全归我承担好了。您咳嗽得很厉害,夫人。

埃米尔　是的,我难受极了。

答尔丢夫　这儿有甘草糖,您要吃一块吗？

埃米尔　我的伤风无疑是一种顽固的恶伤风;我知道世界上任何药也治不好我的病。

答尔丢夫　这当然是很讨厌的。

埃米尔　是的,简直没法儿说。

答尔丢夫　说到最后,您的顾虑是容易打消的。您可以放心,这儿的事是绝对秘密的。一件坏事只是被人嚷嚷得满城风雨的时候才成其为坏事;所以叫人不痛快,只是因为要受大众的指摘,如果一声不响地犯个把过失是不算数的。

埃米尔　（又咳嗽）说了半天,我看出来我不答应是不行的了。必须把我的一切都给了您,如果不这么办,我就别想让您心满意足,别想让您心服口服。当然,逼得非走这一步不可,是很烦恼的;我跨过这一关,实在是身不由己;但是,既然有人一定要逼我这么办,既然我不管说什么他也不肯信,非得要更确凿的证据不可,那么我只好下决心听人摆布了,如果答应这样办,本身会有什么害处,那就是逼着我这么办的人自己活该倒霉,有什么错处当然不能算在我身上。

答尔丢夫　是的,夫人,有人负责的,这个事本来就……

埃米尔　您把门打开一点儿,请您看看我丈夫是不是在走廊里。

答尔丢夫　您何必对他操这份心呢?咱们俩私下说说,他是个可以牵着鼻子拉来拉去的人,咱们这儿谈的这些话,他还认为是给他增光露脸呢,再说,我已经把他收拾得能够见什么都不信了。

埃米尔　不管怎么样,还是请您出去一会,到外面仔细看一看。

第 六 场

〔奥尔贡,埃米尔。

奥尔贡　(从桌下出来)这真是一个万恶的坏蛋,我承认了。我真没想到,这简直是要我的命。

埃尔米　怎么?你这么早就出来了?你这不是拿人开心吗!赶快回到桌子底下去,还没到时候呢;你应该等候到底,索性把事情看个水落石出,不要相信那些揣测之词。

奥尔贡　不用了,地狱里跑出来的魔鬼也没有他这么凶恶。

埃尔米　天啊!你不应该太轻信。你把证据看清楚了再认输,你别心急,免得把事情看错。(把丈夫拉在身后)

第 七 场

〔答尔丢夫,埃米尔,奥尔贡。

答尔丢夫　夫人,一切都帮着我来满足我的希望;我亲眼把这一部分房子全看过了;一个人也没有;我真快活死了……

奥尔贡　(拦住他)慢来,你太放纵你的情欲了,你先别这么性急。哎哟!好一个善人,你想骗我!你的心灵竟这么经不住诱惑!你打算娶我的女儿,又来勾引我的妻子,我一向不相信别人说的话是真的,总以为早晚他们会改变他们的说法;可是现在不必再找什么证据了,这就够了,我用不着更多的证据了。

埃米尔　(向答尔丢夫)依我的脾气,我是不愿意这么办的,不过他们要我这样对待你。

答尔丢夫　什么？你以为……

奥尔贡　算了吧！用不着嚷嚷。马上给我滚蛋，别让我费事。

答尔丢夫　我的计划是……

奥尔贡　你那一套一套议论全都过时啦，你马上给我离开这儿。

答尔丢夫　别看你像主人似的发号施令，可是应该离开这儿的却是你；因为这个家是我的家，我回头就叫你知道，叫你看看用这些无耻的诡计来跟我捣蛋，那叫白费心力；来侮辱我以前你倒是先想一想有没有这份本事？我有的是办法来戳破你们这条奸计，来惩罚你们这些人，并且要替被侮辱的上帝复仇，叫那个要撵我出去的人后悔都来不及。

第 八 场

〔埃米尔，奥尔贡。

埃米尔　这是什么话？他这是什么意思？

奥尔贡　真的，糟了，这可是要命的事。

埃米尔　怎么了？

奥尔贡　听他的话我就知道自己出娄子了，赠送产业让我陷入了困境。

埃米尔　赠送产业？

奥尔贡　是的，这是一件无可挽回的事了。不过还有更让我不放心的事呢。

埃米尔　什么事？

奥尔贡　你将来全会知道的。不过现在咱们先得去看看一个小首饰箱是否还在楼上。

第 五 幕

第 一 场

〔奥尔贡，克莱昂特。〕

克莱昂特　您要往哪儿跑啊？

奥尔贡　我也不知道要往哪儿跑。

克莱昂特　我看似乎应该先把大家聚在一起商量一下，看看应该怎样对付这件事。

奥尔贡　这个首饰箱真让我心慌，比什么都叫我着急。

克莱昂特　那么，这个箱子里放着重要的密件？

奥尔贡　是亚耳格寄存的东西；这个可怜的朋友临逃走的时候认为只有我可靠，亲自偷偷地把它交给了我；据他说，里面是与他生命财产有关的一些字据。

克莱昂特　那么，您为什么又把它转交给别人呢？

奥尔贡　那是因为怕良心不安。当我把这件事原原本本告诉那个奸贼的时候，他讲了一篇大道理让我相信还是把箱子托他保存为好，因为如果遇到公家来检查，我可以有一套现成的规避言词，可以发誓否认事实而良心上仍旧很坦然。

克莱昂特　如果只从表面上看，您至少已陷于很不利的地位；把产业赠给他之后还把这桩秘密告诉他，按我的看法，都可以说是轻举妄动。有了这种把柄在他手里，他不知要把您收拾到什么地步呢；这个人既然已经占了上风，却又把他逼得那么紧，在您，这是大大的失策，您原应该想一个更和缓的方法的。

奥尔贡　什么？这样一个凶恶的人，表面上装得那样虔诚动人，内心里却藏着那样奸诈的兽心，那样狠毒的心肠！我收留他的时候，他正在讨饭，身上一文不名……完了，算了，凡是善人我都再也不信了；以后我惟有痛恨他们，对待他们必须比对魔鬼还凶狠三分。

克莱昂特　看您这么大的火气！无论遇上什么事您都不能沉着应对；您的想法总是偏离正道。刚离开这个极端又钻进那个极端。您现在明白以前的错误了，您承认是被一种假虔诚哄骗了，可是为改正这个错误，您又钻到一个更大的错误里，您把一个阴险小人的心肠和所有善人的心肠一律看待，请问是哪一条道理告诉您这样做的？怎么？只因一个骗子装模作样，用假扮的严肃刻苦欺骗了您，您就以为到处的人都和他一样，眼下没有一个真正的虔徒了！这成什么话呢？这些愚蠢的结论，留着给那些自由思想家去讲吧；您得把真正的道德和虚伪的外表分辨清楚，不要冒冒失失过早地把一个人敬佩得不得了，考虑问题应当合乎中常之道。您能不再崇拜虚伪奸诈，这当然很好，可是对于真正的虔诚，千万不可任意诬蔑，如果您总得陷在一个极端里，那么宁可还是在崇拜虚伪方面犯您的老毛病吧。

第 二 场

〔达米斯，奥尔贡，克莱昂特。

达米斯　怎么？爸爸，那个混账东西当真在恫吓您吗？您待他的种种好处，他竟一笔勾销，甚至恼羞成怒，恩将仇报？真把人气死了。

奥尔贡　是的，我的孩子，我现在感受的苦痛是找不出第二份的。

达米斯　您别拦我，我要把他的两只耳朵都割下来。对付这样蛮横无理的人，是用不着转弯抹角的。让我去替您一下子把他除掉吧，为了彻底解决这件事只有让我去把他打死。

克莱昂特　这才真叫年轻小伙子的话呢。请你先压压这股火气。我们现在是生活在一个有王法的时代，这年头儿，使用暴力，事情是办不好的。

第 三 场

〔佩内尔夫人,玛丽亚娜,埃米尔,桃丽娜,达米斯,奥尔贡,克莱昂特。

佩内尔夫人 怎么啦?我听说这儿出了惊人的怪事了。

奥尔贡 是我亲眼见到的新鲜事,您看看我的好心得到的好报吧。我热心肠收留了一个穷得要死的人,让他住在家里,跟自己亲兄弟似的待他,每天都有多少好处给他,我把女儿许配他,我把全部财产都赠送给他;就在这个时候,这个阴险小人、这个不要脸的东西却黑了心肠要算计我的妻子。他干这些无耻的勾当还不够,居然恩将仇报用我给他的恩惠来威胁我,利用我缺乏理智的好心肠所给他的好处当武器来毁掉我,他想把我撵出门,不准我再享受我已转移给他的产业,要把我逼到当年我救他的时候他那种落魄的境地。

桃丽娜 可怜的人!

佩内尔夫人 我的孩子,我绝不相信他会做出这种昧良心的事来。

奥尔贡 怎么?

佩内尔夫人 善良人老是有人嫉妒的。

奥尔贡 您这话是什么意思,我的妈?

佩内尔夫人 就是说你家里的人全都过的是稀奇古怪的生活,大家都痛恨他,我是知道得很清楚的。

奥尔贡 大家都痛恨他,这与我告诉您的事有什么关系?

佩内尔夫人 这个,当你小的时候,我已告诉过你一百次了;就是世界上道德总是受大家的攻击的。嫉妒的人有死掉的时候,而嫉妒本身是永远不会消灭的。

奥尔贡 不过这种话与今天的事情又有什么关系呢?

佩内尔夫人 一定是有人在你面前编了许多莫须有的故事陷害他。

奥尔贡 我已经告诉过您是我亲眼看见的。

佩内尔夫人 那些说坏话的人施展出来的巧计是非常厉害的。

奥尔贡 您就别让我着急啦!我的妈。我对您说,那样胆大包天的罪恶是我亲眼看见的。

佩内尔夫人 人的舌头上有毒,老是要喷出来的,世上的人谁也没法躲过。

奥尔贡　您这种说法一点儿道理没有。是我自己看见的,我说自己看见,就是说我自己的两只眼睛看见的,这叫作亲眼所见;难道必得贴着您的耳朵说上一百遍,像四个人合在一起那么大声嚷嚷才行吗?

佩内尔夫人　天啊!外表常常是靠不住的,不能老按我们看见的现象作判断。

奥尔贡　真要把我急疯了!

佩内尔夫人　人的天性是喜欢瞎疑心的。所以好事往往被解释成了坏事。

奥尔贡　他想抱着我的老婆亲嘴,我也应该认作是他的一片好心吗?

佩内尔夫人　想要说一个人不好,必得先有正当的理由;你当时应该多等一等,等把事情看准了再说话。

奥尔贡　哎哟,真见鬼了,还叫我怎么把事情看得更准啊?那么,我的妈,我应该等着他在我的眼前……您简直是逼着我说出难听的话了。

佩内尔夫人　总而言之,他的心灵所怀抱的那种虔诚真是太纯洁了;我决不相信他会做出你们说的那些事。

奥尔贡　算了,真把我气死了,您若不是我的母亲,我真不知道要对您说什么好了。

桃丽娜　先生,世上的事总是一报还一报的;您当初绝不肯听信别人的话,现在也有人不信您的话了。

克莱昂特　这纯粹是些鸡毛蒜皮的事情,咱们别为这个再耽误工夫了,说正经的,咱们得想个办法。那个奸人还提出许多恫吓的话,这是不能让人放心睡觉的。

达米斯　什么?他竟不要脸到这地步吗?

埃米尔　叫我看来,他的官司是打不赢的,因为在这件事上他的忘恩负义谁都看得很明显。

克莱昂特　你别这么宽心;他有种种方法让你败诉,而让他自己占上风;不但如此,就是仗着他的党徒的力量,他也可以把你们收拾得走投无路。我还是那句话:他手上既有那样的把柄,你们当初就不应该把他逼到这一步。

奥尔贡　这倒是真的;不过有什么办法呢?当时这奸贼是那样得意忘形,我实在压不住我的肝火了。

克莱昂特　我倒愿意现在有人出来帮你们两人表面言和。

埃米尔　如果我早知道他手里拿着那样的把柄,我是万万不会弄出这件事来让人这么着慌的,并且我……

奥尔贡　这个人跑来干什么？（向桃丽娜）你赶快去问个明白。我现在这个样子怎么能见客！

第 四 场

〔郑直先生,佩内尔夫人,奥尔贡,达米斯,玛丽亚娜,桃丽娜,埃米尔,克莱昂特。

郑直先生　早安,亲爱的大妹子,请通报一声我要面见先生。

桃丽娜　他正会客呢,我怕他现在不能见您。

郑直先生　我不是不知趣的人,我上这儿来,他一点也不会讨厌的。我到此地来办的事,他知道了一定会很高兴。

桃丽娜　您贵姓？

郑直先生　您只需对他说我是答尔丢夫先生打发来的,为帮他的忙来的,就行了。

桃丽娜　（向奥尔贡）是答尔丢夫先生打发来的人,看样子挺和气,据他说是为了一桩您听了会高兴的事来的。

克莱昂特　您应该去看看这是怎样一个人,他到底要干什么。

奥尔贡　他也许是来给我们讲和的。我应该抱怎样态度对待他呢？

克莱昂特　您切不可发火;如果他谈到给你们说和的话,应该听他说下去。

郑直先生　我这儿行礼了,先生。但愿上帝替您消灾解难,如我所祝愿的那样保佑您！

奥尔贡　（自语）开头这几句和气话就与我所期望的意思相合,已经显出是调解的兆头了。

郑直先生　我对尊府一向很钦佩,我当年还伺候过您家老太爷呢。

奥尔贡　先生,我很惭愧,请原谅,我不认识您,也不知道您的尊姓大名。

郑直先生　我叫郑直,原籍诺曼底,尽管很招人嫉妒,我却一直是法庭的携杖执达吏。托天之福,我很光荣愉快地当这份差事已经四十年了;我今天的来意是,先生,请您允许,给您送达一张裁决书的副本。

奥尔贡　什么？您到这儿来是……？

郑直先生　先生,您别着急,这不过是一张小小的通知,命令您和您的家人离

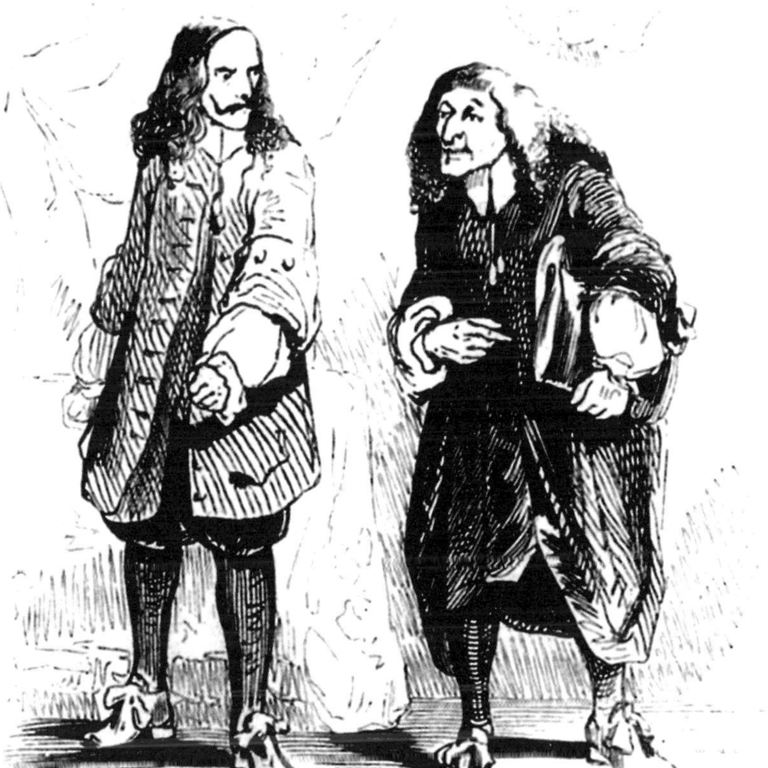

开这里,把您的家具用品全部搬出去,好给别人腾地方,马上照办,不得拖延,因此,您必须……

奥尔贡　我?叫我离开这儿?

郑直先生　是的,先生,对不住。这套房子现在,好在您是知道的,已无可争辩地归那位大仁大义的答尔丢夫先生所有了,此后他便是您财产的主人,这是根据我此刻带在身边的一张契约;这张契约格式完备,丝毫没有可挑剔的。

达米斯　这样厚颜无耻,我真佩服极了。

郑直先生　(向达米斯)先生,我不用跟您打交道;我是找您父亲来的,他又讲道理又和气;他知道君子的本分是什么,决不肯违抗法律的。

奥尔贡　不过……

郑直先生　是的,先生,我知道即使给您百万金钱,您也不肯违抗司法的裁决,您一定会不失君子风度,允许我在此地执行我所奉的命令。

达米斯　携杖执达吏先生,你当心别叫你的短褂挨上我的棍子。

郑直先生　先生,叫您的儿子住口或是走开,如果一定逼着我动笔,把他的名字写在我的报告上,我心里也是怪不舒服的。

桃丽娜　这位正(郑)直先生的神气可实在透着不正直!

郑直先生　只要是君子,我对他们总是和和气气的。先生,我所以自告奋勇到这儿来传达公事,原是为了帮您的忙,讨您的喜欢,也是为了免得官方派别人来,他们对您就不会像我这样热情,也不会像我这样客客气气地执行命令了。

奥尔贡　强令人家离开自己的家,还能找出比这更可恶的事吗?

郑直先生　我们多给您一些时间吧,先生,我可以把强制执行延缓到明天。不过我得到这儿来过夜,带着十个我的手下人,我们既不骚扰您,也不乱嚷嚷。为了一定的程序,请您把大门的钥匙在睡觉以前派人给我拿来。我一定留神不打扰你们的睡眠,也不准有一点不合理的举动。可是明天一清早,就得快快地把一切,从人一直到顶小的盆碗器皿一齐搬走。我的手下人可以帮着你们把东西搬到门外,我挑选来的都是些有气力的人。我想谁也不能比我办得更好了吧。我既然厚道待您,我求您,先生,也要厚道待我,丝毫不要妨害我的公务。

奥尔贡　我情愿把现在我还有的一百个美丽的金币全拿出来送人,只要能够随着我的意思在这张狗嘴上狠狠地打这么一拳。

克莱昂特　别这么办,别把事情弄得更糟。

达米斯　他竟敢这么欺负人,我真压制不住我自己了,我的手痒痒得厉害。

桃丽娜　这么圆圆的脊背,郑直先生,说真的,叫你挨几下棍子倒是怪合适的。

郑直先生　说出这样野蛮无礼的话,本该受到惩办的。小妮子,对于女人,法庭一样可以出拘票。

克莱昂特　先生,别提这些话了,够瞧的了;求您赶快把那张公文拿出来,别再跟我们吵了。

郑直先生　回头见！上帝保佑你们皆大欢喜。

奥尔贡　但愿上帝毁了你,连派你来的那个人一起。

第 五 场

〔奥尔贡,克莱昂特,玛丽亚娜,埃米尔,佩内尔夫人,桃丽娜,达米斯。

奥尔贡　喂！您看见了吧,妈,我没说错吧！光看他这一手就可以明白其他的一切了。他的卖友行为,这回您可亲眼看见了吧！

佩内尔夫人　这可真出乎我的意料,我话都说不清楚了,我好比从云端里掉了下来。

桃丽娜　您不该抱怨,也不该错怪他。他这样做,证实了他心地虔诚:他道德高尚,普爱众生;他深知金钱常常使人腐化堕落,他纯粹为了行善,才想替您把一切足以妨碍灵魂得救的东西除掉。

奥尔贡　住口,你就欠时时刻刻对你说"住口"。

克莱昂特　咱们看看究竟应该想个什么主意吧！

埃米尔　你把这个忘恩负义者的无耻行为到处宣扬一下。使用这个方法可以破坏契约的效能;他这种邪恶行径只能更加暴露他的丑恶,舆论不会允许他获得人人以为他必得的胜利。

第 六 场

〔瓦莱尔,奥尔贡,克莱昂特,埃米尔,玛丽亚娜及其他的人。

瓦莱尔　先生,我实在不愿意来给您添烦恼,不过眼看大祸临头,我不能不来。

我有一个交情最好的朋友,他知道我对您的事理当十分关心。他想办法替我探听到一桩有关国家大事的秘密消息,他给我送来了一封信,照那封信上的说法,您只有马上逃走,别无办法。那个蒙混了您许久的骗子手,一个钟头之前在王爷面前把您告下来了。不但说了很多陷害您的话,还交给王爷一个属于国家要犯的箱子;这个箱子的秘密,据他说是您不顾子民的天职一直把它隐匿下来的。他们告发您的重罪,详细内容我不知道;不过逮捕您的命令已经下来了;并且为把这命令执行得更好起见,答尔丢夫还自告奋勇要陪着逮捕您的那个官差一同到这儿来。

克莱昂特　您看他的权利可有了护身符了,他一向希图霸占的产业,这一回是要真正占据了。

奥尔贡　现在我真得向您承认,他是一个万恶的畜类。

瓦莱尔　多耽误一会儿,您就要大难临头。我的马车在门口呢,我陪着您一块走吧,我还给您带来了一千个金币,咱们别再耽误工夫了;情势万分凶险,对于这样的打击只有一边逃一边抵挡的。我送您到一个安全地方去,我陪着您逃,一直陪到底。

奥尔贡　哎哟!我真万分感激你这番好意!只好将来再补报你了;求上帝保佑我顺顺当当,让我有一天可以报答这个大恩。再见吧!你们大家,多多留心……

克莱昂特　快走吧!姐夫,这儿的事我们会照料的。

第 七 场

〔宫廷侍卫官,答尔丢夫,瓦莱尔,奥尔贡,埃米尔,玛丽亚娜及其他的人。

答尔丢夫　慢来,先生,慢来,别跑得这么快;您用不着跑多远就能找着您的住处了,王爷派我来逮捕您。

奥尔贡　奸贼!原来你最后还留着这一手啊;用了这一手,恶棍,你断送了我的性命,也完成了你那套阴谋诡计。

答尔丢夫　无论您怎么骂我,我是一点也不会动气的,上帝教导了我怎样忍受一切。

克莱昂特　不能不说他真沉得住气。

达米斯　这个不要脸的东西竟这样大胆无耻地戏弄上帝。

答尔丢夫　大家无论怎样发火,也不能把我招恼,我只是一心一意地尽我的职责。

玛丽亚娜　你巴结的这个差使可真体面,你这种人也正配当这种差使。

答尔丢夫　打发我到这儿来的那个人所派下来的任务是不会不体面的。

奥尔贡　你这没良心的东西,你还记得我好心好意把你从穷苦的绝境里救出来吗?

答尔丢夫　是的,我知道我从您那里得过些什么帮助,不过现在王爷的利益是我的头等职责;对这神圣责任的忠诚压倒了我对您的感激心情,出于这种强有力的责任感,朋友、妻子、父母,甚至我自己,我都可以作出牺牲。

埃米尔　真是个大骗子。

桃丽娜　凡是世人尊敬的东西,他都会拿来当作一件美丽的外衣,用欺骗手段包装自己。

克莱昂特　可是如果鼓动您的那股忠诚,替您装门面的那股忠诚,真是像您所说的那样纯洁,为什么必得等到他当场捉住您调戏他妻子的时候,您才把这股忠诚表露出来,并且必得等到他为了保持脸面不能不把您赶出去的时候,您才想到出面告密呢?我并不是说他把全部财产都赠给了您,您就可以不尽告密的责任,不过既然今天您要把他当犯人看待,为什么当初您肯接受他那些财产呢?

答尔丢夫　(向宫廷侍卫官)先生,别让他们再跟我瞎嚷嚷了。请您执行命令吧!

侍卫官　是的,已经耽误得很久了;现在正好由您亲口说出请我执行命令,那么我就执行命令吧,请您回头跟我到监狱里去,那儿便是您的家了。

答尔丢夫　谁去?我,先生?

侍卫官　是的,您。

答尔丢夫　我为什么到监狱去?

侍卫官　我用不着对您说明理由。(向奥尔贡)先生,您受惊了,现在您放心吧!咱们是在一位痛恨奸诈的王爷统治下,他老人家洞悉人心,不为任何阴谋诡计所蒙蔽。他伟大的心灵明察秋毫,最善于辨别是非,什么事也蒙蔽不了他老人家,他坚强的理智从不陷入极端。他把不朽的光荣赐给贤良之士;可是他敬爱贤人并未陷于盲目。他尽管爱护真正的贤人,却不曾忽略

129

对虚伪小人的憎恶。这个坏蛋是骗不了王爷的,我们曾看见过他老人家当面戳穿比这更狡猾的诡计。他老人家绝顶的圣明从一开始就看穿了他内心各个角落所包藏的祸心。他原是去控告您的,结果却自取其祸。仰仗上天的公道,王爷看出他就是有人向他老人家举报过的、别有化名的那个著名骗子手;他的一大串狠毒行为编写成书就得好几大本。总而言之,王爷十分憎恶他对您的这种知恩不报背信弃义的行为;因此他老人家想到把这次罪行和以前的罪行并案办理,他所以派他把我领到这里来,无非是看看他到底狂妄无耻到何种地步。并且叫他当面向您赔罪。是的,所有他自称是他所有的这些字据,王爷都叫我从这个奸贼手里取回来还您。您给他立下的赠予全部财产的契约,王爷以他至高无上的权力把这种契约关系一笔勾销。至于因为一个朋友私逃把您牵连在内的那个罪名,王爷也宽恕您了;这是因为当年您维护王室利益,曾表现出满腔忠诚,他老人家今天要酬赏那个功劳,同时也为让大家看到,一件好的行为尽管本人已不记得,他老人家心里可还想着,还要加以奖赏。在他老人家面前,任何功绩都不会落空的,卖点气力是不吃亏的,他老人家怀念别人的好处甚于记忆别人的坏处。

桃丽娜　谢天谢地!

佩内尔夫人　现在我才喘过气来。

埃米尔　好圆满的结局!

玛丽亚娜　事前,谁能想到结局会这么好啊!

奥尔贡　(向答尔丢夫)喂!你这个奸贼……

克莱昂特　姐夫,快别这样!不要降低身份跟这种人一般见识;让坏蛋自己去面对他的恶报吧,他正在悔恨交集的时候,您不必再夹到里面去了;您顶好是希望他的心从今天起能幸运地回到道德的正路上去,能痛改前非而重新开始自己的生活,这样来希图那位伟大的王爷减轻对他的法律制裁。同时,像王爷这样的恩典,您应当赶快去跪在他老人家面前,表示您应有的感激和尊敬。

奥尔贡　是的,您说得对。我这就去愉快地跪在他老人家脚下,感谢他赐给我的恩典。等完成这个心愿之后,我还应该照顾到另外一个人的正当要求,用一桩和美的婚姻来酬报那个诚实慷慨的少年瓦莱尔的热烈爱情。

剧　终

悭吝人

(1668 年首演)

人　物

阿巴公——克莱昂特和爱丽丝的父亲，爱恋着玛丽亚娜。

克莱昂特　　阿巴公的儿子，玛丽亚娜的恋人。

爱丽丝——阿巴公的女儿，瓦莱尔的恋人。

瓦莱尔——昂赛姆的儿了，爱丽丝的恋人。

玛丽亚娜——克莱昂特的恋人，为阿巴公所爱恋。

昂赛姆——瓦莱尔和玛丽亚娜的父亲。

弗劳辛——媒婆。

西蒙师傅——介绍买卖及放债的纤手。

雅克大师傅——阿巴公的厨子，兼马车夫。

拉弗莱什——克莱昂特的男仆。

克洛德婆婆——阿巴公的女仆。

勃兰达瓦——阿巴公的男仆。

拉麦吕什——阿巴公的男仆。

调查员及其助理。

地　点

巴黎——阿巴公家里。

第 一 幕

第 一 场

〔瓦莱尔,爱丽丝。

瓦莱尔　怎么回事?亲爱的爱丽丝!自从承你的美意,把你的终身许我以后,你却无缘无故地忧郁起来了!唉!我正在快乐的时候,你却在唉声叹气!告诉我,莫非你后悔不该赐给我这种幸福?莫非咱们的誓约是我那热烈的爱情逼出来的,所以你现在有点后悔了?

爱丽丝　不,瓦莱尔,我为你所做的一切,没有什么可后悔的。我那样做是因为有一种十分甜美的力量在推动着我,如果叫我希望这些事情不发生,我还没这样的勇气呢;不过,老实对你说,我担心的是将来的结果;我原不该那样爱你,我害怕爱你爱得过分了。

瓦莱尔　爱丽丝,你对我好,这有什么可怕的呢?

爱丽丝　唉!可怕的事情可多着呢,譬如:父亲的暴怒、家庭的责备、社会的指摘,哪样不可怕呀!但最可怕的还是,瓦莱尔呀,怕你变心,当我们女孩子纯洁的爱情表现得过于热烈的时候,你们男子往往用一种残忍的冷淡态度来对待我们,这实在叫我万分害怕。

瓦莱尔　哎哟,可别这么冤枉我,不要拿衡量别人的眼光来衡量我。爱丽丝,你怀疑我什么都可以,就是别怀疑我会对你负心,我太爱你了,决不会那样的。我活一天就爱你一天。

爱丽丝　啊!瓦莱尔,谁都会这样讲的。只听说话,所有的男子都是一样的,只有做出事来才显出不同。

瓦莱尔　既然只有行动能表明我们男子究竟是什么样的人,那么,就等有了行动再来判断我的心吧,你这样瞎害怕是因为你心里有了那种不必要的远见;你不要单凭这种恐惧,便在我身上来寻找罪恶。我求求你,不要单凭这种侮辱我的怀疑就重重地打击我,把我打得爬不起来。请给我时间,让我用千千万万的证据来表明我对你真挚的爱情。

爱丽丝　唉!心爱的人说出的话,我们怎么这样容易相信啊!好的,瓦莱尔,我相信你的心不会欺骗我。我相信你的爱情是真实的,你将永远忠实于我;我从此决不再有所怀疑,现在我只是担心舆论对我可能有的责备。

瓦莱尔　你为什么还有这层顾虑?

爱丽丝　如果人人都拿我看你的眼光来看你,我当然丝毫没有什么可以害怕的,在你身上我可以找到充分的理由来解释我所做的一切。你的种种才德就替我的爱情在那里作辩护,何况上天还使你对我有过救命之恩呢。我每时每刻都在想着我们第一次会面时的那个惊险场面;你不顾自己的性命从狂涛巨浪里把我的生命抢夺回来,那真是一种出奇的见义勇为的精神;把我从水里救出来以后,你对我又那样柔情地加以照拂;你那种热烈的爱情真是持久不懈的,过了这么多日子,遭遇了这么多困难,都不曾减少分毫;为了爱情,你丢下了父母和祖国逗留在这个地方;为了我,你在此隐瞒起你的身份;为了能常见到我,迫不得已,你竟给我的父亲当仆人。毫无疑问,所有这一切,在我心里产生了一种奇妙的作用;在我看来,这都足以说明我答应你的婚事是十分合理的;可是在别人看来,就可能认为不太合理了;我呢,我也不敢担保大家能赞同我的想法。

瓦莱尔　你虽然这么说,我却认为我所以值得你垂青,只是因为我对你有一腔热爱;至于你的那些顾虑,实在没有必要,因为你父亲的那种行为足以让所有的人都看出来,你这么做是完全正确的。拿他那种极端的吝啬和他跟儿女相处时那种严厉态度来说,你即便做出更奇怪的事来,也算不了过分。可爱的爱丽丝,请原谅我在你面前这样议论你父亲。你知道,一谈到他,我实在没法说好话。不过,如果我能够如愿以偿重新找着我的父母,那么让你父亲对我们另眼看待,是不会有多大困难的。我正焦急地盼望着他们的消息,如果再杳无音信,我就要自己跑去打听了。

爱丽丝　哎哟,瓦莱尔,我求你,你可别离开这儿!你只要想法子让我父亲喜欢你就行了。

瓦莱尔　你没看见我是在怎样努力吗?光为挨近他的身边侍候他,我已费尽了心思,赔尽了小心;为讨他喜欢,我是怎样地假装对他表示同情,表示好感!并且为得到他的宠爱,我每天在他面前扮演的竟是一种什么样的角色啊!在这上面,我真有了惊人的进步!同时根据我的经验,我已体会到,要想赢得别人的信赖,除了叫他们看出你跟他们有同样的嗜好,除了附和他们的意见、颂扬他们的短处、拍手赞成他们所做的事情以外,实在没有别的更好的方法。奉承献媚这件事,是用不着害怕做过分的。尽管是很明显地在戏弄他们,可是最聪明的人听到奉承也会甘心上当;只要话中夹着奉承,不管多么粗野多么可笑,也没有不能叫对方乐意接受的。我眼下干的这一行业里,诚实二字多少是要受点影响的;不过正当有求于人的时候,也只好将就一些了;既然只有用这个法子才能拉拢他们,那么,有错的就不是奉承人的人,而是那些喜欢受奉承的人。

爱丽丝　不过万一那个女仆把我们的秘密揭穿了呢!你不妨也设法拉拢拉拢我哥哥,求他也帮帮忙!

瓦莱尔　同时应付他们两个人是办不到的,父子两人的脾气截然相反,要想同时把他们两人都敷衍好,那是不可能的。不过从你这方面,倒不妨到你哥哥面前去活动活动,利用你们相互间的感情,让他来帮助帮助我们。你看他过来了,我走开吧。趁这个时候,你可以跟他谈一谈;关于咱们的事,你只可以把你认为可以说的讲给他听。

爱丽丝　我不知道是否有勇气告诉他这件秘密。

第 二 场

〔克莱昂特,爱丽丝。

克莱昂特　妹妹,你一个人在这儿,我高兴极了,我急着要跟你谈一谈,把一桩心腹事情说给你听。

爱丽丝　我听着呢,哥哥。你有什么事要告诉我?

克莱昂特　事情可多啦,妹妹,可以用一句话概括:我爱上了一个人。

爱丽丝　你爱上了一个人?

克莱昂特　是的,我爱上了一个人。不过目前先不必往远里谈,我知道我的一切得由父亲来做主,既然做了他的儿子,就得服从他的命令;我知道没得到我们生身父母的同意是不应该跟人私订婚约的！关于我们的爱情,上天已指派了我们的父母来给我们做主,我们必须遵从他们的教训来处理这个问题;我知道我们的父母因为没有那种疯狂的热情在影响他们,就不会像我们这样容易犯错误,虽然是我们自己的事,他们却比我们看得更清楚;我知道我们应该听信的是他们深谋远虑的卓见而不是我们盲目的爱情;我知道青年的狂热往往会把我们领进凄惨的深渊。我所以对你说这些话,妹妹,是为了免得你费事照这样对我说一遍;因为现在我的爱情竟使我什么话都听不进去了,我求你不必再对我进什么忠告。

爱丽丝　哥哥,你已经跟你的心上人订婚了?

克莱昂特　没有,不过我已经决定这么办了;我再央求你一次,千万不要拿种种理由来劝阻我。

爱丽丝　哥哥,难道我真是那么古怪的一个人吗?

克莱昂特　不是的,妹妹;不过你没爱过人,因此你领会不到一种温柔的爱情在我们心坎里产生的那种甜蜜的力量;我怕的是你那种一本正经的劲儿。

爱丽丝　唉！哥哥,别提什么正经不正经的话了。谁也不能永远那么正经,无论什么人,一辈子至少也要不正经一次吧;如果我把心里的事都给你说出来,你会看出我还远不如你正经呢。

克莱昂特　啊！但愿你的心思跟我的一样也……

爱丽丝　先把你的事说完吧,告诉我你爱的人到底是谁?

克莱昂特　是一位年轻的姑娘,她搬到咱们这条街上还没多久。她好像天生就是一位人见人爱的女子。妹妹呀,大自然从没有造出过比她更可爱的人;我刚一见着她,就觉得魂飞天外。她叫玛丽亚娜,跟一位年老多病的母亲一起过日子,这位可爱的姑娘对她母亲那份孝心真叫人难以想象。她侍候她,怜爱她,安慰她,那种体贴温存,你看了也得感动。她无论做什么事,总是那么绝顶可爱,讨人喜欢,她的一举一动都带着万种丰采,既有动人的温柔,又有感人的爱心,还有可敬可佩的端庄稳重……哎哟,我真愿意你亲眼看见过她。

爱丽丝　从你说的这番话里,哥哥,我已经看出她的许多可爱的地方了。你这样爱她就足够让我明白她是怎样一个人了。

克莱昂特　我暗中看出她们的境况并不富裕,尽管日子过得非常谨慎,拿她们那点家私来应付一切需要,还是相当困难的。妹妹,你想想看,要是能够

137

把我们心爱的人的财产增加一些,要是能够对一个正经人家的简单需要不露痕迹地稍稍加以资助,那该是多么大的快乐;你再替我想一想,只因为做父亲的吝啬,我竟不能享受这种快乐,竟没法子在这个美人面前略表我的爱情,这该是多么不幸的事。

爱丽丝　是的,哥哥,你苦恼到什么程度,我是可以理解的。

克莱昂特　唉!我苦恼到什么地步,别人是想象不到的。我们的父亲在钱上对我们卡得那么紧,让我们永远在极端穷困的境况里吃苦受罪,世界上还能有比这更残忍的事吗?现在我必须到处借债才能维持生活,必须和你一起每天向商人们求助才穿得上几件整齐的衣服;如果一个人的钱要等到青春已过,无法享受的时候才能到手,那还有什么用呢?最后,我之所以要跟你谈谈,就是要你帮助我探探父亲的口气,好知道他对我目前的爱情究竟是怎么个看法;如果看出他反对,我就下决心陪同我的心上人远走他方,凭上帝的高兴去碰运气了。为这个计划,我已经托人到处去张罗款子;如果妹妹,你我二人的事大致相同,咱们的父亲对咱们的爱情又全不赞成的话,那么好,咱们俩就一齐离开他。他那种令人难以忍受的吝啬已经虐待我们这么久啦,正好就此摆脱。

爱丽丝　真是的,他每天做出的事,真叫咱们越来越想念去世的母亲,并且……

克莱昂特　我听见他的声音了,咱们先躲开这儿,到别处去谈完咱们的心事;然后咱们再联合起来对付他那死硬的脾气。

第 三 场

〔阿巴公,拉弗莱什。

阿巴公　马上滚出去,不许你顶嘴。你这大骗子,该死的东西,我这儿再也容不得你了。

拉弗莱什　(旁白)我从来没见过这么心狠的混账老头儿,说句不怕造孽的话,他大概是魔鬼附身了。

阿巴公　你嘴里嘟哝什么呢?

拉弗莱什　您为什么要把我撵出去?

阿巴公　该死的东西,你还敢来问我什么理由！赶快滚出去,免得我揍你。

拉弗莱什　我怎么得罪您啦？

阿巴公　不用问,我就是要你滚。

拉弗莱什　我的主人,也就是您的儿子,吩咐我等着他呢。

阿巴公　滚到街上去等,不许你像根木头桩子似的笔直戳在我家里,样样都注意,样样都要从中取利。我不愿意眼前老有一个窥视我行动的暗探,一个奸细;一双混账眼睛老盯着我的一举一动,直溜溜地望着我的家产,角角落落都搜寻,看看有没有可偷的东西。

拉弗莱什　真见鬼,谁有那么大的本事来偷您的东西呢？您把样样东西都锁得那么严紧,白天黑夜总在旁边看着,您的东西还能让人偷走吗？

阿巴公　我愿意锁什么就锁什么,我高兴看着就看着。你看,这不明摆着奸细们都注意上我的行动了吗？(旁白)我真害怕他对我的钱财已经摸到了一些底细。(高声)你不会出去散布谣言,说我家里藏着金银吧？

拉弗莱什　您藏着金银吗？

阿巴公　没有,你这混账东西,我没有这么说。(旁白)真把我气疯了。(对拉弗莱什)我不过问一声,你会不会故意使坏,散布谣言说我有钱在家里藏着。

拉弗莱什　您有钱也好,没钱也好,对我们反正是一样,我们管这事干吗？

阿巴公　你敢跟我乱发议论！我先让你的嘴巴尝尝这个议论。(举手要打他嘴巴)你给我滚出去,滚！

拉弗莱什　好吧,我出去。

阿巴公　等一等。你没偷点儿什么走吗？

拉弗莱什　我能偷您什么呢？

阿巴公　过来让我看看。把手伸出来让我瞧瞧。

拉弗莱什　(伸手)您看吧。

阿巴公　我要看另外一双①。

拉弗莱什　另外一双？

阿巴公　是啊。

拉弗莱什　您看吧。

---

① 指拉弗莱什的裤子。——原注

阿巴公　这里边没藏什么吗？

拉弗莱什　您自己看吧。

阿巴公　（摸摸他的裤脚）这么肥大的灯笼裤天生就是藏东西的好地方；就因为这个，总得让人绞死他们几个才痛快。

拉弗莱什　（旁白）这样一个人，就欠叫他怕什么就遇上什么！真要是偷他一下，我该多么快活呀！

阿巴公　嗯！

拉弗莱什　什么？

阿巴公　你刚说偷什么来着？

拉弗莱什　我说最好您各处都搜搜，看看我到底有没有偷您。

阿巴公　我正要这么办呢。（翻搜拉弗莱什的几个衣袋）

拉弗莱什　（旁白）真该死，这种吝啬劲儿和这种吝啬的人！

阿巴公　怎么？你说什么？

拉弗莱什　我说什么？

阿巴公　是的，你说吝啬劲儿，又说吝啬的人，到底是说什么呢？

拉弗莱什　我说：真该死，这种吝啬劲儿和这种吝啬的人。

阿巴公　你这是指谁？

拉弗莱什　我指的是那些吝啬人！

阿巴公　那些吝啬人都是谁？

拉弗莱什　就是那些守财奴，那些爱钱如命的人呀。

阿巴公　可你这是什么意思呢？

拉弗莱什　您何必夹在里面瞎操心呢？

阿巴公　我该操心的事就要操心。

拉弗莱什　您莫非以为我是在说您？

阿巴公　我爱以为什么就以为什么，可是我要你对我说个明白，你说这些话的时候是冲谁说的。

拉弗莱什　我冲……冲着我的小软帽说呢。

阿巴公　我，我可要对你的脑袋瓜不客气了。

拉弗莱什　您难道禁止我咒骂那些吝啬的人吗？

阿巴公　不；可是我不准你胡说八道，不准你这样没上没下。你给我住口。

拉弗莱什　我没指名道姓地说出谁来呀。

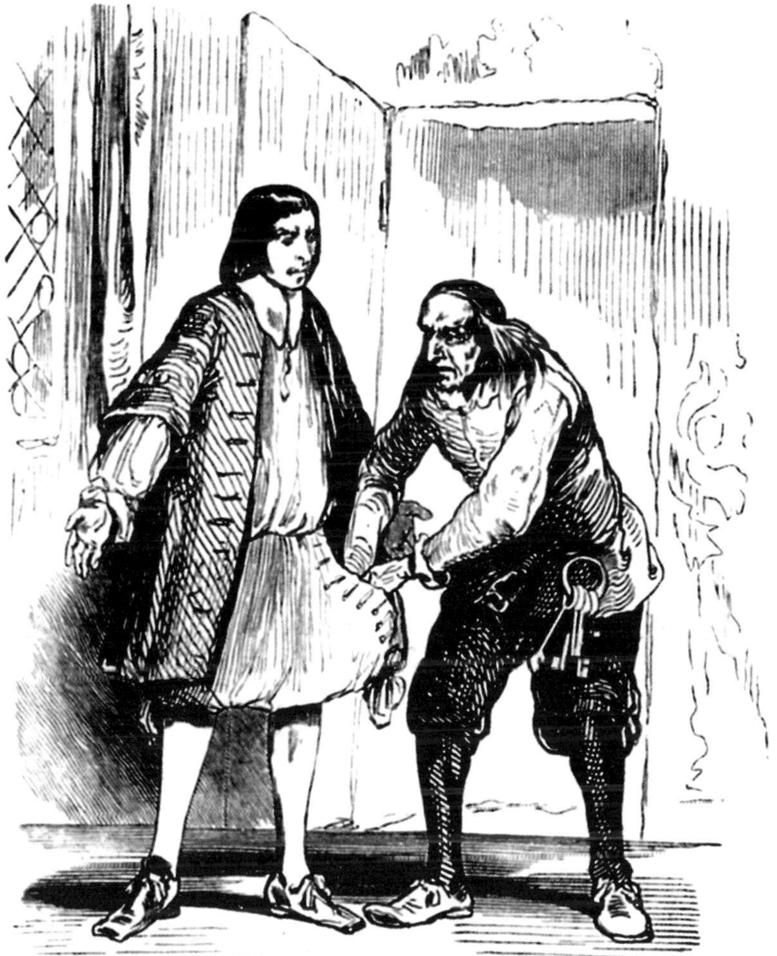

阿巴公　你再说话,我要狠狠揍你一顿。

拉弗莱什　心里没病何必害怕。

阿巴公　你住嘴不住嘴?

拉弗莱什　好吧,没法子只好住嘴。

阿巴公　哈哈哈哈!

拉弗莱什　(指着自己上衣的一个口袋)喂!这儿还有一个口袋呢,您这回满意了吧?

阿巴公　别等我搜,拿出来还我。

拉弗莱什　还什么?

阿巴公　你偷走的东西。

拉弗莱什　我什么也没拿。

阿巴公　真的吗?

拉弗莱什　真的。

阿巴公　那就滚吧,找魔鬼去吧!

拉弗莱什　(旁白)瞧我多么客气地被打发出来了!

阿巴公　至少我让你良心上老有个疙瘩。这个该死的仆人可把我腻烦死了,这条瘸腿的狗①真叫我瞧着不痛快。

第 四 场

〔爱丽丝,克莱昂特,阿巴公。

阿巴公　的确,把一笔大款子放在家里,可不是一件省心的小事。谁要是能把全部钱财都妥妥帖帖地放出去,家里只留下日常开支必需的款项,那才真有福气呢。要想在一所房子里找一个保险可靠的藏钱地方,困难实在不小;因为钱柜这种东西我看是靠不住的,我总也不敢放心。我认为这恰恰是引贼上门的玩意儿,窃贼总是先从这儿下手。不过昨天人家归还我的一万埃居,我都把它埋在花园里了,也不知道这事办得对不对。一万个金埃居放在家里,这笔款是相当……(这时兄妹二人低声说着话走上来)哎

---

① 当时扮演拉弗莱什的演员路易·贝雅尔真是个瘸子。——原注

唉老天爷啊,我自己泄露了秘密啦;兴奋过头啦,一个人在这里想心事,却把心里的话都高声说了出来。(高声)你们有什么事吗?

克莱昂特　没事,爸爸。

阿巴公　你们来这儿好久了?

克莱昂特　我们刚刚来。

阿巴公　你们听见了……

克莱昂特　听见什么?爸爸。

阿巴公　就是……

爱丽丝　什么啊?

阿巴公　我刚才说的话呀。

克莱昂特　没听见。

阿巴公　一定听见啦,听见啦。

爱丽丝　请原谅,我实在没听见。

阿巴公　我看得很清楚,你们一定听见一句半句了。我正在这里跟自己谈心,谈起如今筹款的难处,因此我就说谁要是有一万埃居放在家里,这个人可真好福气。

克莱昂特　我们没有马上走过来是怕打断了您的话头。

阿巴公　把这番话告诉了你们,我心里就舒坦多了,免得你们发生误会,以为我说的是自己有一万埃居。

克莱昂特　您的事情我们不想过问。

阿巴公　一万埃居,我如果真有一万埃居那可真要谢天谢地了。

克莱昂特　我并不以为……

阿巴公　对我说来,那可真是一桩大喜事了。

爱丽丝　这些事情……

阿巴公　我正十分需要这笔钱。

克莱昂特　我以为……

阿巴公　那样,我手头就宽裕多啦。

爱丽丝　您已经是……

阿巴公　那我就不会像现在这样抱怨日子难过了。

克莱昂特　天啊!您本来就用不着抱怨,谁都知道您的财产已经很可观了,爸爸。

143

阿巴公　这是什么话？我的财产已经很可观！说这话的人是在撒谎。完全不顾事实；散布这种谣言的人都是些混账东西。

爱丽丝　您别生气呀。

阿巴公　这可真奇怪，我亲生的孩子竟存心泄露我的秘密，成了我的敌人！

克莱昂特　说您有钱就是您的敌人吗？

阿巴公　是的，因为有了你这样的说法，再加上你那种胡花滥用，人家必以为我的金银都堆成了山。总有一天会上门来拿刀抹我的脖子。

克莱昂特　我怎么胡花滥用了？

阿巴公　怎么胡花滥用了？你弄了这么一套豪华的穿着打扮满城里显摆，还有比这更招人说闲话的吗？昨天我刚跟你妹妹吵过嘴，可是你比她还要糟糕。老天爷绝不会放过这件事的；拿你从头到脚这一身打扮来说，就足够好好放一笔债了。我已经对你说过不下二十次，我的孩子，你的一举一动都让我瞧着不顺眼。你在拼命模仿侯爷们的派头儿；像你这种穿着打扮，是不可能不偷我的。

克莱昂特　嗨！用什么法子来偷您的钱啊？

阿巴公　我怎么知道？可是你从哪儿弄来的钱置办这套装束呢？

克莱昂特　爸爸，您问我从哪儿弄来的钱吗？因为我赌钱呀，我的赌运是好的，赢来的钱我都打扮在身上了。

阿巴公　这就十分不对了。如果你的赌运很好，你就应该好好地利用，把赢来的钱放出去图个合理的利息，早晚还可以把本收回来。别的先不谈，我真想知道你从脚到头乱七八糟缠这么些绸带到底有什么用处？有六七根细带子还系不上一条短裤吗？自己天生的不费一文的头发不要，却花钱去买假发，这有必要吗？我敢打赌仅仅假发跟绸带两项，至少得值二十个皮斯托尔①；二十个皮斯托尔，按三厘利放出去，一年就可以得到十八个利勿尔，六个苏，八个德涅②。

克莱昂特　您说得对。

阿巴公　这个不用再提了，咱们谈谈别的吧。（旁白）嗯！我好像看见他们在那里比手势要偷我的钱袋。（高声）你们做这种手势是什么意思？

---

① 皮斯托尔，法国古金币，当时每枚值十一法郎。

② 利勿尔，法国货币单位，相当一法郎，苏、德涅系辅币，二十苏等于一法郎，十二德涅等于一个苏。

爱丽丝　我跟我哥哥,我们正在这里拿不定主意谁先开口说话;我们两个人都有话要跟您说。

阿巴公　我呢,我也有话要对你们两个说。

克莱昂特　爸爸,我们想跟您谈的是婚姻大事。

阿巴公　我要跟你们商量的也是婚姻大事。

爱丽丝　哎唷,我的爸爸呀!

阿巴公　干吗喊一声?是这句话呢还是这个事儿让你害了怕?

克莱昂特　拿您对婚姻的那种看法,婚姻本身就让我们两个人都害怕;我们怕的是您选择的对象不合我们的心意。

阿巴公　别着急。千万不要惊慌。我知道对你们俩最合适的是谁;我打算做的事,你们俩谁也不会有抱怨的理由。让咱们从头说起吧:告诉我,你们曾看见过一个住在这儿不远,名叫玛丽亚娜的年轻姑娘吗?

克莱昂特　看见过的,爸爸。

阿巴公　你呢?

爱丽丝　我听说过。

阿巴公　我的儿子,你觉得这个姑娘怎么样?

克莱昂特　是一位非常可爱的姑娘。

阿巴公　她的相貌呢?

克莱昂特　十分忠厚并且聪明伶俐。

阿巴公　她的神气和态度呢?

克莱昂特　可敬可佩,不成问题。

阿巴公　你以为这样一位姑娘不值得我们惦记吗?

克莱昂特　值得的,我的爸爸。

阿巴公　你不以为这是一桩值得盼望的婚姻吗?

克莱昂特　很值得盼望的。

阿巴公　你不以为她很像是善于治家的吗?

克莱昂特　那是毫无疑问的。

阿巴公　你不以为做她丈夫的人一定会满意吗?

克莱昂特　当然满意。

阿巴公　有一个小难题,就是和她结婚怕不能得到我们所指望的那么一大笔财产。

145

克莱昂特　唉,爸爸,要紧的是娶一位规规矩矩的姑娘,财产不是什么值得考虑的问题。

阿巴公　是,我说的不对,我说的不对。话应该这样讲:如果从中得不到所希望的那么大一笔财产,那就想法子从别的方面捞回来。

克莱昂特　这是可以理解的。

阿巴公　看到你们都赞成我的心思,实在高兴得很;因为她那种端庄的气派和她那温柔的脾气已打动了我的心,我已经决定娶她,只要能从中多少得点儿好处就行了。

克莱昂特　嗯?

阿巴公　怎么啦?

克莱昂特　您说,您已经决定……

阿巴公　娶玛丽亚娜。

克莱昂特　谁?您?您?

阿巴公　是的,是我,是我,是我。你这是什么意思?

克莱昂特　我忽然感到一阵头晕,我走啦。

阿巴公　不要紧的。快到厨房里去喝一大杯清水吧。看看这些娇嫩的少爷,还不如母鸡那么壮实呢。我的女儿啊,我就是这样替我自己打定了主意。至于你哥哥,我已替他看中一个寡妇,今天早上刚有人来提过;至于你呢,我把你许给了昂赛姆老爷。

爱丽丝　昂赛姆老爷?

阿巴公　不错,是他,他是一个有经验的既谨慎又老成的人,年纪还没过五十,有的是家财,人人称道。

爱丽丝　(行了一个极尊敬的礼)对不起,爸爸,我还丝毫没有结婚的意思。

阿巴公　(学他女儿也行了一个礼)我呢,我的女儿,我的宝贝,我偏要你结婚,对不起。

爱丽丝　我请您原谅,爸爸。

阿巴公　我请您原谅,女儿。

爱丽丝　我对昂赛姆老爷,有很崇高的敬意,不过请您同意,我决不嫁他。

阿巴公　我对您有很崇高的敬意;不过请您同意,就在今天晚上您必须嫁他。

爱丽丝　就在今天晚上?

阿巴公　就在今天晚上。

爱丽丝　办不到,爸爸。

阿巴公　一定办得到,女儿。

爱丽丝　不行。

阿巴公　行。

爱丽丝　不行,一定不行。

阿巴公　行,一定行。

爱丽丝　这件事您可没法子强迫我。

阿巴公　这件事我一定有法子强迫你。

爱丽丝　我宁可自杀也不能嫁这样的丈夫。

阿巴公　你自杀不了,你还得嫁他。你们瞧瞧,她狂妄到什么份儿上啦!做女儿的有这样跟父亲说话的吗?你们瞧见过吗?

爱丽丝　不过做父亲的有这样给女儿找婆家的吗?你们瞧见过吗?

阿巴公　这门亲事一点褒贬都没有;我敢打赌谁都会赞成我挑中的人家的。

爱丽丝　我呢,我敢打赌,没有一个明白人会赞成这门亲事的。

阿巴公　你看瓦莱尔来了。你要不要让他来给咱们俩评评理?

爱丽丝　我同意。

阿巴公　他评出来的理你服吗?

爱丽丝　他怎么说我就怎么办。

阿巴公　那就一言为定啦。

第 五 场

〔瓦莱尔,阿巴公,爱丽丝。

阿巴公　上这儿来,瓦莱尔。我们选中了你,让你来说一说,我跟我的女儿,到底我们谁有理。

瓦莱尔　那一定是您有理,老爷,那没有错儿。

阿巴公　你知道我们谈论的是什么吗?

瓦莱尔　不知道;不过您不会没有理的,您永远是有理的。

阿巴公　我要在今天晚上把她嫁给一个又有钱又老成的人;可是这个糊涂丫头竟对着我的脸说她不想嫁这个人。你以为怎么样?

147

瓦莱尔　我以为怎么样吗？

阿巴公　是的。

瓦莱尔　嗨，嗨。

阿巴公　倒是怎么样啊？

瓦莱尔　打心里说，我是赞成您的想法的；因为您是不会没理的。不过她也不是完全不对，并且……

阿巴公　这叫什么话？昂赛姆老爷这门婚事可说是了不起的婚事；他是一位有贵族头衔的绅士，又温柔又有声望，又老成又阔气；而且前妻并没有给他留下三男二女。她还能碰到比这更好的丈夫吗？

瓦莱尔　这倒是实情。不过您女儿也许要对您说，事情未免办得匆忙了一点，至少得留出点时间看看她的脾气是否能够适合……

阿巴公　这是个千载难逢的好机会。在这桩亲事里我可以占的那种便宜，别处是遇不到的，他答应娶她不要陪嫁。

瓦莱尔　不要陪嫁？

阿巴公　是的。

瓦莱尔　啊！那我就不便再说什么了。您瞧见吗？这个理由真是让人心服口服，没法儿不承认的。

阿巴公　这可以给我省下好大一笔钱。

瓦莱尔　那是一定的，谁也不能反对。可是您家小姐一定也会告诉您，婚姻是您所不能想象的那么一桩重大的事；关系着她一辈子的幸福或痛苦；一种到死才能解除的契约，非经过缜密的考虑是不应当随便答应下来的。

阿巴公　不要陪嫁。

瓦莱尔　您说的对，那是可以决定一切的，这点谁都明白。可是也许有些人要对您说，办这种大事，姑娘本人究竟什么心情也是必须加以考虑的；因为年龄、脾气和心情方面有那样大的差别，必然会使婚姻发生许多不幸的意外。

阿巴公　不要陪嫁。

瓦莱尔　啊！对这没得可说的；大家都清楚，有谁能反对这一点呢？世界上原有很多做父亲的人是愿意照顾自己女儿的爱情，而不在花钱多少上打算盘的；他们是不肯为了金钱而牺牲自己的女儿的；在一门亲事里，他们把一切都丢开，首先考虑的是要两口子相般配，那么结了婚之后才可以经常保持住荣誉、平安、快乐,并且……

阿巴公　不要陪嫁。

瓦莱尔　对,不要陪嫁,这就把所有的嘴都封住了。对这样一个理由,还有法子抗拒吗?

阿巴公　(望着花园)我好像听见一只狗在汪汪。莫非有人看中我的钱了?你们别走开,我马上就回来。

爱丽丝　瓦莱尔,你是在开玩笑吗,这样子跟他说话?

瓦莱尔　为的是不太刺激他,然后才能更好地达到目的。迎头顶撞他的心思,那种法子会把一切都弄糟;有些人的头脑是只能从侧面来进攻的,他们的脾气是死不认理,那是天生的死脑筋,听见真理就蹬蹄尥蹶子,遇到理智的平直大路硬是挺直身子不肯上前,对那种人只能绕着弯儿把他们引到我们愿意他们去的地方。你先假装应允他要做的事,然后你才能更容易地达到你的目的,还有……

爱丽丝　那么这门亲事呢?

瓦莱尔　将来再想法子破坏它吧。

爱丽丝　不过今天晚上就要结婚,还有什么主意好想啊?

瓦莱尔　先要求延期,假装有病。

爱丽丝　可是把医生找来不就揭穿了吗?

瓦莱尔　你这不是开玩笑吗?医生能知道什么?在医生面前,你爱说得什么病就可以说得什么病,他们自会找出理由来告诉你病是打哪儿来的。

阿巴公　(旁白)谢天谢地,没出乱子。

瓦莱尔　临到末了,我们还有最后的一着,就是撒手一逃,那我们就什么也不怕了;如果,美丽的爱丽丝,你的爱情真能始终不变的话……(他看见阿巴公)是的,一个做女儿的应该听父亲的话,她不应该关心丈夫是怎样的一个人;遇到不要陪嫁这样一个正大光明的理由,她就应该做好准备:叫她嫁谁就嫁谁。

阿巴公　好。说得真对。

瓦莱尔　老爷,请您宽恕,我动了点肝火,竟胆大妄为地这样对她说话。

阿巴公　哪儿的话呀?我高兴还来不及呢,我愿意你在她身上有绝对的权威。(向爱丽丝)是的,你躲闪是没有用的。我把上帝赐给我的那个管教你的权威交给这个人了,我要你一切都依照他对你说的话去办。

瓦莱尔 （向爱丽丝）从此以后,您还敢违抗我的教训吗？（向阿巴公）老爷,我这就伴着她一起出去,以便继续教训她,我刚才的话并没说完。

阿巴公 好的,你真帮了我的大忙了。当然……

瓦莱尔 对付她,缰绳必须勒得紧一点。

阿巴公 说的真对。应该……

瓦莱尔 您用不着操心了。我想我会达到目的的。

阿巴公 你放手干吧,放手干吧。我上城里去绕个弯儿,一会儿就回来。

瓦莱尔 （向爱丽丝）对,金钱比世界上任何东西都珍贵,您应该感谢上帝给您这样一位贤明的父亲。他知道生活是怎么回事。当一个人自告奋勇愿意不要陪嫁而娶一个女子的时候,绝对不应该再往远处看。一切都包含在这句话里了,"不要陪嫁"就等于美貌、青春、门第、荣誉、贤德和正直了。

阿巴公 瞧瞧这个好小伙子！这种说法简直是天父下凡面谕圣旨嘛。有这么一个仆人够多么快活！

第 二 幕

第 一 场

〔克莱昂特,拉弗莱什。

克莱昂特　你这个混账东西,你躲哪儿去了? 我不是嘱咐你……
拉弗莱什　对啊,少爷,我原是到这儿来等您的;可是您的老太爷,那个最讨嫌的人,也不管我愿意不愿意,就把我轰了出去,我差点儿还挨了揍。
克莱昂特　咱们的事怎么样啦? 事情紧急到万分了;在没看见你的这一刻工夫里,我发觉我的父亲原来是我的情敌。
拉弗莱什　您的父亲也搞恋爱?
克莱昂特　是啊,我一听见这件新鲜事,费了好大劲才没让他看出我那种慌乱的神情来。
拉弗莱什　他也夹在里头搞恋爱! 真见鬼,他这是打什么主意啊! 他这不是拿人开玩笑吗? 爱情是为他那种德行的人预备的吗?
克莱昂特　不知道我造什么孽了,居然他也想起谈恋爱来了。
拉弗莱什　不过为什么您还对他隐瞒您恋爱的事呢?
克莱昂特　为的是不叫他太起疑心,那么,必要的时候还可以有几样比较容易使用的办法来扭转这个婚姻。人家那边是怎么回答的?
拉弗莱什　说真的,少爷,向人借钱可太倒霉啦;一个人要是像您这样走投无路,逼得非走那些放阎王债的门子不可的时候,那就什么古里古怪的事都得忍受了。
克莱昂特　事情吹台了?
拉弗莱什　倒没吹。人家介绍给咱们的那位纤手,就是咱们那位西蒙师傅,是

151

个办事很勤快并且极热心的人,他说他为您卖了大气力啦;他还说光冲着您的相貌他就一心向着您。

克莱昂特　我可以得到我要借的那一万五千法郎吗?

拉弗莱什　是的,不过有些小条件您必须接受,如果您有意让这桩事情成功的话。

克莱昂特　他有没有让你跟放债的人谈一谈?

拉弗莱什　啊!那可不成,没有那样办的。放债的那个人比您还要小心地掩藏身份,这里面的秘密可大了,您是万万想不到的。他一点也不肯说出姓名,不过今天要在一所临时借用的房子里让他跟您见一面谈一谈,为的是好让他从您嘴里了解清楚您的财产和您的家庭;我相信单是提出您父亲的姓名,就会使这桩事很容易地办成。

克莱昂特　主要是我们的母亲已经去世,她老人家给我留下的那份产业是别人剥夺不了的。

拉弗莱什　这儿有他当面向我们的纤手口述的几项小条款,在未办任何手续以前必须先跟您报告一下:(念合同)

　　"如放债人认为一切皆有保障,如借债人已经成年,并且家庭的财产的确富裕、稳固、可靠、清楚,并无任何纠葛,双方即可在公证人面前签订正式的精确的合同;参加订立此项合同的公证人应尽可能选择一个最正直公平的人,并须由放债人指定,因为合同是否符合法律规定,与放债人有重大的利害关系。"

克莱昂特　对这个没有什么可说的。

拉弗莱什　(继续念合同)"放债人为求良心上没有丝毫负担起见,情愿只取五厘多利息出借他的钱财。"

克莱昂特　五厘多?真的!这还算公平合理,没有什么可抱怨的。

拉弗莱什　这倒是真的。(继续念合同)

　　"但由于放债人手头并无此款,为满足借债人的要求起见,必须向人转借,以二分利息借进,因而此项利息应由借债人担负,并不得为此影响其他事项,因为转借此款纯为帮助借债人起见。"

克莱昂特　这不是见鬼吗!从哪儿钻出来这么个犹太人,阿拉伯人!这比二分利还高啦。

拉弗莱什　是啊,我早就这样说过。您自己斟酌吧。

克莱昂特　我还有什么可斟酌的？我需要钱,只好什么都认了。

拉弗莱什　我也是这样回答他们的。

克莱昂特　还有什么话吗？

拉弗莱什　只剩下一小条了。(继续念合同)

"借债人所需的一万五千法郎,放债人只能付一万二千法郎现款,其他三千以衣服什物首饰等折付,其价格已由放债人善意地尽可能降到最低限度。附清单如下:"

克莱昂特　这是什么意思？

拉弗莱什　您听我给您念念清单吧。(继续念合同)

"第一项,四脚卧床一张,上铺匈牙利绣花镶边橄榄色被子一条,随带同样质料的压脚被一条;外带座椅六张,全部完整如新,上蒙红蓝色闪光缎面。

又,峨玛勒产玫瑰色上好哗叽床帐一顶,缀有大小丝穗流苏。"

克莱昂特　我要这些干吗？

拉弗莱什　等一等,还有哩。(继续念合同)

"又,壁毯一幅,上织牧童贡伯和女郎玛赛恋爱的故事。

又,十二条旋形桌腿的胡桃木大桌一张,两头可以拉长,外带三脚圆椅六张。"

克莱昂特　我要这些干什么？见鬼……

拉弗莱什　别着急,还有哩。(继续念合同)

"又,螺钿精镶长火枪三支,随带原配三脚架三个①。

又,砖炉一座,随带蒸馏管两个,玻璃管三个,对爱好作蒸馏试验的人极为有用。"

克莱昂特　真要把我气疯了。

拉弗莱什　别着急,还有哩。(继续念合同)

"又,波洛涅造七弦琴一把,随带全部弦线,即使不全,缺也有限。

又,台球②桌一张,棋盘一块,戏鹅图一幅③,无聊的时候消磨光阴最为适用。

---

① 这是一种很长的老式一发火枪,放枪的时候必须用三脚架支住枪筒。
② 这是老式的台球桌,桌上有十二个圆孔,玩球者将球打进孔内,即为全胜。
③ 图为八十一格,每格印有种种状态的鹅,用骰子两颗,凭点前进,可能与我国的升官图相仿。

又，鳄鱼皮一张，长三尺半，内塞干草，此项古董挂在卧室壁上，极为雅致。

上列各物公平合理的价值相当四千五百法郎以上，但由于放债人格外克己，只按三千法郎计算。"

克莱昂特　这个强盗，刽子手，他还算格外克己哪！快让他得瘟病死了吧，从来没听说过这样厉害的阎王债！勒索了那么重的利息他还不满意吗？还要强逼我作价三千法郎接受他搜罗来的那些破烂东西吗？这堆东西全卖出去，也卖不出六百法郎，可是我不能不咬牙接受他的条件；他知道我急需钱，什么条件我都会接受。这强盗简直是把刀架在我脖子上了。

拉弗莱什　少爷，您听了可别难受，我看您现在正走着当年巴汝奇①所走的自取灭亡的道路，总是预先支钱，买得贵，卖得贱，不等麦熟，先吃青苗。

克莱昂特　你叫我有什么办法？这都是做父亲的那种可恶的吝啬，把儿子逼到了这个地步！在这种情形下儿子盼望父亲早早归天，也没什么可奇怪的了。

拉弗莱什　说真的，像您父亲那种吝啬，多么沉得住气的人遇上了也要发火的。感谢上帝，我对绞刑架不怎么感兴趣；在我那些同行里面，尽管有些人常常搞些小勾当，我却懂得怎样巧妙地站在事外，小心谨慎地不混在他们那些带绞刑架气味的冒险事情里；可是实话说吧，冲您父亲那种为人，我真想偷他一下，偷了他，我倒觉得是做了一桩值得夸奖的事哩。

克莱昂特　把那张清单给我，让我再看看。

第 二 场

〔西蒙，阿巴公，克莱昂特，拉弗莱什。

西蒙　不错的，那个年轻人很需要钱。他的事情逼得他必须找到钱，所以您怎么吩咐，他都得照办。

阿巴公　不过西蒙师傅，你不觉得这事有点冒险吗？你帮他说话的这个人，他的姓名、财产和家世你都清楚吗？

---

① 拉伯雷的《巨人传》中的人物。

西蒙　不,我还没法把一切底细都告诉您,因为我认识他,也是凑巧,正赶上有人给我介绍;不过一切情形将会由他亲自给您说清楚;他派来的那个人曾向我担保,说您见他之后,一定会满意的。我现在只能告诉您一桩事,就是他家里非常有钱,他的母亲已经去世,并且,如果您爱听的话,他还敢担保过不了八个月他父亲就会死掉。

阿巴公　原来是这么回事。西蒙师傅,我们能够帮别人忙的时候是应该帮忙的,行善的人理应如此。

西蒙　那是当然的。

拉弗莱什　(向克莱昂特)这是怎么回事?咱们的西蒙师傅在那里跟您父亲谈上话了。

克莱昂特　莫非有人告诉了他我是谁了?你也出卖起我来了?

西蒙　啊!啊!(向克莱昂特和拉弗莱什)你们真性急啊!谁跟你们说在这儿见面啊?(向阿巴公)先生,我并没有把您的姓名和住处告诉他们;不过在我看来,这也没有多大坏处。他们并不是乱说乱道口里没遮拦的人,你们可以在这儿一起商量一下吧。

阿巴公　怎么回事?

西蒙　这位先生就是我对您说过要跟您借那一万五千法郎的人。

阿巴公　怎么,你这个该死的东西,甘心走这种万恶的绝路的就是你。

克莱昂特　怎么,父亲!干这种丢脸事情的就是您。

〔西蒙师傅逃走。

阿巴公　借这种违法的债来败家的就是你?

克莱昂特　想用这种罪恶滔天的高利贷来发财的就是您?

阿巴公　干了这种事之后你还敢站在我的面前?

克莱昂特　干了这种事之后您还有脸见人?

阿巴公　你不害羞吗?你倒说说,你竟这样荒唐胡闹,这样挥金如土!你父母流了那么多汗替你挣下的家产,你竟毫不知耻地要把它浪费掉,你不害羞吗?

克莱昂特　您不脸红吗?竟干起这种勾当来辱没自己的身份;不顾荣誉也不顾名声,一心只想积攒金钱满足那填不满的欲壑;有了钱还想更有钱,竟使出臭名昭著的高利贷者也想不出的最无耻的巧妙花样来重利盘剥,您不害羞吗?

阿巴公　你给我滚出去！混账东西,给我滚出去！

克莱昂特　您想想吧,到底是谁的罪过大,是那个因为需要钱而向人去借的人,还是那个根本不需要钱而偏要去骗人钱的人？

阿巴公　滚出去！你听见没有？别在这儿气我。(独自一人)出了这件意外的事我并不难受,这是给了我一个警告,让我今后对他的一切行动要格外留神。

第 三 场

〔弗劳辛,阿巴公。

弗劳辛　先生……

阿巴公　等一会儿再说；我马上就回来跟你说话。(旁白)我应该去察看一下我的钱财了。

第 四 场

〔拉弗莱什,弗劳辛。

拉弗莱什　(独白)这事可真古怪。他一定在别的地方安置了一个很大的堆东西的仓库；因为清单上的东西,我们一件也没看见过。

弗劳辛　喂！是你啊,我可怜的拉弗莱什！怎么会在这儿碰见你呀？

拉弗莱什　啊！啊！是你呀！弗劳辛。你上这儿干什么来啦？

弗劳辛　还不是我到处干的那些事吗！替别人管点闲事,给人跑跑腿帮个忙,尽可能地利用我那点小聪明。你知道在这个社会里必须仗着机灵才能有饭吃,并且上帝对我这样的人什么也没有给,只给了我那耍手段玩花样的本事。

拉弗莱什　你跟这家主人有什么事要碰头吗？

弗劳辛　是的,我正替他办点儿事,我希望得到一点报酬哩。

拉弗莱什　从他手里吗？唉！说真的,你要是能从他这儿得到点儿好处,那就太有本事了；我告诉你,这儿的钱可是不容易挣的。

弗劳辛　在某些事里给人帮忙是特别能感动人的。

拉弗莱什　请原谅,你是不知道阿巴公老爷的为人。阿巴公老爷是所有的人当中最没有人味儿的,是所有凡胎中心最硬、手最紧的。不管替他卖多大气力,没有一样能让他感激得把手松开来给钱的。口头上的夸奖、尊敬和礼貌,乃至交情友谊,你要多少都可以给你;可是提起钱,干脆休想。就是他说的客气话和表示好意的语言,也是世界上最干巴、最生硬的;他最讨厌的字眼就是"给",以致他从来不说"我给你",而是说"我借给你一个早安"。

弗劳辛　天啊!我懂得怎样挤出他们的奶来。我有个秘诀能让他们见了我就心软,能触到他们心里的痒处,能找到他们最容易受感动的地方。

拉弗莱什　到了这儿全白搭。我敢跟你打赌,关于钱,你绝不能打动我们所谈的这个人。在这上头他简直是土耳其人①,他那种土耳其作风,任何人都拿他没有办法;尽管你饿得要死,他的心是不会软下来的。一句话,他爱钱远胜于爱名声、荣誉和道德,他看见一个跟他要钱的人,马上会难受得抽筋。跟他要钱就等于要了他的命,等于在他心上捅了一刀,等于剜掉他的五脏;并且如果……唷,他回来了,我走开吧。

第 五 场

〔阿巴公,弗劳辛。

阿巴公　(低声)一切都很好。(高声)喂!什么事啊,弗劳辛?

弗劳辛　哎哟,天哪!您的身体可真好啊!您这种气色才真是健康的气色呢。

阿巴公　说谁?说我吗?

弗劳辛　我从没见过您这么精神、这么红润。

阿巴公　敢情?

弗劳辛　这是什么话?您这一辈子也没像今天这么年轻;我常见二十五岁的小伙子长得比您还苍老。

阿巴公　可是,弗劳辛,我已经六十整啦。

---

① 土耳其人在当时被认为是凶狠无情、极端吝啬的人。

弗劳辛　唉,六十岁算得了什么?这也值得唠叨吗?这正是您的黄金时代,您现在刚走进人生的美好阶段。

阿巴公　这倒是真话;不过我觉得要能倒退个二十岁,并没有什么坏处。

弗劳辛　您这不是打哈哈吗?您用不着倒退,您这一身筋骨是可以活到一百岁的。

阿巴公　你这样认为吗?

弗劳辛　没错儿。您处处都带有长寿的标志呢。站好了我看看。瞧见了没有,印堂上两眉中间这条长寿纹?

阿巴公　你对这个也有研究吗?

弗劳辛　当然有研究。把您的手伸给我瞧瞧。哎哟,天哪,这条长寿纹啊!

阿巴公　怎么样?

弗劳辛　您没瞧见这条纹一直伸到哪儿啦?

阿巴公　这又是怎么回事?

弗劳辛　老实说吧,刚才我不是说一百岁吗?哼,您得活过一百二十呢。

阿巴公　能这样吗?

弗劳辛　对您说吧,您这个身体除非当头挨一棒是不会躺下的;您不但能亲自埋葬您的儿女,还能埋葬您儿女的儿女。

阿巴公　那太好啦!咱们的事怎么样了?

弗劳辛　那还用问?我办不成的事我能伸手管吗?我这人对说媒拉纤有一种出奇的本领;世界上没有我不能在短期间就想出法子把他们配成对的人,而且我相信,只要我打定主意要办,我能让土耳其皇帝跟威尼斯共和国①成亲。您这件事当然没有那么大的困难。我和那一家原是有来往的,我已经在她们母女面前详详细细地谈论过您,我已经把您自从看见玛丽亚娜在街上走过、看见她在窗口吸新鲜空气之后,对她就安排下什么计划的情形都告诉她母亲了。

阿巴公　她的回答是……

弗劳辛　她很快活地接受了您的提议,到我对她说起您今天晚上就要为您家小姐举行订婚典礼,十分希望她女儿能够参加,她毫不为难便满口答应下来。她还托付我照顾她女儿呢。

---

①　中世纪时,威尼斯共和国不时受土耳其的侵略,两国间经常有战争。

阿巴公　不过,弗劳辛,我今天还得请昂赛姆老爷吃晚饭,我很希望她也能参加这个宴会。

弗劳辛　您想的不错。她本预备吃完午饭来拜访您家小姐,这样正好,出来之后先到市场上绕个弯儿,回头再来吃晚饭。

阿巴公　好吧！那就让她们坐了我的马车一块儿去吧,我可以借她们用一用。

弗劳辛　这正是她所需要的。

阿巴公　不过,弗劳辛,你有没有跟她母亲谈谈她能给女儿多少钱的问题？你有没有告诉她说,遇到这样一个机缘,她实在应该自己加紧张罗张罗,卖点气力,总得从自己身上出点血。因为一个女孩一点陪嫁都不带过来是没人娶的。

弗劳辛　这是什么话！这位姑娘可以给您带来一万二千法郎的年金呢。

阿巴公　一万二千法郎吗？

弗劳辛　是呀。第一,她是在一种省吃俭用的环境里长大的。这位姑娘习惯了只靠生菜、牛奶、乳酪和土豆过日子,所以对付她用不着丰富的菜肴,用不着鲜美的肉汤,也用不着那保持容颜的麦乳精,也用不着换一个别的女人必须预备下的其他种种细巧玩意儿；这些东西费钱不少,每年至少得要三千法郎吧。还有呢,她喜爱的只是一种十分朴素的整洁服装,她一点也不爱那些华丽的衣服、贵重的首饰和豪华的陈设,那些东西,一般女人都喜爱得不得了；这一项一年总得四千多法郎吧。再说,她这个人最恨赌钱,这在如今的女人里面是件很不平常的事；我知道我住的那条街上有一个女人今年一年玩"三十点和四十点"①就输掉了两万法郎。我们现在只按四分之一来算吧,那么一年当中光赌钱就得花五千法郎,加上衣服首饰等等四千法郎,这就是九千法郎了；再加上我们打在饮食项下的那三千,这不清清楚楚就是您那一万二千法郎吗？

阿巴公　是的,这不算坏；不过这笔账没有一点实在的东西。

弗劳辛　对不住,您这话可说得不对。嫁妆里给您带过来一种极大的节俭,一种天生对朴素装束的热爱,一种对赌博深切的憎恨,这还不是实在的东西吗？

阿巴公　把她将来不花的钱都当了嫁妆给我,这真是开玩笑了。我没收到的

---

① 一种纸牌的赌博。

159

东西,我是不开收据的,我总得收进点儿什么才行。

弗劳辛　老天爷啊!您将来收进的东西不会少的;她们跟我提起过一个地方,在那儿她们有财产,将来都要归您的。

阿巴公　这倒可以研究研究。不过弗劳辛,还有一件事让我不大放心。那姑娘很年轻,你是知道的;寻常年轻人总是喜欢岁数跟她们不相上下的人,而且也只愿意跟他们在一起。我怕像我这样岁数的人不会对她的口味,早晚在我家里要弄出点不大不小的麻烦,那就对我不合适了。

弗劳辛　唉,您太不知道她的为人啦!这又是她的一个特点,我早就应该告诉您。她最恨年轻人,专喜爱上年纪的人。

阿巴公　她吗?

弗劳辛　不错,就是她。我真愿意您听听她关于这方面所谈论的话。她是绝对不能忍受面前有个年轻人的,可是如果能够看见一个长着威风凛凛大胡子的漂亮老头儿,据她说她是再快活不过的了。人越老,她看起来就越觉得可爱,因此我先警告您,可千万别打扮得比您现在还年轻。她愿意的是对方至少得有六十岁;也就是刚刚四个月以前吧,她已经准备好结婚了,突然毁了婚约,就因为对方说出他只有五十六岁,并且花镜都不戴就在婚约上签了字。

阿巴公　仅仅因为这个吗?

弗劳辛　是的。她说五十六岁她是不能满意的;最主要是她特别喜欢架着眼镜的鼻子。

阿巴公　说真的,你对我说的事可实在透着新鲜。

弗劳辛　还有比这更新鲜的呢,简直没法对您说了。在她卧房里挂着几幅油画和几张彩色印画;可是您猜那都是些什么画呀?阿多尼斯的像吗?刻法罗斯的像吗?帕里斯的像吗?阿波罗的像吗?① 不是的。原来都是一些老头儿的雄伟人像,有萨图恩的,有普利阿摩斯老王的,也有老涅斯托耳的,还有伏在儿子肩上那个仁慈的老安喀塞斯的。②

---

① 阿多尼斯是希腊神话传说中的美少年,刻法罗斯是古希腊忒萨利亚国的太子,帕里斯是希腊神话中的特洛亚王子,阿波罗是太阳神,他们都是英俊美少年形象。
② 萨图恩,罗马神话中的农神,即希腊神话中的克洛诺斯,是神话中天地之子,宙斯的父亲;普利阿摩斯,希腊神话中特洛亚的末代国王;涅斯托耳是攻特洛亚诸王中最老的一个;安喀塞斯系特洛亚英雄埃涅阿斯之父,伏在儿子背上逃出重围,他们都是老朽的形象。

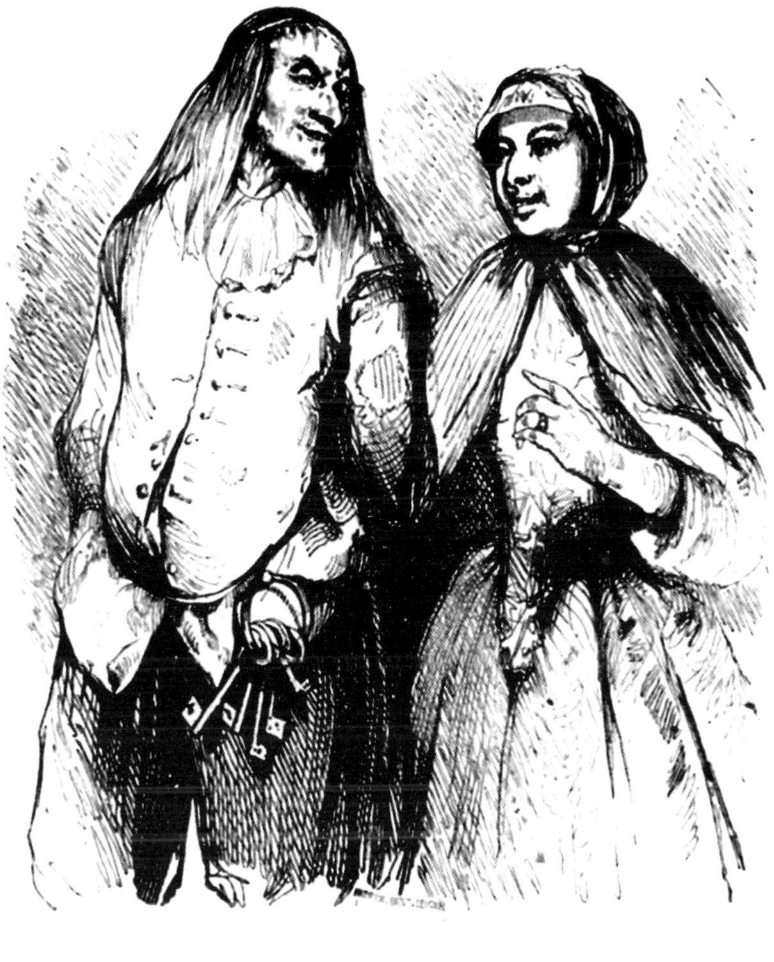

阿巴公　妙得很,这真是我万万想不到的事;知道她是这么一种脾气,我可太高兴了。说真话,我要是个女子,我也不喜欢年轻人。

弗劳辛　这个我相信。年轻人是什么好东西！有什么可爱的！都是些乳臭未干的小把戏,油头粉面讨女人喜欢的花花公子,他们那张皮能馋人吗？我倒想知道他们身上究竟有什么吸引人的地方。

阿巴公　我呢,我也一点不明白,我不知道为什么有些女人会那么喜爱年轻人。

弗劳辛　想必是鬼迷心窍了吧。觉得青年可爱！这算明白事理的人吗？那些金黄头发的年轻人①能算男人吗？这种畜生值得迷恋吗？

阿巴公　这正是我天天所说的话:听听他们那种女声女气的嗓音,再看看他们跟猫胡髭似的翘着的那三根短须,他们那种粗麻做的假发,他们那种往下垂的灯笼短裤,他们那种鼓鼓囊囊的胸膛！

弗劳辛　他们要是走到像您这样一个人的身旁比一比,就显出好样儿来了。像您这样子,才算得上男人。看着就叫人痛快;要让人喜爱,就得有您这样的体格,像您这样的穿着打扮。

阿巴公　你觉得我还算体面吗？

弗劳辛　什么话？看着您就叫人打心眼里高兴,您这副相貌是应该上画的。请您转过身去让我瞧瞧。再好没有了。您再走一走让我瞧瞧。这才是一副灵活潇洒的体格呢,完全合乎标准,而且看不出有一点点毛病。

阿巴公　我倒是没有多大的毛病,谢谢老天爷。只是我那个气管炎,有时要犯一犯。

弗劳辛　这没关系。您那气管炎在您身上也很合适,您咳嗽起来挺气派。

阿巴公　你不妨对我说说:玛丽亚娜是不是还没看见过我？她走过我身旁的时候从没留神过我吗？

弗劳辛　没有,不过我们谈论您的话可多了。我已经把您这个人详详细细地说给她听啦;关于您本人的长处和有您这样的人做丈夫对她是多么大的便宜,我可没少夸张呀。

阿巴公　你办得很对,我谢谢你。

弗劳辛　先生,我有一点小事要求您帮个忙:(阿巴公脸色突然严肃起来)我正

---

① 当时男子以戴金黄色假发为时髦。

打着官司,眼看要输,因为缺钱;您如果肯帮我一点忙,那么毫不费事就可以让我打赢这场官司,……那位姑娘看见了您是多么高兴,您是万想不到的。(阿巴公脸色又和善起来)哎哟,她一定会十分爱您的。您带的这个杨梅球大领结在她的脑子里该会产生多么奇妙的效果!特别能叫她看了喜欢的是您这条灯笼裤,您看,仅仅用细绳就跟上衣系在一起了①。您简直要叫她爱疯了;一个只用细绳就把裤子系住的情人对她是再有吸引力不过了。

阿巴公　你告诉我这些话,我听了当然很快活。

弗劳辛　实实在在,先生,这场官司对我至关重要。(阿巴公又摆出严肃的面孔)我要是输了这场官司,就得倾家荡产。帮我一个小忙就能把我的事业恢复过来……我真愿意您看见那位姑娘听我谈起您的时候那种快活得受不了的样子。(阿巴公又摆出和善的神气)听见说到您的种种美德,她的眼睛里就闪出喜悦的光芒;总之一句话,我已经说得她非常焦急地盼望这门亲事赶快成功了。

阿巴公　你实在让我太痛快了,弗劳辛;说实话,我对你感激到了极点。

弗劳辛　先生,请您帮我那个小忙。(阿巴公又摆出严肃的面孔)那么就把我的地位维持住了,我一辈子也忘不了您的好处。

阿巴公　再见吧。我还有几封信得赶紧去写完。

弗劳辛　先生,我敢向您担保,您帮我这回忙可是我这辈子最需要的一次。

阿巴公　我这就去吩咐他们把我的马车套好,送你们上市场去。

弗劳辛　我要不是被逼得没办法,是不会来麻烦您的。

阿巴公　我会想办法让大家早一点吃饭,免得叫你们等得着急。

弗劳辛　答应我的要求吧! 您万想不到,先生,那种快乐……

阿巴公　我走了。你瞧他们叫我啦。回头见。

弗劳辛　(独自一人)你这个癞狗! 让你马上就得伤寒! 让魔鬼把你抓去! 这吝啬鬼防守得挺严密,我怎么也攻不进去;可是这个买卖还不能撒手;不管怎样我还有那　头呢,那边是准保能弄到一份报酬的。

---

① 当时的上流社会的风尚,是用许多绸带来掩盖系裤子的细绳,阿巴公舍不得用绸带,弗劳辛所以这样讥笑他。

第 三 幕

第 一 场

〔阿巴公,克莱昂特,爱丽丝,瓦莱尔,克洛德婆婆,雅克大师傅,勃兰达瓦,拉麦吕什。

阿巴公　来来！都上这儿来,我要把回头那档子事给你们分派一下,把每人的差使都规定下来。过来,克洛德婆婆！从你这儿开头吧。(克洛德婆婆手里拿一把扫帚)很好,你手里已拿上家伙了。我把打扫卫生的差使交给你;你得格外留神,擦木器的时候别太使劲,免得擦坏。你还得在摆席的时候管理空酒瓶;如果丢失一个半个或有什么磕了碰了的,我就惟你是问,还要从你的工钱里扣钱。

雅克大师傅　(旁白)这个惩罚很精明。

阿巴公　喂！你,勃兰达瓦,还有你,拉麦吕什,我把擦洗酒杯和给客人斟酒的任务交给你们,不过斟酒必须等他们口渴要喝的时候再斟,有些不知趣的听差总是怂恿着客人喝酒,客人并不想喝,他们却老变着法儿叫他们喝,你们可不准照他们那种习惯办事。客人们第一次要酒的时候都别理睬,要多等一等,并且牢牢记住必须多多掺水。

雅克大师傅　(旁白)是的,纯酒喝了会上头。

拉麦吕什　我们的罩袍要脱掉吗,老爷？

阿巴公　要脱的,等看见客人来了再脱;留神别弄脏了你们的制服。

勃兰达瓦　老爷,您知道我的上衣大襟上有一大块灯油的油渍。

拉麦吕什　我呢,老爷,我的灯笼裤后裆上满是窟窿,不怕失礼的话,别人都看得见我的……

阿巴公　别瞎闹了。你可以把这一面老冲着墙,老拿前面对着人。至于你呢,上酒的时候,你可以把你的帽子这么拿着。(把自己的帽子放在上衣前面,教勃兰达瓦怎样遮盖那块污渍。向爱丽丝)至于你,我的姑娘,你要注意席上撤下来的东西,留神别叫他们给糟践了。这事由女孩子管最合适不过。同时你要准备着好好招待我那心爱的人,她回头要来拜访你,并且要带着你一起到市场去。你听明白我的话了吗?

爱丽丝　听明白了,爸爸。

阿巴公　你呢,我的小少爷,刚才的事我算饶了你啦,可是你不要给她丧气脸子看。

克莱昂特　父亲,我给她丧气脸子看?那是为什么?

阿巴公　天啊!父亲一续弦,孩子们是怎么个态度,他们对所谓后母一贯是用怎么一副眼神来看,咱们是知道的。不过如果你希望我忘掉你最近的荒唐事,那么我特别嘱咐你,对这位小姐要用一副和气的脸子来对待,要尽你的可能好好招待她。

克莱昂特　实话说吧,父亲!她做了我的后母还要叫我心里高兴,这事我可不能答应您;我要真是这样说了,那就等于撒谎;至于好好招待她,用和善的面孔对待她,这一点,我可以答应您,绝对一字不差地服从您的吩咐。

阿巴公　反正,你留神吧。

克莱昂特　您就瞧着吧,绝不能让您有可以埋怨我的地方。

阿巴公　那么办就对了。瓦莱尔,现在要你给我帮帮忙了。喂!雅克大师傅,走过来点,我把你留到最后来打发。

雅克大师傅　先生,您是要跟您的马车夫还是跟您的厨子说话?因为我既是您的马车夫又是您的厨子。

阿巴公　跟两个都有话说。

雅克大师傅　不过这两人当中先跟谁说?

阿巴公　厨师。

雅克大师傅　那么,请等一等。(脱下马车夫的宽袖长袍,打扮成一个厨子模样)

阿巴公　真见鬼,哪儿来的这么些臭规矩?

雅克大师傅　现在您说吧!

阿巴公　雅克大师傅,我已答应今天晚上请人吃饭。

165

雅克大师傅　这可是桩了不起的大事。

阿巴公　你先说说,你能给我们弄点儿好东西吃吗？

雅克大师傅　行啊,如果您能多给钱。

阿巴公　真见鬼,老是钱。好像除了这一样,就没别的话可说了。"钱,钱,钱。"啊！他们嘴里只有这么一个字:钱。老是提钱。这就是他们的防身宝剑:钱！

瓦莱尔　我从来没听见过这样不讲理的回答。要很多的钱才能做出好吃的菜,这有什么稀奇！这是世界上最容易的一件事,就是顶笨的人也能这么办。要想做个能干人就应该说:用一点点钱做顶好的菜。

雅克大师傅　用一点点钱做顶好的菜！

瓦莱尔　是的。

雅克大师傅　老实说,总管先生,您要是能把这个秘诀说出来给我们大家听听,并且替我来当这个厨子,我们真要感恩不尽。您在这儿本来已经是里外一把抓,什么都管了。

阿巴公　别谈这个。告诉我,我们得预备点什么吃的？

雅克大师傅　您看,这是您的总管先生,他会用一点点钱做顶好的菜。

阿巴公　哎哟！你倒是回答我的话呀。

雅克大师傅　吃饭的一共有多少位？

阿巴公　八位或十位。不过你只照八位预备就行啦,够八个人吃的,十个人吃也行。

瓦莱尔　这是当然的。

雅克大师傅　这么说,就得四大盆汤五大盘菜……头道上汤……二道上大菜……

阿巴公　见鬼啦！这个,请满城的人吃饭都够了。

雅克大师傅　还有烤……

阿巴公　(捂住雅克的嘴)唉！你这吃里扒外的奸细,你把我的全部财产都吃光了。

雅克大师傅　跟烤菜一起上的是……

阿巴公　还有？

瓦莱尔　你想把大家都撑死吗？难道咱们老爷请人吃饭是为拼命上菜把他们都害死吗？你去念一念卫生格言吧,你去问问医生吧,还有比吃东西过多更伤人的吗？

阿巴公　他说的对。

瓦莱尔　雅克大师傅，你跟你们那些同行都应该知道菜的样数太多的筵席简直是一个害人坑；如果真把客人当朋友看的话，便应该在筵席上特别显示出简朴的作风，并且按照一位古人的说法，应该为生存而吃饭，不是为吃饭而生存。

阿巴公　哎哟，这句话说得可真好！走过来，冲这句话我要拥抱你一次。这是我这辈子听到的最美的格言。应该为吃饭而生存，不是为生存而吃……不对，不是这样的。你是怎么说来着？

瓦莱尔　应该为生存而吃饭，不是为吃饭而生存。

阿巴公　是的，听见没有？是哪位伟人说的这句话？

瓦莱尔　我现在记不起他的姓名了。

阿巴公　别忘记把这几个字给我写下来。我要叫人用金字刻在我饭厅的壁炉上。

瓦莱尔　绝忘不了。至于您的晚饭，交给我去办吧，我会办得妥妥当当的。

阿巴公　好，你去办吧。

雅克大师傅　（旁白）那更好，跟他办事不会有这么多麻烦了。

阿巴公　得预备一些大家不大爱吃可是一吃就饱的东西，比方说肥肥的什锦烂肉块，另外再来个罐儿面条多加栗子。

瓦莱尔　您放心，全交给我吧。

阿巴公　现在，雅克大师傅，该把我的马车刷洗刷洗了。

雅克大师傅　等一等。这是对马车夫说的话。（又穿上宽袖长袍）您刚才说……

阿巴公　应该把我的马车刷洗一下，并且把马都套好，随时准备上市场去……

雅克大师傅　您的马吗，老爷？说实话，它们一步也走不动啦。我当然不能说它们此刻都在干草上倒着，因为可怜的牲口根本就没有干草，要么说就完全不对头了，不过您让它们在饮食上实行了那样严格的节约，害得它们现在都变成了马的骨架子、马的影子，有名无实了。

阿巴公　它们病成这样；可是它们什么活都没干呀！

雅克大师傅　老爷，什么活都没干就应该什么东西也不吃吗？这几匹可怜的牲口，让它们多干活多吃东西，对它们说不是更好吗！看见它们熬成这个样子我的心全碎啦,因为我是那么心疼我这几匹马,看见它们憔悴的样子就仿佛我自己得了病似的;我每天从自己嘴里省下东西来给它们吃;老爷,对生灵一点怜悯心都没有,心肠也未免太狠啦。

阿巴公　活儿并不累,就是上一趟市场。

雅克大师傅　不行,老爷,我没有勇气再来赶这几匹马了,它们已变成这个样子,我实在不忍心再拿鞭子抽它们。它们自己拖自己都拖不动了,您怎么能叫它们拖车呢?

瓦莱尔　先生,我回头央求咱们的街坊皮卡尔来赶吧;这儿预备晚饭也正用得着雅克。

雅克大师傅　就这么办吧:死也让它们死在别人手里,千万别死在我手里。

瓦莱尔　雅克大师傅发起议论来了!

雅克大师傅　总管先生可真能办大事啊!

阿巴公　你们别闹了。

雅克大师傅　老爷,我就是看不惯那些专门溜须拍马的人;他们所做的一切事情,我都瞧得很清楚,比方没完没了地查面包、查酒、查劈柴、查盐、查洋蜡,无非是为拍您的马屁,讨您的喜欢。我瞧着就生气;再说别人每天谈论您的话我听了也难受;因为说了归齐,别管我行出事来怎么样,我对您还真有点感情;不算我那几匹马,您算是我最喜爱的人。

阿巴公　我能从你嘴里,雅克大师傅,知道一点旁人谈论我的话么?

雅克大师傅　可以的,如果我准知道您听了不会生气。

阿巴公　不生气,决不生气。

雅克大师傅　对不起,我知道我一说就会惹动您的肝火。

阿巴公　绝不会,正相反,这会让我高兴,我喜欢知道旁人对我怎么个议论法。

雅克大师傅　老爷,既然您一定要我说,我就老实告诉您吧:不管在哪儿,人们都在讥笑您;一提到您,四面八方对您连挖苦带损的话就都奔我们来了,人们顶高兴的事就是拼命地说您的坏话,没完没了地编排谣言形容您的吝啬。这个说:您私自叫人印了些特别的日历,在那历本里,每一季节里的三天把斋期和每一个宗教节日前一天的把斋日子都加了一倍,为的是强迫家里上上下下的人多吃几天素,多省几个钱。那个说:每逢过节该发赏钱的时候,或者您要辞退仆人的时候,您总准备好一场大吵,为的是找出理由一个钱也不给他们。这个说:您有一次竟指名要求法庭传街坊家的猫上堂,因为它吃了您一块吃剩的羊腿。那个说:有人发觉您在一个夜里跑去偷您自己的马吃的荞麦;您的马车夫,就是在我没来以前的那个车夫,黑地里打了您不知多少棍子,您始终没肯告诉人。最后,您还要我对您全说出来吗?我们无论走到什么地方,总不免听见别人在那里说您各式各样的怪话;您成了大家的话柄和笑谈;提到您的时候,他们从来不用别的字眼,不是说刻薄鬼、吝啬鬼、守财奴、就是说放阎王债的。

阿巴公　(痛打雅克)你是个糊涂虫,混账东西,混蛋,王八蛋。

雅克大师傅　喂,喂!我不是早就猜到了吗?您偏不肯相信。我早说过我说实话会把您招恼的。

阿巴公　你学学怎么说话吧!

第 二 场

〔雅克大师傅,瓦莱尔。

瓦莱尔　雅克大师傅,看起来,你那种心口如一的诚实态度并没得到很好的报酬。

雅克大师傅　去你的吧!你刚来几天啊!别看你装得仿佛是多么重要的人,这个事你可管不着。几时你挨了打,你再尽情笑吧,现在是我挨了打,不许你笑。

瓦莱尔　哎哟,雅克先生,你可别生气呀,我求求你。

雅克大师傅　(旁白)他软下来了。我倒要发发横哩;如果他真是那么傻瓜,居然怕起我来,那么我揍他几下子又有何妨。(高声对瓦莱尔)喂!你这位笑眯眯的先生!你知道吗?我,我可没有笑。你要是拱起我的火来,我会叫你换个样子笑给我看的。你知道吗?

〔雅克威吓着瓦莱尔,逼着他一步一步地后退,一直退到台边。

瓦莱尔　喂!慢来,慢来。

雅克大师傅　什么慢来?我偏不爱慢来。

瓦莱尔　求求你,饶了我吧!

雅克大师傅　你一点规矩都不懂。

瓦莱尔　雅克先生……

169

雅克大师傅　没有什么雅克先生。我现在手里要是有根棍子的话,我要狠狠地揍你一顿。

瓦莱尔　什么?一根棍子?(瓦莱尔逼着雅克后退,和刚才雅克逼他一样。)

雅克大师傅　哎哟,我没提什么棍子呀。

瓦莱尔　你知道不知道,糊涂老爷,我正是那个可以痛痛快快揍你一顿的人?

雅克大师傅　那没问题。

瓦莱尔　你知道不知道把你整个人全算上,也只是个分文不值的厨子?

雅克大师傅　这个我完全知道。

瓦莱尔　再说你还没把我认识清楚呢,你知道吗?

雅克大师傅　是,是!多原谅吧。

瓦莱尔　你不是说要揍我吗?

雅克大师傅　我那是说着玩儿哩。

瓦莱尔　我,我对你那种说笑一点也不感兴趣。(打了他几棍)让你明白明白你那种玩笑并不高明。(瓦莱尔下)

雅克大师傅　(独白)还讲他妈的什么诚实啊!这可不是什么好营生。以后我再也不干这一行了。我再也不说实话了。我的主人揍我,这没什么可说的,他多少是有这种权利的;可是这位总管先生?碰上机会我是要报仇的。

第 三 场

〔弗劳辛,玛丽亚娜,雅克大师傅。

弗劳辛　雅克大师傅,你主人在家吗?

雅克大师傅　是的,不错,他在家呢,这个我太知道了。

弗劳辛　求你通报一声,说我们来了。

第 四 场

〔玛丽亚娜,弗劳辛。

玛丽亚娜　唉!弗劳辛,我的处境多么古怪啊!您不知道我心里是什么滋味,我对这次见面真害怕极了！

弗劳辛　那是为什么？有什么可担心的呢？

玛丽亚娜　哎哟，这还用问吗？一个女人眼看就要遇到别人一定要她接受的那种苦刑，您还想象不出她该多么惊慌吗？

弗劳辛　我看得很清楚，就是死您也得图个舒服，您决不愿意领受阿巴公这样的苦刑；看您的神气，我想您是又想起您跟我谈起过的那个金黄头发的小伙子了。

玛丽亚娜　是的，弗劳辛，这个事我倒不想抵赖；他恭恭敬敬地到我们家看了我们几趟，不瞒您说，在我心里还真产生了一些影响。

弗劳辛　您已经知道他是什么样的人了吗？

玛丽亚娜　我一点不知道他是什么样的人；可是我知道他长的样子天生就讨人喜欢；如果我可以自由挑选的话，我是一定要他而不要别人的。我之所以把人们替我找到的那个丈夫看成一种可怕的折磨，不能不说是多少受了他的影响。

弗劳辛　天啊！所有金黄头发的少年都很可爱，再说也都挺会卖弄他们那点才情；不过大多数都穷得跟老鼠一样；您还是嫁一个能给您很多财产的老年丈夫好。我承认我说的这门亲事就其本人来说有点不大对口味，跟这样的丈夫在一起，是不免有些小别扭的；但是时间绝不会长久的，他一死您就可以另嫁一个称心如意的人，把一切都补救过来了，请您相信我这话吧。

玛丽亚娜　天啊！弗劳辛，这可真是一件怪事，为自己的幸福，却必须盼望、等待另一个人的死亡！再说死亡也不会那么顺从我们的计划呀。

弗劳辛　您这叫什么话呀？您嫁他的条件就是他必须早早地让您成为寡妇；这还是订在婚约上的一款呢。他要是三个月后还不死，那他可真是太不知趣了。看！他来了。

玛丽亚娜　哎哟！弗劳辛，他的脸多么难看啊！

第 五 场

〔阿巴公，弗劳辛，玛丽亚娜。

阿巴公　我的美人儿！请不要见怪，我竟戴着眼镜来招待您。我知道您美貌

171

出众,它是那么显著,原用不着戴眼镜就可以看出来;可是我们总是用镜子来观察星辰,您呢,我始终认为,同时还可以保证,您是一颗明星,并且还是明星群中最美丽的一颗。弗劳辛,她不回答我的话,看样子好像一点也不喜欢见我。

弗劳辛　这是因为她的神魂还没有安定下来,再说女孩子们总是害羞,不肯把心里的话初次见面就讲出来的。

阿巴公　你这话说得对。(向玛丽亚娜)美丽的小姑娘,您看我的女儿给您请安来了。

第 六 场

〔爱丽丝,阿巴公,玛丽亚娜,弗劳辛。

玛丽亚娜　小姐,我早就该过来给您请安的,现在未免太晚啦。

爱丽丝　小姐,应该是我先过去给您请安,您倒先来了。

阿巴公　您看她已长得多么高;野草总是长得特别快。

玛丽亚娜　(低声向弗劳辛)噢,多么讨人嫌的人啊!

阿巴公　美人说什么?

弗劳辛　她说她觉得您挺不错。

阿巴公　可敬可爱的小姑娘,您太赏我的脸啦。

玛丽亚娜　(旁白)这简直是一个畜生。

阿巴公　承您这样抬举,我实在感激万分。

玛丽亚娜　(旁白)我实在受不了啦。

阿巴公　您看我儿子也给您请安来了。

玛丽亚娜　(低声向弗劳辛)哎哟! 弗劳辛,怎么在这儿会遇上他! 这正是我跟您提起过的那个人。

弗劳辛　(向玛丽亚娜)这事可真新鲜!

阿巴公　我看出来了,您看见我有这么大的两个孩子未免有点惊奇;可是过不了多久我就要把他们两个都打发走。

第 七 场

〔克莱昂特,阿巴公,爱丽丝,玛丽亚娜,弗劳辛。

克莱昂特　小姐,说实话,这真是我万想不到的一桩奇遇;刚才我父亲把他的打算讲给我听的时候,已经让我很诧异了。

玛丽亚娜　我也可以这样说。我绝没想到会在这儿遇见您,我跟您一样觉得十分诧异;这种怪事是我事先绝对预料不到的。

克莱昂特　小姐,我父亲这次选中的人是百里挑一的,这倒是实情,我很荣幸地见到了您,真感到莫大的愉快;不过尽管这么说,我却丝毫不能向您保证,将来如果您真按照他的打算成为我的继母,我是否还会感到舒服。对这件事,说真的,从我口中实难说出赞成的话来,继母这个名义,对不起,我一点也不希望您得到。我这番话在某些人看来可能显得粗野无礼,但我深信您能够好好地理解它的含意;您会想到,小姐,我对这样一桩婚姻是应该憎恶的;现在您既已知道了我是谁,您不会不明白这桩婚姻跟我的利益有多么大的冲突;最后,如果我父亲准我这样说的话,请允许我告诉您,一切倘能由我做主,我是不会叫这门亲事办成的。

阿巴公　见面寒暄有这样胡说八道的吗?用得着把你一肚子心事都告诉她吗?

玛丽亚娜　(向克莱昂特)我呢,为了回答您这番话,我应该告诉您我们彼此的情形完全一样。您觉得我当您的继母是您嫌恶万分的事,我觉得您当我的继子也是我十分嫌恶的事,您别以为是我出的主意叫您担这份心。真要是我招得您这么不痛快,我可要难受死了;我若不是被一种无法抗拒的力量逼到这步田地,我向您保证,这种让您痛苦的婚姻,我是决不应允的。

阿巴公　(旁白)她说得真对,对他那种糊涂的寒暄正应该这样回答。(向玛丽亚娜)我儿子狂妄无礼,我向您道歉啦,我的美人。他是个说话不知轻重的糊涂少年。

玛丽亚娜　您放心吧,他对我说的话并没有冒犯我;相反,他这样把真实情感讲给我听倒使我高兴。我喜欢他这样老老实实地把心事说出来;他若是换个样子说话,我对他的尊敬倒要大打折扣呢。

阿巴公　您肯这样原谅他的错处,实在是太厚道啦。日子长了他会变好的,您将来看吧,他会改变意见的。

克莱昂特　不,父亲,我的意见是绝不会改变的,并且我坚决地请求小姐相信我的话。

阿巴公　您看他的脾气多么古怪!他倒越来越厉害了。

克莱昂特　您要我昧着良心说话吗?

阿巴公　还要说?还不改副样子说点别的?

克莱昂特　好!您不是要我换副样子说话吗?那么,小姐,请您允许我替我父亲向您说几句老实话:在世上我从没见过像您这么可爱的人;我想象不出有什么幸福可以抵得上受您垂爱的幸福;能够做您的丈夫便是莫大的光荣,莫大的幸福,做了您的丈夫,世界上最伟大的王侯,我也不愿当了。是的,小姐,能够把您据为己有,那种幸福叫我看起来是所有幸福当中最巨大的幸福;我也正把我的全部雄心都放在这个上头;为了夺取这个宝贝,天下没有我不敢干的事,最强大的障碍……

阿巴公　慢着点,我的孩子,慢着点!

克莱昂特　我是在这儿替您恭维这位小姐呢。

阿巴公　天啊!我还有嘴,自己还会讲话呢,再说我也用不着你这样的代理人。来吧,搬几把椅子过来让大家坐下。

弗劳辛　不啦,我们不如马上去市场吧,这样也好早点回来,可以多留点时间陪您说话。

阿巴公　那么叫他们套车吧。请原谅,我的美人,我连点心也没想到请您吃就让您走了。

克莱昂特　我早就预备下啦,父亲,我已经让他们送来了几盘中国蜜柑、甜柠檬和果子酱,都是用您的名义要来的。

阿巴公　(低声向瓦莱尔)瓦莱尔!

瓦莱尔　(向阿巴公)他脑子糊涂了。

克莱昂特　父亲,您觉得这还预备得不太够吗?那只好请小姐多多原谅了。

玛丽亚娜　根本不用预备这些东西。

克莱昂特　小姐,您瞧我父亲手指上的那颗钻石!您见过比这更亮的钻石吗?

玛丽亚娜　的确很亮。

克莱昂特　（从他父亲指上脱下戒指交给玛丽亚娜）您挨近看一看。

玛丽亚娜　这颗钻石真漂亮，光度极好。

克莱昂特　（站到玛丽亚娜的面前，玛丽亚娜预备把戒指还他）不必了，小姐，这颗钻石戴在您手上再好没有啦。这是我父亲送给您的礼物。

阿巴公　我吗？

克莱昂特　父亲，您不是要求小姐留下这东西当爱情信物吗？是不是？

阿巴公　（低声向他的儿子）怎么回事？

克莱昂特　（向玛丽亚娜）他这种要求真漂亮！他示意我一定要您留下这个。

玛丽亚娜　我可不要……

克莱昂特　那怎么行！他是决不肯拿回去的了。

阿巴公　（旁白）气死我啦。

玛丽亚娜　那就……

克莱昂特　（总是拦着玛丽亚娜不让她交还戒指）不，我跟您说，那样一来就是看不起他了。

玛丽亚娜　饶了我吧……

克莱昂特　不，不。

阿巴公　（旁白）真他妈的见鬼啦……

克莱昂特　您老推辞，他不高兴了。

阿巴公　（低声向他的儿子）啊！你这个坏蛋。

克莱昂特　（向玛丽亚娜）您看他着上急啦。

阿巴公　（低声向他的儿子，一面威吓着他）你简直是刽子手！

克莱昂特　父亲，这可不能怪我。我竭力劝她收下；可是她坚决不肯。

阿巴公　（低声向他的儿子，怒气冲冲）你这该上绞架的胚子！

克莱昂特　小姐，您害得我父亲跟我翻脸了！

阿巴公　（低声向他的儿子，做着种种的怪样）混蛋！

克莱昂特　开恩吧，小姐，别再拒绝了。您要叫他急出病来了。

弗劳辛　天啊！干吗这么客气呀，既是先生一定要您收下，那您就留下吧。

玛丽亚娜　为了不叫您生气，我暂时把它收下，将来我再还您。

175

第 八 场

〔克莱昂特,阿巴公,爱丽丝,玛丽亚娜,弗劳辛,勃兰达瓦。

勃兰达瓦　老爷,外面有一个人要见您。

阿巴公　告诉他我现在有事,叫他改日再来。

勃兰达瓦　他说他给您送钱来啦。

阿巴公　请你们多原谅。我马上就回来。

第 九 场

〔阿巴公,玛丽亚娜,克莱昂特,爱丽丝,弗劳辛,瓦莱尔,拉麦吕什。

拉麦吕什　(跑着进来把阿巴公撞倒在地)老爷……

阿巴公　哎哟!摔死我了。

克莱昂特　怎么啦,父亲?摔坏了吗?

阿巴公　这坏蛋一定是拿了我的债户的钱,想要让我摔死。

瓦莱尔　摔得并不厉害,不要紧的。

拉麦吕什　老爷,请原谅,我那么急着跑来原是好意。

阿巴公　你跑来干什么,刽子手?

拉麦吕什　就为向您报告,您那两匹马的马掌都掉下来了。

阿巴公　那就赶快拉到马掌匠那里去吧。

克莱昂特　在等候钉马掌的这段时间,父亲,我想替您做东,好好款待小姐一番,我陪她到花园里去看看,把点心送到那里去用吧。

阿巴公　瓦莱尔,去盯着点;无论如何要设法尽可能把那些点心多抢救一点下来,回头好给商店退回去。

瓦莱尔　明白啦。

阿巴公　唉,这个忤逆不孝的儿子啊,这不是存心打算毁我的家吗?

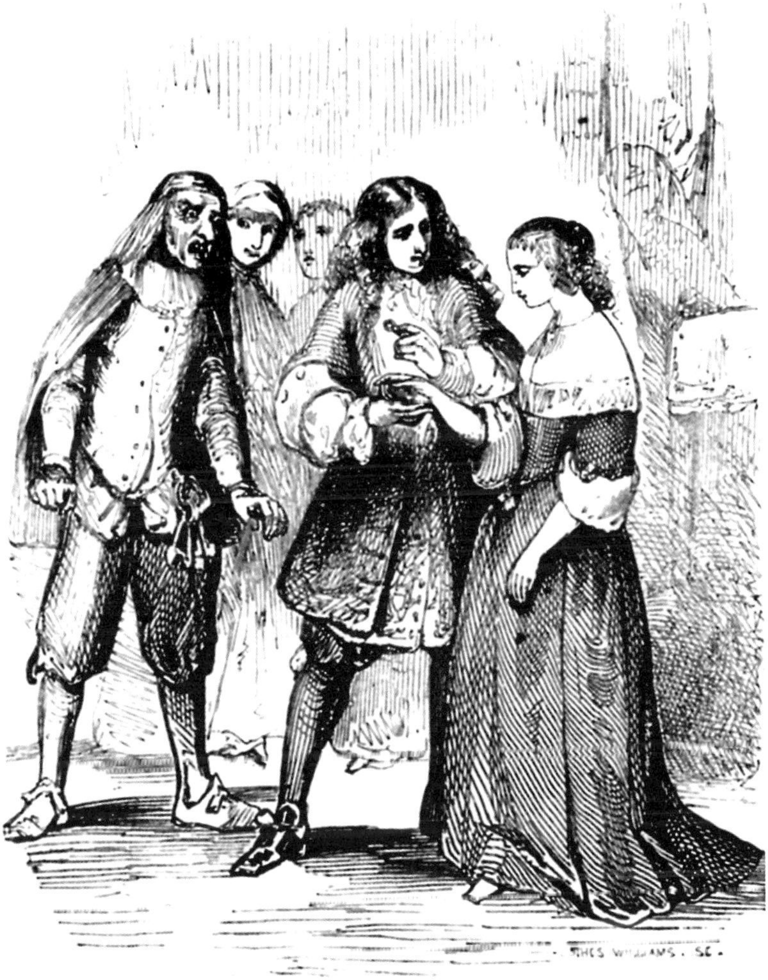
THOS WILLIAMS . SC.

第 四 幕

第 一 场

〔克莱昂特,玛丽亚娜,爱丽丝,弗劳辛。

克莱昂特　咱们还是进屋里去吧,屋里比外边好得多。身边再也没什么可怕的人,我们可以放心大胆地谈一谈了。

爱丽丝　是的,小姐,我哥哥已把他对您的爱情私下告诉我了。我很了解这样的波折会引起什么样的烦恼和忧虑。所以我向您保证,我是以一种深切的同情来关心您的遭遇的。

玛丽亚娜　看见一位像您这样的人关心我的事,这真是一种极大的安慰。您这种深情使我觉得我的厄运已不那么残酷了,我恳求您,小姐,永远对我保持这种友情。

弗劳辛　说真的,你们俩也太不会办事了,为什么没有把你们的事预先告诉我呢?要是早告诉,我当然可以不让你们遇到这场烦恼,绝不会把事情弄成现在这个样子。

克莱昂特　有什么可说的呢?全怪我的时运不济才落到这一步。不过,美丽的玛丽亚娜,您究竟打算怎么办?

玛丽亚娜　哎哟!我能有什么主意呢?像我这样一个依附于人的人,除了祝愿以外,还能干什么呢?

克莱昂特　那么我可以指望您的,除了光秃秃的祝愿,别的什么也没有了吗?既没有善意的怜悯?也没有热心的帮助?更得不到积极的爱情表示?

玛丽亚娜　我能对您说什么呢?您设身处地替我想想,我能做点什么!您出主意吧,您吩咐,我全依着您就是了。我相信您是个明白事理的人,绝不会要求我做那些败坏名节、违背礼俗的事。

克莱昂特　哎哟！您逼得我无路可走了。又要顾全苛刻的名节，又要一丝不苟地按礼俗办事！

玛丽亚娜　那您要我怎么办呢？即使我不考虑我们女人应有的许多顾虑，可是我不能不管我的母亲呀。她那么百般慈爱地把我抚养成人，我实在不忍心招她烦恼。还是由您去办吧，您到她跟前去疏通疏通，您可以想尽一切方法去打动她的心，您愿意怎么说或怎么办，都随您的便，一切我都同意；如果只要我本人表示一下我已属意于您，咱们的婚姻就可以成功，那么我也很愿意把我心里对您所感到的一切，亲口向她老老实实地承认下来。

克莱昂特　弗劳辛，我可怜的弗劳辛啊，您肯帮助我们吗？

弗劳辛　说真的，这还用问吗？我是满心愿意帮你们忙的。你们知道我天生是个热心肠的人，上天并没赐给我一颗铁石的心，看见人们安分守己规规矩矩地相爱着，我是太喜欢帮点小忙了。咱们对这个事该怎么办呢？

克莱昂特　我求您仔细地想想吧。

玛丽亚娜　指点我们一条出路吧！

爱丽丝　想个主意把您办的事给挽回过来吧。

弗劳辛　这可不容易。（向玛丽亚娜）说到您母亲，她倒不是完全不讲理的人，也许可以把她劝说过来，让她把预备送给父亲的人转送给儿子。（向克莱昂特）可是我觉得这里面最伤脑筋的，就是您父亲仍是您的父亲。

克莱昂特　这还用说吗？

弗劳辛　我的意思是，如果让他知道是别人不肯要他，他一定会恼羞成怒，就不会有那么好的心情来同意你们的婚事了。所以要想把事情办好，必须由他自己先说出不要的话来，（向玛丽亚娜）必须想法子先让他主动地嫌恶您这个人。

克莱昂特　您说得很对。

弗劳辛　我也知道我说得对。这事必须这么办。不过要命的是得想出办法来。等我想想。如果我们能找到一位年纪大一点的妇人，她得跟我一样有本事，让她马上组织起一大群侍从，装作一位有身份的贵妇人，再给她加上一个某某侯爵夫人或伯爵夫人古里古怪的姓，我们姑且定为是下布

179

勒塔尼省①的贵妇人吧。如果这个事办得到,我便有本事叫您父亲相信,这位夫人除了许多房屋之外,手里还有十万埃居的现款,并且疯狂地爱上了您的父亲,一心只想做他的太太,甚至肯在婚约里规定把她的全部产业都赠送给他;我毫不怀疑他会对这门亲事非常感兴趣,(向玛丽亚娜)因为他虽然很爱您,这个我是知道的,但是他爱钱远胜于爱您;等到他被这个圈套骗得神魂颠倒之后,一定会同意你们俩的事情,只要他一答应,即便将来追究那位侯爵夫人财产的时候,明白了是受骗,那也没什么关系了。

克莱昂特　这个主意想得太妙了!

弗劳辛　把这事交给我去办吧。我刚想起来,我有个朋友正适合办这件事。

克莱昂特　弗劳辛啊,您真要把这件事办妥,那我可太感激您啦。不过可爱的玛丽亚娜,我们应当先把您母亲劝说过来,倘若能先把现在这门亲事打消,事情就成功一大半了。在您这方面,我央求您,凡您所能做到的都要努力去做;您母亲是那么爱您,您要尽量利用这种慈爱对她施加影响,您要毫无保留地施展上天赋予您嘴上的那种美妙的辞令和眼睛里那种无比的魅力!别忘了运用您那些温柔的言辞、婉转的请求和感人的温情,因为所有这一切,我确信是任何人都不忍心拒绝的。

玛丽亚娜　我尽我的力量去做,一样也不会忘记的。

第 二 场

〔阿巴公,克莱昂特,玛丽亚娜,爱丽丝,弗劳辛。

阿巴公　喂!我儿子在那里吻他未来的继母的手,这一位也不十分拒绝。难道这里面有什么暧昧的事吗?

爱丽丝　父亲来啦。

阿巴公　马车预备好啦。你们愿意走就可以走啦。

克莱昂特　爸爸,既然您不去,我陪她们去吧。

阿巴公　不,你在这儿待着吧。她们自己会去的;我还有用你的地方。

---

①　下布勒塔尼省贵族的姓名都很古怪,并且地方偏僻,无从查考。

180

第 三 场

〔阿巴公,克莱昂特。

阿巴公　把她可能做你继母的事撇开,你看这个女人到底怎么样?

克莱昂特　我看怎么样吗?

阿巴公　是的,关于她的风度、身段、容貌、谈吐各方面。

克莱昂特　没什么了不起的地方。

阿巴公　还有呢?

克莱昂特　老实跟您说吧,今天我看见的人并没有我当初意想中的那么好。她的神态像是卖弄风骚,身段有点死板,容貌只够上中常,谈吐十分庸俗。我说这些话,您别以为是故意叫您嫌恶她,因为说到继母,您娶别人或娶她,在我实在都无所谓。

阿巴公　不过你刚才对她说的那些……

克莱昂特　我刚才代表您对她说了些恭维话;那是为让您高兴啊。

阿巴公　这么说,你对她没有好感?一点也不喜欢她吗?

克莱昂特　我?我一点也不喜欢她。

阿巴公　这可真叫我不痛快,因为这样就把我心里想好的一个主意给打消了。她刚才在这儿的时候,我考虑了一下我的年龄;我想到别人看见我娶这么年轻的一个女子可能要说闲话。这层顾虑使我放弃了原来的计划;可是我已托人向她提过媒,口头上已经订了约。如果你没有表示那么嫌恶她,我就可以把她让给你了。

克莱昂特　让给我?

阿巴公　对,让给你。

克莱昂特　让我们结婚?

阿巴公　结婚。

克莱昂特　请听我说:她不太对我的口味,这是事实,不过为叫您高兴,爸爸,我可以狠一狠心娶她,如果您愿意那么办。

阿巴公　我吗?你可没想到我是多么讲理的人呢;我不愿意强迫你的爱情。

克莱昂特　请原谅,为表示我的孝心,我一定努力那样做。

181

阿巴公　不,不!没有爱情的婚姻是不会有幸福的。

克莱昂特　爸爸,爱情也许随后会产生;常言说得好,爱情常常是结婚的果实。

阿巴公　不!就男子这方面来说是不应该冒昧从事的。将来可能有种种不如意的结果,我是决不肯冒这个险的。你对她如果有情意,那就好办了,因为我可以不娶她而让你娶她;不过既然不是这种情形,那只好还按我原来的计划,自己娶她了。

克莱昂特　好吧,爸爸,事已至此,我只好把我的心事向您表白,把我们的秘密向您和盘托出。实在情形是自打有一天我在路上看见她之后,我就爱上了她;刚才我原本打算向您要求把她赏给我做妻子;之所以没有那么办,是因为您已宣布了您对她的爱情,我怕惹起您的烦恼。

阿巴公　你上她家去拜访过她吗?

克莱昂特　去过的,爸爸。

阿巴公　很多次了?

克莱昂特　按那一段时间来说,次数不算少。

阿巴公　她对你招待得很好吗?

克莱昂特　很好,可是始终不知道我是谁,这就是为什么玛丽亚娜刚才会显出那么惊异的样子。

阿巴公　你有没有向她表示过爱情?有没有把你想娶她的计划告诉过她?

克莱昂特　当然说过,并且我向她的母亲也透露过一点意思。

阿巴公　你想娶她女儿的那番话,她肯一直听下去吗?

克莱昂特　是的,样子还非常客气。

阿巴公　那位姑娘对你的爱情有什么反应吗?

克莱昂特　如果只从表面上看,那么我相信,爸爸,她对我还有些好感。

阿巴公　(低声自语)我很高兴知道了这样一件秘密,我要知道的也正是这个。(向克莱昂特)孩子,你知道该怎么办吗?对不起,你应该想法放弃你这种爱情;那个女孩子是我准备娶的人,你应该停止追求;过些日子我给你找一个女人,让你跟她结婚。

克莱昂特　好呀,父亲,您就是这样戏弄我吗!既然事情已到了这一步,那我就明白告诉您,我对玛丽亚娜的爱情是绝不能放弃的,为跟您争夺这个女子,不管多么极端、多么过分的事我也敢做;您虽然已得到了她母亲的同意,可是我会有其他方面的援助来帮我打这个仗。

阿巴公　怎么,你这个混蛋?你竟敢来抢夺我嘴里的肉?

克莱昂特　是您抢了我嘴里的肉,按日子算我还在您以前。

阿巴公　我不是你的父亲吗?你不应该尊敬我吗?

克莱昂特　这种事并不是儿子必须让父亲抢先的事;爱情是六亲不认的。

阿巴公　我会拿大棍子揍着叫你认识我是谁。

克莱昂特　您怎么恫吓我也没用。

阿巴公　你必须放弃玛丽亚娜。

克莱昂特　决不放弃。

阿巴公　赶快给我一根棍子。

第 四 场

〔雅克大师傅,阿巴公,克莱昂特。

雅克大师傅　喂,喂,喂,你们爷俩怎么啦?你们要干什么呀?

克莱昂特　我才不怕这个呢。

雅克大师傅　(向克莱昂特)啊!少爷,您先别着急。

阿巴公　对我说话竟敢这样放肆!

雅克大师傅　(向阿巴公)啊!老爷,算了,饶了他吧。

克莱昂特　我决不改口。

雅克大师傅　(向克莱昂特)什么?您这是对您父亲说话吗?

阿巴公　你别拦我,让我打他。

雅克大师傅　(向阿巴公)什么?要打您的儿子吗?要是打我,那倒还有可说的。

阿巴公　雅克大师傅,我要你给评评这件事,看看我的理由是多么充分!

雅克大师傅　行,可以。(向克莱昂特)您先走开一会儿。

阿巴公　我爱上了一个女孩子,并且马上就要娶她;这个混蛋却这么胆大,竟敢跟我一起爱上同一个人,并且不顾我的命令,还一心想要娶她。

雅克大师傅　哎哟,这个,他可不对。

阿巴公　一个做儿子的竟跟父亲竞争,这不是一件骇人听闻的事吗?他如果对我还有尊敬的意思,他还不该立刻歇手不再算计我所宠爱的人吗?

183

雅克大师傅　您说得很对。让我去跟他谈一谈,您就待在这儿吧!(走到台的那头向克莱昂特)

克莱昂特　好吧,既然他选了你当评理人,我也不便反对;不管是谁来评理,我都无所谓;我也愿意把我们这场纠纷,雅克大师傅,交给你评一评。

雅克大师傅　您赏给我的这个面子可真不小。

克莱昂特　我热烈地爱着一个年轻女子,这个女子也很爱我,并且很热情地接受了我献给她的爱;可是我父亲却托人向她求婚,要搅乱我的婚姻。

雅克大师傅　这当然是他办的不对。

克莱昂特　到他那个岁数还想续弦,他不害臊吗?他还搞恋爱,合适吗?这种事他还不应该让给青年人去做吗?

雅克大师傅　您说得对,他简直是胡闹。让我再过去跟他谈谈。(又回到阿巴公身边)您猜怎么着!您儿子并不像您所说的那么刁钻古怪,现在他明白过来了。他说他对您原是应该尊敬孝顺的,刚才是一时兴起发作起来,以后他一定要服从您的意思,只要您肯待他比现在好一点,给他找一门能够让他满意的亲事。

阿巴公　啊,雅克大师傅,你告诉他,果真是这样的话,不管他要求我什么,我都可以满足他的希望,并且除玛丽亚娜以外,我准他自由选择他愿意娶的女人。

雅克大师傅　交给我办吧。(走到克莱昂特身边)您猜怎么着!您父亲并不像您所想象的那么不通情理;他告诉我他是因为您先发了火才惹得他动怒;他不满意的只是您这种办事的方式;他完全可以答应您所希望的事,只要您肯用温和的手段来进行,只要您肯拿儿子对父亲应该有的重视、尊敬和驯顺态度来对待他。

克莱昂特　啊,雅克大师傅,你可以向他担保,说如果他肯把玛丽亚娜让给我,以后他就可以看到我是世上最孝顺的儿子,只按照他的愿望行事。

雅克大师傅　(向阿巴公)全办妥了。您说的话他都同意了。

阿巴公　这再好没有了。

雅克大师傅　(向克莱昂特)一切都说好了。他很满意您答应他的话。

克莱昂特　真得谢谢上帝。

雅克大师傅　你们爷俩可以一块儿谈谈了,现在你们彼此意见都一致啦,当初你们吵架就是因为意见不一致。

克莱昂特　我可怜的雅克大师傅啊,我这一辈子都要感激你。

雅克大师傅　没什么可感谢的,少爷。

阿巴公　你太叫我高兴啦,雅克大师傅,应该奖励奖励你。放心吧,我向你担保,我不会忘记你的。(从衣袋里掏手绢,雅克大师傅误以为要给他赏钱)

雅克大师傅　我真得谢谢您。

第 五 场

〔克莱昂特,阿巴公。

克莱昂特　请您原谅,爸爸,刚才我发那么大的火。

阿巴公　没有什么。

克莱昂特　跟您说吧,我真是后悔到极点了。

阿巴公　我呢,看见你这样通情达理,实在快活到极点了。

克莱昂特　这么快就忘掉了我的过错,您的心是多么仁慈啊。

阿巴公　子女们如果肯改邪归正,做父母的原是很容易忘掉他们的过错的。

克莱昂特　什么?您对我那些狂妄举动一点恼恨的意思都没有了?

阿巴公　你现在不是又听我的话、又尊敬我了吗!对那些事我当然就不能再记恨啦。

克莱昂特　爸爸,我可以答应您,对您这番慈爱,我将念念不忘一直到进坟墓。

阿巴公　我呢,我可以答应你,此后从我这方面你没有得不到的东西。

克莱昂特　啊,爸爸,我再也没有什么要向您要求的了;您肯把玛丽亚娜给我,给我的赏赐就算不少了。

阿巴公　你说什么?

克莱昂特　我说的是爸爸,我对您太满意了,您的心肠是那么仁慈,竟肯把玛丽亚娜赏给我,只凭这一点我已心满意足了。

阿巴公　谁说的把玛丽亚娜给你?

克莱昂特　是您说的呀,爸爸。

阿巴公　我?

克莱昂特　当然啊。

阿巴公　怎么?你不是答应放弃她了吗?

185

克莱昂特　我放弃她？

阿巴公　是啊。

克莱昂特　没那么回事。

阿巴公　你不是说不再作这种打算了吗？

克莱昂特　正相反,我比任何时候都更坚定。

阿巴公　什么？你这个该上绞架的东西,你又卷土重来了!

克莱昂特　任什么都不能改变我的意志。

阿巴公　奸贼,你瞧我的吧!

克莱昂特　您爱怎么办就怎么办吧。

阿巴公　我不准你再见我的面。

克莱昂特　那更好了。

阿巴公　我不要你了。

克莱昂特　不要就不要吧。

阿巴公　我不承认你是我的儿子了。

克莱昂特　好! 就这么办。

阿巴公　我取消你的继承权。

克莱昂特　随您的便。

阿巴公　我诅咒你。

克莱昂特　您就是给我降福我也不要。

第 六 场

〔拉弗莱什,克莱昂特。

拉弗莱什　(从花园里来,手里捧着一个小箱子)哎哟,少爷,我可找着您了,太好啦! 快跟我来吧。

克莱昂特　什么事？

拉弗莱什　告诉您,跟我走就是了,咱们这回可好啦。

克莱昂特　怎么？

拉弗莱什　瞧这个,您的事成了。

克莱昂特　什么东西？

拉弗莱什　我用两只眼足足盯了它一整天。

克莱昂特　到底是什么东西啊？

拉弗莱什　您父亲的财宝，让我弄到手啦。

克莱昂特　你是怎么弄到手的？

拉弗莱什　您回头就知道啦。咱们快跑吧！我听见他在喊哪。

第 七 场

〔阿巴公。

阿巴公　（嘴里紧喊着"捉贼"从花园出来，帽子也没有了）捉贼！捉贼！抓凶手啊！抓杀人犯啊！法官啊，公道的老天爷！我完蛋了，我被人暗杀了，我让人抹脖子啦，我的钱叫人偷走啦！谁能干出这样的事啊？我的钱怎么样啦？它在哪儿啦？在哪儿躲着去啦？我得怎么办才能把它找回来呢？我往哪儿去追啊？我不往哪儿追才好啊？它没在那儿吗？它没在这儿吗？这是谁？快抓住他。还我的钱！混蛋……（一把抓住自己的胳膊）啊！原来是我自己：我神志不清了，我不知道我在哪儿、我是谁、我在干什么啦！哎哟！我可怜的钱，我可怜的钱，我亲爱的朋友！他们硬从我手里把你给抢走啦；你被人抢走，我就没有了依靠、没有了安慰、快乐，我完蛋了，我还活在世上干什么？没有你，我活不了啦。全完啦，我受不了啦；我要死，我死啦，我已经入土啦。难道没有一个人肯把我从死里救出来吗？只要把我亲爱的钱还了我，或者告诉我是谁偷去了，就算把我救活啦。喂！你说什么？原来并没有人。不管是谁下的手，他们是处心积虑地早把机会琢磨好了的；他们恰恰是拣我跟我那个吃里扒外的儿子谈话的时候。咱们出去吧。我要到法庭去控告，我要请法官来审问全家的人：女仆、男仆、儿子、闺女，全得审，连我也得审。这儿怎么聚了这么多的人啊！①所有的人，不管是谁，我瞧着都可疑，都像偷我钱的贼。你们在那儿谈论什么呢？谈论偷我的那个贼吗？上边怎么嚷嚷得这么凶啊？②莫

---

① 指台下的观众。
② 指楼上的厢座。

非偷我的贼就在那里吗？行行好吧！谁要是知道那个贼的下落,我求你们赶快告诉我吧。他没躲在你们当中吗？大家都拿眼睛盯着我,都笑了。瞧吧,偷我的这一案里,他们必定都有份儿。你们快来吧,调查员,警察,法警,审判官,快来吧！拷问的刑具,绞架,刽子手,全拿来吧！我要请求把所有的人都给绞死;如果我不能把我的钱重新找回来,我自己也得去上吊。

第 五 幕

第 一 场

〔阿巴公,调查员及其助理。

调查员　您放心交给我办吧;谢谢上帝,我对本行的事,倒还熟悉。我办案拿贼不是从今天开始的;经我手送上绞架的人可多了,要是装着一千法郎的钱袋有那么多,那我可就得意了。

阿巴公　这桩案子办得好不好,所有的司法官员都担着干系;如果不把我的钱找回来,我要连司法官员一齐告。

调查员　应该按照法律规定来进行一切侦查程序。您说在那个小箱子里存有……

阿巴公　一万个埃居,一个不缺,一万埃居。

调查员　一万埃居!

阿巴公　是的,一万埃居。

调查员　这个窃案可不小啊。

阿巴公　这样的滔天大罪,什么厉害的刑法都不嫌过重;如果让这个贼逃脱了法网,世上最神圣的东西都没有保障了。

调查员　那笔款子都是什么样的钱币呢?

阿巴公　不是金路易就是成色十足的皮斯托尔。

调查员　您疑惑是谁偷的?

阿巴公　所有的人我全都疑惑;我要您把全城的人连城郊的居民在内都逮捕起来。

调查员　您如果相信我的话,可千万不要弄得人人自危,您必须慢慢地设法得到一些证据,然后才能用严厉的手段把您被偷的钱找回来。

第 二 场

〔雅克大师傅,阿巴公,调查员及其助理。

雅克大师傅 (面向里退着走出来)我马上就回来。你们先把它宰了;把它的脚拿火烤上,再把它放在滚水里泡一泡,然后替我把它吊在天花板上。

阿巴公 这是收拾谁啊?偷我的那个贼吗?

雅克大师傅 我说的是一只乳猪,是您的总管刚派人给我送来的,我要按照我的特别妙法给您收拾出来。

阿巴公 谁跟你谈这个呢!你看见这位先生没有?他有别的问题要跟你谈谈。

调查员 别害怕。我这个人是绝不会叫您的面子下不来的。用温和的手段办事,什么事都可以办成功。

雅克大师傅 这位先生也参加您的宴会吗?

调查员 亲爱的朋友,对您的主人可一点也不准隐瞒啊。

雅克大师傅 没错儿,先生,我一定把我所知道的都弄出来给你们瞧瞧,我要尽我的可能好好地侍候您。

阿巴公 这不是我们要谈的事。

雅克大师傅 如果我不能照我的意思给您做出很好的菜来,那得怪我们的总管先生,他专讲省钱,把我的翅膀给剪得有能耐也施展不开了。

阿巴公 混蛋,我们谈别的事呢,谁跟你提晚餐!我要你把我被偷走的那笔钱的消息报告我。

雅克大师傅 有人偷了您的钱啦?

阿巴公 是的,混账东西,你要不把钱还给我,我就绞死你。

调查员 天啊!别骂他。我看他的样子倒是个老实人,用不着把他关到监狱里,他就会把您愿意知道的事告诉您的。是的,朋友,您只要实话实说,就一点苦头也不给您吃,并且您的主人还会好好地奖赏您。就在今天有人把他的钱偷走了,对这件事您不能一点消息也不知道吧。

雅克大师傅 (旁白)这正是我对总管报仇的好机会。自从他来到这儿,他就得了宠,主人对他言听计从;并且刚才他打我的那几棍子,到现在我还记在心里呢。

阿巴公 你嘴里嘀咕什么呢?

调查员 随他去,不要管他。他正预备叫您满意呢。我早对您说过,他是个老实人。

雅克大师傅 老爷,您如果要我把事情都说出来给您听,那么我想就是您那位亲爱的总管干的这一案。

阿巴公 瓦莱尔吗?

雅克大师傅 是的。

阿巴公 他一向对我是那么忠诚,会是他吗?

雅克大师傅 就是他。我想就是他偷了您的钱。

阿巴公 你根据什么这样想?

雅克大师傅 根据什么?

阿巴公 是啊。

雅克大师傅 我这样想是根据……根据我所想的。

调查员 不过必须把您所看到的一些痕迹说出来呀。

阿巴公 你看见他在我埋钱的地方来回蹓跶来着?

雅克大师傅 是的,真的看见来的。您的钱埋在哪儿?

阿巴公 花园里。

雅克大师傅 一点也不错,我看见他在花园里来回蹓跶来着。这笔钱是放在什么东西里面的呢?

阿巴公 在一个箱子里。

雅克大师傅 越说越对。我看见过他有一个箱子。

阿巴公 这个箱子,是怎么个样子呢?你说说看,我一听就知道是不是我的那一只。

雅克大师傅 怎么个样子吗?

阿巴公 是啊。

雅克大师傅 那是一个……一个跟箱子一样的箱子啊。

调查员 那还用说吗?不过您稍微仔细点讲,让我们听听对不对。

雅克大师傅 那是一个大箱子。

阿巴公 我被人偷走的那个是小的。

191

雅克大师傅　对,对,是个小的,要这么说也行,我说它是个大箱子,是就它里面装的东西来说。

调查员　它是什么颜色呢?

雅克大师傅　什么颜色吗?

调查员　是啊。

雅克大师傅　它的颜色是……对,是那么一种颜色……(对阿巴公)您就不能帮个忙说一下吗?

阿巴公　嗯?

雅克大师傅　不是红的吗?

阿巴公　不是,是灰的。

雅克大师傅　对了,是灰红色的;我正要这样说。

阿巴公　一点疑问也没有了;一定是这只箱子了。写下来吧,先生,把他的口供照录下来吧!天啊!叫我以后还信赖谁好呢?以后对什么事也不敢胡乱赌咒发誓了;经过这桩事之后,我想连我自己都会偷我自己了。

雅克大师傅　老爷,您看他回来了。您可别告诉他这件事是我说出来的。

第 三 场

〔瓦莱尔,阿巴公,调查员及其助理,雅克大师傅。

阿巴公　走过来!把你那桩最卑污的行为,从来没人犯过的最丑恶的大罪,老老实实招认了吧!

瓦莱尔　先生,您这是什么意思?

阿巴公　怎么!恶棍,你犯了这么大的罪,还不害羞吗?

瓦莱尔　您说的是什么罪啊?

阿巴公　你这不要脸的东西,你还问我什么罪?仿佛你还不明白我说的是什么似的。你想隐瞒也没用了:事情已经揭发出来,刚才有人把一切情形都告诉我了。你就这样利用我对你的一番好心,特意钻进我的家里来,蒙蔽我,对我玩出这样一套把戏!

瓦莱尔　先生,既然已经有人把一切情形都告诉了您,我也无须再抵赖,否认这件事了。

雅克大师傅　（旁白）噢！噢！难道说我真这么随随便便就把事情猜对了吗？

瓦莱尔　我原打算跟您谈这件事的，我正在等候适当的机会；既然事已至此，那么我求您不要发怒，先听听我的理由。

阿巴公　你还能给我讲出什么好听的理由来？你这个无耻的窃盗！

瓦莱尔　哎哟！先生，这样的名称对我是不相宜的。不错，我做下对不起您的事啦；不过，我的过错毕竟是可以原谅的。

阿巴公　怎么！可以原谅的？这样一种阴谋，这样一种凶杀案？

瓦莱尔　慈悲慈悲吧，您千万别生气！等听完了我讲的话，您就看出我的过错并没有像您所想象的那么严重。

阿巴公　并没有像我所想象的那么严重！这叫什么话！那是我的血，我的心肝，你这个该绞死的坏蛋！

瓦莱尔　先生，您的血并没有落到坏人的手里。我的身份一点也不辱没它，在这件事情里，没有我不能弥补上的东西。

阿巴公　我也正是这样打算，我就是要你把从我这儿抢去的东西归还给我。

瓦莱尔　先生，您的名誉一点也受不到损伤。

阿巴公　这里面没有什么名誉的问题。不过，告诉我，是谁指使你做的这桩事。

瓦莱尔　唉！您问我这个吗？

阿巴公　是的，一点不错，我问你这个。

瓦莱尔　是一位无论做出什么事都可以得到原谅的天神，它的名字就叫爱情。

阿巴公　爱情？

瓦莱尔　是的。

阿巴公　好美丽的爱情，好美丽的爱情！对我的金路易发生爱情。

瓦莱尔　不，先生，打动我心的并不是您的财宝；并不是那些东西把我迷惑住了，我郑重声明，对您所有的一切财产我绝没有任何希图，只盼望您肯把现在属于我的这一件给我留下。

阿巴公　要了我的命我也不那么办！我决不能给你留下。你们看看，他够多么蛮不讲理啊！偷了我的东西，还想扣住不还。

瓦莱尔　您管这个叫作偷窃吗？

阿巴公　是的，我管它叫偷窃。像那样的一个宝贝！

瓦莱尔　不错，真是个宝贝，毫无疑问，并且还是您所有的宝贝中最贵重的宝贝;不过您把它留下给我并不能算作丢失。我现在跪在地下向您要求这个十分可爱的宝贝,您必须把它赏给我才好。

阿巴公　不行不行。那成什么话?

瓦莱尔　我们已经互相表示忠诚,并且发过誓愿彼此相守,决不分离。

阿巴公　这种誓愿可实在值得赞美,这种诺言只能叫人好笑。

瓦莱尔　是的,我们已经订了誓约,彼此永远相爱相依。

阿巴公　你放心吧,我有法子拦阻你们。

瓦莱尔　只有死才能把我们分开。

阿巴公　你简直对我的钱入了魔啦。

瓦莱尔　先生,我已经对您说过,我做这件事绝不是受了金钱的鼓动。我内心的动机跟您所想象的毫不相同,另有一种更高尚的理由启示了我,我才决心那样做。

阿巴公　你们看吧,他这就要说他是依照基督慈悲的教义才来图谋我的财产了;不过我自有办法把一切都整顿好;你这个无耻的下流东西,法院会替我主持公道的。

瓦莱尔　您愿意怎么办就怎么办!不管您想用什么样的残暴手段对待我,我都准备好忍受下去;不过我请求您至少得相信,如果这件事办得不太对的话,罪过只在我一个人身上,您女儿在这件事情里一点罪过也没有。

阿巴公　这话我太相信了,一点不假;我女儿如果也夹在这个要案里算一份,那可太奇怪了。不过现在我必须收回我的财宝,我要你对我实说你到底把它弄到哪儿去了。

瓦莱尔　我?我没把她弄走啊,她还在您家里啊。

阿巴公　(欣慰地自语)噢!我亲爱的箱子啊!(向瓦莱尔)它没出我的家门?

瓦莱尔　没有,先生。

阿巴公　喂!那么你赶快告诉我,你没动过它吗?

瓦莱尔　我,动过她?哎哟,您这简直是太瞧不起她了,同时也是瞧不起我;我对她的爱是一种十分纯洁并且恭恭敬敬的热爱。

阿巴公　(自语)对,热爱我的箱子!

瓦莱尔　我宁愿死掉也不愿意在她面前显示出任何亵渎她的邪念:她是那么贤淑,那么正派,我决不能有越轨之举。

阿巴公　(自语)我的箱子正派!

瓦莱尔　我整个愿望只是希望常常看见她,我就很快活了;我从没起过什么罪恶的邪念来亵渎她那双美丽的眼睛在我心中激起的爱情。

阿巴公　我的箱子有美丽的眼睛!他竟跟别人谈自己情妇似的谈论这个箱子!

瓦莱尔　先生,克洛德婆婆知道这件事的真相,她可以向您作证……

阿巴公　什么?我的女用人也是这个案子的同谋?

瓦莱尔　是的,先生,我们订约的时候,她曾亲眼目睹,并且是她在看清楚我是真心爱她之后,才帮助我劝导您闺女把心许给我,接受了我的心。

阿巴公　(旁白)难道一提法院,他就吓得胡说八道了吗?(向瓦莱尔)你把我的姑娘也拉在这里面,你要干什么啊?

瓦莱尔　先生,我是说我费了好大的劲才使得她那颗贞洁的心同意我的爱情对她的要求。

阿巴公　谁的贞洁的心?

瓦莱尔　您女儿的啊;直到昨天她才决定和我一起在婚约上签了字。

阿巴公　我的女儿竟签了婚约交给你!

瓦莱尔　是的,先生,我也签了字交给她。

阿巴公　哎哟,天啊,这又是一件倒霉的事儿!

雅克大师傅　(向调查员)写吧,先生,赶快记下来。

阿巴公　真是祸不单行,糟心的事情源源而来!来吧,先生,赶快履行你的职责,替我把诉状写好,告他窃盗,告他奸骗。

瓦莱尔　这些罪名是不能加在我身上的;等你们知道了我是谁的时候……

第 四 场

〔爱丽丝,玛丽亚娜,弗劳辛,阿巴公,瓦莱尔,雅克大师傅,调查员及其助理。

阿巴公　啊,万恶的女儿!你实在不配有我这样一个父亲!你就这样遵从我的家教吗?你竟爱上这样一个无耻的窃贼,没得到我的同意竟把你的终身许给了他!告诉你们吧,你们的计划决不能实现,修道院的四面高墙会替我把你的行为管教过来;(向瓦莱尔)至于你的狂妄举动,自有那绞刑架子替我雪恨。

瓦莱尔　您不能单凭您的感情来判断这件事；在是否判我有罪以前，至少先听听我说的话啊。

阿巴公　我刚才说用绞刑架，我那是说错了，应该叫你活活地死在车轮上①。

爱丽丝　（跪在她父亲面前）父亲啊！我求您稍稍近点人情，不要把您做父亲的权威施展到极点。千万不要听信您一时的感情冲动，多花点工夫考虑一下您想要做的事。有劳您再仔细看看您嫌恶的这个人；他跟您眼里的人是完全不同的；您会觉得我把终身许给他原不是太奇怪的事，如果您知道倘使没有他，您也早就没有我这个女儿。是的，父亲，您知道我曾在水里遇险，他就是那个救我出来的人，您女儿这条命，全靠他才……

阿巴公　这些都算不了什么；他现在竟做出了这宗事，我看他还不如当初不管你，任凭你淹死的好。

爱丽丝　父亲啊，我求您看在父女的情分上，准我……

阿巴公　不，不，我什么话也不爱听了；现在必须请司法当局来执行它的职权。

雅克大师傅　（旁白）打我那几棍，决不能叫你白打！

弗劳辛　这事可真叫人为难呀！

第 五 场

〔昂赛姆，阿巴公，爱丽丝，玛丽亚娜，弗劳辛，瓦莱尔，雅克大师傅，调查员及其助理。

昂赛姆　阿巴公先生，怎么回事？您的神情可紧张得厉害啊！

阿巴公　哎哟，昂赛姆先生呀，您看我变成世界上最苦命的人啦；您是上这儿来签婚约的，可是这儿的事情实在混乱得厉害！在财产方面他们要了我的命，在名誉方面他们也要了我的命；您看见这个奸贼，这个恶棍吗？他侵犯了一切最神圣的权利，他冒充仆人混进了我的家里，不但偷了我的钱，还奸骗了我的女儿。

---

① 法国古代的一种残酷刑罚。筑一高台，台旁竖立高杆，杆顶置一巨型车轮，先将犯人拉到台上用力责打，直至四肢骨节打断后，然后把他放在车轮上任其自毙。

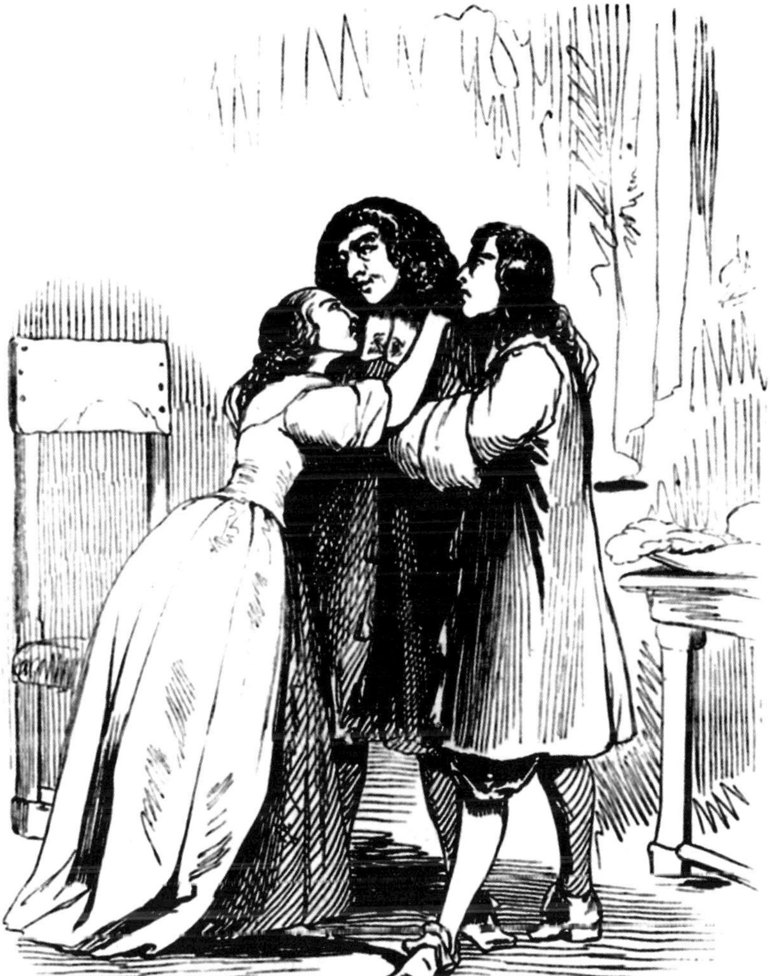

瓦莱尔　您乱七八糟地口口声声说钱,谁想到您的钱啦?

阿巴公　是的,他们俩已经订了婚约。这是对您的侮辱,昂赛姆先生,您应该出头跟他打官司,对他这种无耻行为出出怨气。

昂赛姆　我是不打算强迫别人嫁给我的,一个已经许给别人的心,我就不再指望了;不过对您的利益,我是跟对自己的利益一样关心的。

阿巴公　您看这位先生就是一位忠诚的调查员,照他告诉我说的话,他对他的职务是一点也不放松的。(向调查员)先生,请你按手续控诉他,把罪名弄得重重的才好。

瓦莱尔　我看不出他们会把我对您女儿的爱情当做什么重大的罪恶,也看不出因为我们订了婚,就能照您的想法给我什么厉害的刑罚;并且等到你们知道了我是谁的时候……

阿巴公　我才不信你这些瞎话呢;现在社会上尽是些冒充贵族的骗子手,他们利用他们那不清不楚的身世随便抓一个显贵的姓名扣在自己头上。

瓦莱尔　您必须知道我不是那种卑鄙的人,我不能把一样不属于我的东西硬装饰在我的身上,而且那不勒斯全城的人都可以证明我的出身。

昂赛姆　慢来慢来,说话可得留神!您没想到您在这儿说话有多危险吧。站在您面前听您说话的人是熟悉整个那不勒斯城的人,不管您胡诌什么故事,我都能看得清清楚楚。

瓦莱尔　(高傲地把帽子戴上)我没有什么可怕的;如果您很熟悉那不勒斯的情形,请问您知道达尔布西·托玛爵爷吗?

昂赛姆　当然知道;并且比我更和他熟识的人世上还不太多。

阿巴公　我管不着什么托玛爵爷或玛丁爵爷。

昂赛姆　对不起,让他说下去,咱们倒看看他要怎么说。

瓦莱尔　我要说,就是他赐给我的生命。

昂赛姆　他吗?

瓦莱尔　是的。

昂赛姆　算了吧,您开什么玩笑啊!另编一套能叫人相信的故事吧,用这样的蒙骗法儿是救不了自己的。

瓦莱尔　您说话可得放客气点,我并没有蒙骗人,我在这儿说出的话都是很容易对证明白的。

昂赛姆　什么!您竟敢自称是达尔布西·托玛爵爷的儿子!

瓦莱尔　是的,我怎么不敢!并且不管当谁的面,我都敢这么说。

昂赛姆　您的胆子可大得出奇!告诉您吧,您听了就会惊慌失措,您提的这个人早已和他的妻子儿女一起死在海上了,这话少说也有十六年了。他们是为了逃避那不勒斯大动乱的残酷迫害,和许多贵族人家一起出走的。

瓦莱尔　这是对的,不过请您听清了,别发窘,他七岁的儿子连同一个男仆在海船出事的时候被一艘西班牙船救了起来;遇救的那个儿子就是现在跟您谈话的人。告诉您,这位船长同情我的遭遇,十分怜爱我;到他把我当自己儿子似的养育成人,到我学会了使用武器,就让我入了军籍;我还要告诉您,过后不久我就听说我父亲正和我一向所想象的一样,并没有死;我为寻找父亲才路过此地,在这儿,一桩上天安排下的奇缘让我遇见了这位可爱的爱丽丝;一见了她,我就成了她的美貌的奴隶,我的爱情是那么强烈,她的父亲又是那么严厉,我只好自己混进她的家里而另外派了一个人去打听我双亲的下落。

昂赛姆　可是除了您嘴里讲的以外,还有什么证据能够证明您不是凭借一件真事编排出一套瞎话呢?

瓦莱尔　西班牙船长;我父亲的一颗红宝石小图章,我母亲给我套在臂上的一只玛瑙镯子;还有跟我一起从水里遇救的老仆佩德罗。

玛丽亚娜　唉!听了你的话,我,我就可以保证你不是瞎说;你所说的一切都很清楚地叫我认出你是我的哥哥。

瓦莱尔　你是我的妹妹?

玛丽亚娜　是的。你刚才一开口,我心里就兴奋得不得了。等一会儿咱们的母亲见了你不知要乐成什么样子,我们家的厄运是她常常对我谈到的。上天也没有叫我们母女死在这场海上的灾难里,不过我们保全了生命却失去了自由;我们母女二人是被海盗从破船板上打捞起来的。度过了十年奴隶生活,我们才遇上好运,恢复自由,回到了那不勒斯,才知道我们的全部家产已被人卖光,在那儿也没打听出父亲的下落。我们又跑到热那亚,在那儿母亲把另一份已被人瓜分得所剩无几的遗产整理了一下。为躲避她娘家的野蛮对待,她就来到此地,一直苟延残喘地过日子。

昂赛姆　噢!上天啊!你的神威多么强大!你叫人看得很清楚,只有你才能够显示奇迹!孩子们,快过来拥抱我!把你们两人的快乐和我的快乐都融合在一起!

瓦莱尔　您是我们的父亲？

玛丽亚娜　您就是我母亲流了那么多眼泪所想念的人？

昂赛姆　是的,我的女儿,我的儿子;我就是达尔布西·托玛爵爷,上天连人带我身上带着的钱都给保留下来,没叫波浪给吞去,十六年来我一直以为你们都已死去,所以在长途奔波之后,想找一位温柔贤惠的女子和她结婚,寻求一个新家庭的安慰。我早已看出如果回那不勒斯,我的生命便不能有多大的保障,因此决计永远不再回去;并且已设法把那边的财产变卖,现在在这里也住惯了;用昂赛姆这个假名,是因为我要远远躲开原名带给我的悲伤,它已给我带来过那么多的厄运。

阿巴公　（对昂赛姆）那是您的儿子。

昂赛姆　是的。

阿巴公　那么他偷我的一万埃居,我就责成您赔偿了。

昂赛姆　他！他偷了您的钱？

阿巴公　就是他。

瓦莱尔　是谁告诉您的？

阿巴公　雅克大师傅。

瓦莱尔　（向雅克大师傅）是你说的吗？

雅克大师傅　您瞧得清楚,我什么也没说呀。

阿巴公　是的,不过调查员先生已经录下了他的供词。

瓦莱尔　您相信我会做出这种卑鄙的事吗？

阿巴公　不管你会不会,我要拿回我的钱。

第 六 场

〔阿巴公,昂赛姆,爱丽丝,玛丽亚娜,克莱昂特,瓦莱尔,弗劳辛,调查员,雅克大师傅,拉弗莱什。

克莱昂特　别难受啦,父亲,也别冤枉好人啦。您的事我已得到消息;我来就是为对您说,如果您准我娶玛丽亚娜,您的钱就可以回到您手里。

阿巴公　钱在哪儿呢？

克莱昂特　您用不着担心。我担保它在好地方搁着呢;一切都由我做主。现在您必须告诉我您究竟怎样决定；是把玛丽亚娜给我呢，还是永远失去您的箱子？您自己选择吧！

阿巴公　你没从箱子里往外拿出点什么吗？

克莱昂特　一点都没动过。请您考虑一下，您是不是打算赞同这门亲事？她母亲已经准她自由地在咱们两人中间任择一人，您是不是也附和这个意见？

玛丽亚娜　（向克莱昂特）可是你还不知道呢，仅仅母亲同意是不够的了，上天除了把我哥哥（指着瓦莱尔）还给我，又把父亲（指昂赛姆）也给我送了回来，你还得央求央求他老人家呢。

昂赛姆　孩子们，上天把我赐还给你们不是叫我来跟你们的爱情作对的。阿巴公先生，您一定看得很清楚，一个年轻女孩子挑选丈夫总是挑中儿子而不会挑中父亲；算了吧！不要再让别人说闲话了，跟我一起答应这双重亲事吧。

阿巴公　我得看见了我的箱子才能拿主意。

克莱昂特　回头您就可以看见，并且还是完整无缺的。

阿巴公　孩子们结婚我可没钱给他们呀。

昂赛姆　好！我有钱给他们；您用不着担心。

阿巴公　这两桩婚事的费用您都负担吗？

昂赛姆　是的，我全负担。您满意啦？

阿巴公　可以满意，如果您肯给我做一件新衣服，让我在办喜事那一天穿。

昂赛姆　就这么办啦。咱们现在来享受一下这个幸福日子所带给我们的欢乐吧。

调查员　喂！先生们，喂！请你们先别忙着高兴。我这笔录供费归谁出？

阿巴公　我们用不着您那些笔录了。

调查员　不错，你们用不着了，不过我，我可不能白写笔录。

阿巴公　（指雅克）看见这个人没有？我把他交给你，去把他绞死作为报酬吧。

雅克大师傅　哎哟！我倒是该怎么行事才算好呢？因为说头话挨了一顿棍子；撒谎么，他们又要绞死我！

昂赛姆　阿巴公先生，原谅他这一次说瞎话吧。

阿巴公　那么，调查员的费用归您出？

昂赛姆　可以的。（向玛丽亚娜及瓦莱尔）咱们赶快去看你们的母亲吧，也让她跟我们一齐快活快活。

阿巴公　我,我要去看看我亲爱的箱子。

剧　终

莫泊桑短篇小说选

〔法〕莫泊桑 著

莫泊桑——杰出的现实主义作家

居伊·德·莫泊桑(1850—1893)是法国十九世纪末叶的重要作家,一八五〇年八月五日生于一个没落的贵族家庭。他的出生证上注明他生在法国诺曼底地区滨海塞纳省的米罗梅尼尔堡,据考证就是现在塞纳滨海省的首府费康。他的父亲是个游手好闲的花花公子,由丁吃喝嫖赌而将家产挥霍一空,后来到巴黎的一家银行工作。一八五九年全家迁居巴黎,但是父亲的婚外情导致父母分居,母亲又带着莫泊桑兄弟俩回到家乡埃特勒塔镇去了。这里地处海滨,平原开阔,莫泊桑在大自然的美景中长大,也熟悉了农村的人情世态。一八六三年,他被送到伊沃托的教会学校去读书。他从小受到颇有文学修养的母亲的熏陶,无法忍受学校里的阴郁气氛,于是开始练习写诗。一八六八年,他因为写了一首爱情诗而被教会学校开除,就到勒阿弗尔公立中学去读书,得到了帕尔纳斯派诗人路易·布耶的指导。一八六九年中学毕业后,他到巴黎攻读法律,第二年普法战争爆发,他应征入伍,担任文书和通讯工作。一八七一年九月退伍后,他先后在海军部和公共教育部担任小职员。

莫泊桑在此期间参加过著名诗人马拉美的"星期二聚会",同时在母亲童年时的朋友、文学大师福楼拜的精心指导下开始文学创作,并且通过福楼拜的介绍结识了左拉。左拉是法国自然主义文学流派的领袖,他于一八七九年同于斯芒斯、都德、龚古尔兄弟以及俄国的屠格涅夫等人组成了自然主义的文学团体,莫泊桑是其中的重要成员。一八八〇年,由该莫泊桑团体成员合作的短篇小说集《梅塘之夜》问世,莫泊桑以其代表作《羊脂球》一举成名,从此专门从事创作,成为法国文坛上的一颗耀眼的明星。

莫泊桑终身未婚,在小职员空虚无聊的生活中,他继承了父亲的放荡习气,早在一八七七年就身患梅毒,加上滥用麻醉药,使健康受到越来越严重的影响,以至发展到偏头痛、视力受损、出现幻觉和精神错乱而企图自杀,最终在一八九三年七月六日过早去世,年仅四十三岁。然而他是一位极其勤奋和富有天才的作家,他的创作生涯虽然只有短短的十年,但是硕果累累,一共发表了《漂亮朋友》(1885)等六部长篇小说、三部游记和三百五十多篇中短篇小说,其中以短篇小说的成就最为突出,它们精湛的艺术技巧使莫泊桑获得了"短篇小说之王"的美誉,与契诃夫和欧·亨利一样被公认为世界短篇小说的大师。

莫泊桑最擅长的题材是他亲身参加过的普法战争、长达十年的小职员生涯和青少年时代在诺曼底故乡的生活,这三种环境为他的短篇小说提供了极为丰富的题材。这些作品歌颂了人民的爱国主义热情,表现了农村的习俗和世态,真实地反映了小职员的单调刻板的生活。它们在艺术上各有特色、并不雷同,犹如宝石上的各个棱面,共同折射出灿烂的光芒。

赵少侯先生早在二十世纪三十年代就开始发表译作,尤以五十年代的成果最为丰硕。他的译作除了一些长篇小说和莫里哀的剧本之外,以莫泊桑、法朗士和都德等的中短篇小说居多,其中莫泊桑的中短篇小说选译了二十二篇,它们基本上都是集思想性和艺术性于一体的精品。

在关于普法战争的中短篇小说中,《瓦尔特·施那夫斯的奇遇》反映了敌军士兵为了活着宁可当俘虏的厌战情绪;《俘虏》描写的是法国妇女机智擒敌的故事。其中内容最丰富、意义最深刻的作品,则是莫泊桑的成名作《羊脂球》。小说的内容是一个妓女和一些有产者同乘一辆马车离开德军占领区,大家对这个绰号羊脂球的妓女侧目而视,但是在由于沿途耽搁而饿得发昏的时候,却又厚着脸皮吃光了她的一大篮美味食品。马车在路过一个小镇时被拦住了,占据该镇的普鲁士军官要求羊脂球陪他过夜,否则不予放行。车上的工业家、伯爵和商人等为了不影响自己的生意,千方百计地劝说羊脂球为他们做出牺牲,但事后又鄙视她,任凭她陷于孤独和挨饿的境地。

小说里没有硝烟弥漫的战场,也没有刀光剑影的搏斗,然而它通过妓女羊脂球被迫向敌人献身的遭遇,刻画了各具特色的人物,特别是勾勒了有产者们为了私利而不顾民族尊严的丑恶嘴脸。羊脂球自尊自强、不甘屈服,表现了爱国主义的凛然正气,结果却被那些伪善的同胞推入火坑。他们为了迫使羊脂球就范,个个巧舌如簧、软硬兼施,就连道貌岸然的修女也沉瀣一气。莫泊桑以真实的细节、精练的语言和炉火纯青的技巧,使这篇小说构成了一幅战争时期法国的社会图景。作品中的善与恶时时形成不露痕迹的对照,使读者自然而然地产生对战争的憎恨、对人民的同情和对所谓上等人的蔑视,因而不愧为在思想性和艺术性两方面都堪称楷模的名篇。

莫泊桑描写小职员生活的短篇小说很多,例如《骑马》和《项链》写他们为了出风头而弄巧成拙、自食其果,表现了他们可怜兮兮的虚荣心;《我的叔叔于勒》和《伞》讽刺了这类家庭的寒酸相和势利眼;《散步》中的小职员数十年如一日地过着单调乏味的生活,最后意识到这一点时不禁悲愤地上吊自尽。这些作品揭露了世态炎凉的社会现实和官僚机构里腐败昏聩的作风,讽刺了小职员的自私虚荣和尔虞我诈,同时又对他们的刻板生涯寄予了人道主义的同情。

莫泊桑有大量的短篇小说描绘诺曼底农村的生活,它们从各个方面反映了贫苦农民的悲惨遭遇,例如《瞎子》《绳子》《穷鬼》等等,其中的主人公都因备受欺凌而死去。《皮埃罗》讽刺了地主婆的吝啬,《流浪汉》谴责了把好人逼成盗贼的社会风气。《真实的故事》中的地主玩弄女佣,造成了女主人公绝望地死去的悲剧。也有一些作品表现了农民的狭隘,例如《老人》中的夫妇为了不耽误农活而希望垂危的老人快点去世,《图瓦》中的女主人公竟让因肥胖而中风的丈夫孵鸡蛋等等。

除了以上三种主要的题材之外,莫泊桑还从爱情和情欲的角度,描绘了人们多姿多彩的感情生活。其中《月光》是反对禁欲主义的名篇,写一个神父在皎洁月光下理解了爱情;《橄榄园》谴责了不负责任的放荡行为,《巴蒂斯特太太》则批判了歧视受辱女子的不良风俗。值得指出的是,妓女的题材在莫泊桑的中短篇小说里占有很大的比重。例如《衣橱》等都反映了妓女的悲惨生活。

在福楼拜的指导和帮助下,莫泊桑形成了逼真、自然的写作风格。他不追求离奇的效果,只描写那些司空见惯的平凡小事,叙述的笔调几乎到了白描的程度。不过他的叙述看似自然流畅、不着痕迹,其实都是经过了巧妙的构思,留下了一处处为情节发展所需要的伏笔。莫泊桑的天才在于他既叙述生动又惜墨如金,寥寥数笔就使环境的气氛跃然纸上,几句对话就使人物的形象活灵活现。他的描写用词准确、言简意赅,称之为字字珠玑并非过誉。他具有独特的视角,能见他人之所不见,以平淡的情节塑造人物,以真实的细节凸现性格,从而使小说既有反映现实的思想内容,又是引人入胜的艺术精品,因而具有极强的感染力。他虽然是自然主义文学流派的重要成员,但是从来没有露骨庸俗的细节描绘,因此我们完全有理由认为莫泊桑是一位杰出的现实主义作家。

在赵少侯先生的译著再版之际,我很高兴能为之作序,因为这是对这位法国文学翻译界前辈的最好的纪念。

吴岳添

2001年8月于北京

羊 脂 球

接连好几天,溃退下来的队伍零零落落地穿城而过,他们已经不能算作什么军队,简直是一帮一帮散乱的乌合之众。那些人脸上是又脏又长的胡子,身上是又破又烂的制服,他们既没有军旗,也不分什么团队,懒洋洋地往前走着。所有的人都像是十分颓丧,十分疲惫,再也不能想什么念头,再也不能拿什么主意,只是出于习惯不知不觉地往前走着;只要一站住,便会累得倒下来。人们看见的,最多的是被动员令征召入伍的人,都是些爱好和平的人,安静度日的领取年金者,现在被枪支压得直不起腰来;还有的是年轻灵活的国民别动队,他们很容易害怕,也能很快地慷慨激昂,他们随时都准备进攻,也随时准备逃跑;再就是夹在他们中间的几个穿红裤子的正规步兵,一场大战役里被粉碎的一个师团的残余;还有和这些各种步兵排在一起的、穿着深色军服的炮兵;有时也看得见一个戴着亮晶晶钢盔的龙骑兵,他拖着笨重的脚步,很吃力地随着步兵比较轻松的步伐走着。

游击队的队伍也过去了,每一队都各自起了英勇的称号,如"战败复仇队""墓中公民队""誓死如归队"等等,他们的神气很像土匪。

他们的那些首领,有的从前是布商或粮商,有的以往是油脂商或肥皂商,现在暂时当了军人;他们所以被任命为军官,有的是因为金币多,有的是因为胡子长。他们上下穿的都是法兰绒衣服,全身佩挂着武器,镶着金线;说起话来声高震耳,经常讨论作战计划,自以为垂危的法国只是靠了他们这群大言不惭的人的肩膀才得以维持;不过他们有时候也惧怕自己的兵士,因为那原是一些亡命之徒,勇敢起来常常超出常规,但是惯于打家劫舍,荒淫纵欲。

据说普鲁士军队就要开进鲁昂[①]城。

---

① 鲁昂:法国古诺曼底省省会,在巴黎西北方,现为塞纳滨海省省会。

两个月来,本地的国民自卫军一直在附近森林里小心谨慎地侦察敌人,有时开枪打死自己的哨兵;一只小兔子在荆棘丛中动一动,他们便立刻准备作战,现在却都逃回自己的家里。武器、军服以及他们当初在三法里①方圆之内拿来吓唬大路上的里程碑的一切杀人凶器突然都不见了。

最末一批法国士兵总算渡过了塞纳河,预备从圣赛威尔和阿沙镇转奥特玛桥去;走在最后的是将军,他已经不抱任何希望;带着这些一盘散沙似的败兵残勇,实在也无能为力;一个惯于打胜仗的民族竟遭遇了这样的大崩溃,英勇昭著的民族竟败得不可收拾,将军身处其中也是张皇失措;他由两个副官左右陪伴徒步走着。

此后,城里便出现一种深沉的平静气氛和一种静悄悄的惊惶不安的等待状态。许多做生意做得毫无男子气概的、大腹便便的小市民,忧心忡忡地在等待着战胜者,他们战战兢兢,惟恐敌人把他们烤肉的铁扦或厨下的菜刀也当作武器来处分。

生活好像是停止了;店铺都关着门,街上鸦雀无声。偶尔有一个居民被这种沉寂吓倒,急急匆匆贴着墙边溜过。

等候期间的这种焦躁不安竟使人们希望敌人早来。

法国军队走后的第二天下午,不知从哪儿钻出来几个枪骑兵,很快地穿城而过。随后,过了不大工夫,从圣卡特琳的山坡上就下来了黑乎乎一大片人,同时在通往达纳塔尔和布瓦纪尧姆的两条公路上也潮水般涌来了两股侵略军。这三支队伍的先遣队正好同时到达市政府广场会师;于是从附近的各条街巷,德国军队都开了过来,一营跟着一营,沉重的、整齐的步伐踏得街石橐橐地响。

沿着那些好像无人居住、死气沉沉的房子,升起一片陌生的、喉音很重②的喊口令声;同时在关着的百叶窗后面,有许多只眼睛在那里偷偷地瞧着这些战胜者,他们依据"战时法",现在是本城的主人,财产和生命的主宰了。本城的住户,都留在他们遮得乌黑的屋子里,非常惊慌,就仿佛碰到了洪水泛滥和毁灭性的大地震;不管你是多么聪明,多么强壮,都毫无用处了。因为,每逢事物的旧秩序横遭摧毁,安全不再存在,人为的法律或自然法则所保护的一切东

---

① 一法里等于四公里强。
② 德国人说话喉音很重。

西都听凭一种凶残的无意识的暴力来摆布的时候,人们就不免要有这种同样的感觉。地震把整整一个民族压死在倒塌的房屋下;江河泛滥之后,淹死的乡民、牛尸和房上倒下来的梁柱就一起顺流而下;打胜仗的军队一到,便要屠杀自卫的人,带走被俘虏的人,以腰刀的名义大肆抢劫,以大炮的声音来向某一个神祇表示谢意;所有这一切都是极可怕的大灾害,使我们无法再相信上帝的公道正义,也不能如人们教导我们那样,再信赖上天的保佑和人类的理性。

各家门口都有零星队伍去敲门,跟着就钻进去住了下来。这就是侵略之后的占领行为。战败者的义务从此开始,此后对战胜者必须和蔼驯顺。

过了一些时候,第一阵恐怖过去之后,又出现了一种新的平静气氛。在好多的家庭里,普鲁士军官都和这家人在一桌上吃饭。有的军官也颇有教养;为了礼貌,常常对法国表示同情;并且说,尽管参加了这场战争,对战争却十分厌恶。人们当然很感激他有这种情感;何况不知哪一天也许还要依靠他的保护呢。把他敷衍好了,也许可以少负担几个兵士的供养。既然一切都要听凭这个人的摆布,又何必得罪他呢?真要那样办的话,也无非表示大胆冒险,而不能算是勇敢。这时的鲁昂市民们已没有那种大胆冒险的毛病,不是当年使本城身价百倍的英勇保卫城池的时代了。① 最后他们又从法国人自己处世的礼法中得出了一条至高无上的理由说,只要不在公共场所跟外国兵表示亲近,在自己家里客客气气原是允许的。于是到了外面,彼此都变成不相识,可是到了家里,却很高兴谈谈说说,而住在家里的德国军官呢,每晚待在壁炉旁边跟大家一起烤火取暖的时间也就更长了。

就是城市本身也渐渐恢复了平常的面貌。法国人还不大出门,可是普鲁士兵士却已挤满了街道。此外,穿蓝军服的德国骑兵军官虽然盛气凌人地挎着他们的军刀在街上摆来摆去,可是对普通市民的那种蔑视神情,也并不比去年在这些咖啡馆喝酒的那些法国步兵军官格外厉害。

不过在空气中却添了一种东西,一点难于捉摸的、陌生的东西,一种令人不能忍受的外来的气氛;仿佛有一种气味散布开来了,那就是侵略的气味。这种气味充塞了各住户和各广场,改变了饮食的滋味,使人有在遥远的、野蛮可怕的部落里做客的感觉。

战胜者老是要钱,并且要得很多。居民们总是如数照付。他们原也很有

---

① 指十五世纪初叶鲁昂人民英勇反抗英王亨利五世统治的光荣时代。

钱。不过一个诺曼底省的大商人,钱越挣得多,当他忍受牺牲,看见自己的财产一点一点地转移到别人手里时,他的苦痛也越大。

可是在城外,顺着河流往下两三法里,到了克鲁瓦塞、第厄普达尔或比普沙尔附近,船夫和渔人便常常从水底捞上德国人的尸体来。这些尸体都穿着军服,被水泡得肿胀,有一刀砍死的,有一脚踢死的,也有头被石头砸开的,也有从桥上被人一下子推下水的。这条河底的污泥里,埋葬着不少这样暗暗的、野蛮的、合法的复仇行为,那是不为人知的一些英勇举动,一种无声的袭击,这远比白天打仗要危险,但享不到光荣的盛名。

要知道,对外国人的仇恨永远鼓励着几个不怕死的人,他们是随时可以为理想牺牲生命的。

后来,因为侵略者虽然做到全城都已屈从在他们极严格的纪律之下,但是大家传说的那些他们在乘胜挺进途中所干的凶恶勾当,他们在这里却一样都未干过;于是大家的胆子就壮起来;做买卖的需要在本地大商人的心中又活动起来。那时法国军队还据守着勒阿弗尔港,本地有几个大商人在那里是有大笔投资的,他们很想从陆地先到第厄普,然后再乘船到那个港口。

他们利用了几个相熟的德国军官的势力,居然从总司令那里弄来了一张准许离境的证书。

有十个人在车行里订了座位,订好了一辆四匹马拉的公共马车送他们走这一趟;他们决定在一个星期二的清晨,天不亮就动身,以免招惹许多人赶来看热闹。

几天来,地面已经冻得很硬;到了星期一那天,下午三点钟光景,从北方吹过来大片大片的乌云,雪纷纷降下来,不停地下了一个下午和一整夜。

清晨四点半,旅客们已聚齐在诺曼底旅店的院子里,他们要在那里上车。

他们都还睡眼惺忪,虽然披着毯子,还是冻得直哆嗦。在黑暗之中,彼此也看不大清楚;这些人身上都穿着层层叠叠的厚冬衣,望过去好像是一群穿着长袍的肥胖神父。不过有两个男人终于互相认出来了,紧跟着第三个人走了过来,他们聊起天来。一个说:"我把我的妻子也带了去。"另一个说:"我也一样。"还有一个说:"我也如此。"第一个又说:"我们不再回鲁昂来了,如果普鲁士军队到勒阿弗尔,那我们就到英国去。"他们都有这种计划,因为他们气质原是相同的。

不过始终还没有人来套车。一个马夫提了一盏小灯不时地从暗洞洞的一个小门里走出来,又立刻钻进了另一个门。可以听见马蹄踢地的声音,声音不大,因为地下垫了厩草,从马房的尽里头传来一个男子骂骂咧咧跟马说话的声音。一阵轻微的铜铃声说明有人在套马具;轻微的铃声不久变成了一种清脆的、不断的铜铃颤动声,这个声响是随着马的动作而变化的,时而声息全无,时而突然一动又响起来,同时发出一只钉了马掌的马蹄踏在地上的沉闷声音。

门又突然关上。什么声音也听不见了。这些冻僵了的绅士们早已不说话;他们一动不动僵直地站在那里。

鹅毛大雪组成一幅绵延不断的大帷幕从天上放下来,一面放,一面闪闪发光;万物的形象都看不清楚了,一切事物都蒙上了一层薄冰。在这座严冬笼罩着的安静的城市的沉寂中,只听见雪片下降时那种模糊的、无以名之的、捉摸不住的窸窣之声,但这种窸窣之声又不能真正算作一种声响,只好说是我们感觉到有这种声响,因为那不过是一些轻飘飘的微屑掺混在一起,充塞了空间,盖满了世界。

刚才那个人又提着灯出现了,他拉着一匹垂头丧气丝毫不想出来的马。他把马拉到车辕旁边,系上了缰绳,在马的前后左右转了半天,才把马具收拾妥当,因为他只能用一只手干活,另一只手拿着灯。当他正预备走去拉第二匹马的时候,他看见了这几位一动不动的旅客,他们已经满身是雪,成了白人了,他对他们说:"你们为什么不上车去待着,至少雪不会下在你们身上了。"

毫无疑问他们原先没想到上车子,一听这话于是急忙忙都奔了过去。那三个男子先把各人的太太安置在车厢尽里头,然后自己才上去;随后另外几个模模糊糊、看不清楚的人影也爬了上去,坐在剩下的空位子上,彼此谁也没跟谁说一句话。

车厢的底板上铺着稻草,各人的脚都埋在草里。坐在车厢尽里头的那几位太太,都随手带着烧化学炭的小铜脚炉;她们立刻都把炭点燃起来,并且低声地列举这种脚炉的优点,说了好大半天,其实彼此告诉的事情,谁都早已知道。

最后公共马车总算套好了,本应套四匹马,现在却套了六匹,因为车重路滑不容易拉。这时车外有人问道:"大家都上车了吗?"车厢里有个人回答:"都上来了。"于是车出发了。

车子走得很慢,很慢,一小步一小步地走着。车轮陷在雪里;整个车身发着低沉的咯吱咯吱响声呻吟着;那六匹马一步一滑,呼呼喘着,全身冒着热气;

车夫的那条大鞭四面八方地飞舞,不停地吧吧响着,一会儿卷起来,一会儿伸展开,活像一条细蛇;有时鞭子突然抽到一个滚圆的马屁股上,那匹马就猛地一用力,把屁股高高地一耸。

谁也没有觉察,天已经渐渐亮起来。轻飘飘的鹅毛雪片,也就是车里一位地道的鲁昂土著旅客把它比做天上降下的棉花的雪,也不下了。野地里忽而出现一行蒙着白霜的大树,忽而出现一所顶着雪的茅屋;天上覆着大块的黑而浓的云使得大地更显得白茫茫地耀眼,这时候从云间透出了一片模糊的光亮。

在车厢里,借着这种黎明时的凄凉的光亮,人们互相好奇地打量着。

车厢尽里头最好的位子上,坐的是住在大桥街的葡萄酒批发商人鸟先生夫妇,他们正面对面地坐着打瞌睡。鸟先生从前给人当伙计,老板买卖破产以后,他就把铺底顶了过来,发了财。他做的买卖是以很低的价格把很坏的葡萄酒批发给乡间的小贩,因此认识他的人以及他的朋友都认为他是个花招最多的奸商,是个诡计多端、爱说爱笑的真正诺曼底人。

他这种奸商的名声已是十分昭著,因此本地的闻人杜尔奈先生,一位文笔尖刻而细致、专编寓言和歌谣的名家,一天晚上在省政府的晚会上,看见太太们都有睡意,便向她们提议玩鸟飞①的游戏,马上这个双关语就飞遍了省长的各个客厅,后来又飞向全城的各个客厅,有一个月之久使得全省的人都咧着嘴笑个不住。

鸟先生出名还有另外一个缘故,那就是他善于恶作剧,爱开玩笑,不管是恶毒的或是无伤大雅的玩笑,在他都无所谓,所以任何人一谈到他,就立刻要加上这样一句话:"这个鸟,真是有钱也买不到的宝贝。"

他的身量很矮小,挺着一个大皮球似的肚子,肩上是一张通红的脸,蓄着灰白色的颊须。

他的妻子是一个高大、强壮、意志坚强的妇人;说话总提高了嗓门,主意来得特别快;她在铺子里是秩序和算术的化身,多亏有她欢天喜地跳跳钻钻,店里才显得有生气。

在这对夫妇旁边的是属于更高一个阶层,道貌岸然的卡雷-拉玛东先生,他是一个非常了不起的人物,在棉纺业里有很高的地位,开着三座纺织厂,得

---

① 法文 voler 有"偷窃"和"飞翔"两个意义。所以"鸟飞"也可以当作"鸟偷",这里是强调"偷"的意义。

过四级荣誉勋章,是省议会的议员。在整个帝国时期①,他一直是友好的反对派的首领,他所以当这反对派的首领,惟一的目的是他先攻击对方,照他自己的说法是,用钝头武器先攻击对方,然后再附和对方,可以得到更高的报酬。卡雷-拉玛东太太比丈夫年轻得多,那些派到鲁昂来驻扎的好人家出身的军官们常常在她身上找到安慰。

她此刻面对着丈夫坐着,蜷缩在皮大衣里,又小巧,又娇憨,又漂亮,睁着一对沮丧的眼睛看着车厢的令人愁惨的内部。

坐在她旁边的是于贝尔·德·布雷维尔伯爵和夫人。他们的姓氏是诺曼底省最古老、最高贵的姓氏。伯爵本人是一位气派很大的老绅士,他用尽心机在服装上修饰摆布,好突出他和国王亨利第四天生的相似之处。按照一种对他的家族大有光荣的传说,亨利第四曾使布雷维尔家族中一个女子怀了身孕,这女子的丈夫因此晋封伯爵并荣任了省长。

于贝尔伯爵也在省议会,和卡雷-拉玛东先生是同僚。他在省里代表着奥尔良派②。他怎样会和南特城一个小船主的女儿结婚,这一直是个谜。不过伯爵夫人气派很雍容,待人接物比谁都能干,并且社会上还认为她曾被路易·菲力普③的某一王子爱过,整个贵族阶级都殷勤招待她,她的客厅在本地首屈一指,只有她的客厅里还保持着旧日的风流情调,因此很不容易踏进去作座上客。

德·布雷维尔家里的产业全是不动产,据说每年的收入达到五十万法郎。

上述的六个人算是车上的基本队伍,是社会上每年有靠得住的收入、生活安定、势力雄厚一方面的人,同时也是信奉宗教、服膺原则、有权威的上等人。

凑巧得出奇的是三位太太同坐在一条长凳上。伯爵夫人旁边却还坐着两位修女,她们手掐着长串念珠,口里嘟哝着圣父经和圣母经。其中的一个年纪已老,满脸都是麻子,仿佛就近中了几发霰弹似的。另一个身子很瘦小,一张好看而带病容的脸长在一个痨病胸部的上面;这个胸部正被一股使人甘心殉教、超凡入圣的贪婪的信心蚕食着。

在这两位修女的对面,坐着一男一女,大家的眼光都注意着他们。

男的,大家都认识,是别号"民主党"的高尼岱,他是一切有身份的人最怕

---

① 指拿破仑三世的第二帝国(1852—1870)。
② 这一派代表法国大资产阶级的利益,主张拥立奥尔良公爵为法国国王。
③ 七月王朝时期(1830—1848)的法国国王。原为奥尔良公爵。

碰见的人。二十年来,他那一部黄褐色大胡子在一切有民主风味的咖啡馆的啤酒杯里拂过来拂过去。他的父亲当年是个糖果商,给他留下一分相当像样的产业,他和弟兄朋友们把它吃了个精光,迫不及待地等候共和国降生,以便获得他为革命喝了这么多杯啤酒之后分所应得的地位。在九月四日①那天,也许是有人跟他开玩笑,他以为自己已被任命为本省的省长;可是等他上任就职时,办公室的侍役们,那时是办公室的惟一主人,却拒绝承认他这项资格,他只好悄悄退了出来。好在他本是个好好先生,平常与人无争,最喜帮助别人,因此他又鼓起无比的热忱,从事本地的军事防卫工作。他叫人在平原上挖了许多坑,把附近树林中的小树一齐砍倒,在公路上密密层层埋伏下许多陷阱;他很满意自己这些准备工作,所以等敌人快开到的时候,他就很快地回到城里。现在他以为到勒阿弗尔去更可以为国效劳,在那个地方新的防御工事会成为迫切需要的东西。

那个女的是一个妓女。因为身体过早发胖而出了名,外号叫"羊脂球"。她身量矮小,浑身到处都是圆圆的,肥得要滴出油来,十个手指头也都是肉鼓鼓的,只有骨节周围才凹进去好像箍着一个圈圈,颇像是几串短短的香肠;她的肉皮绷得紧紧的发着光,极丰满的胸脯隔着衣服向前高耸着;不过尽管如此,大家对她却都垂涎三尺,趋之若鹜,因为她那种鲜艳的气色实在叫人看了喜欢。她的脸庞儿好像一个红苹果,又像一朵含苞待放的芍药;在这张脸蛋儿的上部睁着两只非常美的大黑眼睛,四周遮着一圈长而浓的睫毛,睫毛的阴影一直映在眼睛里;下部是一张窄窄的妩媚的嘴,嘴唇是那么湿润,正好亲吻,嘴里是两排细小光亮的牙齿。

据说,她还具有许多无法估计的本领。

当大家一认出她是什么人之后,在那几位正经妇人之间便起了一阵耳语,什么"婊子"啦,"社会耻辱"啦等等,尽管是低声说的,却是那么响,她不禁抬起头来。她来回看了同车人一遍,眼光含着那么多的挑战意味,并且是毫无畏惧之意,立刻大家都不再声响,低下了头;只有鸟先生还偷偷看着她,神气颇为轻佻。

可是过了不大一会儿,那三位太太之间谈话又开始了,由于车里有了这个

---

① 一八七〇年普法战争开始,九月四日巴黎爆发革命,推翻拿破仑三世的第二帝国,资产阶级窃取政权,成立第三共和国。

妓女,她们突然间彼此成了朋友,几乎是知己之交了。在她们看来,好像在这个无耻的卖淫女人面前,她们必须把她们为人妻的尊严拧成一股劲,因为合法的爱情总是看不起不合法的自由爱情的。

那三个男的,也因为有高尼岱在面前,一种保守派的本能使他们彼此更为靠拢,他们现在正用一种看不起穷人的口气谈论着金钱。于贝尔伯爵谈的是普鲁士军队给他带来的损害以及将来牲畜被抢走,庄稼收不了等等可能造成的损失,说话的时候显出千百万家财的封建地主满不在乎的神情,好像这种损害也不过给他带来一年半载的不方便罢了。卡雷-拉玛东先生在棉纺业方面受到过很大的损失,因此曾经留了一分心往英国汇了六十万法郎以备不时之需。至于鸟先生呢,他已安排妥当,把酒窖里剩下的普通酒一股脑儿卖给了法国后勤部,这样一来政府欠下了他一笔惊人的巨款,他现在准备到勒阿弗尔去领取。

这三位都用颇有友情的眼光一瞥一瞥地互相看着。他们虽然彼此社会地位不同,可是借了金钱的牵引,他们感到彼此都是弟兄,都是由双手插进裤袋弄得金币丁当响的阔佬们组成的那个大行会的一分子。

车子走得是那样慢,到了上午十点,他们还没走出四法里。男子们曾经三次下车,步行爬上坡的路。大家有点着急,因为原定在多特吃中饭,现在看来天黑以前到达那里都没有希望了。每个人都在注意,顶好在大路边上发现一个小酒馆,这时候驿车却陷进一个大雪堆里,费了两个钟头的时间才把它拖出来。

食欲在增长,弄得大家心慌意乱;可是看不见一个小饭馆,看不见一个卖酒的小店,因为普鲁士军队越来越近,饿着肚子的法国队伍不断经过,所有的买卖都吓得停止了。

车里的先生们都跑到路旁那些农庄里去找吃的东西,可是他们连面包都找不到,因为多疑多惧的农民生怕挨抢,早把存储的物品隐藏起来,那些没有吃的兵士们是发现什么都要硬拿走的。

下午一点钟左右,鸟先生公开表示,他确确实实感觉到胃里空得发慌。其实大家也都跟他一样早就难受得要命;想吃东西的强烈需要一直在增长,连谈话的劲头也没有了。

时常有人打哈欠;一个人打完,马上就有另一个人跟着打;并且人人轮流着都打起来,按照各人的性情、礼貌和社会地位,各有各的打法:有的张着嘴大声打,有的很谦虚地赶紧拿手挡住往外冒热气、张大了的嘴打。

　　羊脂球好几次弯下腰去,仿佛在裙子底下找什么似的。每次她都踌躇一下,看一看旁边那些人,然后又若无其事地直起腰来。那些人的脸都是苍白的,皱紧的。鸟先生表示他肯出一千法郎买一只肘子。他的妻子动了一下,好像表示反对,可是马上就安静下去。她一听见说浪费金钱,心里总要难受,甚至于对这方面开玩笑的话,也会信以为真。伯爵说:"说实话,我也觉得很不舒服,我怎么会没想到带点吃的来呢?"于是每个人都这样埋怨自己为什么没带吃的东西。

　　不过高尼岱带着满满一壶朗姆酒;他请大家喝一点,大家都冷冰冰拒绝了。只有鸟先生接受这番好意喝了一点点,他退还酒壶的时候还道谢说:"倒是不错,也暖和了,也忘了饿了。"酒一下肚,他高兴了,他提议跟歌谣里唱的小船上一样,吃那个最肥胖的旅客。这是暗射羊脂球,那几位有教养的人听了是刺耳的。谁也不回答他,只有高尼岱微微地笑了一笑。那两位修女已停止念经,双手抄在肥袖管里,她们动也不动,下死劲地低头看着地,不用说是在默默忍受上天降给她们的苦痛,作为对上天的献礼。

　　三点钟,他们来到了一片四望无边的平原,眼前连一个小村落都没有了。羊脂球终于一弯腰从长凳底下抽出了一个上面蒙着一块白色饭巾的大篮子。

　　从篮里,她先拿出一只陶瓷碟子,一只小银杯,然后是一只大罐子,里面装着两只切碎的小鸡,上面盖着凝结的冻儿;大家看见篮里还有不少别的好东西,什么肉酱啊、水果啊、糖果啊等等,总之是为三天旅程预备下的食品,三天之内可以不沾旅馆厨房做出来的任何东西。在那些食品包儿的中间还露着四个酒瓶的瓶颈。她拿起了一个鸡翅膀,仔细地吃着,一面就着一块小面包,就是在诺曼底省叫作"摄政时代"的那种小面包。

　　所有的眼睛都向她盯着。随后,香味一散开,大家的鼻翅就都张开,口里涌起了大量的口涎,耳朵下面那块颚骨也绷得直发痛。那几位太太对这个妓女的轻蔑现在更厉害了,她们恨不得把她杀死或把她扔下车去,抛到雪地里,连她的酒杯、篮子以及那些食品一齐丢下去。

　　不过鸟先生的眼睛盯着那罐鸡不放。他说:"真是妙不可言。这位太太比我们想得周到。有的人总是样样都想到。"她于是抬起头望着他说:"您吃一点吗,先生?从早上一直饿到现在可真不好受啊。"他点头打了招呼就说:"老实说,我还真不能拒绝,我实在支持不住了。到哪一步就得说哪一步,您说是不是,太太?"然后朝四周瞟一眼,他又接着说道:"遇到像现在这种时候,能够碰见好心肠帮忙的人,可真叫人痛快呀!"他身边有一张报纸,他把它摊开,免得弄脏裤子,随后从袋里掏出他永远揿着的一把小刀,用刀尖挑起一个满裹着冻儿的鸡腿,拿牙把它撕碎,细嚼起来;嚼得那么明显地津津有味,在车里引起了一片失望的长叹声。

可是羊脂球这时又用谦逊而温和的声音邀请那两位善良的修女也参加她这顿便餐。这两位马上就答应,眼皮也不抬,嘟囔了几句道谢的话之后,很快地就吃起来。高尼岱也没有拒绝羊脂球的邀请;连修女一起,各人把报纸摊在膝上,就拼成了一张饭桌。

几张嘴不停地张开了闭拢,闭拢了张开,咽啊,嚼啊,吞啊,非常地凶猛。鸟先生在自己的角落里吃得十分起劲,并且低声劝他的妻子也这样做。她拒绝了好半天,后来五脏六腑都一齐抽筋似的痛起来,她也不坚持了。她的丈夫于是使用出极委婉的词句请问他们的"可爱的旅伴"是否允许他拿一小块鸡给鸟太太吃。羊脂球说:"可以,当然可以,先生。"她一面极和蔼地微笑着把罐子递了过来。

第一瓶红葡萄酒打开以后,出现了一个难题,因为只有一只酒杯。大家只好把杯子揩抹一下互相传递着喝。只有高尼岱一个人不揩抹酒杯,却故意找羊脂球唇迹未干的地方喝,毫无疑义他是有意向她献媚。

德·布雷维尔伯爵夫妇和卡雷-拉玛东夫妇周围的人都在吃东西,食物的香味把他们逼得喘不出气,他们受到的那种可怕的苦难是有名堂的,叫作"坦塔罗斯的苦难"[①]。忽然,那个棉纺厂厂主的年轻太太叹了一口长气,大家都不禁转过脸来;她的脸色跟车外的雪一般白;她眼皮一合,头一低,晕过去了。她的丈夫吓得不知怎样好,要求大家帮忙。人人束手无策,这时候那个年老的修女却扶起了病人的头,把羊脂球的酒杯轻轻放在她的唇边,喂了她几滴葡萄酒。那位美丽的太太这才微微一动,睁开了眼,面上显出了一丝微笑,有气无力地说她现在觉得很舒服了。不过,为避免再犯病,那位修女逼着她又满满地喝了一杯,并且说:"是因为饿极了,没有别的缘故。"

这时,羊脂球脸涨得通红,显出很为难的样子,眼睛看着那四位饿着肚子

[①] 希腊神话中主神宙斯之子,因泄露天机被罚永世站在上有果树的水中,水深及下巴,口渴想喝水时水即减退,腹饥想吃果子时树枝即升高。"坦塔罗斯的苦难"指可望而不可即的难熬的苦痛。

的旅客,吞吞吐吐地说道:"天啊,我要是不怕冒昧的话,真想请这两位先生和两位太太也……"她不再往下说,怕惹出一场无趣,白受侮辱。鸟先生说话了:"唉!在这种时候,四海之内皆兄弟,都应该互相帮助。来吧,太太们,别客气,凭什么还要拒绝!我们能否找到一个住处过夜,都还不知道呢。像这样的走法,明天正午以前决到不了多特。"他们还在犹疑不决,谁也不敢负责任说一声"好吧"。

后来还是伯爵解决了问题。他转过脸来对着那个不知所措的肥胖姑娘,摆出了一副老绅士高不可攀的架子说道:"好,我们依实领情了,夫人。"

迈第一步是很困难的。第一道关口一过,大家就毫不客气了。一篮子东西吃了个精光。这篮子里原来还装着鹅肝酱、肥云雀酱、熏牛舌、克拉桑的梨、主教桥镇出产的甜面包、细巧甜点心、满满一杯子醋泡的黄瓜和洋葱,羊脂球跟别的妇人一样最爱吃生的蔬菜。

既吃了这个姑娘的东西,就不能不和她说话。于是就聊起天来,一开始大家都很矜持,可是她说话很知道分寸,大家也就不再拘束。德·布雷维尔太太和卡雷-拉玛东太太都是熟悉交际礼貌的人,知道怎样对她表示和气而又不失身份。特别是伯爵夫人,她显出最高贵的夫人不怕接触任何污秽的那种屈尊俯就的和蔼态度来,她对羊脂球显得格外和气。但是肥胖的鸟太太,她具有一种宪兵精神,仍旧是那么不可侵犯的样子,她说得少,吃得多。

他们谈起了战争,这是很自然的事。他们讲了许多普鲁士兵士的残暴行为和法国人的英雄事迹;这些人自己是在逃跑,却衷心钦佩着别人的勇敢。很快地各人讲到各人的经历,羊脂球把她怎样离开鲁昂的情形讲给他们听,她的愤慨是真实的,言词也非常激烈;妓女们发泄真实的愤怒时往往是这样激烈的。她说:"我先以为我可以留下不走。我家里存着很多食品,供给几个兵士吃喝总比离乡背井乱跑乱奔好些。可是等到我真见着了他们,这些普鲁士兵,我可就控制不住自己了。他们把我的肚子都快气破了;我羞惭得哭了一整天。如果我是个男子的话,那当然就好办了!我从我的窗口望着他们,这些戴着尖顶钢盔的大肥猪,我真想把我屋里的家具丢下去砸他们,但我的女仆紧紧握着我的手,不让我动手。后来他们要住到我的家里来了。第一个走进我家大门的人就被我扑上去掐住了脖子。掐死他们这些人并不比掐死别人更费事。要不是他们拉住我的头发,这个家伙一定是叫我给结果了。这样一来我只好藏起来,一找到机会,就离开,到了这辆车里。"

大家很夸奖了她一番。她的这些旅伴并没有表现得像她这么果敢大胆,在他们的眼里,她变得高大起来了。高尼岱一直是带着微笑听她讲,他的微笑是使徒脸上常有的那种表示赞许的、善意的微笑;一位神父听见了一个虔诚的教徒颂扬上帝,其表情也不过如此,因为爱国是这些留着长胡子的民主党人独家经营的专卖品,正如宗教是那些穿长袍的教士们的专卖品一样。最后他说了话,口吻是说教者的口吻,并且用了一大堆从每天张贴在墙壁上的宣言中学来的慷慨激昂的词句;最后他真的搬出了一段演说词,狠狠地把那个"无赖巴丹盖"①痛骂了一顿。

可是羊脂球立刻勃然大怒,因为她是崇拜拿破仑皇帝的,她面色变得比野樱桃还红,气得说话也结巴了,她说:"你们这些人,你们不妨坐到他的位子上去试试看。那可就不知成什么样子了!这个人,他是被你们给出卖了!要是你们这些光棍上台治理法国,我只好远离法国了。"高尼岱很镇静,面上还保留着一丝轻蔑的、自以为高人一等的微笑;但是大家却感到快要听见骂人的粗话了,这时伯爵挺身而出,用权威者的口气宣称一切真诚的意见都应该受到尊重,才好不容易把这个义愤填膺的姑娘的气平了下去。可是伯爵夫人和那位棉纺厂厂主的太太在心灵里原抱着一切有身份人对共和国所抱的莫名其妙的憎恨,并且对一切讲究排场的专制政府天生就有爱慕之情,因此不由自主地觉得这个妓女颇有可爱之处:她是那么庄严自重,令人钦敬;她的情感和她们的情感又是那么彼此相像。

那一篮子东西是吃光了。十个人吃这一篮子东西毫不费力就把它打扫干净,大家视为遗憾的是篮子只有这么大而不更大一点。自从把东西吃完以后,谈话稍稍冷淡了一些,但还继续了一些时候。

夜来了,天色一点一点黑下来,一个人正在消化食物的时候,对寒气的感觉来得格外锐敏;羊脂球尽管身体肥胖也不免一阵一阵打寒战。德·布雷维尔太太愿意把脚炉借她烤一下,脚炉里的炭从早上起已经换过多少次;羊脂球立刻就接了过来,因为她觉得她的脚已冻得冰冷。卡雷-拉玛东太太和鸟太太也把各人的脚炉递给那两位修女。

车夫已经点上车灯。强烈的灯光照出辕马汗出如渗的屁股上的一片热气,同时也照出大路两旁的雪,在灯光闪耀之下滚滚向后飞驰。

---

① 拿破仑三世的含有讥笑意味的绰号,他曾在一次政治冒险后化名为巴丹盖。

在车厢里是什么也看不清楚,不过在羊脂球和高尼岱之间突然有一种动作;鸟先生的两眼在黑暗里搜索,他好像看见那位长着大胡子的人急忙向旁边一闪,似乎挨了不声不响打过来的很结实的一拳。

在大路前方出现星星点点的小火光。多特到了。整整走了十二小时,加上四次停下来让马吃燕麦和喘口气的两小时休息时间,一共是十四小时。车开进了镇市,在商务旅馆前停了下来。

车门开了。一种很耳熟的声音使所有的旅客都不由得一惊;他们听见的是腰刀皮鞘触到地面的声音。紧跟着是一个德国人在高声喊叫。

车虽然已经停住不动,可是没有一个人下车,好像预料到一走出去就会被屠杀似的。这时车夫出现了,手里提了一盏车灯,灯光一直射到车厢尽头,照出了那两行恐慌万状的脸,都张着嘴,睁着又惊又怕的眼睛。在车夫身旁,灯光里站着一位德国军官,他是一个大高个子的青年,身材过分瘦长,头发金黄,上身紧紧裹在军服里,好像女子裹在紧身胸衣里一样;他歪戴着漆布的平顶遮檐军帽,这就使他颇有点像英国旅馆里的侍役;嘴上两撇长得出奇的胡子,一根根胡子毛又长又直向两旁伸展,越来越稀,稀到尖上只剩了一根金黄色的细丝,长到简直令人无法看出它到那儿为止。这两撇胡子好像很有分量,垂在嘴角,把脸蛋坠得往下耷拉着,嘴唇便成了两头向下的一道弧线。

他用阿尔萨斯人说的法国话①请旅客下车,口气很不客气:"先生们和代代(太太)们,里(你)们还扑(不)下来吗?"

两位修女首先服从命令,她们是惯于依从一切命令的圣洁女子,所以非常驯顺。伯爵和伯爵夫人也走了出来,后面跟着的是棉纺厂厂主和他的妻子,再便是鸟先生和被他从后面推着的他的大个子老婆。他脚一挨地就对那军官来了一个:"你好!先生!"与其说是表示礼貌,毋宁说是出于谨慎。有权有势的人总是傲慢无礼的,对方也不例外,看了他一眼并不答礼。

高尼岱和羊脂球虽然坐在车门口却最末下来;在敌人面前,他们显示出严肃高傲的气概。那位胖姑娘竭力控制着自己,使自己保持冷静;那位民主党人不住地用手揉搓着自己黄褐色的长胡子,手有点哆嗦,颇有点悲剧的意味。他们两人的意图是要保持自己的尊严,他们知道在这种场合下,每个人多多少少代表着自己的祖国;看见旅伴们的那种恭顺态度,他们心里起着同样的反感;

---

① 阿尔萨斯在法国西北部,这个地区人说的法国话,德国音颇重。

她呢,竭力要比那些同行的正经妇人显得更有自尊心;他呢,感到自己应该树立榜样,于是在整个态度中都显出他仍在继续当初大路上挖洞刨沟时所开始的抗敌任务。

他们走进了旅馆的宽阔的厨房,遵照那个德国军官的吩咐呈验了总司令签发的离境准许证;每人的姓名、相貌、职业,证件上都注得明明白白,那个德国人于是一面看证件,一面看本人,把这批人端详了好大半天。然后他突然说道:"号(好)了。"说完他就走了。

大家这才透了一口气。因为肚子还感到饿,赶紧叫旅馆准备晚餐。准备晚餐,半小时是不能少的,于是,两个女侍在那里忙碌的时候,他们就去参观一下各人的住室。他们的住室都集中在一条长廊里,廊子的尽头有一扇玻璃门,门上写着"一白号"。①

最后到了要坐下吃饭的时候,旅馆的老板出现了。他从前是马贩子,后来改了业。他是个有哮喘病的胖子,喉咙里不停地发出嘶嘶声、呼噜呼噜声和痰声。他的姓是弗朗维。他问道:

"谁是伊丽莎白·鲁塞小姐?"

羊脂球不由得一惊,转身答道:

"我就是。"

"小姐,普鲁士军官要马上跟您谈话。"

"跟我?"

"是的,如果您就是伊丽莎白·鲁塞小姐。"

她先是一阵为难,但考虑了一秒钟,就断然地回答:

"也许是找我,但是我不去。"

在她四周起了一阵骚动;大家议论纷纷,研究发这个命令的理由是什么。伯爵走了过来:

"您这样做是不妥当的,夫人;因为您这样一拒绝,可能引起很大的麻烦,不仅对您本人不利,也对您所有的旅伴们不利。遇到最强大的人是永远不应反抗的。他这种举动不会包含什么危险,一定是有什么手续忘记办了。"

大家也都附和着帮伯爵说话,又央求,又催逼,又讲大道理;因为大家都害怕她这种轻举妄动会引起麻烦。后来终于把她说服了。她说了这样一句话:

---

① 一百号是厕所的隐语。

"好,我去,这可是为了你们大家我才去的。"

伯爵夫人赶紧握住她的手:

"所以我们都很感激您呀。"

她出去了。大家先不吃饭等着她。每人心里都有点懊丧,懊丧的是为什么偏偏请这位脾气暴、性子躁的姑娘上去而不请自己,都默默在准备一些老生常谈,以便轮着自己被请时好说。

可是过了十分钟,她回来了,喘着气,脸涨得通红,好像要窒息过去,怒气填胸,嘴里不停地嘟哝:"噢,这个浑蛋!这个浑蛋!"

大家都急于要知道底细,可是她什么也不说;伯爵再三追问,她于是无比尊严地回答:"不,这和你们不相干,我不能说。"

大家围了一个大汤盆落了坐,盆里冒着白菜香味。虽然经过了那场惊慌,这顿饭还是吃得很高兴。苹果酒很好,鸟先生夫妇和两位修女为了省钱都喝苹果酒。其他各位都要了葡萄酒;高尼岱要了啤酒;他喝啤酒,有他自己的一套特别方法,怎样开瓶子,怎样让酒起泡沫,怎样把杯子歪举着仔细端详,都和别人不同;最后他把杯子高举到灯和自己的中间,好好鉴赏一番酒的颜色以后,这才喝下去。喝的时候,他那部跟他所喜爱的饮料颜色相仿的大胡子仿佛也会感动得颤动起来;他的一双眼睛斜盯着啤酒杯一刻也不肯放松;他生在世上惟一的职责好像就在此,而他现在就在完成这个职责。简直可以说,他在脑海里使浅色啤酒和革命这两种伟大的爱好互相接近,甚至合成一个;因此他细尝这一个滋味的时候就不能不想到那一个。

弗朗维先生和他的妻子在桌子的一头用饭。男的像一个破火车头那样呼哧呼哧喘着,胸膛里抽进抽出这么多的气,是无法边吃边说话的;可是女的,话却没个停止的时候。先讲普鲁士人一到本地时,她对他们所发生的感想,随后讲他们都干了些什么,说了些什么;她所以恨他们,首先是因为他们害她花了不少钱,其次是因为她有两个孩子在军队里打仗。她特别爱跟伯爵夫人谈天,跟一位有身份的贵妇人说话,她感到荣幸。

后来她把嗓子放低,谈起一些不能随便说的事,她的丈夫不时地阻拦她:"弗朗维太太,你最好还是少开口。"不过她一点也不理会,仍旧说下去:

"是的,太太,这些家伙,他们不吃别的东西,除了土豆和猪肉,还是猪肉和土豆。可别以为他们多么洁净。他们才不洁净呢。恕我冒昧,他们到处拉屎撒尿。幸亏您没看见过他们下操,一操就是整整几小时甚至几天,全都待在大空地里:老是向前走,向后走,向这边转,向那边转。这些人如果去种地,或者回到家乡去修路,那至少总还算不错呀！可是不,太太,这些军人,谁也得不到他们的好处！可怜的老百姓养着他们,就为了叫他们可以什么也不学,光学会大批杀人！不错,我不过是个没受过教育的老婆子,可是看见他们从早到晚老是踏来踏去,一个个都踏得个精疲力竭,我心里可就不免这样想了:有些人发明这么多的东西,为的是于人有益,可是另一批人呢,吃尽辛苦却只是为了损害旁人,这难道是应该的吗？杀人总是丑恶可憎的事,不管杀的是普鲁士人,或是英国人,或是波兰人,或是法国人。人损害了你,你就报复,这当然是不对的,所以你要受刑事处分;可是拿着枪大批屠杀我们的小伙子,跟杀飞禽走兽似的那么杀,那就对了吗？如果说不对,那么为什么还要把勋章奖给杀人最多的人呢？这是怎么回事,我简直弄不明白。"

高尼岱提高了嗓子说话了:

"如果是攻击一个与世无争的邻国,那么战争是野蛮行为;如果是保卫自己的祖国,那就是一种神圣的职责。"

那个老婆子低下了头,然后说:

"是的,要是为了自卫,那是另一回事;不过那些专为寻欢作乐而打仗的帝王,是不是应该把他们都杀个干净呢？"

高尼岱的眼里闪出了火光,他说:

"说得真好,女公民！"

卡雷-拉玛东先生不免沉思起来。虽然他一向狂热地崇拜那些名将,但这个乡下女人的常识却使他想到这样一件事,就是这么多的人手,废而不用,任他们坐耗国帑,这么大的力量被弃置在不生产之地,如果一旦把它们用到几百年才能完成的大工业上去,给国家该带来多大的财富。

这时鸟先生已离了座,走去低声和旅店老板谈话。那个胖子又笑,又咳嗽,又吐痰;听了对方打诨逗趣的话,他的大肚子快活得一起一伏不住地跳动;他向鸟先生订购了六大桶红葡萄酒,等春天普鲁士人走了再交货。

晚饭刚一吃完,大家因为已经累得腰酸背痛,就立刻都去就寝。

可是有些事,鸟先生却已看在眼里,他把太太服侍上床以后,便一忽儿把耳朵贴在锁孔上听,一忽儿又用眼贴着锁孔望,想发现他所谓的"走廊上的秘密"。

差不多一个钟头之后,他听见一阵塞塞窣窣的声音,赶快一看,看见了羊脂球穿着一件四周镶白色花边的蓝开司米长睡衣,样子显得格外肥胖,手里端着一个蜡台,向走廊尽头那个大号码的房门走去。离他不远却有一扇门推开了一条缝。等过了几分钟羊脂球回来,高尼岱跟在她后面,上身只穿着衬衫。他们说话声音很低,后来停下不走了。羊脂球好像是在坚决阻止他进她的屋子。该死的是鸟先生听不见他们说什么话;不过到最后他们声音高了起来,他总算耳边刮着了几句。高尼岱是一个劲儿地央求,他说:

"瞧,您够多么傻,对您来说,这有什么关系?"

她显然是生气了,回答:

"不行,我的亲爱的,有些时候,这种事是做不得的;再说,在这儿,简直是件可耻的事。"

他大概是一点也不明白其中的道理,还在问什么缘故。她于是大发雷霆,嗓子也提得更高了:

"什么缘故?您不知道是什么缘故吗?普鲁士人不就在这所房子里吗?也许就在隔壁屋子里呢。"

他不再说话了。敌人在身旁,这个妓女便不肯接受男人的温存,这种爱国主义的节操不能不在他心里唤醒了正在丢盔卸甲的自尊心;他只抱住她吻了一下,便蹑手蹑脚回到自己的房间。

鸟先生心里跟火烧一般,离开了锁孔,在屋子中央来了个击脚跳,戴上了他的棉布睡帽,掀起了盖着他妻子粗硬身躯的被子,吻了她一下,把她吵醒,低声说道:"亲爱的,你爱我吗?"

整所房子里于是声息全无了。但是不久以后,不知从哪儿,也说不清是从哪个方向,也许是从地窖里,也许是从阁楼里,传来一种有力的、单调的、有规则的鼾声,一种低沉的、拖长的声音,好像汽锅憋足了气在抖动。弗朗维先生睡着了。

原来决定的是第二天八点钟动身,所以到时候大家都已聚在厨房里;可是那辆车子却孤零零地停在院子中央,既没有马也没有车夫,篷布顶上盖着一层雪。马房里、草料房里、车房里都找过,哪儿也找不着车夫。于是所有的男子决定到镇上去搜寻这个人,他们一齐走了出去。他们来到了广场,广场的正面是一座教堂,两旁都是低矮的房子,里面都有普鲁士兵。他们看见的头一个兵士在削土豆皮。再过去一点,又看见一个兵士在那里替理发店洗刷屋子。还有一个满脸胡子的兵士正在亲一个哭着的小孩的面孔,把孩子放在膝上颠动摇晃,哄他别哭。那些胖胖的乡妇——男人们到军队打仗去了——正比着手势指挥那些驯顺的胜利者在那里做应该做的工作,比方劈柴,把热汤倒在面包片上,磨咖啡等等;有一个兵士竟在替他的房主人洗衣服,房主人是一个手脚不灵的老婆子。

伯爵大为吃惊。恰好一个教堂职员正从神父住宅出来,他于是请问了他。这个虔敬的老信徒回答:"噢!这些人可不是坏人;听人说,他们不是普鲁士人。他们住得还要远些;我也说不清是什么地方,他们都把老婆孩子丢在家乡;战争对他们来说,并不是一件有趣的事。我敢断定,那边也在哭哭啼啼挂念男人;将来跟咱们这儿一样,也会穷得走投无路。这儿,目前还不算太倒霉,因为他们并不干坏事,他们跟在他们家里一样干活做事。看见没有?先生,穷苦人之间就应该互相帮助……要打仗的是那些大人物。"

高尼岱看见在战胜者和战败者之间会取得这样友好的谅解,感到非常气愤,马上走开;他宁愿回到旅馆里去一个人待着。鸟先生说了一句笑话:"他们正在补充人口。"卡雷-拉玛东先生也说了一句话,倒还严肃:"他们正在赔偿损失。"可是车夫还是找不着。最后才在镇上的咖啡馆里把他找到,他正和普鲁士军官的勤务兵亲如弟兄似的坐在一张桌上。

伯爵很不客气地问他:

"没吩咐你八点钟套车吗?"

"吩咐过,不过后来我又另外接到了一道命令。"

"什么命令?"

"叫我不要套车。"

"谁给你下的这道命令?"

"那还用问,是普鲁士指挥官。"

"为什么下这样的命令?"

"我不知道,你们去问他吧。他们不准我套车,因此我就不套车。事情就是这样。"

"是他亲自对你这样说的吗?"

"不,先生,是旅店老板替他向我传的命令。"

"什么时候?"

"昨天晚上,我正要去睡的时候。"

三个男子心里十分不安,回到旅馆。

他们找弗朗维先生,可是女仆回答说弗朗维先生有气喘病,十点钟以前是从来不起床的。他甚至明确地禁止提前把他叫醒,除非是发生火灾。

他们想见军官,但那是万万办不到的;尽管他就住在旅馆里,他却只允许弗朗维先生一个人和他谈老百姓的事情。只好等着吧。妇人们回到各自的房间,做一些无关紧要的琐事。

高尼岱在厨房里那座高大的壁炉下面坐下来,壁炉里烧着一大堆火。他叫人替他搬来了一张小方桌,外带一瓶啤酒,然后叼着烟斗抽他的烟。他那只烟斗在那些民主党人中间几乎和他本人一样受人敬重,倒好像它为高尼岱服务的同时也在为祖国服务。那是一只非常漂亮的海泡石烟斗,积了厚厚的烟垢,和主人的牙齿一般黑,不过烟斗香喷喷的、弯弯的、亮光光的,和主人的手已经混得很熟;有了这个烟斗在手,主人的神气才显得十足。高尼岱坐在那里一动也不动,两只眼一会儿盯住炉里的火苗,一会儿盯住杯中的酒沫;每喝一口,总要带着得意的神色伸出他又瘦又长的手指头掠一下油腻的头发,一面用嘴吸着唇髭上挂着的泡沫。

鸟先生借口活动活动腿脚,却跑到本地各家小酒店去推销他的葡萄酒。伯爵和棉纺厂主谈论政治。他们推测法兰西的前途。这一个把希望寄托在奥尔良党人身上,那一个指望出一个无名的大救星,一个在全盘无望的时候挺身而出的英雄。也许会出来一位杜·盖克兰①,一位贞德②吧?或者是另一位拿破仑一世呢?如果皇太子③不是那么小,该有多好!高尼岱听着他们说话,脸上带着一个懂得命运奥妙的人的微笑。他抽着烟斗把厨房熏得喷香。

敲十点钟的时候,弗朗维先生出现了。大家马上请教他;可是他只能把下面几句话一字不改地重复了两三遍:"军官这样对我说的:'弗朗维先生,你必须告诉车夫,明天不准给这些旅客套车。没有我的命令,他们不能动身。你听明白了?好,行了。'"

他们要求见军官。伯爵拿出自己的名片,卡雷-拉玛东先生还在伯爵的名片上附上自己的姓名和所有头衔。普鲁士军官派人传话给他们,说他可以接见这两个人,可是得等他吃完午饭,也就是说午后一点左右。

---

① 杜·盖克兰是十四世纪的法国民族英雄,屡次击溃英军,收复很多失地。
② 亦译作冉·达克,英法"百年战争"中法国民族女英雄。一四三一年被英国占领军在鲁昂处以火刑。
③ 指拿破仑三世的儿子,普法战争时只有十四岁。

太太们又下楼来,大家虽然都提心吊胆,还是胡乱吃了一点东西。羊脂球好像是病了,而且显得局促不安。

刚喝完咖啡,勤务兵就来找这两位先生。

鸟先生跟着两个人一起去了;他们也想把高尼岱拉了去,以便使他们的这番活动显得格外隆重,可是他很高傲地声称,他决心永远不和德国人发生任何交往;他又躲到壁炉下面,又要了一瓶啤酒。

那三个人上了楼,被领到旅馆中最漂亮的那间房里,军官就在那里接见他们;他躺在一张靠背椅上,双脚登着壁炉,抽着一根长的瓷烟斗,穿着一件鲜艳夺目的睡衣,不用说那是在一个趣味低级的市民的空房子里偷来的。他也不起来,也不打招呼,甚至连看也不看他们,完全是打胜仗的军人具有的那种蛮横无理的极完好的样品。

过了好半天,他终于发了话:

"里(你)们有镇(什)么事?"

伯爵赶紧发言:"我们想动身,先生。"

"不行。"

"我可以不可以请问一下,因为什么不让我们走?"

"因为额(我)不元(愿)意。"

"我以极大的敬意请您注意,先生,您的总司令曾经发给我们到第厄普去的通行证;我想我们也没有做什么错事,应该受到您的严厉待遇。"

"额(我)不元(愿)意……没有撒(别)的缘故……里(你)们格(可)以下去了。"

三个人都鞠了躬,退出来。

下午过得很愁惨。谁也不明白这个德国人为什么会有这样的怪念头;每个人的脑子里都产生了最离奇的想法。他们全都待在厨房里,想象出种种不近情理的情形来讨论个不休。也许要把他们留下做人质?——不过又是为的什么目的呢?——莫非要把他们当俘虏带走?更可能的是要向他们勒索一大笔赎金吧?一想到这个,他们吓得发了疯。其中最有钱的人害怕得最厉害;他们好像已经看见自己为了赎命把一袋一袋的金钱倒在这个蛮横无理的大兵手里。他们绞尽脑汁想出一些可以让人相信的谎言,来隐瞒他们的财富,冒充穷人,冒充很穷很穷的人。鸟先生还把表链摘下来藏在衣袋里。天色黑下来了,这更增加了他们的恐惧。灯已点上,但吃晚饭还要等两小时,鸟夫人提议打三十一点。这至少可以说是一种消遣解闷的好方法。大家都同意。甚至连高尼岱也出于礼貌,熄灭了烟斗,凑一把手。

伯爵洗牌,分牌;羊脂球一上来就得了三十一点;大家很快地都专心打牌,把各人心里盘踞着的恐惧平息下去了。不过高尼岱发觉鸟先生夫妇俩串通好了作弊。

他们正要坐到桌上去吃饭,弗朗维先生又出现了,用他那痰堵着喉咙的声音说:"普鲁士军官叫我来问伊丽莎白·鲁塞小姐,她是不是还没有改变主意?"

羊脂球一听这话,脸色煞白,立着不动;接着突然满脸通红,气得说不出话来。最后她才一下子嚷了出来:"去对这个无赖,这个下流东西,这个普鲁士臭死尸说,我决不答应,你听听清楚,我决不,决不,决不答应。"

胖老板一出去,大家就围住了羊脂球打听,要求她把她那趟去见军官的秘密说出来。她先不肯说,可是过不多久,她心里的愤慨再也压不下去,她大声喊道:"他想干什么吗?……他想干什么吗?他想跟我睡觉!"这样的粗话,竟没有人觉得刺耳,因为大家都是那样气愤填膺。高尼岱使劲把酒杯往桌上一掼,把酒杯都掼碎了。当时只听见一片谴责这个无耻丘八的呼声,一片暴怒的怨声;全体团结起来抵御敌人了,仿佛敌人要羊脂球做出牺牲的这件事里他们每个人也都有一份。伯爵愤慨地表示这些人的行为简直和古代野蛮民族一样。特别是那几位太太,更是对羊脂球显出十分怜惜爱护的样子。那两位修女是只有吃饭才下楼的,她们低下头,一言不发。

头一阵狂怒过去之后,大家还照常用晚餐,不过不大说话,因为都在想心事。

妇人们很早就回到各人的房间;男人们抽着烟就把牌局组织起来,他们邀了弗朗维先生参加,他们想要巧妙地从他身上打听出有什么好方法来消除军官的对立态度。可是他一心只想着牌,什么也不听,什么也不答;他只是不停地说:"打牌吧!先生们,打牌吧!"他是那么专心,连痰都忘了吐,使得他胸腔里有时候声音拉得很长。呼哧呼哧扇动着的肺叶发出哮喘病的种种声响,从浑厚的、深沉的音节起一直到小公鸡练习打鸣时的那种嘶哑的尖叫声,无一不有。

他的太太熬不住困,来找他去睡的时候,他竟拒绝上楼。太太只好一个人走了,因为她是"值早班的",总是太阳一出就起床;而他呢,是"值晚班的",随时都可以和朋友们熬夜。"你把我那罐牛奶熬蛋黄放在火边上煨着!"他说完又打起牌来。等大家看出从他身上什么也打听不出来,就宣布应该散局,各人都回去睡觉。

第二天他们还是老早都起了床,心里都抱着一种模糊的希望;想动身的欲望也更大,他们很怕在这丑恶的小旅馆里还要过一天。

唉!拉车的马还是留在马房里,车夫还是无影无踪。他们无事可做,就在车的周围绕来绕去。

那餐午饭吃得闷闷不乐;大家对羊脂球好像有点冷冰冰了,因为夜晚常常叫人深思,过了一夜,他们的看法改了样儿。他们现在几乎有点怨恨这个女人,为什么她不偷偷地跑去找那个普鲁士人?那样一来,她不就可以为她的旅伴们在第二天一觉醒来的时候,准备下一个意外的好消息吗?还有比这更简单的吗?并且又有谁知道呢?她的面子是可以顾全的,只要对军官说她是看了旅伴们苦恼,感到可怜,才答应的。对她说来,那种事没有什么了不起!

不过这些心里的想法,还没有人说出来。

下午,大家实在闷得要死,伯爵提议到镇子附近去散散步。各人都仔细地把身体包好裹好,这一小队人就出发了,只有高尼岱不去,他宁愿留在旅馆里烤火;那两位修女也不去,她们白天不是在教堂里就是在神父住宅里消磨光阴。

天气一天比一天冷得厉害,冻得耳朵和鼻子像针扎似的;两只脚很疼,每走一步简直就是受一次罪;等到看见了田野,望过去是无尽无休的一片白,那么凄怆悲凉,大家立刻感到寒入骨髓,愁上心头,马上掉转身子往回走,四个妇人走在前面,三个男人离开不远在后面跟着。

鸟先生把情况看得很清楚,忽然发问说,这个"臭婊了"是不是要害得他们在这样一个地方长久地待下去。伯爵永远是彬彬有礼的,他说不能硬逼一个妇人做这样一种痛苦的牺牲,这种事只能听她自愿。卡雷-拉玛东先生也发表意见,他说如果法国人,真如大家所议论的那样,从第厄普攻过来,那么两军接触只能是在多特地方。另外那两个人听了他这种说法,心里可就有点着急。鸟先生说:"那咱们就徒步逃走吧。"伯爵耸了耸肩膀:"这样大的雪,又带着几位太太,那怎么行呢?他们马上会追上来,用不了十分钟就把我们抓住,当俘虏带回来,那就任凭这些大兵摆布了。"他的话说得实情实理,大家都不再做声。

太太们谈的是打扮；可是她们之间好像有些拘拘束束谈不热乎。

忽然在街口出现了那个普鲁士军官。在一望无边的雪地上的是他那穿着制服的、细腰蜂般的高高的身体，走起路来膝盖向两边撇开，这是怕弄脏刚擦亮的长靴的军人特有的走法。

他在妇人们面前经过时，哈了哈腰，可是对那些男子却十分轻蔑地看了一眼，好在这些人也颇知自爱，并没有脱帽，尽管鸟先生做了一种仿佛要摘帽的手势。

羊脂球脸红到耳根；那三位有丈夫的妇人则感觉到一种很大的耻辱，她们觉得可耻的是和妓女一起散步时偏偏让军官碰见；而这个妓女又是那个军人如此不客气地对待过的。

她们接着就谈起这个军官来，既谈他的身段又谈他的容貌。卡雷-拉玛东夫人结交过许多军官，对鉴别军官很有眼力；她认为这个军官很不错；她甚至惋惜他不是法国人，否则倒是一个很漂亮的轻骑兵，所有的女人都会对他入迷的。

回到了旅馆，大家都不知干什么才好。为了一些极其无关紧要的小事，言语都非常尖刻。晚饭不声不响地吃了，吃得很快；各人都上楼去睡觉，希望快快睡着把时间混过去。

第二天早上下楼，大家脸色都显得疲惫不堪，而且都怀着满腔的怒火。几位太太几乎不跟羊脂球说话了。

钟声响了。教堂里有孩子要领洗。这位胖姑娘生过一个孩子，寄养在依弗多的农民家里。她一年也不见得去看他一次，平常也从不想他；可是一想到这个马上要领洗的小孩，心里忽然对自己孩子发生了一种强烈的母爱，她于是不顾一切，要去参加这个仪式。

她刚一走，大家先是你看看我，我看看你，然后把椅子往一块儿挪挪，因为他们都感到，已经到了应该决定个办法的时候了。鸟先生忽然灵机一动，他主张向军官建议，把羊脂球一个人留下，让别的人走路。

仍旧是弗朗维先生担任了这个传话的使命，可是他几乎马上就回到楼下。那个德国人是深知人类的本性的，所以把他赶了出来。他的意思是他的希望一天得不到满足，就必须把全部的人扣留一天。

鸟夫人的市井下流脾气一下子爆发出来："我们总不能老死在这儿啊。跟所有的男子干这种事，原来就是这个娼妇的本行，我认为她就没有权利拒绝这个人或接受那个人。我倒要请问一下,在鲁昂碰着谁要谁,哪怕是马车夫,她也要!是的,太太,她接过省政府的马车夫!这个事,我知道得很清楚,那马车夫就在我们店里买葡萄酒。可是今天,要她帮我们解决困难了!她这个肮脏女人,倒假充起正经人来了!……这个军官,我觉得他的行为很正派。他也许好久没近女人了;我们这三个女人当然比羊脂球更对他的胃口。可是,不,他只想把这个人尽可夫的妇人弄到手就满意了。他对有丈夫的妇人是知道尊重的。请你们想一想,他可是此地的主人。他只要开口说一声'我要',就可以在他那些大兵的帮助下把我们强奸的。"

那两个妇人打了一个小小的寒战。漂亮的卡雷-拉玛东夫人眼里闪出了光芒,并且面色有点发白,好像觉得自己已经被那个军官强施无礼似的。

男人们原在一旁商量,现在都走了过来。鸟先生怒气冲天主张把这个"贱货"连手带脚捆起来,交给敌人。不过伯爵出身于三代都做过外交大使的家庭,而且他自己又天生一副外交家的气派,他主张运用计谋,他说:"还是应该好好地劝她。"

于是他们秘密地商量起来。

妇人们挤得更紧一些,说话的声音放得很低,大家议论纷纷,各人发表各人意见,而且话说得都很体面。尤其是这些太太们寻出一些委婉曲折的说法和文雅可爱的措辞来表达最猥亵的事。因为话都说得那么谨慎含蓄,局外人闯进来的话,一点也听不懂。不过一切上流社会的妇女披在身上的那层薄薄的廉耻心,只能掩盖外表,她们遇到这件猥亵下流的意外事故,却也止不住心花怒放,骨子里竟觉得异常散心解闷,简直可以说是如鱼得水。她们是抱了一种跃跃欲试的心在为别人从中撮合,正如一个馋嘴厨子馋涎欲滴地在为另一个人做晚餐。

到最后,这个故事在他们眼中,显得那么有趣,因此不由自主地大家都轻松愉快起来。伯爵想出了一些相当大胆的趣话妙语,但是他说得那么巧妙,并不刺耳而是引起了微笑。鸟先生说出了一些比较粗鲁的猥亵词句,大家听了也不觉得难听;他的太太干脆直截了当表示了她的看法,得到所有在座人的同意,她说:"既然是这个姑娘的本行,她为什么对别人不拒绝,却偏偏要拒绝这个人?"那位可爱的卡雷-拉玛东夫人似乎竟有这样的想法,就是如果她是羊脂球,她是宁肯拒绝别人而不肯拒绝这个人的。

他们费了好半天的时间商量包围的办法,就好比对付一座被围困的要塞。

每人都定好了自己应该担任的任务,应该讲的理由和应该玩的手段。大家共同决定了进攻的计划,应该施展的妙计和乘其不备的突然袭击,以便强迫这座活城堡开门迎接敌人。

不过高尼岱始终躲在一边,丝毫不过问这桩事。

大家的注意力都是那么集中,竟没有一个人听见羊脂球回来。幸亏伯爵轻轻地嘘了一声,大家才抬起头来。她已经到了跟前。他们突然闭上嘴,感到十分尴尬,一时无法和她搭话。伯爵夫人究竟比别人更惯于交际场中的两面派作风,就问她:"这次洗礼好玩吗?"

胖姑娘心里的激动还没平息下去,于是把一切都讲给他们听:她都看见了什么样的人,那些人是什么态度,甚至教堂里的外观,她都讲到。最后她还找补一句:"偶尔祷告一次很有好处。"

一直到吃午饭,这几位太太都对她很和气,为的是取得她的信任,更容易听从她们的劝告。

等到一坐上饭桌,进攻就开始了。一开始是泛泛谈到献身精神。他们举了些古代的事例,先举犹底特和荷罗菲纳①;又毫无理由地举了鲁克雷斯和塞克都斯②,又谈起克娄巴特拉③,说她曾把敌军所有的将领先后引到自己床上,使他们像奴隶似的俯首听命。于是一个无比荒诞的故事出现了,这个故事是从这些不学无术的百万富翁脑中产生的;在这个故事里,罗马的女公民们跑到加布,把汉尼拔④搂在怀中哄他睡觉,不但搂他,还搂他那些将领和雇佣兵的所有官兵。凡是曾经阻挡过征服者,把自己的身体作为战场,作为支配工具,作为武器的女人,凡是用自己英勇的爱抚战胜丑恶可恨的败类的女人,凡是曾经为复仇与效忠而牺牲贞操的妇人,他们都一一举了出来。

他们甚至还用含蓄的词句谈到英国的一个名门闺秀,她故意染上一种可怕的传染病,准备传给拿破仑;靠天保佑,幸亏拿破仑在这次不幸的幽会时,突然感到虚弱无力,才算得救。

---

① 犹底特,古代传说中的犹太女英雄。维杜利城受巴比伦军队围攻,情况危急。寡妇犹底特出城来,深入敌营,灌醉了敌军大将荷罗菲纳,砍下了他的头,敌军因而惊溃。
② 鲁克雷斯是古罗马名将之妻,夜间被罗马皇帝的一个儿子塞克都斯奸污,次日把受辱事告诉父亲和丈夫后,愤而自杀。据传说她的死招致罗马皇帝的垮台,共和国的建立。
③ 克娄巴特拉是古埃及女王,传说曾凭自己的美貌征服恺撒等罗马名将。
④ 汉尼拔是古代迦太基的大将,攻罗马不克,屯兵罗马附近的加布等待援兵。有些历史家硬说他迷恋于加布妇女的美丽。小说里的这些富人又附会其词大事渲染,所以莫泊桑说他们不学无术。

这一切都是用一种很得体、很有分寸的方式讲述出来，时不时还故意爆发出一片热烈赞赏，足以激发人去仿效。

听了他们说的，你最后简直会相信，妇女在世界上惟一的使命就是永恒不断地牺牲自己的身体，无尽无休地听从丘八老粗们的任意摆布。

那两位修女好像陷入沉思之中，什么也没听见。羊脂球也一句话都没有说。

整个下午，他们都不打扰她，容她仔细考虑。不过，谁也说不出为什么，大家却都改了口，简单地叫她"小姐"，而不像以往那样称呼她"夫人"了，倒好像是要把她从她现已爬到的、颇受尊敬的地位往下拉一级，让她感觉出她所处的不体面的地位似的。

汤刚刚送上来，弗朗维先生又出现了，还是头天晚上那句话："普鲁士军官叫我问伊丽莎白·鲁塞小姐，她是不是还没有改变主意。"

羊脂球冷冷地回道："没有，先生。"

但是在这顿晚饭中间，同盟军的力量减弱了。鸟先生说了三句话，效果都很坏。每个人都搜索枯肠寻找新的例子，但是枉费心机，一点也找不出来。伯爵夫人也许并没有经过事先考虑，只是有点儿希望对教会表示敬意，向那位年长的修女打听圣人们都有什么丰功伟绩。哪知许多圣人都曾经干过在我们看来可算是犯罪的事，不过这些罪如果是为了天主的光荣或是为了他人的利益，那么教会便会毫不困难地加以宽恕。这是一个有力的论据，伯爵夫人马上加以利用。也许是由于双方有了默契，或者是一方暗献殷勤，凡是身披教会法衣的人都善于干这一手，也许仅仅是由于正巧缺乏头脑，或者由于爱帮人忙的糊涂傻劲儿，总之这位老修女却给他们的阴谋帮了一个大忙。大家原以为她胆子小怕羞，哪知她很胆大，话也很多并且很激烈。这位修女从来不受决疑论者的那些探讨研究的影响，她主张的信仰有如铁打的一般；她的信念从来也没有动摇过；她的良心从来没有任何不安的时候。她觉得亚伯拉罕[①]杀子祭天没有丝毫可惊奇的地方，因为只要上天有命令下来叫她杀父杀母，她也是立刻会动手的；依她看来，只要意图正当，做什么事也不会惹得天主不高兴。这位意想不到的同谋者是有神圣的权威的，伯爵夫人乘机加以利用，要引她对"但凡

---

① 故事见《旧约·创世记》，神要试验亚伯拉罕，叫他把独生儿子杀来祭天。亚伯拉罕就遵命亲自动手杀子，刚要举刀，耶和华的使者止住了他。

结果不问手段"那句道德格言做一番大有教益的解释。她是这样问修女的：

"那么，我的姑奶奶，您认为，无论用什么方法，天主是允许的吗？只要动机纯洁，行为本身总是可以得到天主原谅的了？"

"有谁能怀疑这个呢，太太？本身应该受谴责的行为，常常因为启发行动的念头良好而变成可敬可佩。"

她们就这样继续谈下去，她们判断天主的意愿，估计天主的决定，迫使天主操心许多与他实在毫不相干的事情。

这一切都说得含而不露，既巧妙，又得体。不过这位戴元宝帽的圣女的每一句话，对那个妓女的愤怒的抗拒来说，都起着攻破缺口的作用。后来谈话稍稍离开了本题，手执念珠的女人谈到了她所属的修会的各个修道院，谈到她的院长，谈到她自己和那个娇小的同伴，那个亲爱的圣尼赛福尔修女。她们是应召到勒阿弗尔那些医院里去看护好几百身染天花的兵士的。她描绘了那些可怜人的情形，仔仔细细地讲述他们的病情。只因为这个普鲁士军官任性横行，她们被截在半路上。在这个时候很多法国人可能送了命，她们如果在那里，本来是可以把他们救活的。看护军人原是她的专长：克里米亚、意大利、奥地利她都到过；在她讲述她参加过的那些战役的时候，突然使人感到了她就是那些打着军鼓、吹着军号的修女队中的一位，这些修女好像天生就是为随着兵营奔走，在战争的漩涡中抢救伤兵的；她们比官长还能干，能够一句话便制服那些不守纪律的老兵。她可以算是一个真正随军的好修女，那一张被天花毁掉的、数不清有多少麻瘢痘痕的面孔，就好像是战争带来的破坏蹂躏的写照。

在她说完以后，因为效果是那么好，所以别人也就不再说什么了。

饭一吃完，大家都很快回到各人的房间，第二天早晨下来得相当晚。

午饭也平平静静地过去了。他们让头天晚上播下的种子有抽芽结果的时间。

午后，伯爵夫人提议大家出去散步；于是伯爵按照预定计划，挽着羊脂球的胳膊，和她一起走在最后面。

他跟她谈着话，用的是稳重的男人对卖笑女子说话的那种口气，亲热随便，慈祥和蔼，多少还带点儿轻蔑；他喊她"我的孩子"；他从高高在上的社会地位和无可争辩的崇高身份，屈尊俯就地对待她。他单刀直入，一下子就讲到了本题：

"这么说，您是宁愿让我们留在这里，和您一样等普鲁士军队吃败仗之后,冒遭受他们种种强暴对待的危险,而不肯随和一点,答应做您一生经常做的事?"

羊脂球什么话也不回答。

他亲切地对待她,和她说理,用感情打动她。他能够保持"伯爵先生"这个身份,同时在需要的时候又能殷勤献媚、恭维夸奖,表现得十分可爱。他竭力渲染她可以帮他们多么大的忙,也谈到他们将如何感激她;然后突然笑嘻嘻,亲密地改用"你"来称呼她①,说道:"你知道,我亲爱的,他将来还可以夸耀,说他曾经尝过一个他们国内不多见的美女的滋味呢。"

羊脂球一语不答,她追上了其余的人。

一回到旅馆,她立刻上楼到自己的房间去,再也没有露面。大家都忧心忡忡。她倒是要怎么办呢?如果她还是抗拒,那可真糟糕!

吃晚饭的时间到了,大家等她没有等到。后来弗朗维先生走了进来,通知大家说鲁塞小姐身体有点不舒服,大家可以先吃。人人都竖起耳朵听。伯爵走到老板身旁,低声问道:"行了?"——"行了。"为了顾全面子,他对同伴们什么也没说,只是朝他们微微点了点头。立刻所有的人都如释重负,深深地叹了一口气,脸上露出轻松愉快的表情。鸟先生大声喊道:"他奶奶的!我请大家喝香槟酒,这旅馆里不知有没有?"鸟太太却不免心惊肉跳,因为老板马上手里拿着四瓶酒重新走进来了。每一个人都突然间变得爱说爱笑,爱吵爱闹;各人心里都充满了 种不大正派的快乐。伯爵好像发现卡雷-拉玛东夫人丰韵很足,而那个棉纺厂厂主,卡雷-拉玛东先生则不住向伯爵夫人献殷勤。谈话活跃、愉快,有很多精彩的妙语趣话。

忽然鸟先生满面惊恐,高举双臂,嚷了起来:"都别做声!"大家吃了一惊,甚至又有点害怕,果然停止了谈话。鸟先生这时支起耳朵听,一面双手拢着嘴发出一声"嘘!"抬起眼睛望望天花板;他又用心听了一会儿,恢复了本来的嗓音说道:"放心吧,没事。"

最初大家有点莫名其妙,但是很快地都露出了微笑。

一刻钟之后这出滑稽剧他又重演了一次,并且这个晚上经常地重演;他还常常装出和楼上某个人打招呼的样子,把那些从他的市侩脑子里挖掘出来的

---

① 在法国一般情况下都用第二人称复数 vous(你们)来代替第二人称单数 tu(你),表示客气。用第二人称单数时,表示与对方关系密切。

语意双关的建议提给对方。有时他装作愁眉苦脸叹着气说:"可怜的女孩子哟!"要不就怒气填胸地咬着牙嘟囔:"混账的普鲁士人!"有时候,大家谁也不想这件事了,他却提高了嗓子连喊几次:"够啦!够啦!"然后仿佛跟自己说话似的又说:"但愿我们还能见到她的面,可别叫这个坏蛋给收拾死啊!"

虽然这些玩笑话趣味低级,不堪入耳,但是没有一个人感到生气,大家还都觉得好玩;原来气愤也和其他东西一样,是和环境有关的,而在这些人周围逐渐形成的气氛里,充满了猥亵的念头。

吃到点心水果时,妇人们也不免说了些很俏皮的、但是也很含蓄的影射话。大家的眼睛都亮闪闪的;因为酒喝了不少。伯爵即使在吃喝玩乐的时候也保持住他那庄重的外表,他打了一个颇为大家欣赏的比喻,说北极严冬已经过去,一群被困在冰冻中的难民看见通往南方的道路已经打开,因此快活异常。

鸟先生正在兴头上,他站了起来,手中举着一杯香槟,说道:"为庆贺我们的解放,我喝这一杯!"大家都站了起来,向他欢呼。几位太太横劝竖劝,那两位修女也同意把嘴唇在这个她们从没尝过的起泡沫的酒里抿一抿。她们说有点像柠檬汽水,不过味道好得多。

鸟先生对当时的情况做了一个概括:

"可惜的是没有钢琴,不然倒可以跳它一场四对舞。"

高尼岱一直没有说话,也没有动一动;他好像深深地沉浸在严肃的思想中;有时他狠狠地扯着自己的大胡子,仿佛想把它拉得更长一些。末了,快到十二点的时候,大家要散了,喝得东倒西歪的鸟先生,忽然在高尼岱的肚子上轻轻拍了一下,口里含糊不清地说道:"您今晚话也不说,为什么不高兴,公民?"哪知高尼岱却突然抬起了头,两目凶光闪闪地把所有在座的人扫视了一周,说道:"告诉你们大家,你们刚才干的事无耻透顶。"说完就站起来,走到门口,又说了一遍:"无耻透顶!"才走出去不见了。

大家都感到十分扫兴。鸟先生冷不防碰了这个钉子,也目瞪口呆,发了傻;可是他恢复镇静以后,突然弯了腰大笑起来,口里不住念叨:"葡萄太酸了,老伙计。太酸了。"大家不明白他这句话什么意思,他于是把"走廊里的秘密"讲给他们听。于是大家又兴高采烈起来。几位太太乐得跟疯子一样。伯爵和卡雷-拉玛东先生笑得直流泪。他们不相信会有这个事。

"怎么!您没弄错吗?他真想……"

"告诉你们,我是亲眼看见的。"

"她居然不答应……"

"那是因为普鲁士人就住在隔壁房间里。"

"哪儿会有这种事呢?"

"我向你们发誓。"

伯爵笑得喘不过气来。卡雷-拉玛东先生两手紧紧捧着肚子。鸟先生还不肯住口:

"你们明白了吧,今天晚上,他笑不出来,一点儿也笑不出来了。"

三个人又哈哈大笑,笑得肚子痛,笑得气都透不过来,笑得直咳嗽。

笑完大家也就散了。鸟太太的性情是从不饶人的;当夫妇一睡到床上,她就告诉她的丈夫,卡雷-拉玛东太太这个小泼妇整个晚上都在苦笑;"你知道,女人们要是看中了穿军服的,不管是法国人或普鲁士人,全都欢迎。这还不够丢人吗?我的天啊!"

这一整夜,在黑暗的走廊里,老像有轻微的颤动,轻得几乎听不见的、像喘息似的轻悄悄的响声;还有光着脚底板在地上走过的声音和不易觉察的咯咯声。当然大家都很晚才睡着,因为好久好久以后还有灯光从那些卧室的门下透出来。这一切都是香槟酒的效果;据说香槟酒会打扰人的睡眠。

第二天,在明亮的冬日阳光照耀下白雪晶光耀眼。公共马车总算套上马,在门外等着了;大群白鸽子,粉红眼睛黑瞳孔,厚厚的羽毛,昂首挺胸,一本正经地在六匹马的腿底下绕来绕去,啄着还冒热气的马粪,寻找它们的食物。

车夫围着他那块羊皮,在座上抽着烟斗;旅客们都心花怒放,忙着叫人给他们包扎食物,以便在剩下的路程上吃。

只等羊脂球一人了。她露了面。她好像有点激动,有点羞惭;她怯生生地向旅伴们这边走过来,这些人一齐转过脸去,就像没看见她似的。伯爵昂然地挽着太太的胳膊,把她领到一边,躲开这种不干净的接触。

胖姑娘十分诧异,站住不再往前走;随后才鼓足勇气对那棉纺厂厂主的太太打招呼,很谦恭地轻轻说了一声"早安,太太"。对方只是极其傲慢地点了点头,同时像一个贞洁的女人受到了侮辱似的朝她望了一眼。人人都仿佛很忙碌,并且都离她远远的,仿佛她的裙子里带来了什么传染病。后来大家都急忙朝车子奔过去,把她丢在最后,她独自一人爬上车,一声不响地坐到前一段路程坐过的位子上。

大家仿佛没有看见她这个人,也不认识她;可是鸟太太怒气满脸,远远地望着她,低声对她的丈夫说:"幸亏我不坐在她的旁边。"

笨重的马车晃动起来,旅行又开始了。

最初谁也不说话。羊脂球头也不敢抬。她对这些旅伴感到气愤,同时感到羞愧,羞愧的是没有坚持到底而让了步,被他们假仁假义地推到这个普鲁士人的怀中,被他所玷污。

伯爵夫人很快地打破这种难堪的沉寂,她转过脸来向卡雷-拉玛东夫人问道:

"您大概认识德·哀特莱尔夫人吧?"

"认识的,还是我的朋友呢。"

"是个多么可爱的人啊!"

"太招人喜欢了!这才真是个顶儿尖儿的人物,学问好,多才多艺,唱得一口好歌,画得一手好画。"

棉纺厂厂主在和伯爵聊天,在车窗玻璃的格格声中,不时地可以听见像息票啦,到期啦,溢价啦,限期啦等等字眼儿。

鸟先生和他的太太在斗纸牌,牌是他从旅馆里偷来的,在抹得不干净的桌子上已经摩擦了五年,牌上满是油腻。

两位修女把腰带上挂着的长念珠取下来拿在手里,一同画了十字,突然嘴唇很快地动起来,并且越来越快,跟比赛念经似的叽里咕噜地念着,还不时地吻吻一块圣像牌,吻完又画十字,然后嘴唇又迅速不停地动起来。

高尼岱一动不动,他在想心事。

走了三个钟头以后,鸟先生收好纸牌。"肚子饿了!"他说。

他的太太伸手拿过来一个细绳捆好的纸包,从里面取出一块冷牛肉。她很利落地把它切成薄而整齐的片儿,两个人就吃起来。

"我们也吃,好不好?"伯爵夫人问。得到同意以后,她把给两家预备的食品都打开来。一个椭圆形的盆子,盆盖上有一个粗瓷野兔,表示盆里盛的是一只熟的野兔,那是一种滋味鲜美的熟肉,紫堂堂兔肉上横着一排一排白色的肥猪肉丁,还拌着别种剁得很碎的肉。此外还有一大块瑞士出产的干酪,是用一张报纸包着的,报上的"社会琐闻"四个字也印在油汪汪的干酪面上了。

两位修女从纸包里拿出了一截香肠,发出一阵大蒜的气味;高尼岱两手同时插进了他那件肥大的外套的大口袋里,从一只口袋里掏出四个带皮煮熟的鸡蛋,从另一只口袋里掏出一段面包。他剥掉了蛋壳,扔在脚下的稻草里,就咬起他的鸡蛋来,蛋黄的末屑落在他的大胡子上,很像一颗一颗的星星。

羊脂球原是匆匆忙忙慌里慌张起的床,什么也没有想到;看见这些人若无其事地吃着东西,不觉气愤填膺,憋得喘不过气来。她先是一阵狂怒,她张开嘴已经预备把他们好好地教训一顿,一大堆辱骂的话已经涌到嘴边;可是她说不出来,怒火是那样强烈,竟锁住了她的嗓门。

没有一个人看她,没有一个人想到她。她觉得自己淹没在这些正直的恶棍的轻蔑里;他们先是把她当作牺牲品,然后又像抛弃一件肮脏无用的东西似的把她抛掉。她于是想起了她那只满满装着好东西的大篮子,他们是那样贪狠地把它吞个精光;她想起了她那两只冻得亮晶晶的小鸡,她那些肉酱、梨子,她那四瓶波尔多红葡萄酒;这时她的怒气,好像一根绳子绷得太紧绷断了似的,反倒平息下去;她觉得要哭出来。她拼命地忍住,跟孩子似的把呜咽硬咽下去,可是眼泪还是涌上来,亮晶晶地挂在眼圈边儿上,一会儿工夫两颗大泪珠离开了眼睛,慢慢地顺着两颊流了下来。跟着又流下别的泪珠,流得更快,就好比岩石里渗出来的水珠,一滴一滴落在她的圆鼓鼓的胸膛上。她腰板笔挺,眼睛定着向前看,脸绷得紧紧的,脸色苍白,只希望别人不要看她。

可是伯爵夫人偏偏看出来了,并且递了个眼色通知她的丈夫。他耸了耸肩膀,仿佛说:"有什么法子呢?这不能怪我啊。"鸟夫人得意扬扬,不出声地笑了笑,嘟囔着说:"她在痛哭自己做了丢脸的事。"

两位修女把吃剩的香肠卷在一张纸里,又念起经来。

高尼岱正在消化刚吃下去的几个鸡蛋,把两条长腿伸到对面的长凳下面,向后一靠,两臂交叉放在胸前,好像刚刚找到了捉弄人的办法似的,脸上露出了微笑,随后用口哨吹起《马赛曲》的调子来。

所有的人都涨红了脸。毫无疑义,同车的那些人是不喜爱这个人民的歌声的。他们都感觉心里烦躁,激怒,仿佛要大嚷大叫才好,就好比狗听见了手摇风琴的声音总要狂吠一样。

他看出了这种情形,再也不肯住嘴。有时候甚至把歌词也哼了出来:

  对祖国的神圣的爱,
  快来领导、支持我们复仇的手,
  自由,最亲爱的自由,
  快来跟保卫你的人们一道战斗!

雪地比较坚硬，车子也走得比较快了。在旅途的漫长的愁惨的这几小时内，在车子颠簸震动的声响中，不管是黄昏刚黑的那一刹那，也不管是车里已经漆黑乌暗的时候，一直到第厄普为止，他便是这样一直执拗顽固地继续吹着他那带复仇性的、单调的调子，逼得那些人，脑筋尽管非常疲乏，心情尽管十分愤怒，却也无法不从头至尾倾听着他的歌声，并且每听一拍，还不由得要把唱的每句歌词都记起来。

羊脂球一直在哭，有时候在两节歌声的中间，黑暗里送出一声呜咽，那是她没能忍住的一声悲啼。

瞎　子

看见初升的太阳便觉得衷心喜悦,这种喜悦到底是怎么回事?为什么降到大地来的这片光明会如此这般使我们感到生活的幸福?天空蔚蓝,田野碧绿,房舍雪白;我们喜洋洋的眼睛畅饮着这些鲜艳的色彩,把它们化成我们心灵中的快乐。于是我们一心只想跳舞、奔跑、歌唱,在思想上感到轻松愉快,在心田里产生了一种普及到万物的爱,简直想抱住太阳吻它一下。

门洞底下的那些瞎子处在永恒的黑暗之中,早已漠然无动于衷,在这个新的欢乐气氛中,也仍旧是安安静静地待着,只是时时刻刻吆喝身边的狗,叫它们安静,不明白为什么它们老想蹦蹦跳跳。

一天过去以后,他们扶着小弟弟或小妹妹的胳膊回家,那孩子如果说:"今天的天气真好啊!"瞎子就会回答:"我早就觉出来了,今天天气好,鲁鲁①再也不肯老实待着了。"

这样的人我曾经见过一个,他过着难以想象的最残酷的苦难生活。

他是一个乡下人,父亲是诺曼底的一个农庄主人。父母在世的时候,总算还有人照看他;他感觉苦痛的只是他那可怕的残疾;可是两老一去世,残酷的生活就开始了。有一个姐姐收留了他,然而农庄里的人待他却像待一个白吃饭的穷鬼,每顿饭都要怪他吃得太多,叫他懒虫、饭桶。尽管他的姐夫把他那份遗产夺到自己手里,可是连汤也舍不得给他多喝,给他的也就是刚刚够他不至于饿死的那么一点。

他脸上没有一点血色,两只白色的大眼睛好像两块封信用的小面团,他挨了辱骂总是声色不动,他是这样的深沉,以致他是否感觉到挨了骂,别人也无从知道。而且他也从来没得到过温暖,他的母亲不喜欢他,对他总是凶巴巴

---

① 鲁鲁是狗的名字。

的;因为在乡间,没用的人就等于有害的人,母鸡遇到它们中间有了残废的就要把它啄死,乡下人如果可能也很愿意这样办。

汤一喝完,夏天他就到大门口去坐着,冬天就靠在壁炉边,一直到天黑再也不动弹了。他手不动一动,脚也不挪一挪;只有他的眼皮由于一种神经性的疼痛抽动着,有时落下来盖住眼里的白斑。他是不是有智力,有思想?是不是对自己的生活有清楚的认识?谁也没想过这些问题。

几年里情况就是这样。不过他什么事也不能做,再加上老是冷冰冰地不声不响,最后惹恼了他的亲戚们,于是他成了受气包,成了一种供人虐待折磨的小丑,一种牺牲品,专供周围那些粗胚子发泄他们的兽性,惨无人道地取乐。

凡是他的失明使人想到的残忍的恶作剧,都被想出来了。为了叫他吃了东西付出代价,他的几餐饭变成了邻居们散心,残疾人受罪的时刻。

邻近人家的乡亲们都跑来寻找这个消遣;他们挨门挨户互相通知,农庄的厨房里每天总是挤得满满的。有时候他们在桌上他舀汤喝的盆子前边放一只猫或者一只狗。这只动物根据它的本能嗅出了这个人的残疾,慢慢地走近,津津有味地用舌头舔着,一声不响地吃起来了;有时舌头吧嗒响了一点,引起那个可怜虫的注意,他便举起勺子朝前面胡乱打一下,它于是小心地躲开。

这时候聚集在墙边的观众就哈哈大笑,你推我搡,还不停地跺脚。他呢,从不说一句话,用右手又吃起来,同时伸着左手保护着他的汤盆。

有时候他们就弄些瓶塞子、木头、树叶子,甚至垃圾让他嚼,他也分辨不出来。

后来,这种玩笑也开腻了;他的姐夫因为总这样养着他,心里有气就动手打他,不停地抽他的嘴巴,看见他躲躲闪闪或是举手还击时的那种瞎费气力的样子,不禁笑了起来。从此又有了新的玩法,就是打耳光。那些长工、短工、女仆高兴起来就给他一巴掌,打得他眼皮直眨巴。他不知道往哪儿躲,只好不停地伸着胳膊阻挡别人的攻击。

最后他被逼着去要饭。赶集的日子他被带到大道边上;一听见有脚步声或是车轮声,就伸着帽子结结巴巴地叫喊:"求求您,行个好吧。"

可是乡下人是不喜欢乱花钱的,一连几个星期,他一个铜子也带不回来。

于是对他产生了一种既强烈而又残忍的憎恨。请看他是怎么死的。

有一年冬天,地面盖满了雪,天冷得出奇。可是他的姐夫一天早晨把他带到很远很远的一条大路上去求乞。一整天他都把他撂在那里,到了晚上,他当

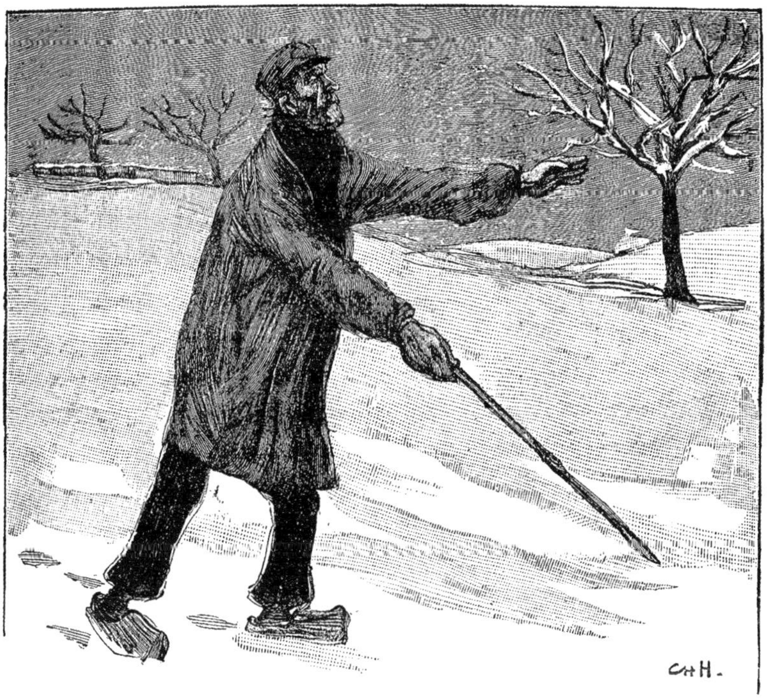
CH.

了他那些雇工的面说他没有找着他。随后他又说:"用不着担心,一定是有人因为他冷把他带走了。丢不了。明天早上他一定会回来喝汤的。"

第二天,他没有回来。

原来瞎子一连等了好几个钟头,冷得受不住,感到自己快要冻死了,于是决定回去。路埋在大雪底下,他认不出来,瞎碰瞎撞地走着,掉在沟里再爬起来,一直闷声不响,想找一家人家。

不过大雪冻得他渐渐麻木起来,两条腿发软,再也支持不住,他在一片平原中间坐下,再也站不起来了。

鹅毛大雪不停地下着,盖在他身上,最后他僵硬的身体在不停堆积起来的大雪底下消失了,没有留下一点痕迹标明尸首所在的地方。

他的亲戚们在一个星期里装着到处打听他的消息,到处找他。他们甚至还哭了几声。

那一年冬天十分冷,很迟才解冻。一个星期日,农民们上教堂望弥撒,发现一大群乌鸦在平原上空不停地盘旋,然后像一阵黑乎乎的雨点集中落在同一个地方,一会儿飞走,一会儿又飞回来。

接下来的一个星期里,这些乌鸦还在那里,它们像一片乌云似的浮在天空,简直可以说四面八方的乌鸦都聚集在这里了;它们常常落到亮闪闪的雪地上,在上面铺下一片怪里怪气的黑点子,顽固地搜寻着。

一个小伙子跑去看看它们究竟在干什么,这才发现了瞎子的尸体,已经支离破碎,被吃掉了一半。他那双无光的眼睛已经不见,让贪馋的长喙啄走了。

现在我遇到有太阳的日子感到舒畅快乐的时候,就不禁要想到这个可怜虫,心里泛起一种凄凉的回忆和莫名其妙的悲哀,是啊,他在世上是这样命苦,以至于见过他的人听说他遭到惨死,反倒感到一阵轻松。

真实的故事

外面刮着大风,是那种秋天的怒号着、飞驰着的大风,那种把最后的树叶吹落,直送云端的大风。

行猎归来的人快吃完晚餐了,都还穿着长筒靴,红通通的脸,兴致勃勃,神采奕奕。他们是诺曼底的几个半是乡绅半是农民的土财主,广有家财而又身强力壮,他们这种体格遇到集上拦牛的时候,可以把牛的犄角掰断。

他们在埃巴维尔的村长布隆代尔老板的地里打了一整天猎,现在是在他们的东道主所有的一座带农庄的城堡里围着一张大桌子吃饭。

他们说起话来跟人狂吼一样,笑起来跟野兽咆哮一样,喝起酒来跟蓄水池一样。他们都伸直了腿,双肘支在桌布上,眼睛在灯火照耀下闪闪发亮。壁炉里生着一大堆火,血红的火光投到顶棚上,他们被火烤得浑身暖洋洋的。他们谈论的是打猎和猎狗。不过他们都已经喝得半醉,在这种时候,男人们就不免要产生别的念头,因此一双双眼睛都跟着一个双颊丰腴、体格健壮的女孩子转,她红通通的双手,端着装满食物的大盘子。

忽然有一个大高个子高声喊了起来,他原是为了当神父读的书,后来却当了兽医,当地一带的牲畜都归他治疗,他就是塞儒尔先生,他喊着说:

"喂,布隆代尔老板,您这个女用人可真是了不起啊!"

这句话激起了一阵响亮的笑声。于是一个沉湎于酒中的破落老贵族,德·瓦尔涅托先生开了腔:

当年我就曾跟像她这样的一个小姑娘发生过一段古怪的事情。我得讲给你们听听。每当我想到这段事,总不免要想起米尔扎,我那条母狗,我已把它卖给德·奥索内伯爵了,可是它离不开我,每天只要把它一放开,它就跑回来。后来我生了气,要求伯爵拿链子把它锁上。这个畜生您猜它怎么样啦?它伤

247

心得死掉了。

不过还是回过头来谈我那个女用人吧,事情是这样的:

我那时二十五岁,在我的维尔邦城堡里过着单身汉的生活。你们也知道,一个人要是年轻,有钱,每天晚上吃完饭又闲得无聊,两只眼可就四面八方地注意起来了。

过不多久,我就发现了一个姑娘,她在科维尔的德布尔托家当使女。德布尔托,您是认识的,布隆代尔,对吧!简单说吧,那个女的把我一下子迷住了。有一天我就跑去找她的东家,向他提出交换的办法。如果他肯把他的女用人让给我,我就把一匹叫珂珂特的母马卖给他,他想要这匹马已经想了两年了。他向我伸出一只手说:"一言为定,德·瓦尔涅托先生。"买卖就这样做成了;小姑娘来到城堡,我亲自把马送到科维尔,算卖了三百埃居。

开始一段时间,一切都称心如意。没有引起任何人的怀疑,只不过萝丝爱我,就我的口味说来,爱得有点太过分了。这个姑娘,你们知道,可不是一般的姑娘。她的血液里一定有着什么不寻常的东西。不论哪个女孩子跟主人发生关系,肯定也是如此。

一句话,她爱我爱到了极点。又是甜言蜜语,又是温柔体贴,又是亲亲乖乖的称呼,总之她这一番盛情弄得我不能不琢磨琢磨了。

我心里说:"不能再这样下去了,不然我就要上当了。"不过我这个人,叫我上当倒也不是一件容易的事。我不是那种给人两个吻一来就神魂颠倒的人。总之,我留着神呢,可就在这个时候她告诉我她怀孕了。

砰!砰!就好像有人对着我胸口开了两枪。而她呢,抱住了我吻啊,吻啊,又是笑,又是舞,她简直乐疯了,头一天我什么也没说;可是到了夜里,我可就自己跟自己讲起道理来了。我心想:事情已经到了这个地步;不过必须设法弥补,必须割断这根线,现在还来得及。你们知道,我的父母就住在巴纳维尔,我的姐姐嫁给德·伊斯帕尔侯爵,住在罗尔贝克,离维尔邦才两法里。可不能开玩笑。

可是有什么办法脱身呢?如果她离开我的家,别人就不免要起疑心,就要叽叽喳喳乱说。要是把她留在家里呢,用不了多久别人就会看到最后的那出好戏了;还有一节,我这样把她打发走也是办不到的。

我跑去找我的舅舅德·克雷特伊男爵,他是个见多识广的老油子,我向他讨一个主意。他从容不迫地回答我:

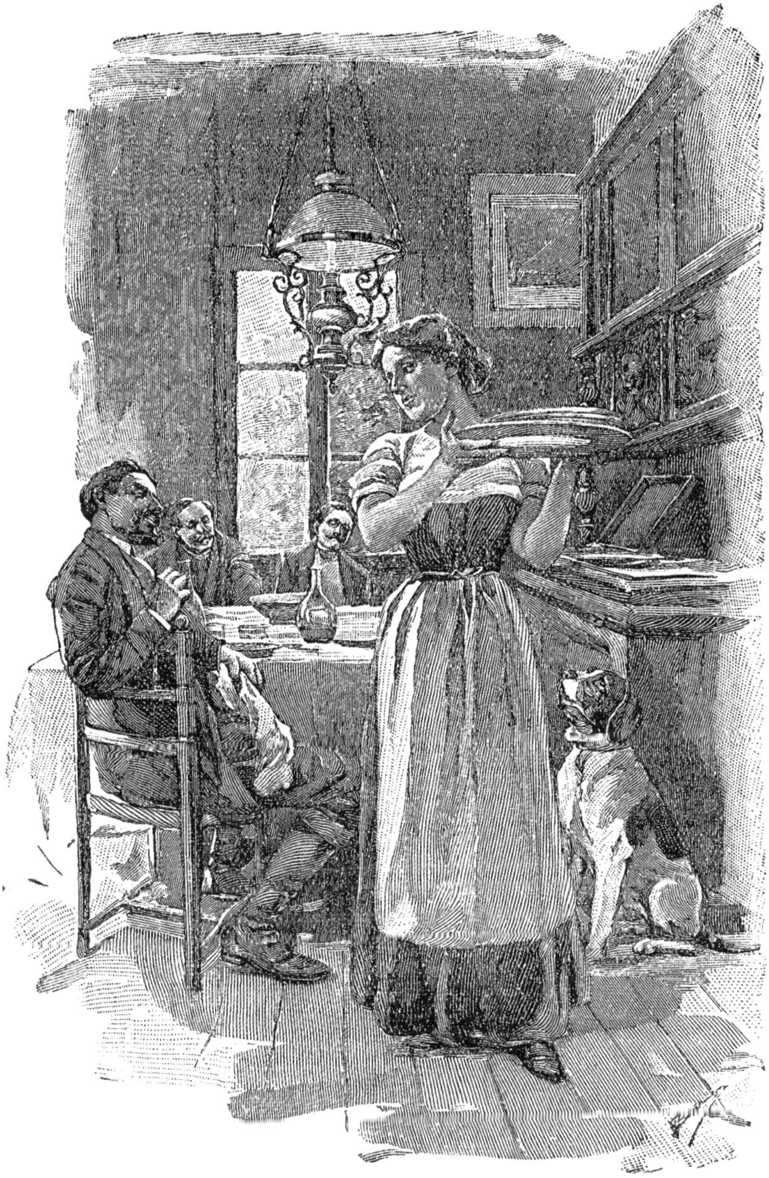

"得把她嫁出去,我的孩子。"

我跳了起来。

"把她嫁出去?可是嫁给谁呀,我的舅舅?"

他微微耸了耸肩膀:

"你爱把她嫁给谁就嫁给谁,这是你的事,与我无干。一个人只要不是糊涂虫,总能找到人的。"

这句话我足足琢磨了一个星期,最后我对自己说:"我舅舅说的对。"

从这时起我就开始绞尽脑汁到处寻找;一天晚上我和治安法官一起用餐,他对我说:

"波梅尔婆婆的儿子又闯了祸;这小伙子恐怕不会有好结果。龙生龙,凤生凤嘛,这话说得一点不错。"

这个波梅尔婆婆狡猾透顶,她年轻的时候行为不够检点。为了一个埃居,她肯定会出卖她的灵魂,而且连他那个坏蛋儿子也可以一起饶上。

我去找她,慢慢地把事情讲给她听。

我解释的时候不免有点难于开口,她看出来了便猛地问道:

"这个小姑娘,您给她什么?"

她真鬼,这个老太婆,不过我也不傻,我早就做好准备了。

正好在萨斯维尔附近,有我三小块地,很偏僻,原来是属于我的维尔邦的三个农庄。农庄的佃户老抱怨离得太远;干脆我把这三块地收回了,一共是六英亩,我那些乡下人当然要叫喊了,我于是答应把他们该交的家禽租子放宽到佃约期满再交。这样一来,事情就顺利过去了。我又从我的邻居,德·奥孟泰先生手里买了一小块坡地,在上边盖了一座茅屋,一共花了一千五百法郎。这样一安排,我算是弄了一份小小的产业,并没花多少钱;我把它赠给小姑娘作为陪嫁。

老太婆又嚷又闹,嫌太少;可是我毫不让步,我们分了手,什么也没谈妥。

第二天,一清早,那个小伙子就来找我了。我原来已经记不起他什么长相了。等到一见面,我放了心;就一个庄稼人说来,长得也就算不错了,不过看样子,绝不是个老实人。

他转弯抹角从老远兜过来谈这件事,就好像是来买一头母牛似的。等我们意见一致了,他要看看产业;我们就穿过田野去了。这个坏蛋让我在地里足足待了三个钟头;他横着量,竖着量,从地里拣几块土疙瘩,在手里捏碎,好像买东西怕受骗似的。那所茅屋还没铺顶,他于是不要稻草顶而要青石板顶,因为维修上省事。

然后他又问我:

"还有家具呢,也得由您供给。"

我提出抗议:

"那可不行,给你一座农庄,这已经很不错了。"

他冷笑了一声:

"可不是,一座农庄还带一个孩子。"

我不由得脸一下子红了。他又说:

"好吧,您就给一张床,一张桌子,一个衣柜,三张椅子,还有餐具,要不然就算什么也没说定。"

我只好答应。

我们往回走。他连一句也没有提到那个女孩子。可是突然他神气阴险,而且多少带点不好意思地问:

"不过,她要是死了,这份产业归谁呢?"

我回答:

"当然归你。"

这就是他从清早就想知道的事情。他很满意,立刻向我伸过手来。我们意见一致了。

唉,接下来要说服萝丝了,我可费了大劲哟。她赖在我的脚下不起来,抽抽搭搭地哭个不住,一再地说:"您会劝我做这种事!您会这样!您会这样!"一个多星期之久,她总是不肯答应,不管我怎么劝说,怎么哀求。女人啊就这么糊涂;一旦心里发生了爱情,她们就什么也不明白了。什么样的大道理都不顶事,爱情第一,一切为了爱情!

最后我发了火,吓唬她说要把她赶出去。她这才一点点地让步,条件是要我允许她过个时候来看看我。

我亲自把她领到教堂的祭坛前面,付了教堂举行仪式的费用,请所有参加婚礼的人吃了饭。总之,事事都办得挺漂亮。随后,"再见啦,我的孩子们!"我到都兰我的哥哥家里待了六个月。

我回来以后,听说她每个星期都到城堡里来找我。我到了不过一个钟头,就看见她怀里抱了个小娃娃进来了。信不信由你们,看见了这个小把戏我心

251

里还真动了一下。我好像还抱住吻了吻。

至于那个母亲呢,简直叫人认不出来啦,只剩下一副骨头架子,哪儿还有她一点影子。又瘦又老。糟透啦!糟透啦!这桩婚事不称她的心。我随便问了一句:

"你幸福吗?"

她哭起来了,哭得像个泪人,还一边不停地打嗝,不停地抽搭。她喊道:

"我不能,现在我不能离开您了。我宁愿死,也不能离开您!"

她吵嚷得可凶了。我尽力安慰她,送她到了栅栏边。

有人告诉我她的丈夫确实经常揍她;她的婆婆,那个凶老太婆更使得她的生活苦不堪言。

两天以后,她又来了。她搂住了我,然后赖在地下:

"你杀了我吧,我再怎么也不愿意回到那边去了。"

这话倒完完全全像是米尔扎说的,如果它会开口说话!

这种讨厌事开始叫我头痛了;我又躲开了六个月。等我再回来……等我再回来,就听说她已在三个星期以前死啦,死以前每个星期日还是要到城堡来一趟……还是跟米尔扎一样。一个星期之后那孩子也死啦。

至于她的丈夫,那个狡猾的混账东西继承了遗产。据说他以后搞得很好,现在当了村参议员了。

说到这儿,瓦尔涅托先生又笑着找补了一句:

"没说的,这家伙能够发迹,是我一手挑他的!"

兽医塞儒尔先生一面把一杯烧酒举到嘴边,一面严肃地下了断语:

"不管怎么说都由你们的便,不过这样的女人,实在是要不得的。"

皮 埃 罗

勒费弗尔太太是一位乡绅太太,是个寡妇。乡间确有这样一种半城半乡的妇人,她们爱用缎带,爱戴荷叶边帽子,说起话来常犯联音错误,当着人面装出一副倨傲的神气,在打扮得花里胡哨的可笑的外表下隐藏着一个自命不凡的粗鄙的灵魂,正如她们用生丝的手套来掩盖一双又红又粗的手。勒费弗尔太太正是这样一个妇人。

她使唤着一个女仆,一个忠厚的乡下女子,心地纯朴,名字叫萝丝。

主仆二人住在诺曼底,科区的中心,沿着公路的有绿色百叶窗的小房子里。

因为住房的前面有一块狭长的园地,她们就在那儿种了些蔬菜。

可是一天夜里,有人偷走了十几颗洋葱。

萝丝发现这桩小小的窃案,赶紧跑去报告太太,太太穿着呢裙子就下了楼。这真是一件令人又伤心又害怕的事。居然有人偷东西,偷了勒费弗尔太太的东西!这么说,当地有贼了,再说,贼既来过一次就可能再来。

这两个惊慌失措的妇人察看脚印,唠唠叨叨地谈着,做出种种的揣测:"看!他们是从这儿过来的。他们先爬上这座墙;从那儿一跳,跳到了花坛上。"

她们想到以后的日子就感到害怕。从今以后还怎么能够安安稳稳地睡觉呢!

失窃的消息马上传开。邻居们都赶来,踏勘了现场,纷纷议论;每来一个人,这两个妇人都要把她们看到和想到的重新说上一遍。

一个住在附近的农庄主给她们出了一个主意:"你们应该养条狗。"

这倒是真的,她们的确应该养条狗,哪怕是有了什么情况叫两声也好。可是不能要大狗,天呀!那可使不得。一条大狗,她们怎么受得了!吃也要把她

253

们吃穷了。只要一条小狗,(在诺曼底,人们管狗叫"干")一条会汪汪叫的小"干",那就行了。

等大家都走了以后,勒费弗尔太太立刻就商量养狗的问题,商量了好久。她考虑后,提出许多反对意见,她一想到盛得满满的狗食盆就吓得发呆;因为她是属于那些精打细算的乡绅太太一流的人,她们衣袋里老揣着几个小铜子,好在路上当着众人的面施舍给穷人,和星期日付教堂的捐款。

萝丝是喜欢猫狗的,她提出了种种理由,并且很狡猾地为这些理由作了辩护。最后决定养一条狗,一条小而又小的狗。

她们开始找狗了,不过遇到的尽是些大狗,吃起肉汤来能把人吓死的大狗。罗尔维尔的食品杂货店老板倒是有一条很小的狗,不过他要求付给他两个法郎作为饲养费。勒费弗尔太太说,她愿意养一条"干",但决不花钱去买。

可是,面包房老板知道了这件事以后,有一天早上在他的车子里带来了一只长了一身黄毛的小怪物:脚短得几乎跟没有一样,鳄鱼身子,狐狸头,一条向上翘的尾巴活像军帽上的翎饰,长度和整个身子相等。面包房的一个主顾不想要它了。这条看了叫人恶心的小狗,用不着花钱买,勒费弗尔太太却认为很美。萝丝抱起来吻了吻,打听它叫什么。面包房老板回答:"皮埃罗。"

它被安置在一只旧肥皂箱里,先给它弄了点水,它喝了。然后又给它拿来一块面包,它吃了。勒费弗尔太太发了愁,但是念头一转,有了一个主意:"等它在家里待惯了以后,可以把它撒开。它在附近一带转转就可以找到吃的了。"

后来果然把它撒开,但是它仍旧免不了挨饿。并且它只有在讨东西吃的时候才汪汪地叫;在那种时候它叫得倒很厉害。

园子呢,谁都可以进来。任何人来了,皮埃罗都过去跟他亲热一番,绝对不叫一声。

不过勒费弗尔太太对这条狗也渐渐地惯了;她甚至有点喜爱它了,有时候还把面包在自己的肉汤里蘸一蘸,亲手一口一口地喂它吃。

不过她从来没有想到还有纳税的问题。"八个法郎,太太!"当有人为了这条连叫都不会叫的小"干"来跟她索取八个法郎的时候,一惊之下,她差点儿昏过去。

她们立刻决定摆脱这个皮埃罗。可是谁也不要。附近十法里之内,所有的住户见了都摇头。实在没有别的办法,她们决定送它去"啃烂泥"。

所谓"啃烂泥",就是"下泥灰岩坑"。当地的习惯,凡是不要的狗,都叫它去"啃烂泥"。

在一片广阔的平原上,可以看到一种窝棚,或者更正确地说,有一种很小的茅草房顶支在地面上。这就是泥灰岩坑的坑口。这个陡直的大坑深入地下有二十米,下面有一系列的长坑道。

每年到了用泥灰肥田的时候,才有人下到坑里去。平常日子,它的用处就是充当被判处死刑的狗的坟墓;人们在这个坑口附近走过,常常可以听见哀怨的吠声,狂怒的或是绝望的嗥声,凄厉的求援声。

猎户和牧羊人喂养的狗都惊恐地躲开这个怨声不绝的深坑,谁要是俯身朝下望一下,立刻就会有一股难闻的腐臭气味冲上来。

不少可怕的惨剧在黑暗中演出。

一条狗吃着比它先下来的那些狗的腐烂的尸体,在坑底奄奄一息挣扎了十天或十二天以后,会突然又有一条狗被扔下来,这条新扔下来的狗当然比它大,比它强壮。坑底是两条狗了,全都饿着肚子,眼里发光。它们互相窥视着,互相追随着,都提心吊胆,迟疑不决。可是饥饿催迫着它们;它们互相攻击,打了很久,很激烈;最后强的吃了弱的,活生生地把它吃下去。

把皮埃罗送去"啃烂泥"的主意一经打定,就立刻物色一个执行人。修补公路的养路工人要十个苏,才肯跑这一趟。勒费弗尔太太觉得这未免太过分了。住在附近的那个打短工的,倒是五个苏就行了,但是让太贵。萝丝表示了意见,她说不如由她们亲自把它送去,这样在路上它不至于受虐待,也不会事先知道它自己的厄运;于是决定在天黑以后她们两人去一趟。

这天晚上,给它准备了一盆很好的肉汤,还加了一点儿黄油;它全部吃光,一滴也没剩;它正摇着尾巴表示满意的时候,萝丝一把将它抱起来,放在围裙里。

她们迈着大步,像两个偷蔬菜的,在平原上匆匆走着。不久她们就看见了泥灰岩坑。到了坑边,勒费弗尔太太先俯下身子听听下面有没有狗叫声。没有。下面没有狗,皮埃罗下去后,坑里只会有它一条狗。于是泪流满面的萝丝吻了吻它,把它扔下去;她们两人都俯下身子,支起耳朵听。

她们先听见一下沉闷的响声;随后是一只受伤的动物凄惨的尖叫声,随后又是一连串低低的叫痛声,最后是绝望的求援声,一条狗抬着头望着坑口哀求的悲呼声。

255

它叫哟,汪汪地叫个不休!

她们突然感到后悔,感到害怕,感到一种无法解释的极度恐惧;她们跑着逃走了。萝丝跑得快,勒费弗尔太太不住地喊:"等等我啊,萝丝,等等我啊!"

她们一夜都做着可怕的噩梦。

勒费弗尔太太梦见她正坐下去吃饭,把汤盆的盖子打开,皮埃罗在里面,它跳了出来,一下子咬住她的鼻子。

她惊醒之后好像还听见汪汪的叫声。她仔细听了听,才知道是弄错了。

她重新睡着,这一次是在一条大路上,一条看不到头的路上,她正顺着这条路走着。忽然在路中央,她看见一个篮子,乡下人拎的那种大篮子,丢在那里没人管;这个篮子使她感到害怕。但是她最后还是把盖子揭开,皮埃罗蜷着身子待在篮子里,它一口咬住了她的手,再也不放。她拼命地逃,那条狗就这样一直不松口,挂在她的手上。

她几乎发了疯,天刚一亮就起来朝泥灰岩坑跑去。

它汪汪叫着,它一直汪汪叫着,它汪汪叫了一整夜。她抽抽噎噎地哭了起来,用各式各样的亲热称呼叫它。它呢,凡是狗能发出的温柔亲切的声音它都用了来回答她。

她于是一心要把它弄回来,打定主意要叫它一直到死都过快活日子。

她跑去找挖泥灰为业的那个掘井工人,把情形讲给他听。那个人一声不响地听她讲。等她讲完之后,他说:"您要您的'干'吗?那得四个法郎。"

她吓了一跳;她的悲伤一下子飞到九霄云外。

"四个法郎!您不怕撑死!四个法郎!"

他回答:"您以为我把我那些绳子、绞车搬了去,架起来,带着我的孩子下去,还保不定让您那条该死的'干'咬一口,仅仅是为了给您把它弄回来吗?当初就不该扔下去!"

她气冲冲地走了。四个法郎!

一回到家,她立刻叫萝丝,把掘井工人的要求告诉她。萝丝一向依顺惯了,她顺着主人的意思说:"四个法郎!这可是一大笔钱啊!太太。"

然后她又加了一句:"是不是把吃的东西给这条可怜的'干'扔下去,不让它饿死?"

勒费弗尔太太听了十分高兴,很赞成这个主意。她们两人于是带着一大块抹黄油的面包又去了。

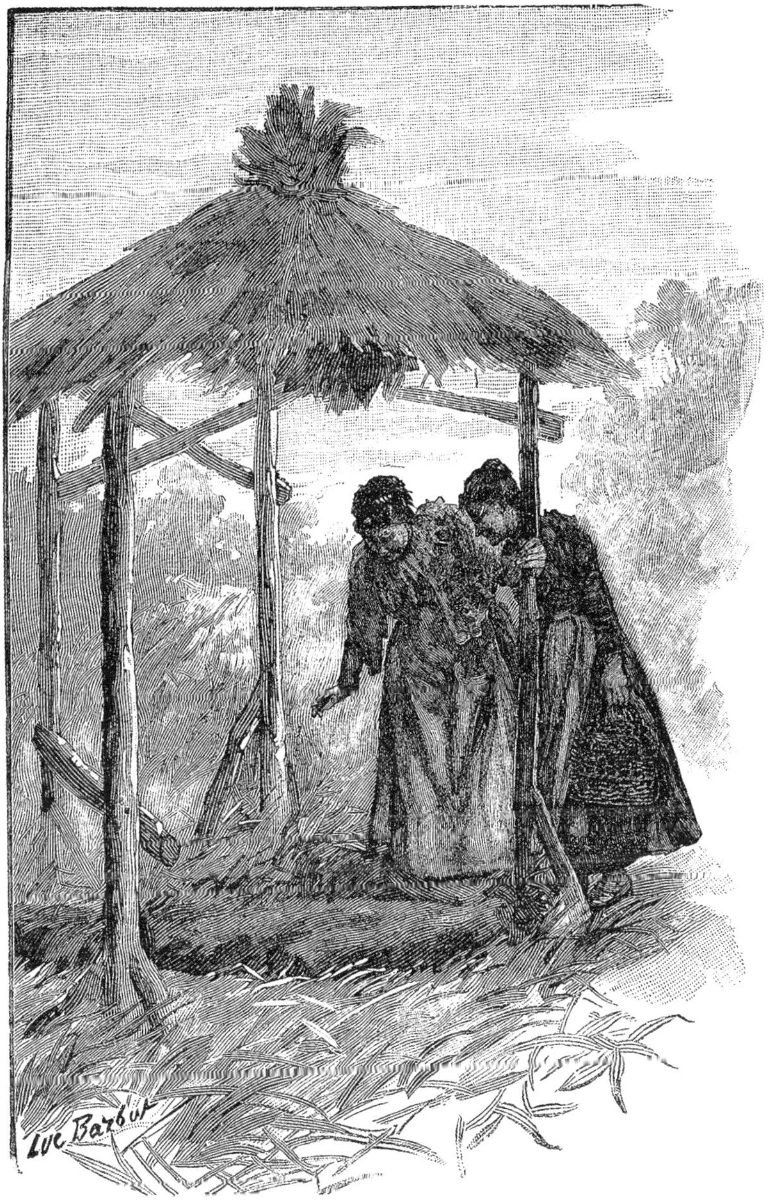
Luc Barbut

她们把面包切成小块,一块一块地丢下去,还轮流着跟皮埃罗说话。狗吃完了一块,马上就汪汪要求第二块。

　　她们傍晚又来喂,第二天也来喂,每天都来喂。不过后来一天只喂一次。

　　可是,一天早上,她们刚丢下第一块,忽然听见坑里传上来可怕的吠声。下面有两条狗了!又有人丢下去一条狗,而且还是一条大狗!

　　萝丝喊了一声:"皮埃罗!"皮埃罗汪汪叫起来。她们于是把食物丢下去;可是每次她们都清清楚楚地听见一阵可怕的抢夺声,然后是挨了咬的皮埃罗嗷嗷的哀号声;皮埃罗的同伴力气大,丢下去的东西全都被它吃了。

　　她们尽管说得很清楚:"皮埃罗!这是给你的。"但是毫无用处,很明显,皮埃罗什么也没得到。

　　这两个妇人不知所措,你看着我,我看着你;最后勒费弗尔太太用尖酸的口气说:"我总不能把别人丢下去的狗全包下来喂啊。只好不管了。"

　　她一想到所有这些狗都要依赖她而活着,她气愤填膺,拔脚就走,并且还带走了剩下的面包,一路走一路吃着。

　　萝丝跟在后面,不住用蓝围裙角擦着眼睛。

月　光

马里尼昂长老完全配得上他这个富有战斗意义的姓氏①。他是一个瘦高个子的神父,具有狂热的信仰,他的心灵永远在激动兴奋之中,但为人正直。他所信仰的一切都是坚定不移的,从来没有动摇过。他真心实意地认为自己了解他的天主,洞悉天主的图谋、愿望和意旨。

他迈着大步在他那小小的乡下住宅的小径上散步,脑子里有时会涌出这样一个疑问:"天主为什么这样做?"他于是在思想上处在天主的地位,坚持不懈地寻找原因,而几乎每次都能找到。他决不会在一阵虔诚的自卑感的推动下喃喃地念叨:"主啊,您的意图是不可知的。"他心里想:"我是天主的仆人,我应该知道他行动的理由,如果不知道,就应该把它猜出来。"

在他看来,大自然中的一切都是按照一种绝对的、奇妙的逻辑创造出来的。有一个"为什么",就有一个"因为",它们永远是互相平衡的。创造晨曦是为了使人们一觉醒来感到身心舒畅,创造白日是为了使庄稼成熟;创造雨水是为了浇灌庄稼;创造黄昏是为了促进睡意;创造黑夜是为了安眠。

四个季节完完全全适应着农业上的各种需要;这位神父决不会怀疑到大自然是没有意图的,而且相反,一切有生命的东西全都适应着各个时期、各种气候以及物质的严峻的必然性。

但是他憎恨女人,不自觉地憎恨她们,本能地蔑视她们。他经常重复基督说过的那句话:"女人,在你我之间有哪点共同之处?"他并且还补充这么一句:"简直可以说,天主也对他自己的这一个创造感到不满意。"在他看来,女人正是诗人说的那个十二倍不纯洁的孩子②。她是勾引第一个男人的诱惑

---

① 马里尼昂是意大利城市梅累尼亚诺的法国名称。法国人曾经于一五一五年和一八五九年在这里先后打败瑞士人和奥地利人。
② 这句话是法国十九世纪浪漫主义诗人维尼所说。

者,并且一直在继续干着这种诱人下地狱的工作,她是软弱的,危险的,不可思议的迷惑人的生物。他恨她们的引人堕落的肉体,更恨她们的多情的心灵。

他常常感觉到她们对他怀着的柔情,尽管他知道自己是攻不破的,但是看到她们身上颤动着的这种爱的需要,他还是要气愤填膺。

照他的看法,天主创造女人仅仅是为了诱惑男人,考验男人。跟她们接近的时候必须抱着防御性的谨慎态度和身临陷阱的警惕心情。她们向男人伸着胳膊,张着嘴唇的时候,确实就跟一个陷阱完全一样。

他只是对修女们还能宽容,她们许过的心愿,已经使她们不会伤害人了;但是他对待她们也还是很严厉的,因为他感觉得到那种永恒不灭的柔情在她们受到禁锢的内心深处,在她们谦卑的内心深处仍然活着,甚至还朝着他流露出来,尽管他是个神父。

这种柔情,他能在她们比男修士们更虔诚的湿润的眼光里感觉到,他能在她们夹杂着她们的性的成分的出神入化中感觉到,他能在她们对基督的热烈爱慕中感觉到,而正是这种爱慕使他愤懑,因为这毕竟是女人的爱,肉体的爱。甚至在她们驯顺的态度里,在她们跟他说话时的温柔语声中,在她们低垂的眼睛里,在她们受到他严厉责备时忍着委屈流出来的眼泪中,他都能感觉到这种可诅咒的柔情。

他每次走出女修道院,都要抖一抖他的道袍,并且迈开大步匆匆走开,好像是要逃避什么危险似的。

他有一个外甥女,跟着母亲住在附近的一所小房子里。他决心要让她当修女。

她长得好看,轻率,好嘲笑人。长老训斥的时候,她就嘻嘻地笑;他要是对她发怒,她就使劲地吻他,把他紧紧地搂在心口上,这时候他就会不知不觉地竭力从这个拥抱里挣脱出来,然而这个拥抱还是使他享受到一种甜蜜的快乐,在他的心坎里唤醒了在每个男子身上沉睡着的那种父爱的情感。

他常常在田野的路上,和她并排走着的时候,跟她谈论天主,他的天主。她几乎不听他说,她在望着天,望着草,望着花,从她的眼里可以看出她生活得很幸福。有时候她扑过去,捉住一个飞着的虫子带回来,喊道:"看啊,舅舅,它有多么美丽;我真想吻它一下。"这种吻飞虫,或者吻丁香蓇葖的需要使神父感到不安、气恼和愤怒,因为他在这儿又认出了在女人心坎里总是会发芽的那种无法断根的柔情。

圣器室管理人的老婆替马里尼昂长老操持家务。有一天她委婉地告诉他说,他的外甥女有了情人。

他感到万分激动,站在那儿连气都透不过来了,满脸的肥皂沫,因为他正在刮脸。

等到他恢复过来,能够思索,能够说话以后,他高声喊了起来:"这不是真的,你撒谎,梅拉尼!"

可是那个乡下女人把手按在心口上,说:"我要是撒谎,让天主惩罚我,神父先生。告诉您,每天晚上您的姐姐一睡下,她就去了。他们在小河边上碰头。您只要在晚上十点到十二点之间去看看就行了。"

他停止了刮下巴,急急匆匆地走了起来,在严肃思考的时候,他总是这样走来走去的。等到他再想起了刮胡子,从鼻子到耳朵接连割破了三刀。

这一整天,他满肚子愤懑和怒火,没有说一句话。除了作为神父,面对着无法战胜的爱情,而感到的愤怒以外,还加上作为道义上的父亲、监护人、灵魂导师被一个孩子欺骗、瞒哄、捉弄时产生的激怒,也就是做女儿的向父母宣布她在瞒着他们,不管他们愿意不愿意的情况下,替自己选中了一个丈夫时,自私的父母会有的那种叫人喘不过气来的暴怒。

吃完晚饭,他试着读一点书,但是办不到,他的怒火越来越大。十点刚敲过,他就拿起他的手杖,那是一根可怕的橡木棍子,每逢夜里出去看望病人他总拿着它。他微笑着看了看这根粗大无比的木棍,使出他那乡下人的强大的腕力,气势汹汹地抡了几个圈儿。然后他突然举起棍子来,咬牙切齿地打在一把椅子上,椅背登时裂开倒在地板上。

他推开门出去;可是他在门口停住了,使他感到无比惊讶的是那一片几乎从来没有见过的皎洁的月光。

他具有狂热的灵魂,很可能基督教早期的教会圣师,那些富于梦想的诗人,就有这样的灵魂。眼前一片白茫茫的夜色,那种崇高而宁静的美一下子打动了他,使他感到心神不定了。

他的小花园整个儿沉浸在温柔的光芒里,排列成行的果树把刚换上绿装的细枝的阴影投落在小径上;爬在屋墙上的大忍冬藤,吐着香喷喷、甜津津的气息,使得温暖清明的夜里好像有一个芳香馥郁的灵魂在飘荡着。

他大口大口地呼吸起来,像醉汉喝酒似的喝着空气,慢腾腾地往前走去,心里充满了喜悦和惊奇,几乎忘掉了他的外甥女。

他一到田野上,就立刻停了下来欣赏整个平原,它沉浸在这温柔的光辉里,淹没在这宁静的夜的情意绵绵的魅力里。青蛙一刻不停地把它们短促而响亮的鸣声投向空间;远处的夜莺把它们那种使人耽于幻梦而不促使人深思的婉转歌声,为配合接吻而发出的轻盈而颤抖的歌声混杂在月光的迷人的魅力之中。

长老又走了起来,自己不知是为什么,竟然失去了勇气。他觉得自己好像忽然衰弱了,一点气力也没有了;他一心只想坐下,留在那里,从天主的创作中去思索、赞美天主。

那边,沿着那条曲折的小河,有一行蜿蜒不绝的杨柳。在河岸的周围和上空,悬着一片薄雾,一片白色的水汽,月光穿过它,使它变成银白色,闪闪地发光,那弯弯曲曲的河道整个儿像是包在一种轻飘的、透明的棉絮里。

神父又停了下来,他心灵深处受到的感动越来越强烈,使他无法抵挡。

可是他还有一种怀疑,一种叫不出名堂的焦虑;他觉得他往常给自己提出的那些问题中的一个现在又在他心里出现。

天主为什么这样做?既然黑夜是为了睡眠,为了无思无虑,为了休息,为了忘掉一切而造的,那么为什么要把它造得比白昼更可爱,比黎明和黄昏更温柔呢?而这颗缓缓而行的具有魅力的星球,比太阳富有诗意,是那么安分知趣,好像是专为照那些对强烈的阳光来说过于微妙、过于神秘的东西而设的,为什么它却来把黑暗照得那么通体透明呢?

为什么那些鸣禽中最善鸣的鸟儿,不跟别的鸟儿一样休息,偏偏在恼人的阴影高声歌唱?

为什么在世上投下这半明不暗的薄纱?为什么心儿这样颤动,灵魂这样激动,肉体这样疲惫?

既然人们睡在床上,看不见了,为什么还要显示这些诱人的东西?这崇高的美景,这从天上降落到人间的大量的诗情画意究竟是为什么人安排的呢?

长老实在理解不了。

可是你看那边,草地的边上,在亮闪闪的薄雾笼罩中的那两行大树的拱形树荫下出现了两个人影,他们肩并肩地走着。

男的个子比较高,搂着他那女伴的脖子,时不时吻她的前额。这静止不动的景致,好像是专为他俩安排下的一个美妙的背景,把他俩包围起来,他们的出现突然使得那景致有了生气。他们两个人看上去好像合成了一个人,这个

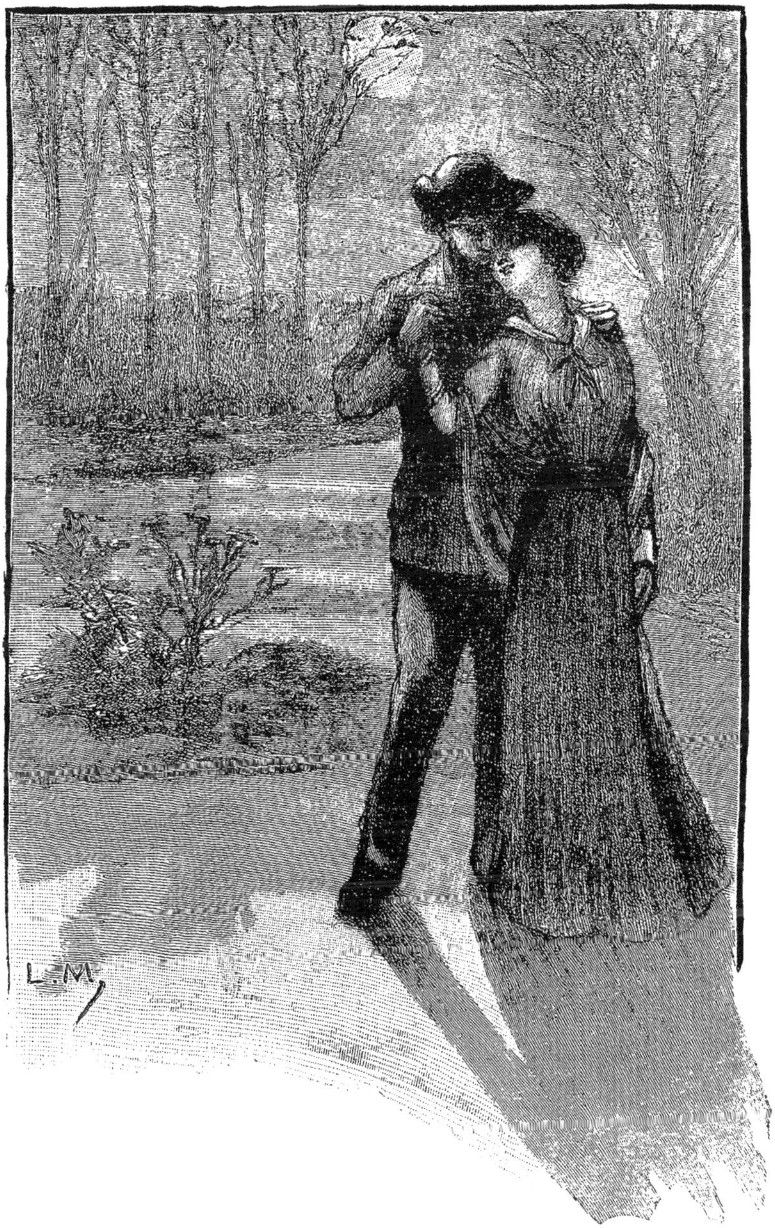
L.M.

宁静沉寂的夜正是为这一个人预备的;他们朝着神父缓缓走来,宛如一个活的答案,正是他的天主答复他那个疑问的答案。

他站在那里,心怦怦跳着,不知所措,他仿佛看见了《圣经》上的事,就像路得和波阿斯①的相爱出现在眼前,天主的意志在圣书所描写过的伟大的背景中实现了。他的脑子里嗡嗡响起了《雅歌》②中的诗句,响起了热情的呼声,肉体的召唤,充满了爱情的那首诗中全部火热的诗意。

他默默思道:"上帝造这些夜也许就是为了把人间的爱情掩护在理想的意境里。"

他在这对互相拥抱着走路的情人前面朝后退。那个女的正是他的外甥女;不过现在他考虑的并不是会不会违反天主的意旨。天主既然明显地用了这样的光辉围绕爱情,难道不允许有爱情吗?

他逃走了,不但心慌意乱,而且几乎感到羞愧,就仿佛他曾经闯入了一座他无权进入的庙堂。

---

① 波阿斯遵照上帝意志娶路得为妻,事见《旧约·路得记》。
② 《旧约》中的《雅歌》共有八章,颂赞新婚夫妇相爱之乐。

巴蒂斯特太太

我走进卢班车站的候车室,第一眼是看钟。我还得等候两小时又十分钟才能乘上到巴黎去的快车。

我突然觉得很累,仿佛刚走了十法里路;我朝周围扫了一眼,好像要在四面墙上找出消磨时光的方法似的;随后我退了出来,在车站的门前站住,一心只想找点什么事情做做。

街道有点类似林荫大道,种着瘦小的洋槐,夹在两排大小不一、式样不同的房子,是小城市的那种住家房子中间,向一个小山岗延伸上去,可以望见尽头有一片树木,那里似乎有个公园。

不时地有一只猫轻巧地跳过阳沟,从大街穿过去。一条小狗急急匆匆地在一棵棵树根旁闻来闻去,寻找厨房倒出来的残羹剩饭。我看不见任何一个人。

一种灰心泄气的情绪侵袭了我。怎么办呢?怎么办呢?我已经想到面对一杯简直不能喝的啤酒,一张简直不能看的本地报纸,坐在铁路小咖啡馆里的那种没完没了、躲避不掉的情景了,这时,我望见一个送殡的行列从一条横街转过来,到了我所在的这条街上。

看见了灵车,我松了一口气。至少我可以消磨十分钟了。

可是突然我的好奇心增加了。因为跟在死者后边送葬的只有八位先生。有一位哭着,其余的人友好地谈着话。没有神父伴送。我心里说:"这是一次世俗的葬礼。"随后我想到像卢班这样的城市里至少也应该有百来个自由思想家,也许他们决心举行一次示威。接下来怎么办呢?行列走得那么匆忙,说明他们埋葬这个死者是一切从简,当然也没有宗教仪式。

我无所事事,在好奇心的驱使下,做出了各种最复杂的揣测。这时丧车已走到我的面前,我忽然想起了一个古怪的主意,就是和这八位先生一起跟着走,至少可以消磨一小时,我于是做出一副悲戚的神色,跟在他们后面走着。

最后面的两个人惊奇地朝后看了看,然后低声交谈起来。无疑地他们是在互相询问我是否本城的人。随后他们又向前面的两个人打听,他们也仔细地打量我。这种追根究底的注视弄得我很不自在,为了打消他们的这种注视,我走到靠近的两个人跟前行过礼以后,说:"先生们,请原谅我打断你们的谈话。不过,我看见的是一次世俗的葬礼,就急忙跟上来了,虽然我连你们送的这位去世的先生都不认识。"一位先生说:"死的是一位太太。"我感到奇怪,问道:"不过,这的确是一次世俗的出殡啊,不对吗?"

另一位先生显然是希望把事情告诉我,把话接了过去,说:"也是也不是。原因是教士们拒绝我们进教堂。"这一次,我不由得惊奇地喊出了一声"啊!"我简直是堕入了五里雾中。

我旁边的那位热心肠的人压低声音告诉我:"哦!说起来话长了。这位年轻的太太是自杀的,这就是我们不能举行宗教仪式安葬她的缘故。您看,走在最前头哭着的那一位就是她的丈夫。"

我有点儿踌躇地说:"您的话使我感到惊奇,也使我感到莫大兴趣,先生。如果要求您把这件事给我讲一讲,是否会显得失礼?如果我这话惹得您讨厌了,那就请您只当我什么也没有说过。"

这位先生亲热地挽住我的胳膊,说:"不,绝对不。这么办吧,咱们稍稍留在后面一点,我来讲给您听,事情很悲惨。您看见高处的那些树吗?那儿就是墓地,在到墓地以前,我们还来得及把它讲完,因为这个坡很陡。"

他讲了起来:

您要知道,这个年轻女人,保尔·哈莫夫人,是本地一位富商丰塔内尔先生的女儿。她还小,在十一岁的那年,遭到了一件可怕的意外:一个仆人把她奸污了。她受到严重摧残,几乎送了命;而那个坏蛋,他的兽行本身就把他揭发出来。于是一场骇人听闻的诉讼开始,查出三个月以来可怜的受害人一直是那个畜生的卑鄙无耻的行为的牺牲品。他被判处终身服苦役。

小姑娘带着耻辱的烙印,没有伙伴,孤孤单单,慢慢地长大;大人们很少吻她,他们怕挨到她的前额会脏了他们的嘴唇。

在全城人的心目中,她成了一种妖魔,一种怪物。人们低声地这样说:"您知道吧,那个小丰塔内尔!"在街上,她走过的时候,人人都别转脸去。甚

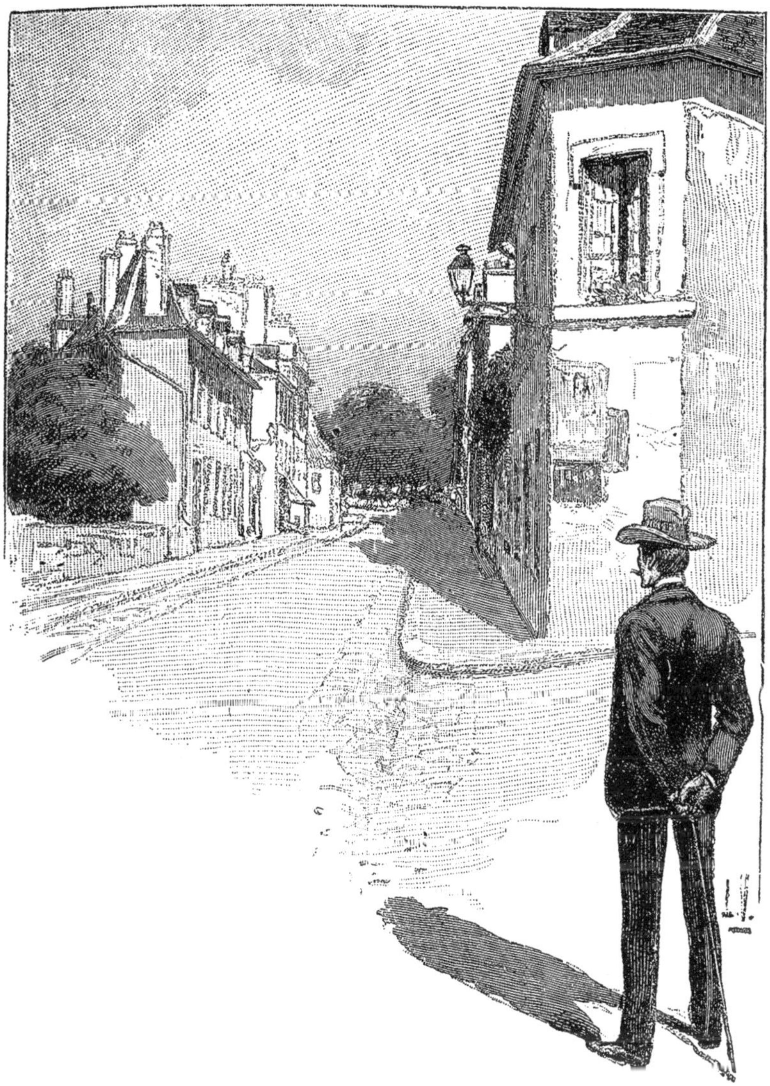

至于没法雇到领她去散步的女仆,别人家的女仆见了她就躲得远远的,仿佛这孩子身上有一种传染病,谁挨近她就会传给谁似的。

儿童们每天下午都到林荫大道上去玩耍,这个不幸的孩子在林荫大道上的情形看了实在叫人可怜。她总是一个人挨着她的女仆站着,脸色凄怆地看别的孩子玩耍。有时候,想跟孩子们一起玩的愿望实在强烈,无法抗拒,于是畏畏缩缩提心吊胆地往前移动,好像自惭形秽似的偷偷混到一群孩子中间。这时候,坐在长凳上的那些母亲、女仆、姑母、姨母都立刻奔了过来,抓住由她们照看的小姑娘们的手,粗暴地把她们拉走。剩下了小丰塔内尔独自一个人,她惊慌失措,不明白为什么会这样:她伤心得哭了起来。随后她跑过去,把脸藏在女仆的围裙里,抽抽噎噎,哭个不停。

她长大了,情形更糟了。人们让那些年轻姑娘像躲鼠疫患者那样躲着她。请想一想,这个年轻女人,不需要再教她什么了,什么也不用教她了;她已经没有权利戴那象征性的橙花了①;她几乎在未识字以前就已经懂得了那个可怕的秘密,仅仅在女儿新婚的晚上做母亲的才隐隐约约透露给女儿听的那个秘密。

她每次上街都由她的女家庭教师陪着,好像老是提心吊胆,怕她再遭到什么可怕的意外,必须严密地守护她似的;她每次上街都在她感觉得到的那种莫名其妙的耻辱的重压下,低垂着眼皮,其他的少女并不像人们所想的那样天真,她们阴险地看着她,窃窃私语,暗暗冷笑,如果她偶然望望她们,她们就装出不经意的样子赶快别转头去。

很少有人招呼她。只有几个男人见了她还脱帽致敬。那些母亲们假装没有看见她。有几个小流氓管她叫"巴蒂斯特太太",这是侮辱了她,毁了她一生的那个仆人的名字。

没有一个人知道她隐藏在内心里的痛苦;因为她不大说话,从来不笑。就是她的父母见了她,也显得很不自在,好像她犯了什么不可补救的过错,应该恨她一辈子似的。

一个规规矩矩的人是不大高兴跟一个被释放的苦役犯握手的,即使是自己亲生的儿子,对不对?丰塔内尔先生和夫人对待他们的女儿,就如同对待一个刚从苦役牢里放出来的儿子那样。

---

① 法国风俗,新嫁娘应戴橙花冠,橙花象征贞节。

她长得很好看,白净脸,细高个儿,文雅脱俗。如果没有那件事,我也会很喜欢她的。

可是一年半以前,我们这儿来了一位新的专区区长,还带来了他的私人秘书,一个有点古怪的年轻人,据说,他曾经在拉丁区①生活过。

他看见丰塔内尔小姐,就一见钟情。有人把一切都告诉了他。他仅仅这样回答:"嗯,这正是对未来的一个保证。先发生总比后发生好。跟这个女人在一起,我可以高枕无忧。"

他追求她,向她求婚,娶她做了妻子,他脸皮厚,带了新娘到处拜客,就像什么事也没发生似的。有些人回拜了,有些人就没回拜。最后,大家有点忘怀了,她在社会上也有了地位。

必须告诉您,她把她丈夫当成神那样崇敬。请您想一想,是他恢复了她的名誉,是他使她重新回到公共法律保护之下,是他蔑视舆论,冲破舆论,抵挡了各种侮辱;一句话,完成了一桩很少人干得出的勇敢行为。所以她对他的爱情是既热烈而又提心吊胆的。

她怀了孕。这个消息传开以后,连最斤斤于小节的人也为她打开大门,好像怀孕这件事把她的污点一下子洗干净。说起来很奇怪,但事实确是如此……

一切都变得越来越好了,这时正碰上我们有一天庆祝本地的主保圣人的节日。区长由他的幕僚和一些官吏簇拥着主持音乐比赛,他演说之后开始发奖,由他的私人秘书保尔·哈莫把奖牌发给得奖者。

您也知道,在这种事情里,总会有嫉妒和竞争,有些人难免失去了分寸。

本城所有的人人们都在看台上。

轮到莫尔米隆镇的乐队队长领奖了。他的乐队只得了一个二等奖牌。总不能让大家都得一等奖牌啊,是不是?

秘书把奖牌递给这个人的时候,这个人竟把奖牌朝他的脸上扔过去,一边大声喊道:"你可以把你的这个奖牌留给巴蒂斯特。你甚至还应该像发给我一样发给他一等奖牌。"

当时有很大一堆老百姓在场,他们笑了起来。老百姓是没有慈悲心,也不大知道分寸的。于是所有的眼睛都转向这位可怜的太太。

---

① 巴黎文人学生聚居之区。

啊,先生,您看见过一个女人发疯吗?没有看见过。那么,我们可看到是怎么回事了。她一连三次站起来,又倒在她的座位上,好像她想要逃走,可又明白自己绝不能穿过周围这一大堆人。

人群里不知哪个地方有人又喊了起来:"喂!巴蒂斯特太太!"于是,人声鼎沸,有欢笑声,也有怒喊声。

只见这一片人海波涛汹涌,闹声喧天;所有的人头都在攒动。大家都在重复说那句话,大家都踮起脚要看看这个可怜女人脸上的表情;有些做丈夫的用双臂把自己的老婆举高了看;还有人在打听:"是哪一个?穿蓝的那个吗?"儿童们学公鸡叫;到处都响起了狂笑声。

她不再动弹了,惊惶失措地坐在豪华的靠背椅里,好像被陈列在那里供大家观赏一样。她不能逃走,不能动一动,也不能把脸掩藏起来。她的眼皮急促地眨巴着,好像有一道强烈的光刺得她的眼睛睁不开;她跟一匹爬高坡的马那样喘着气。

看见她这个样子真叫人心都碎了。

哈莫先生掐着那个粗暴无礼的家伙的脖子,他们在一片可怕的混乱之中,倒在地上滚来滚去。

庆祝仪式中断了。

一个钟头以后,哈莫夫妇回家去,那年轻的妇人从受到侮辱的那一刻起没有说过一句话,但是浑身哆嗦得好像有一根弹簧弹动了她全身所有的神经,她突然跨过桥上的栏杆,跳进了河里,她的丈夫没有来得及抓住她。

桥洞下水很深。隔了两个钟头才把她捞起来。当然她已经死了。

说到这儿,讲故事的人住了口。过了一会儿他又说:"就她的处境,这也许是最好的解决办法。有些东西是没法擦掉的。

"现在您明白为什么教士们不准进教堂了。噢!如果按照宗教仪式举行葬礼,全城的人都会来参加的。不过您当然明白,那桩事再加上自杀,那些人家就不便来了,还有,在这个地方,参加没有神父的丧葬,是很困难的。"

我们这时已经走进了公墓的大门。我很激动地等着棺材放下墓穴以后,走到那个呜咽着的可怜年轻人身边,使劲握了握他的手。

他眼泪汪汪,惊奇地看看我,然后说:"谢谢,先生。"我没有后悔跟着灵车走了这一趟。

一 次 政 变

色当①惨败的消息刚传到巴黎。共和国宣布成立。这次大混乱一直拖延到公社②以后才结束,刚开始的时候,整个法国都感到喘不过气来。全国各地的人都在玩当兵的游戏。

针织品商人们变成了代行将军职务的上校;喜爱和平的大肚子束上了红色腰带,神气活现地披着手枪和短刀匕首;小市民们变成了临时的战士,指挥着成营的乱嚷乱叫的志愿兵,为了摆威风,跟赶大车的一样粗话脏字不离嘴。

这些人以前只耍弄秤杆,现在手中拿了武器,操持上步枪,都高兴得几乎发狂;而且毫无理由地变成了使人望而生畏的人物。他们常常处决无辜的人,为的是证明他们会杀人;他们在普鲁士人还未光临过的乡间巡逻的时候,常用枪打死无主的狗、安安静静正在倒嚼的母牛和在草地里吃草的病马。

每个人都认为自己被召来担任一个重要的军事任务。连最小的村镇里的咖啡馆看上去都像是营房或者军医院,里面挤满了穿军服的商人。

卡纳维尔这个小镇还没有得到军队和巴黎方面令人发狂的消息;可是一个月来,镇上一直处在极端的动荡不安中,因为敌对的党派已面对面交起锋来。

镇长是德·瓦尔涅托子爵,瘦小个子,已经上了年纪,原是正统派,前不多久才由于野心勃发归顺了帝国。他看见突然冒出了一个死对头,那就是玛萨雷尔医生,一个血气很旺的大胖子,他是本区的共和派首领,共济会镇分会的会长,农业协会会长,救火会董事长,并且是旨在保卫家乡的农民保乡团的组织者。

十五天的工夫,他居然设法说服了六十三名有老婆有儿女的、谨慎小心的

---

① 色当在巴黎东北,一八七〇年普鲁士军队大败法军于此,并俘虏了路易·波拿巴(即拿破仑第三)。
② 指巴黎公社。

农民和镇上的小商人志愿出来保卫家乡,他每天早晨就在镇政府门前的广场上训练这些志愿兵。

每当镇长偶然走到镇政府来的时候,腰间掖着手枪,手里举着指挥刀的指挥官玛萨雷尔总要在队伍前面高傲地走着,让他的部下高声喊叫:"祖国万岁!"有人注意到,这声喊叫很使矮小的子爵惶惑不安,因为他毫无疑问从其中看到一种威吓,一种挑战行为,同时对他来说,也是对大革命时代的一种可怕的回忆。

九月五日早晨,医生穿着军服,桌上放着他的手枪,正在替一对上了年纪的乡下人看病,男的七年前就得了静脉曲张症,一直等候着,等候到老婆也得了这种病,才一起来找医生看病。这时邮差送来了报纸。

玛萨雷尔先生打开报纸一看,脸上突然变色,霍地站起来,高举双手,万分激昂,当着两个吓得发呆的乡下人,扯开了嗓子喊道:

"共和国万岁!共和国万岁!共和国万岁!"

然后他倒在他的靠背椅里,激动得差点儿昏过去。

那个乡下人还在说:"刚一开头的时候,好像有不少蚂蚁顺着大腿爬,"玛萨雷尔医生叫起来了:

"别打搅我!我哪有闲工夫来管你们这些蠢事。共和国宣布成立了,皇帝被俘了,法国得救了。共和国万岁!"他一面奔向门口,一面狂叫:"塞勒斯特!快来,塞勒斯特!"

那女仆吓得急忙奔来,他心急慌忙,口齿不清,结结巴巴地说:

"我的长筒靴,我的指挥刀,我的子弹带,还有在我夜壶箱上的那把西班牙匕首,都快拿来!"

那个死心眼的乡下人,抓着医生住口的那一小会儿,继续讲病情:

"后来就变得像一只只小口袋,一走路就疼。"

医生气极了,大声吼道:

"别跟我捣蛋啦!他妈的!你们要是勤洗脚,就不会得这种病了。"

接着,他一把抓住他的领口,冲着他的脸喊道:

"你这个糊涂虫,难道你不明白,我们已经是共和国了吗?"

可是他的职业感立刻使他安静下来,他于是把这对目瞪口呆的夫妇推向门外,嘴里不住地说:

"明天再来一趟吧,明天再来一趟吧,我的朋友,今天我没工夫。"

他一边从头到脚地装备自己,一边又向女仆下了一系列的紧急命令:

"赶快到皮卡尔中尉和波梅尔少尉家里去一趟,告诉他们我要他们立刻到这儿来。你也去找一下托尔什博夫,叫他把铜鼓带来,快去,快去!"

塞勒斯特走了以后,他静下来仔细思索,对如何克服目前形势的困难做好准备。

那三个人一齐来到,却都穿着工作服。指挥官满以为他们会穿了军装来,惊奇得跳了起来。

"真见鬼,你们一点消息也不知道?皇帝被俘,共和国宣布成立啦。现在必须采取行动。我的地位是微妙的,甚至可以说是危险的。"

他面对部下那几张惊愕万状的脸,思索了几秒钟,接着说:

"必须采取行动,不能犹豫;在这种时刻,一分钟就等于一点钟。一切都取决于能否迅速地作出决定。你,皮卡尔,去找神父,命令他敲警钟召集居民,我要对他们讲话。你,托尔什博夫,到全乡去打集合鼓,连热里泽和萨马尔那两个小村子都跑到,把武装的民兵召到广场上来。你,波梅尔,立刻穿上军装,有外套军帽就行了。咱们一起去占据镇政府,勒令德·瓦尔涅托先生把政权交给我。明白吗?"

"明白了。"

"那就执行,立即执行。波梅尔,我陪着你到你家去,因为我们两人是一道行动的。"

五分钟之后,指挥官和他的部下武装到牙齿,出现在广场。就在这时,矮小的德·瓦尔涅托子爵,好像是去打猎,套着护腿套,肩上扛着猎枪,从另一条街快步走了过来,身后跟着二个猎场看守人,都穿着绿色外套,腰间挎着刀,肩上斜背着枪。

医生吃了一惊,停下脚步的时候,那四个人走进了镇政府,大门随即重新关上。

"我们来晚了一步,"医生嘟囔着说,"现在只好等待增援。暂时什么事也做不成了。"

皮卡尔中尉也来了。他说:

"神父拒不服从;他甚至跟教堂执事和侍卫在教堂里把大门关上了。"

在广场的另一面,和关上门的白色的镇政府遥遥相对的正是静悄悄的黑色教堂,特别显眼的是它那包着铁皮的大门。

273

居民们感到惊奇,有的从窗口探出头来,有的走出门来,这时候鼓声忽然响了,托尔什博夫出现,他三下一停地打着急速的集合鼓,迈着正步穿过广场,然后消逝在田野的路上。

指挥官拔出了军刀,独自一人前进到离这两座敌人据守着的房子各有一半距离的地方,举起刀在头上挥舞着,使足了劲吼道:

"共和国万岁!处死卖国贼!"

喊完他立即朝他的军官们撤退下来。

肉店老板,面包店老板,药房老板有点不放心,放下护窗板,关了店门。只有食品杂货店还开着。

这时民兵们逐渐地来到了,身上的衣服各式各样,头上却一律戴着一顶有红箍的黑色军帽,军帽代表了队伍的全部军服。他们的武器是生锈的老枪,这些枪悬挂在厨房的壁炉上方总有三十年了,他们看上去倒有点像是一队护林的警丁。

指挥官等身边聚集了三十多人,就用几句话把情况通知了他们;然后转过身来对他的参谋部说:"现在,咱们行动吧。"

居民们又聚拢来,端详着,议论着。

医生很快决定了他的作战计划:

"皮卡尔中尉,你到镇政府的窗下去!以共和国的名义命令德·瓦尔涅托先生把镇政府交给我。"

可是中尉,这个原来的瓦匠师傅,拒绝了:

"你,你倒真聪明。让我去挨一枪,谢谢。里面的那些人枪法都很好,你不是不知道。这差事你自己去办吧。"

指挥官脸红了。

"我以纪律的名义,命令你到那儿去。"

中尉反抗:

"糊里糊涂地把命送掉,我才不干呢。"

近旁聚着的一堆绅士哈哈笑了起来。其中有一个人喊道:

"你说得对,皮卡尔,这可不是时候。"

医生于是喃喃自语:

"一群懦夫!"

他把军刀和手枪交给了一个兵,然后慢慢地迈步前进,眼睛不眨地望着窗口,时刻提防着,怕从窗口露出一支枪筒来瞄准他。

他已走到离房子不过几步了,房子两头通两所小学的门忽然大开,孩子们从里面跟潮水似的涌了出来,这边是小男孩,那边是小姑娘,他们在空旷的广场上玩起来,围在医生的身边,叽叽喳喳好像一群小鹅,他说话也没法叫人听见了。

最后的几个学生刚出来,那两扇大门重又关上。

大部分儿童终于散开走了,司令官这才高声喊道:

"德·瓦尔涅托先生?"

二层楼的一扇窗开了,出现了德·瓦尔涅托先生。

指挥官接着说:

"先生,最近使得政府改变面貌的大事件,您当然已经知道。您代表的政府不存在了。我所代表的掌权了。在这种痛苦的,但是有决定性的情况下,我以新成立的共和国的名义,特来要求您把前政府委任您的职务交出来归我掌管。"

德·瓦尔涅托先生回答:

"医生先生,我是卡纳维尔的镇长,经主管机关正式任命,在没有接到上级命令将我免职并派人接替之前,我仍然是卡纳维尔的镇长。身为镇长,镇政府就是我的家,我一定要留在这里。想叫我出去,您就试试看吧。"

他又关上了窗。

指挥官朝他的队伍走回来。不过未对大家解释以前,他先把皮卡尔中尉从上到下打量了一下,然后说道:

"你真有胆量,真勇敢,简直是军队的羞耻。我撤你的军职。"

中尉回答:

"我才不在乎呢。"

说完,他就走过去和那些低声交谈的本地居民混在一起。

这时,医生感到进退两难。怎么办呢?下令进攻?可是他的部下肯跟着干吗?还有一节,他有这个权柄吗?

他灵机一动,想出了一个主意,连忙奔到镇政府对面,广场另一边的电报局。他发出了三份电报:

一份致巴黎共和国政府各成员;

一份致鲁昂,共和国新委的下塞纳省省长;

一份致共和国新委的第厄普专区区长。

275

在电文里,他陈述了情况,指出这个镇仍在君主主义者的旧镇长手中所遭受的危险,他说他愿意尽忠效劳,专等上级命令办事,他把所有的头衔都列在自己姓名的后面。

然后他回到他的队伍跟前,从衣袋里摸出十个法郎说:"拿去吧,朋友们,你们先去吃点东西,喝上一杯;这儿只须留下十个人的一个小分队,别放一个人从镇政府出来就行了。"

可是这番话让正跟钟表匠谈着话的前中尉皮卡尔听见了;他冷笑了一声,说道:"呸!他们要是出来,那倒正是进去的好机会。没有这一着,我看你是没法儿进去的。"

医生不理睬他,吃午饭去了。

到了下午,他在小镇周围布下岗哨,就好像有遭到突然袭击的危险似的。

他好几次走过镇政府和教堂的门口,没有看出有任何可疑的地方;简直可以认为这两座房子是空无一人的。

肉店老板,面包店老板和药房老板又把各自的店门打开。

在一家家人家里,议论很多。如果皇帝真的被俘,内中一定有人暗中出卖了他。大家也弄不清究竟是哪一个共和国回来了。

天黑下来了。

九点钟左右,医生相信他的对手已经回家睡觉去了,一个人悄悄地走到镇政府的门口;他正准备拿十字镐把门砸开,一个响亮的声音,是个卫兵的声音忽然问道:

"什么人?"

玛萨雷尔先生撒开腿连奔带跑撤了下来。

天亮了,情况没有丝毫变化。

武装的民兵们据守着广场。所有的居民都聚在这支队伍周围,等候结果。邻近那些村子的居民也赶来看热闹。

医生这才明白他是拿了自己的名誉在冒险,于是决定无论如何也要结束这件事;他正准备采取一个办法,当然是强有力的办法,电报局的门忽然开了,女局长的年轻女仆手里拿着两张纸出现了。

她先朝指挥官走来,把两份电报中的一份交给了他;然后在众目注视之下,她心里发慌,低下头,迈着细小的步子迅速穿过空无一人的广场中心,走到紧闭着的房子门口,轻轻敲门,仿佛她根本不知道有一方全副武装地埋伏在里面似的。

门开了一条缝,一只男人的手把电报接了进去,那个小姑娘就回来了,让全村的人这样从头到脚地看着,她的脸涨得通红,眼看要哭出来了。

医生扯着震天动地的嗓子要求道:

"请大家静一静,静一静。"

大家果然静了下来,他于是得意洋洋地接着说:

"这是政府给我的电报。"

他举着电报读电文:

> 解除旧镇长职务。请先考虑最紧急应办各事。训令即发出。
>
> 专区区长
> 参议员萨班代签

他胜利了;他高兴得心直跳;手也直哆嗦,可是他的那个老部下皮卡尔从附近的一堆人中间对他喊道:

"一切都很不错;不过那些人如果还是不出来,你这张纸顶个屁用。"

玛萨雷尔先生脸变了色。是的,如果那些人不出来,现在就得一直干下去了。这不仅是他的权力,也是他的责任了。

他忧虑重重地看着镇政府,希望会看见大门打开,他的敌人自动退走。

但是门还是关着。怎么办呢?看热闹的人越聚越多,紧紧围在民兵周围。大家都嘻嘻哈哈笑着。

有一种想法特别使医生痛苦。他想到如果发动攻击,他必须走在他的兵士的前面打头阵;只要把他打死,所有的争执也就都可以随之解决了,因此德·瓦尔涅托先生和他的三个猎场看守一定瞄准他,只瞄准他一个人。而他们的枪法是准的,很准很准的;皮卡尔刚才还提起过。他忽然灵机一动,想起了一个好主意,转过身来吩咐波梅尔:

"快去找药房老板,跟他借一块白餐巾,一根棍子。"

少尉急忙奔了去。

原来他想做一面要求谈判的旗子,一面白色的旗子,白颜色也许会使具有正统派心胸的旧镇长看着喜欢①。

---

① 白色的百合花徽是法国波旁王朝的国徽。白色是该王朝尊崇的喜爱的颜色。

波梅尔拿着白餐巾和一把笤帚柄回来了,用细绳子绑成一面旗子,玛萨雷尔先生双手接过来朝前举着又向镇政府走去。等走到门前的时候,他又叫道:"德·瓦尔涅托先生。"门突然打开,德·瓦尔涅托先生和他的三个卫兵出现在门口。

医生不由自主地往后退了一步;然后很客气地朝他的敌人行礼,激动得连嗓音也变了,他说:"先生,我是来向您传达我所接到的训令的。"

那个贵族并不回礼,只是回答说:"我正要离开,先生,但我必须告诉您,绝不是因为害怕,也不是为了服从篡夺政权的这个丑恶的政府。"然后他又一字一顿地声明:"我一天也不愿意让人看上去以为我是在为共和国效劳。我的话完了。"

玛萨雷尔先生很难堪,什么话也没回答;德·瓦尔涅托先生说完就迈着急速的步子走了,后面还照旧跟着他的卫队,在广场的一个角落里消失。

医生这时候骄傲得有点晕头转向,向人群走了回来。等到他走到可以让别人听见他的声音的地方,他大声喊了起来:"乌拉!乌拉!共和国全线获胜了。"

群众没有任何激动的表示。

医生又喊道:"人民自由了,你们自由了,自主了。你们应该引以为豪啊!"

那些没精打采的乡下人望着他,眼睛里没有流露出丝毫的光荣感。

他很气愤他们这种无动于衷的神情,于是也睁着眼端详他们,心里琢磨着该怎么说,怎么做,才能大大震动他们一下,才能使这块毫无热情的地方振奋起来,才能完成自己启蒙者的使命。

忽然灵机一动,他转过身来吩咐波梅尔:"少尉,快去把参议会会议大厅里的前皇帝半身像拿来,顺便带把椅子来。"

一会儿工夫,波梅尔右肩扛着石膏制的波拿巴,左手提着一把草垫椅子回来了。

玛萨雷尔先生迎上前,接过椅子,放在地上,把白色的半身像放在椅子上,然后退后几步,提高了嗓门儿对半身像说起话来:

"暴君,暴君,你终于倒下来了,倒在烂泥里,倒在臭泥塘里。垂危的祖国曾经在你长靴的践踏中奄奄一息。替祖国复仇的命运之神打击了你。溃败与耻辱抓住你不撒手;你惨败下来,当了普鲁士人的俘虏;在你的崩溃的帝国的废墟上,年轻的、光辉的共和国站起来了,拾起了你的破碎的宝剑……"

说到这里,他等了等,但是没有人喝彩,也没有人鼓掌。老乡们又惊又怕,一声也不吭。那座两撇尖尖的胡子向左右伸到脸颊以外去的半身像,那座静坐不动头发梳得光光,像理发馆招牌似的半身像,好像在注视玛萨雷尔先生,脸上还带着一种虚假的微笑,一种不可磨灭的、嘲弄的微笑。

他们就这样面对面地看着,拿破仑坐在椅子上,医生站在地下,相距三步。指挥官勃然大怒。可是怎么办呢?怎么才能激发这堆人,才能彻底取得舆论上的胜利呢?

他的手无意中放在自己的大肚子上,碰到了红色腰带下披着的手枪和枪柄。

他现在既谈不上什么灵感,也想不出什么可说的话了。于是抽出枪,向前迈了两步,枪口紧挨着旧日的君主开了枪。

子弹在额头上打了一个小黑窟窿,就像是一个小小的污痕,几乎看不出来。预期的效果并没有发生。玛萨雷尔先生开第二枪,造成了第二个窟窿,然后开第三枪,然后把最后三发子弹一气打出。拿破仑的额头化作白灰飞散了,可是眼睛、鼻子和胡子的细尖儿一点也没有损坏。

医生真是气恼极了,于是一拳把椅子打翻,一只脚踩在那个剩下来的半身像上,摆出了胜利者的姿势,转脸向着目瞪口呆的观众叫道:"让所有的卖国贼都这样毁灭!"

可是观众们倒像是惊奇得愣住了,还是没有任何热情的表示,指挥官只好对民兵们吆喝:"现在你们可以各自回家了。"然后他好像有人追赶似的也迈开大步向自己的家走去。

一走进门,他的女仆就告诉他有病人在诊室等他,已经等了三个钟头。他赶快奔了去。原来就是患静脉曲张症的那两个乡下人,他们又固执又耐心,天亮就来了。

那个老人立刻就讲述起来:"刚一开头的时候,好像有不少蚂蚁顺着大腿爬……"

骑　马

这一对可怜夫妇只仗着男的微薄薪金过着艰难的日子。自从结了婚连生两个孩子之后，本来还只是拮据的生活便变成了一种自卑的、藏藏掖掖的、自觉羞惭的穷困生活，一种没落的贵族家庭硬要支撑门面的艰苦生活。

埃克托尔·德·格里勃兰是在外省长大的，从小就在父亲的庄园里受着家庭教师、一位教会中的长老的教导。他的家庭并不富有，但还能勉强维持表面的光景。

二十岁那一年，家里替他找到了一个位置，他以年俸一千五百法郎的科员身份进入了海军部。他和许多人一样在这块礁石上搁了浅再也不能前进。凡是幼年对艰苦的生活斗争没有受过训练的人，凡是隔着一片云雾看生活，既没有手段也没有抵抗力的人，凡是没有机会从小就发展他们的专才特长，对斗争养成一种坚强毅力的人，凡是手中从没有接到过任何武器或工具的人都免不了要这样触礁搁浅。

他在科里的最初三个年头是非常难过的。

此后，他遇到了几位世交，那都是一些上了年纪的时代落伍者，并且境况也都不很宽裕；他们住在贵族住的街上，圣日耳曼区的那些凄凉的街上；他从此总算有了若干可以来往的人家。

这些穷贵族对现代生活是一无所知，既自卑却又自傲，全住在静悄悄的楼房的上面几层。这些楼房里，从上到下的住户全是有贵族封号的；不过从二楼到七楼，都似乎不大有钱。

这些当初盛极一时，但因游手好闲而衰败的人家，念念不忘的是他们的阶级偏见，日夜操心的是怎样维护门第，保持家声。埃克托尔·德·格里勃兰在这种社会里遇到了一个跟他一样，出身贵族而家境贫寒的年轻姑娘，他跟她结了婚。

四年内他们连生了两个孩子。

此后的四年中这户人家在穷困的压迫下,除了星期日到香榭丽舍大街散散步,以及冬天有同事送来优待券,到戏园看一两次戏而外,别无散心解闷的机会。

可是在交春的时候,他的科长委派他办了一桩额外的工作,他得到了三百法郎的特别酬劳费。

把这笔钱拿回家来的时候,他可就对妻子说了:

"我亲爱的亨丽埃特,我们应该享受一下了,应该带孩子们出去玩一玩。"

经过了长时间的讨论,他们决定到乡下去玩一玩,并且在那儿吃饭……

"说真的,"埃克托尔喊道,"只此一遭,下不为例。我们租上一辆四轮马车给你、孩子们和女仆坐,我呢,我上马棚里去租一匹马。这对我的身体是有好处的。"

在这一星期内,家里的谈话总也没离开这次预计的远足旅行。

每晚,办完公回家,埃克托尔总要把大孩子抱起来,让他叉开腿骑在自己的膝头上,然后使足劲把他颠动着,对他说:

"你看,下星期日,出去玩的时候,爸爸就这么骑了马跑。"

小孩也就整天骑了椅子,满屋子拖着走,嘴里喊着:

"这是爸爸骑马呢。"

就是女仆,一想到主人将骑着马伴送着马车,也是睁着一双充满惊讶的眼看着主人;每次侍候主人吃饭的时候,她也总留心听着他大谈他的骑马术,讲述他当年在父亲家里的种种英勇事迹。哦!他是得过好传授的,只要两腿一夹着马,他是什么也不怕的,真正任什么也不怕的。

他高兴地搓着手,一次两次地对妻子说:

"如果他们能给我一匹脾气不大好的马,那我可太高兴了。你就可以看见我是多么会骑马;你要愿意的话,我们可以趁大家都从布洛涅森林回家的时候,绕道香榭丽舍大街回来;那叫我们该是多么神气,如果能够碰到部里的一两个人,那就更有意思了。不用更多的东西,只凭这一手,就能得到长官们的重视。"

到了那一天,车和马同时来到了门口。他立刻下楼,去检查他那匹马。他已经叫家里人缝好套在鞋底下扣紧裤脚的带子;他手里耍着一根头天晚上买的马鞭。

他把马的四条腿一一扳起来捻一遍,他按了按马的脖子、两肋和飞节;用一个手指头试了试它的腰;他掰开它的嘴,检查了牙齿,立刻说出了马的年龄。这时候全家都已经从楼上走下来,他于是又作了一篇短短的关于马的讲演,从理论方面和实用方面谈到一般的马,然后谈到眼前的这一匹,他认为这是一匹好马。

等到大家在车里全都坐好之后,他又仔细看了看马的肚带是否束紧,然后踏上一个马镫腾身而起,落在马上;马一感到背上有了人,立刻蹦跳起来,几乎把骑马的人摔下来。

埃克托尔十分惊慌,一个劲儿地想法子叫它平静。

"喂!别这么忙呀,我的朋友,别这么忙呀。"

后来,驮人的安静下来了,被驮的也坐稳了,于是问道:

"大家都准备好了?"

所有的人一齐回道:

"准备好了。"

他于是发命令:

"动身!"

大队终于出发了。

全家眼光都紧紧盯住他。他故意在马背上大起大落按照英国人骑马的姿势小跑着。屁股刚一挨着鞍子,他立刻就仿佛要升入天空似的向上蹿起来。有时候他又好像就要扑倒在马颈上;两只眼老是向前盯着,脸上的筋都绷得很紧,没有一点血色。

他的妻子膝上抱着一个孩子,女仆抱着另一个,两人不住口地说:

"瞧爸爸,瞧爸爸!"

两个小孩在车的颠动、心中的快乐和新鲜空气等等陶醉之下不住地尖了嗓子大叫。马听见喊声害了怕,就狂奔起来。骑马人在努力制止马跑的时候,帽子滚到了地上。马车夫只好跳下座来替他捡帽子,等到埃克托尔从他手里把帽子接过来,他可就远远地对妻子说了:

"别让孩子们这么喊叫呀,不然我就管不住马了。"

他们在维西内树林里的草地上用了午饭,吃的是用盒子装着的各种食品。

尽管有马车夫照管着三匹马,埃克托尔还是时时刻刻要站起来,去看看他骑的马是否缺少什么东西;他抚摩着马脖子,给马吃面包,吃点心,吃糖。

他说:

"这匹马是不大好对付的。刚一骑上的时候,我简直有点骑不稳;可是你看见了,我很快就安然自在了。它现在是低头承认遇见能制服它的人了,再也不会乱动胡闹了。"

回来的时候,他们果然按照原定的计划绕道香榭丽舍大街。

那条宽阔的林荫大道上挤满了马车。在路两边游人是这么多,简直可以说是从凯旋门一直到协和广场绷着两条黑色长缎带。一片强烈的阳光射在这一切上面,使得车上的漆、马具上的钢件、车门上的把手都闪闪发着光。

好像有一种渴望活动的狂热,也可说生活的陶醉鼓舞着这一堆人群和车马。那边呢,方尖碑在一片金黄色的烟雾中矗立着。

埃克托尔的马一过凯旋门突然鼓起了一种新的力量;尽管马上的人想尽方法叫它安静,它却向着它的马房,在那些车轮之间穿来穿去快跑起来。

他们的马车现在是落在后面了,远远落在后面了。到了实业部大厦的对面,马一看面前已不那么拥挤,就向右一转狂奔起来。

这时正有一个身系围裙的老妇人从容不迫地横穿马路;她挡在埃克托尔要走的路上,而埃克托尔正骑着马飞一般地来到。他已经无法控制他的马,只好使足了劲大喊。

"喂!当心!喂!快躲开!"

她也许是个聋子,因为她还是行若无事地继续往前走,一直到被那匹像火车头一般冲过来的马的前胸撞了她才算止住,那时她可就脚朝天连翻三个跟头滚到了十步之外。

许多人都喊了起来:

"拦住他!"

埃克托尔早已吓傻,两手抓住马鬃,怪声地喊:

"救人啊!"

马的一个强烈颠动把他跟球似的从马头上抛出,落在一个正追过来截他的警察怀中。

一转眼,他的四周就围了一群人,都十分愤怒,指手画脚地喊着骂着。特别是一位老先生,一位佩着圆形大勋章,嘴上两撇大白胡髭的老先生好像格外气愤。他一再说:

"见鬼！一个人要是笨到这种程度,就该老老实实待在家里！不会骑马就不该到街上来害人。"

这时四个人抬着那位老婆子出现了。那老婆子看上去好像已经死了,脸色蜡黄,软帽歪在一边,灰扑扑地全是尘土。

"把这个女人抬到药房去,"那位老先生发了命令,"咱们呢,一齐到警察局去。"

埃克托尔由两个警察夹着走了,另有一个警察拉着他的马。后面跟着一大堆人；这时忽然那辆四轮马车出现了。他的妻子立刻奔了过来,女仆呢,惊慌得不知怎么办才好,孩子们则是叽喳乱叫。他告诉了原委,说马上就会回家,他撞倒了一个妇人,干系不大。他家里人这才惊恐万状地走开。

在警察局里,不须多长时间就把事情说清楚。他报告了姓名:埃克托尔·德·格里勃兰,海军部供职；然后就等候受伤人的消息。派去打听消息的警察回来了。据说,老婆子已经苏醒过来,不过据她说,内部非常疼痛。她是一个替人家收拾屋子的老婆子,今年六十五岁,叫西蒙太太。

埃克托尔一听说她没死,立刻恢复了希望,他答应负担替她治疗的费用,随后马上往药房跑去。

一大堆人聚在药房门口；那位老妇人倒在一张靠背椅里,不住地哼哼,两手一动也不动,脸上呆呆地毫无表情。有两位医生还在那里检查她的伤。胳膊腿没有摔断,不过怕是内部受伤。

埃克托尔跟她说了话:

"您很疼痛吗？"

"是啊！"

"哪儿疼？"

"就好像肚子里有团火在烧。"

一位医生走了过来:

"先生,您就是这意外事件的肇祸者吗？"

"是的,先生。"

"顶好是把这妇人送到疗养院去。我知道有一家疗养院,六个法郎一天就可以收留她。您愿意我给办理一下吗？"

埃克托尔非常满意,道了谢,如释重负,回了家。

他的妻子泪流满面地在等着他,他叫她放心,他说:

"没什么要紧的,这位西蒙太太已经好多了,再有三天,就会完全好了;我已经把她送到一家疗养院里,没什么要紧的。"

没什么要紧!

第二天从办公室出来,他就去打听西蒙太太的消息。他见她的时候,她正很满意地在喝油腻的肉汤。

"怎么样?"他问。

她回答:

"哎哟!我的可怜的先生,还是那样。我觉得是毫无希望了。并没有见好。"

医生表示说应该再等一等,因为伤情可能突然恶化。

他等了三天,然后再来看她。那位老婆子面色也照常了,眼睛也有神了,但一看见他就哼唧起来。

"我不能动了,我的可怜的先生;我不能动了。一直到死,我就是这样下去了。"

埃克托尔背上起了一阵寒噤。他要求见医生。医生举起了双手:

"先生,有什么法子呢!我也弄不清是怎么回事,只要一扶她起来,她就鬼哭神嚎。连挪动一下她的椅子,都不能不使她发出悲惨的叫声。我应该相信她对我说的话,先生;我不能钻到她的肚子里去看。在我没看见她下地走动以前,我就没有权利设想她是在扯谎。"

那个老婆子一动不动听着,眼里露出狡猾的眼光。

八天过去了;随后是十五天过去了,一个月过去了。西蒙太太还没有离开她的靠背椅。从早到晚她不停嘴地吃,慢慢地胖起来。她很快活地跟别的病人聊天说地,好像已习惯于这种不走不动的生活,就仿佛经过了五十年的上下楼梯,拍打褥垫,上楼送煤炭,这儿扫扫那儿刷刷的生活,这是她分所应得的休息。

埃克托尔已是走投无路,每天来看她,而每天都看见她那么安安静静,心安理得,老是说:

"我不能动了,我的可怜的先生,我不能动了。"

每天晚上,埃克托尔的妻子提心吊胆地问:

"西蒙太太怎样了?"

每次,他总是万分颓丧地回答:

285

"没有变化,没有一点变化!"

他们辞退了女仆,工钱的负担太重了。他们加紧地节省,那笔额外报酬全部都贴了进去。

埃克托尔于是约请了四位大名医替这位老婆子会诊。她听凭他们检查、听凭他们摸、按,一面睁着刁钻的眼睛偷偷看他们。

有一位医生说:

"应该叫她起来走走。"

她立刻喊叫起来:

"我的好先生们呀,我走不了啊,我走不了啊。"

他们于是抓住她,把她提了起来,向前拖了几步;可是她从他们手中滑了下来,瘫倒在地板上,发出那样可怕的喊声,他们只好万分小心地又把她抬到她的原座上。

他们很谨慎地发表了意见,但还是断定她已无法工作。

等埃克托尔把这个消息告诉了妻子,她不由自主地倒在一张椅子上,嘴里吞吞吐吐地说道:

"还不如把她弄到家里来呢,花钱可以少一些。"

他跳了起来:

"到这儿来,上咱们家来,那怎么可以呢?"

可是她现在已决定忍受一切,眼里含着泪回道:

"有什么法子呢,我的朋友,这不是我的过错啊……"

瓦尔特·施那夫斯的奇遇

瓦尔特·施那夫斯自从随着侵略军进入法国以来，认为自己是一个最不幸的人。他身体肥胖，走路费力，老是呼呼地喘气，一双非常肥厚的扁平脚痛得他难以忍受。况且他这个人喜爱和平，心地宽厚，一点也不好大喜功，一点也不凶残好杀。他有四个孩子，他非常钟爱他们；妻子是个金黄头发的少妇，他每天晚上都伤心地怀念她的温存、体贴和接吻。他喜欢早睡晚起，喜欢慢慢地享受好吃的东西和到小酒馆喝两杯啤酒。另外他还想到，人要是死了，世界上一切美好的东西也就看不见了。因此他心里对大炮、步枪、手枪和军刀怀有一种出自本能的，同时也是经过思考的莫大憎恨，他尤其恨刺刀，因为他知道自己没法儿灵活地使用这种需要快速动作的武器来保护自己的大肚子。

每逢黑夜来临，当他裹着大衣在鼾声震耳的弟兄们旁边就地躺下睡觉的时候，他总要长久地想着留在那边的妻子儿女，想着前途布满着的种种危险。如果他送了命，孩子们怎么办？谁来养活他们？谁来培养他们？就拿目前来说，尽管临走的时候借了几笔债给他们留下一点钱，但他们还是不富裕的。瓦尔特·施那夫斯有时想着想着就哭了。

每次战斗刚一打响，他就觉得两腿发软，如果不是想到他一躺下，整个队伍会从他身上踩过去，那他早就躺下不走了。嗖嗖的枪子声吓得他毛发倒竖。

几个月来，他就这样一直在恐惧和忧虑中生活。

他所属的军团向诺曼底推进。有一天他奉命跟随一支小分队出去侦察；那无非是到当地的某一部分地区搜索一番，随即撤回来。田野里一切都仿佛平平静静，看不出一点点准备抵抗的迹象。

这些普鲁士人于是放心大胆地走下一个横贯着不少深沟的小山谷。哪知一阵猛烈的射击迫使他们一下子停住，他们中间有二十来人已经被撂倒。一支游击队忽然从一片只有巴掌那么大的小树林里出来，挺着上了刺刀的枪，向他们冲过来。

瓦尔特·施那夫斯先是愣在那里不动,事情来得这么出人意料,他惊慌得连逃跑都忘记了。随后才想起逃命;可是他又立刻想到跟那些像一群山羊似的连蹦带跳奔过来的、瘦小的法国人相比,自己跑起来慢得像一只乌龟。这时他看见前面六步以外有一条宽阔的沟,沟里长满荆棘,上面盖着枯树叶;他甚至没有考虑沟有多深,两脚一并,就跟别人站在桥上往河里跳似的跳了下去。

他跟箭一样穿过厚厚的一层藤子和带刺的荆棘,手和脸都划破了,他屁股先着地,重重地跌在一堆小石头子上。

他连忙抬头一看,从他方才落下时冲出来的窟窿里望见了天。这个窟窿很可能使他暴露,他于是手足并用,小心谨慎地在沟底爬了起来,顶上是纠缠着的树枝,他在下面尽可能快爬,要爬得离战场远些。爬了一阵之后他停住,重新坐下,像一只野兔蜷缩在深深的枯草丛里。

过了一会儿,他还听见枪声、喊声和呻吟声。后来战斗的嘈杂声小下来,终于完全停止了。一切又变得静悄悄,没有一点声音。

忽然有个东西在他身边一动。他吓了一大跳。原来是一只小鸟落在一根树枝上,抖动了枯叶。瓦尔特·施那夫斯的心怦怦地跳了总有一个钟头。

夜慢慢地来了,沟里也渐渐黑下来。这个普鲁士兵不由得思索起来。他该怎么办呢?他会落到什么地步呢?回到他的部队去吗?……可是怎样回去?从哪儿回去?如果回去了,他又要去过从战争一开始就过的那种充满忧虑、恐惧、疲劳和痛苦的生活!不行!他觉得自己已经没有这种勇气。他再也没有足够的力量去长途行军和冒随时随刻都能遇到的危险。

可是怎么办呢?他总不能留在这条沟里,一直等到战争结束啊。不行,当然不行。如果一个人不需要吃饭的话,这样一个远景倒也不会太使他害怕;可是一个人需要吃,并且每天都需要吃啊。

而他佩带着武器,穿着军服,竟这样单独一个人留在敌人的土地上,能够保护他的人却都离他很远。他全身一阵一阵地打着寒战。

他忽然这样想:"如果我做了俘虏就好了!"于是他的心怦怦地跳起来,产生了一种想作法国人俘虏的强烈的、不可遏止的愿望。对,当了俘虏,就算得救了!在保卫严密的监牢里,有吃有住,枪弹刺刀再也挨不上,任什么也不必害怕。当俘虏!这是多么美妙的梦想!

他马上拿定了主意:

"我自己去当俘虏。"

他站了起来,决定一分钟也不耽误,马上去实现这个计划。不过他刚站起又不动了,因为突然他又有了令人烦恼的想法和新的恐惧。

他到哪儿去当俘虏呢?怎样去呢?奔哪个方向呢?于是种种可怕的形象,死亡的形象一齐向他的心头袭来。

他独自一个人,戴着尖顶钢盔,在野地里乱闯,肯定会遇到很大的危险。

他如果碰上老乡呢?这些老乡看见一个掉队的普鲁士兵,一个没有自卫能力的普鲁士兵,是会跟弄死一条野狗似的把他弄死的!他们用长柄叉、十字镐、镰刀、铁铲就把他收拾了!他们憋着战败者的那一肚子怒火,会把他斩成肉酱,剁成肉饼。

他要是碰上游击队呢?那些游击队可是些没有王法没有纪律的疯子,光为了闹着玩,光为了开开玩笑,看看他会做出什么嘴脸,来消磨一个钟头的时间,他们也会把他枪毙的。想到这里,他觉着自己好像已经贴着墙,面对十二支步枪的枪筒,那些圆而黑的枪口好像都在盯着他。

如果遇见法国军队呢?他们的先头部队会把他当做侦察兵,当作一个胆大狡诈的老兵独自出来侦察敌情,朝他开枪。想到这里,他好像已经听见卧在荆棘丛里的兵士放出来的参差不齐的枪声;而他自己呢,立在一块田地中间,身子被打得跟漏勺一样都是洞,连一粒粒子弹打进肉里他都好像感觉到了。

他在绝望中又坐了下来。当时的处境,在他看来是毫无出路了。

夜,万籁无声的黑夜完全来临了。他再也不挪动。黑暗中只要发出一点陌生的、轻微的响声,他都会吓一跳。一只兔子,屁股碰到窝边的响声差一点吓得瓦尔特·施那夫斯逃跑。猫头鹰的叫声划破了他的心灵,使得他的心灵里充满一阵阵突如其来的恐惧,就像受了伤那么痛苦。他瞪着一双大眼在黑暗中张望;他时时刻刻都仿佛听见有人在跟前走动。

经过了一段漫长的时间和难以忍受的焦虑之后,他隔了他那树枝组成的顶棚望见了渐渐亮起来的天。于是他感到说不出的轻松;四肢突然歇过乏来,放松了;心里也平静了;眼睛一闭他睡着了。

等他一觉醒来,太阳好像已经快到了头顶心;大概是正午了。没有一点响声来打破田野里这片凄凉的平静气氛;瓦尔特·施那夫斯感觉到肚子里饿得难熬。

他一连打了好几个哈欠,想到香肠,兵士们吃的香喷喷的香肠,不由得淌

289

出了口水，胃里不住地作痛。

他站起来，走了几步，觉得两腿发软，于是又坐下来仔细思量。总有两三个钟头之久，他想想正面又想想反面，时刻不断地改变主意，被彼此矛盾的理由拉过来扯过去，弄得走投无路，懊丧万分。

最后他觉得有一个主意倒是合理可行，那就是在暗中等候一个单身的老乡走过，只要他不带武器，不带会伤害人的工具，就赶快迎上去，清楚地叫他明白自己是专程来投降的，然后听凭他处理。

他于是脱掉钢盔，因为钢盔的尖顶会使他暴露，然后小心翼翼地把头伸到沟沿上面。

四下里连一个人影也没有。右边，望过去有一个小村子，烟从屋顶升上天空，那是厨房里的炊烟！左边，他远远地看见在一条林荫路的尽头，有一座两侧砌着小塔楼的庞大的城堡。

他一直等到傍晚，痛苦到了极点，除了一群群的乌鸦，什么也看不见；除了饥肠的辘辘声，什么也听不见。

夜又来了。

他在沟底伸直身子躺下来，迷迷糊糊，睡得极不安稳，做了许多噩梦，凡是饥饿的人睡觉总是这样的。

黎明又在他的头顶上升起。他继续瞭望。田野里仍旧跟头天一样空无一人；于是瓦尔特·施那夫斯的心里产生了一种新的恐惧，他怕饿死！他仿佛看见自己闭着眼睛，直挺挺地仰卧在坑底。随后是许多虫子，各式各样的小虫子爬过来，开始吃自己的尸首，它们从各个方面同时进攻，钻到衣裳里咬他冰冷的肉。还有一只大乌鸦用细长的尖嘴啄他的双眼。

他发狂了，认为自己虚弱得马上要晕过去，再也走不动路了。他决定豁出性命，不顾一切，正准备向村子奔过去，却看见三个老乡肩上扛着长柄叉，朝地里走去，他又赶紧缩回到沟里。

可是他等到晚上，原野刚笼罩在黑暗里，就慢慢爬出沟，弯着腰，心怦怦跳着，战战兢兢向远处的城堡走去；他宁愿到城堡去，不愿意闯进村子，村子就像是藏满老虎的山洞，十分可怕。

城堡底层的窗子有灯光。有一扇窗还是开着的，一股强烈的熟肉香味就从那里冲出来，这股香味突然钻进瓦尔特·施那夫斯的鼻子，一直钻到了他的肚子里，使他全身抽搐，呼吸急促，不可抵挡地吸引着他，使他不顾一切地壮起胆子来。

于是他戴着钢盔不假思索地突然出现在窗口。

八个仆人正围着一张大桌子吃晚饭。忽然间有一个女仆张着嘴,瞪着眼,一动不动了,手里的酒杯也落在地下。其余的人随着她的眼光看过来。

大家都看见了敌人!

老天爷!普鲁士人进攻城堡了!……

最初是一声喊叫,由八个不同音调发出的八声喊叫合成的一声喊叫,令人毛骨悚然的一声喊叫;紧接着是一阵乱哄哄的起立,一阵拥挤,一阵混乱,大家向里面的一扇门拼命地跑去。椅子翻倒了,男人挤倒了女人,从她们身上跨过去。不过两秒钟的工夫,屋子里空了,没有人了,在瓦尔特·施那夫斯的面前留下满桌子的食物,他莫名其妙地站在窗前。

迟疑了一会儿之后,他爬过窗台,向那些碟子走去。他饿得厉害,跟一个发烧的病人一样浑身直打哆嗦,不过恐惧还控制着他,使他不敢动。他听了一听。整所房子好像都在颤动,有关门声,楼上的地板上有急促的脚步声。这个普鲁士兵大为不安,于是支着耳朵听这些混乱的嘈杂声;接着他听见了一些沉闷的响声,好像有人从二楼往下跳,身体摔在墙脚的软土上。

然后一切活动,一切混乱都停止了,偌大的城堡沉寂得像座坟墓。

瓦尔特·施那夫斯于是在一碟没人动过的菜面前坐下,吃了起来。他大口大口吃着,好像他怕被人过早地打断,不能吃个够似的。他用两只手往犹如陷阱一样张得老大的嘴里塞;大块的食物接二连三地落到他的胃里,经过嗓子的时候,把嗓子也撑得又粗又大。有时候,仿佛一个填得太满的管子,眼看要撑破了,他就停一下。这时他就拿起盛苹果酒的缸子来冲洗喉管,正如人们冲洗塞住的水管一样。

他把所有菜碟,所有菜盆,所有酒瓶都打扫干净;吃也吃饱了,喝也喝足了,脸通红,痴痴呆呆,不住地打嗝,脑子有点昏乱,嘴上油光光,他于是把军服的扣子解开透口气;这时他已是一步也走不动了。他的眼睛渐渐闭上,思想模糊起来,他把沉重的前额放在交叉在桌子上的双臂上,慢慢地失去了对周围一切事物的知觉。

下弦月模模糊糊地照着花园那片树顶外的大地。这正是天亮前最寒冷的时刻。

许许多多不声不响的人影正在矮树丛里偷偷地前进;在黑暗里不时有一点钢铁的尖端被月光照得闪闪发亮。

平静的城堡的庞大黑影巍然矗立着。只有底层的两个窗户还有灯光。

忽然一个雷鸣般的声音吼了起来:

"前进啊!他奶奶的!冲啊!小伙子们!"

一转眼工夫,门、窗板和玻璃窗都被一股人流冲开了。这些人勇往直前,见东西就摔就砸,冲进了房子。一转眼工夫,五十个武装到头发的士兵跳进厨房,瓦尔特·施那夫斯正安安稳稳睡在那里,五十支实弹的枪一齐对准他的胸口,他们把他推翻在地,打得他满地滚动,然后把他抓住,从头到脚捆好。

他呢,挨了打,挨了枪托,害怕得几乎要疯,脑子里昏昏沉沉,已经无法了解眼前的事,只是目瞪口呆地呼哧呼哧喘气。

突然,一个军服上镶着金线的肥胖军人一脚踩在他的肚子上大声喊道:

"你被俘虏了,投降吧!"

这个普鲁士兵只听懂了"俘虏"这个词,他赶紧呻吟着答应:"牙,牙,牙!"①

他被提起来,绑在椅子上;战胜他的那些人,在旁边跟鲸鱼似的喘着气,怀着强烈的好奇心端详着他。有几个人坐了下来,因为又累又激动,已经支持不住了。

他微笑了;现在确实知道自己已经当了俘虏,他微笑了。

另外一个军官走了进来,报告说:

"报告团长,敌人已逃走,带伤的人大概不少。我们已经控制了全境。"

正擦着额头的那个胖军人大喊一声:

"我们胜利了!"

他从口袋里掏出一本商业用的小记事簿,在上面写道:

"经过一场激烈的战斗,普鲁士军队终于携带伤亡仓皇逃走。据估计有五十余人失去战斗力,有多人已被我俘获。"

那年轻军官再次请示:

"团长,现在应该怎样布置?"

---

① 德文"是,是,是!"的音译。

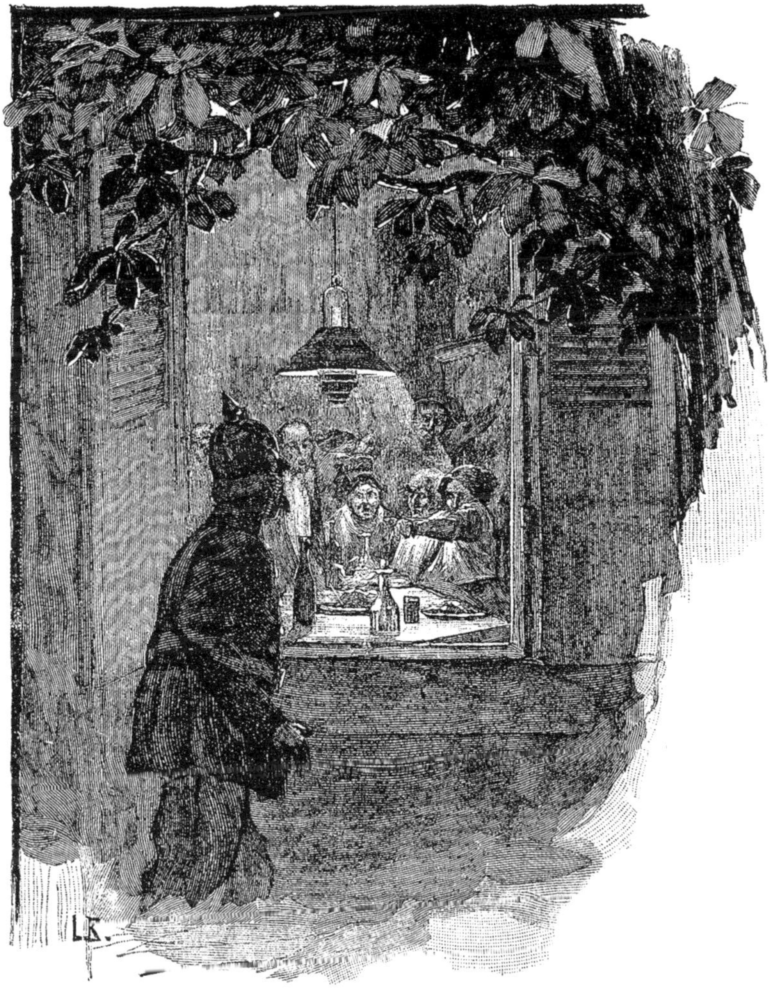

团长回答：

"为了避免敌人以炮队和优势兵力回击，我们应该立即撤退。"

他于是下命令出发。

队伍在城堡墙下的黑影里集合，开始行动，他们把被捆住的瓦尔特·施那夫斯包围在当中，还有六个拿着手枪的战士押着他。

好几起侦察兵派出去沿路搜索。队伍谨慎小心地前进着，还不时地停下来休息。

天亮的时候，队伍到达了专区所在城市罗什-瓦赛尔，建立此次战功的军队就是这个城市的国民自卫军。

焦虑不安，神情十分紧张的老百姓都在那里等候着。一看见俘虏的钢盔，便响起了一片震天价的喊声。妇人们都举起了胳膊；几位老太太哭了起来；有一位老大爷把拐棍扔出来打普鲁士兵，却打中了一个看守的鼻子。

团长不住地高声吼叫：

"注意俘虏的安全。"

最后总算来到了市政府。牢门打开，瓦尔特·施那夫斯松绑之后被丢进去。

两百名武装的兵士在房子周围站岗。

这个普鲁士兵，虽然因为吃得过饱，肚子里已难受了好半天，这时候却快活得发了疯，竟跳起舞来，又举胳膊又抬腿，拼命地跳，嘴里还跟疯了似的乱叫乱喊，一直跳到精疲力竭，倒在墙脚下才算罢休。

他真的当了俘虏！他的性命保住了！

以上是香比尼城堡被敌人占据了仅仅六个钟头以后收复的经过。

呢绒商拉蒂埃团长率领罗什-瓦赛尔国民自卫军，立下这次战功，荣获了勋章。

我的叔叔于勒

一个白胡子穷老头儿向我们讨钱。我的同伴约瑟夫·达夫朗什竟给了他一个五法郎的银币。我感到很惊奇。他于是对我说：

这个穷汉使我回想起了一件事，这件事我一直记在心上，念念不忘，我这就讲给您听。事情是这样的：

我的家庭原籍勒阿弗尔，并不是有钱人家，也就是勉强凑合罢了。我的父亲做着事，很晚才从办公室回来，挣的钱不多。我有两个姐姐。

我的母亲对我们的拮据生活感到非常痛苦，她常常找出一些尖酸刻薄的话，一些含蓄、恶毒的责备话发泄在我的父亲身上。这个可怜人这时候总做出一个手势，叫我看了心里十分难过。他总是张开了手摸一下额头，好像要抹去根本不存在的汗珠，并且总是一句话也不回答。我体会到他那种无可奈何的痛苦。那时家里样样都要节省；有人请吃饭是从来不敢答应的，以免回请；买日用品也是常常买减价的，和店铺里铺底的存货。姐姐们自己做衣服，买十五个铜子一米的花边，常常还要在价钱上讨论半天。我们日常吃的是肉汤和各种做法的牛肉。据说这又卫生又富于营养；不过我还是喜欢吃别的东西。

我要是丢了钮子或是撕破了裤子，那就要狠狠地挨一顿骂。

可是每星期日我们都要衣冠整齐地到防波堤上去散步。我的父亲穿着礼服，戴着礼帽，套着手套，让我母亲挽着胳膊，我的母亲打扮得五颜六色，好像节日悬万国旗的海船。姐姐们总是最先打扮舒齐，等待着出发的命令，可是到了最后一刻，总会在一家之主的礼服上发现一块忘记擦掉的污迹，于是赶快用旧布蘸了汽油来把它擦掉。

我的父亲于是头上依旧顶着大礼帽，只穿着背心，露着两只衬衫袖管，等着这道手续做完；在这时候，我的母亲架上了她的近视眼镜，脱下了手套免得弄脏,忙得个不亦乐乎。

全家很隆重地上路了。姐姐们挽着胳膊走在最前面。她们已经到了出嫁的年龄,所以常带她们出来叫城里人看看。我依在我母亲的左边,我父亲在她的右首。我现在还记得我可怜的双亲在星期日散步时候那种正颜厉色、举止庄重、郑重其事的神气。他们挺直了腰,伸直了腿,迈着沉着的步伐向前走着,就仿佛他们的态度举止关系着一桩极端重要的大事。

每个星期日,只要一看见那些从辽远的陌生地方回来的大海船开进港口,我的父亲总要说他那句从不变更的话:

"唉!如果于勒就在这条船上,那会多么叫人惊喜呀!"

我父亲的弟弟于勒叔叔是全家惟一的希望,而在这以前曾经是全家的祸害。我从小就听家里人谈论这位叔叔,我对他已是那样熟悉,大概一见面就能立刻认出他来。他动身到美洲去以前的生活,连细枝末节我都完全知道,虽然家里人谈起他这一段生活总是压低了声音。

据说他当初行为很不端正,就是说他曾经挥霍过一些钱财,这在穷人的家庭里是罪恶当中最大的一种。在有钱人的家里,一个人吃喝玩乐无非算是糊涂荒唐。大家笑嘻嘻地称呼他一声花花公子。在生活困难的家庭里,一个人要是逼得父母动老本儿,那他就是一个坏蛋,一个流氓,一个无赖了。

虽然事情是一样的事情,这样区别开来还是对的,因为行为的好坏,只有结果能够决定。

总之,于勒叔叔把自己应得的那部分遗产吃得一干二净之后,还大大减少了我父亲所指望的那一部分。

按照当时的惯例,他被送上一只从勒阿弗尔开往纽约的商船,到美洲去了。

一到了那里,我这位于勒叔叔就做上了不知什么买卖,不久就写信来说他赚了点钱,并且希望能够赔偿我父亲的损失。这封信在我的家庭里引起了极大的震动。于勒,大家都认为分文不值的于勒,一下子成了正直好人,有良心的人,达夫朗什家的好子弟,跟所有达夫朗什家的子弟一样公正无欺了。

有一位船长又告诉我们,说他已租了一所大店铺,做着一桩很大的买卖。

两年后又接到第二封信,信上说:

  我亲爱的菲利普,我给你写这封信是免得你担心我的健康,我身体很好。买卖也好。明天我就动身到南美去作一次长期旅行,也许要好几年不

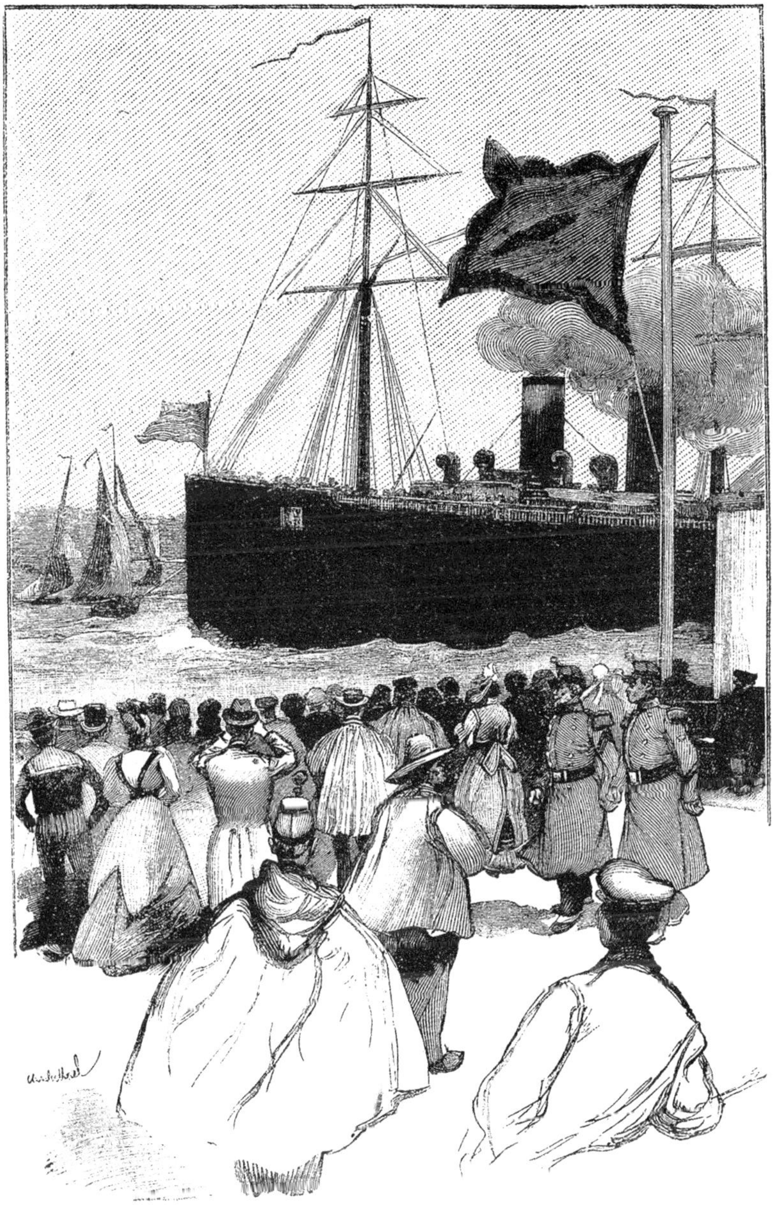

给你写信。如果真的不给你写信,你也不必担心。我发了财就会回勒阿弗尔的。我希望为期不会太远,那时我们就可以一起快活地过日子了……

这封信成了我们家里的福音书。一有机会就要拿出来念,见人就拿出来给他看。

果然,十年之内于勒叔叔没有再来过信,可是我父亲的希望却在与日俱增;我的母亲也常常这样说:

"只要这个好心的于勒一回来,我们的境况就不同了。他可真算得一个有办法的人!"

于是每个星期日,一看见大轮船向上空喷着蜿蜒如蛇的黑烟,从天边驶过来的时候,我父亲总是重复说他那句永不变更的话:

"唉!如果于勒就在这条船上,那会多么叫人惊喜呀!"

简直就像是马上可以看见他手里挥着手帕叫喊:

"喂!菲利普!"

叔叔回国这桩事十拿九稳,大家拟定了上千种计划,甚至于计划到要用这位叔叔的钱在安古维尔附近置一所别墅。我不敢肯定我的父亲是不是已经就这件事进行过商谈。

我的大姐那时二十八岁,二姐二十六岁。她们还没有结婚,全家都为这件事十分发愁。

后来终于有一个看中二姐的人上门来了。他是一个公务员,没有什么钱,但是诚实可靠。我总认为这个年轻人下决心求婚,不再迟疑,完全是因为有一天晚上我们给他看了于勒叔叔的信的缘故。

我们家赶忙答应了他的请求,并且决定婚礼之后全家都到泽西岛去小游一次。

泽西岛是穷人们最理想的游玩地点,路并不远;乘小轮船渡过了海,便到了外国的土地上,因为这个小岛是属于英国的。因此,一个法国人只要航行两个钟头,就可以到一个邻国去看看这个民族,并且研究一下在大不列颠国旗覆盖下的这个岛上的风俗,那里的风俗据说话直率的人说来是十分不好的。

泽西岛的旅行成了我们朝思暮想,时时刻刻盼望、等待的一件事了。

我们终于动身了。我现在想起来还像是昨天刚发生的事:轮船靠着格朗维尔码头生火待发;我的父亲慌慌张张地监视着我们的三个包袱搬上船;我的母亲不放心地挽着我那未嫁姐姐的胳膊。自从二姐出嫁后,我的大姐就像一窝鸡里剩下的一只小鸡一样有点丢魂失魄;在我们后边是那对新婚夫妇,他们总落在后面,使我常常要回过头去看看。

汽笛响了。我们已经上了船,轮船离开了防波堤,在风平浪静,像绿色大理石桌面一样平坦的海上驶向远处。我们看着海岸向后退去,正如那些不常旅行的人们一样,感到快活而骄傲。

我的父亲高高挺着藏在礼服里面的肚子,这件礼服,家里人在当天早上仔细地擦掉了所有的污迹,此刻在他四周散布着出门日子里必有的汽油味;我一闻到这股气味,就知道星期日到了。

我的父亲忽然看见两位先生在请两位打扮很漂亮的太太吃牡蛎。一个衣服褴褛的年老水手拿小刀撬开牡蛎,递给了两位先生,再由他们传给两位太太。他们的吃法也很文雅,一方精致的手帕托着蛎壳,把嘴稍稍向前伸着,免得弄脏了衣服;然后嘴很快地微微一动就把汁水喝了进去,蛎壳就扔在海里。

在行驶着的海船上吃牡蛎,这件文雅的事毫无疑问打动了我父亲的心。他认为这是雅致高级的好派头儿,于是他走到我母亲和两位姐姐身边问道:

"你们要不要我请你们吃牡蛎?"

我的母亲有点迟疑不决,她怕花钱;但是两位姐姐马上表示赞成。我的母亲于是很不痛快地说:

"我怕伤胃,你买给孩子们吃好了,可别太多,吃多了要生病的。"

然后转过身对着我,她又说:

"至于约瑟夫,他用不着吃了,别把小孩子惯坏了。"

我只好留在我母亲身边,心里觉得这种不同的待遇很不公道。我一直望着我的父亲,看见他郑重其事地带着两个女儿和女婿向那个衣服褴褛的老水手走去。

先前的那两位太太已经走开,我父亲就教给姐姐怎样吃才不至于让汁水洒出来,他甚至要吃一个做做样子给她们看。他刚一试着模仿那两位太太,就立刻把牡蛎的汁水全溅在他的礼服上,我于是听见我的母亲嘟囔着说:

"何苦来!老老实实待一会儿多好!"

不过我的父亲突然间好像不安起来;他向旁边走了几步,瞪着眼看着挤在卖牡蛎的身边的女儿女婿,突然他向我们走了回来。他的脸色似乎十分苍白,眼神也跟寻常不一样。他低声对我母亲说:

"真奇怪!这个卖牡蛎的怎么这样像于勒!"

我的母亲有点莫名其妙,就问:

"哪个于勒?"

我的父亲说:

"就……就是我的弟弟呀……如果我不知道他现在是在美洲,有很好的地位,我真会以为就是他哩。"

我的母亲也怕起来了,结结巴巴地说:

"你疯了!既然你知道不是他,为什么这样胡说八道?"

可是我的父亲还是放不下心,他说:

"克拉丽丝,你去看看吧!最好还是你去把事情弄个清楚,你亲眼去看看。"

她站起身来去找她两个女儿。我也端详了一下那个人。他又老又脏,满脸都是皱纹,眼睛始终不离开他手里干的活儿。

我的母亲回来了。我看出她在哆嗦。她很快地说:

"我看就是他。去跟船长打听一下吧。可要多加小心,别叫这个小子又回来缠上咱们!"

我的父亲赶紧去了,我这次可跟着他走了。我心里感到异常激动。

船长是个大高个儿,瘦瘦的,蓄着长长的颊须,他正在驾驶台上散步,那不可一世的神气,就仿佛他指挥的是一艘开往印度的大邮船。

我的父亲客客气气地和他搭上了话,一面恭维一面打听与他职业上有关的事情,例如:泽西是否重要?有何出产?人口多少?风俗习惯如何?土地性质如何等等。

不知道内情的人还以为他们谈论的至少是美利坚合众国哩。

后来终于谈到我们搭乘的这只船:"快速号",接着又谈到船员。最后我的父亲才有点局促不安地问:

"您船上有一个卖牡蛎的,看上去倒很有趣。您知道点儿这个人的底细吗?"

船长最后对这番谈话感到不耐烦了,他冷冷地回答:

"他是个法国老流浪汉,去年我在美洲碰到他,就把他带回国。据说他在勒阿弗尔还有亲戚,不过他不愿回去找他们,因为他欠着他们钱。他叫于勒……姓达尔芒什,或者是达尔旺什,总之是跟这差不多的那么一个姓。听说他在那边曾经一度阔绰过,可是您看他今天落魄到了什么地步。"

我的父亲脸色煞白,两眼呆直,嗓子发哽,说:

"啊!啊!好……很好……我并不感到奇怪……谢谢您,船长。"

他说完就走了,船长困惑不解地望着他走远了。

他回到我母亲身旁,神色是那么张皇,母亲赶紧对他说:

"你先坐下吧!别叫他们看出来。"

他一屁股就坐在长凳上,嘴里结结巴巴地说着:

"是他,真是他!"

然后他就问:

"咱们怎么办呢?……"

我母亲马上回答:

"应该把孩子们领开。约瑟夫既然已经全知道了,就让他去把他们找回来。千万要留心,别叫咱们女婿起疑心。"

我的父亲好像吓傻了,低声嘟哝着:

"真是飞来横祸!"

我的母亲突然大发雷霆,说:

"我早就知道这个贼不会有出息,早晚会再来缠上我们!倒好像一个达夫朗什家里的人还能让人抱什么希望似的!"

我父亲用手抹了一下额头,正如平常受到太太责备时那样。

我母亲接着又说:

"把钱交给约瑟夫,叫他赶快去把牡蛎钱付清。已经够倒霉的了,要是再被这个讨饭的认出来,在这船上可就有热闹看了。咱们到船那头去,注意别叫那人挨近我们!"

她站了起来,他们在给了我一个五法郎的银币以后,就走了。

我的两个姐姐等着父亲不来,正在纳闷。我说妈妈有点晕船,随即问那个卖牡蛎的:

"应该付您多少钱,先生?"

我真想喊他:"我的叔叔。"

他回答:

"两个半法郎。"

我把五法郎的银币给了他,他把找头找回给我。

我看了看他的手,那是一只满是皱痕的水手的手,我又看了看他的脸,那

301

是一张贫困衰老的脸,满面愁容,疲惫不堪,我心里默念道:

"这是我的叔叔,父亲的弟弟,我的亲叔叔。"

我给了他半个法郎的小费,他赶紧谢我:

"上帝保佑您,我的年轻先生!"

说话的声调是穷人接到施舍时的声调。我心想他在那边一定要过饭。

两个姐姐看我这么慷慨,觉得奇怪,仔细地端详着我。

等我把两法郎交给我父亲,母亲诧异起来,问:

"吃了三个法郎?……这不可能。"

我用坚定的口气宣布:

"我给了半个法郎的小费。"

我的母亲吓了一跳,瞪着眼睛望着我说:

"你简直是疯了!拿半个法郎给这个人,给这个无赖!……"

她没有再往下说,因为我的父亲望望女婿对她使了个眼色。

后来大家都不再说话。

在我们面前,天边远远地仿佛有一片紫色的阴影从海里钻出来。那就是泽西岛了。

当船驶到防波堤附近的时候,我心里产生了一种强烈的愿望:我想再看一次我的叔叔于勒,想到他身旁,对他说几句温暖的安慰话。

可是他已经不见了,因为没有人再吃牡蛎;毫无疑问,他已回到他所住的那龌龊的舱底了,这个可怜的人啊!

我们回来的时候改乘圣玛洛号船,以免再遇见他。我的母亲一肚子心事愁得了不得。

我再也没见过我父亲的弟弟!

今后您还会看见我有时候要拿一个五法郎的银币给要饭的,其缘故就在此。

等　待

席散了之后,男子们在吸烟室里聊天。他们谈到了一些意想不到的继承,一些稀奇古怪的遗产。这时候,有时被人称为著名大师,有时被人称为著名辩护士的勒布律芒律师走了过来,背靠在壁炉上。他说:

我现在正在寻找一个在极其可怕的情况下失踪的遗产继承人。这是日常生活中的一个既寻常而又不幸的悲剧;这是每天都可能遇到的一桩事情,可又是我所知道的最骇人听闻的一桩事情。事情是这样的:

差不多在六个月以前,我被请到一个垂死的妇人床前。她对我说:

"先生,我想委托给您的可能是世上最棘手、最困难、最费时间的任务。请看一下放在这张桌上的我的遗嘱。事情办不成,付给您五千法郎的酬金,如果成功的话,付给您十万法郎。在我死了以后必须把我的儿子找到。"

她求我扶她在床上坐起来,这样说起话来可以容易些,因为她喘得厉害,说话断断续续,嗓音嘶哑。

我是在一所十分阔气的住宅里。那间卧室很豪华,豪华里又显得很简单朴素,四面蒙着跟墙壁一般厚的棉垫子,看上去是那么柔软,使人有一种受着抚爱的感觉,而且又是那样寂静,说出来的话都好像会钻进去,消逝在里面,死在里面似的。

那个垂死的妇人接着说:

"您是第一个听我讲述自己的可怕遭遇的人。我要打起精神把它讲完。我知道您是一个热心肠的人,同时又是个上流社会的人,必须毫无保留地什么都让您知道,好使您真心愿意尽全力帮助我。

"请您听我说吧。

"我在结婚以前爱过一个年轻人,我的家庭拒绝了他的求婚,因为他不是很有钱。过了不久,我就嫁给一个十分有钱的人。我嫁给他是出于无知,出于害怕,出于服从,出于马虎,正如一般少女嫁人那样。

"我跟他生了一个孩子,一个男孩子。我的丈夫过了几年就死了。

"我爱过的那个人,他也结了婚。他知道我守了寡,偏偏他自己又失去了自由,因此感到万分痛苦。他来看我,当我面就哭起来,哭得我心都碎了。他变成了我的朋友。也许我不应该接待他。有什么办法呢?剩了我一个人,那么凄凉,那么孤单,那么绝望!而且,我还是那么爱他。有时候人有多么痛苦啊!

"世界上我只有他了,因为我的父母也都已经去世。他经常来,他整晚整晚地待在我身旁。我真不应该让他来得这么勤,既然他已经结了婚。但我没有力量阻止他。

"怎么对您说呢?……他变成了我的情人。怎么会这样呢?难道我知道?谁又知道?两个人相爱,被这种不可抗拒的力量推向一起的时候,您想还会有别的结局吗?一个男人,我们崇拜他,我们愿意看到他在一切方面都称心如意,我们愿意他得到可能得到的一切快乐,如果我们屈服于人世间的荣誉观念,就会使他悲观绝望,先生,您想我们能够永远抵抗,永远斗争,能够永远拒绝他用恳求、哀告、眼泪、疯话、下跪和奔放的热情等等向我们要求的事吗?那得需要多大的力量,放弃幸福,自我牺牲,抱着这种道德观点甚至有多么自私啊!您说对不对?

"总之一句话,先生,我成了他的情妇;而且我很幸福,在十二年里,我很幸福。我还变成了——这是我最大的缺点,也是我最可耻的行为——我还变成了他妻子的朋友。

"我们一起教养我的儿子,我们把他培养成人,成为一个真正的人,聪明,通情达理,坚强果断,侠义心肠,胸襟开阔。这孩子那年十七岁了。

"年轻人几乎跟我自己一样爱我的……我的情人,因为我们两个人都同样地疼爱他,照顾他。他管他叫朋友,非常尊敬他,因为他从他那里得到的从来都是明智的教导,正直、荣誉和诚实的榜样。他把他看作是自己母亲的一位正直、忠诚的老友,是类似道义上的父亲、监护人、保护人的那种人,我也说不清楚。

"从小时候起,他就看惯了这个人在家里,在我的身旁,在他的身旁,不停地为我们操心,因此他也许就从来没有起过一点疑心。

"有一天晚上,我们原应该三个人在一起吃晚饭(那是我最快活的日子),我一边等他们两个人,一面心里猜想着,不知他们谁先来到。门开了;来的是我的老朋友。我伸出胳膊迎了过去;他在我唇上接了一个幸福的长吻。

"忽然有一个响声,一个细小的摩擦声,几乎是声息全无,而是那种有旁人在的神秘感觉使我们猛然一惊,我们一下子就转过身来。让,我的儿子,在那儿站着,脸上没有半点血色,看着我们。

"这是令人发狂的残酷的一秒钟。我后退了一步,苦苦哀求似的向我的儿子伸出双手。然而我已经看不见他,他已经走了。

"我们狼狈不堪,面对面立在那里,话也不会说了。我瘫倒在靠背椅里,心里隐约地产生了一股强烈的欲望,我要逃跑,逃进黑暗里,从此永远消逝。一阵痉挛性的呜咽哽住了我的喉咙,我抽抽噎噎地哭起来,心痛欲裂,所有的神经都由于这场不可救药的灾祸而带来的这种可怕的感觉,也由于一个母亲在这种时刻心灵上感到的这种难以忍受的羞耻,绷得紧紧的。

"他呢……站在我面前,手足无措,不敢挨近我,不敢跟我说话,也不敢碰我,怕的是孩子再回来。最后他说:

"'我去找他……告诉他……让他明白……总之我必须见到他……让他知道……'

"他出去了。

"我等着……神不守舍地等着,哪怕有一点响声就心惊胆战,直打哆嗦;壁炉里的柴火哪怕轻轻地哔剥响上一声,我都会有一阵难以形容的无法忍受的激动。

"我等候了一个钟头,两个钟头,只觉得心里有一种从未感受过的恐惧在不断增长,一种忧虑在不断增长,这个时刻真难熬啊,哪怕是世界上罪恶最深重的人,我也不希望他经受十分钟。我的孩子现在哪里? 他在干什么?

"快到半夜十二点钟,我的情人派人送来一张便条。我现在还记得便条上的话。

"'您的儿子回来了没有? 我没找着他。我在楼下。我不愿在这个时刻上楼。'

"我用铅笔在这张纸上写道:

"'让没有回来。您必须找到他。'

"我就坐在靠背椅里等着,度过了那一整夜。

"我疯了。我真想高声喊叫,我真想奔跑,我真想在地下打滚。可是我没有动一动,一直在等着。会发生什么事呢?我想知道,我想猜出来。可是不管我怎么努力,不管我心里有多么苦痛,我还是一点也预测不到。

"我现在反倒怕他们见面了。他们会干出什么事来呢?孩子会干出什么事来呢?许多可怕的揣测,吓人的推想把我折磨得好苦。

"您一定能体会到这点,是不是,先生?

"我的女仆,她什么也不知道,什么也不明白,不停地进来,她一定是以为我疯了。我用一句话或一个手势把她打发走。她去找医生,医生来的时候发现我已经神经错乱,人事不知。

"他们把我抬到床上。我得了脑炎。

"病了很长时期以后,我才恢复了知觉,发现我的……我的情人……独自一个人在我床边。我大声喊叫:'我的儿子呢?……我的儿子在哪儿?'他不回答,我结结巴巴地说:

"'死了……死了……他自杀了吗?'

"他回答:

"'没有,没有,我可以向您发誓。不过我花了很大力量,至今还没有能够找到他。'

"我突然生气了,甚至还大发雷霆,因为一个人有时候是会这样发脾气的,既无法解释,而且也不可理喻。我宣布说:

"'您不把他找回来,我就不准您再来,不准您再来见我;您给我走。'

"他出去了。

"他们两个人,从此以后我一个也没有再见过,先生,我就这样过了二十年。

"您能够想象吗?您能够理解这种无法忍受的苦刑,撕扯着我这颗母亲的心,我这颗女人的心的缓慢而持久的痛苦,这种残酷的、永无尽期的……永无尽期的等待吗?

"不……等待就要结束了……因为我快死了。我快死了,不能再见到他们,这一个……那一个都不能见到了!

"他,我的朋友,二十年来每天都给我写信。我呢,我一直不愿意接待他,哪怕是一秒钟也不愿意;因为我觉得他再到这里的时候,恰恰应该是我看见我的儿子又出现的时候。——我的儿子!——我的儿子!——他死了吗?还是活着？他躲到哪儿去了？也许在那边,远隔重洋,在一个如此遥远,我连名字也不知道的地方！他想念我吗？……噢！如果他知道就好了！孩子们是多么狠心啊！他明白不明白他让我受到了多么可怕的痛苦;我,他的母亲,把全部的母爱都倾注在他身上了,他明白不明白,他把还年轻的我活活抛进了何等样的绝望之中,何等样的苦刑之中,一直到我的末日来临才会结束！您说,这有多么狠心啊！

"请您把这一切都告诉他,先生。请您把我最后的话重复说一遍给他听:

"'我的孩子,我亲爱的,亲爱的孩子,对可怜的人们别这样狠心吧。生活本身已经够残暴,够凶狠的了！我的亲爱的孩子,想一想你的母亲,你的可怜母亲从你离开她那一天起过的是什么样的生活。我亲爱的孩子,既然你的母亲已经死了,那就原谅她吧,爱她吧,因为她已经受到了最残酷的惩罚。'"

她喘得很厉害,浑身哆嗦,好像她的儿子就在面前,她在对着他说话似的。随后她又补充说:

"您还得告诉他,先生,说我没有再见过……另一个。"

她又不说话了,然后上气不接下气地说道:

"现在请您让我一个人待着吧。我愿意一个人孤零零地死去,既然他们都不在我身边。"

勒布律芒律师补充说:

"先生们,我也就出来了,像傻瓜似的哭着,哭得这么厉害,我的马车夫不停地回过头来看。

"可是每天有多少像这样的悲剧在我们周围发生啊！

"我没有找着儿子…… 这个儿子……你们爱怎么想就怎么想吧;我呢,我说这个儿子……是有罪的。"

绳　子

戈代维尔周围的每一条大路上,都有农民带着妻子朝这个镇走来,因为这一天是赶集的日子。男人们迈着不慌不忙的步伐,长长的罗圈腿跨一步,整个上身就向前探一探。他们的腿所以会变成畸形是因为劳动很艰苦:压犁的时候,左肩耸起,同时身子要歪着;割麦的时候,为了要站稳,保持平衡,两膝要分开,总之是因为那些既慢而吃力的田间活儿。他们的蓝布罩衫,浆得又硬又亮,好像上了一层清漆,领口和袖口还用白线绣着花纹,罩在他们瘦骨嶙峋的上半身上鼓得圆圆的,活像一个要飞上天空的气球,只多了露在外面的一个脑袋,两条胳膊和两只脚。

有的人牵着一头母牛或者一头小牛。他们的妻子跟在牲口后面,用一根还带着叶子的树枝抽打牲口的腰部,催牲口快走。她们胳膊上挎着个大篮子,从篮子里这边钻出几个雏鸡的头,那边钻出几个鸭子的脑袋。她们走路,步子比男人们的步子小,但是急促,干瘪的身子挺得笔直,披着一块又窄又小的披肩,用别针别在扁平的胸脯上;头上贴发裹着块白布,上面再戴一顶软便帽。

一辆带长凳的载人大车过去,拉车的那匹小马一颠一蹦地紧跑着,颠得两个并排坐着的男人和一个坐在车后面的女人东倒西歪,那个女人为了减轻猛烈的颠簸,紧紧地抓着车沿。

戈代维尔的广场上,人和牲口混夹在一起,十分拥挤。只见牛的犄角,富裕农民的长毛绒高帽子和乡下女人的便帽在集市上攒动。尖锐刺耳的喊叫声形成一片持续不断的喧哗,在这片喧哗声上偶尔可以听见一个心情快乐的乡下汉从健壮的胸膛里发出的大笑声,或者是拴在一所房子墙脚下的母牛发出的一声长鸣。

这儿的一切都带着牛圈、牛奶、厩肥、干草和汗水的气味,并且散发着人体和牲口身上,特别是庄稼汉身上冒出来那种难闻的酸臭味儿。

布雷奥泰村的奥什科纳老爹刚刚来到戈代维尔,他正向广场走去,忽然看见地上有一小段细绳子。作为道地的诺曼底人,他十分节俭,认为凡是有用的东西都应该拾起来。他很吃力地弯下腰去,因为他有风湿病。他从地上捡起了那段细绳子,正预备仔细地缠起来,看见马具皮件商玛朗丹站在店门口望着他。他们过去曾经为了一根笼头吵过架,两个人都是记仇的人,至今也没有言归于好。偏偏让仇人看见自己在烂泥里捡一根绳子,奥什科纳老爹觉得很丢脸,连忙把捡到的东西藏在罩衫下面,紧跟着又藏进裤子口袋;后来又假装在地下找寻什么东西,找来找去没有找到,就佝偻着害风湿病的腰,脑袋向前冲着,朝市场走去。

一会儿工夫他就夹在人群里不见了。赶集的人你喊我叫,缓缓移动,因为永无休止的讨价还价而变得十分激动。那些乡下人拿手摸摸母牛,走了以后又回来,三心二意,老是怕受骗上当,一直不敢决定,偷偷地注意卖主的眼神,不断地想要识破卖主的诡计,找出牲口的毛病。

女人们把大篮子放在脚边,从篮子里掏出眼神慌张、冠子通红、捆住脚的家禽,搁在地上。

她们听了还的价钱,不动声色,冷冰冰地坚持卖原价;或者突然间决定同意还的价钱,向那个正在慢慢走开的买主喊道:

"就这么样吧,昂蒂姆大爷,我卖给你了。"

广场上人渐渐少了,教堂敲响午祷的钟声,家离着太远的人分散到各家客店里去。

茹尔丹开的那家客店的大厅里挤满了吃饭的人,宽阔的院子里也停满各式各样的车子,有半板车,有两轮篷车,有带长凳的坐人的四轮车,有轻便车,还有一些叫不出名堂的车子,沾满黄泥,变了形,走了样,而且东贴一块,西补一块,有的车辕像两条胳膊似的朝天举着,有的鼻子挨地,屁股朝天。

吃饭的人都已经坐下,壁炉离着很近,明亮的炉火,把尽右面坐着的那排客人的脊背烤得暖烘烘的。三根烤肉铁扦在火上转着,每根扦子上都叉满小鸡、鸽子和羊腿;烤肉的香味和烤焦了的皮上淌着油汁的香味,从炉膛飞出来,使得人们心情愉快,馋涎欲滴。

那些庄稼人中间的大亨们都在茹尔丹老板这儿吃饭,茹尔丹又开客店又当马贩子,是个颇有几文的机灵人物。

菜一盘一盘地端过来,一盘一盘地吃光,黄色的苹果酒也一罐跟着一罐喝尽。每个人都要谈一谈自己的生意,谈谈买进卖出的东西。他们也打听庄稼收成的情形。天气对草料来说不算坏,对麦子来说可就差一点了。

忽然前面院子里,响起了咚咚的鼓声。除了少数几个漠不关心的人以外,大家都立刻站起来,向门口或者窗口奔去,嘴里塞得满满的,手里拿着餐巾。

宣读公告的差役敲了一阵鼓以后,就胡乱地读着破句,断断续续地宣读:

"兹特通知戈代维尔居民,以及所有……前来赶集的人,有人在伯兹维尔的大路上,于……九、十点钟之间,遗失黑色皮夹子一只,内装五百法郎及商业票据。如有捡得者,请立即送交……镇政府或玛纳维尔的福蒂内·乌尔布雷格先生。当致酬金二十法郎。"

说完,这个人就走了。不久,从远处还隐隐约约传来了一次低沉的鼓声和他的叫喊声。

于是大家开始议论这件事,推测乌尔布雷格先生有没有机会找回他的皮夹。

午餐吃完了。

大家正喝最后一口咖啡,门前出现了宪兵班长。

他问道:

"布雷奥泰的奥什科纳先生在这儿吗?"

坐在桌子那一头的奥什科纳先生应道:

"我在这里。"

班长说:

"奥什科纳先生,请您跟我到镇政府去一趟,镇长有话要跟您谈谈。"

这个乡下人感到惊讶和不安,一口喝完了他那一小杯酒,站起身来,腰比早上弯得厉害,因为每次休息以后,迈头几步特别困难。他一边走,一边重复说道:

"我在这里,我在这里。"

他跟在班长后面走了。

镇长坐在靠背椅里等他。镇长是当地的公证人,身体肥胖,很严肃,说起话来喜欢夸大其词。

"奥什科纳先生,"他说,"有人看见你今天早晨在伯兹维尔的大路上,拾到玛纳维尔的乌尔布雷格先生遗失的皮夹。"

这个乡下人目瞪口呆地望着镇长,这个莫名其妙落在他头上的嫌疑把他怔住了。

"我,我,我捡到了这个皮夹?"

"是的,就是你本人。"

"我以人格担保,我连看都没看见过。"

"有人看见你捡的。"

"有人看见我捡的? 是谁,谁看见的?"

"马具皮件商玛朗丹先生。"

这时候老人才想起来了,明白了,气得脸通红:

"啊! 是这个坏家伙看见我捡的! 他看见我捡的是这根绳子,您看,就是这一根,镇长先生。"

他在口袋里摸了半天,掏出了那一段细绳子。

不过镇长摇摇头不相信:

"奥什科纳先生,玛朗丹先生是一个可以信赖的人,你没法使我相信他会把这根绳子当成一个皮夹。"

这个乡下人气极了,举起了手,向旁边吐了一口唾沫,表示以他的人格起誓,他又说了一遍:

"这可是千真万确,镇长先生,一点不假呀。我可以拿我的灵魂和我灵魂的得救再起一遍誓。"

镇长又说道:

"在捡起以后,你甚至还在烂泥里寻找了好久,看看还有没有掉出来的钱。"

这个老头又是生气又是害怕,简直透不过气来了。

"怎么可以说……怎么可以说……这种谎话,来诬赖一个老实人! 怎么可以说……"

他抗议也没有用,对方不相信。

后来让玛朗丹先生来和他对质。玛朗丹先生把他的证词重述了一遍,并且一口咬定。他们两人对骂了一个钟头。根据奥什科纳先生自己的要求,在他身上搜了一遍。什么也没有搜出来。

镇长也很为难,最后只好把他打发走,不过通知他这个案子要报告检察院,听候命令再做处理。

这时,新闻已经传开了。老头儿一走出镇政府,立刻就被人围住,问长问

311

短,有的确实是出于好奇,有的则带着嘲弄的意思,但是没有一个人替他抱不平。他把绳子的故事讲了一遍。谁也不信。大家都觉得好笑。

一路上,他不是被人截住,就是截住他认识的人,一遍又一遍讲他的故事,提出他的抗议,并且把衣袋翻过来叫人看,证明他什么也没有。

那些人对他说:

"老滑头,算了吧!"

他生气,发火,因为没有人相信他而激动、伤心,他也不知道该怎么办才好,只得一个劲儿地讲他的故事。

天黑下来该回家了。他跟三个乡邻一起往回走,路过捡到绳子的地方,他指给他们看那个地方,一路上不停地谈他的这个遭遇。

晚上,他在布雷奥泰村绕了个圈,把他的遭遇讲给大家听。他遇见的人都不信。

他心里难受了一整夜。

第二天,午后一点钟左右,在依莫维尔的布雷东先生的农庄里当长工的马里于斯·波梅尔把皮夹连同里面装的东西一齐送还给玛纳维尔的乌尔布雷格先生。

据这个长工说,他确实是在大路上拾到的,因为不识字,他就带回去交给了东家。

这个消息传到了四乡。奥什科纳老大爷也听说了。他立刻到各处转悠,把他那个有了结局的故事讲给大家听。他胜利了。

"叫我痛心的,"他说,"倒不是事情本身,明白吗,而是那胡说八道的谎话。再没有比谎话更害人的了,它害得你受到公众的指责。"

这一整天,他都谈论他这件意外遭遇,他在大路上讲给来往的行人听,他在酒馆里讲给喝酒的人听;到了星期日,他还到教堂门口讲给望罢弥撒的人听。就是不认识的人,他也会拦住他们,讲给他们听。现在他算是放下心了,不过总还有点不知什么东西使他感到别扭。听他讲故事的人,脸上总带着开玩笑的神色,看上去好像不相信。他还似乎觉得背后总有人在嘀嘀咕咕。

下一个星期二,他需要把他的事解释解释清楚,特地到戈代维尔去赶集。

玛朗丹站在自己门口,看见他走过,就笑了起来。这是为什么呢?

他找克里格托的一个农庄主人说,可是那个人不容他说完,就在他心口上

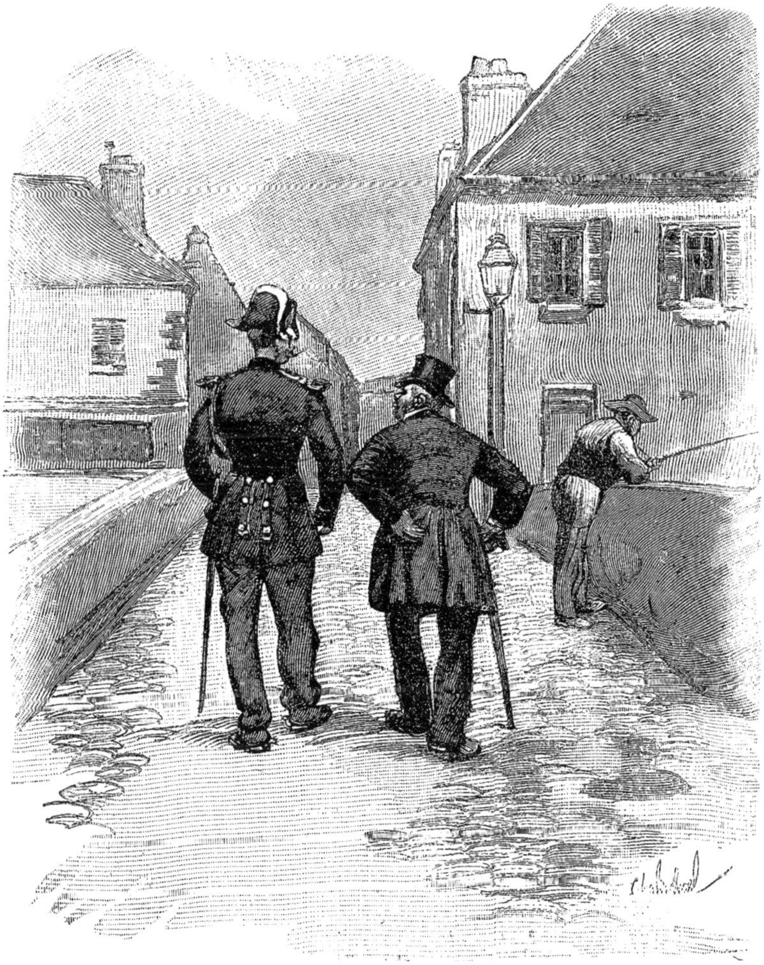

拍了一下,冲着他的脸喊道:"老滑头,算了吧!"然后就转过身子走了。

奥什科纳先生目瞪口呆,并且越来越感到不安了。为什么叫他"老滑头"?

他到了茹尔丹客店,落了座以后,他又开始解释他的事。

蒙蒂列埃的一个马贩子对他大声喊道:

"得了!得了!老狐狸,你那根绳子我早就知道了。"

奥什科纳结结巴巴地说:

"那个皮夹不是已经找着了吗。"

那个人又说:

"别往下说了,我的老大爷,捡的是一个人,送还的是另一个人。神不知,鬼不觉嘛。"

这个庄稼人憋得透不出气来。他终于恍然大悟。原来他们认为他支使一个伙伴,一个同谋者把皮夹交了回去。

他还想辩驳,座上的人都大笑起来。

他没法吃完他的这顿饭,在一片嘲笑声中走了。

他回到家,又羞又气,怒火和羞耻锁住了他的喉咙,憋得透不出气;使他特别感到苦恼的是,他具有诺曼底人的狡猾,人家指责他的事,他是做得出来的,甚至还会自鸣得意,夸耀自己手段高明呢。他模模糊糊地觉得他的清白无罪是无法证明的了,因为自己的机灵奸巧是无人不知的。他觉得蒙了这种不白之冤,简直像当胸挨了一刀。

他于是又讲他的遭遇,每天都要把故事拉长一点,每次都要增加一些新的理由、一些更有力的声明、一些更庄严的誓词,这些都是他独自一个人的时候琢磨出来、预备好的,因为现在他的脑子里只有绳子这一件事了。他的辩解越是复杂,理由越是巧妙,大家越是不相信他。

他一转身,人们就说:"这些都是胡诌出来的理由。"

他感觉到这一切,心里跟油煎似的难受,他仍旧做种种的努力,但白白耗费了精力。

眼看着他一天天憔悴了。

现在那些好要笑的人为了取乐,反倒要求他讲绳子的故事了,正如人们请士兵讲打仗一样。在彻底的打击下,他的精神衰退了。

十二月底,他病倒在床上。

他死在正月初,临终说胡话的时候还在证明自己是清白无罪的人,不住念叨:

"一根绳子……一根绳子……瞧,就在这儿呢,镇长先生。"

老　人

　　温暖的秋阳越过沟边那些高大的山毛榉树,一直晒到农庄的院子里。草坪上的青草被母牛啃过,新近下过雨,草下面的泥土是湿润的,踩上去就陷个坑儿,发出咕叽咕叽的水声;果实累累的苹果树在草地的一片深绿中点缀着它们浅绿色的果子。

　　四只牛犊子,并排地拴着,在吃青草,不时朝着房子哞地叫几声;一群母鸡聚在牛圈前面的粪堆上,给粪堆添上了一堆活动的颜色,它们一会儿探爪子刨刨,一会儿抖动身子,一会儿咯咯地叫几声,两只公鸡不停地打鸣,替母鸡寻找虫子,然后发出格鲁格鲁的声音招呼它们过来。

　　木栅栏门开了,走进来一个男子,可能有四十岁,可是老得像有六十,满脸皱纹,弯着腰,弓着背,走起路来步子又大又慢,因为脚上又穿了一双塞满干草的笨重木鞋,所以步子更显得笨重。两条太长的胳膊垂落在身子的两边。他走到庄房跟前的时候,有一条黄狗拴在一棵大梨树脚下,在一只当窝用的木桶旁边,摇了摇尾巴,汪汪叫起来,表示高兴。这个人喊了一声:

　　"住口,斐诺!"

　　狗不叫了。

　　从屋里走出来一个农妇。她穿着一件紧裹着腰身的呢上衣,显出她那横宽扁平、多骨少肉的身形。一条灰裙子,太短,只到腿肚子,腿上套着蓝色的袜子,她也穿着塞满干草的木鞋。一顶发黄的白色软帽盖着紧贴着头顶上几绺稀稀落落的头发。她那张棕色的、瘦削的、没牙的丑脸显出乡下人脸上常有的那种野蛮、粗犷的神气。

　　那个男的问道:

　　"他怎么样啦?"

　　女的回答:

"神父先生说他完了,过不去今天晚上。"

他们两人都进了屋子。

他们穿过厨房,走进了那间又矮又黑的卧室,只有一块窗玻璃,放进来一点点亮光,玻璃上还挡着一块破破烂烂的诺曼底印花布。横穿整个房间的房梁年代久了变成了棕色,黑乎乎的都是锅烟子,上面架着顶楼的薄地板,白天黑夜都能听见成群的耗子在上面奔跑。

泥土地坑坑洼洼,湿漉漉的,看上去又滑又腻,屋子尽里头放着一张床,望过去是似白非白的一片。一种有规律的、沙哑的声音,一种艰难的、气喘的、嘶嘶作响的呼吸声,还带着一部损坏的唧筒发出来的那种格鲁格鲁的水声,从那被黑暗裹住的床上发出来,那儿躺着一个奄奄一息的老人,他是那个农妇的父亲。

男的和女的走到床边,用平静的、逆来顺受的眼神望着那个快咽气的人。

女婿说:

"这次真完了,就连今天晚上可能也拖不到了。"

那女的回答:

"从中午起,他就这么呼噜呼噜喘上了。"

他们俩都闭口不言了。老头儿闭着眼,脸色跟泥土一般,身子干瘪得像是木头做的。嘴微微张开,让呼噜呼噜的艰难的喘气声透出来;每呼吸一下,那床灰色的布被就在他的胸部起伏一次。

沉默了好长一个时间,女婿开口了:

"只好等着他死了。我们一点办法也没有。不过天气这么好,明天油菜就要移苗,这总归要耽误一些工夫了。"

他的妻子想到这个也感觉不安。她琢磨了一会儿以后说:

"他反正快死啦,星期六以前是下不了葬的;你明天一天尽可以侍弄油菜啊。"

这庄稼人想了想,说:

"话是不错,可是明天我得去邀请送葬的客人,从图尔维尔到玛纳托,一家家跑到,怎么也得五六个钟头。"

女的琢磨了两三分钟,说:

"现在三点都没到,你也许今天晚上就可以通知起来,先跑图尔维尔这一边。你很可以说他已经去世了,既然他看来连今天晚上也拖不到了。"

男的迟疑了片刻,考虑着这个主意的影响和好处。最后表示说:

"也只好如此了,我去吧。"

他已预备走了,又走回来,迟疑了一会儿才说:

"你眼下没什么事,可以先把苹果摘下来,做上四打烤苹果,到时候好请送葬的客人吃;他们来了不能不请他们吃点心。烧烤炉你就用搁榨床的棚子里的碎劈柴吧,柴已经干了。"

他走出卧室,回到厨房,打开碗柜,拿出一个六斤重的面包,小心翼翼地切下一片,把掉在板上的面包渣儿捋在手心里,一点也不糟蹋地都倒在嘴里。然后用刀尖从一个棕色瓦罐里挑起一点点咸黄油,抹在面包上,慢慢地吃着,他做什么事都是这么慢吞吞的。

他再一次穿过院子,吆喝住又狂叫起来的狗,走出门,顺着沟边的路,朝图尔维尔的方向走去。

剩下独自一个人,那女人就干起活来。她打开面粉箱,开始揉擀烤苹果的面。她把面揉了好久好久,翻过来揉,翻过去揉,团起团儿,压成扁儿,又把它揉碎。然后把它团成黄白色的一个大球,放在案子的角上。

接下来她去摘苹果,她怕用棍子打会把树打伤,就搬了个凳子爬上去采。她仔细地挑选,只捡熟的摘下来用围裙兜住。

有一个人在路上招呼她:

"喂!希科太太!"

她转脸一看,原来是乡邻奥西姆·法韦村长,他垂着腿坐在他的载着肥料的小车上,到自己地里去上肥。她转过身来回答:

"有什么吩咐吗,奥西姆先生?"

"老头儿怎么样啦?"

她喊着说:

"差不多完了。星期六七点下葬,油菜不能再耽误了。"

那位乡邻回答:

"明白了。但愿你顺顺当当!没病没灾!"

她赶紧还礼:

"谢谢,您也顺顺当当,没病没灾。"

接着她又摘苹果。

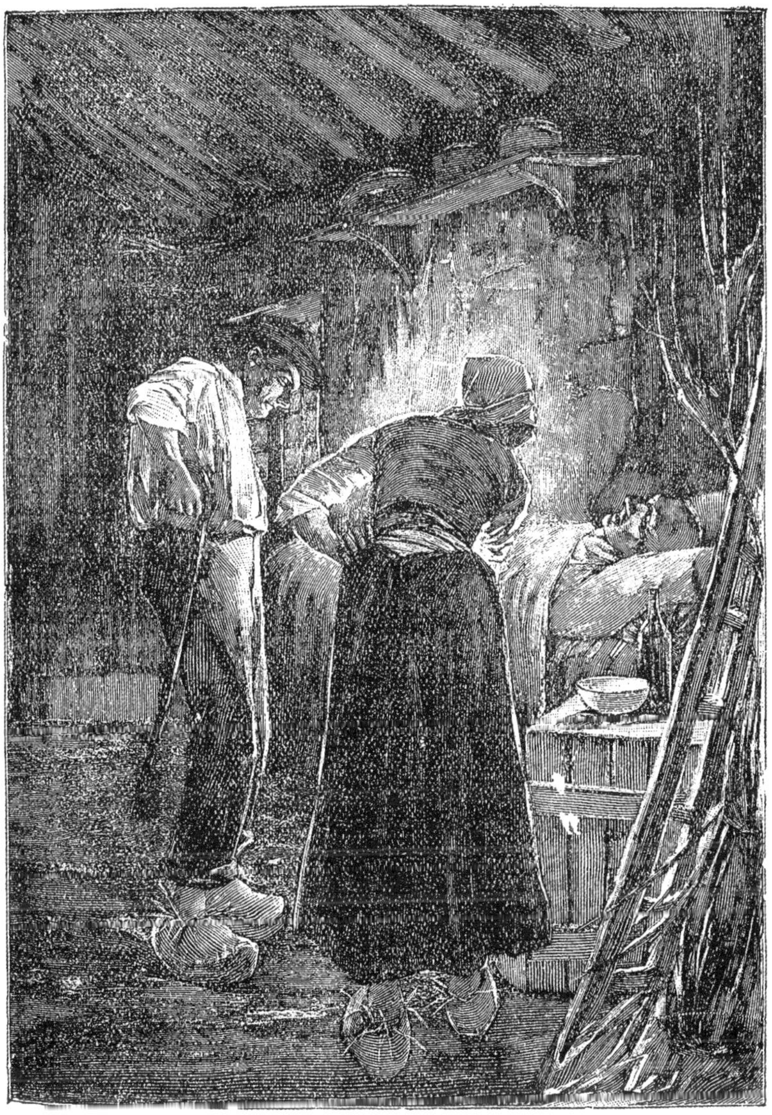

她回到屋里,马上就去看她的父亲,满以为他已经死了。哪知一到门口,就听出他那单调的呼噜呼噜的痰喘声,她认为用不着白耽误工夫再走近床去看,就立刻做起烤苹果来。

　　她把苹果一个一个地都裹上薄薄的一层面,放在桌子边上码得整整齐齐。等把四十八个团儿都做完,十二个一排依次排好,她想该预备晚饭了,于是把铁锅吊在火上煮土豆。她没有点烤炉里的火,因为她想过,明天还有整整一天的工夫可以烤苹果,今天还用不着生火。

　　她的男人是五点左右回来的。一迈进门槛,他就问:

　　"完了吗?"

　　她回答:

　　"还没完;还是那么格鲁格鲁掬气儿呢。"

　　他们一起去看了看。老人还是那个老样子,没有丝毫变化。他的嘶哑的喘息声跟挂钟的钟摆一样准确,也没加快,也没变慢。那个喘声过一秒钟就要重复一次,只是随着胸部的气一出一进,调子稍稍变动。

　　他的女婿仔细地看了一会儿,然后说:

　　"跟一支蜡一样,不知什么时候,他自己就灭了。"

　　他们回到厨房,不言不语吃起晚饭来。喝完了汤,他们还吃了一片抹黄油的面包,然后把碟子一洗,他们又回到躺着快断气的人的卧室。

　　女的拿着一盏芯子冒烟的小灯照了照她父亲的脸。如果他没有那口气,肯定会把他当作死人了。

　　这两个乡下人的床是掩藏在屋子的那一头,缩在一个凹进去的地方。他们一言不发躺了下去,吹熄了灯,就闭上眼睛;不一会工夫,便有两个不一样的打呼声,一个深沉点,一个尖厉点,和临危老人的不停止的痰喘声做伴了。

　　耗子在顶楼上跑来跑去。

　　天刚露一点白茫茫的光,丈夫就醒了。他的岳父还活着。老人这样拖下去,他感到了不安,他摇醒他的妻子。

　　"喂,费米,他还不肯咽气呢。你看该怎么办吧?"

　　他知道她的主意多。

　　她回答:

　　"他肯定活不过今天白天的。用不着担心。还是明天把他埋了,村长是不会反对的,因为雷纳尔老爹也正是播种的时候故世,他并没反对第二天就下葬。"

这番道理很清楚,把他说得心服口服,他下地去了。

他的妻子烤上了苹果,然后忙着干家里的活。

到了中午,老人并没有死。雇来移植油菜的一群短工来看这个迟迟不去的老人。每人都发表了意见,才回到地里去。

到了六点钟,收工了,老人还没有死。他的女婿可就害怕起来了:

"费米,你看,现在该怎么办?"

她也不知道该怎么办了。他们去请教村长。他答应睁一眼闭一眼,允许第二天下葬。他们又去请教开死亡证的医士,他为了帮希科先生的忙,答应把死亡证上的日期倒填一天。这一对夫妇才放心地回了家。

他们跟头天一样上了床睡着了,他们响亮的呼吸又和老人的比较微弱的呼吸混在一起。

等他们醒来,老人还是没有死。

这一回他们真是走投无路了。他们站在老头儿的床头,端详着,对他怀了戒心,在他们看来,仿佛他是有意要捉弄他们,欺哄他们,为了取乐,故意跟他们为难;他们特别恨他的是他让他们浪费了那么多时间。

女婿问道:

"咱们该怎么办呢?"

她也不知道该怎么办了,只好回答:

"这叫真是太讨厌了。"

客人眼看要来了,现在已经没法再去通知。只好等他们来,当面解释吧。

七点差十分光景,第一批客人来了。女人们穿着黑衣服,头上蒙着大面纱,凄凄凉凉地走着。男人们穿了呢子的上衣有点拘束不便,神气却比女人自在,两个两个地聊着家常事走了过来。

惊慌失措的希科先生和他的妻子,唉声叹气地接待了他们,并且和第一堆人一搭上话,夫妻俩就忽然同时哭了起来。他们解释这意外的事,申述他们怎样为难,他们搬椅子让坐,不停地跑来跑去,替自己辩解,想尽方法要证明谁遇到这种事也不免要跟他们一样行事;他们说个不停,突然变成了爱说爱道的人,说得任何人也来不及回答他们。

他们跟这个人说过又跟那个人说：

"这是我们万万想不到的,决想不到他会拖得这么久!"

客人们听了多少有点失望,也不知怎么回答才好,正如那些应邀参加典礼却没及时赶到的人一样,有点手足无措,有的坐着,有的就站着。有几个人还预备走。希科先生拦住他们说：

"不管怎样,来吃点心吧。我们已做下烤苹果,总不能不吃啊。"

想到吃烤苹果,一张张脸上都有了笑意。大家低声谈起话来。院子里人渐渐多起来;先来的把新闻告诉后到的。大家交头接耳聊着天,吃烤苹果这个念头哄得人人都高兴了。

妇人们还进屋去看望一下临危的人。她们在床边画了十字,慢慢吞吞祷告了一番,就出来了。男人们没有女人们那么喜爱观赏这种场面,仅仅从开着的窗口往里看一眼。

希科太太解释着垂死的人的情形：

"你们看,两天啦,他就是这么个样子,也不多喘,也不少喘,也不更响,也不更低。不简直是个没有水的唧筒吗?"

等所有的人都看过了临危的病人以后,就想到了点心;可是人太多,厨房里挤不下,于是把桌子搬出来,放在门外。那四打烤苹果,分放在两个大盘里,金子般黄,喷鼻香,吸住了大家的眼神。每个人都赶紧伸长胳膊去拿自己的一份,生怕不够分的。可是结果还剩下四个。

希科先生,嘴里塞得满满的,说道：

"老爹爹要是看得见我们,他可要难受伤心了。他活的时候,可喜欢吃这个呢。"

一个爱说笑话的胖子说：

"他现在可吃不上了。每人都有轮到的时候。"

这个想法并没有惹起客人们伤心,倒好像使他们高兴了。现在不是正轮到他们吃烤苹果吗!

希科太太尽管心痛这苹果费用,却不停地到地窖里去取苹果酒。一罐跟着一罐拿来,也一罐跟着一罐倒空。现在大家都咧着嘴笑,说话也有劲了,正如吃酒席时常见的那样,大家都大声喊着说话。

忽然一位乡下老婆婆出现在窗口,她是一直守在病人旁边的,没有来参加

吃点心,因为心里老害怕,怕这个事不久就要轮到自己头上。她尖着嗓子喊道:

"他咽气啦!他咽气啦!"

大家立刻停止说笑。妇人们赶紧起身去看。

果然他是死了。他不再捯气了。男人们你看我我看你,低下了头,不高兴的样子。嘴里的烤苹果还没嚼完。这个混账东西,死都不挑好时候。

希科夫妇现在不哭了。完事大吉了,他们心里踏实了。他们三番两次地说:

"我们早知道他不能再拖下去了。不过如果昨儿夜里他肯下决心的话,就没有这一番周折了。"

无论如何,总算是完了。改在星期一下葬就行了,再吃一回烤苹果就是了。

客人谈论着这件事走散了,能够看见这种事,并且还吃了点心,都很满意。

等到只剩了夫妇两个人面对面的时候,女的忧虑得皱紧了眉头说:

"还得再做四打烤苹果。他要是昨儿夜里就下了决心,那就好了!"

丈夫比她能逆来顺受,就回答说:

"好在不是每天要来上一回。"

伞

奥莱侬太太很节俭。她知道一个铜子有多么大的价值,为了增加钱财她有一大堆清规戒律。她的女仆当然很难报虚账揩油,就是奥莱侬先生也是好不容易才能得到点零用钱。其实呢,他们经济上相当宽裕,并且是无儿无女。不过奥莱侬太太看见白花花的银币从手里出去,总好像心被撕破了一块,感到一种真正的痛苦。每逢不得已而付出一笔数目稍大的款子,尽管这笔费用决不能省,她当天晚上总是一夜睡不安稳。

奥莱侬一再对妻子说:

"你应该手松一点,我们从来也没啃过我们的老本啊。"

奥莱侬太太的回答是:

"谁也不知道会发生什么意外的事,钱多总比钱少好。"

她是个四十岁的、矮小灵活的妇人,脸上已经有皱纹,身上干净利落,经常光火发脾气。

她的丈夫时时刻刻在抱怨,抱怨她害他缺这短那。有些东西缺得特别叫他难受,因为缺少这些,便伤害了他的自尊心。

他在陆军部当主任科员,他之所以还当下去,纯粹是为了服从妻子的命令,为的是增加家里从不动用的常年利息。

两年来,他一直挟着那把满身补丁的伞上办公室,老是招来同事们的讪笑。最后他实在忍不住他们的耍笑,坚决要求奥莱侬太太给他买一把新伞。她花八个半法郎买了一把,是大铺子里招徕生意的廉价品。同事们一看这件在巴黎成千成万投到市场上的东西,又是一番嘲弄嬉笑,奥莱侬痛苦得不得了。这把伞也真不顶事,三个月的工夫就不能使用了,部里大家都把它当作笑谈。并且有人还编了一首歌,从早到晚在整个大楼里从楼上到楼下都听见唱这首歌。

奥莱依实在气极了,命令妻子替他选购一把值二十法郎的好绸子的大伞,并且必须把发票带回来作证。

她花十八法郎买了一把,在交给她丈夫的时候,脸气得通红,说道:

"你至少得用五年。"

奥莱依得意洋洋,在办公室里得到了一次真正的胜利。

他傍晚回到家里,他的妻子忧形于色地朝伞看了一眼,对他说:

"你不应该老让那根松紧带紧紧箍着伞,这会把绸面箍裂的。你必须好好爱护,因为我决不会三天两头给你买新伞。"

她拿过伞来,解开箍,把那些折痕抖了抖。可是她惊得不能动了。她发现伞的正中间有一个小铜子大小的洞。是雪茄烟烧的!

她结结巴巴地说:

"它怎么了?"

她的丈夫连看也不看,从容自如地回答:

"谁怎么了?什么怎么了?你是什么意思?"

现在怒火堵住了她的嗓子;她连话也说不出来了。

"你……你……你把……你的……伞……烧了。你这……不……不是……疯了……吗?你是想让咱们倾家荡产啊!"

他觉得自己脸色都变了,急忙转过身来:

"你说什么?"

"我说你把你的伞烧了。你自己去看!……"

她好像要打他似的朝他扑过去,把那个烧破的小圆洞恶狠狠地放在他的鼻子底下。

在这个烧痕面前,他真是不知所措了,他吞吞吐吐地说道:

"这个……这个……这是怎么回事?我,我不知道!我可以发誓,我什么也没有做过,什么也没有做过。我,我不知道这把伞是怎么回事?"

她现在是高声大喊了:

"我敢打赌,你一定在办公室里拿着它耍着玩,变戏法,你一定撑开过,叫大家欣赏来着。"

他回答:

"我只撑开过一回,让他们看看它够多么漂亮。事实就是如此,我敢发誓。"

但是她气得直跺脚,和他狠狠地吵了起来,这种夫妻间的争吵,对一个喜爱和平的男子说来,真比枪林弹雨的战场还要可怕。

她在颜色不一样的旧伞上剪下一块绸子,补在新伞上。第二天,奥莱依老老实实地拿了补好的雨具出门了。他把伞往柜里一塞,就跟一桩不愉快的回忆似的,不再去想它。

可是傍晚回家,刚一进门,他的妻子就从他手里把伞抢过去,打开来检查;出现在她眼前的是一桩无法弥补的灾难,她恨得喘不过气来。原来伞上密密麻麻都是小洞,显然是火烧出来的,好像有人把燃着的一斗烟灰都倒在上面了。伞是完蛋了,无药可救了。

她一言不发地看着,愤怒到了极点,嗓子里倒反而发不出声音。他呢,他也眼睛注视着破伞,呆若木鸡,又怕又懊丧。

接下来夫妇俩你看看我,我看看你;他低下了头,她把那件体无完肤的东西扔过来,打在他脸上;在一阵狂怒中她的嗓音又恢复了:

"啊!坏蛋!坏蛋!你是故意这样做的!我得叫你尝尝我的厉害!你休想再要伞……"

吵闹算是又开始了。经过了一个钟头的狂风暴雨,他才能够张嘴声辩。他赌神罚咒,说自己也弄不清怎么回事,很可能是有人恶作剧或者是有意报复,除此以外实在想不出别的缘故。

一阵门铃声替他解了围。原来是一个朋友到他们家来吃晚饭。

奥莱依太太就把事情讲给他听。至于再买一把新伞,那是休想,她的丈夫从此别想再买伞了。

那位朋友回答得也很有道理:

"那么,太太,他的衣服就要遭殃了,衣服当然更值钱。"

那位矮个儿的太太怒气还是很大,回答:

"那么,他可以撑厨娘用的伞,我决不给他再买绸子伞。"

一想到叫他使用厨娘的伞,奥莱依十分愤慨。

"那我,我就辞职不干!我决不拿着一把厨娘的伞到部里去。"

朋友又说了:

"去把面子换一换,费不了多少钱。"

奥莱依太太火更大了,她结结巴巴地说:

"换面子,至少要八个法郎。八法郎加十八法郎,就是二十六法郎!为一

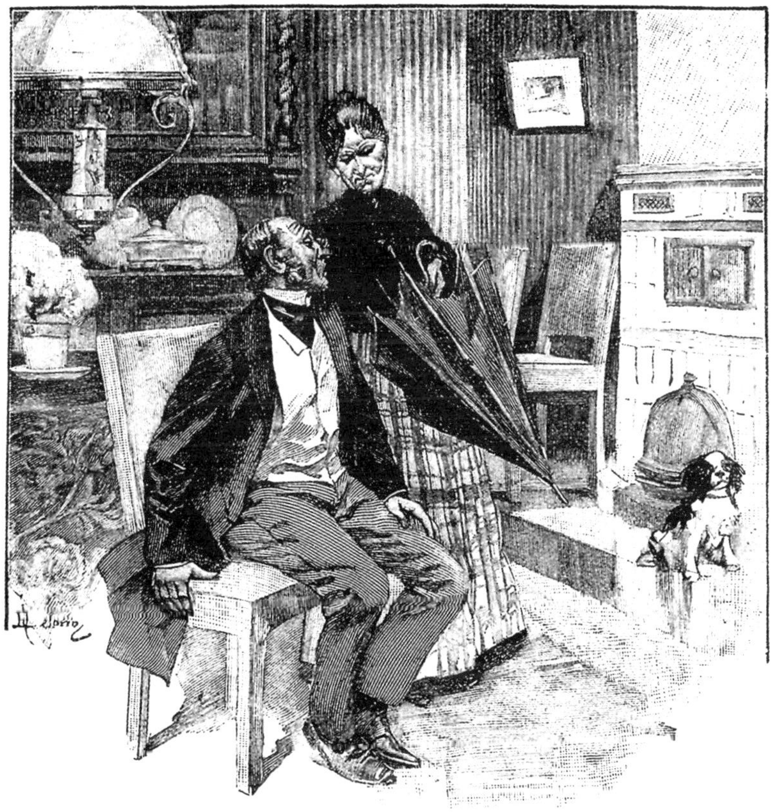

把伞花二十六法郎,这简直是发疯,是丧失理智!"

那位朋友本是一个寒苦的小市民,忽然灵机一动想出了一个高明主意。

"去要求保险公司赔偿好了。烧毁的物件,只要是在你的住宅里烧毁的,保险公司是应该赔偿的。"

一听这个主意,那个矮女人立刻怒气全消;思索了一分钟之后,便对丈夫说道:

"明天,到部里去以前,你先到马台内尔公司去一趟,让他们检查一下伞的情况,然后要求他们赔偿。"

奥莱依先生吓了一跳,他说:

"要了命我也不敢呀!无非是损失十八个法郎,这又没有什么大不了的。"

第二天,他出门就拿了一根手杖。正赶上运气不错,是个晴天。

奥莱依太太独自待在家里,总也忘不了那笔十八法郎的损失。伞就放在饭厅的桌上,她一直围着它转,拿不定主意。

她时时刻刻都想到保险公司,可是她也不敢跑去领教接待她的那些先生们意带嘲笑的眼光;因为在人面前,她有点怯生,为一丁点小事就要脸红,遇到必须跟生人说话的时候,就感到为难。

可是她舍不得十八法郎,这就跟创伤一样使她痛苦。她已经不愿意再去想它了,但是这笔损失的回忆不停地、痛苦地捶打着她。该怎么办呢?时间一点钟一点钟地过去了,她还是任何主意也拿不定。后来,正如胆小的人忽然壮起胆子来一样,她突然下了决心:

"我一定去,到那儿再说!"

不过她还得先把伞收拾一番,让灾情显得十分严重,以便她更容易坚持她的要求。于是她在壁炉台上拿了一根火柴,在两根伞骨之间烧了有手掌那样宽的一大块。她把那未烧毁的绸面仔细地卷好,用松紧带箍好,然后披上披肩,戴上帽子,急忙向保险公司所在地的黎沃里大街走去。

可是离着公司越近,她的脚步却越放慢。她将说些什么呢?他们又将回答她什么呢?

她看了看门牌号头。还有二十八个号头。很好!她可以再仔细考虑考虑。她越走越慢。忽然,她打了个哆嗦。到门口了,门上写着几个金字:"马台内尔火灾保险公司"。已经到了!她止步停了一秒钟,又是焦躁又是羞愧,她走过去,走回来,第二次又走过去,第二次又走回来。

最后她对自己说:

"可是,总得进去啊。早去总比晚去强。"

不过,一走进去,她发现自己的心怦怦跳个不住。

她走进一间宽阔的大厅,四面有不少窗口,每一个窗口里都可以看见一个人的头,身子被隔板挡着看不见。

来了一位捧着文件的先生。她赶紧止步,低声下气地问道:

"对不起,先生,请问东西烧毁了,要求赔偿,应该到哪儿去接洽?"

那人声音很洪亮,回答:

"二楼,向左,损失科。"

这个名称她听了愈发心惊胆战,真想什么也不说,牺牲了她那十八个法郎,拔腿逃跑。不过一想到这个数目,又恢复了点勇气,她走上了楼梯,喘着气,迈一级停一停。

到了二楼,她发现了一个门,敲了几下,一个响亮的声音喊道:

"进来!"

她走进去一看,原来是一间很大的屋子,里面有三位先生站着谈话,三个人都佩戴着勋章,仪表非凡。

其中一人向她问道:

"您接洽什么事,太太?"

要说的话,她都想不起来了,结结巴巴说道:

"我来……我来……是为的……为的一笔损失。"

那位先生彬彬有礼,指着一个座儿说:

"请坐一坐,我马上就跟您谈。"

然后转过身去向着那两位,继续他们的谈话:

"两位先生,敝公司认为对你们应负的责任不能超过四十万法郎,你们希望我们多付十万法郎,这个要求我们实难接受。并且按照估价……"

两人中的一个打断了他的话:

"不必再说下去了,先生,将来由法院来决定吧。我们现在只有告辞了。"

他们很讲究礼节地一连几次行礼告别,然后走了出去。

啊!如果她敢跟他们一起走,她一定跟着走了;她会把一切都放弃,一走了之。但是这样办,行吗?那位先生送客回来了,鞠着躬问道:

"太太,有什么事需要我效劳?"

她很困难地说道:

"我……我是因为这个来的。"

那位主任着实惊奇地低下头,望着她递给他看的那样东西。

她哆里哆嗦地在努力解伞上的松紧带。费了不少力气才解开,猛地一下子把那柄拖一片挂一条的伞的尸骨撑了开来。

主任用颇为同情的口气说道:

"看来损坏的情形不轻啊!"

她吞吞吐吐地说:

"我花了二十法郎买的呢。"

他吃了一惊:

"真的吗?有这么贵?"

"是的,当初是一把很好的伞。我就是要让你亲眼察看一下它现在的情况。"

"很好,我看见了。很好。不过我看不出这事与我有什么关系。"

她有点担心了。这个公司也许对小东西是不赔偿的,她于是说道:

"不过……它是被烧毁的……"

那位先生不否认这一点:

"我看得很清楚。"

她张口结舌,再也不知说什么才好;可是忽然明白自己忘了说明来意,于是赶紧说道:

"我是奥莱依夫人。我们在马台内尔公司保了火险;我是来向你们要求赔偿这笔损失的。"

她怕遭受对方正式拒绝,赶紧又找补了一句:

"我只是要求你们换一个伞面子。"

主任感到为难,说道:

"不过……太太……我们并不是卖伞的商店。我们无法承担这种修理的工作。"

这位矮小的妇人觉得胆又壮起来了。不争是不行的。那她就争吧!她不再害怕了;她说:

"我只要求修理费。我自己会找人去修理的。"

那位先生显出抱歉的神气,说道:

"实在说,太太,钱并不算多。不过,对这样无足轻重的意外事情,是从来也没有人向我们要求过赔偿的。您当然明白,像手绢,手套,笤帚,旧鞋子等等每天都可以遭火损害的微小物件,我们是无法赔偿的。"

她觉得怒气上冲,脸色红了起来,她说:

"先生,不过,去年十二月,我们的烟囱着了一次火,给我们造成了至少五百法郎的损失;奥莱依先生并没有向公司要求任何赔偿;因此今天要求公司赔偿我这把伞,是天经地义的事情。"

主任猜到这是一派谎言,笑嘻嘻地说道:

"奥莱依先生遭受了五百法郎的损失,并不要求任何赔偿,为了一把伞却跑来要求五六个法郎的修理费,太太,您也会承认这是个十分叫人奇怪的事情吧!"

她一点也不感到慌张,马上答道:

"先生,话不是这样说的,五百法郎的损失是奥莱依先生掏腰包,十八法郎的损失却要动奥莱依夫人的腰包,这可不是一回事儿。"

他看出不答应就没法打发她走,这一天就要这样白白浪费掉,只好狠了狠心问道:

"那么,请把事件的经过给我讲一讲吧。"

她嗅出了胜利的气味,就讲述起来:

"是这样的,先生;在我的前厅里,有这么一种青铜做的东西,可以插伞和手杖。那一天,回家的时候,我就把这把伞插在里面。还应该告诉您一件事:在这东西的上边,在墙上钉着一块小木板,为的是放个蜡烛、火柴什么的。我一伸手,拿起四根火柴。我擦了一根,没着。我又擦一根,着了,马上又灭了。我擦到第三根,还是那样。"

主任打断了她的话,说了一句俏皮话:

"这么说一定是政府公卖的火柴了?"

她没明白其中的意思,接着往下讲:

"也许是的。第四根总算是着了,我点上了蜡,就进卧室睡觉去了。可是过了一刻钟,好像闻见了一股了焦糊味儿。我平生就是害怕着火。如果真要遭上火灾,那决不会是因为我不小心!尤其是从方才跟您提起过的那场烟囱失火以后,我一直是提心吊胆。所以我马上爬起来,走出卧室,各处寻找,像猎

331

狗似的到处闻,最后发现是我的伞烧着了。多半是一根火柴掉在里边了。您看看它现在成了什么样子了……"

主任已经甘心赔款,就问道:

"您估计得赔多少钱?"

她先是闭口无言,不敢决定数目。后来为了表示大方气概,她说:

"您叫人去修理吧,任凭您处理就是了。"

他拒绝了,他说:

"不行,太太,我办不了。您说要多少钱吧。"

"可是……我觉得……您看,先生,我也不想勉强您……咱们这么办吧。我把伞送到一家制伞店里去,让他们给绷上能经久耐用的好绸面子,随后我把发票给您送来,这样行吧?"

"很好,太太,就这样一言为定了。这是给出纳科的一个条子,他们会把您花的钱如数付给您的。"

他随即递给奥莱依太太一张卡片,她接了过来,一边道谢一边往外走;她生怕他会反悔改变主意,所以急着要出来。

她现在是迈着轻松的步伐,在大街上走着,要找一家她认为漂亮的伞店。等她找到了一家神气阔绰的店铺,她就走了进去,用坚定的口气说:

"看,这把伞要换一个绸面子,要用顶好的绸子,你有什么好绸子就用什么好绸子。价钱多少,我是不在乎的。"

项　　链

　　世上有这样一些女子,面庞儿好,丰韵也好,但被造化安排错了,生长在一个小职员的家庭里。她便是其中的一个。她没有陪嫁财产,没有可以指望得到的遗产,没有任何方法可以使一个有钱有地位的男子来结识她,了解她,爱她,娶她;她只好任人把她嫁给了教育部的一个小科员。

　　她没钱打扮,因此很朴素;但是心里非常痛苦,犹如贵族下嫁的情形;这是因为女子原就没有什么一定的阶层或种族,她们的美丽、她们的娇艳、她们的丰韵就可以作为她们的出身和门第。她们中间所以有等级之分仅仅是靠了她们天生的聪明、审美的本能和脑筋的灵活,这些东西就可以使百姓家的姑娘和最高贵的命妇并驾齐驱。

　　她总觉得自己生来是为享受各种讲究豪华生活的,因而无休止地感到痛苦。住室是那样简陋,壁上毫无装饰,椅凳是那么破旧,衣衫是那么丑陋,她看了都非常痛苦。这些情形,如果不是她而是她那个阶层的另一个妇人的话,可能连理会都没有理会到,但给她的痛苦却很大并且使她气愤填膺。她看了那个替她料理家务的布列塔尼省的小女人,心中便会产生许多忧伤的感慨和想入非非的幻想。她会想到四壁蒙着东方绸、青铜高脚灯照着、静悄悄的接待室;她会想到接待室里两个穿短裤长袜的高大男仆,如何被暖气管闷人的热度催起了睡意,在宽大的靠背椅里昏然睡去。她会想到四壁蒙着古老丝绸的大客厅,上面陈设着珍贵古玩的精致家具和那些精致小巧、香气扑鼻的内客厅,那是专为午后五点钟跟最亲密的男友娓娓清谈的地方,那些朋友当然都是所有的妇人垂涎不已、渴盼青睐、多方拉拢的知名之士。

　　每逢她坐到那张三天未洗桌布的圆桌旁去吃饭,对面坐着的丈夫揭开盆盖,心满意足地表示:"啊!多么好吃的炖肉!世上哪有比这更好的东西……"的时候,她便想到那些精美的筵席、发亮的银餐具和挂在四壁的壁毯,上面织着古代人物和仙境森林中的异鸟珍禽;她也想到那些盛在名贵盘碟里的佳肴;她也想到一边吃着粉红色的鲈鱼肉或松鸡的翅膀,一边带着莫测高深的微笑听着男友低诉绵绵情话的情境。

她没有漂亮的衣装,没有珠宝首饰,总之什么也没有。而她呢,爱的却偏偏就是这些;她觉得自己生来就是为享受这些东西的。她最希望的是能够讨男子们的喜欢,惹女人们的欣羡,风流动人,到处受欢迎。

她有一个有钱的女友,那是学校读书时的同学,现在呢,她再也不愿去看望她了,因为每次回来她总感到非常痛苦。她要伤心、懊悔、绝望、痛苦得哭好几天。

可是有一天晚上,她的丈夫回家的时候手里拿着一个大信封,满脸得意之色。

"拿去吧!"他说,"这是专为你预备的一样东西。"

她赶忙拆开了信封,从里面抽出一张请帖,上边印着:

兹订于一月十八日(星期一)在本部大厦举行晚会,敬请准时莅临,此致

罗瓦赛尔 先生
　　　　　 夫人

教育部部长乔治·朗蓬诺暨夫人谨订

她并没有像她丈夫所希望的那样欢天喜地,反而赌气把请帖往桌上一丢,咕哝着说:

"我要这个干什么?你替我想想。"

"可是,我的亲爱的,我原以为你会很高兴的。你从来也不出门做客,这可是一个机会,并且是一个千载难逢的机会!我好不容易才弄到这张请帖。大家都想要,很难得到,一般是不大肯给小职员的。在那儿你可以看见所有那些官方人士。"

她眼中冒着怒火瞪着他,最后不耐烦地说:

"你可叫我穿什么到那儿去呢?"

这个,他却从未想到;他于是吞吞吐吐地说:

"你上戏园穿的那件衣服呢?照我看,那件好像就很不错……"

他说不下去了,他看见妻子已经在哭了,他又是惊奇又是慌张。两大滴眼泪从他妻子的眼角慢慢地向嘴角流下来;他结结巴巴地问:

"你怎么啦?你怎么啦?"

她使了一个狠劲儿把苦痛压了下去,然后一面擦着被泪沾湿的两颊,一面用一种平静的语声说:

"什么事也没有。不过我既没有衣饰,当然不能去赴会。有哪位同事的太太能比我有更好的衣衫,你就把请帖送给他吧。"

他感到很窘,于是说道:

"玛蒂尔德,咱们来商量一下。一套过得去的衣服,一套在别的机会还可以穿的,十分简单的衣服得用多少钱?"

她想了几秒钟,心里盘算了一下钱数,同时也考虑到提出怎样一个数目才不致当场遭到这个俭朴的科员拒绝,也不致把他吓得叫出来。

她终于吞吞吐吐地说了:

"我也说不上到底要多少钱;不过有四百法郎,大概也就可以办下来了。"

他脸色有点发白,因为他正巧积攒下这样一笔款子打算买一支枪,夏天好和几个朋友一道打猎作乐,星期日到南泰尔平原去打云雀。

不过他还是这样说了:

"好吧。我就给你四百法郎。可是你得好好想法子做件漂漂亮亮的衣服。"

晚会的日子快到了,罗瓦赛尔太太却好像很伤心,很不安,很忧虑。她的衣服可是已经齐备了。有一天晚上她的丈夫问她:

"你怎么啦?三天以来你的脾气一直是这么古怪。"

"我心烦,我既没有首饰,也没有珠宝,身上任什么也戴不出来,实在是太寒碜了。我简直不想参加这次晚会了。"

他说:

"你可以戴几朵鲜花呀。在这个季节里,这是很漂亮的。花上十个法郎,你就可以有两三朵十分好看的玫瑰花。"

这个办法一点也没有把她说服。

"不行……在那些阔太太中间,显出一副穷酸相,再没有比这更丢脸的了。"

她的丈夫忽然喊了起来：

"你可真算是糊涂！为什么不去找你的朋友福雷斯蒂埃太太，跟她借几样首饰呢？拿你跟她的交情来说，是可以开口的。"

她高兴地叫了起来：

"这倒是真的。我竟一点儿也没想到。"

第二天她就到她朋友家里，把自己的苦恼讲给她听。

福雷斯蒂埃太太立刻走到她的带镜子的大立柜跟前，取出一个大首饰箱，拿过来打开之后，便对罗瓦赛尔太太说：

"挑吧！亲爱的。"

她首先看见的是几只手镯，再便是一串珍珠项链，一个威尼斯制的镶嵌珠宝的金十字架，做工极其精细。她戴了这些首饰对着镜子里左试右试，犹豫不定，舍不得摘下来还主人。她嘴里还老是问：

"你再没有别的了？"

"有啊。你自己找吧。我不知道你都喜欢什么？"

忽然她在一个黑缎子的盒里发现一串非常美丽的钻石项链；一种过分强烈的欲望使她的心都跳了。她拿它的时候手也直哆嗦。她把它戴在颈子上，衣服的外面，对着镜中的自己看得出了神。

然后她心里十分焦急，犹豫不决地问道：

"你可以把这个借给我吗？我只借这一样。"

"当然可以啊。"

她一把搂住了她朋友的脖子，亲亲热热地吻了她一下，带着宝贝很快就跑了。

晚会的日子到了。罗瓦赛尔太太非常成功。她比所有的女人都美丽，又漂亮又妩媚，面上总带着微笑，快活得几乎发狂。所有的男子都盯着她，打听她的姓名，求人给介绍。部长办公室的人员全都要跟她合舞。部长也注意了她。

她已经陶醉在欢乐之中，什么也不想，只是兴奋地、发狂地跳舞。她的美丽战胜了一切，她的成功充满了光辉，所有这些人都对自己殷勤献媚、阿谀赞扬、垂涎欲滴，妇人心中认为最甜美的胜利已完完全全握在手中，她便在这一片幸福的云中舞着。

她在早晨四点钟才离开。她的丈夫从十二点起就在一间没有人的小客厅里睡着了。客厅里还躺着另外三位先生,他们的太太也正在尽情欢乐。

他怕她出门受寒,把带来的衣服披在她的肩上,那是平日穿的家常衣服,那一种寒碜气和漂亮的舞装是非常不相称的。她马上感觉到这一点,为了不叫旁边的那些裹在豪华皮衣里的太太们注意,她就急着想要跑出大门。

罗瓦赛尔还拉住她不让走:

"你等一等啊。到外面你要着凉的。我去叫一辆马车吧。"

不过她并不听他这套话,很快地走下了楼梯。等他们到了街上,那里并没有出租马车;他们于是就找起来,远远看见马车走过,他们就追着向车夫大声喊叫。

他们向塞纳河一直走下去,浑身哆嗦,非常失望。最后在河边找到了一辆夜里做生意的旧马车,这种马车在巴黎只有在天黑了以后才看得见,它们是那么寒碜,白天出来好像会害羞的。

这辆车一直把他们送到殉道者街,他们的家门口,他们凄凄凉凉地爬上楼回到自己家里。在她说来,一切已经结束。他呢,他想到的是十点钟就该到部里去办公。

她褪下了披在肩上的衣服,那是对着大镜子褪的,为的是再一次看看笼罩在光荣中的自己。但是她忽然大叫一声。原来颈子上的项链不见了。

她的丈夫这时衣裳已经脱了一半,便问道:

"你怎么啦?"

她已经吓得发了慌,转身对丈夫说:

"我……我……我把福雷斯蒂埃太太的项链丢了。"

他惊慌失措地站起来:

"什么!……怎么!……这不可能!"

他们于是在裙子的褶层里,大氅的褶层里,衣袋里到处都搜寻一遍。哪儿也找不到。

他问:

"你确实记得在离开舞会的时候,还戴着吗?"

"是啊,在部里的前厅里我还摸过它呢。"

"不过如果是在街上失落的话,掉下来的时候,我们总该听见响声啊。大概是掉在车里了。"

337

"对,这很可能。你记下车子的号头了吗?"

"没有。你呢,你也没有注意号头?"

"没有。"

他们你看我,我看你,十分狼狈地看着。最后罗瓦赛尔重新穿好了衣服,他说:

"我先把我们刚才步行的那一段路再去走一遍,看看是不是能够找着。"

说完他就走了。她呢,连上床去睡的气力都没有了,就这么穿着赴晚会的新装倒在一张椅子上,既不生火也不想什么。

七点钟丈夫回来了。他什么也没找到。

他随即又到警察厅和各报馆,请他们代为悬赏寻找,他又到出租小马车的各车行,总之凡是有一点希望的地方他都去了。

她呢,整天地等候着;面对这个可怕的灾难她一直处在又惊又怕的状态中。

罗瓦赛尔傍晚才回来,脸也瘦削了,发青了;什么结果也没有。他说:

"只好给你那朋友写封信,告诉她你把链子的搭扣弄断了,现在正找人修理。这样我们就可以有应付的时间。"

他说她写,把信写了出来。

过了一星期,他们已是任何希望都没有了。

罗瓦赛尔一下子老了五岁,他说:

"只好想法买一串赔她了。"

第二天,他们拿了装项链的盒子,按照盒里面印着的字号,到了那家珠宝店。珠宝商查了查账说:

"太太,这串项链不是在我这儿买的,只有盒子是在我这儿配的。"

他们于是一家一家地跑起珠宝店来,凭着记忆要找一串和那串一式无二的项链;两个人连愁带急眼看要病倒了。

在王宫附近一家店里他们找到了一串钻石的项链,看来跟他们寻找的完全一样。这件首饰原值四万法郎,但如果他们要的话,店里可以减价,三万六可以脱手。

他们要求店主三天之内先不要卖它。他们并且谈妥条件,如果在二月底以前找着了那个原物,这一串项链便以三万四千法郎作价由店主收回。

罗瓦赛尔手边有他父亲遗留给他的一万八千法郎。其余的便需借了。

他于是借起钱来,跟这个人借一千法郎,跟那个人借五百,这儿借五个路易,①那儿借三个。他签了不少借约,应承了不少足以败家的条件,而且和高利贷者以及种种放债图利的人打交道。他葬送了他整个下半辈子的生活,不管能否偿还,他就冒险乱签借据。他既害怕未来的忧患,又怕即将压在身上的极端贫困,也怕各种物质缺乏和各种精神痛苦的远景;他就这样满心怀着恐惧,把三万六千法郎放到那个商人的柜台上,取来了那串新的项链。

等罗瓦赛尔太太把首饰给福雷斯蒂埃太太送回去时,这位太太神气很不痛快地对她说:

"你应该早点儿还我呀,因为我也许要戴呢。"

她并没有打开盒子来看,她的朋友担心害怕的就是她当面打开。因为如果她发现了调包,她会怎么想呢?会怎么说呢?难道不会把她当作窃盗吗?

罗瓦赛尔太太尝到了穷人的那种可怕生活。好在她早已一下子英勇地拿定了主意。这笔骇人听闻的债务是必须清偿的。因此,她一定要把它还清。他们辞退了女仆,搬了家,租了一间紧挨屋顶的顶楼。

家庭里的笨重活,厨房里的腻人的工作,她都尝到了个中的滋味。碗碟锅盆都得自己洗刷,在油腻的盆上和锅子底儿上她磨坏了她那玫瑰色的手指甲。脏衣服、衬衫、抹布也都得自己洗了晾在一根绳上。每天早上她必须把垃圾搬到街上,并且把水提到楼上,每上一层楼都要停一停喘喘气。她穿得和一个平常老百姓的女人一样,手里拐着篮子上水果店,上杂货店,上猪肉店,对价钱是百般争论,一个铜子一个铜子地保护她那一点可怜的钱,这就难免挨骂。

每月都要还几笔债,有一些则要续期,延长偿还的期限。

丈夫傍晚的时候替一个商人去誊写账目;夜里常常替别人抄写,抄一页挣五个铜子。

这样的生活过了十年。

十年之后,他们把债务全部还清,确是全部还清了,不但高利贷的利息,就是利滚利的利息也还清了。

罗瓦赛尔太太现在看上去是老了。她变成了穷苦家庭里的敢做敢当的妇

---

① 一个路易值二十法郎。

人,又坚强,又粗暴。头发从不梳光,裙子歪系着,两手通红,高嗓门说话,大盆水洗地板。不过有几次当她丈夫还在办公室办公的时候,她一坐到窗前,总还不免想起当年那一次晚会,在那次舞会上她曾经是那么美丽,那么受人欢迎。

如果她没有丢失那串项链,今天又该是什么样子?谁知道?谁知道?生活够多么古怪!多么变化莫测!只需微不足道的一点小事就能把你断送或者把你拯救出来!

且说有一个星期天,她上大街去散步,劳累了一星期,她要消遣一下。正在此时,她忽然看见一个妇人带着孩子在散步。这个妇人原来就是福雷斯蒂埃太太,还是那么年轻,那么美丽,那么动人。

罗瓦赛尔太太感到非常激动。去跟她说话吗?当然要去。既然债务都已经还清了,她可以把一切都告诉她。为什么不可以呢?

她于是走了过去。

"您好,让娜。"

对方一点也认不出她来了,被这个民间女人这样亲密地一叫觉得很诧异,便吞吞吐吐地说:

"可是……太太!……我不知道……您大概认错人了吧。"

"没有。我是玛蒂尔德·罗瓦赛尔。"

她的朋友喊了起来:

"哎哟!……是我的可怜的玛蒂尔德吗?你可变了样儿啦!……"

"是的,自从那一次跟你见面之后,我过的日子可艰难啦,不知遇见了多少危急穷困……而这一切都是因为你!……"

"因为我……那是怎么回事啊?"

"你还记得你借给我赴部里晚会去的那串钻石项链吧。"

"是啊。那又怎样呢?"

"那又怎样!我把它丢了。"

"那怎么会呢!你不是给我送回来了吗?"

"我给你送回的是跟原物一式无二的另外一串。这笔钱我们整整还了十年。你知道,对我们说来这可不是容易的事,我们是任什么也没有的……现在总算还完了,我太高兴了。"

福雷斯蒂埃太太站住不走了。

"你刚才说,你曾买了一串钻石项链赔我那一串吗?"

"是的。你没有发觉这一点吧,是不是?两串原是完全一样的。"

说完她脸上显出了微笑,因为她感到一种足以自豪的、天真的快乐。

福雷斯蒂埃太太非常激动,抓住了她的两只手。

"哎哟!我的可怜的玛蒂尔德!我那串是假的呀。顶多也就值上五百法郎!……"

穷　鬼

别看他又穷又残废,当初却也有过几天比较好过的日子。

十五岁那年,在通往瓦维尔的大道上,他的双腿被一辆大车碾断。从那以后,他便晃晃悠悠架着两根木拐在路旁那些农庄里窜来窜去要饭为生;因为架拐日久,两肩就高耸到耳边,脑袋也就好比夹在两座山峰的中间。

他本是比埃特村的本堂神父于万灵节的前夕,在一条沟里捡着的弃婴,因此给他起了一个名字叫尼古拉·诸圣①。他仗着大家的慈悲布施长大,没受过任何教育;村里的面包房老板为了逗笑取乐,请他喝了几杯烧酒,害他成了残废,从此他就变成个流浪汉,除了伸手求乞,不会干丝毫别的事。

从前,德·阿瓦里男爵夫人在紧挨府邸的农庄里,鸡窝旁边,给他留下一块铺着干草类似狗窝的地方,他可以在那里睡觉;饿得不可开交的时候,他到了府邸厨下,总可以得到一块面包和一杯苹果酒。老太太还常常从门前台阶上,或从卧室的窗口丢给他几个铜子儿。现在老太太已经去世了。

在村子里,人们是不大给他东西吃的;人们太清楚他的为人了;四十年来,老看见他那披着破烂衣衫的残废身体架在两条木拐上面,从这家茅屋走到那家茅屋,人们早已感到厌烦。可是他呢,一点也不想走开,因为在地球上,除了这一个角落,除了他在里边苦挨岁月的三四个村落外,他并不认识别的地方。他自己限定了要饭的区域,他的习惯是不走出界外,所以他总也不会越出这个界限。

他不知道他所看到的树木后面是否还有世界。他心里也从不思索这个问题。那些乡下人老在自己的田边或沟旁遇见他,感到心烦,常常这样高声问他:

---

①　十一月二日是天主教的万灵节,万灵节的前夕是诸圣节,在这一天要举行诸圣瞻礼。

"为什么你不到别的村子去,老在这儿拐来拐去?"

他总是一言不答走了开去,心里突然涌起一种对陌生世界模糊的恐惧;穷人害怕的东西何止千百种;陌生的面孔,素不相识的人的斥骂和疑虑的眼光,大道上成对走着的宪兵,这一切都叫他害怕;他见了宪兵常常本能地钻进灌木丛中或躲到石子堆的后面。

当他远远望见阳光底下亮光闪闪的宪兵时,他的行动突然间变得特别敏捷,像猛兽躲藏时那样敏捷。他会从木拐上很快地出溜下来,跟一堆破烂布似的落在地下,把身子缩做一团,变得非常小,就好比缩在窝里的野兔一样紧挨着地皮趴着,那一身棕色的破衣服也跟土色不相上下,简直看不见他了。

其实,他从来也没有跟宪兵打过交道。可是这种恐惧和这种机警好像是他血液里天生带来的,好像是从他向未见过面的父母那里遗传下来的。

他没有藏身之处,没有家庭,没有茅屋,没有躲避风雨的地方。夏天他到处睡觉;冬天,他异常巧妙地溜进人家的谷仓或牛羊圈里睡觉。他总不等到人家发觉他的踪迹就先已离开。他知道从哪些窟窿可以钻进这些房子;因为操纵木拐,两臂变得强壮惊人,他仅仅凭着手腕的力量就能爬到收藏干草的顶楼里;遇到他挨家讨饭讨得足够吃的时候,他还会在那里接连待四五天不下来。

他尽管生活在人群中,却跟林中野兽一样,一个人也不认识,一个人也不爱,在那些乡下人中间只引起一种冷酷的轻蔑和无可奈何的反感。大家给他起个绰号叫"吊钟",因为他在两根木棍当中摆来摆去,活像吊在木架中间的一口钟。

两天以来,他一点东西也没有下肚。现在没有人再给他吃的了。终于谁也不要他了。农妇们站在自己门口一看到他,就老远地喊道:

"你还不走开,你这个下流东西!不是三天前我刚给过你一块面包吗?"

他于是架着木拐转过身去,走到旁边的人家,在那里他受到了同样的接待。

妇人们站在各人门口互相表示意见说:

"我们不能整年养着这个一事不做的懒汉啊。"

可是这个懒汉每天都需要吃东西。

他已走遍了圣伊莱尔、瓦维尔和比埃特,没有讨得一个小钱或一块面包皮。现在只有图尔诺尔一处希望了;可是他得在大道上走两法里,肚子和衣袋一样空空如也,他感到累得再也不能挪动。

343

不过他还是出发了。

那时正是十二月,寒风在田地里刮着,在光秃秃的树枝间呼啸着;低暗的天空里云块飞驰,匆匆地不知要奔向何方。残疾人慢慢地走着,很费力地一先一后移动着两支拐棍,一面用留下的一条弯曲的腿支着身子,这条腿的下端还留着一只畸形的脚,裹着一块破布。

他不时地在沟边坐下来休息几分钟。他的昏乱的、沉重的心灵里感到饥饿的悲哀。他只有一个念头:吃;可是他不知道用什么方法才能弄到吃的。

他在这条漫长的大路上奔波了三个钟头;后来居然看见村里的树木了,他于是加快了他的动作。

他遇见的第一个乡下人,当他张嘴向他乞求时,这样回答他:

"你又来了,老主顾!这么说,我们永远没法躲开你了?"

"吊钟"只好走开。他挨门讨过去,大家都这样粗暴地对待他,任何东西也不给他就把他赶走。他又耐心又执拗,还是挨家求乞了一遍。一个铜子也没有讨到手。

他只好改道到村外各农庄去,于是在雨水泡软了的地上走来走去,疲倦得简直提不起他的木拐。到处人们总是把他赶出来。天气是这样一种又冷又愁惨的天气,人们遇到这种天气,心里便觉得凄凉,脾气变得容易激怒,心灵变得阴沉,既懒得伸手施舍东西,也懒得伸手援助别人。

等他走完了他所认识的几家人家,他便到希盖老板院子旁边,在一条长沟的角上倒下。他从钩上卸下来,这是别人的一种说法;其实就是把两根高木拐夹在胳膊下面,从上面出溜下来。他好久好久待着不动,受着饥饿的折磨,可是他太愚蠢,并不能深入了解到他那深不见底的穷困。

也不知他在那儿等待什么。我们心中是经常抱着毫无目的的期望的。在这个院子的角落里,寒风呼呼吹着,他等候着神秘的援助,这种援助,我们一直希望着上天或别人会给我们送来,既不问援助怎样来,为什么会来,也不问通过谁来,只是希望它来罢了。一群黑母鸡从他身旁经过,它们在这个哺养众生的大地上寻找食物。它们时时刻刻用嘴啄起一粒谷粒或是一条人们看不见的虫子,从容地、准确地继续搜寻着。

"吊钟"先是心里什么也不想地看着它们;后来忽然在肚里,而不是在脑子里产生了一个念头;不,仅仅是一种感觉,感到如果用枯枝生上火,把这些动物弄一只过来烤熟,一定很好吃。

他丝毫没想到他这就要犯盗窃罪了。他抄起了手边的一块石头；他手很灵活，石头扔出去之后，一下子就把离他最近的那只鸡打死了。那个动物扇着翅膀侧着身子倒下去。别的鸡移动着细腿摇摇摆摆地跑开。"吊钟"重新架上了木拐，跟那些母鸡一样摇摇摆摆，走去拾他的猎获物。

他刚走到那个头上带着血迹的小黑东西旁边，就觉得有人在他背上狠狠地推了一下，推得他木拐也脱了手，朝前滚了有十步远。希盖老板怒气冲冲地向这个小偷扑了过来，拼命地打他，又是拳打又是膝盖顶，在这个无力抵抗的残废人身上，像发了狂似的打起来，一个被人窃取了东西的乡下人打人总是这样狠的。

农庄里的长工们也出来了，帮着东家狠狠地揍这个乞丐。等他们打得累了，才把他从地下抓起来抬走，关到柴房里，一面派人去叫宪兵。

"吊钟"已是半死不活，躺在地下，流着血，饿得要命。先是黄昏来临了，继而是夜，继而是黎明。他始终也没吃东西。

快到正午的时候，宪兵出现了，他们预料对方会抵抗，因为希盖老板声称曾经受到穷鬼的攻击，费了九牛二虎之力才保护住自己；他们小心谨慎地把门打开。

小队长一声叱喝：

"站起来！"

可是"吊钟"已不能动弹，他试着用木拐把自己支起来，但是没有成功。他们以为这个小偷在装假，在耍奸使坏，故意不肯起来，那两个武装的人于是毫不客气，抓住了他的肩膀，硬把他架在他的木拐上。

他感到非常恐惧，这是天生对黄色军用皮带的恐惧，是飞禽走兽遇见猎人时的恐惧，是老鼠遇见猫时的恐惧。他使出了超人的气力，竟能站稳了。

"走！"小队长说。他也真的走了起来。农庄上的人都看着他走。妇人们举着拳头威吓他，男人们嘲笑着，不住口地骂他。总算把他抓起来了！这一下可好了。

他夹在两个宪兵中间走了。有一股在绝望中产生的毅力支持着他，使他一直熬到黄昏。他的神智已经不清楚，他害怕得什么事也不明白了，因此自己究竟遭到了什么祸水也不知道。

路上遇见的人都停下来看他走过去，乡下人都低声说道：

"一定是个贼！"

傍黑的时候，他们来到了区首府。他从来没到过这个地方。他确实不能想象发生了什么事情，也不能想象还会发生什么事情。所有这一切可怕的、预料不到的事情，这些从未见过的面孔、新房屋都使他感觉到惊慌失措。

他一句话不说，因为他一点弄不清楚，所以他也无话可说。况且他已经有这么多年没跟任何人谈过话，差不多已经失去了使用语言的能力；他的思想也过于混乱，无法用话语表达出来。

他被关到镇上的监牢里。宪兵们想不到他会需要吃东西，就这样把他撂到第二天。

不过等到一清早，人们来审讯他的时候，却看见他已经死在地上。多么出人意料啊！

小 酒 桶

埃佩维尔镇上开客店的希科老板在玛格卢瓦尔老婆婆的农庄门前停下了他的两轮轻便马车。他是一个高大的汉子,四十岁,满面红光,腆着个大肚子,本地人都知道他阴险狡猾。

他把马拴在栅栏门的木桩上,进了院子。他有一块地紧挨着这位老婆婆的地,好久以来他就看中了她这份产业。他曾经不下数十次地试图把它买下来,可是老婆婆总是固执地拒绝了。

"我生在这块地上,我也要死在这块地上,"她说。

他进去的时候,她正在屋门前削土豆。她七十二岁了,满脸皱纹,全身干瘪,伛偻着腰,可是跟个年轻姑娘一样,永远不懂什么叫累。希科跟好朋友似的拍了拍她的背,然后坐在她旁边的一张小矮凳上。

"喂!老婆婆,身子骨儿老是这么硬朗?"

"还算不错,您怎么样,普罗斯佩老板?"

"唉,唉!就是有点儿风湿病,要不然可就称心如意了。"

"那太好了,太好了。"

她再也不说什么了。希科看着她干活。她那像钩子似的、满是筋疙瘩的、和螃蟹爪子一样坚硬的指头,跟钳子一样从筐子里钳起了一块灰色的土豆,飞快地转动,另一只手拿着一把旧刀子削着,长条的皮就挨着刀刃削下来了。等土豆整个都变成黄色时,她就把它扔在一个水桶里。三只胆大的老母鸡一个跟着一个走过来,一直走到她的裙子底下拾土豆皮,然后叼着食急急逃开。

希科好像很为难,迟疑不决,心神不定,他话已经到了嘴边,却又不便说出口来。最后,他下了决心:

"我说,玛格卢瓦尔老婆婆……"

"你有什么吩咐?"

"这座农庄,您还是不肯卖给我?"

"这件事不行。您别指望了。已经说过的事,别再啰嗦了。"

"可是我想出了一个办法,对我们双方都合适。"

"什么办法?"

"就是这么个办法。您把地卖给我,可是还归您保管。您不明白吗?那就听我把道理讲出来。"

老婆婆停止了削土豆,从起皱的眼皮底下露出一对亮闪闪的眼睛死盯着客店老板。

他接下去说:

"我来讲清楚吧。我每月给您一百五十法郎。听清楚了吧!每个月,我坐着我的小马车给您送来三十枚五法郎一个的银币。可是一切都不改样儿,一点样儿也不改;您还照旧住在您的家里,我这方面,丝毫用不着您操心,您什么也不欠我的。您就管拿我的钱就是了。这样行吗?"

他说完很愉快地,心平气和地看着她。

老婆婆露出不放心的样子仔细打量他,一边琢磨这里头有没有什么圈套。她问道:

"这是我这一方面,您那方面呢,这座农庄,您还是不能到手啊!"

"这个,您不用操心。老天爷让您活一天,您就在这儿住一天。这是您的家。不过您得到公证人那儿去给我立个小字据,等您百年之后,农庄就归到我名下所有。您没有亲生儿女,只有几个侄子,您根本就没把他们当回事。这样行了吧?您生前保留着您的产业,我每月给您三十枚五法郎一个的银币。这完全是您的赚头儿。"

老婆婆感觉惊奇,忐忑不安,可是心里活动了。

她回答说:

"这倒不是不可以。不过我得在这事上好好琢磨一下。下星期您再来一趟,咱们谈一谈。我再把我的意思告诉您。"

希科老板起身走了,非常高兴,就像一个国王刚刚征服了一个帝国。

玛格卢瓦尔老婆婆可就心事重重了。当夜她就没睡着。整整四天,她拿不定主意,非常苦恼。她确实感觉到这里边有对她不利的地方,可是一想到每月有三十个银币,叮当响的白花花的银币会流到自己的围裙兜里,什么事也不用做,天上会掉下这笔钱来,贪心就跟虫子似的乱钻乱咬了。

她于是跑去找公证人，把事情说给他听。他劝她答应希科老板的建议，不过应该要求五十个银币，而不是三十个，因为她的农庄起码值六万法郎。

"如果您再活上十五年，"公证人说，"按照这种付款的方式，他也只要付出四万五千法郎。"

老婆子一听说每月可以拿进五十枚五法郎一个的银币，惊得直哆嗦；不过她还是不放心，既怕那些预料不到的事，又怕暗藏着的阴谋诡计，她总也不肯走，一直待到天黑，不住地问长问短。最后，她才吩咐公证人预备字据，回了家，头脑昏乱得仿佛喝了四罐新酿成的苹果酒。

等希科来听回音的时候，她先是百般装腔作势，声称不干了，可是心里又犯嘀咕，生怕他不同意给五十枚五法郎一个的银币。后来，他一个劲地逼，她于是把她的希望提了出来。

他失望得跳了起来，一口拒绝。

为了说服他，她讲了好多道理，说明她可能活不很久。

"我顶多再活上五六年。我现在快七十三了，身子骨儿并不结实。有天晚上，我还当我要死了呢。就好像有人把我身体里的东西都掏出去了，后来人家只好把我抬上床去。"

不过希科不上她的钩。

"别说了，别说了；您这个老滑头，您跟教堂的钟楼那么结实。您至少可以活到一百一十岁。您一定死在我后头。"

一整天的时间就消磨在这种争论中。老婆婆始终也不让步，到后来客店老板只好答应给五十枚银币。

第二天，他们在字据上签了字。老婆婆还额外要了十枚银币的酒钱。

三年过去了。这位老太太非常健壮。她好像一天也没见老，希科可就悲观失望极了。他觉着这笔钱好像已经付了半个世纪了，他觉着自己受了骗，上了当，破产了。过一阵子他就要去看望一下那个老婆婆，就好比人们七月间到地里看麦子，是否已经熟得可以开镰收割。她用狡猾的眼光接待他。简直可以说她因为自己能够这样捉弄他而在那里自鸣得意；他呢，总是立刻就回到他的小马车上走了，一面嘟嘟囔囔地说：

"你这个瘦猴，就永远不死啦！"

他束手无策，一看见她，就恨不得把她掐死。他对她怀有一种凶狠的、阴

349

险的恨,是乡下人挨了偷以后的那种恨。

他于是琢磨起办法来了。

终于有一天,他又来看她,像第一次来商议买卖的时候那样,兴高采烈地搓着手。

闲聊了几分钟以后,他说:

"我说,老婆婆,您到埃佩维尔来的时候,为什么不上我那儿去吃饭呢?外边有人说闲话,说咱们的交情破裂了,我听着心里很难受。您知道,亲爱的老婆婆,上我那儿吃饭,一个钱也不用花。吃顿把饭,我是不计较的。您只要一想着来,就别客气,尽管来好啦,这反倒叫我高兴。"

玛格卢瓦尔老婆婆用不着第二次邀请;第三天,她坐着她的马车,让长工塞勒斯坦赶着,上市场买东西,毫无顾忌地把马放在希科老板的马棚里,叫他们喂着,自己就理所当然似的要求那份店主人已经许下的午饭。

客店老板心花怒放,像招待贵妇人似的招待了她,又是仔鸡,又是灌肠,还有鳗鱼、羊腿和肥肉片儿白菜。可是她几乎什么也没有吃,因为她从小过的是俭朴生活,一向只是吃点汤和一块抹黄油的面包,就行了。

希科大失所望,只好一个劲儿地劝她吃。而且她什么也不喝,就连咖啡也不肯喝。

他问道:

"您总可以喝一小杯吧。"

"这倒行,可以的。我不拒绝。"

他于是使足了劲向客店的那一头喊道:

"罗萨丽,快拿白兰地来,要上等的,最纯的!"

女侍出现了,手里拿着一个长瓶子,瓶子上贴着一张葡萄叶形的商标。

他斟了两小杯。

"尝尝这个吧,老婆婆,这可是好东西。"

那位老太太慢慢地喝起来,一小口一小口地喝着,为的是好多享受一会儿。等把那杯喝完,她把剩下的点点滴滴也倒在嘴里,然后表示:

"一点不错,真是好酒。"

她话还没说完,希科已经给她斟上了第二杯。她想拒绝,已经来不及了,她跟喝第一杯一样品了好久。

他于是要请她喝第三巡,她拒绝了。他一再地劝说:

"你看,这简直是牛奶嘛;我喝十杯,十二杯,都不费劲,跟糖似的下去了,既不胀肚,也不上头,简直可以说在舌尖儿上就化成气了。没有比这对健康更有益处的了。"

她原来就很想喝,所以也就没有坚持拒绝,不过她只喝了半杯。

这时候,希科忽然一下子变得非常慷慨,大声说:

"好吧,您既然喜欢这个酒,我就送您一小桶吧,不为别的,就为让您看看,咱们始终是一对好朋友。"

那位老太太也没有表示不要,就走了,她已经多少有了一点醉意。

第二天,客店老板进入玛格卢瓦尔老婆婆的院子,然后从车子里拉出一个箍着铁圈的小木桶。他要她立刻尝尝,为的是证明完全是一模一样的好白兰地;等他们每人喝了三杯,他就一面起身一面表示:

"您也知道,喝完了,咱们那儿还有,别客气。我不是斤斤计较的人。完得越快,我越高兴。"

他又爬上了他的轻便马车。

四天以后他又来了。老婆婆正在门前切放在汤里的面包。

他走到跟前,问了好,几乎挨着她的鼻子跟她说闲话,为的是闻闻她哈气的味道。他闻出了酒香,于是他眉开眼笑了。

"您就不请我喝一杯?"他说。

他们于是一起碰了杯,喝了两三杯。

可是隔不了多久,当地就传说开了,说玛格卢瓦尔老婆婆常常独自一个喝得烂醉如泥。有时候躺在她的厨房里,有时候躺在她的院子里,有时候躺在附近的路上,一动不动地跟死尸一样,别人只好把她抬回去。

希科不再上她家去了,有人跟他谈到这个乡下女人,他总要愁容满面地嘟囔着说:

"她这把年纪,竟沾上了这种嗜好,这不是太不幸了吗?您瞧,一个人上了年纪,就无法可想了。早晚她得上个大当才算完。"

果然,她上了个大当。第二年冬天,快到圣诞节了,她喝得烂醉,跌在雪地里死了。

希科老板继承了农庄,他对人说:

"这个乡下佬,她要是不贪杯,总还有十年好活吧。"

351

散　步

　　拉比士公司的记账员勒拉老爹走出货栈,被夕阳的光辉照得好半天睁不开眼。在那间朝着井一样又深又窄的院子的后间里,他已经在昏黄的煤气灯光下工作一整天。这间小屋,四十年来他一直在里面度过白天,是那么阴暗,即使在盛夏,也只是从十一点到三点这段时间内,才勉强可以不用点灯。

　　屋子里一年到头潮湿阴冷;窗外就是那个深坑般的院子,弄得这间不见阳光的屋子满是霉味和阴沟的臭味。

　　四十年来,勒拉先生每天早上八点钟就来到这座监牢,一直待到晚上七点钟,伏在账本上,以一个好职员应有的专心态度抄写着账目。

　　现在他每年挣三千法郎了,开始的时候是一千五。他一直是个单身汉,他的收入不允许他娶老婆。他从来没有享受过什么,因此也就没有什么欲望。不过有时候他对自己的这种单调的、连续的工作感到厌倦,不免也会产生不切实际的愿望:"唉!我如果能有五千法郎的年金,就可以过舒服日子了。"

　　他的日子却从来没有舒服过,因为除了每月的薪金之外,他从来没有别的收入。

　　他的一生过去了,没有重大事件,没有感情波动,也没有希望。梦想的能力是人人有的,但由于他胸无大志,在他身上却从没有得到过发展。

　　他是在二十一岁那年进入拉比士公司的。从此再也没有离开。

　　一八五六年,他失去了父亲,一八五九年又失去了母亲。从那以后便再也没有发生什么大事情了,只是在一八六八年,因为房东要涨租,他搬过一回家。

　　每天六点整,他的闹钟像有人抖链子似的发出一阵吓人的响声,把他惊得从床上跳起来。

　　这个闹钟曾经坏过两次,一次是在一八六六年,一次是在一八七四年,至于为什么会坏,他一直没弄清楚过。他穿好衣服,整理床铺,扫屋子,掸去靠背椅和五屉柜上面的灰尘。所有这些活儿要花他一个半钟头。

然后他走出门,在拉于尔面包店买上一个羊角面包,一边走一边吃。这家面包店字号不改,却换过十一个老板,他个个都认识。

他的整个生命都消磨在这间糊墙纸一直没有换过的、狭窄而阴暗的办公室里。他年轻时走进这间屋子,那时是布吕芒先生的助手,他抱着接替他的希望。

他已经接替了他,因此也不再希望什么了。

别人在生活过程中总会积下许许多多的回忆,如像意料之外的事件,甜美的或者悲伤的爱情,冒险的旅行;他呢,连在无拘无束的生活里会偶然遇到的一些事,他都没碰到过。

天天,一周周,一月月,一季季,一年年都完全一个样。每天总是在同一个时候起床,出门,到办公室,用午餐,离开办公室,用晚餐,睡觉。从来没有任何事情打乱过这些同样动作、同样事情和同样思想的永不变化的规律。

从前,他对着前任留下的那块小圆镜子照见的是自己的金黄色的小胡子和鬈曲的头发。现在每晚临走前在同一块镜子里看见的是自己的白色的小胡子和光秃秃的脑门。四十个年头过去了,这些年头是又长又快,跟凄凉无聊的日子一样空虚,跟失眠之夜里的那些钟点一样,彼此都一模一样。自从双亲死后,这四十个年头什么也没留下,甚至连个回忆,连个不幸的回忆也没有留下。任什么都没有留下。

这一天,勒拉先生在临街的大门口让夕阳的光辉照得头昏眼花。他本应该回家去的,却突然想在晚餐之前稍稍散步一番,这种情况一年之中也有四五次。

他来到了林荫大道上。重新泛青的大树底下人来人往,络绎不绝。这是一个春天的黄昏,是入春后头几个暖烘烘的黄昏之一,它使人心里充满了生活的喜悦。

勒拉先生迈着老人的一蹦一跳的步子走着,眼里含着喜悦,他高兴的是遇到了这种普遍的欢乐和暖和的空气。

他来到了香榭丽舍大街,微风中荡漾着的那种青春气息恢复了他的活力,他继续走了下去。

整个天空好像在燃烧;庞大的凯旋门的黑影衬托在天边光辉灿烂的广阔

背景上,仿佛是大火中立着的一个巨人。这位记账员走到这座怪物似的大建筑跟前,感到饿了,于是到一家酒馆吃晚饭。

餐桌就放在酒馆门前的行人道上,他坐下,吃了加普莱特调味汁的羊脚、生菜和芦笋;勒拉先生吃了一顿好久没吃过的丰盛晚餐。吃布列干酪的时候他要了半瓶上等波尔多红葡萄酒喝;随后他又要了一杯咖啡,在他这是少有的事,最后又要了一小杯上等白兰地。

付了账以后,他觉得十分轻松,十分愉快,而且还有了点醉意。他心里念叨:"多么好的一个晚上。我还要溜达溜达,一直溜达到布洛涅树林的入口。这对我身体会有好处。"

他又走了起来。从前一个女邻居唱的老曲子固执地回到他的头脑里来:

小树林刚刚返青,
我的情郎对我说:
"美人啊,过来吧,
这花棚底下好休息。"

他没完没了地哼着,哼了一遍又一遍。夜幕已经在巴黎降落,那是一个风息全无的夜,一个闷热的夜。勒拉先生沿着布洛涅树林大街朝前走,望着那些从旁边驶过的马车。那些马车,点着明亮的灯,一辆跟一辆驶过来,在一秒钟间出现了车上偎依着的情侣,女的穿着浅色裙子,男的穿着黑色礼服。

那是在星光灿烂的、灼热的天空下移动着的、由双双情侣组成的长队伍,源源不绝;他们一对对过去,一声都不响,他们紧紧地偎依着,半卧在车厢里,已经迷迷糊糊,沉浸在幻觉中,沉浸在情欲的冲动和因近在眼前的拥抱而起的战栗中。温暖的黑暗里好像充满了飞舞着的、飘荡着的吻。一种情意绵绵的感觉使得空气也萎靡不振而格外闷人。所有这些互相偎依着的人,这些被相同的期待,相同的念头陶醉着的人使他们周围充满了一种狂热的气氛;所有这些满载柔情蜜意的马车在经过的路上散发出一种难于捉摸的魅人的气息。

勒拉先生最后走得有点累了,就在一条长凳上坐了下来,望着这些载着爱情的马车一辆辆驶过去。几乎立刻就有一个女人走过来挨着他坐下。

"你好,我的小人儿,"她说。

他不回答。她又说了:

"让我来疼疼你吧,我的宝贝;你会看出我有多可爱。"

他说：

"您认错人了，太太。"

她伸出一只胳膊挽住他的胳膊说：

"算了吧！别装傻啦，听我告诉你……"

他已经站了起来，走了开去，心里很难受。

百步之外，又有一个女人走到他身边：

"您肯不肯挨着我坐一会儿，我的漂亮小伙儿？"

他对她说：

"您为什么干这个行业啊？"

她于是立在他面前，嗓音也变了，变得嘶哑而凶狠，她说：

"妈的，总不见得是为了找乐了吧！"

他温和地又追问了一句：

"那么，究竟是为什么呢？"

她抱怨地说：

"总得生活啊，问得倒奇怪。"

她哼着小调走开了。

勒拉先生感到了惊慌。又有别的女人在他身旁走过，招呼他，邀请他。

他觉得好像有一种黑乎乎的东西，一种叫人伤心的东西在头顶上逐渐展开。

他于是又在一条长凳上坐了下来。马车继续奔驰着。

"我真不该到这儿来，"他心里这样想，"看把我弄得这么难堪，心里这么乱糟糟。"

他开始琢磨起在他面前闪过去的所有那些出卖的或者热烈的爱情，所有那些花钱买来的或是自由给予的抱吻。

爱情！他是不大懂得的。他这一生只接触过两三个女人，完全是出于偶然，出于意外，因为他的财力不允许他有额外的开销。他不免想到他度过来的跟别人那么不同的生活，他的生活是那么凄凉，那么沉闷，那么平凡，那么空虚。

世上原有这么一些人，他们可以说是太不走运了。突然间，好像一层厚幕撕开了，他窥见了穷困，就是他生活当中的那种无穷无尽的、千篇一律的穷困：从前是穷困，现时是穷困，将来还是穷困；结尾的日子和开始的日子完全相同，眼前既什么都没有,身后也什么都没有,周围也什么都没有,心里也什么都没有,任何地方也什么都没有。

马车仍旧川流不息地在他面前驶过。他在每一辆敞篷马车里都看见有两个一声不响地偎依着的情人,他们随着马车迅速驰过,忽然出现又忽然消失。好像全人类都沉醉在快乐、欢笑、幸福中从他面前经过。而他呢,孤孤单单一个人,孤孤单单,完全孤孤单单的一个人,在旁边坐着。并且明天他还是孤孤单单,永远孤孤单单,谁也不会像他这样孤孤单单。

他立起身来,走了几步,可是突然间感到十分疲倦,就仿佛刚刚徒步作了一个远程旅行,他于是在第二条长凳上又坐了下来。

他在等候什么呢?希望什么呢?什么也不等候,什么也不希望。他心里想的是一个人老啦,回到家里能看见叽叽喳喳的小孩子们,一定是很愉快的事。要是周围能够有这些小孩,他们的生命是你赐给他们的,他们喜欢你,爱抚你,对你说那些有趣的天真的话让你心里暖烘烘,对一切都不再计较而感到安慰,那么尽管老起来也是甜美的。

一想到他的空卧室,他那间洁净而凄凉的小屋子,除他以外没有任何人进去过的屋子,一种悲观绝望的感觉紧紧扣住了他的心弦。这间屋子在他眼里比他那间小公事房更显得可怜。

这间屋子从来没有人来过,也从来没有人在里边说过话。它是死的,哑的,没有发出过人声的回音。墙壁好像也能够从住在屋里的人们身上保留下一些东西,从他们的举止行动,从他们的面貌,从他们的话语中保留下一些东西,幸福家庭住过的房子比起穷苦人的住室就显得喜气洋洋。他的屋子跟他的生活一样是空洞洞的,没有可纪念的东西。他一想到要回到这间屋子,孤单单一个人回去,睡在他那张床上,再做他每晚该做的那些事,他心里十分害怕。他大概是想要离开这间不祥的屋子更远一点,离应该回家的时间更远一些,突然站了起来,遇到树林的第一条林荫路,就走进一片密林,在草地上坐了下来。

他听见周围、头上、到处都响着一种混乱的、广阔的、继续不断的、由无数不同的声音组成的嘈杂声,这种低沉的嘈杂声,近处有,远处也有,是生命的既广泛而又巨大的悸动,是巴黎的呼吸,巴黎正像一个巨人似的在呼吸着。

....

太阳已经升得老高,在布洛涅树林上洒下一片阳光。有几辆马车已经开始出现,那些骑马的游人已经兴高采烈地来到。

356

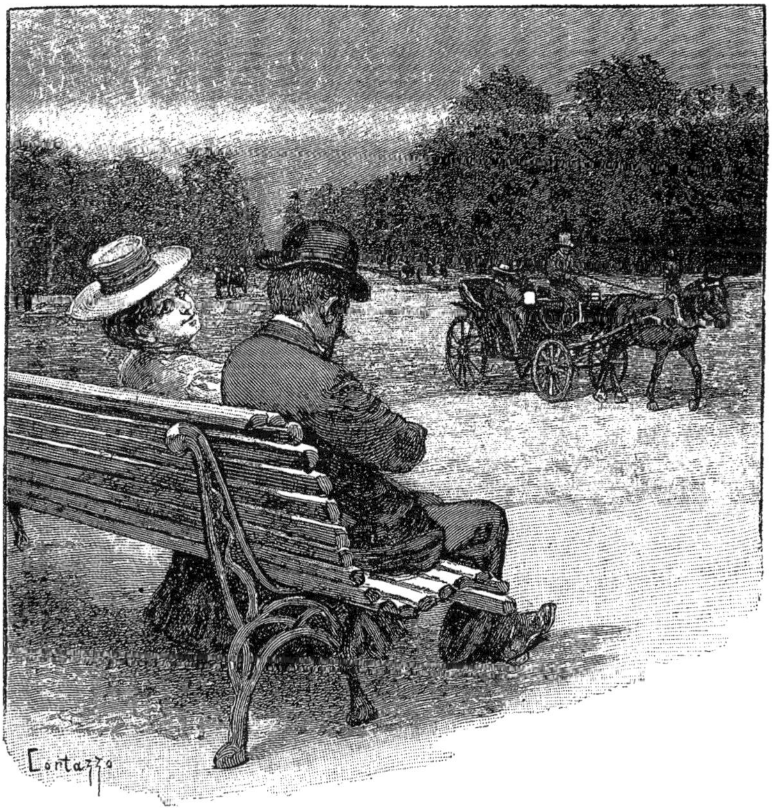
Cortazzo

有一对男女在一条无人的林荫路上走着。突然,那个年轻女子抬头望见树枝间有一样棕色的东西;她惊奇不安地举起手来说:

"看……那是什么东西?"

然后,她发出一声叫喊,倒在她伴侣的怀中,她的伴侣只好把她放倒在地下。

守林子的人很快就被叫来,他们把一个用背带吊死的老人解了下来。

经过检查证明死亡是头天晚上发生的。从死者身上找出的证件知道他是拉比士公司的记账员,名字叫勒拉。

人们认为是自杀,缘由却无从揣测。也许是突发性的疯狂症吧?

衣　橱

吃完晚饭,大家谈起妓女来了,因为男人们在一起,又能谈什么呢?
我们中间有一人说:
"瞧!说到这个题目,我倒遇见过一桩不平常的故事呢。"
他于是讲了起来。

去年冬天,有一个晚上我突然感到很疲乏,那种时不时会向我们的心灵和肉体袭来的使人感到闷闷不乐的、难以忍受的疲乏。那时我正在自己家里,孤单单一个人,我清楚地知道如果这样待下去,十分可怕的忧郁症就会发生,那种忧郁症如果经常发的话,是可以叫人自杀的。

我于是穿上大衣,走出了门,一点也不知道要去干什么。到了林荫大道以后,我就沿着那些咖啡馆漫无目的地转悠,咖啡馆都几乎空无一人,因为那时正下着雨,下的是那种不但能打湿衣服而且也能打湿心灵的毛毛雨,不是那种跟瀑布似的落下来,会把气急败坏的行路人赶到大门洞里去的倾盆大雨,而是使人觉不出雨点的细雨,十分潮湿,不断地在你身上留下感觉不出来的小水珠子,过不了多久便使衣服蒙上一层冰凉的、能透进衣服的苔藓似的水分。

怎么办呢?我走去又走来,想找一个地方消磨两小时,这才第一次发现在巴黎到了晚上居然找不着一个可以散散心的地方。最后我决定到"牧羊女游乐场",那个妓女市场去看看。

大厅里人很少。马掌形的游廊里只有一些不三不四的人,从他们的步态、服装、头发和胡子修剪的样式、帽子和气色上,一眼就可以看出他们有多么俗气。难得看到一个望过去像是梳洗过,认真梳洗过,并且全身衣服显得非常协调的人。至于那些妓女呢,都是那种样子,你们都知道的那种怕煞人的姑娘,相貌丑陋,神情疲乏,皮松肉弛,迈着猎取主顾的步法走来走去,不知什么缘故都装出一种愚蠢的瞧不起人的神气。

我心里不觉寻思起来:这些憔悴不堪的女人,说她们胖不如说她们肥油多,这儿臃肿得凸出来,那儿又瘦得干巴巴,腆着议事司铎的大肚子,长着两条鹭鸶长腿,还罗圈着,的的确确没有一个够得上值她们开口要五个后来好不容易才得到的那一个路易。

可是我忽然发现了一个小个子姑娘,看起来还不错;她不算很年轻,不过还娇艳,还有趣,还很动人。我叫住了她,糊里糊涂,不假思索地说出了我为度夜肯出的价钱。我实在不愿意一个人,孤单单地一个人回家去;有这个姑娘抱抱总比较好些。

我就跟着她走了。她住在殉道者街上一座很大很大的楼里。楼梯上的煤气灯已经灭了。我时不时地要点燃一根蜡绳,脚绊在踏步上,跟跟跄跄,心里很不舒服,跟在我听见的窸窸窣窣响的裙子后面,慢慢走上楼去。

到了五楼她停了下来,关上了外道的门之后,她问我:

"你要待到明天吗?"

"当然。你很清楚我们是这样讲妥的呀。"

"好的,我的宝贝儿,我不过是随便问一声罢了。你在这儿等我一分钟,我马上回来。"

她就让我待在黑地里,走了。我听见她关了两道门,她好像还说了话。我感到奇怪,心里不安起来。她也许有一个权杆儿①,这个念头突然在我的脑子里掠过。不过我的拳头和腰板儿都挺结实。"咱们走着瞧吧。"我心里想。

我支着耳朵集中精力听着,听见里面一阵忙乱,有人走路,脚步很轻,小心翼翼地走着。后来听见又打开一扇门,的确像有人说话,不过声音很低。

她回来了,手里端着一根点着的蜡烛。

"你可以进来了。"她说。

她这样用"你"而不用"您"来称呼我,表示她已经属于我所有。我走进了门,先穿过了一个饭厅,看得出从来没有人在这里用过饭,然后踏进了一切妓女住的那种卧室。屋子是带家具出租的,挂着棱纹平布窗帘,床上是一床大红

---

① 权杆儿指跟妓女姘居、并靠妓女生活的男人。

绸面鸭绒被,上面有斑斑点点可疑的污迹。

她又说了:

"宽宽衣服吧,我的宝贝儿。"

我用怀疑的眼光检查了一下她这间屋子。倒是没有什么叫我不放心的。

她衣服脱得那么快,我还没脱下大衣,她已经钻进被窝了。她笑了起来,说:

"喂,你怎么啦?干什么发呆?来吧,快着点儿吧。"

我学她的样脱了衣服,跟她在一起了。

五分钟以后,我真恨不得穿上衣服走掉。可是在家里侵袭我的那种难于忍受的疲乏还控制着我不放,不让我有丝毫动弹的气力,因而尽管在这个大家可以睡的床上感到十分嫌恶,还是留下来了。在游乐场的灯光照耀下,我原来觉得这个女人身上有肉体的诱惑,现在一搂在怀里,这种诱惑就消失了,肉挨肉地贴着我的只不过是跟所有的妓女一式无二的那种庸俗的姑娘,她那毫无感情的、大大方方的吻还带着大蒜的回味。

我开始跟她聊天。

"你在这儿住了很久啦?"我说。

"到正月十五就整整半年啦。"

"以前你住在哪儿?"

"住在克洛泽尔街。可是那个看门女人老跟我捣蛋,我只好退了租。"

她于是没完没了地讲起那个看门女人怎样造她的谣言。

这时我突然听见离我们不远的地方有响动。最初是一声叹息,然后是一下轻轻的响声,轻虽轻,但是很清楚,就好像有人坐在一张椅上转身。

我猛地在床上坐了起来,问道:

"这是什么声音?"

她坦然而从容地回道:

"别害怕,我的宝贝儿,是街坊。板壁薄,什么都听得见,就像是在这屋里一样。真是倒霉的房子。简直就像硬纸板搭的。"

我的懒劲儿是这么厉害,我又钻进了被窝里。我们又谈起天来。在这种时候所有的男子由于愚蠢的好奇心的推动,总不免要向这些女人打听她们的第一次遭遇,要揭开她们第一次堕落的纱幕,仿佛想在她们身上找出早年遗留下的一丝清白的痕迹,也许是想从与她们当年的天真和贞洁有关的一句话所勾引起来的短暂的回忆中来爱她们。我也受了这种好奇心的不停的袭击,加紧地盘问她最初几个情人的情形。

我明知她要撒谎。那又有什么关系呢?在她的一大片谎言中,我也许可以找到一星半点真诚的动人的东西。

"说吧!告诉我那个人是谁?"

"是一个划船爱好者,我的宝贝儿。"

"啊!讲给我听听。你那时在什么地方?"

"在阿尔让特伊。"

"你在那儿干什么?"

"我在一家饭店里当使女。"

"哪家饭店?"

"淡水河水手饭店,你知道吗?"

"还用问,是博南芳开的。"

"对,一点也不错。"

"那个划船爱好者,他是怎么引诱你的?"

"就在我给他铺床的时候,他撒起野来了。"

这时我突然记起我一个朋友的理论,他是一位善于观察并有哲学头脑的医生,由于长期在一家大医院里服务,他每日都接触到那些没结婚就生孩子的姑娘和公开卖淫的妓女:那些女人,那些忍受着口袋里装着钱到处游荡的男人的残酷折磨的女人,他每日都接触到她们的种种羞辱和种种苦难。他常对我说:

"一个女孩子第一次堕落,总是,永远是由于受了和她阶级相同身份相同的一个男子的引诱。关于这个我有不少册观察记录。人们谴责富人,说他们摘掉了穷人家女儿们的清白的花。这不是事实。富人们花钱买的是摘下来扎成花束的花。他们也亲自摘花,但已是第二遍开的花了,他们从来摘不到第一遍开的花朵。"

我于是转身向着我的女伴,笑了起来。

"你知道,你那故事我早就知道了。第一个认识你的人绝不是那个划船爱好者。"

"哦,是他,我的宝贝儿,我可以起誓。"

"你撒谎,我的宝贝儿。"

"哦！没有，我敢保证。"

"你撒谎。好，老老实实告诉我。"

她吃了一惊，好像有点犹豫。

我又说：

"我是个魔术家，我的美人儿，我懂催眠术。你不把真情讲给我听，我把你催眠以后，我就可以知道了。"

她感到害怕，因为她跟她那一类的人一样愚蠢。她吞吞吐吐说：

"你怎么会猜着的呢？"

我又说：

"好，赶快说。"

"哦！那第一次，几乎没有什么可说。那正是当地的一个节日。饭店里请了一位临时帮忙的厨师头儿，叫亚历山大先生。他一到店里，就由着性儿闹腾起来。什么人他都要指挥，甚至于老板、老板娘也不例外，他简直就像个国王……他是个又高又大的漂亮汉子，站在炉灶前面连一刻也不能保持安静。他老是高声喊叫：'喂！拿黄油来——拿鸡蛋来——拿料酒来。'于是就得把这些东西马上跑着送给他，不然他就发火大骂，骂的那些话会让你臊得裙子底下都发红。

"等这一天的活儿干完了，他就站在门口抽他的烟斗。我抱着一摞碟子挨着他身边走过，他就这样对我说：'喂！小姑娘，到那河边去一趟，把本地的风景指给我看看。'我呢，跟傻子似的就去了；我们刚刚走到河边，他就对我强来了，这么快，我连他干的什么事都不知道。后来他乘了九点钟的火车就走了。此后我再也没见过他。"

我问：

"就只是这些？"

她结结巴巴地说：

"哦！我想弗洛朗坦就是他的。"

"弗洛朗坦是谁？"

"我的那个孩子呀！"

"啊！很好。你于是就哄那个划船爱好者说弗洛朗坦是他的，对吧？"

"可不！"

"这个划船爱好者有钱吗？"

363

"是的,他给我的弗洛朗坦留下三百法郎的年金。"

我开始感到了兴趣。我又说:

"很好,我的姑娘,很好。别人总以为你们傻,其实你们并不傻。现在,弗洛朗坦他多大了?"

她回道:

"他十二岁啦。春天就该第一次领圣体了。"

"好极了,从那以后,你就心安理得干起你这一行了。"

她无可奈何地叹了口气说:

"又有什么办法呢……"

可是忽然就在屋子里发出一下很响的声音,吓得我一下子从床上跳下来,那是一个人的身子摔倒在地上然后扶墙摸壁爬起来的声音。

我已把蜡台拿在手里,又害怕又生气地朝四面张望。她也下了地,想拉住我,拦阻我,嘴里嘟嘟囔囔地说:

"没事,我的宝贝儿,告诉你,决没事。"

可是我,我已经发现这个怪声是从哪个地方出来的。我笔直地朝着隐在我们床头的一扇门走去,猛地拉开了门……我看见了一个可怜的小孩子。他脸色苍白,十分瘦弱,坐在一张大软座椅子旁边,他就是从这椅子上掉下来的,他哆哆嗦嗦,睁着两只惊慌的、亮晶晶的眼睛看着我。

他一看见我就哭了,随后张开两臂向他的母亲奔过去。

"这不能怪我,妈妈,这不能怪我。我睡着了,掉下来了。别骂我,这不能怪我。"

我转身望着这个女人。我说:

"这是什么意思?"

她好像又慌张,又伤心,断断续续地说:

"有什么法子呢?我挣的钱不够把他送到寄宿学校去!只好把他留在身边,可是又没钱多租一间房。我没客的时候,他就跟我睡。客人要是只待一两个钟头,他可以待在衣橱里,老老实实地待着;这个他懂。可是有人要是像你这样在这儿待一整夜,这孩子就得在椅子上睡觉,腰可就要累断了……这也不能怪他……我真想叫你去试试看,……整夜都睡在一张椅子上……你看看那是什么滋味……"

她说着说着动了肝气,越说越响,喊起来了。

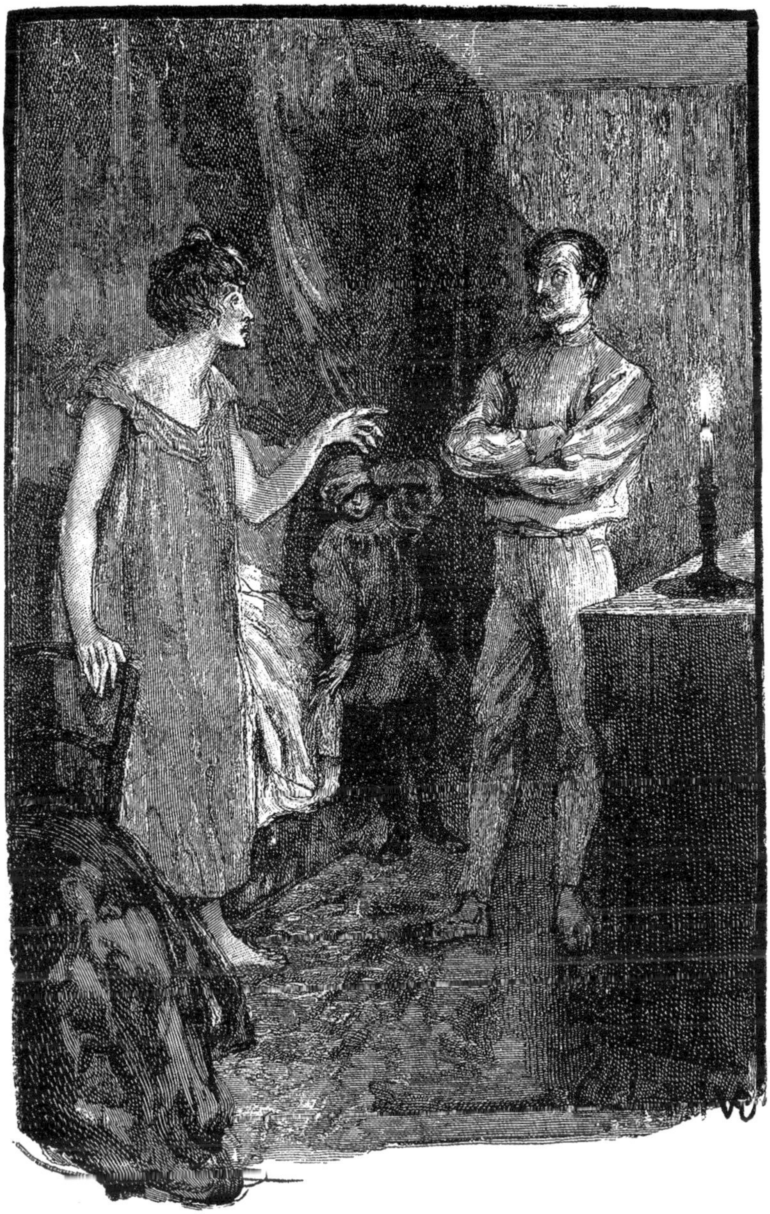

孩子老是哭着。他是个怪可怜的孩子,瘦弱、胆小,是的,他的确可以说是衣橱中的孩子,等到床上空了,才能偶尔回到床上去暖和一会儿。

　　我也很想哭。

　　我回到自己家里去睡了。

俘 虏

森林里没有任何别的声音,只有雪落在树上的沙沙声。从中午起雪就下起来了,纤细的小雪花在树枝上洒下冻结的泡沫,在灌木丛的枯叶上罩上银色的顶盖,在大路小径上铺上又软又白的大地毯,使这一片林海中的无边寂静更显得浓厚深沉了。

森林看守人的家门前,一个年轻女人,袖子卷得老高,正用斧头在一块石头上劈柴。她个子很高,瘦长而结实,从小在森林中长大,父亲和丈夫都是森林看守人。

屋内有个人在喊:

"贝蒂娜,今天晚上只有我们两个人,天黑下来啦,进屋来吧,说不定普鲁士人,还有狼,在那儿转悠呢。"

这个劈柴的女人正抡起斧子劈着一块树根,双臂举胸口就朝前一挺。她一边劈着,一边回答:

"我这就完了,妈妈。我来啦,我来啦;不用害怕,天还没全黑呢。"

接着她把成捆的细柴和大块的木柴搬进来,沿着壁炉堆好,又出去关上护窗板,用橡木心子做的大护窗板,这才回进屋里,把门上挺沉的横闩推好。

她的母亲在火边纺线,是一个满脸皱纹的老婆婆,上了年纪,胆子也小了,说道:

"我不喜欢你爸爸出去。两个女人,这顶不了大事。"

那个年轻的女人回答:

"啊!我可以打死一只狼,也完全可以打死一个普鲁士人。"

说完,她瞟了一眼挂在炉膛上面的大手枪。

她的男人在普鲁士人刚入侵时参了军。家里剩下这两个妇人和老爹。老爹尼古拉·毕雄,绰号叫"长腿",是一个老森林看守人。他说什么也不肯离开这儿,搬回到城里去住。

雷代尔是离这儿最近的城市,高高地坐落在一片悬崖峭壁上,原先是个要塞。城里的人一向爱国,居民们决心抵抗侵略者,要按照本城的传统,据守城池,抵御敌人的围攻。雷代尔人已经两次英勇地保卫乡土而享有盛名,一次是在亨利第四时代,一次是在路易十四时代。这一次,没说的,他们也要照老样去做!不然就让敌人把他们烧死在城圈里。

因此他们买了枪炮,装备了一支民兵,按连营编制,整天在练兵场上操练。面包师傅,食品杂货店老板,肉店老板,公证人,律师,木匠,书商,药剂师,全都在规定时间里,轮流在拉维涅先生的指挥下操练。拉维涅先生从前在龙骑兵部队里当过士官,后来娶了拉沃当家长房的女儿,继承了女家的服饰用品店,做了老板。

他搞了个要塞司令的军衔。因为年轻人都参军走了,他于是把剩下的人编成队伍,加以训练,准备抵抗。那些肥胖的人连上街都跑步,为的是消耗身上的脂肪,增加肺活量,瘦弱的人走路也背着沉重东西,为的是锻炼筋骨。

大家就这么等着普鲁士人。不过普鲁士人并没有露面。然而他们离着并不远;他们的侦察兵已经有两次穿过森林,一直来到绰号"长腿"的森林看守人尼古拉·毕雄的家。

老森林看守人跑起来跟狐狸一般快,立刻到城里去报告。大炮瞄好方向,可是敌人没有出现。

"长腿"的住处成了阿韦森林里的前哨站。他一星期到城里去两次,添购食品,并且给城里的居民送去乡间的消息。

他这一天去报告前天下午两点钟左右有一小分队德国步兵曾经在他家里停留,但几乎立刻又走了。带队的是一个士官,会说法国话。

老人每次像这样出去,总带着他那两条狮子嘴的大狗,因为他怕碰见狼,狼在这个季节里变得更加凶猛;他临走时总叮嘱两个妇人天一黑就关门,守在家里,再也别出去。

年轻的那个女人什么也不怕,可是那个老的总是提心吊胆,不停地说:"最后不会有好结果的,你瞧着吧,这一切决不会有好结果的。"

这天晚上,她比平日更焦急不安。

"你知道爸爸什么时候能回来吗?"她问。

"噢！十一点以前肯定回不来。他在司令家里吃饭,回来总是很晚。"

她正把锅子挂在火上煮汤,忽然停住不动,因为她听见从壁炉烟囱里传过来一种模模糊糊的响声。

她低声说：

"有人在林子里走,至少有七八个人。"

母亲害了怕,停住纺车,结结巴巴地说：

"啊！我的老天爷！你爸爸又不在家！"

她话还没说完,门已经给人砰砰地敲得颤动起来。

两个女人不应声,于是一个喉音很重的人大声喊叫起来：

"快开门！"

在一阵沉寂之后,那个声音又喊了起来：

"快开门,不然我就砸门了。"

贝蒂娜把壁炉上的大手枪掖在裙子的口袋里,然后过去把耳朵紧贴在门上,问道：

"你是谁？"

那个声音回答：

"我就是那天来过的小分队。"

年轻女人又问：

"你们有什么事？"

"今天早上,我和我的小分队在森林里迷了路。快开门,不然我就砸门了。"

这个女森林看守人没有办法,只好赶快把大门闩推开,拉开那扇分量很重的门。她看见因为下雪而变得浅淡发白的黑影里站着六个普鲁士兵,正是前天来过的那六个人。她用坚定的口气问：

"在这个时候,你们跑到这儿来干什么？"

那个士官又说了一遍：

"我迷了路,完全迷了路,我认出了这所房子。从今天早上起,我什么也没有吃,我的小分队也没有吃。"

贝蒂娜说：

"可是今天晚上家里只有我跟我的妈妈。"

那个军人,看上去倒还像个老实人,马上回答：

369

"不要紧。我决不会伤害你们,不过你得给我们弄点吃的。我们又饿又累,支持不住了。"

女森林看守人往后退了一步。

"进来吧,"她说。

他们走进屋子,满身都是雪,钢盔上仿佛盖上一层打成泡沫的奶油,看上去很像奶油点心。他们一个个都显得筋疲力尽。

年轻女人指了指大桌子两边的木头长凳。

"坐下吧,"她说,"我给你们煮汤。看样子你们倒真是累得够呛。"

然后她又把门闩上。

她往锅里加水,再放进一些黄油和土豆,然后把挂在壁炉里的一块肥肉取下来,切下一半丢在汤里。

那六个人的眼睛冒着饥饿的火光,随着她的每一个动作转动。他们已经把枪和钢盔放在一个角落里,像坐在长课凳上的小学生一样老老实实等待着。

母亲又纺起线来,时刻不停地拿惊慌失措的眼睛瞧瞧这些入侵的大兵。除了纺车轻微的隆隆声、柴火的哔剥声和渐渐烧热的水的吱吱声以外,什么声音也听不见。

但是,忽然有一种奇怪的声音把他们都吓得直打哆嗦。听上去好像是从门底下传进来的嘶哑的喘气声,一种有力的、呼哧呼哧的野兽的喘气声。

那个德国士官已经一步跳到枪支旁边。女森林看守人做了一个手势拦住他,微微笑着说:

"是狼。它们跟你们一样,到处转悠,它们饿了。"

那个人不相信,定要亲眼看看,门一拉开,他就看见老大的两只灰色野兽跨着急速的大步跑着逃走了。

他回来坐下,自言自语地说:

"要不是亲眼看见,我真不会相信。"

他等着她的汤煮好。

他们狼吞虎咽地吃起来了,为了多吞一些,把嘴咧得到了耳朵根,同时圆眼睛也瞪得挺大,嗓子里发出像檐槽里那种汩汩的流水声。

两个妇人一声不响,看着红胡子迅速地动着,一块块土豆看上去就像是陷进了活动着的毛丛里,一转眼不见了。

他们渴了,女森林看守人于是到地窖下面去给他们取苹果酒。她在那里待了好久;这是一间拱顶的小地窖,据说在大革命时期曾经做过监狱,也做过避难所。下地窖里去要走一道狭窄的螺旋形楼梯,出口就在厨房的尽里头,上面有块翻板活门。

贝蒂娜再出现的时候,她在笑,她暗自一个人在笑,神情颇为阴险。她把一罐子酒交给德国人。

然后她跟她的母亲在厨房的那一头也吃起饭来。

这些大兵已经吃完了,六个人围着桌子打瞌睡。不时地有一个人的脑门耷拉下来,碰在桌面上,咯的一声,他又猛然醒过来,挺直身子。

贝蒂娜对那个士官说:

"你们就在壁炉前面睡吧,这儿足有六个人睡的地方。我跟妈妈上楼到我的屋子去好了。"

两个妇人上了楼。只听见她们把门上了锁,走动了一会儿;随后就再也没有声音了。

普鲁士人都躺在石板地上,脚向着火,大氅卷成卷儿枕着头;不大工夫,六个人都打起呼来,六种调子各不相同,有的尖锐,有的响亮,不过都一直连续不断,十分吓人。

他们肯定已经睡了很长时间,忽然乒的一下枪声,那么响,简直就像是对着房子的墙放的。士兵们立刻站了起来。可是又响了两枪,跟着又响了三枪。

楼上的门突然打开,那个女森林看守人下楼来了,她光着脚,只穿了衬衫和短衬裙,手里拿着一支蜡,神色惊慌,结结巴巴地说:

"法国兵来啦,至少有二百人。他们要是发现你们在这儿,一定会烧掉房子。赶快到地窖下面去,千万别做声。你们要是弄出一点响声,我们就完了。"

"好,好,就这么办,就这么办。从哪儿下去?"

年轻的女人急忙掀起那块四方的小翻板活门,六个人一个跟着一个,倒退着,用脚探着梯级,顺着那道小螺旋形楼梯,下到地底下,不见了。

等到最后一顶钢盔的尖顶看不见了,贝蒂娜就放下分量很重的橡木翻板,那块翻板有墙那么厚,有钢那么硬,钉着铰链,装着一把锁门的锁。她仔细锁好以后,就笑了起来,一种兴高采烈而又不出声的笑。她恨不得在这些俘虏头顶上跳舞。

他们被关在里面,就好比关在一个坚固的匣子里,一个石头匣子里,只有一个装着铁栅栏的气窗透进空气来;他们果然一点声音也没有。

贝蒂娜立刻把火烧旺,又把锅子吊在火上,重新煮汤,口里还喃喃地说:

"爸爸今天夜里要累坏了。"

随后她就坐下来,等着。只有挂钟的钟摆在寂静中发出均匀整齐的滴答声。

年轻女人时刻不停地朝钟面上看,焦急的眼光好像在说:

"走得多慢啊!"

可是过不多久,她觉得脚底下的人在低声说话。说话声很轻,含糊不清,隔着地窖的石头砌的拱顶,传到她的耳边。普鲁士人开始识破她的诡计了,隔了一会儿,那个士官爬上了小楼梯,用拳头捶活门。他又喊了起来:

"快打开!"

她立起身来,走到跟前,学着他的德国口音说:

"你要干什么?"

"快打开!"

"我不开。"

那个人发怒了:

"快打开,不然我要砸开了。"

她笑了起来:

"你砸吧,好小子,你砸吧,好小子。"

他用枪托砸他头顶上的那个橡木盖子。可是这个木盖,就是用大炮来轰也轰不开。

女森林看守人听见他下去了。士兵们一个跟着一个上来试试自己的力气,检查关闭装置。不过他们一定是认为他们的企图都是白费气力,于是回到地窖底下,又说起话来。

年轻女人先是听他们说话,后来去把大门打开,支着耳朵在黑夜中仔细听。

远处传来一阵狗吠。她像猎人那样吹了一声口哨,几乎立刻从黑暗里蹿出两条大狗,欢蹦乱跳地向她扑过来。她抓住它们的脖子,按住它们,不让它们再跑。然后她使足了气力喊了一声:

"嗨!爸爸!"

一个声音回答,可是还很远。

"嗨!贝蒂娜!"

她等了几秒钟,又喊:

"嗨,爸爸!"

那声音近了,又回答:

"嗨!贝蒂娜!"

女森林看守人又喊道:

"别走气窗跟前。地窖里有普鲁士人。"

突然在左边出现了一个高大的男人身影,在两棵树干中间。他不安地问:

"地窖里有普鲁士人!他们干什么?"

年轻女人笑了起来:

"就是前几天来的那一伙。他们在森林里迷了路,我把他们全都关进地窖里去了。"

她把怎样放手枪吓唬他们,怎样把他们关在地窖里,从头叙述了一遍。

那个老人仍旧很严肃地问:

"现在你要我怎么办呢?"

她回答:

"快去请拉维涅先生带他的队伍来。他可以把他们俘虏。他一定会高兴的。"

毕雄老爹微笑了:

"这倒是真的,他一定会高兴的。"

他的女儿又说:

"汤已经给你煮好。赶快吃了再走。"

老森林看守人在桌边坐下,先满满盛了两盘放在地下喂狗,然后自己才吃了起来。

普鲁士人听到有人说话,不言语了。

"长腿"在一刻钟以后又动身了。贝蒂娜双手捧着头等候。

被囚禁的人又开始吵闹,他们高声喊,大声叫,还不住地拿枪托狠狠地捣那纹丝不动的活门。

后来他们又开始从气窗朝天放枪,毫无疑问他们是希望有出来巡逻的德国小分队在附近经过,能够听见他们的枪声。

女森林看守人不再动了;不过他们这样吵闹,使她心烦气恼。一股无名怒火从心里升起;她恨不得把这些坏蛋一个个都杀了,免得他们再吵。

接下来她越来越感到迫不及待,她望着挂钟,一分钟一分钟地计算时间。

爸爸走了有一个半钟头。他现在该到城里了。她仿佛看见了他。他把事情告诉了拉维涅先生。拉维涅先生激动得脸色发白,马上拉铃叫女仆把军服和武器给他送来。她好像听见鼓手在街上奔跑。许多窗口有慌张失色的脸探出来。民兵们从各自的家走出来,衣服还没穿好,气急败坏,边走边扣着腰带,跑步向司令的住宅奔去。

然后是队伍由"长腿"领路,在黑夜里冒雪向森林前进。

她望着挂钟。"再过一个钟头,他们就可以到了。"

她感到了一种神经质的焦躁。每一分钟都像是没有尽头。时间过得多么慢啊!

最后,钟上的指针走到了她推测他们会到达的时间。

她又打开了门,听听他们来了没有。她看见一个黑影在小心翼翼地走过来。她一害怕,失声叫了出来。原来是她的父亲。

他说:

"他们打发我来看看有没有什么变化。"

"没有,一点变化都没有。"

他于是朝着黑夜吹了一声又尖又长的口哨。很快的就有一堆棕色的东西在树底下慢慢地走过来;这是一支十人组成的先头部队。

"长腿"时刻不停地重复说:

"别走气窗跟前。"

先到的人把可怕的气窗指给后到的人看。

最后队伍的主力出现了,一共有二百人,每人带着二百发子弹。

拉维涅先生激动得发抖,他布置队伍,把房子四面包围起来,只在地窖通空气用的那个贴着地面的小黑窟窿前面留出一大片空白地带。

然后他走进屋子,询问敌人的实力和现状,他们现在是声息全无,简直叫人以为他们不见了,消失了,从气窗飞走了。

拉维涅先生拿脚跺了跺活门,喊道:

"普鲁士军官先生!"

德国人不回答。

司令又喊道：

"普鲁士军官先生！"

怎么叫也没有用。足足有二十分钟之久,他一直在催促那个一声不响的军官缴械投降,保证他和他部下的生命安全,并且保证尊重他们的军人荣誉。可是他既得不到同意的表示,也得不到敌对的表示。情况变得十分尴尬。

那些民兵像马车夫取暖那样,在雪地里跺脚,抡起胳膊拍打自己的肩膀;他们看着那个气窗,想在气窗前面跑过去的那种稚气的念头越来越强烈。

最后他们中间有一个叫波特万的人,灵活敏捷,挺身出来冒险了。他猛的一使劲,像鹿一样快地蹿过了气窗。这个试探总算成功了。俘虏好像都死了一样。

有一个人喊道：

"里边没有人。"

又有一个兵在这个危险的窟窿前面穿过了那片空白地带。接着这变成了一种游戏。跟小孩玩抢位子游戏一样,时刻不停地有人从这一队跑到那一队,脚步飞快,踏得身后的雪溅得老高。为了取暖,已经有人用枯枝燃起了好几堆旺火,火光把国民自卫军在右面营地和左面营地之间来回奔跑的侧影照得清清楚楚。

有人喊道：

"该你啦,玛洛瓦松。"

玛洛瓦松是个肥胖的面包师傅,他的大肚子经常遭到弟兄们的取笑。

他迟疑不决。大家嘲笑他。他于是下了决心,迈着正规的小跑步,喘着气出发了,大肚子一颠一颠地颤动着。

整个队伍都笑得流泪。有人还喊着鼓励他：

"加油,玛洛瓦松,加油！"

他刚跑到全程的三分之二的地方,从气窗里冒出了一条长长的飞快的红色火光。乒的一声枪响,大胖子面包师傅惨叫一声扑倒在地上。

没有一个人冲过去救他。大家看着他哎哟哎哟地喊着,在雪地上往前爬,等爬出危险地带,就立刻晕过去了。

他的大腿上中了一粒子弹。

在最初的惊讶和最初的恐惧过去之后,大家又笑起来了。

可是要塞司令拉维涅在森林看守人的房门口出现了。他刚决定了他的进攻计划。他用响亮有力的嗓音命令：

"白铁铺老板普朗许带着他的工人过来！"

三个人走到司令面前。

"把房檐上的檐槽拆下来。"

一刻钟之后，他们给司令送来了二十米长的檐槽。

他于是派人极其小心地在地窖活门的边上钻了个小圆窟窿，用唧筒做了一条引水管道，一直通到这个窟窿，然后兴高采烈地宣布：

"我们要请这几位德国先生喝个痛快。"

一阵猛烈的叫好声爆发起来，紧跟着是欢乐的叫声和发狂般的笑声。司令又组织一批人分成几个小分队，每五分钟换一次班。然后他发出了命令：

"抽水！"

唧筒的铁柄摇动起来，沿着水管有水流动的细小声音，一会儿工夫水就流到地窖里，顺着梯级往下流，可以听到像瀑布的潺潺声，像金鱼池的假山上流水的潺潺声。

大家都等着。

一小时，两小时，三小时过去了。

司令坐立不安，他在厨房里走来走去，不时把耳朵贴在地面上听，想要猜出敌人在干什么，还在考虑他们会不会马上就投降。

敌人现在骚动起来了。可以听见他们在移动酒桶，在说话，在蹚水。

后来，到了早晨八点左右，从气窗里传来了一个人声：

"我要跟法国军官先生说话。"

拉维涅站在窗口，微微往外探着头回答：

"你投降吗？"

"我投降。"

"那么，把武器扔出来。"

于是立刻从窗口里扔出一支枪，掉在雪地里，紧跟着第二支，第三支，所有的枪都扔出来了。刚才那个声音宣布说：

"我没有枪了。你赶快吧。我快要淹死了。"

司令发布了命令：

"停止！"

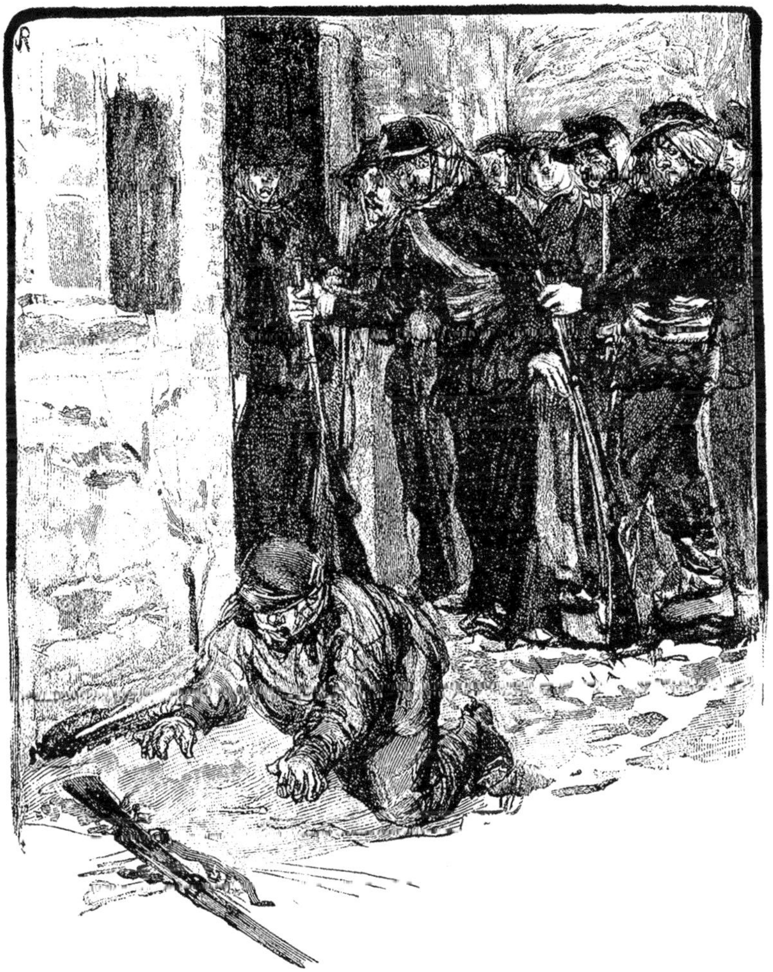

唧筒的铁把手停止不动了。

他先在厨房里布满了兵,一个个都持枪立正;然后他慢慢地揭开了地窖的橡木活门。

先露出四颗水淋淋的头,四颗金黄色长头发的头,脸色苍白。六个德国人一个跟着一个爬上来,哆里哆嗦,浑身是水,神色十分慌张。

他们立刻被抓住,捆了个结实。然后因为怕遭到敌人突然袭击,队伍马上分成两队出发了,一队护送俘虏,一队护送玛洛瓦松,他躺在用两根长竿和一床褥子扎成的担架上。

他们凯旋地回到了雷代尔。

拉维涅先生因为俘获了德国的一支先头部队而荣获勋章;那个胖面包师傅因为在敌前受伤,也得到了军功奖章。

图　瓦

1

周围十法里的人都认识图瓦老爹。这个大胖子图瓦,我的纯酒图瓦,绰号又叫"烧刀子"的安图瓦·玛什布莱在回风村开着一个小酒店。

这个小村子是因为他才有了名气。小村子缩在山谷的一条横沟里,山谷往下通到大海。这是个乡下小村庄,只有十所被沟和树围着的诺曼底式房屋。

这些房子就趴在这一条荒草遍地、荆棘丛生的山沟沟里,一道弯弯的山梁背后,回风村这个地名就是从这个山梁来的。飞鸟在暴风雨的日子,都隐避到犁沟里,这些房子也好像跟它们一样,特地到这山旮旯儿里来找个安全地方,来躲避海风,躲避这种从海上吹来的、又猛烈又带咸味的大风,它跟火一般炙人,跟冬季的霜冻一样干燥,一样能祸害人。

但是这个村子整个儿仿佛是属于安图瓦·玛什布莱的产业。他的绰号是"烧刀子",人们却也常常管他叫作图瓦或者"我的纯酒图瓦",后一个称呼是从他时刻不离嘴的这句话来的:

"我的纯酒全法国数第一。"

他的纯酒当然就是他的白兰地了。

二十年来,他就一直拿他的纯酒和烧刀子满足本地人的酒瘾。每逢有人问他:

"图瓦老爹,咱们喝点什么呀?"

他总是一成不变地回答:

"来杯烧刀子吧,我的姑爷,又暖肚,又清脑,对身体来说。再没有比这更好的了。"

管谁都叫"我的姑爷",这也是他的习惯,尽管他从没有过已嫁或是待嫁

379

的女儿。

啊！是的,大家都认识烧刀子图瓦,都认识这个全乡、甚至全区最肥胖的人。他那所小房子好像故意跟他开玩笑,太狭小,太低矮,简直没法装下他;他整天站在门口,看见的人都不免要纳闷他怎么进得去。每来一个客人,他都要跟着进去,因为到他店里来喝酒的人不管喝什么酒,我的纯酒图瓦都有权利受到邀请,抽个头儿喝上一小杯。

他的酒店的招牌是"聚友居",而他,图瓦老爹也真的成了这一方的朋友。费康和蒙维利埃都有人来看他,听他聊天,乐上一阵;因为这个胖子是能够把一块墓碑也逗得大笑的。他有一套办法,能够打趣人而不惹人生气,眼睛眨眨表示出他要说而没说的话,每次拍着大腿狂笑,招得你不想笑也得笑。此外,光是他喝酒的样子,看着也叫人觉得稀罕好玩。请他喝多少,他就能喝多少,并且各种酒都喝,狡猾的眼睛里还老显出一种愉快的神情,这种愉快是从他的双重乐趣产生的:既有酒喝,而且喝了还可以赚钱。

当地那些好开玩笑的人曾问过他:

"图瓦老爹,你为什么不把大海也喝下去?"

他回答:

"有两件事反对我这么做,第一,海水是咸的,第二,先得把它装在瓶子里才能喝,因为我的大肚子弯不下来,够不着这个杯子。"

还有他跟他的老婆吵架,也值得听一听。简直是一出喜剧,花钱买票看也心甘情愿。他们结婚了三十年,每天都要拌嘴斗舌。不过图瓦总是咯咯地笑,他的老婆倒是真的动气。老婆是个高大的庄稼女人,走起路来像长脚鹬似的迈着大步,瘦而扁平的躯体上扛着一个发怒的猫头鹰脑袋。她的时间都消磨在养鸡上,她在酒店后面的小院子里养着鸡,她专长于把母鸡养得又肥又胖,在当地是很有名的。

费康的大户人家请客,为了饭菜有滋味,总得吃上图瓦婆婆喂养的一只鸡。

不过她天生的脾气坏,对什么都看不上眼。她对全世界都反感,特别憎恨的是她的丈夫。她恨他老是欢天喜地,恨他名声大,恨他身体好,恨他肥胖。因为他什么事不干就赚了钱,她就骂他是废物;因为他能吃能喝,抵得上十个平常人,她就骂他是酒囊饭袋;没有一天她不怒气冲天地这么说:

"长成这个样子,撂在猪圈里不更合适吗? 这一身肥油,看着都叫人恶心。"

她还常常冲着他的脸大声喊叫：

"等着吧,等着吧;咱们会瞧见出什么事的,咱们会瞧见的！又肿又胖,早晚跟装粮食的口袋一样,撑破完事。"

图瓦老是从心里那么高兴地嘻嘻笑着,拍着自己的肚子回答：

"母鸡婆婆,我的薄板儿,想法子把母鸡也养得这么肥吧。你倒试试看。"

接着就把袖子卷得老高,露出他那又粗又大的胳膊：

"你瞧瞧这个翅膀,老婆婆,这才称得上是翅膀。"

那些喝酒的客人早已笑得前仰后翻,又是拍桌子,又是跺脚,乐得发了疯,直往地下吐唾沫。

老婆婆的火气更大了,又念叨起来：

"等着吧……等着吧……咱们会瞧见出什么事的……早晚跟装粮食的口袋一样,撑破完事……"

在大家的狂笑声中,她气呼呼地走开了。

说实在的,图瓦这个人也确实叫人看着吃惊,他是这么臃肿、肥胖、红润、气急。有这么一些异乎寻常的大胖子,死神在他们身上仿佛是在寻开心,它利用诡计、恶作剧和滑稽性的阴谋,使它的慢性的毁灭工作具有极强烈的喜剧性质。图瓦就是属于这一类的大胖子。这个混蛋的死神在别人身上是在白发、瘦削、皱纹之中,是在令人打着寒噤说:"好家伙,他变得多厉害！"的那种不断增长的衰弱之中显现出自己的威力;可是对图瓦就不一样了,它好像从把他养得又肥又胖中间得到快乐,把他变成了一个怪物奇人,给他涂上蓝的红的色彩,吹气球似的吹他,给他一种超人的健康的表象;在别人身上,死神横加在躯体上的畸形缺陷都是凄惨可悲的,而在他身上却变成可笑,古怪,叫人散心。

"等着吧,"图瓦婆婆不住地念叨,"会瞧见出什么事的。"

2

果然出事了,图瓦中风,瘫痪了。他们把这个大胖子的床安置在酒店隔扇后面的小屋子里,这样他可以听见隔壁人们的说话,并且还可以跟朋友们谈天说地,因为他的头脑还是清楚的,只是身体,那个无比庞大的身体不能转动,不能起来,完全失去了活动能力。刚开始的时候,大家还希望他的两条粗腿能多少恢复一点力量,可是这个希望很快就破灭了,我的纯酒图瓦只好日日夜夜都待在床上。这个床每星期整理一次,得四个邻居来帮忙,抓住胳膊和腿把他抬起来,才能拍打他身子底下的草褥子。

可是他仍旧高高兴兴的,不过高兴得跟以前不一样了,现在有点怯生生、低声下气的样子,当着老婆面常带着小孩子的害怕心情。老婆是整天叽叽喳喳地叫着:

"看看这个饭桶,看看这个废物,这个懒汉,这个胖醉鬼!真是太好了,太好了。"

他并不回答,只是在老太婆背过身去的时候,眨眨眼睛,在被窝里翻个身,这是他还能做的惟一的动作。他管这个动作叫"往北去一趟"或者"往南去一趟"。

他现在最大的消遣,就是听酒店里的人聊天,听出朋友的声音的时候也隔了隔扇跟他们谈几句。

那时他就大声喊叫:

"喂,我的姑爷,你是塞勒斯坦吗?"

塞勒斯坦·玛卢瓦塞尔就回答:

"是我啊,图瓦老爹。你又能跑了吗,老兔子?"

我的纯酒图瓦回答:

"跑还不行呢。可是我一点也没见瘦,身子骨好着呢。"

过了不久,他把最亲密的几个人邀到他的卧室里,虽然眼看他们喝酒自己没份儿,心里挺难受,但总算有人做伴了。他一遍遍地说:

"不能再尝我的纯酒了,我的姑爷,这可真叫我伤心透顶,真他妈的。别的,我还能从中取乐,可是不能喝酒了,真叫我伤心。"

这时候窗口就出现了图瓦婆婆的猫头鹰脑袋。她高声喊叫:

"瞧瞧,瞧瞧这个啥事不做的胖子,现在得白养着他,还得像侍弄猪似的给他洗,给他收拾。"

老太婆走开以后,有时候会有一只红羽毛的大公鸡跳到窗台上,睁着好奇的圆眼睛往屋子里张望,然后发出响亮的叫声。有时候,也有一两只母鸡一直飞到床脚跟,在地上寻找面包屑。

过了不多久,图瓦的朋友们不再坐在酒店的店堂里,每天下午都径直来到这个大胖子的床前面跟他聊天。图瓦这个捣蛋鬼,尽管躺下了,还能给人散心解闷。这个机灵鬼,是能够把魔鬼都逗笑的。有三个人每天都来。一个是塞勒斯坦·玛卢瓦塞尔,瘦高个子,身子跟苹果树干一样有点弯曲;第二个是普罗斯佩·奥尔拉维尔,又干瘪,又矮小,长着个耗子鼻子,狡猾机灵不亚于狐狸;还有一个是塞泽尔·波梅尔,他从来不开口说话,可是照样能够跟着大家一起作乐。

他们从院子里弄来一块木板架在床边,坐下玩骨牌,见鬼,玩得还真起劲,从两点一直玩到六点。

不过图瓦婆婆很快地就叫人无法忍受了。她不能容忍她的肥胖的懒丈夫在床上玩骨牌继续散心解闷;只要一看见他们的牌局开始,她就怒气冲冲地跑进来,掀翻木板,抓起骨牌,送回到酒店里去。她说光养着这个一事不做的胖废物蛋,已经够受的了,她不愿意再看见他还像以前那样找乐子,那简直是故意嘲弄整天干活的可怜人。

塞勒斯坦·玛卢瓦塞尔和塞泽尔·波梅尔低下了头,可是普罗斯佩·奥尔拉维尔觉得她的狂怒很好玩,常常要故意逗弄她一番。

有一天他看见她比平日火气更大,就对她说:

"喂!老婆婆,我要是你,你知道我怎么办吗?"

她于是瞪着一双猫头鹰眼睛死盯着他,等他说个清楚。

他接着说:

"你的男人老待在床上,热得跟烤面包的炉子一样。要是我,我就叫他孵鸡蛋。"

她一下子愣住了,心想他是在跟她开玩笑,一面打量着乡下佬的那张没有四两肉的狡猾的脸。他接着说下去:

"哪一天我叫母鸡孵蛋,哪一天我就在他这条胳膊底下放五个,那条胳膊底下也放五个。一样能够孵出来。孵出来之后,我就把你男人的小雏鸡抱给你的母鸡,让它去抚养。这样就给你添了一窝小鸡。我的老婆婆!"

老太婆目瞪口呆,她问道:

"这能行吗?"

那人回答:

"能行吗?为什么不行呢?既然在一个暖箱里也能孵出小鸡来,当然就可以放在一张床里孵啦。"

这番道理深深打动了她,她气消了,心里想着这事,走开了。

一个星期以后,她兜了满满一围裙的鸡蛋,走进了图瓦的卧室,说道:

"我刚把黄母鸡和十个鸡蛋放进窝。这是给你的十个。你要留神,别压碎了。"

图瓦十分惊慌,问道:

"你要干什么?"

她回答:

"我要你孵鸡蛋,你这个废物。"

他先是大笑,后来因为她一个劲儿坚持,他生气,反抗,坚决反对把鸡蛋搁在他的胖胳膊底下,借他的体温来孵小鸡。

可是老太婆勃然大怒,说:

"你不给我孵小鸡,就甭想吃烩肉。咱们走着瞧吧。"

图瓦有点惶恐,不再回答。

他听见钟打十二点以后,叫道:

"喂!老太婆!汤煮好了吗?"

老太婆从厨房里嚷道:

"汤吗,没有你的份儿,懒胖子。"

他以为她是说着玩的,就等着,后来就央告,哀求,开口骂了,他绝望地"往北去一趟","往南去一趟",拿拳头捶墙。最后他只好从命,听凭老太婆把五个鸡蛋塞进被窝,贴在身子的左侧。他这才吃上了他的汤。

朋友们来了,都以为他的病重了,因为他的神气很古怪,样子很尴尬。

跟每天一样,他们还是玩骨牌。不过图瓦好像一点也不感兴趣,并且伸手的时候慢得要命,十分小心。

"你的胳膊捆住啦?"奥尔拉维尔问。

图瓦回答:

"我肩膀上似乎感到有点发沉。"

这时候忽然听见店堂里有人进来,玩牌的人都不说话了。

进来的是村长和他的助理。他们要了两杯纯酒,就谈起本地的公事来,因为他们说话声音低,烧刀子图瓦想用耳朵贴了隔扇听,忘记了鸡蛋,来了一个突然的"往北去一趟",身子就压在一碟摊鸡蛋上了。

听见他的咒骂声,图瓦婆婆急忙跑了进来,她猜到了这一场灾祸,猛地一下子把被窝揭开。她先是站着不动,看了粘在她男人胁部的这一片黄膏药,愤

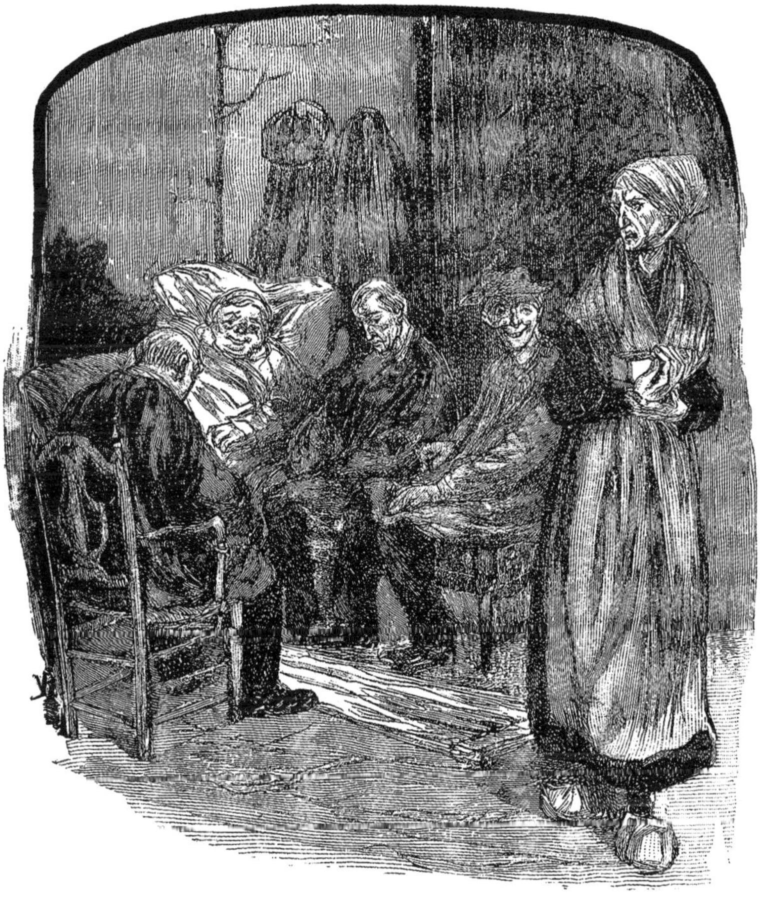

怒得透不过气来，话也说不出来。

接着，她气得浑身哆嗦，扑到瘫子身边，在他的大肚子上使劲捶打，就跟她在池塘旁边捶衣裳一样。她的双手好像兔子击鼓时的两只爪子，一上一下起落得很快，发出一种低沉的响声。

图瓦的三个朋友笑得喘不过气来，又是咳嗽，又是打嚏，又是喊叫；那个大胖子吓昏了头，一面抵挡老婆的攻击，一面还得多加小心，不要再压碎了那一面还夹着的五个鸡蛋。

3

图瓦被制服了。他不得不孵鸡蛋，不得不放弃玩骨牌，不得不放弃任何活动，因为他每次压碎一个鸡蛋，老太婆就要凶狠地断绝他的饮食。

他朝天躺着，眼睛望着天花板，一动也不动，两条胳膊跟翅膀似的微微抬起，就这样用身子暖着白壳里的鸡胚胎。

他连说话也压低了声音，好像对声音也跟对动作一样感到害怕；现在他对那只孵蛋的黄母鸡颇为关心，它在鸡窝里进行着和他一样的工作。

他常向他的老婆打听：

"黄母鸡今天夜里吃东西了？"

那老太婆是看完了她的母鸡看她的汉子，看完了汉子又回去看母鸡，来回走个不停，脑子里没有别的念头，一心只想着正在床上和鸡窝里成熟着的小雏鸡。

当地知道这故事的人走来打听图瓦的消息，他们一半是好奇，一半也真的关心这个事。他们仿佛进病人的卧室似的，蹑手蹑脚走进屋，很关切地问道：

"怎么样，行吗？"

图瓦回答：

"行倒是行，不过我难受得很呢，这份儿热啊。浑身上下好像都有蚂蚁在爬。"

可是一天早上，他的老婆非常激动地走了进来说：

"黄鸡孵出了七只。有三个蛋是坏的。"

图瓦觉得心跳了。他呢，他能孵出几只？

他问：

"是不是快了?"说的时候露出一个将要做母亲的妇人的那种焦急神气。

那老太婆十分担心,怕不会成功,怒气冲冲地回答:

"快了!"

他们等着。朋友们听说为时已经不远,不久也都来了,他们也有点焦急不安。

好多人家都在谈论这件事。还有人到邻近的人家去打听消息。

三点钟左右,图瓦睡着了。他现在白天里也要睡半天觉。他右臂底下忽然有一阵不常有的痒痒,把他惊醒。他赶紧用左手去摸,摸着了一只遍体黄茸毛的小动物,在手里乱动。

他激动得大声喊叫,同时放松了小鸡。小鸡就在他的胸口跑起来。店堂里原已聚满了人。喝酒的客人都跑了进来,挤满了屋子,就跟看变戏法似的围成了一圈,老太婆来到以后,小心翼翼地捧出了缩在丈夫胡子底下的小动物。

谁也不说话了。那是在四月里,天气很热。窗子开着,传进来黄母鸡咯咯叫声,它在召唤它的刚出世的小鸡。

图瓦又是激动,又是忧虑,又是焦急,浑身不停地出汗,他低声地说:

"右胳膊底下现在又有了一只。"

他的老婆赶紧把她那又瘦又大的手伸进了被窝,像收生婆那么小心谨慎地抓出了第二只小鸡。

乡亲们都要看看。大家把小鸡传来传去,仔仔细细地端详着,就像是一个稀罕东西似的。

总有二十分钟之久,没有再孵出来,后来,四只小鸡同时钻出了蛋壳。

从在场的人中间发出了一阵嗡嗡的吵闹声。图瓦露出微笑,他对自己的成绩感到满意,对自己这样奇特的父亲身份开始感到骄傲。无论怎样说,像他这样的人是不大常见的。他真是个不寻常的人,一点也不假!

他大声宣布:

"一共是六只。真他妈的,洗礼可就热闹了!"

观众中间响起了一阵大笑。店堂里也挤满了人。还有人在门口等着进来。他们互相打听:

"一共是几只呀?"

"六只。"

图瓦婆婆把新孵出的小鸡给母鸡送了去,老母鸡拼命地咯咯叫,倒竖着羽毛,把翅膀张得大而又大,掩护着它的逐渐增大的子女队伍。

"瞧,又是一只!"图瓦喊道。

他弄错了,不是一只,是三只!这是一个大胜利!最后一只到七点半钟破壳而出。十个蛋一个也没糟蹋。图瓦不但得到了解放,还感到十分光荣,快活得简直发了疯,他吻着这个脆弱动物的背,差点儿用嘴唇把它闷死。他要把这一只留在床上,留到第二天;他对这个经他赋予生命的小小的生物,产生了一种母爱般的感情;可是老太婆不管她丈夫怎么哀求,也不肯答应,还是把它像其余的小鸡一样带走了。

观众都快活非常,谈论着这件大事走散了。奥尔拉维尔留在最后走,他问道:

"怎么样,图瓦老爹,红焖第一只鸡的时候,可得请我啊,请不请?"

一想到红焖鸡块,图瓦的脸上泛起光彩,这个大胖子回答:

"当然得请你,我的姑爷。"

流 浪 汉

　　四十天以来,他到处找工作,不停地走。他所以离开家乡芒什省的维尔-阿瓦赖村,是因为那里没有活儿可做。他是个盖房子的木匠,今年二十七岁,是个有才能的人,身体也健壮。遇到这次普遍的失业,他身为一家的长子,竟落到只有叉着两条结实有力的胳膊坐在家里吃闲饭已有两个月之久,而家里的面包也并不很多。两个妹妹在外面打短工,挣的钱很少;他,雅克·朗台尔,最强壮的人,却因为没有活儿可做,闲在家里,分吃别人的汤!

　　他到村政府去打听;秘书告诉他中部可以找到活儿做。

　　他于是带了出生证和工作证,口袋里掖着七个法郎,用一块蓝手绢包了一双替换鞋、一条短裤、一件衬衫,系在一根木棍的头上往肩上一扛,离开了本乡。

　　他在看不见尽头的路上不停地走着,白天也走,黑夜也走,太阳晒着也走,雨淋着也走,但是总也走不到那个做工的人可以找到活儿做的神秘地方。

　　最初他坚持认为自己是盖房木匠,只有盖房的木工活儿才可以做。可是无论他到哪个工地,人们总是回他说不久刚解雇了一批人,因为没有人订活儿。他到了山穷水尽的地步,只好决定以后在路上碰上什么工作就做什么工作。

　　因此,挖土填道,收拾马棚,劈石开山,各种工作他先后都做了;他也替人劈木柴、修剪树枝、挖井、搅拌灰浆、捆木柴、上山看羊;但是无论做什么,得到的只有几个铜子;因为只有廉价地出卖力气,才能打动老板和乡下人的吝啬的心,得到两三天的活儿做做。

　　现在呢,他已经有一星期什么活儿也没找到了;身上一文不名,只吃过一点点面包,那还是在沿路挨家哀求时,有些女人好心布施给他的。

　　天渐渐黑下来,雅克·朗台尔筋疲力尽,腿疼得跟断了一样,肚子空空,心里非常悲伤,在道边的草地上走着;他光着脚,因为他舍不得穿他最后这双鞋,那一双早就不存在了。这是临近秋末的一个星期六。风在树间呼啸着,把天上灰色的浓云吹得飞驰。雨很快就要下来了。天黑下来了,第二天又是星期日,田野里一个人也没有。在田地里,这儿那儿高高矗立着一堆堆打过麦粒的干草垛子,好像一个个巨大的黄蘑菇;地里已经播下了来年庄稼的种子,看上去光秃秃的,好像什么也没有。

朗台尔感到饥饿,一种野兽的饥饿,狼所以扑人就是因为这种饥饿。他疲乏已极,故意把步子跨得大些,为的是可以少迈几步;头很沉重,两边太阳穴嗡嗡响,眼睛通红,嘴干舌焦,他紧紧攥着他那根木棍,仿佛想遇上哪个回家吃晚饭的过路人,他就要狠狠打他一顿才称心。

他瞪着眼不停地看大路的两边,眼里仿佛看见在翻过的地里还有挖出来的土豆。如果真的能够找着几个的话,他就可以捡些枯枝,在沟里生一堆旺火,把这些圆圆的土豆烧得滚热,用冰冷的手捧着好好吃一顿晚餐。

不过这种季节已经过去了,他只能跟头天晚上一样在地垄里拔个萝卜,啃着吃生的。

两天以来他一直想着自己的心事,总是迈着大步自言自语。在这以前,他的全部精神,全套本领都用在找寻职业上,他从来没有仔细想过。可是现在除了疲倦之外,又加上其他种种,如拼死命地寻找工作,到处遭到拒绝,到处受叱骂,在草地上过夜,肚子老是饿着,时刻感到那些安居家园的人们对流浪汉的那种轻视,每天总有人问他:"你为什么不老老实实待在家里?"他有两条不怕干活儿很有一把力气的胳膊,却闲着没事干,这多么叫人痛心;又想起了留在老家的双亲也是一个铜子儿都没有,这一切都使他心里渐渐地充满了愤怒,这股怒气每天、每点钟、每分钟都在积聚,于是不由自主地变成短促的咒骂从他的口里迸发出来。

他光着脚踩着那些在他脚底下滚动的石子跌跌绊绊地走着,嘴里嘟哝着:

"混账……混账……这群猪猡……竟让一个人……一个木匠活活饿死……四个铜子也没有……连四个铜子都没有……看,又下雨了……这群猪猡!……"

命运是这样的不公正,他感到非常愤慨,他把大自然,那个瞎眼的母亲的不公道、凶狠、阴险,都怪罪到人的头上。

当他望见在这个吃晚饭的时候,各家屋顶升起了一缕灰色轻烟,他便咬牙切齿地一再重复:"这一群猪猡!"他恨不得走进其中的一家,把里面的人一棍子打死,然后坐在他们的桌子上吃饭,他却不想想这也是另一种不公道,叫作行使暴力和进行盗窃。

他说:"现在我变得没有生存的权利了……不然,为什么他们听凭我活活饿死呢……我不要求别的,只要求工作,可是……这一群猪猡啊!"他四肢上的痛苦、肚里的痛苦、心里的痛苦好像一阵酗酒后的醉意直冲脑袋,在脑子里激起了这样一种简单的想法:"我有权利活下去,因为我会呼吸,因为空气是属于所有人的。因为他们没有权利听任我这样缺乏面包而不管!"

雨下着,又细又密又凉。他停住脚步,嘴里喃喃说道:"真混账……还得一个月才能回到家里……"他现在也果然是向着回家的道上走着,他已经明白,还是回到家乡好,那里人家都认识他,随便找点什么活计做做,都比在大道上流浪,惹得人人怀疑为好。

既然盖房的木工吃不开,他还可以当小工、搅拌灰浆、挖土填道、敲石子。哪怕每天只挣一个法郎,糊张嘴还总是够的。

他拿他那最后一块已经用得破烂不堪的手绢围住了脖子,免得冰冷的雨水流到背上和胸前。但是没有多久,他就觉得雨水已渗透了薄薄的一层布衣服。他朝四面看了一看,眼光里充满了忧虑;一个走投无路、不知何处可以藏身、何处可以安枕、茫茫大地竟没有一个存身之处的人便有这种眼光。

夜来了,黑暗笼罩着田野。他远远看见阜地上有一块黑魆魆的东西,原来是一头母牛。他一步跨过路沟,朝着牛走去,心里并不知道自己究竟要干什么。

等他走到牛跟前;牛抬起大脑袋朝着他,他心里不觉想道:"要是身边有个盆,我就可以喝点奶了。"

他看着母牛,母牛看着他;后来他忽然对准它的肚子狠狠踢了一脚。"起来。"他说。

牲口慢吞吞地站了起来,沉甸甸的乳房耷拉着;他仰着脸躺在牲口的腿中间开始喝奶,喝了很久,很久,一边喝一边还用两只手挤着那个圆鼓鼓、热乎乎、有股牛圈气味的乳房。他一直喝到这个活的泉源滴乳不存才罢休。

不过冰冷的雨下得更密了,整个平原光秃秃的,看不见一处可以躲雨的地方。他很冷;他望着树丛里有一家人家的窗子里亮着灯光。

母牛这时又吃力地躺下了。他也在它旁边坐了下来,抚摸着它的头,感激它让自己得到了一顿饱餐。从牲口的鼻孔里喷出的气息,又浓厚又有力,像两股水蒸气似的喷在黄昏的空气里,掠过这个工人的面孔,他说道:"你这里面倒不冷。"

这时他把双手伸到它的腿底下在它的前胸来回移动,为了能得到一点暖气。这时他忽然想出了一个主意,就是躺下来,挨着这个温暖的大肚子过一夜。他于是找了一个舒服的地方,把前额紧紧贴着那个刚才让他饱餐一顿的结实的乳房,睡了下来。他累得浑身像散了架似的,马上便睡着了。

不过他醒了好几次,有时是因为背冻得冰凉,有时是因为肚子冻得冰凉,得看是背还是肚子贴着牲口的肋部:他于是翻一个身,让暴露在寒夜的空气里的那部分身体重新得到温暖和干燥,立刻又沉沉睡去。

一只公鸡的啼声把他叫了起来。晨曦快出现了;雨已不下,天色晴朗。

母牛嘴挨着地还在休息;他双手按地弯下身来吻了一下这个肉皮潮润的大鼻子,然后说道:"别了,我的美人儿……下次再见……你是个好牲口……别了……"

然后他穿上鞋走了。

他顺着那条大路一直往前走,走了两个钟头以后,感到一阵疲乏,疲乏得那么厉害,在草上坐了下来。

天已经大亮;教堂的钟响了,穿着蓝罩衫的男人,戴着白软帽的女人,有步行的,也有坐马车的,在大路上不断地来来往往,他们是到邻村朋友家、亲戚家欢度星期日去的。

来了一个胖胖的乡下人,赶着二十来只惊惶啼号的绵羊,由一只机警的狗看管,结成一群地走着。

朗台尔站起身来行了个礼说:"您没什么活儿叫一个快饿死的工人做吗?"

那个人恶狠狠地看了流浪汉一眼回答:

"我的活儿不是给大路上碰见的人做的。"

木工只好又回到沟边坐下。

他等了好一阵,注意地看着那些乡下人从自己面前过去,想找一个相貌和善,富有同情心的人再哀求一下。

他挑中了一位身穿礼服,肚子上挂着一条金链子像个绅士模样的人。

"我找工作找了两个月,"他说,"结果是什么活儿也没找着,口袋里已一个铜子都没有了。"

那位半绅士半乡民的先生回答:"你应该看看村口贴的那张告示。在本村所辖的境内,求乞是禁止的。告诉你,我是这里的村长,你如果不赶快滚开,我就派人把你抓起来。"

朗台尔的怒火已经涌上心头,他于是嘟嘟囔囔说道:"您要是愿意,您就派人抓吧,我正求之不得呢,至少,我就不至于饿死了。"

他又回来坐在沟旁。

一刻钟之后大路上果然出现了两个宪兵。他们肩并肩大模大样慢慢走着;漆皮的帽子、黄色皮腰带、铜纽子被阳光一照,全身都显得那么晶光闪亮,好像专为吓唬坏人,要他们远远就逃开似的。

木匠明白他们是为他来的,可是他并不挪动一步,心里突然产生了一个念头,想顶撞他们一下,让他们抓去,将来再想办法报仇。

他们迈着军人的步伐,跟鹅似的摇摇摆摆,笨拙地走了过来。他们起初仿佛没看见他,后来走到他面前,才好像忽然发现了他,停住了脚步,用一种威吓的、愤怒的眼光把他端详了一番。

班长向前走了几步,问道:

"你在这儿干什么?"

他从容不迫地回答:

"我在休息。"

"你从哪儿来?"

"要是把我经过的地方都告诉你,那就得一个多钟头。"

"你上哪儿去?"

"维尔-阿瓦赖。"

"这个地方在哪儿?"

"芒什省。"

"那是你的老家。"

"是我的老家。"

"你为什么离开那儿?"

"找工作。"

班长朝他带来的宪兵转过身去;这种老一套的骗人话终于使他压不住心头的火,他怒气冲冲地说道:

"这些家伙都是这么说的,可是瞒不了我。"

然后他又问木匠:

"你有出生证吗?"

"有的。"

"拿出来!"

朗台尔从口袋里掏出了他的出生证和工作证,那些又脏又旧的碎纸片,递给宪兵。

这一个结结巴巴,挺吃力地读了一遍,觉得证件都符合手续,就交还了他,脸色很不高兴,觉得受到了一个比自己更聪明的人要弄。

思索了一会之后,他又问:

"你身上带着钱吗?"

"没有。"

"一点也没有?"

"一点也没有。"

"连一个铜子都没有?"

"连一个铜子都没有。"

"那么,你靠什么为生?"

"靠人家给我的。"

"那么,你是要饭为生?"

朗台尔毫不迟疑地回答:

"是的,能要就要。"

那班长于是高声说道:"你一无经济来源,二无职业,在大路上流浪求乞,被我当场捉住,那就跟我走吧。"

木匠站了起来。

"随便到哪儿都行。"他说。

没等他们吩咐,他就走到两个宪兵中间,又说了这样一句话:

"好,把我关起来吧。有了住的地方,下雨也不用愁了。"

他们朝村子走去,村子离着有一公里,隔着那些叶子已经落尽的大树可以看见村子的瓦屋顶。

他们穿过村子的时候,正赶上是做弥撒的时候。广场上人山人海,人们立刻排成两行,看着这个坏人经过,后面跟着一群兴致勃勃的小孩。男男女女都瞪眼望着夹在两个宪兵中间的这个被逮住的人;个个都恨得眼里冒火,恨不得向他身上扔石头子,用指甲抓他的皮,用脚踩死他。大家彼此打听,他究竟是偷了东西呢还是杀了人。肉店老板从前在非洲当过兵,一口断定:"这是个逃兵。"烟店老板仿佛认出他就是今天早上给他一枚半法郎假钱币的那个人。五金制品商认为他一定是杀害玛莱寡妇的那个老没捉到的凶手;警察局搜寻他已有六个月了。

朗台尔被两个宪兵带进村议会的大厅,他又看见了那个村长由村里的小学教师陪着,坐在会议桌前。

"哈哈!"那个官员喊道,"小伙子,又看见你啦。我早就告诉过你,我会叫人把你抓起来的。喂!班长,是怎么个情况?"

班长回答:"村长先生,他是一个无家无业的流浪汉,据他承认身无分文,现在因流浪求乞被捕,随身携带有正式工作证以及手续完备的出生证。"

"把这些证件拿给我看看。"村长说。

他接过证件,念了又念,就还了他,然后发话道:"搜他!"他们搜了朗台尔,什么也没搜出来。

村长似乎有点不知所措。他向木匠问道:

"你今天早上在大路上干些什么?"

"我找工作。"

"找工作?……在大路上找工作?"

"你说说看,我要是躲在树林里,怎么找得着工作?"

他们两人彼此狠狠地打量着,双方都怀着一种属于两个敌对族类的野兽的仇恨。然后村长说道:"我现在就放你,可是留神别再叫我把你抓回来。"

木匠回答道:"你把我留下,我更高兴。老在大路上跑,我已跑够了。"

村长把脸儿一沉说道:

"住口!"

然后他向两个宪兵发命令:

"你们把这个人带到离村二百米的地方,放了他,让他继续走他的路去。"

木匠说:"至少你总得叫他们给我弄点吃的吧。"

村长大怒:"还管你吃!你倒想得好!哈,哈,哈!真是天大的笑话!"

可是朗台尔坚决地回答:"要是你们还听任我去挨饿,那你们就是逼得我去干坏事。活该你们倒霉,你们这些阔佬。"

村长已离了座,他说:"赶快把他带走,再闹下去,我可要发火了。"

两个宪兵于是抓住木匠的胳膊,把他拉了出去。他也不抵抗,穿过了村子,又来到了大路上。宪兵把他带到了离界石二百米远的地方,班长说:"到了,滚吧,别让我在村子里再看见你,否则就要叫你尝尝我的厉害。"

朗台尔什么话也没回答,径直往前走去,自己也不知道往哪儿去。他笔直朝前走了有一刻钟或者是二十分钟,昏头昏脑,什么也不想。

可是,当他经过一所小屋子的时候,那屋子的窗户正半开着,突然有一股炖肉的香味钻进了他的胸膛,使他立在小屋前再也不能往前走了。

饥饿,一种凶猛的、折磨人的、使人发狂的饥饿,猛不丁地激起了他的怒火,差点逼得他跟野蛮人似的硬往那所住屋的墙壁撞过去。

他怒气冲冲地高声说:"妈的,这一回,不给我吃是不行的。"他于是抡起棍子狠狠敲起门来。没有人应声,他便敲得更凶,嘴里还喊着:"喂!喂!喂!里面的人听着!喂!快开门!"

里面一点动静也没有;他于是走到窗边,用手轻轻推开窗子,厨房里闷人的空气,温暖的空气充满着热肉汤、熟肉、白菜的气味,立刻冲到外面的冷空气中来。

木匠一步跳进屋里。桌上放着两份餐具。屋主人毫无疑问是望弥撒去了,把他们的午餐,特为星期日准备的美好炖肉和肥肉菜汤放在火上煨着。

一个新鲜面包在壁炉台上等待着,左右各放着一只好像装得满满的酒瓶。

朗台尔先朝面包扑了过去,使出能把人掐死的劲头掰开面包,狼吞虎咽地吃起来。可是炖肉的香味几乎马上又把他引到壁炉跟前,他打开锅盖,把叉子伸到锅里,又出一大块细绳缚着的牛肉。他又叉了些白菜、胡萝卜、洋葱,一直等把盘子装满以后才罢手。然后他把盘子往桌子上一放,坐了下来,把那块肉一切成四,就跟在自己家里一样吃起午餐来。等他把整块肉差不多都吞下了肚,并且还吃了大量蔬菜以后,他发觉他渴得厉害,于是又走过去把放在壁炉台上的酒拿起一瓶。

他刚把酒倒往杯里,一看原来是烧酒。活该,烧酒就烧酒吧,喝下去暖暖的,血管里会发热,经过那一阵受冷,这可是好东西,他于是喝了起来。

他觉得确实不坏,因为他已有很久没有喝酒了;他又给自己斟了一满杯,两口就吞了下去。酒精能叫人快活,他几乎马上快乐起来,就仿佛有一种幸福流进了肚子。

他还继续吃着,但没有刚才那么快了,现在是慢慢地咀嚼,拿面包蘸着肉汤吃。他浑身皮肤发烫,特别是额头上,血直往脑门上冲。

可是远处突然响起了教堂的钟声。弥撒快要完了,木匠急忙站了起来,倒不是因为害怕,而是由于本能,这种叫人谨慎的本能常常指导身处危险中的人们,使他们的感觉变得锐敏。木匠把吃剩的面包塞进一个衣袋里,在另一个衣袋里塞了那瓶烧酒,然后蹑手蹑脚走到窗口,望了望大路。

路上还没有人。他跳了出去,迈步走起来;不过他不再走大路,而是横穿田野向一座看得见的小树林逃去。

他很满意刚才所做的事,他觉得轻松、强健、高兴;他的身体是这样的灵便,遇上田间的篱笆,并着两脚一蹦就跳了过去。

一走到树林子里面,他又掏出那瓶酒,喝了起来,一面走一面大口地喝着。他的思想昏乱了,眼睛望出去也模糊了,两条腿跟弹簧似的一弹一弹的。

他唱起了那首古老的民歌:

唉!美呀真叫美!
美呀真叫美!
我去采草莓。

他现在是在一片湿润的、鲜嫩的、厚厚的青苔地上走着;脚下踏着这块绵软的地毯,他跟小孩子似的想翻几个跟头玩耍。

他一使劲就翻了一个跟头,爬起来又翻了一个。每翻一个跟头,他还要唱一遍:

唉!美呀真叫美!
美呀真叫美!
我去采草莓。

他突然来到一条凹陷下去的路边上,看见下面路上有一个身材高大的姑娘,那是一个回村去的女雇工,一手提着一桶牛奶,有一个铁的桶箍支着奶桶免得奶桶挨着身子。

他探出身子专等她过来,两眼跟狗看见了鹌鹑似的冒着火。

她看见他,抬起头,笑了起来,高声对他说道:

"刚才唱歌的就是你吗?"

他一声不回答,一下子跳到了那条沟壑上,尽管土坡至少有六尺高。

她忽然看见他落在面前,就说道:

"好家伙!你把我吓了一跳!"

可是他已经听不见她在说什么了,他已经醉了,疯了,一种比饥饿更凶猛的疯狂在刺激他;两个月来一个一无所有的男子这回是喝醉酒了,他是个年轻力壮的男子汉,大自然在男性的坚强的皮肉里埋下的种种欲望都在燃烧,这种无法抵抗的疯狂和发作出来的酒力使他神志不清了。

那个女的吓得直往后退,他的脸、眼睛、半张着的嘴、伸着的双手都使她害怕。

他抱住她的双肩,一句话也不说,把她推翻在地。

两只奶桶离了手,滚了开去,发出巨大的声响,牛奶洒了一地;她大声叫喊,后来发现在这空旷地方叫喊是毫无用处的,又看出这个男子并非要害她的性命,她也就顺从了,并且也不太勉强,心里也不太恼怒,因为这个小伙子很强壮,不过也并不太粗暴。

等她重新站起来的时候,一想到倒翻了的牛奶桶,怒火可就忽然涌上心头。她脱下一只木鞋,这回却是她向那男的扑过去,如果他不赔偿她的牛奶,她就打碎他的脑壳。

他呢,没想到遭受这一顿狠打,酒也有点醒了,惊慌得不知如何是好,对刚才自己干的事也感到害怕,于是拼足力气,死命逃跑;她抓起石子就扔,有好几块都打中了他的脊梁。

他奔跑了很久,后来突然觉得一阵疲乏,从来还没有这样疲乏过。两条腿软得再也支持不住自己的身子,脑子里乱得一塌糊涂,什么也想不起来,什么也记不清楚。

他在一棵树根边坐下。

五分钟以后他睡着了。

他忽然被人狠狠地摇醒,睁眼一看,两顶漆皮的三角帽俯在他的身上,原来是早晨遇见的那两个宪兵正抓住他,绑缚他的双臂。

"我早知道你逃不出我的手心。"那个班长悻悻地说道。

朗台尔一声也不回答,站了起来。那两个人不住地推搡他,如果他有一点点反抗,就会挨一顿揍,因为他现在已经是他们口中之食,已变成应该关在监牢里的猎物;这些专为猎取罪犯的猎人既已把他抓到手,是再也不会放他的了。

"走!"班长发了命令。

他们一齐走着。黄昏来到,秋天沉重凄凉的暮色笼罩着大地。

半个钟头以后,他们来到村里。家家户户都开着门,因为大家都知道出了事。男男女女都气愤填膺,就仿佛他们每个人都遭到了偷窃和奸污,他们要亲眼看着这个混账东西被抓回来,好痛骂他一顿。

从村口第一家起一直到村政府,一片叫骂的声音。村长也在村政府门口等着他,准备对这个流浪汉报仇。

看见他,老远他就喊了起来:

"啊!小伙子,这回行了!"

他搓着手表示十分满意,他是很少有满意的时候的。

随后他又说道:"在大路上一见他,我就看出来了,我就看出来了。"

然后,露出一种更愉快的神情说:

"啊!混账东西,龌龊的无赖,二十年徒刑,你是跑不掉的,小伙子!"

橄 榄 园

1

马赛和土伦之间,在皮斯卡湾里有一个普罗旺斯省的小海港,叫加朗杜。海港上的人望见维尔布瓦长老从海上打鱼回来,急忙走下海滩去帮着把船拉上来。

船里只有长老一个人,他尽管已经是五十八岁的人了,精力却充沛得少见,跟一个真正的水手那样划着桨。他袖子卷得老高,露出肌肉发达的胳膊,道袍的下摆挽起来夹在两膝之间,胸前的扣子有几个解开,三角帽放在身边的长凳上,头上戴的是一顶白帆布面的软木铜盆帽;从外表上看,他真像是一个热带地方的结实而古怪的传教士,这种传教士天生是为了寻奇探险而不是为念经说教的。

他不时地向身后望一眼,辨认靠岸的地点,然后有节奏地,有步骤地,有力地向岸边划去,再一次让那些蹩脚的南方水手看看北方人是怎样划船的。

小船猛冲过来,碰到了沙,在沙上滑行,仿佛是用龙骨在整个沙滩上爬行似的。接着它突然一下子停住,那一直在望着本堂神父划过来的五个男人走拢来,他们一个个都和颜悦色,高高兴兴,对神父怀有好感。

"怎么样,鱼打得不少吧,神父先生?"其中一个人带着很重的普罗旺斯省的口音这样问。

维尔布瓦长老把桨抽回船里,摘下铜盆帽,换上三角帽,捋下袖管,扣好道袍的纽扣,恢复了乡村神父的仪表和威严,然后得意洋洋地回答:

"是啊,是啊,打得可不少,三条狼鲈,两条海鳝和几条魾鱼。"

这五个渔夫已经走到小船旁边,在船边上俯下身子,以一种内行的神气仔细端详那些死鱼:肥而多肉的是狼鲈;扁平脑袋的是海鳝,这是一种极其难看的海蛇；还有紫色的，带橘皮那样金黄色的之字形条纹的是鮇鱼。

他们中间有一个人说：

"我们把这些鱼给您送到您的小别墅去吧，神父先生。"

"谢谢，我的朋友。"

神父跟他们握了手就走了，有一个人跟了他去，其余的都留下来替他收拾小船。

他迈着大步缓缓走着，显得精力充沛而且神态威严。因为刚才划桨用了那么大的力气，身上还觉得热，在走到油橄榄树的稀疏的树荫下时，不时摘下帽子，让他那个满头又直又短的白发的方额头，那个不像教士而更像军官的额头透透气，傍晚的空气虽然还是热烘烘的，但是已经被海上的微风吹得稍稍清新爽快了。村子出现在山谷中间的一个山冈上，山谷很宽阔，像片平原似的向下通到大海。

这是七月的一个黄昏。耀眼的大太阳眼看着要在远处锯齿形的群山顶上落下去。教士的影子变得非常长，斜着投在蒙着一层灰土的白茫茫的大路上，硕大无比的三角帽在旁边的野地里形成一大块黑影，这块黑影好像在做游戏，遇见每一棵油橄榄树，都要急忙爬上树干，跟着立刻跳下来，在树与树之间的地上爬行。

普罗旺斯省的道路到了夏天总是蒙着一层不可捉摸的细灰土，维尔布瓦长老的脚下，扬起的这种细灰土，像烟雾似的围着他的道袍，使道袍的下摆蒙上一种越来越淡的灰颜色。现在他感到凉爽了，双手插在衣袋里往前走着，那种缓慢而矫健的步伐，完全像一个爬山的山里人。他的平静的眼睛望着村子，他在这个村子里已经当了二十年本堂神父，这个村子是他自己选中，经上级特别通融派给他的，他指望在这里终其天年。教堂，他的教堂有两个棕色石头砌的、大小不等的方形钟楼，高耸在山冈顶上，四周围是沿着山坡盖的民房。在这个美丽的南方幽谷中，钟楼的古老的侧影巍然矗立，看上去不像教堂的钟楼，倒像是古代城堡的塔楼。

长老很高兴，因为他打到了三条狼鲈、两条海鳝和几条鮇鱼。

他之所以受人敬重，主要是因为他尽管上了年纪，也许是当地最强健的人，这一次他在教民们面前，又可以夸耀一番这个小小的战果了。满足这种于人无损的小小的虚荣心原是他最大的乐趣。他擅长放手枪，能打断花梗儿。他有时候还跟他的邻居，当年在军队里当过剑术教官的烟店老板比剑，他的游

401

泳本领在这一带海岸上也是没人能赶得上的。

他曾经是德·维尔布瓦男爵,上流社会中的人物,赫赫有名,而且十分风雅。他在三十二岁上因为情场失意,出家当了神父。

他出身于庇卡底省的一个拥护王室、笃信宗教的古老家族。几百年来,这个家族曾经把自己的子弟贡献给军队、司法界和教会。他最初想依照母亲的意思舍身教会,后来在父亲的敦促下,才决定来到巴黎学习法律,以便将来在法院里担任一个主要职务。

可是就在他完成学业的时候,他的父亲在沼泽里打猎,得了肺炎死了,他的母亲伤心过度,不久也去世了。因此,他突然一下子继承了一大笔财产,于是就不再考虑什么职业,而满足于安度阔人的生活。

他是个漂亮的小伙子,也很聪明,不过他的见识有限,因为受到了信仰、传统和原则的束缚,这些东西正如他那一身庇卡底乡绅的肌肉一样是祖宗遗传下来的,但是尽管如此,他还是很讨人喜欢,一些严肃的正经人很器重他,他以严谨、富裕、为人所尊敬的青年人的身份享受着生活的乐趣。

可是在一个朋友家里,经过几次会面之后,他爱上了一个年轻的女演员,她是音乐戏剧学院的一个十分年轻的学生,在奥台翁剧院初次登台就红极一时。

他对她的爱情是十分强烈的,像任何一个天生对一切都抱绝对观念的人那么强烈。她第一次和观众见面,就非常成功,而他呢,看了她那次扮演的角色就爱上了她。

她长得好看,天性邪恶,但是外表上带着一种他称作安琪儿神气的天真烂漫的孩子气。她一下子就把他完全征服过来,使他变得若痴若狂,成了那种五体投地的疯狂膜拜者,一个女人的眼光或是裙子就能把他们烧死在致人死命的爱欲的火堆里。于是他就跟她姘居,让她离开舞台,四年工夫,用一种日益增长的热情爱着她。毫无疑问,最后他会不顾门第,不顾家庭的传统荣誉观点正式娶她为妻的,如果不是有一天,他发觉她和介绍他们认识的那个朋友久已勾勾搭搭有了私情。

事情更严重的是她已经怀了孕,而他呢,只等着孩子一生出来就决定结婚。

他手里拿到了证据,也就是在一个抽屉里发现的那些信件,他本是个野性未尽的人,粗暴的脾气可就全部发作了,他责备她不守妇道,阴险奸诈,寡廉鲜耻。

可是她呢，本来就是个巴黎街头的堕落孩子，既不知什么叫羞耻，也不知什么叫贞节，对那个男人和对这个男人一样，自己觉得都满有把握，此外她还和那些什么都不怕，能够爬上街垒去打仗的老百姓家的女儿一样胆子大，因此就和他顶撞起来，而且口出恶言侮辱了他。他刚举手要打，她却指着自己的肚子让他看。

他停住手，脸色一下子变了，想到在这个被玷污了的肉体里，在这个下贱的躯体里，在这个龌龊不堪的人身子里，有着他的后代，他的一个孩子！他于是向她扑了过去，准备把两个一齐打死，把这种双重羞耻一扫而光。她害怕了，因为她觉得自己要完蛋了。她在他的拳头下面滚来滚去，看到他的脚正要朝已经怀着一个人的胚胎的大肚子踩下来，她连忙伸着两手挡着，大声向他喊道：

"别弄死我。不是你的，是他的！"

他猛地向后一跳，他是那样的惊讶和慌张，以致他的怒气和他的脚跟一样都悬在那里不动了，他结结巴巴地说：

"你……你说什么？"

她呢，从这个人的眼睛和他那吓人的姿势里看到自己已死在眼前，突然害怕得发了狂，又说一遍：

"不是你的，是他的。"

他一下子感到气力全无，从牙缝里迸出了这几个字：

"你是说孩子？"

"是的。"

"你撒谎！"

他于是重新提起脚来仿佛又要踩下去，这时候他的情妇已经爬起来跪着，一面试着往后躲闪，一面结结巴巴地说：

"我不是已经对你说过是他的了吗？如果是你的，为什么我早不怀孕呢？"

这个理由竟像真情实况一样打动了他的心。一个人在恍然大悟的刹那间，会觉得一切理由都同时带着亮堂堂的光辉，显得精确无误，无可辩驳，有凭有据，无法抗拒，就是在这种恍然大悟的刹那间，他信服了，深信她肚子里怀着的那个下贱的倒霉孩子不是自己的儿子，于是如释重负，浑身轻松，几乎恢复了平静,不再想杀掉这个无耻的妇人了。

他用比较平静的声音对她说:

"站起来,滚吧,从此别让我再见到你。"

她自认失败,服从他的命令,走了。

他从此再也没看见她。

他也动身走了。他朝南走了下去,朝着太阳走去,走到一个村子才停住,这个村子矗立在地中海边一个小山谷中间。他看中了一家临海的小旅店,要了一间房就住下了。他在那儿待了一年半,伤心绝望,孤孤单单。他带着苦痛的回忆在那里度日,回忆那个欺骗了他的女人,回忆她的丰采,回忆她的笼络手段,回忆她那不堪对外人道的蛊惑媚态,一面还惋惜着不能再得到她的陪伴和爱抚。

他在普罗旺斯省的那些山谷间荡来荡去,阳光透过灰白色的油橄榄树叶洒下来,照着他那颗被一个念头苦苦纠缠着的可怜的脑袋。

不过,在这痛苦的孤寂生活中,他昔日的宗教观念,多少减弱了的早年的信仰热忱又慢慢涌回到他的心里。当初他把宗教看作是对付未知生活的避难所,现在他把它看作是对付欺骗人、折磨人的生活的避难所。做祷告的习惯他原本没有丢掉,在悲痛中他更热心做祷告了。黄昏时候,他常常跪在昏暗的教堂里做祷告,只有圣坛尽头点着一盏灯,那是天主存在的象征,祭坛的神圣守护者。

他把他的苦痛完全倾诉给这位天主,也就是他的天主听。他请求天主指点他,怜悯他,帮助他,保护他,安慰他;在他一天比一天虔诚的祷词里,他的激情也越来越强烈。

他那颗受过一个女人的爱情折磨、创伤严重的心并未关闭,依然在悸动着,渴望着爱;现在祈祷的次数一多,带着越来越虔诚的习惯过隐士生活的时间一长,又是一心一意沉浸在虔诚信徒跟那位安慰苦难者、吸引苦难者的救世主之间的精神联系之中,于是渐渐地对天主的神秘的爱进入他的心房,战胜了另外的那一种爱。

他于是重新回到他最初的计划上,决定把他破碎的生命贡献给教会,而他本来也是应该把纯洁的生命献给它的。

他当了神父。靠了家庭和朋友的关系,他得到委任,派在他无意中碰到的这个村里当本堂神父。他把家产的一大部分捐出来办慈善事业,只留下一小部分,以便一直到死都能够救济和帮助穷人,他躲进了一种侍奉天主和关心他人的平静生活里。

他是一个眼光狭窄、但是心地善良的神父,他是一个具有军人气质的宗教上的导师;在生活这个森林中,我们的本能、爱好、欲念就是使人迷失方向的小径,他这个宗教上的导师用强迫的方法把迷失在森林中的人引到康庄大道上来。不过旧日的他还有好大一部分在他身上活着。他照旧喜爱激烈的运动、高尚的娱乐和种种武器,但是他憎恶女人,一切女人,并且像孩子面对一种不可知的危险似的怀着恐惧。

2

跟在神父后面的那个水手完全是南方人的脾气,舌头痒痒的直想聊天。他不敢,因为长老在他的教民心目中,有很大的威望。最后,他冒险试了一下。

"那么,"他说,"您待在您那所小别墅里挺舒服吧,神父先生?"

所谓小别墅其实就是普罗旺斯城市或者乡村的居民到了夏天为了乘凉搬去住的那种小而又小的房屋。神父的住宅紧贴着教堂,挤在教区的中央,实在太小,他因此租下了这所坐落在田野里的小房子,离他的住宅有五分钟的路。

即使是在夏天,他也不常住在这乡下;他只是过个一阵子来住几天,过一过万绿丛中的生活,放放手枪。

"是的,我的朋友,"神父说,"我住得挺舒服。"

这所矮房子出现了,它盖在树丛中,漆成玫瑰色,从油橄榄树的枝叶间望过去,房子好像被划成长条,被剁成碎末,被切成小块;在这片没有围墙的橄榄园里,它仿佛是从地下长出来的一个普罗旺斯的蘑菇。

远远的还可以看见一个高个子女人在门前走来走去,她正在布置一张小饭桌,每次慢吞吞地走回来时,只在桌上摆一份刀叉,一个盘子,一块餐巾,一块面包,一只酒杯。她头上戴着阿尔地方的女人戴的那种小软帽,绸子的或黑绒的,尖顶上缀着一个白球。

长老走到她听得见声音的地方,向她喊道:

"喂!玛格丽特!"

她停住脚步仔细一看,认出是她的主人,便叫道:

"是您吗,神父先生?"

"是我。我给你打来了好多鱼,你马上给我煎一条狼鲈,用黄油煎,完全用黄油煎,明白吗?"

那个女仆迎着走来,睁着内行的眼睛端详水手带来的那些鱼。

"不过咱们已经有一只米烧母鸡。"她说。

"那有什么法子呀!隔夜的鱼不如新出水的鱼好吃。我要好好地美餐一顿,这种事我是不经常碰到的;而且说到罪过,也不算大。"

那个妇人挑好狼鲈带走后,忽然又转身说道:

"啊!神父先生,有一个男的来找过您三趟。"

他随随便便地问道:

"一个男的?什么样的人?"

"看上去不像个靠得住的人。"

"什么?是个叫花子?"

"也许是的,我不敢断定。我看多半是个'马乌法唐'。"

这个词儿是普罗旺斯土话,意思是坏人、流浪汉,维尔布瓦长老听了哈哈大笑,因为他知道玛格丽特胆子小,她住在这所小别墅里,从早到晚,特别是夜里总想到他们会被人杀害。

他拿了几个铜子给水手,水手走了。当年过上流社会生活养成的爱整洁和卫生的习惯,他都还保持着,他说:"我先去洗脸洗手。"这时候,玛格丽特正拿着刀刮狼鲈的背脊,带着一点儿血的鱼鳞像银屑似的纷纷落下来,她忽然从厨房里喊了起来:

"看,他来了!"

长老转身朝大路观望,果然看见有一个人迈着小步向房子这边走过来,远远望去衣帽很不像样子。他站着等他过来,面上露着微笑,笑的是他的女仆的惊慌;心里不免暗暗想道:"说真的,她说得不错,他的确像个'马乌法唐'。"

那个陌生人双手插在衣袋里,眼睛盯着神父,不慌不忙地走过来。他还年轻,蓄着鬈曲的金黄色的胡子,从一顶软毡帽底下露出几绺打卷儿的头发,那顶帽子又脏又硬,谁也猜不出当初是什么颜色,什么形状。他穿着一件栗色的长外套,一条裤脚磨得跟狗牙似的裤子;脚下蹬着一双绳底帆布鞋,走起路来软绵绵的,没有声响,叫人不放心,他的步法也是流浪汉那种鬼鬼祟祟的步法。

等他走到离神父只有几步远的时候,他摘下他那顶遮着前额的破帽子,有点像演戏似的脱帽行礼,露出了一个憔悴的、放荡的但并不难看的脑袋,头顶心上已经脱了发,这是过度疲劳或者是纵欲过早的标志,因为这个人的年龄决不会超过二十五岁。

神父立刻也脱帽行礼,他猜到也觉出来这不是普通的流浪汉,不是没有活儿干的工人或者经常出入监狱,只晓得用囚犯切口讲话的惯犯。

"早安!神父先生!"那个人说。

神父只说了声:"您好!"不愿意对这个形迹可疑、衣衫褴褛的过路人称呼先生。他们互相仔细地打量着,这个流浪汉的眼光使得维尔布瓦长老感到慌乱和激动,就像遇到了一个不知底细的敌人似的;他的心里充满了让你浑身上下直打冷战的惊慌不安。

最后那个流浪汉终于说:

"怎么样,您认出我来了?"

神父大吃一惊,回答:

"没有,没有,我不认识您。"

"啊!您不认识我。再仔细看看我!"

"看也没用,我从来没见过您。"

"这倒是真的,"那个人带着嘲弄的神气说,"不过我这就让您看一个您更熟悉的人。"

他重新戴上帽子,解开外衣的扣子。外衣里面就是赤裸的胸膛。瘦肚子上束着一条红色裤腰带,在胯骨以上系住裤子。

他从衣袋里掏出一个信封,这个信封看上去简直不像个信封了,脏得要命,上面有各种各样污迹,这种信封经常掖在流浪的乞丐的衣服夹层里,不管什么文件,真的或假的、偷来的或合法的,凡是在碰到宪兵时能够用来保护自己的自由的文件都收藏在里面。他从信封里抽出一张照片,这种照片当初颇为流行,跟一封信那么大小的一块硬纸板,上面粘着照片。因为长期丢来丢去,又被这个人贴肉的热气熏蒸,现在已经变得又黄又破烂,并且暗淡无光。

他把这照片举在自己的脸旁,问道:

"这个人,您认识吗?"

长老向前走了两步,仔细一看,不禁大惊失色。原来是他自己的小照,还是在他遥远的爱情时期为"她"拍摄的。

他没有回答,因为不明白究竟怎么回事。

那个流浪汉又说了一遍:

407

"这一个您认出来了吗？"

神父结结巴巴地说：

"认出来了。"

"是谁？"

"是我。"

"真的是您？"

"当然。"

"好！现在请看看我们两个，您的小照和我。"

这个可怜人，他已经看出了，他看出这两个人，照片上的人和在旁边笑的人，就跟两弟兄似的相像，但是他还是不明白，于是结结巴巴问道：

"您究竟想干什么？"

这时候那个无赖凶狠地说：

"我想干什么？我要您先承认我。"

"您到底是谁？"

"我是谁？您到大路上去问问随便哪一个人，不妨先问问您的女用人；您要是愿意的话，咱们一起去问问本地的村长，把这个东西给他看看，我敢担保，他就会立刻笑出来。啊！您不愿意承认我是您的儿子，我的神父爸爸？"

老人于是举起了双手，做出在绝望中哀求天主的姿势，发出悲鸣：

"这是没有的事。"

年轻人走上前，面对面地紧挨着他：

"啊！这是没有的事！啊！长老，别再继续撒谎了，听见没有？"

他的脸上露出威胁的神情，两手紧紧握住拳头，说话时是那样满怀信心，使得神父一面不住往后退，一面心里思忖，他们两人之中究竟是谁搞错了。

不过，他又一次肯定地说：

"我从来没有过孩子。"

那个人马上反驳：

"连情妇也没有，是吗？"

老人断然地回答，倨傲地直认不讳：

"有过。"

"这个情妇被您赶走的时候，没有怀着孕？"

二十五年前硬压下来的怒火，并未压灭，只是封闭在这个痴情男子的心底

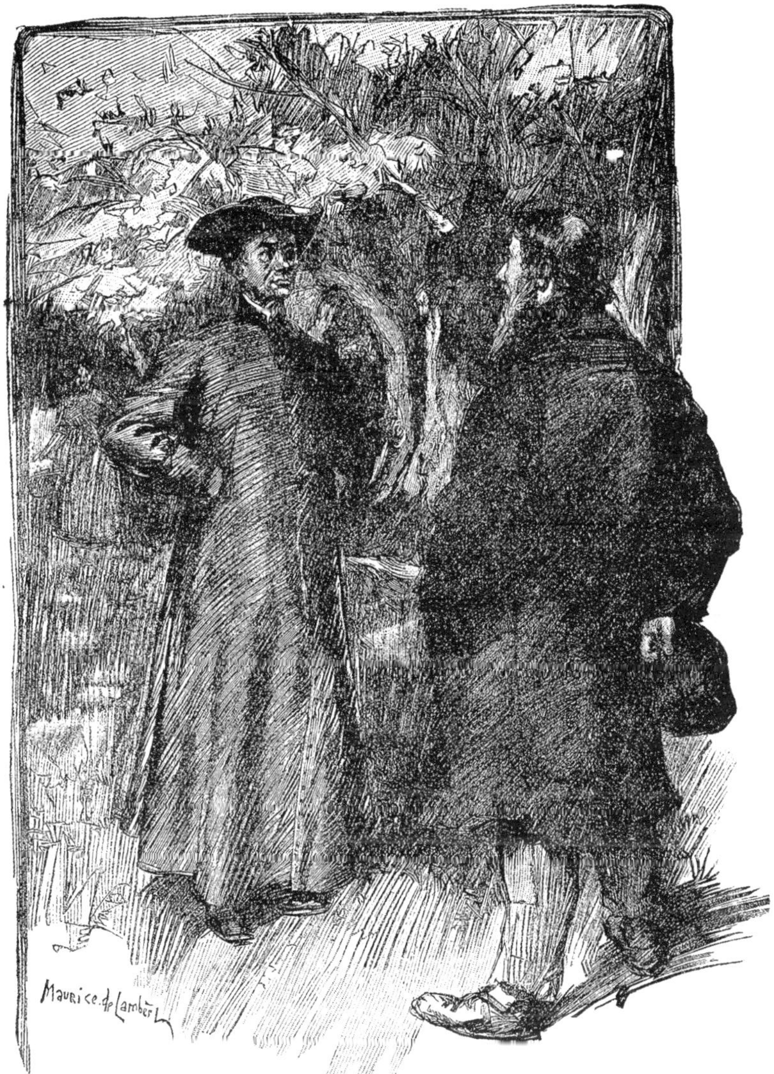
Maurice de Lambert

里,被信仰、听命于天的虔诚和看破红尘的心境筑起的拱顶覆盖着,如今突然一下子冲破了这个拱顶,只见他暴跳如雷,大声叫道:

"我赶走她是因为她欺骗了我,是因为她怀着的孩子是别人的孩子,不然的话,我早就把她打死了,先生,连她带您一起都打死了。"

那年轻人有点踌躇,神父这种出于真诚的愤怒倒使他感到了意外,于是他比较温和地回问道:

"谁告诉您那是别人的孩子?"

"是她,是她跟我吵架时候亲口对我说的。"

那个流浪汉并不反驳这句话,却用流氓无赖评断别人的是非时用的那种随便的口气说:

"那么,就是妈妈跟您吵架的时候,她自己也弄错了。就是这么回事。"

长老在这一阵狂怒过去之后,比较能够控制住自己,他询问起对方来:

"可又是什么人告诉您,说您是我的儿子呢?"

"是她,临死的时候,神父先生……还给了我这个东西。"

他把那张小照片一直送到神父的眼前。

老人把照片接了过来,忧心忡忡,慢慢地、久久地把这个陌生的行路人跟自己当年的照片作了比较,他不再怀疑了,的确是他的儿子。

他心里感到一阵强烈的苦痛,感到一种说不出的激动,非常难受,好像是对一桩往日的罪恶的良心责备。他多少明白了一点,其余的情况也能猜到,分手时的那个粗暴场面又出现在眼前。在受侮辱的男人的威胁下,那个女人,那个不忠实的坏女人,为了救自己的性命,对他撒了这个谎。谎言成功了。他的亲骨肉的孩子生下来,长大成人,变成了这个肮脏的流浪汉,跟山羊满身膻味一样,他满身都是堕落腐朽的臭气。

他低声说道:

"跟我一块儿走几步,让我们仔细谈谈,好不好?"

那一个冷笑了一声。

"敢情好!我就是为这个才到这儿来的。"

他们并肩在橄榄园里走着。太阳已经落下去。南方黄昏时的凉气给田野罩上了一件看不见的寒冷的外衣。长老打着冷战,出于当主祭的习惯,他不知不觉地突然抬起眼睛,看见在他的四周到处都有圣树的淡灰色的小叶子在天空下面簌簌抖动,这圣树曾经用它稀疏的树荫笼罩过基督一生中最大的痛苦,他一生中仅有的一次软弱。①

他不由自主地祷告起来,那是心中暗想、不出口的一种短促的、绝望中的祷告,信徒哀求天主时就用这种祷告:"我的主啊,救救我吧!"

然后转脸对着他的儿子:

"这么说,您的母亲死了?"

在说"您的母亲死了"这句话的时候,他感到一阵新的悲伤一下子揪紧了他的心。他感到的是一个从来没有把往事完全忘却的人的肉体上的一种不可思议的痛苦,是他受过的折磨的一种残酷的回响。也许还不止于此,因为她已经死了。他感到的还是青年时代那种令人发狂的短暂的幸福的悸动。而如今那个青年时代除了回忆的创伤以外,任什么也没有留下。

年轻人回答:

"是的,神父先生,我的母亲已经死了。"

"已经有很久了吗?"

"是的,已经有三年了。"

神父又起了疑心。

"那您为什么不早来找我呢?"

那个人有点踌躇。

"办不到。我遇到了别的麻烦……不过,请原谅我暂时不谈,以后我再把这些秘密话讲给您听,您要怎么详细都可以,现在我得告诉您,从昨天早晨到现在我还什么都没有吃过呢。"

一阵怜悯心震动了老人的全身,他突然伸出两手。

"啊!我可怜的孩子。"他说。

年轻人握住那双伸过来的大手,他的比较细长的、潮湿的发热的手指头被大手包住了。

然后他带着他那种经常表现出来的打哈哈的神气说道:

"好得很!说真的,我开始相信咱们会谈得拢的。"

神父迈步走了。

"去吃晚饭吧。"他说。

---

① 根据《新约全书》的记载,耶稣到耶路撒冷,白天在神殿传教,晚上回橄榄园,后被捕送交罗马驻犹太总督彼拉多,钉死在十字架上。在被捕前夕,他在橄榄园内对门徒彼得等说:"我心里甚是忧伤,几乎要死。"并一再向上天祈祷。

411

他忽然带着一种本能的、模糊的、古怪的愉快心情想到他刚打来的鱼,再加上米烧母鸡,在这一天对这个可怜的孩子来说,算得上是一顿丰盛的晚餐了。

那个阿尔女人很不放心,嘴里已经在咕哝。她在门口等着。

"玛格丽特!"长老喊着说,"把桌子搬进去,放到屋里,快点,快点,摆两份餐具,可得快点。"

女仆一想到主人要跟这个坏人一起用餐,吓得愣在那里。

维尔布瓦长老于是亲自动手,把给他预备的那份餐具撤下来,带到楼下仅有的那间客厅里去。

五分钟以后,他已经和那个流浪汉面对面地坐下来,面前放着满满的一盆白菜浓汤,在他们两人之间升起一片热气。

3

等到各人的盘子里盛满了菜汤之后,那个流浪汉就贪馋地一调羹紧跟着一调羹地吃起来。长老已经不感到饿了,只是慢吞吞一小口一小口喝着香喷喷的浓汤,让面包留在盘底里。

忽然他问道:

"您叫什么?"

那个人肚子已经不饿,感到很满意,听了这话笑了起来。

"不知道父亲是谁,"他说,"不能姓别的,只好姓我母亲的姓,这个姓您也许还没有忘记。可是我有两个名字,顺便告诉您,对我很不合适,我叫菲利普-奥古斯特。"

长老脸色煞白,嗓子发哽,问道:

"为什么给您起这么两个名字?"

那流浪汉耸了耸肩膀。

"您猜也可以猜到。妈妈离开您之后,曾经设法让您的情敌相信我是他生的,一直到我十五岁以前,他还差不多有点相信。可是后来我的相貌实在太像您了。这个混账东西就不再承认我是他的儿子。但是他的两个名字菲利普-奥古斯特已经给我了;如果我的运气好,谁也不像,或者我是第三个没有露面的混蛋所生,那么今天我就可以叫作菲利普-奥古斯特·德·普拉瓦隆子爵,是同名同姓的伯爵和参议员追认的儿子了。因此我自己给我起了个名字叫'不走运'。"

"这些事,您是怎么知道的?"

"因为他们当着我的面争吵来着,并且吵得真凶。唉!也就是这个让我明白了什么是生活。"

有种东西压得神父透不出气来,这种东西比半点钟来他所感受的和忍受的一切更使他难受,更使他痛苦。他开始感到憋闷,而且越来越厉害!最后会把他憋死;所以会这样,倒不是全因为刚才所听到的事情,而主要是由于事情的叙述方式和讲述事情的那个无赖汉那副流里流气的下贱面孔。他开始觉察在这个人和他之间,在他的儿子和他之间,有一道精神上的污秽的臭坑,而这对某些心灵来说就是致命的毒药。这个家伙真是他的儿子吗?他还不能相信。他需要所有的证据;他需要知道一切,了解一切,什么都听一听,什么都耐心忍受一下。他再一次想到环绕着他的小别墅的那些油橄榄树,他再一次喃喃地祷告:"啊!我的主呀,救救我吧。"

菲利普-奥古斯特把汤喝完了。他问道:

"没别的吃啦,长老?"

厨房盖在正房外面,玛格丽特听不见神父的叫声,他有什么需要的时候,就在挂在背后墙上的一面中国铜锣上敲几下。

他于是拿起皮包头的锤子在那圆形铜片上敲了几下。锣声立刻发出来,开始很弱,随后响亮起来,清楚起来,变成了颤巍巍的、尖锐的、异常尖锐的、刺耳的、可怕的声音,仿佛是挨了打的铜器的怨诉声。

女仆出现了。她紧皱着眉头,怒气冲冲地看着这个"马乌法唐",就好像出自她那忠心的狗一般的本能,已经预感到降在主人身上的那个惨剧。她手里端着的煎好的狼鲈,发出一股喷鼻的熟黄油的香味儿。长老用调羹把鱼从头到尾划成两半,把鱼背那一半给了他青年时代生下的儿子。

"这是我刚才亲自打来的,"他说,在痛苦之中流露出剩下的一点儿得意的情绪。

玛格丽特没有走开。

神父又说:

"拿酒来,要好的,要科西嘉海角的白葡萄酒。"

她几乎做出反抗的手势,他只好板起面孔再说一遍:"去吧,拿两瓶来。"

413

请人喝酒,这在他是不常有的乐趣,因此他总也要请自己喝一瓶。

菲利普-奥古斯特这一下高兴了,喃喃说道:

"妙啊!好主意。我好久没有这么吃过了。"

女仆两分钟之后回来了。长老觉得这两分钟简直长得没有尽头,因为他需要知道一切,这种需要跟地狱中的烈火一样在凶猛地烧着他。

酒瓶打开了,可是女仆待着不走开,两眼直勾勾地盯着那个人。

"你去吧。"神父说。

她假装没听见。

他几乎用斥责的口气说:

"我已经盼咐过你,让你走开。"

她这才走出去。

菲利普-奥古斯特狼吞虎咽地吃着鱼;他的父亲看着他,在这张和自己如此相像的面孔上,竟发现了这么多下流的东西,真是越来越惊奇,越来越伤心。维尔布瓦长老送到唇边的那些小鱼块停留在嘴里,嗓子眼发紧咽不下去;他久久地咀嚼着,一面寻思,在那一堆涌到脑海里的问题里面,哪是他希望尽先得到答案的一个。最后他低声问道:

"她是什么病死的?"

"肺病。"

"病了很久吗?"

"差不多一年半。"

"怎么得的病?"

"不知道。"

两人都不再说话。长老在思索。有这么多的事压在他心头。他急于知道;他自从破裂的那天起,自从差点儿把她打死的那天起,就一直没有听到她的任何消息。当然他也并没想去知道,因为他曾经断然地把她和自己的幸福日子都扔进了忘却的深沟里;可是她现在已经死啦,突然之间他觉得在自己的心里产生了一种想知道一下的强烈愿望,一种含着妒意的愿望,几乎是一个情人才有的愿望。

他继续问道:

"她不是单独一个人,对不对?"

"对,她一直是跟他在一起。"

414

老人不由得打了个哆嗦。

"跟他！跟普拉瓦隆吗？"

"当然。"

这个当年受了欺骗的人计算了一下，欺骗他的这个女人跟他的情敌过了三十多年。

他几乎情不自禁，结结巴巴地问道：

"他们在一起快活吗？"

年轻人冷笑着回道：

"快活的，有时候很快活，有时候差一点。如果没有我那就好啦。什么事都是因为我变糟了。"

"怎么会呢？为什么呢？"神父说。

"我已经跟您讲过啦。在我十五岁以前，他一直以为我是他的儿子。不过这个老头儿，他并不傻，他发现了我像谁以后，就常常发生争吵。我呢，常在门外偷听。他责备妈妈不该让他上这个圈套。妈妈就反驳：'那怪我吗？你要我的时候，明明知道我是别人的情妇。'那个别人，就是您。"

"啊！他们有时候也谈起我？"

"是的，不过当着我的面，他们从没有说出您的姓名，只是到了后来，到了最后，妈妈知道自己不行啦，在临死的那几天才说出来。不管怎么样，他们是存着戒心的。"

"那么您……您老早就知道您母亲所处的地位是不正当的吗？"

"当然！我，我又不傻，我从来就不傻。一个人开始懂得世事以后，这种事情是一目了然的。"

菲利普-奥古斯特一杯接着一杯地自斟自饮。两眼闪着亮光，饿得时间太久，因此醉得也快。

神父看出他醉了；他差点要拦阻他，后来忽然闪过一个念头，想到喝醉后会不顾后果，欢喜讲话，于是拿起酒瓶，又给年轻人把酒杯斟满。

玛格丽特端来了米烧母鸡。她把菜放在桌上以后，又瞪着眼睛看着那个流浪汉，然后气哼哼地对主人说：

"您倒是看看啊，他已经醉了，神父先生。"

"别管我们，"神父回说，"你走开吧。"

她使劲把门一甩走了。

415

他问道：

"您母亲都说我什么来着？"

"还不是一个女人寻常说她甩掉的男人那套话，什么您脾气难对付啦，叫女人感到讨厌啦，要全听您的话，女人就没法过日子啦等等……"

"她经常这么说吗？"

"是的，有时候为了不叫我听懂，故意不说明白，但我全都猜出来了。"

"您呢，在这个家庭里他们怎样待您？"

"待我吗？最初很好，到后来很坏。等妈妈看出我在坏她的事以后，她就把我撵走了。"

"怎么会这样呢？"

"怎么会这样！很简单。在十六岁那年，我干了荒唐事；这些坏蛋为了拔去我这个眼中钉，就把我送到教养所里。"

他双肘往桌上一支，双手捧着脸蛋儿。他完全醉了，神智已经被酒弄得颠颠倒倒，忽然感到一种不可抵抗的愿望，想谈谈自己，而正是这种想谈谈自己的愿望使得醉鬼们胡乱地吹捧自己。

他和悦地微笑着，唇上带着一种女性的媚气，这种邪恶的媚气，神父一看就认得。这种当年曾经征服他并且使他堕落的媚气，他不但认得而且还感到它既可恨又令人舒服。这个孩子现在最像的还是他的母亲，不是相貌上像她，而是那副迷人的虚伪的眼神像她，特别是骗人的微笑所具有的魅力像她，唇上的微笑就像是打开了嘴上这道门要把一肚子坏水都放出来。

菲利普-奥古斯特讲起来了：

"啊！啊！啊！自从我进过教养所以后，我过的那种生活啊，真可以说是稀奇古怪的生活，一个伟大小说家一定肯出大价钱来买的。大仲马在他的《基度山伯爵》里，也没有写出比我所遇见的更古怪的事情。"

他说到此处住了口，显出喝醉酒的人思考时的那种哲学家般的严肃态度，然后又慢慢地说了起来：

"要是打算让一个孩子变好，不管他干了什么事，千万别把他送到教养所去，因为他在那里可以学会好多坏事。我呀，我开了一个挺妙的玩笑，可是结局太坏了。有一天晚上，九点左右，我跟三个同学在大路上靠近福拉克渡口闲逛，四个人都有点醉意了，忽然遇见一辆马车，执鞭赶车的和坐在车里的那一家人都睡着了，他们是玛蒂农地方的人，在城里吃完晚饭以后回家。我抓住马的缰绳,把它引到渡船上,把渡船往河心里一推。赶车的那个家伙听见响声,惊醒了,他什么都没有看见,就举起鞭子一挥。马迈步一跑,带着车跳进了激流里,全淹死了。同学们告发了我。当初他们在我开玩笑的时候曾经大笑过。说真的,我们真没想到事情会搞得这么糟。我们原来只希望他们洗个澡,开个玩笑。

"从那以后,我干了不少更厉害的事,为的是替第一桩事报仇,因为那件事实在犯不着就把我送进教养所。不过这些都不值得讲给您听了。我只把最后一件给您说一说,因为这一件您听了一定会高兴。我替您报了仇啦,爸爸。"

长老十分紧张地望着他的儿子,他什么也不吃了。

菲利普-奥古斯特正准备说下去,神父说:

"不,现在先别说,等会儿再说。"

他转身敲了一下铜锣,响起了尖锐刺耳的锣声。

玛格丽特马上就来了。

她的主人声音是那么严厉,把她吓得乖乖地低下了头,他命令她:

"把灯还有你预备好的吃的东西都拿来,以后我不打锣,你就不要再进来。"

她走了出去,然后回来把一盏蓝罩的白瓷灯,一大块干酪,还有水果放在桌布上,走了。

长老毅然地说道:

"现在,讲给我听吧!"

菲利普-奥古斯特从容不迫地在自己的盘里装满水果,把酒杯斟满。第二瓶几乎已经空了,虽然神父一点也没碰。

年轻人嘴里含着吃的,再加上酒喝多了,舌头已经不听使唤,结结巴巴地接着讲下去:

"最后一件事是这样的。那可是一件非同小可的事。我回到家里……,我就赖在家里不走,他们尽管不愿意,也无可奈何,因为他们怕我……怕我。啊!我这个人,可别把我惹翻了,要是把我惹翻了,我是什么都干得出来的……您知道……他们可以说在一起过日子,但也可以说不在一起过日子。他有两个家,一个是参议员的家,一个是情夫的家。不过他在妈妈这个家待的日子多而回自己家的日子少,因为他离不开她。啊!妈妈……她真精明,真能干……她呀,她懂得怎样笼络一个男人!她把他整个身心都拴住了,一直到死都是如此。男人们,有多么傻啊!总之,我回到家里来了,他们怕我,对我服服帖帖。我这个人到了必要的时候是足智多谋,善于应付的,讲耍坏,讲使计,还有讲到动拳头,我全行,我谁也不怕。可是妈妈病倒了,他把她安置到默朗附近的他的一所房子里,周围的花园有森林那么大。她病了一年半……这个我已对您说过了。后来我们就觉得她的死期已经不远了。他每天都从巴黎来看她,他很悲痛,真正很悲痛。

"有一天早晨,他们在一起叽叽喳喳地谈论了差不多有一个钟头,我正在寻思他们有什么可谈的,竟谈了这么长久的时候,他们把我叫了进去。妈妈对我说:

"'我快死啦,有一件事,虽然伯爵不愿意,我还是要告诉你。'她提到他的时候总是称呼他伯爵。'这就是你的生身父亲的名字,他现在还活着。'

"我曾经问过她不下一百次……不下一百次……我的父亲叫什么名字……不下一百次……她总是不肯告诉我。我好像记得有一天为了叫她开口,还打了她几个耳光,可是没有一点用处。后来为了避免我啰嗦,就对我说您已经死了,一个子儿也没留下,说您是个没出息的人,又说什么少年时候一时荒唐啦,未经世故的少女一时大意啦等等。她说得那么天花乱坠,我也就信啦,完全相信您是死啦。

"她对我说道:

"'我要告诉你的就是你父亲的姓名。'

"那一位坐在一把扶手椅上,一连这样说了三遍:

"'不应该说的,不应该说的,不应该说的,罗塞特。'

"妈妈在床上坐着,颧骨通红,眼睛发亮,那副神气到现在好像还在我眼前;因为不管怎么样,她还是很爱我的;她对他说:

"'那么您来帮他点忙吧,菲利普。'

"直接和他说话的时候,她叫他菲利普,我呢,她就叫我奥古斯特。

"他跟疯子似的喊了起来:

"'帮这个下贱东西的忙,休想,帮这个下流胚子,这个惯犯,这个……这个……这个……'

"他说出了一大堆名称来称呼我,倒好像他一辈子没有做别的事,光在搜寻这些名称似的。

"我正要发脾气,妈妈拦住了我,她对他说:

"'那么您是想叫他饿死,我,我是一个钱也没有呀.'

"他一点也不慌张,沉着地回道:

"'罗塞特,三十年来,我每年给您三万五千法郎,这就是一百多万了。您靠了我过的是有钱的女人,被人爱恋的女人,恐怕还是幸福的女人的生活。这个恶棍毁了我们最后这几年,我没有什么对不起他的地方,他休想我给他什么。用不着再多争辩。您愿意把那个人的姓名告诉他,那就随您的便。我表示遗憾,但是我不再管了.'

"妈妈于是朝我转过脸来。我心想:'好……这回我可找到我的真正的父亲了……他如果是个有钱的人,我就得救了.'

"她接着说:

"'你的父亲,德·维尔布瓦男爵,现在叫维尔布瓦长老,他是离土伦不远,加朗杜的本堂神父。在我为了这个人而离开他以前,他是我的情夫.'

"她接着就把一切都告诉了我,只是没提在怀孕这件事上怎样哄骗您。可见,女人是从来不说实话的。"

他一面冷笑着,一面不知不觉地把他那一肚子肮脏东西都倒了出来。他还继续喝酒,脸上老是那么笑眯眯的,接着讲下去:

"妈妈过了两天……两天就死了。我和他,我们两人跟在棺材后面把她送到坟地……奇怪不奇怪,您说,我和他两个人……还有三个仆人……再没别人了。他哭得跟泪人一般……我们并排走着……活像是爸爸带着他的宝贝儿子。

"随后我们回到家里。只剩了我们两个人。我心里说:'不走不行了,可是一个子儿也没有.'我那时身上的钱刚够五十法郎。我想个什么法子报这个仇呢?

"他碰了碰我的胳膊,对我说:

"'我有话要跟您说.'

"我跟他进了书房。他在桌前坐下,然后眼泪汪汪地对我说,他并不想像他对妈妈说过的那样狠心地对待我;他劝我不要来打扰您……这是您跟我,咱

419

们两人之间的事……他给了我一张一千法郎的钞票……一千法郎……一千法郎……我……像我这样一个人……一千法郎有什么用处。我看见抽屉里还有钞票,一大堆钞票。一见钞票,我可就起了杀心。我伸手去接他给我的那张,可是我没有接他这个布施,却一步蹿过去,把他摔倒在地上,掐住他的脖子,一直掐到他翻了白眼,后来我看他要死过去了,才松了手,然后拿东西塞住他的嘴,把他捆上,剥掉衣裳,翻过来背朝着天,然后……哈,哈,哈!……我可替您报了仇了……"

菲利普-奥古斯特说到这里,高兴得透不过气来,直咳嗽。嘴角依然带着残忍而得意的神情,微微向上翘着,维尔布瓦长老在这片嘴唇上又看见了当初使他神魂颠倒的那个妇人的微笑。

"后来呢?"他问。

"后来呀……哈,哈,哈!……壁炉里生着挺旺的火……妈妈死的时候……是十二月间……天气非常冷……生的是炭火……我拿起了火钩子……我把它烧得通红……然后我给他在背上烫了几个十字,是八个,还是十个,我现在说不上了,然后我把他翻过来,在肚子上也烫了一般多的十字。您说,这有多妙啊,爸爸!从前就是这样给苦役犯烫印记的。他的身子像一条鳗鱼似的扭来扭去……但是我把他的嘴塞得非常严实,他嚷不出来。然后我拿起了钞票,一共是十二张,加上我原有的一张,十三张……这数目没给我带来好运气。我临逃走的时候吩咐那些当差的,晚饭以前别打扰伯爵老爷,他在睡觉。

"我原以为他是参议员,怕丢脸,不会声张出去。我的这个想法错了。四天之后我在巴黎的一家饭馆里叫人逮住了。在监狱里蹲了三年。我没能早来找您,就是因为这个缘故。"

他又喝酒,然后嘟嘟囔囔,含糊不清地说下去:

"现在……爸爸啊……神父爸爸!……有一个神父做爸爸,这有多么滑稽!……哈,哈!可得好生对待小乖乖啊,因为小乖乖可不寻常啊……他已经干过一桩非同小可的事……不对吗?……一桩非同小可的事……对付那老头子……"

当年在那个不忠实的情妇面前,维尔布瓦长老感到的那股使他几乎发疯的怒火,现在在这个万恶不赦的人面前又涌了上来。

过去在听忏悔时,他曾经对那么多低声讲给他听的卑鄙可耻的秘密事,都以天主的名义加以宽恕了,如今临到自己头上,却感到没有丝毫的怜悯心和仁慈心,他也不再去求助于那位有求必应、慈悲为怀的天主,因为他明白在这个世上遭到如此不幸的人,无论上天或人间的庇护都无法拯救了。

他的心胸原是热情的,他的血性原是狂暴的,在他的心胸和血性中存在着的那股力量原已被神父的职务磨炼得熄灭了,现在又猛烈地燃烧起来,变成一股不可抗拒的憎恨,他憎恨这个是他儿子的万恶之徒;憎恨他像自己,而且又像他的那个不配为人母的母亲,她把他孕育成和她自己一样坏;憎恨命运把这个无赖跟囚犯脚镣上拖着的铁球一样牢牢地钉在他这个做父亲的脚上。

二十五年来他一直处在虔诚敬神的酣睡中和心地平静中,在这个打击之下,他醒过来了,于是异常敏锐地看清楚了,并且预见到了一切。

他忽然间想到对这个恶人说话是必须高声大叫才能叫他害怕,必须一开始就把他吓住,他于是不再管他是不是已经烂醉,愤怒得咬牙切齿地对他说:

"现在您把一切都讲给我听了,该听我的了。明天早上您就走。您以后就住到我指定的地方去,没有我的命令不许离开。我可以给您一笔生活费,够您用的,不过数目很少,因为我并没有钱。只要有一次您违背我的命令,那就一切全完,而且我决不会饶您。"

菲利普-奥古斯特虽然已经醉得糊里糊涂,但是对这个威胁却听得懂;他身上潜伏着的那个杀人凶犯突然一下子又冒出头来了。他一边打着酒嗝一边嚷出了下面这番话.

"啊!爸爸,别跟我来这一套……你是本堂神父……你掌握在我的手心里……你跟别人一样会老老实实的!"

长老猛地一惊;在这个年老的大力士的肌肉里感到一种无法克制的需要,恨不得把这个怪物抓过来,像折筷子似的把他一下子折断,叫他知道不让步是不行的。

他一边将饭桌向那个人的胸口推过去,一边大声叫道:

"啊!当心,当心……我,我谁也不怕……"

那个醉鬼失去了重心,在椅子上摇晃。他觉得自己快要倒下去了,并且已经在神父的控制之下,于是眼中露出了杀人犯的凶光,手朝桌布上摆着的一把刀子伸过去。维尔布瓦长老看见了这个动作,使劲一推桌子,他的儿子便朝天翻倒在地上。灯滚下去熄了。

有几秒钟的工夫,黑暗中响起了一阵轻微的玻璃杯碰撞声;然后好像有柔软的身躯在石板地上爬动的声音,以后就什么声音也没有了。

灯打碎以后,突然来临的黑暗就笼罩了他们俩,黑暗来得那么快,那么出人意料,而且是那么浓厚,他们两人都仿佛遇到了一桩可怕的事情,一下子吓傻了。醉鬼蜷缩在墙边,不再动弹了;神父依然坐在椅子上,沉浸在黑暗里,黑暗淹没了他的怒火。罩在他身上的黑幕打断了他的狂怒,使他心灵中那一股邪火停在那里不动了;他心里产生了别的念头,跟黑夜一般黑、一般凄凉的念头。

一片沉寂,像坟墓里一样沉寂,在这沉寂中好像没有任何东西还活着,还在呼吸。外面也没有任何声息传进来,没有远处的辚辚的车声,没有狗吠声,甚至没有穿过树枝或者掠过墙头的微微的风声。

这种情形延续了很久很久,也许有一个小时。然后铜锣突然响了。铜锣仅仅敲了一下,又重,又猛,又响;紧跟着有什么东西摔倒和椅子翻倒,发出很古怪的巨大响声。

玛格丽特时刻在注意着动静,一听见锣声就奔了来;可是打开门,眼前一片漆黑,吓得她直往后退。后来她浑身战栗,心怦怦跳,上气不接下气,低声叫道:

"神父先生,神父先生!"

没有人回答,也没有任何动静。

"老天爷啊,老天爷啊,"她心里念叨,"他们怎么啦?出了什么事啦?"

她不敢再往前走,也不敢回去拿灯;她一心只想逃命,想逃走,想喊叫,虽然她感到自己的两条腿发软,眼看着就要倒下去。她一遍又一遍地叫:

"神父先生,神父先生,是我,玛格丽特。"

她尽管害怕,可是忽然间出于本能想要援救她的主人;这种愿望,还有使得女人们有时会变成英雄的那种勇气,使得她在惊恐中一下子胆子大了起来,她跑到厨房,端回一盏油灯。

她在门口站住。她先看见了那个流浪汉,挨着墙直挺挺躺着,他睡着了或者说看上去好像睡着了;接着她看见那盏打碎的灯,桌子下面维尔布瓦长老的两只黑脚和两条穿着黑袜子的腿,他大概是仰面倒下来的,头碰到了铜锣。

她吓得心怦怦跳,两只手哆嗦着,一遍遍说:

"我的天啊！我的天啊！这是怎么啦？"

她正迈着小步慢慢地向前走,忽然踏在一种滑腻腻的东西上,险些儿摔倒。

她弯下腰一看。只见红石板地上,是红色的液体在流动,在她的两只脚周围蔓延,向门口迅速流去。她猜到这是血。

她发了疯,撒腿就逃,把灯一扔什么也不想再看,她越过田野朝村子奔去。她两眼盯着远处的灯光,喊叫着朝前跑,不时地撞在树上。

她的尖锐的叫声好像猫头鹰的凄厉叫声,在黑夜中散开,接连不断地喊着："马乌法唐……马乌法唐……马乌法唐……"

当她到了头几所房子跟前,一些男人慌慌张张走了出来围住了她;可是她拼命挣扎,并不回答,因为她的神志已经不清楚了。

最后大家才弄清楚在神父住的地方出了事,于是有一群人带了武器跑去援助他。

橄榄园中间的那所漆成玫瑰色的小别墅在深沉而宁静的夜里变得黑魆魆的,看不出来了。自从窗口射出的那惟一的一盏灯光像一只眼睛闭上似的熄灭以后,这所房子就淹没在黑暗中,迷失在一片漆黑之中,不是本地生长的人休想找到它。

过了一会儿,有一些灯火擦着地皮,穿过树丛朝这所房子来了。干枯的草地上照出一长条一长条的黄色亮光,在这些游移不定的亮光照耀下,那些油橄榄树弯曲的树身有时像怪物,有时像纠集在一起的、弯弯曲曲的地狱中的蛇。照到远处的灯光忽然在黑暗里照出了一样模模糊糊的白东西,接着小房子的矮矮的方墙很快地在许多灯笼的前面又恢复了它的玫瑰色。几个乡下人手中拿着灯笼簇拥着两个手握手枪的宪兵、森林看守人、村长和玛格丽特,玛格丽特由人架着,因为她已经支持不住了。

在开着的令人害怕的屋门前,他们不免犹豫了一忽儿。可是宪兵班长一手抓过一个灯笼,走进去,其他的人跟在后面。

女仆没有撒谎。血现在凝住了,跟地毯似的盖在石板地上。血曾经流到那个流浪汉身旁,他的一条腿和一只手都泡在血里。

父亲和儿子都睡着了。父亲是喉咙割断,长眠不醒了,儿子是酩酊大醉,睡着了。两个宪兵向他猛扑过去,没等他醒过来,手铐已经套在他的手腕上。他大吃一惊,揉了揉眼睛,还醉得糊里糊涂呢,可是等他看见了神父的尸首,他好像害怕了,而且好像困惑不解,什么都不明白了。

"他怎么没逃跑呢?"村长说。

"他醉得太厉害了。"班长回答。

大家都同意他的意见,因为谁也没有想到维尔布瓦长老会自杀。

"中国翻译家译丛"书目

(以作者出生年先后排序)

第 一 辑

书　名	作　者
罗念生译《古希腊戏剧》	[古希腊]埃斯库罗斯 等
朱光潜译《柏拉图文艺对话集》《歌德谈话录》	[古希腊]柏拉图　[德国]爱克曼
纳训译《一千零一夜》	
丰子恺译《源氏物语》	[日本]紫式部
田德望译《神曲》	[意大利]但丁
杨绛译《堂吉诃德》	[西班牙]塞万提斯
朱生豪译《莎士比亚戏剧》	[英国]莎士比亚
罗大冈译《波斯人信札》	[法国]孟德斯鸠
查良铮译《唐璜》	[英国]拜伦
冯至译《德国,一个冬天的童话》	[德国]海涅 等
傅雷译《幻灭》	[法国]巴尔扎克
叶君健译《安徒生童话》	[丹麦]安徒生
杨必译《名利场》	[英国]萨克雷
耿济之译《卡拉马佐夫兄弟》	[俄国]陀思妥耶夫斯基
潘家洵译《易卜生戏剧》	[挪威]易卜生
张友松译《汤姆·索亚历险记》《哈克贝利·费恩历险记》	[美国]马克·吐温
汝龙译《契诃夫短篇小说》	[俄国]契诃夫
冰心译《吉檀迦利》《先知》	[印度]泰戈尔　[黎巴嫩]纪伯伦
王永年译《欧·亨利短篇小说》	[美国]欧·亨利
梅益译《钢铁是怎样炼成的》	[苏联]尼·奥斯特洛夫斯基

第 二 辑

书 名	作 者
钱春绮译《尼贝龙根之歌》	
方重译《坎特伯雷故事》	[英国]乔叟
鲍文蔚译《巨人传》	[法国]拉伯雷
绿原译《浮士德》	[德国]歌德
郑永慧译《九三年》	[法国]雨果
满涛译《狄康卡近乡夜话》	[俄国]果戈理
巴金译《父与子》《处女地》	[俄国]屠格涅夫
李健吾译《包法利夫人》	[法国]福楼拜
张谷若译《德伯家的苔丝》	[英国]哈代
金人译《静静的顿河》	[苏联]肖洛霍夫

第 三 辑

书 名	作 者
季羡林译《五卷书》	
金克木译天竺诗文	[印度]迦梨陀娑 等
魏荒弩译《伊戈尔远征记》《涅克拉索夫诗选》	[俄国]佚名　涅克拉索夫
孙用译《卡勒瓦拉》	
朱维之译《失乐园》	[英国]约翰·弥尔顿
赵少侯译《莫里哀戏剧》《莫泊桑短篇小说》	[法国]莫里哀　莫泊桑
钱稻孙译《曾根崎鸳鸯殉情》《日本致富宝鉴》	[日本]近松门左卫门　井原西鹤
王佐良译《爱情与自由》	[英国]彭斯 等
盛澄华译《一生》《伪币制造者》	[法国]莫泊桑　纪德
曹靖华译《城与年》	[苏联]费定